|外|国|文|学|名|家|精|选|书|系|

古希腊神话

〔德〕施瓦布 / 著
周金元 / 译

团结出版社

图书在版编目（CIP）数据

古希腊神话 / (德) 施瓦布著 ; 周金元译. -- 北京:
团结出版社, 2016.7（2023.8重印）
ISBN 978-7-5126-4283-6

Ⅰ. ①古… Ⅱ. ①施… ②周… Ⅲ. ①神话—作品集
—古希腊 Ⅳ. ①I545.73

中国版本图书馆CIP数据核字(2016)第170891号

出　版：团结出版社
（北京市东城区东皇城根南街84号　邮编：100006）
电　话：（010）65228880　65244790（出版社）
（010）65238766　85113874　65133603（发行部）
（010）65133603（邮购）
网　址：http://www.tjpress.com
E-mail：zb65244790@163.com（出版社）
fx65133603@163.com（发行部邮购）
经　销：全国新华书店
印　刷：三河市金兆印刷装订有限公司

开　本：640毫米 × 920毫米　16开
印　张：26
字　数：300千字
版　次：2016年7月　第1版
印　次：2023年8月　第3次印刷

书　号：978-7-5126-4283-6
定　价：59.80元

前 言

在人类社会发展过程中，神话一直是一个非常特别的存在。在远古时代，生产力水平低下，人们对自然的认识有限，往往会借助想象去解释他们看到的自然现象和社会现象，如此一来，就产生了神话。世界上民族众多，几乎每个民族都有自己独一无二的神话，如中国神话、埃及神话、印度神话等，其中内容最丰富、流传范围最广的当属希腊神话。

古斯塔夫 · 施瓦布是德国著名的浪漫主义诗人。1792 年，他出生在斯图加特的一个官员家庭。从 1809 年开始，他在著名的蒂宾根大学攻读神学和哲学。毕业后，他先后做过编辑、牧师、教师等。古斯塔夫 · 施瓦布曾经做过席勒的老师，还与伟大的文学家歌德、乌克兰等是非常要好的朋友。古斯塔夫 · 施瓦布非常热爱自己的祖国和故乡，他的大多数作品都反映了当地的风土人情，但是，他最出名的却是与自己的祖国、故乡没有多大关系的《古希腊神话》。

《古希腊神话》是古希腊民族有关神和英雄故事的总汇。在古希腊人的心中，神不仅具有人的外在形象，还具有人的几乎所有优点和缺点；而英雄则是半人半神的形象。在《古希腊神话》中，这些神和英雄以艺术和哲理的方式，为我们再现了希腊氏族社会最原始的面貌。几千年来，这些神话、传说已经影响到西方文明的各个方面，对人类文明的进步产生了极为深远的影响。

然而，在很长的一段时间里，这些神话和传说大多是零散地出现在一些书籍里，即使是荷马的《伊利亚特》也只写到赫克托耳之死。基于这种状况，古斯塔夫 · 施瓦布立志写一部尽可能完整的《古希腊神话》。作者在创作的过程中，不仅收集了很多古希腊的神话、传说，还参照了荷马的两部史诗以及其他作家的一些作品，使古希腊的神话形成了一个较为完整的体系。在这部书中，作者用生动的语言向人们讲述了很多神奇、精彩的故事，如普罗米修斯造人的故事，忒修斯抢妻的故事，俄瑞斯忒斯弑母为父报仇的故事……这些故事不仅极具吸引力，而且具有非常高的文学价值。

如今，《古希腊神话》已经与西方的各个方面密不可分，不仅由此衍生出了很多戏剧、诗歌，而且里面的很多故事都成了家喻户晓的口头语，使其展示出了更强的生命力。

目 录

普罗米修斯

天和地被创造出来以后，大海在两岸间潮起潮落。各种各样的鱼儿在海水中游弋。鸟儿在天空中唱歌。大地上挤满了动物。但是它们体内都没有灵魂，还不能统治周围世界的生物。就在这时，有个叫普罗米修斯的先觉者来到了陆地上。他的祖辈是遭到宙斯放逐的神祇，他是地母该亚与乌拉诺斯所生的伊阿珀托斯的儿子。他聪敏又英明。他知道上天的种子都蕴藏在泥土里，所以挖了一些泥土，又往里面加了一些河水，然后按照主宰世界的天神的形象捏塑着，让它成为神祇。为了让这泥做的人体得到生命，他从各种各样的动物的心里提取出善和恶，并将它们禁锢在人的胸腔里。在众多天神中，普罗米修斯有一个朋友，那就是智慧女神雅典娜。对于这个提坦之子创造的东西，雅典娜感到很惊奇，于是将灵魂和神圣的呼吸，吹进了这个只有半条性命的泥人心里。

最初的人类就这样产生了，很快人类就遍布了世界的每一个角落。然而，在很长时间里，他们都不知道该怎样使用自己高贵的四肢和智慧女神吹到他们心里的圣灵。他们对此视而不见，听而不闻。他们漫无目的地四处奔走，就像梦中的人一样，不知道该怎样利用这宇宙间的万物。他们不知道要凿石头，不知道要烧砖，也不知道要用树木制作椽梁，更不知道要用这些东西建房子。他们就像忙碌的蚂蚁一样聚居在照不进阳光的地洞里，他们不能根据可靠的标志分辨冬天、繁花似锦的春天和硕果累累的夏天。他们做任何事情都没有一点计划。于是，普罗米修斯来帮助他们了，他教他们观察星辰的升降，教他们计算的方法，教他们通过写下的符号交流思想。他教他们驯养牲畜，用它们减轻人们的劳动负担。他训练马匹拉车，还发明了可以在海上航行的船和帆。他也关注人类生活中的所有其他活动。以前，人们都不懂医药知识，不知道生病后应该喝什么或者不能喝什么，也不懂通过服药来减轻自己的痛苦。由于没有医药，很多人都凄惨地死去。而现在，普罗米修斯告诉他们该怎样通过吃药驱除各种疾病。另外，他还教会他们预言者的本领，教他们解梦，教他们解释各种异象，教他们明白鸟的飞翔和祭祀显示的各种征兆。他教他们勘察地下，以发现矿石、铁、银和金。总而言之，他让他们掌握了所有生活技能，并让他们拥有生活上的所有用品。

不久之前，宙斯放逐了普罗米修斯的父亲，建立了自己的权威。现在，他们也都注意到了这刚刚产生的人类。他们要求人类服从他们，以此换取神祇对人类的保护。在希腊的墨科涅，人和神在指定的那天举行了一次聚会，一起确定了人类的权利和义务。在这次会议上，普罗米修斯以人类的顾问的身份出现，他想方设法地让诸位神灵答应，不要因为答应保护人类而让他们背负过于沉重的负担。

普罗米修斯聪颖过人，他决定骗一骗神祇。他代表人类宰杀了一头大公牛，请神祇们自己选择喜欢的一部分。他将宰杀后的公牛分成两堆。一堆放的是肉、内脏和脂肪，上面盖着牛皮，牛皮上还放着牛肚子；另一堆都是被巧妙地裹在牛板油里的光秃秃的骨头，这一堆要比前一堆大一点。

众神的君父、全知全能的宙斯看穿了他的骗局，于是说道："伊阿珀托斯的儿子啊，显赫的国王，我的好友，你分配得实在太不公平了！"而普罗米修斯坚信自己已经骗过了宙斯，就暗自微笑地说："尊贵的宙斯啊，永恒众神中最伟大的神，请随便选择你喜欢的那一堆吧！"宙斯很生气，但还是从容地用两只手抓那块白色的板油。他将板油剥开，看见里面光秃秃的骨头，假装刚发现真相似的，严肃地说道："现在已经很清楚了，我的伙伴，伊阿珀托斯的儿子啊，你还没忘记你那套骗人的把戏。"

宙斯为报复普罗米修斯，拒绝给予人类为实现文明所急需的最后的赠品——火。但机智的伊阿珀托斯的儿子却想出了办法加以补救。他拿了一枝坚挺的大茴香枝，到天上去靠近从旁经过的太阳车，把茴香枝放在太阳车上点燃就得到了火种。他把火种带到大地上，点燃了大堆的木柴，火势越来越大，不久，熊熊火光就直冲云霄。当宙斯看见人间有火光升起时，非常生气，但在他内心深处却有一种被打败的感觉。既然人类已经用火，那么他就不能从人们手中把火夺走，所以他立刻想出一个能替代禁止人类用火的新的灾难来惩罚人类。他立刻命令技艺高超且闻名遐迩的火神赫淮斯托斯为他造出一个美丽少女的形象。

雅典娜由于嫉妒普罗米修斯，对他已经没有好感。她给这个少女形象披上闪亮的白色外衣，让那姑娘两手撑着罩在脸上的面纱，头上戴着饰以鲜花的花冠，束着一个金发带。神的使者赫耳墨斯又赋予了她说话的能力，爱神阿佛洛狄忒给了她一切妩媚可爱的姿态。就这样，宙斯创造了一个出色的害人精，并且给她取名潘多拉，意思就是“获得一切天赐的女子”，每一个神都给了她一件赠品，但这些赠品中大多都是使人类遭灾受难的。

随后，宙斯便把这个少女带到人与神愉快漫步的大地上。人人都对这无与伦比的女子赞不绝口。她走向普罗米修斯过分天真的兄弟厄庇墨透斯，把宙斯的赠品送给他。

普罗米修斯曾警告过他，为了避免人类遇到灾难，不要接受奥林帕斯山上的宙斯的赠品。但在这美妙女子面前，这警告已经起不到丝毫作用。厄庇墨透斯早就把警告抛到了脑后，接纳了美丽的少女潘多拉，直到灾祸降临他才意识到。迄今为止，人类的生活还没遭到灾难的侵扰，人类没有过分繁重的劳动，也没有病痛的折磨。这个女子双手捧着她的赠品，一个装有灾难的大盒子。她刚刚来到厄庇墨透斯身边，就揭开了盒盖，一大群灾害立刻从盒子里飞出来，如同闪电般迅速地扩散开。而唯一的一件好的赠品，即希望，却藏在盒底；但按照众神之父的旨意，潘多拉没等它飞出来，就把盒盖盖上，把它永远锁在盒内。

于是灾难以各种各样的形式充满大地、天空和海洋。疾病在人群中四处乱窜，日夜不停又悄无声息，因为宙斯没有赋予它们声音。各种各样的疾病围攻大地，而从前缓步潜行在人类中的死神如今也快步如飞地奔跑起来。

此后，宙斯开始把复仇的矛头指向普罗米修斯。他把这个罪人交给了赫淮斯托斯和两个仆人——号称强制和暴力的克剌托斯和比亚。他们奉命把普罗米修斯拖到斯库提亚的荒野，用挣不断的铁链把他锁在令人目眩的深渊之上的高加索山峭壁上。赫淮斯托斯很不愿意完成父亲所交托的任务，因为他爱这个提坦之子，普罗米修斯是他曾祖父乌拉诺斯的亲缘子孙，是与他出身相同的神的后裔。他说了几句无限同情的话，却遭到粗野的仆从们的谴责，迫于无奈，他只好让仆从们完成了这残酷的任务。

就这样，普罗米修斯被吊在了悬崖绝壁上，他必须直挺挺地悬着，既不能睡觉，也不能弯一弯疲惫的双膝。“你发出的哀怨和悲叹都是白费的啊，”赫淮斯托斯对他说，“宙斯的意思是不可改变的，刚刚夺得天国统治权的新神都是残酷的。”

这个囚徒所受的痛苦是永久的，至少延续三万年之久。尽管他能够大声悲叹，他也可以呼唤风、江河、大海的波涛、万物之母大地和洞察一切的太阳为他的苦难做证，但他的意志是坚定不移的。“只要一个人认识到了某种不可抗拒的威力，”他说，“他就必须忍受命中注定的一切。”他还预言：新的婚姻将使诸神的主宰者堕落和毁灭。无论宙斯怎样威胁、摧残他，他都不会点破这晦涩难懂的语言。宙斯一直不停地摧残他。他派出一只鹰每天啄食这个囚徒的肝脏，而那肝脏被吃去多少就又重新长出多少。在没有一个人出来自愿替他受罪之前，这种痛苦是不会停止的。

从宙斯给予他的判决来说，这一刻出现得比这个不幸者预料的要早很多。就在普罗米修斯已经被吊在悬崖上承受了很长时间的痛苦以后，寻找金苹果的赫剌克勒斯来到了这里。当他看到神的后代被锁在高高的高加索山上，正希望向普罗米修斯请教得到金苹果的良策时，他看到鹫鹰停在他的膝盖上，不禁产生了怜悯之情。于是他将木棒和狮皮丢在身后的地上，然后拈弓搭箭，一箭就把那只凶鹰从受苦者的肝脏边射了下来。赫剌克勒斯解开锁链，救下普罗米修斯，让他获得了自由。但为了满足宙斯的条件，他让马人喀戎做了普罗米修斯的替身。喀戎虽然可以要求得到永生，但他愿意为普罗米修斯而死。为了更好地维持宙斯对普罗米修斯的判决，被判处长期在悬崖上受苦的普罗米修斯永远都要带着一个铁环，上面还要有一块高加索山崖的石头。如此一来，宙斯才能向别人夸耀，他的敌人还一直被锁在高加索山的悬崖上。

丢卡利翁和皮拉

在青铜人类的世纪，宙斯——世界的统治者，听说了人类做的种种坏事，就想变成人类的样子到人间察访。然而，不管走到哪里，他都发现和实际情况相比，那些传闻真是有过之而无不及。

阿尔卡狄亚的国王吕卡翁一向以粗野著称，而且不喜欢客人。在一天的深夜时分，宙斯来到吕卡翁的大客厅，用奇异的先兆和表征告知人们自己神圣的来历，人们知道后纷纷跪着对他顶礼膜拜。对于这种虔诚的祷告，吕卡翁嘲笑了别人一番，还说："那就让我们看看，这位客人究竟是人还是神吧！"于是他暗自决定，要趁半夜客人睡熟的时候把他杀掉。

他先把摩罗西亚人送来的一个可怜的人质杀了，还把没有全死的肢体放在沸水里煮或火上烤，而且在晚餐时把这些人肉端到餐桌上让客人吃。忍无可忍的宙斯从桌边一跃而起，抛出复仇的火焰，让这个心中无神者的宫殿顷刻燃烧起来。国王一边号叫一边惊慌失措地逃到旷野里去。他发出的第一声哀号却是动物的嗥叫，他的王袍变成了长满兽毛的皮，他的胳膊变成了前腿，他本人也变成了一只嗜血的狼。

宙斯回到奥林帕斯山，与众神商议，打算消灭这些罪恶的人类。他打算向整个大地投射闪电，但又害怕大火殃及天国，把宇宙的轴烧毁。于是他放弃了这种报复方法。经过众神商议，决定天降暴雨，把人类都淹死。这时，宙斯把除南风之外的其他方向的风都锁进了埃俄罗斯的岩洞里。他把南风派了出去，这南风拍打着滴水的翅膀飞向大地。他可怕的脸藏在伸手不见五指的黑暗后面，他的胡须缠绕在浓密的乌云里，波涛在他那满头白发里滚动，他的前额被层层雾霭遮掩着，大水从他的胸脯喷涌出来。南风悬在空中，用手抓住巨大的乌云，挤压它们。于是，雷声阵阵，大雨瓢泼。暴雨不停地下，把所有庄稼都淹没了，农民的希望化为泡影，一整年的辛勤劳作也都毁于一旦。

海神波塞冬也来助纣为虐，帮助他的兄长宙斯进行这一次破坏行动。他把所有的江河召集起来说：“你们要冲毁一切房屋，摧毁所有堤坝!”它们全都一丝不苟地执行海神的命令，波塞冬也挥起他的三叉神戟刺穿地层，使足气力摇动，为洪水开辟道路。

这样，洪水冲过开阔的田野，淹没了耕地，冲倒了树木，冲毁了庙宇和房屋。如果有一个宫殿还屹然矗立，大水很快就会盖过它的山墙，最高的塔楼也会被漩涡卷没。转眼间整个世界便一片汪洋，分不清哪里是海，哪里是陆地。

人类想尽一切办法自救。有人爬到最高的山上，有人跳上小船划过已经淹没的家园的屋顶或自家葡萄园的山丘，船的龙骨甚至都能擦到那些葡萄藤。鱼儿在树林的粗枝当中拼命地游动。野猪也被波浪追逐着到处乱窜。大多数人都被大水冲走。那些没被波涛卷走的人也都饿死在荒山野坡上。

在福喀斯地面，洪水淹没了一切，但还有一座高山的两个山峰依然高耸着，这就是帕耳那索斯山。丢卡利翁和他的妻子皮拉乘小船漂到了这座山上，丢卡利翁是普罗米修斯的儿子，他曾听他父亲提起过有关洪水的警告，并且造了一只小船。他们二人比任何一个被创造的男人和女人都要正直和敬神。宙斯从天上往下界一看，发现尘世已完全被淹没在大水和沼泽之中，只剩下了这一对男女侥幸逃到了帕耳那索斯山上，而他们俩又都是无罪的、虔诚敬神的，他便放出了北风，驱逐了黑压压的浓云，命令它把雾霭带走。他让天又看见了地，让地又看见了天。海中之王波塞冬也放下了三叉神戟，让洪水平静下来。海水又回到了海里，江河又返回它们的河床，树林从深水里伸出沾满泥浆的树梢，群山也慢慢从洪水中露了出来，最后平坦的陆地又展现在眼前。

丢卡利翁四下里张望。土地已经荒芜了，到处都寂静得如同墓地一般。看到这样的景象，丢卡利翁不禁泪流满面。他对妻子皮拉说："亲爱的，无论往哪儿看，我都看不见一个活人。现在只有我们两个人是大地上的人类了，别人都淹死在洪水里了。我们也不一定能活下去啊。我看到的每一片云都使我的灵魂充满恐惧。即使一切危险都已经过去，我们两个孤独无助的人又能在这荒凉的大地上做什么呢?啊，当初我的父亲普罗米修斯要是把捏泥造人并把灵魂注入泥人的本领教给我就好了!"

说完这席话，这对孤寂的夫妻不禁哭了起来。他们屈膝跪在半遭破坏的忒弥斯女神祭坛前，向天上的女神祈祷："哦，女神啊，请告知我们，我们怎样才能再造出我们已经毁灭了的种族啊！请帮助这沉沦的世界再次充满生机吧!"

"离开我的圣坛，"突然不知从何处传来女神的声音，"蒙上你们的头，解开你们系着腰带的衣服，把你们母亲的骨骼扔到你们背后!"

夫妻二人对这魔幻般的神谕感到惊异。皮拉首先打破沉默。"请宽恕我，尊贵的女神，"她说，"我现在已经心乱如麻了，我不能听从您，不能拆散我母亲的骨骼，伤害她的阴魂!"

但丢卡利翁的智慧像一道光似的使他幡然醒悟。于是他亲切地安慰妻子说："我的理解有可能不对，但神的话总是善良的，毫无恶意的。我们伟大的母亲，不正是大地吗，她的骨头也就是石头了。皮拉，神这是启示我们，让我们把石头扔到身后去呀!"

他们非常怀疑对忒弥斯神谕的这种解释。但转念一想，试试应该也无大碍。于是他们走到一边，按神的指示蒙住自己的头，然后解开衣服，从肩膀上往后扔石头。这时一个伟大的奇迹出现了：石头开始失去它原本坚硬易碎的特点，变得柔软、高大，最后逐渐成形。石头显示出了人类的模样。开始时还不是很明显，它们就像雕刻家刚刚用大理石雕琢出来的人的轮廓似的。慢慢地，石头上沾泥湿润的部位就长成了肌肉，坚硬而结实的部位长成了骨骼，而石头上的纹理就长成了人体的脉络。就这样，没过多久，在神祇的帮助下，男人扔出去的石头都变成了男人，女人扔出去的石头都变成了女人。

人类不会不承认他们的起源。这种百姓勤劳、用功，他们永远不会忘记自己是用什么物质做成的。

法厄同

太阳神的宫殿支着发光的圆柱子，柱子上还镶嵌着炫目的黄金和红色的宝石。屋檐是用耀眼的象牙做成的；两扇宽阔的银质大门上有不少浮雕，那些浮雕讲述着一些传说和奇妙的故事。法厄同是太阳神赫利俄斯的儿子，他走进这间豪华的宫殿，来寻找他的父亲。但他没有太靠近，而是在有些远的地方站着，因为他实在受不了那耀眼的光芒。

父亲赫利俄斯穿着紫袍，坐在装饰着非常美丽的翡翠的宝座上。在他的左右，依照指定的次序分排站着他的随从：日神、月神、年神、世纪神与四季神。年轻的春神戴着发带，上面装饰着鲜花；夏神戴着黄金谷穗编织的花冠；秋神面容如醉；冬神则卷发雪白，宛如冰雪。这个青年站在他们中间，默默地对父亲周围的荣耀感到惊奇，慧眼的赫利俄斯立刻就看到了他。“你为什么来这里?”他说，“是什么让你来到你父亲的宫殿里呢，我的爱儿?”法厄同回答：“啊，父亲，因为大地上的人们都嘲笑我，并诽谤我的母亲克吕墨涅。他们说我自称为天国的子孙，而事实上不过是一个平凡的无名人类的儿子罢了。所以我来请求您给我一些表征，让我向人间证明我的确是您的儿子。”

赫利俄斯把围在头部的光芒收了起来，让他的儿子走近前去。他亲热地抱了抱法厄同，说：“你的母亲克吕墨涅说出了实情，我的儿子，我绝对不会否认你是我的儿子了。为了让你不再心存疑惑，我打算送你一件礼物，想要什么你尽管说吧！我像诸神一样指着冥府的斯堤克斯河发誓，不管你提出什么请求，我都满足你！”法厄同急不可耐地等父亲说完，赶紧说道：“那你就满足我最强烈的愿望吧，允许我驾驶一天你的太阳飞车吧！”

太阳神的脸上露出吃惊和后悔的神色。他不停地摇着他闪着金光的头，最后高声说道：“哦，我的儿子，你诱导我说了一句非常不理智的话！哦，我开始后悔向你做出那样的许诺！你现在渴望做的事情是你力所不及的。你太年轻，而且你又是凡人，你希望做的事只有神才能做到！你所要求的，并不是所有的神都能做到，因为除了我，谁也不能站在喷着火一般灼热的气浪的车轴上。我的车所经过的路是陡峭的，我的精力充沛的马大清早就得吃力地攀登这条路。路程的中间是最高的天顶。相信我，即使是我站在车上亲临这样的高度时，也常常感到两腿发颤。当我俯瞰下界，看到海洋和陆地在千里万里之外时，也常感到头晕目眩。过了天顶，路又变得急转直下，这时必须得稳稳地驾驭。海的女神忒提斯甚至都做好了接纳我进入她的洪流中的准备，她也会害怕我掉到大海里去。除此之外，你还要想一下，天是在不停旋转的，我必须顶得住这种无比剧烈的回旋。如果我把我的车交给你，你怎么能驾驶它呢？所以，我亲爱的儿子，你就别要求得到这样一件糟糕的礼物了。趁现在时间尚早，你还是改换一个好一点的愿望吧！你仔细看看我的眼睛，你应该可以从中看出一个做父亲的心中的忧虑！你还是重新选择一件你想要的好东西吧！无论是天上的还是地下的，我指着斯堤克斯河发誓，我一定会立刻满足你。”

但这青年非常固执，始终不肯改变他的意愿。因为父亲已经发出了神圣的诺言，所以太阳神只好牵着儿子的手，把他带到了太阳车那里。车辕、车轴和轮缘都是金的，辐条是银的，辔头上的橄榄石和其他宝石闪闪发光。当法厄同正在惊叹这些精美的工艺时，黎明女神已经在泛着红光的东方打开了她的紫色大门和她的摆满玫瑰花的前厅的门窗。星星渐渐隐没，晨星是天边最后离开它的岗位的星，月亮最外边的弯角也消失在天边。这时，赫利俄斯命令长着翅膀的时序女神套马，她们就把饱食神仙食品的喷着火光的马匹从马厩里牵出来，套上华丽的辔头。然后，父亲在儿子脸上涂满了神圣的油膏，以免他被熊熊火焰烤伤。他把自己的日光金冠给儿子戴上，却始终不停地叹息，提醒儿子：“孩子，别用鞭子，只需紧握缰绳，马会自动飞驰，你要尽量让它们跑得慢一些。走的路是倾斜着的大弧线，你千万不要靠近南极和北极。你会清楚地看见车轮滚动的轨道。你不要驾驶得太慢，否则大地会被焚毁；你也不要太高，那样会烧了天国。去吧，黑暗已经过去，把缰绳抓住吧。或者，现在还来得及，你可以再考虑一下，我亲爱的孩子。还是让我给世界送去光明，你留下来观看吧！”

这个青年好像根本就没有听见父亲的话，他一跃跳到车上，兴冲冲地把缰绳抓在手中，向忧心忡忡的父亲亲切地点点头表示感谢。四匹飞马得意地对着天空嘶鸣，用蹄子对着大门踢踏。老祖母忒提斯对孙儿的命运一无所知，亲自把大门打开。展现在青年眼前的是无限辽阔的世界，骏马沿着轨道起飞，并冲破新晓的雾霾。驾车的骏马明显感到，驾驭它们的是另外一个人，它们拉的车没有足够的重量，比往常轻得多。车就像大海里随波逐流的船一样，在空气中跳动。车好像空的一样，冲得很高，向前滚去。当骏马觉察到这种情况大地时，它们不再按以前的规矩奔跑，而是离开轨道的范围肆意奔驰起来。法厄同开始感到害怕。他什么都不知道，不知道往哪边拉缰绳，不知道该往哪里走，也不知道怎样制服野性的马。当这个不幸的人从高高的天边俯瞰时，它看到辽阔的陆地在他脚下极其遥远地展开，他顿时吓得魂飞魄散、不知所措了。

身后的天已经离他很远，但眼前的地离他更远。他心中估计着前方和后方的距离。他傻愣愣地望着远方，不知怎么办才好；他既不敢放松缰绳，也不敢把缰绳拉紧。他想要呼唤那几匹马，但又不知道它们的名字。他十分恐惧地望着挂在天边的众多形状各异的星座。他吓得手脚冰凉，缰绳从手里掉了下去，也许是掉落的缰绳打到了马背上，它们立即离开了自己的轨道，跳到侧面陌生的地方，忽而向上奔，忽而向下跑。它们时而碰到恒星，时而下降向靠近大地的小道倾斜。它们碰到云层，云层立刻被烤得直冒白烟。车子越来越低地往下冲，突然接近了一座高山。

这时，土地因为炽热的烘烤而干裂。因为一切汁液都已被烤干，有的地方甚至发出微光。森林的树叶已经烤焦了，荒野里的也被烈焰烤着了。很快大火便蔓延到平原。庄稼全部被烧毁了。所有的城市都燃起了熊熊烈火，所有的国家连同全体居民都化为了灰烬。周围的山丘、树林和高山也都起了大火。所有江河都已经干涸了，大海也凝缩起来，许多以前都是湖海的地方，现在都变成了干燥的沙地。

整个世界都被火海淹没了，法厄同开始感到一种难以忍受的炽热和焦灼。他每呼吸一次，就感觉吸进了从炙热的火炉里流出的空气，而脚底的车一直在烧他的脚心。他再也受不了这燃烧的大地投掷出来的灰烬和浓烟。他被烟雾笼罩着，马车非常颠簸。最后大火烧到了他的头发，他从车上摔了下来，他的身体从空中盘旋而下，仿佛一颗在晴朗的晚上划过天空的流星一样。他离开自己的家园，落到了那条被称作厄里达诺斯的宽阔的河里，他那颤抖着的遗体被这条河埋葬了。

法厄同的父亲太阳神，亲眼看到了这悲惨的情形，他褪去头上的神光，陷入了深深的自责和悲哀之中。据说，这天世界上的所有地方都没有阳光，因为熊熊大火照亮了大地。

欧罗巴

在太尔和西顿，有一位叫欧罗巴的少女。她是阿革诺耳国王的女儿，一直深居于父亲的宫殿里。在一天的半夜时分，当人们都做着虚幻但骨子里却有几分真实的梦时，天神给了这个少女一个奇异的梦。在梦里，有两块大陆——亚细亚及与其相对的大陆——竟变成了两个女人，争着想将欧罗巴占为己有。其中的一个女人很有异国风度；另一个女人——就是亚细亚变成的女人——外表和举止都和欧罗巴的同乡一样，她以温存的热情希望得到自己的孩子欧罗巴，说欧罗巴是她生下并养大的。然而，那个异乡女人却像对待一件偷来的宝贝似的把欧罗巴抱在怀里，还将她带走了。在这个梦里，最奇怪的就是，欧罗巴既没有挣扎也没有拒绝。“跟我走吧，小小的情人呦，”异乡人说，“我将带你去宙斯，也就是持盾者那里，因为命运女神指定你成为他的情人。”

欧罗巴醒来，依然心慌意乱。她从卧榻上坐起来，昨夜的梦境还清晰地浮现在眼前。她一动不动地在床上坐了很长时间，圆睁两眼直勾勾地望着前面，就像那两个女人还站在眼前似的。后来她慢慢地缓过神，但心里还是带着些许不安，自言自语道：“是哪一位天神给我托了这样一个梦？我在父亲的王宫里睡得又香又安稳，为什么这个不可思议的梦竟然吓得我心慌？在我梦境里的那个异乡女人到底是谁呀？为什么我心里竟然会对她产生一种奇怪的思慕啊？她向我走来时态度多么可亲！即使是她把我强行带走时，那微笑的目光也流露着一种母爱。愿我的梦境会是一个好兆头!”

早上起床后，少女心中的梦影逐渐被灿烂的阳光抹去了。欧罗巴起来后就去忙她少女生活的琐事和娱乐。不久，她的同龄朋友和游伴以及贵族家的小姐都聚集在她周围，她经常在这些人的陪同下唱歌、跳舞、散步以及祭神。她们今天打算去海边鲜花遍野的草地上去散心，在那里欣赏盛开的鲜花，倾听大海波涛轰轰的回响。所有的姑娘都穿着漂亮的绣花长袍。欧罗巴身穿一件极美的拖裙，裙裾上有用金线刺绣的神话传说的光辉画面。这华贵的衣裙是赫淮斯托斯的一件作品，是很久以前大地的震撼者波塞冬向利彼亚求爱时献给她的。从此，她就把它作为传家之宝一代一代地传到了阿革诺耳的家中。可爱的欧罗巴穿着这身新娘的盛装，随着她的女游伴跑到了开满五颜六色鲜花的海边草地上。这群少女的欢声笑语到处飘荡着。

在采集了足够的鲜花以后，她们便围坐在草地上编花环。她们打算以此作为献给草地女神们的谢礼，并把它们挂在抽芽的树枝上。但命运没让她们太久地用情于鲜花，因为昨晚的梦境向她预言的命运即将闯进欧罗巴无忧无虑的少女生活。年轻的欧罗巴的美把宙斯迷住了。因为他害怕惹恼嫉妒心重的赫拉，同时也不希望迷惑这个少女纯洁的意念，所以这位狡猾的神想出了一个新的诡计。他改变形象，变成一头牡牛。它不像一头普通的牡牛，或驾轭俯首，拉着重载的车辆；它身材高大而俊美，脖子略粗，肩很宽。它的角小巧玲珑，像精心雕琢出来的一般，比纯净的宝石还要透明。它身上长满金黄色的毛，前额上一个月牙形的银白色标记在不停地闪烁。它的淡蓝色的眼睛透露着倾慕的柔情。

宙斯在改变形象前，曾把赫耳墨斯叫到奥林帕斯山来，对自己的意图秘而不宣，只说：“我亲爱的儿子，你现在帮我办一件事吧！你看见腓尼基了吗？就是下面偏左的那个地方，你到那里去，把阿革诺耳国王的畜群赶到海边去。”不一会儿，就在海边国王的女儿和太尔的姑娘们无忧无虑地玩弄花环的时候，这位长着翅膀的神就飞到了西顿的山间牧场，把阿革诺耳国王的牛群赶到山下她们嬉戏的草地上。宙斯就以牡牛形象出现在牛群当中，但是赫耳墨斯毫不知情。

其余的牛零零落落地散布在离少女们很远的草地上。只有宙斯化身的那头美丽的牡牛慢慢走向欧罗巴和她的游伴坐着的那个草坡。它十分优雅地在茂密的草丛中信步走来。它的前额并没有现出威胁的表征，发光的眼睛也十分和善。它的整个外表都充满了柔情。因为它的高贵的形体和平和的神态，欧罗巴和她的年轻女伴们都很欣赏这头牛，甚至都想就近好好地看看它，抚摸抚摸它那油光水滑的背。牡牛似乎意识到这层意思，所以它越走越近，最后站在欧罗巴的前面。欧罗巴躲到一边，开始还往后退了几步。当这头牛那样驯服地停在那里时，她才鼓起勇气，又向前走，把她的花束举到它吐着白沫的嘴边。它讨好地舔着献给它的鲜花，舔着那只抹去它嘴边的泡沫、亲切地抚摸着它的温柔的手。少女越来越喜欢这头俊美的牛了。她甚至大胆地吻了一下它那光灿灿的前额。这时，牛快乐地哞哞叫了几声，但跟别的普通的牛叫声不同，这叫声在山谷里传出了很远。然后它就蹲伏在美丽的公主脚下，无限渴慕地望着她，对她转动了一下脖子，示意她坐到它宽阔的背上。

欧罗巴对她的那些年轻女友说："亲爱的朋友们，都过来吧！让我们坐到这头美丽的牡牛的背上吧，一定很有趣。你们看，它的背像一艘大船一样宽阔，我认为足以坐下我们四个人。瞧它多温顺，多可爱！和别的牛完全不同。它真的像人一样会思想，只是不会说话罢了。"她一边说，一边从女伴手中接过花环，把花环一个个都挂到牡牛低垂的牛角上。接着，她微笑着跳上了牛背，她的女友还是有些犹豫不决。

牡牛的目的达到后就从地上站了起来。开始，它驮着少女缓缓地向前走，即使这样，她的女伴们也跟不上它。当它把草地抛在背后，眼前展现一望无际的海岸时，它逐渐加快了行走的速度，像一匹飞腾的骏马一样。少女还没反应过来，它就纵身跳到海里，带着它的俘虏，向深海游去。少女右手紧握牛角，左手支撑在它的背上。风吹起她的衣裙，像鼓起一张风帆。她怯生生地回头望着远离的陆地，她用尽全身力气呼唤自己的同伴，但她们却始终没有回音。

牡牛如同一只飘荡的船一般向海里游去。不久，海岸消失在天边，太阳也落下去了，这不幸的少女在昏暗的夜色里环顾四周，除了波涛和星辰什么也看不见。少女一整天都坐在牛背上，他们越过无边无际的洪流向前漂游。不过，这头牡牛能够灵活地分辟着水，所以它的可爱的姑娘身上没有溅上一滴水。他们终于在傍晚时分到达远方的一个海岸。牡牛上岸后停在一棵拱形的树下，把少女轻轻放在地上，然后就消失了。接着一个天神一样的英俊男子出现在原来的地方，他对她解释说，他是克瑞忒岛的统治者，如果她愿意嫁给他，她将得到他的保护。由于无望和孤独，欧罗巴把手伸给他表示同意，这样，宙斯最终的愿望就实现了。但他像来时那样，又突然消失了。

早晨的太阳升起来时，欧罗巴从睡眠中醒来。她目光慌乱地看看自己四周，好像在寻找她的家园。“父亲，父亲！”她以刺耳的哀诉声喊着，同时想了想所发生的事，又高声说道：“我是个卑劣的女儿，我没有资格呼唤我的父亲。这简直太荒唐了，我竟忘记了子女对父亲的爱！”她又望了望四周，好像回想起了一切，便对自己发问：“我是从哪里来的，现在这是什么地方？”她用手心摸着眼睑，好像想要抹掉那个可恨的梦。她擦了擦眼睛，向四周望去，展现在她眼前的是各种陌生的景物。她四周全是叫不上名来的树木和悬岩，一股令人恐惧的海潮冲到岸边掀起巨大的浪涛。“哦，那头讨厌的牡牛在哪儿？”她绝望地喊道，“我要把它撕碎，我要把它的角折断！尽管我觉得此前它很可爱！但这是多么不切实际的愿望啊！我不知羞耻地离开了家，现在我只想一死了之。如果所有的神明都把我抛弃，那就请诸位天神派一头狮子，一头老虎来吧！说不定我的万般美点会使它们食欲大增，这样我就不必等到我如花似玉的面颊枯萎凋零了。”令她失望的是，什么也没有。荒凉的孤岛宁静地伸展在她面前，给人增添了几分孤寂，太阳在万里无云的晴空上照耀着大地。这个孤独的少女跳了起来，就像是有复仇女神在追击她。“苦命的欧罗巴，”她喊道，“你听不到你父亲的呼唤吗？如果你尽快结束你不光彩的生命，即使他不在你身边，他也会诅咒你。他已经把一棵岑树指给你了，你可以用腰带把自己吊死在那里。他还指给你一座悬崖，只要你从上边跳下去就可以葬身波涛汹涌的大海。难道你这个国王的高贵的女儿，宁愿做一个野蛮国王的小妾，天天做他的奴隶，听他的使唤吗？”

这个不幸的少女想要结束自己的生命却没有勇气，她一直处于苦恼中。忽然，她听到有人在低声嘲笑她，她怕有人偷听，就诧异地回头朝后面看。她看到那里闪耀着不寻常的光辉，光辉里站着女神阿佛洛狄忒以及带着弓箭的爱神厄洛斯——阿佛洛狄忒的小儿子。女神微笑着。“不要再愤怒，也不要再反抗了，”她说，“你痛恨的那头牡牛会走过来，伸着两角让你把它折断。你是否记得你以前在你父亲的王宫里做的梦？那是我送给你的。不要再生气了，欧罗巴！你是被一位天神带走的。命里注定你要成为那位不可战胜的宙斯在尘世的妻子。你的名字将会永远被人们记住，因为从现在开始，这块收容你的陆地将会被命名为欧罗巴！”

卡德摩斯

卡德摩斯是欧罗巴的哥哥，也是腓尼基国王阿革诺耳的儿子。自从宙斯变形成牡牛带走欧罗巴姑娘之后，阿革诺耳派遣卡德摩斯带着兄弟们去寻找她，并告诉他们，除非将她找到，否则不准回来。很长时间，卡德摩斯徒然地漫游在世界上，无法找到被宙斯的诡计骗去的妹妹。他怕他父亲发怒，不敢回到故乡，因此请求福玻斯·阿波罗赐给他神谕，告诉他应该在哪里度过晚年。但阿波罗回答：“在一片荒寂的草原，那里有一头从来没有背负过轭的牛犊。你跟着它走，当它躺在草地上休息时，在那里你将会建立一个城市，并把它叫作忒拜。”

阿波罗是在卡斯塔利亚圣泉赐给他神谕的，他刚离开那里，就在一片绿茵茵的牧场上看见一头牛，它的脖子上没有负轭的痕迹。他在心里默默地向福玻斯做着祈祷，慢步跟着这头牛走，涉过刻菲索斯的浅滩，又走了一大段路，那头牛忽然站住了，它把两耳直直地竖起，对着天空，空中响起哞哞的牛叫声。它回头看了看跟它走来的那群人，就慢慢地卧到草丛里去了。

卡德摩斯俯伏在异乡的土地上，疯狂地亲吻这土地。他想向宙斯献祭，准备举行神品饮的献礼，于是就派仆人到清泉去取水。在那个地区有一片从未采伐过的古老的树林。林中巉岩犬牙交错，树木盘根错节。清凉的泉水从一个拱形的深谷里涓涓流淌出来。在这个洞穴里隐藏着一条凶龙，很远就可以看见闪着亮光的红色的龙冠，它的眼睛喷射着火焰，它膨胀的身体满是毒汁，它有三条舌头，不断发出咝咝的声音，而且长着三排锋利的牙齿。当腓尼基的仆人走进小树林时，淡青色的龙突然从洞里伸出头来，而且发出恐怖的叫声。腓尼基仆人吓了一跳，汲水罐也从手中滑落到地上摔得粉碎。他们已经失魂落魄了。毒龙把它遍布鳞甲的身躯盘成滑腻腻的一堆，蜷缩成直立的弓形，然后抬起半个身体，向下边的树林望去。突然，它狂怒地冲向腓尼基人，他们有的被咬死，有的被它缠住勒死，有的因吸入它喷出的臭气窒息而死，还有一部分被毒涎毒死了。

卡德摩斯不知道他的仆人为什么去了这么久还不回来，最后决定亲自去找他们。他身披一张他自己从狮子身上剥下来的狮皮，手持长矛和标枪，此外还怀着一颗坚强的心，这比任何武器都要起作用。他走进树林，一眼就看见他被杀死的仆人的尸体，看见那仇敌正用它那膨胀的身躯炫耀自己的胜利，用嗜血的舌头在尸体上舔来舔去。

“噢，我可怜的朋友们，”卡德摩斯痛苦万分地大叫一声，“我要为你们报仇，要不然我就跟你们死在一起!”

他一边说着，一边搬起一块巨石向毒龙砸去。这样大的一块石头会砸得城墙和塔楼摇摇欲坠，但砸到毒龙身上它却毫发未伤。它的坚硬的黑皮和鳞片像铁甲一样保护着它。卡德摩斯见巨石伤不了毒龙，便开始投掷标枪。这回怪物的身体顶不住了，钢制的枪尖深深地刺入它的脏腑。疼痛使毒龙勃然大怒，它回过头来咬碎枪杆，只有枪头牢牢地留在体内。就在这个时候，它又被刺了一剑，它更加暴怒了，它的咽喉胀了起来，白色的泡沫从毒腭里往外喷吐。毒龙挺起树干般的身躯，像箭一样冲过来，但它的胸部撞在树干上了。鲜血不断从这头怪兽的脖子里流出来，染红了周围的杂草。但这点伤势对它来说并没什么，毒龙仍能躲避冲刺砍杀。最后，卡德摩斯瞅准机会，一剑捅进毒龙的咽喉，一直捅到一棵橡树里，使巨兽的脖颈钉在树干上。这时毒龙才被杀死。

卡德摩斯盯着这头被杀的毒龙看了很长时间。后来他又看了看四周，发现从天而降的帕拉斯·雅典娜站在他身旁。她命令卡德摩斯立刻把毒龙的牙齿种到翻过的土里，它们将生出人的后代。他按照女神的旨意，用犁在土地上犁出一条很宽的垄沟，把龙牙撒到沟里。突然土块开始活动起来，他看到首先从垄沟里冒出来一根枪尖，然后冒出一顶晃动着彩色羽毛的头盔。很快就出现了肩、胸、手持武器的胳膊，最后站出一个全副武装的战士，他从头到脚整个儿都是从泥土中生长出来的。别的地方也不断地长出人来。于是，一整队装备齐整的战士在腓尼基人面前长了出来。

卡德摩斯感到非常惊愕，准备与新的敌人战斗。但是从土里生出来的一个人朝他喊道：“请放下你的武器，最好不要介入内部战争！”这时，这些从地下冒出来的战士开始了一场毁灭性的斗争，最后只有五个人活了下来。他们按照雅典娜的旨意放下武器，自愿求和。最先带头求和的就是厄喀翁。在这五位战士的帮助下，从腓尼基来的外乡人卡德摩斯，如神谕所示，在这里建立了新的城市，并命名该城为忒拜。

珀耳修斯

阿耳戈斯国王阿克里西俄斯得到一个神谕：他的孙子会将他逐出王位，并将他杀死。因此，他将他的女儿达那厄，以及她与宙斯所生的儿子珀耳修斯，都装进了一只箱子里，然后投进了海里。宙斯引导着这只箱子穿过了大风浪，最后它被潮水运到了塞里福斯岛。这里是狄克堤斯与波吕得克忒斯两兄弟所统辖的地域。箱子浮出水面时，狄克堤斯正在捕鱼，于是他就将它拖到了岸上。两兄弟都热爱达那厄和她的孩子。于是波吕得克忒斯娶了达那厄为妻，并用心地抚育宙斯的儿子珀耳修斯。

珀耳修斯长大成人以后，他的继父鼓励他外出探险，建功立业。这个勇敢的青年表示愿意去冒险。父子二人很快就达成了共识：让珀耳修斯去砍下墨杜萨可怕的头，然后把它带回塞里福斯交给国王。

珀耳修斯出发了。在诸神的引导下，他来到一个遥远的地方，那里居住着众怪之父福耳库斯。珀耳修斯最先看到的是福耳库斯的三个女儿：格赖埃姊妹。她们一生下来就长了满头白发，她们三人轮换使用一只眼睛和一颗牙。珀耳修斯夺取了她们的眼睛和牙齿。当她们恳求他把她们必不可少的眼和牙还给她们时，他提出了这样的交换条件：那就是她们必须告诉他去女仙那里的路。

女仙和其他女神一样，都是奇异的造物，她们拥有三件奇宝：一双飞鞋，一只可以当作衣袋的皮囊，还有一顶狗皮做的头盔。无论是谁，只要穿上这双鞋，想去哪就会立刻飞去哪；只要戴上这顶狗皮头盔，他就能看见他想看的东西，别人却看不见他。这些宝物珀耳修斯都想拿到手，于是他就出发了。

福耳库斯的三个女儿带路，把珀耳修斯领到了那些女仙的住地，从他手中拿回了她们的牙和眼。在女仙这里，他找到并得到了他想得到的东西。他挎上皮囊，绑上飞鞋，戴上头盔。此外，他还从赫耳墨斯那里得到一面青铜盾。他这样装备起来以后，就飞向大海，到福尔库斯另外三个女儿——戈耳工们的住处去。

他的第三个女儿是凡胎肉体，所以他被派来取她的头。这些怪物正在酣睡：她们的头部遍布龙的鳞甲，头上没有头发而是盘着许多的蛇；她们长着野猪一样的獠牙和可以飞翔的金翅膀。珀耳修斯知道，凡是注视过她们的人，都要变成石头。因此，他背着脸站在这些熟睡的怪物前面，只从他当镜子用的闪光的青铜盾里搜寻她们的面影；他就这样认出了戈耳工墨杜萨。他把这个还在酣睡中的怪物的头砍了下来。这件事刚刚完成，一匹飞马珀伽索斯和一个巨人克律萨俄耳就从墨杜萨的躯干里跳了出来，他们俩都是波塞冬的儿子。珀耳修斯把墨杜萨的头装在皮袋里，像来时那样往回飞奔。墨杜萨的两个姐姐起床后，看见被杀的三妹的躯干，立刻展开翅膀去追凶手。但珀耳修斯戴上了女仙的头盔，他现在成了隐形人，她们在什么地方都看不见他。

珀耳修斯飞在空中，被大风吹得不停地左右摇摆。他一直向西飞行，为了稍事休息，他降落在阿特拉斯国王的国土上。

阿特拉斯国王有一个结满金果的小树林，一条巨龙守候在那里。珀耳修斯——戈耳工的征服者，请求在这里得到一块栖身之地，但没有得到允许。因为担心金果被盗，阿特拉斯狠心地把他赶出了宫殿。珀耳修斯大怒，说："虽然你不想帮助我，但我还是想送给你一件礼物！"他自己背过脸去，从皮囊里掏出戈耳工的头，把它伸向国王，国王立刻就变成了石头，实际上是因为国王特别高大而变成了一座山。他的胡须和头发延伸出去化为森林。他的双肩、他的手和骨头变成了山脊，他的头变成了直插云霄的高峰。

珀耳修斯再次绑上飞鞋，挎上皮囊，戴上头盔，在空中盘旋。在飞行中，他经过刻甫斯国王统治的埃塞俄比亚的海岸。他看见在一个向着大海凸出的悬岩上绑着一个少女。如果不是一股微风吹动她的头发，他还以为她是一座大理石雕像呢。她的秀美把他吸引住了。“告诉我，美丽的姑娘，”他跟她攀谈道，“你为什么被绑在这里？告诉我你的家乡在哪里，告诉我你自己的名字！”

这个被绑在那里的姑娘面带羞涩，默默不语。她不敢跟陌生人说话。要是她动弹得了，她应该早就用手捂住自己的脸了。她只能两眼涌出泪水。最后，为了不让外乡人以为她对他隐瞒什么罪过，她才答道：“我的父王是埃塞俄比亚的国王刻甫斯，我的名字叫安德洛墨达。因为我的母亲自夸比海中的女仙还要美，这句话被那些海洋仙女听到了，怒不可遏，于是她的朋友海神便让大水泛滥成灾，让一个什么都吞得下的大鲨鱼随着洪水来到这个国家。一道神谕宣示：想要躲过这场灾难，唯一能做的就是把我喂鲨鱼。人民逼迫我父亲采取这个拯救措施。在绝望中，迫于无奈，父亲只好把我锁在这个悬岩上。”她话还没说完，哗的一声汹涌的波涛就立刻分开了，一个怪物从海底钻出来，它宽大的胸伏卧在水面上。少女吓得大哭大叫起来，她的父母急忙赶来。他们拥抱着被捆绑着的女儿，但他们除了哭泣和悲叹却无能为力。

珀耳修斯说：“你们有的是时间去哭，但救人的时间可是不多的。我叫珀耳修斯，是宙斯和达那厄的儿子。我征服了戈耳工，现在正由神奇的翅膀托着我在空中飞翔。即使她是自由的，让她来选择，我也不是不配做她的丈夫！现在，我要向她求婚，我要救她。你们接受我的条件吗？”在这样的处境下谁还会犹豫呢？万分喜悦的父母不仅答应把女儿嫁给他，而且许诺把自己的王国做嫁妆。

这当儿，那个怪物快速地游了过来，离悬岩只有一投石那么远。这青年突然脚一踏地，腾空而起，怪物看到海面上人的影子，立刻狂暴地向他追去，珀耳修斯像一只雄鹰从空中冲下来，腾空踏在怪物的背上，把杀死墨杜萨的剑刺入大鲨鱼的身体。他刚把宝剑拔出来，那大鲨鱼就忽而高高地跳到空中，忽而沉入海涛，像一只被猎犬追逐的野猪似的狂吼。珀耳修斯一剑一剑地刺在它身上，殷红的血汩汩地往外冒。不一会儿，这巨大的怪物的尸体被海浪卷走了。

珀耳修斯跳上岸，爬到悬岩上，解开捆绑少女的锁链。就在他为她打开锁链时，她不断地用眼神向他表示感谢、爱慕。他把少女送回了家，国王立刻为他们准备了婚宴。婚宴正兴高采烈地举行时，国王城堡的前院忽然传来了叫骂声。原来是国王刻甫斯的弟弟菲纽斯来了，过去他曾向她的侄女安德洛墨达求过婚，但在最近遇到灾难时他把她抛弃了。现在他带着一队武士来重提他的要求。他挥舞着长矛闯进举行结婚典礼的礼堂，冲着惊讶的珀耳修斯喊道："瞧着我！我来了，我要为我那被抢走的未婚妻报仇！"说着，他就摆开架势，准备用矛刺杀。国王刻甫斯见势不妙立刻站起来呵斥他："别再胡闹了，我的兄弟，你怎么会想到干这种不正当的事情？不是珀耳修斯抢走了你的未婚妻。我们被迫让她牺牲的时候，是你抛弃了她。你眼睁睁地看着她被绑在悬岩上，你既没有以叔叔的身份也没有以未婚夫的情义救助她。为什么你不自己从悬岩上把她解救下来呢？这个年轻人把她救了下来，而且他可以使我的晚年得到安慰，你不应该搅扰他！"

菲纽斯不回答，他只是转动着愤怒的目光一会儿看看他的哥哥，一会儿看看他的情敌，好像是在考虑首先应该对谁下手。他犹豫了一会儿终于使出因愤怒而爆发的全部力量，把他的矛投向珀耳修斯。但他没有投准，整个矛插在了床垫上。珀耳修斯跳起来，把他的矛投向菲纽斯闯入的那扇门。幸亏菲纽斯躲避及时，一跃躲在祭坛后面，要不那支矛非刺穿他的胸脯不可。这支矛却刺中了菲纽斯的一个同伴的前额，于是，一场格斗便在菲纽斯的随从和参加婚礼的宾客间展开了。这场搏斗十分残忍，持续了很长时间。岳父岳母和新娘站在珀耳修斯一边要求他保护。最后，珀耳修斯被菲纽斯和他的扈从们包围了。珀耳修斯把肩靠在一根大柱子上，遮住后背。他掉过头来面对大群敌人，阻止他们的进攻，放倒一个又一个武士。最后，他只好决定使用最后的又是最可靠的手段。

"谁还是我的朋友，就把脸转过去！"他说，同时从他一直挎在身上的皮囊里取出戈耳工的头，把它伸向第一个冲向他的敌人。"让你的魔法去降伏别人吧！"那人轻蔑地看了一眼喊道。他举起手刚要投掷标枪，但他就这样举着手变成了石头，很像一个雕刻的石柱。其他敌人也一个接一个都落了个同样的下场。最后只剩下了两百人。这时，珀耳修斯就把戈耳工的头高高地举在空中，让大家都能看见，于是这两百人也突然变成了坚硬的岩石。

现在菲纽斯开始后悔不该发动这场不义的战争。他左右一看，四周什么也没有，只有姿态各异的石像。他呼叫他朋友们的名字，他疑惑地触摸站在周围的人体：所有的人体都成了大理石的。他开始感到害怕，他的挑战变成了低三下四的祈求："饶了我吧，王国和新娘都归你!"他哭喊着，同时把沮丧的脸转向一边。但是，珀耳修斯因他新朋友的死而无比悲痛，再也不能容忍了。"反贼!"他愤怒地说，"我要为你建立一座永久的纪念碑!"尽管菲纽斯竭力闪躲，不去看戈耳工的头，那伸向他的可怕的形象很快与他的目光相遇了：他的脖子僵硬了，他那含泪的眼睛变成了坚硬的石头。他站在那里，双手下垂，一脸失魂落魄的表情，完全是奴仆的卑贱姿态。

现在，珀耳修斯顺利地把他的爱妻安德洛墨达带回了家。他将度过非常幸福的一段时间。他又找到了他的母亲达那厄。但他的外祖父阿克里西俄斯始终没有躲过自己的厄运。老人由于害怕神谕所预示的灾难，逃到外地，来到了珀拉斯戈斯，当了异乡人的国王。珀尔修斯来的时候，他正在这里举行赛会。珀耳修斯是在准备到阿耳戈斯看望外祖父的途中路过这里的。珀耳修斯也非常高兴地参加了比赛，但他投掷的铁饼却不幸击中了阿克里西俄斯。后来他才知道被他打死的是谁。他怀着沉痛哀悼的心情把外祖父葬在了城外，并且交换了他所继承的王国。从此以后，命运女神再也不嫉妒他了。安德洛墨达为他生了许多可爱的儿子，他们都继承了父亲珀耳修斯的优良品质。

代达罗斯和伊卡洛斯

雅典的代达罗斯是墨提翁的儿子，属于厄瑞克提得斯家族，是厄瑞克透斯的曾孙。他既是建筑家，也是雕刻家，还是石雕工人，甚至可以说他是那个时代最伟大的艺术家。世界各地的人都非常欣赏他的艺术作品。谈到他的雕像，人们都说那是活的，能走动和能看物的，认为那不仅是雕像，都说那是具有灵魂的创造物。从前大师们的雕像，眼睛都是闭着的，双手僵直地垂在两侧而且与身体连在一起，而他第一个让雕刻的人像睁开眼睛，双手与人体分离并且伸向外面，站在那里的脚则是走路的姿态。虽然代达罗斯艺术水平超群，但他在艺术方面却是一个爱慕虚荣和嫉妒心极强的人，正是这种人格上的缺点诱他犯罪，使他遭受苦难。他有一个外甥，名叫塔罗斯，跟他学习艺术雕刻，而这个学生的天分比他的舅舅和老师还高。在塔罗斯小时候，他就发明了制陶器用的转盘。他还把两只金属臂连接起来，让一只不动另一只能动，由此发明了最早的车床。他还设计了别的工具，而且这一切都是他独立完成的，这样他就有了很高的名望。代达罗斯害怕他的名声超过自己，嫉妒心压倒了他的理智，于是他丧心病狂地把塔罗斯从雅典的卫城上推了下去，把这个孩子杀死了。在代达罗斯埋葬他外甥的时候，他谎称他是在掩埋一条蛇，他的行为引起了人们的注意。他还是受到阿瑞俄帕戈斯法庭的传讯，并且被判了刑。

但他逃跑了，开始在阿提刻四处流浪，后来逃到了克瑞忒岛。在那里，国王弥诺斯收容了他；他成了国王的朋友，被视为著名的艺术家，受到极大的尊重。国王选派他去为弥诺陶洛斯——一个牛首人身的怪物——建造一所使人见了就害怕的住宅。代达罗斯创造性地建了一座迷宫。这是一座处处迂回曲折的建筑，走进去的人总要眼花缭乱，找不到该走的路。无数通道交错环绕，就好像佛律癸亚地区迈安德洛斯河蜿蜒无序的流动，在可疑的通道上时而向前，时而倒退，常迎着波浪走。在这座建筑竣工后，代达罗斯前去检查，连他自己也费了很大的劲才走出迷津回到大门口，可见他修建了一座多么稀奇古怪的建筑物。弥诺陶洛斯被保护在这座迷宫内部，他仅靠雅典每九年向克瑞忒国王进贡的七个童男和七个童女维持生命。

长期背井离乡的生活使代达罗斯感到心情沉重，想到要在海水包围的小岛上面对专制国王的不信任度过一生，内心就十分痛苦。他绞尽脑汁思索自救的方法。经过很长时间的思考，他终于快乐地说道："自救的办法有了！弥诺斯虽然从陆地和海上把我封锁，但空中对我是开放的。弥诺斯虽然威权无比，但他管不了天空。我可以从空中逃离此地！"

下定决心，代达罗斯马上行动，他凭借他的创造精神要把自然征服。他动手先把鸟的羽毛按大小不同分开，然后把较小的羽毛接在较大的羽毛上形成一根较长的羽毛，如果不仔细看，一定会以为那是自然长出来的。接着用麻线把羽毛缝起来，又在下边涂上蜜蜡，最后把连在一起的羽毛弯成弧形，看上去完全像鸟的羽翼。

代达罗斯有一个儿子，名叫伊卡洛斯。他站在父亲身旁，好奇地用小手参与父亲的艺术加工：他时而去抓那些被风吹动的羽毛，时而用大拇指和食指揉捏父亲使用的黄色的蜜蜡。父亲漫不经心地听任孩子抚弄，微笑地看着孩子笨拙的动作。代达罗斯把扎成的翅膀绑在自己身上，找准了平衡，然后便像只鸟一样轻盈地飞到空中去了。降落到地上以后，他又用业已准备好的小翅膀教他的小儿子伊卡洛斯飞翔。

"亲爱的孩子，切记一定要在中间的航线上飞，"他说，"如果你飞得太低，擦到海水，翅膀就会变湿、变沉，你就会掉到大海里去。如果你飞得太高，你的羽毛就会被太阳烤着。要在海水和太阳之间飞，永远沿着我的航线飞。”代达罗斯一边这样警告，一边把一对翅膀绑在儿子肩上。不过在绑的时候，老人的手也在不停地抖动，担忧的眼泪滴在手上。然后他拥抱了孩子，并吻了吻他，这也是最后的一次吻。

就这样，父子二人利用自己的人造翅膀升上了天空。父亲充满忧虑地飞在前面，就像一只老鸟第一次带着幼鸟出巢飞行一样。他小心而灵巧地扇动着翅膀，好让儿子能照着他的样子做。他不时地回头，看儿子飞行得怎么样。开始一切相当顺利。他们不久就从左边的萨摩斯岛飞过去，又过了一会儿便飞过了罗得斯岛和帕洛斯岛上空。他们很顺利地飞过一座座岛屿。这时，由于飞行顺利而过于自信，那男孩伊卡洛斯竟然离开了父亲的航线，冒冒失失地操纵一对翅膀向高空飞去。父亲的预言立刻成了现实。靠近太阳后，炽热的阳光烤软了黏合翅膀的蜜蜡。伊卡洛斯对此还没觉察到时，羽翼已经解体，从肩上掉下去。可怜的孩子还在滑翔，用没有翅膀的手臂扑打，但不能浮在空中，就突然跌落下去了。他也曾想呼叫父亲救他，但还没来得及发出声音，就被碧蓝的海涛吞没了。

这一切发生得太突然了，等代达罗斯回头看他时，竟没有看到他的一点踪影。“伊卡洛斯，伊卡洛斯！”他在了无人迹的天空绝望地呼喊，“你在哪里？在空中我到哪里去找你呀？”他怯生生地四处寻觅。最后，当他的目光向下看时，他发现了水面上漂浮着的羽毛。他停止飞翔，滑翔到海岛上，收起羽翼，毫无指望地在海岛的岸边走来走去。不久，大浪就把他孩子的尸体冲到了海岸上。现在，被杀害的塔罗斯报仇雪恨了。为了永远纪念这悲惨的事件，该岛取名伊卡里亚。

代达罗斯把儿子的尸体安葬以后，又继续向前飞，一直飞到名为西西里的大岛。这个岛的国王是科卡罗斯。他也像克瑞忒岛的弥诺斯国王一样把代达罗斯待为上宾，这里的居民都很欣赏他的艺术作品。在这里，代达罗斯带领人民挖掘了一个人工湖，从湖里流出一条宽阔的通向附近大海的河，多少年来人们都指着这条湖赞叹不已。岛上有一块很难攀登的陡峭的山岩，几乎没有什么树；就在这块山岩上，代达罗斯建造了一座城堡，通向那里的是一条狭窄而曲折的小道，只要有三四个人就可以守住这个城堡。国王科卡罗斯把他的珍宝存放在这个很难攻破的城堡里。代达罗斯在西西里岛上兴建的第三个工程是一个深邃的地洞。他巧妙地从这里引出地下火生成的热气，平时人们待在岩洞里会感到湿冷，现在却觉得像在一个稍微被加热的房间里一样舒适，身体渐渐地出了一点汗，不像在燥热的环境中令人烦躁。他还扩建了厄律克斯海甲上的阿佛洛狄忒神庙，敬献给这位女神一个金制的蜂房，那蜂房的制作工艺无比高超，看上去逼真极了。但这时弥诺斯国王知道他的建筑师代达罗斯偷偷地离开了他的岛国，逃到西西里岛去了，于是决定率领强大的军队追捕他。他率领一支装备精良的舰队，从克瑞忒岛驶向阿格里根同。到了地方，他命令他的陆战队上了岸，同时派出使者去见科卡罗斯国王，要求对方交出那个逃亡者。科卡罗斯对异国暴君的入侵非常愤怒，他一直在苦思冥想着消灭这个家伙的最好的方法。他假装接受克瑞忒人的要求，答应满足他的一切愿望，并邀请对方会晤。

弥诺斯来了，受到了科卡罗斯隆重热情的接待。为解除他旅途的劳累，科卡罗斯请弥诺斯洗热水浴。但当他坐到浴缸里时，科卡罗斯命人不停地加热，直到弥诺斯在沸水里被煮死。西西里的国王把弥诺斯的尸体交给克瑞忒人，并骗他们说他沐浴时不慎掉到热水里烫死了。他的随从以最壮观的葬礼把他安葬在阿格里根同附近，并在他的墓碑的上坡建立了一座向世人开放的阿佛洛狄忒神庙。

代达罗斯培养了许多著名艺术家，成了西西里岛建筑和雕刻艺术的奠基人，一直受到科卡罗斯国王的优待。但自从儿子伊卡洛斯坠海死去之后，他就再也没有真正高兴过。他在自己得到庇护的地方创造了很多光辉的作品，使那里处处充满欢乐。然而他的晚年却是在忧伤苦闷中度过的，且最终由于忧郁过度在西西里岛去世，被当地人安葬在岛上。

菲勒蒙和包喀斯

一棵千年橡树长在佛律癸亚王国的一个小山上，一棵同样古老的菩提树紧挨着它长着。两棵树的四周是一道低矮的围墙。许多花环挂在两棵相邻的大树上。不远处有一个湖，那里面沼泽很多。从前，那里是一片可居住的土地，而现在飞来飞去的只剩潜水鸟和苍鹭了。

一天，宙斯和他的儿子赫耳墨斯来到这个地区，这一次赫耳墨斯只拄了一根拐杖，而没戴有翼的帽子。他们都化作人形，想考察人类的友好程度。因此他们挨家挨户地询问，请求借宿一夜。但所有居民都很自私粗暴，都粗鲁地拒绝了这两位天神。最终，他们看到村头有一个小茅屋，又矮又小，用干草和苇秆搭顶。但在这所贫寒的房子里却住着一对幸福的老人，正直的菲勒蒙和他的女人——同样诚实的包喀斯。在这里，他们一起度过了欢乐的青春年华；在这里，他们又一起变成了白发苍苍的老人。他们毫不隐瞒自己的贫穷，却能忍受悲苦的命运。虽然没有子女，他们却很乐观、友善，相亲相爱地生活在他们一起居住的小茅屋里。

当这两位天神化作的高大的人走近这所贫寒的小屋、弯腰跨过低矮的房门时，两位正直憨厚的老人赶紧起身迎接，亲切地打招呼。老汉搬来凳子，老太太包喀斯铺上一块粗布，请客人坐下休息；老婆婆赶紧起身向灶台走去，在余焰未尽的柴灰中拨弄出微燃的火星，堆上干木头和干柴枝，轻轻地从冒烟的柴火上吹起火苗来。然后她去抱来劈好的木头，塞到悬在火上的锅下边。而菲勒蒙此时已从侍弄得相当好的小菜园里取来了卷心菜，老太太接过来把它掰开洗净。老汉又用二齿叉从卧室天棚上够下来一块熏猪肉——这块猪肉是准备节日用的，他们已经储存好久了——从肩部切下一小块来抛在沸腾的水里煮汤。

为了不让客人觉得等待时间太长，他们不停地跟客人热情地聊天。他们还为客人准备好洗脚水，让客人洗脚解乏。两位神和蔼可亲地微笑着接受这盛情的招待。他们舒舒服服地烫脚的时候，善良的女主人又为他们安排了睡铺。床就摆在小屋的中间，床垫里塞的是芦絮，床腿和床架都是柳条编织成的。菲勒蒙拉出了只在节日才用的地毯，不过地毯也很破旧了，尽管如此，两位神还是很愿意坐在上面享用做好的晚饭。现在，老婆婆腰里系着围裙，两手发抖地把一张三条腿的桌子放在床铺前面，因为桌子立不稳，她就往那条短桌腿底下垫了一块碎瓦片。

然后她用新鲜的荷叶擦了擦桌面，就把饭食摆在桌上。准备的饭食有橄榄，有浸在稍浓的清亮汁液里的秋季山茱萸，有白萝卜和菊苣，还有优质的奶酪和热灰里焐熟的鸡蛋。包喀斯把这一切菜肴放在陶瓷盘子里端上来。同时桌上还有五彩陶的酒罐，山毛榉木制的里面涂了黄蜡的小酒杯，它们发出夺目的光彩。这位憨厚的男主人斟上的葡萄酒既不是陈酿也不太甜。先上了几道热菜，然后又把酒杯挪到边上，腾出地方好放最后一道甜点心。上的甜点心是核桃、无花果和圆圆的大枣，还有两小盘李子和香气袭人的苹果，连红葡萄也不缺少，餐桌中间还有一块乳白色的蜂蜜片。但最好看的还是两位憨厚老人的慈善亲切的笑容，这两张面孔透露着慷慨和忠诚。

当大家吃饱喝足，在热闹地聊天时，菲勒蒙发现，尽管酒杯一再斟满，酒罐里的酒却始终不见少，反而永远升到罐口。这时男主人才惊讶而畏惧地认出，他是在给谁提供了住处。老汉连同他年迈的老伴高举起手臂，恭顺地垂下目光，请求神明慈悲为怀，不要怪他们招待不周，只能供应简陋的菜肴。啊，他们现在应该怎样款待天上来的客人呢？对了，他们突然想起来：外面的禽舍里不是还剩下一只鹅嘛！他们愿意把它拿来献给神。两位老人急忙跑出去抓鹅，可是鹅比他们跑得还快。那只鹅哦哦地叫着，扑棱着翅膀，总能逃开两位气喘吁吁的老人。它一会儿跑到东，一会儿跑到西，累得两位老人气喘吁吁。最后，鹅跑进屋子，躲在客人身后，似乎想得到他们的帮助。它果真得到了保护。

两位神拦住两位老人，慈祥地微笑着说："我们是神，我们是来人间考察人类友好程度的。我们发现，你们的邻居都是有罪的，他们逃不过上天惩罚的。不过你们要离开这所房子，跟着我们到山顶上去，免得你们无辜地跟这些有罪的人一起遭殃。"两位老人听从了神的叮嘱，他们拄着拐棍，吃力地攀登那座陡峭的山。离山顶还有一箭远的时候，他们不经意间一转脸，发现山下的全部土地都成了一片汪洋大海，所有的建筑物都坍塌了，只有他们的小茅屋还立在那里。他们正感到惊讶，悲叹其他人的厄运时，瞧啊，那个破旧贫寒的茅屋竟然变成了高耸的庙宇。那座庙宇有许多大圆柱子支撑，金色的屋顶闪耀着光辉，地面全都铺着大理石。

这时，宙斯露出亲切友好的面容，转向颤颤巍巍的两位老人说："告诉我，诚实的老人，还有你，诚实老者的可敬的老伴，你们想要得到什么？无论什么要求，我都会答应你们的。"菲勒蒙和老伴简单地交谈几句，然后说："我们希望成为你们的祭司！请允许我们守护这座庙宇。我们俩一直和和睦睦地生活在一起，请求您让我们俩死在同一个时辰吧！我们都不希望看到彼此的坟墓，更不想亲手把对方埋葬。"宙斯实现了他们的愿望。他们俩在有生之年一直守护着这座庙宇。一天，当他们都感到已经享尽天年时，便一起站在神庙的台阶前，默默地回忆着这奇异的命运。这时，包喀斯看着她的菲勒蒙，菲勒蒙看着他的包喀斯，彼此消失在绿色的树叶里。两个人的面孔周围长出了参天的大树。"再见了，亲爱的老头子！""再见了，我的爱妻！"在他们还能说话的时候，两个人最后就相互说了这么一句。这令人尊敬的一对夫妻，就这样结束了他们的一生：橡树就是老汉，菩提树就是他老伴。即使是死后，他们还是像生前一样永不分离，亲密无间地站在一起。神是尊重虔诚的人的；只有尊重神的人，才会得到神的恩赐。

弥达斯国王

有一次，位高权重的酒神狄俄倪索斯翻山越岭到小亚细亚去，他还带着他的女祭司和山林神怪。在那里，他在众随从的陪同下，沿着特莫洛斯山脉那些四周爬满葡萄蔓的山丘散步。走着走着，突然发现少了一位白发苍苍的酒徒西勒诺斯。原来这位老者因不胜酒力睡了过去，所以被落在了后面。佛律癸亚的农民发现了这位酣睡的老人。他们给他戴上花环，把他带到弥达斯国王那里。因他是神圣不可侵犯的酒神的朋友，国王虔敬地接待并热情地招待他，盛宴款待了他十天十夜。在第十一天早上，国王把他送到吕狄亚旷野，交给了酒神。酒神又见到了自己的老朋友，非常高兴，便要求国王说出他的愿望，酒神一定满足他。于是弥达斯说："伟大的酒神，如果允许我选择的话，那就是请您让我把我所触到的东西都变成闪光的金子吧。"酒神对此感到非常失望，对方竟没有做出更好的选择。但酒神还是满足了他的这个愿望。弥达斯没有意识到这是一个多么糟糕的馈赠，反而心里喜不自胜，而且马上就试了试这个许诺可靠不可靠。他从橡树上折下一枝橡树枝，结果橡树枝变成了金子。他急忙从地上拾起一块石头，这块石头就变成闪光的金块。他从麦秆上摘下成熟的麦穗，就收获了金子。他从树上摘下来的水果，像赫斯珀里得斯姐妹的金苹果一样闪闪发光。他欣喜若狂地急急走进王宫。他的手指刚一碰到门柱，门柱就金光灿灿。甚至他把手浸在水中时，水也变成了金水。

国王欣喜若狂，命令侍从为他备一桌美味的饭菜。餐桌上很快就摆上了可口的烤肉和白面包。但是当他伸手去拿面包时，面包却变成了石头般坚硬的金属。他把肉放在嘴里，闪着微光的金片便在他的牙齿间颤动作响。他端起高脚杯，啜饮香气扑鼻的葡萄酒，便觉得是金汁滑到咽喉。现在他才明白，他祈求得到的这种财富是多么的可怕。他很富，却也很穷，他开始咒骂自己的愚蠢，因为他甚至连饥渴都解不了啦。如果这样下去，他定死无疑，想到这些，内心不由得一阵寒栗。他绝望地用拳头捶打自己的脑门——哦，真可怕，连他的脸也像金子一样闪烁着光辉了。这时，他万分惊恐地举起双手，朝天祈祷起来："哦，狄俄倪索斯大神啊，发发慈悲吧！宽恕我这个愚不可及的罪人，取缔我身上这触物成金的能力吧！"

待人亲切友好的酒神准了这个深感悔恨的笨蛋的请求，解除了他的魔法，说："你到帕克托罗斯河去，逆流而上直到在山里找到它的发源地。哪里有泡沫飞溅的水从山崖里喷出来，你就在哪里把头伸进清凉的急流里，让身上闪光的魔力离你而去。这样你就同时冲洗掉了你跟金子的罪愆。"弥达斯按照神的指令去做，果然魔法离开了他；但是，造金的力量转移到河流里去了，从此以后这条河便大量地携带着这种宝贵的金属了。

从此，弥达斯就憎恨一切财富了。他离开自己豪华的宫殿，总喜欢在山林里和河流边散步，崇拜乡间的淳朴的神潘，潘喜爱逗留的地方全是阴凉的岩洞。但他的心还是像以前那样愚钝，不久以后他就获得了一种新的再也去不掉的馈赠。

在特摩罗斯的群山中，潘，这位长着山羊蹄子的神，习惯于用芦笛为山林水泽的女神们吹奏调情的小曲。有一次他竟狂妄地提出与阿波罗比赛音乐。白发苍苍的老山神特摩罗斯，用橡树叶围住他淡蓝色的头发和太阳穴，坐在山岩上，充当决定争斗胜负的裁判。迷人的女神以及尘世凡胎的男人和女人都围坐在四周倾听，他们当中也有弥达斯国王。潘开始吹奏他的牧笛，笛管里不断流淌出惊人野蛮的调子。只有弥达斯听得十分入迷。阿波罗在潘演奏完毕之后上来演奏，他的长满金色鬈发的头上戴着月桂花冠，身上穿着紫色的长袍，左手抱着象牙柄的七弦琴，面容和举止透露着神的庄严。他弹起了无比动听的曲调，所有听众欢喜异常，肃然起敬。最后，特摩罗斯这位有经验的裁判判定阿波罗获胜。

除了弥达斯外，所有人都热烈地鼓掌，一致赞同他的裁决，但是弥达斯并没有闭上他那张一向胡说八道的嘴，他高声指责裁决，说什么得胜者应该是潘。这时，阿波罗悄悄地走到这个傻瓜国王跟前，揪住他的双耳。他轻轻一抻，那两只耳朵就变得既长又尖，里外都长出灰色的绒毛来。这位神轻轻一动就造出了耳骨的关节，因为他不能容忍这样一双耳朵继续保留人耳的样子。这个可怜的国王的头上装饰着两只长长的驴耳朵，从此他羞得无地自容。他不想让世人知道这个秘密，所以就用一条巨大的穆斯林头巾把耳朵遮盖。但他却无法在给他理发的仆从面前隐藏这两只耳朵。为好奇心所驱使，这个仆从一见到他主人的这种新的装饰，就恨不得把这个秘密泄露出去。但他又不敢把这个秘密透露给任何人。后来他实在无法忍受自己的心理负担，索性走到河边，在岸上挖了一个洞，对着这个洞小声说出了他的不可思议的秘密。随后他又细心地把这个洞穴填上轻松地离开那里。但是过了不长时间，这里就密密实实地长出一丛芦苇；芦苇秆被微风一吹就奇妙地沙沙作响，声音很小但非常清晰地说：“弥达斯国王有两只驴耳朵！”于是，这个秘密就泄露出来了。

坦塔罗斯

宙斯有一个儿子叫坦塔罗斯，他统治着吕狄亚的西皮罗斯。他非常富有，而且特别出名。如果说一个肉体凡胎的人曾经受到奥林帕斯山诸神的尊崇，那就是他。

由于他出身高贵，被众神尊为亲密的朋友，最后他还被准许与宙斯同桌用餐，不用回避众神的谈论。但他的爱慕虚荣使他承受不了上天的福祉，于是他就开始想方设法地触犯诸神的尊严。他向凡人泄露神仙的秘密。他盗取餐桌上的仙酒和神食，并把他们分给凡间的朋友。他把别人从克瑞忒地方宙斯神庙里偷来的金狗藏在自己家里，当宙斯要他归还时，他却骗宙斯说金狗不在他的手中，以此拒绝归还，把金狗据为己有。

最后，他狂妄自大地请诸神到他那里做客，为试探他们是否能知晓一切。他竟让人把他的亲生儿子珀普罗斯杀死，为他们备宴。只有得墨特耳因为陷于女儿珀耳塞福涅被掠走的痛苦思虑中，吃了这可怕的肴馔中的一块肩胛骨。其余的神都发觉了这令人毛骨悚然的暴行，纷纷把孩子被分割的肢体扔到一个盒里，命运三女神之一的克罗托却伸手取出一个完美如初的孩子。只是有一块象牙做的肩胛骨，顶替了被吃掉了的那一块。

最后，坦塔罗斯罪大恶极，被诸神打入了地狱，让他遭受酷烈的痛苦折磨。

他站在一个池塘的中央，湖水触碰着他的下巴颏儿，但他嗓子干得要冒火，池水就在嘴边却一滴也喝不到。每当他低头，贪婪地想喝点水，水就在他眼前消失，池塘干涸，黑土地在他脚下出现。好像中了魔法似的，池塘的水瞬间变干了。同时他还得备受饥饿的煎熬。他身后的湖岸上生长着繁茂的果树，果树上硕果累累，树枝垂在他的头顶。只要他向上望，多汁的梨、鲜红的苹果、火红的石榴、芬芳的无花果和绿色的橄榄便笑盈盈地映入他的眼帘。但当他伸手想去采摘的时候，就会刮起一股大风，把树枝刮到云端。除此之外，更令他感到恐惧的是永不间断的对死的恐惧，因为在他的头顶上悬着一块巨石，随时都可能掉下来，把他砸得粉身碎骨。这样，这个目无神祇的坦塔罗斯，就被打入地狱，在那里身受这永无终止的三种酷刑。

珀罗普斯

坦塔罗斯蔑视神灵，但他的儿子珀普罗斯对众神却非常虔诚。父亲被打入地狱以后，他在和邻国特洛伊国王伊罗斯交战中吃了败仗，被赶出自己的王国，流浪到希腊。当时他还很年轻，但他在心里早就为自己选定了一个妻子。那就是厄利斯的国王俄诺玛俄斯的美丽的女儿，名字叫希波达弥亚。但是想要把她娶到手不是一件容易的事。因为神谕曾向她的父亲预言：女儿结婚，父亲就会死亡。因此这位信以为真的国王想尽一切办法不让任何一个求婚者接近她。他向全国宣告，只有在同他赛车中取胜的人，才能娶他的女儿为妻。谁败在国王手下，谁就得丧命。竞赛的起点是比萨，而这位父亲却是这样规定发车的时间：在求婚者驾着四马的战车出发时，他本人先要从容不迫地向宙斯献祭一只野羔羊。献祭完毕，他才出发，他坐在由御手密耳提罗斯驾驭的马车上，手持一杆长矛，追赶那个求婚者。如果他真的赶上了先走的那辆车，他就有权用长矛刺穿求婚者。

许多求婚者听到这样的条件虽很害怕，但因为倾慕希波达弥亚的美貌，勇气依然不减。他们以为国王俄诺玛俄斯是一个衰弱的老人，他明知道自己没有能力与青年人比赛，就故意让他们先走这么一大段路，即使失败了，也不会感到丢面子。因此，一个又一个求婚者被吸引到厄利斯来了，他们向国王自荐，请求娶他女儿为妻。国王每一次都亲切友好地接待他们，向他们提供漂亮的四马战车，让他们先行，他还是和往常一样向宙斯献祭他的羔羊，而且从容不迫。然后他才登上一辆轻车，前边驾车的是他的两匹骏马费拉和哈耳吕娜，它们跑得比疾风还快。每一次都是离终点很远他的御手就追上了求婚者，残暴国王的矛突然从背后刺死他们。就这样他已经杀死了超过十二个求婚者，因为他总能依仗他的快马追上他们。现在，珀罗普斯在奔向他心爱少女的途中在一个半岛登了陆，后来这个半岛就因他而被命名为伯罗奔尼撒半岛。很快他就听说了那些求婚者在厄利斯的遭遇。后来，他在夜里来到海边呼唤他的保护神——手持三叉戟的大神波塞冬，波塞冬从海浪里钻出来，到了他的脚边。“威力无比的神啊，”珀罗普斯祈求道，“假如爱情女神的礼物使你欢喜，那就别让俄诺玛俄斯的钢矛扎到我。请用最快的马车把我送到厄利斯去，让我取胜。他已经杀死了十三个求婚者，还在推迟他女儿的婚礼。巨大的危险吓不倒勇敢的人，我要在比赛中获胜。请您保佑我成功。”珀罗普斯就这样祈祷着，他的祈求立刻奏效了。海水又轰轰地响起来，海水中钻出一辆四匹箭一般快的飞马驾着的光闪闪的金车。珀罗普斯纵身跳到车上，一阵风似的奔向厄利斯去参加比赛。

当俄诺玛俄斯看见他到来时，大吃一惊，因为他一眼就认出了海神波塞冬的神车。但他还是按常日的条件与这个外乡人比赛；他对自己的骏马充满信心，认为它们有胜过疾风的神力。珀罗普斯的马匹在穿过半岛的行程后有些疲惫，经过稍事休息以后，他便驱策它们踏上了赛程。在他离目的地很近的时候，那个像往常一样，祭献完羔羊的国王驾着他那由飞奔的骏马拉着的马车追了上来，而且挥舞长矛向这位勇敢的求婚者发出致命的一击。就在这时，保护珀罗普斯的波塞冬的妙计奏效了：国王的车子散架了，因为波塞冬趁车奔跑时弄松了车轮。俄诺玛俄斯坠地而死。珀罗普斯的四马神车顺利地到达了目的地。他回头一看，只见国王的宫殿正冒着熊熊烈焰。原来是雷电击中了它，把它彻底焚毁了，最后只剩下一根柱子。珀罗普斯立刻乘着飞车奔向燃烧中的宫殿，勇敢地把他的未婚妻从火里救了出来。

尼俄柏

忒拜国的王后是个傲慢的女人。她的丈夫安菲翁从缪斯女神那里得到一架精美的竖琴。弹奏它时条石便自动组合起来，组成忒拜的城墙。她的父亲坦塔罗斯是众神的上宾。她还统治着一个强大的王国，本人也精神高尚，庄严而美丽。但她最值得骄傲的却是她的十四个朝气蓬勃的子女，其中一半是儿子，一半是女儿。人们都说尼俄柏是人间最幸福的母亲。其实她可以一直是这样的人。但经常以此妄自尊大。最终，她的傲慢导致了她的毁灭。

一天，预言家忒瑞西阿斯的女儿，女预言家曼托，借助神性的冲动，穿过大街小巷，召唤忒拜的妇女敬奉勒托和她的双生子女阿波罗和阿耳忒弥斯。她吩咐她们头戴桂冠，在焚香献祭时做虔诚的祈祷。妇人们一起涌了出来，尼俄柏也在随从的簇拥下出现在大街上。她身着金线织成的长袍，一脸怒色，但她的美貌依然光彩照人。她那美丽的头一转动，披肩的长发也随着飘摆。她站在露天下忙着献祭的妇女中间，用傲慢的目光环视众人，高声说："你们疯了吗，竟然来敬奉胡编乱造的神祇？可是留在你们中间的却是备受天国宠信的人类呀！你们为勒托建立祭坛，为什么不为我的神圣的名字焚香？难道我的父亲坦塔罗斯不是曾在天神的餐桌上享受欢宴的唯一凡人吗？我的母亲狄俄涅不是天上闪烁的七星普勒阿得斯的姊妹？我的一个祖先阿特拉斯力大无比，他能把天宇扛在肩上。我的祖父宙斯，他是众神的君父。连佛律癸亚的人民都服从我。卡德摩斯的城池，它的城墙，都听命于我和我的丈夫，那城墙是在竖琴演奏声中自动砌起来的。我的无价珍宝摆满宫殿的每个角落。此外，我有女神才配有的面容。没有一个母亲像我有这么多孩子：七个如花似玉的女儿，七个英俊标致的儿子，不久以后我还会有数目相等的女婿和儿媳。难道我没有理由骄傲吗？你们竟胆敢不敬奉我而敬奉勒托，她不过是提坦的不知名的女儿，大地都不赐给她一块地方让她为宙斯生儿育女，直到水中时隐时现的小岛得罗斯出于怜悯给了这个东奔西走的女神一个暂时的住处。这个可怜的女人在那里生了两个孩子。这只是做母亲的我可喜收获的七分之一！谁能否认我是幸福的？谁会怀疑我将长久幸福？即使命运女神要把我毁灭，她也得费一番周折！即使她从我众多的子女中夺去一两个，剩下的也不会少得像勒托那样只有两个。所以你们拿走供品，摘下头上的花环吧！统统散开回家去！别让我再看见你们干这种蠢事！"

那些女人都惊恐地把花环从头上摘下来，把未完成的献祭撂在那里，悄悄离去了，但心里始终默默地向这个感情上受到伤害的女神表示崇拜。

在提洛斯的库恩托斯山的峰顶，勒托和她的双生子女，神目圆睁，观察着遥远的忒拜发生的一切。"瞧，孩子们！我，你们的母亲，因为生了你们感到骄傲。除了赫拉，我不低于任何女神，现在我却遭到了一个狂妄的尘世女人的诽谤。我的孩子，要是你们不帮助我，我就被赶出这古老的神坛了！就连尼俄柏说你们不如她的那一大堆孩子，也是对你们的侮辱!”勒托还想补充一句，说说她的请求，阿波罗却打断她说：“母亲，不要再抱怨了！抱怨只会让他们更嚣张!”他的妹妹赞成他的看法。二人身披白云，穿空而过，眨眼间就来到了卡德摩斯城市和堡垒上空。

城墙外边是一大片荒芜的田地，这里已规定不再耕种，只供赛马赛车之用。安菲翁的七个儿子正在这块空地上嬉戏：有的骑在勇敢的骏马上，有的在进行摔跤比赛。最年长的伊斯墨诺斯用手紧紧地拉着缰绳正安稳地骑马绕圈小跑，突然哎呀一声，缰绳就从他松开的手里滑落下去，整个人也慢慢地从马的右侧跌到地上，原来是一支箭射中了他的心脏。他的弟弟西皮罗斯听到空中频频传来箭翎的飞鸣，便拉起放松的缰绳策马逃跑。但是一支标枪赶上了他，从他的脖颈刺入，铁枪头从喉管穿出来。这个垂死的中枪者从马头的鬣鬃上蹿了出去，跌在地上，喷涌的鲜血溅了满地。

另外两个弟弟正躺在地上，彼此抱在一起角斗。弓弦重新响起，他们被一箭射穿。二人同时哀号着，在地上扭动着痛苦地抽搐着的肢体，转动着失神的眼睛，在尘土中双双咽气。第五个儿子阿尔斐诺耳看见二人倒下，就赶快跑过来，想要抱住他们使他们苏醒过来，但阿波罗一箭射进他的心房，他也倒在了那里。第六个儿子达玛西克同，是一个头披长发的可爱青年，他的膝关节中了一箭。当他仰身往外拔那支飞来之箭时，另一支箭嗖地从他张着的口射进来，一直戳到咽喉里，鲜血像喷泉一样从喉管喷射出来。最后的也是最小的儿子伊利俄纽斯，他还是个孩子。他看见了这一切，便跪倒在地，张开两臂，祈祷道：“哦，所有的神明啊，请你们饶恕我吧!”听了这话，就连那残忍的射手也很感动，但是箭已射出，没法收回了。这孩子慢慢地倒下了。不过他死的时候并看不出有多痛苦，那支箭正好穿透他的心脏。

不幸的消息很快就传遍了全城。孩子的父亲安菲翁听到这令人恐惧的噩耗，便拔剑自刎了。他的仆从和人民嘈杂的悲鸣迅即传到后宫。尼俄柏久久不能理解这可怕的事件。她不肯相信天上的神有特权敢于这样做和能够这么做。但是，很快她就不再怀疑这是真的了。哦，现在的尼俄柏和此前的尼俄柏是多么不同啊！刚才她还从供奉权威女神的祭坛前赶走众人，在全城高视阔步！对那个尼俄柏，她最亲密的朋友也很嫉妒，对现在的这个尼俄柏，就连敌人也表示怜悯了。她失魂落魄地跑到旷野里去，扑到那些僵冷的尸体上，最后一次亲吻她的每一个儿子。随后她举起两只疲惫的手臂，对天高呼："你就幸灾乐祸地看着我的不幸吧！你那愤怒的心应该得到满足了吧，勒托，你这个残忍的女人！这七个儿子的死将把我送进坟墓！你胜利了，专横的敌人！"

现在，她的七个女儿也都穿着丧服走来，站在死去的兄弟身旁，披散着长发。看见她们，尼俄柏惨白的脸上闪现一道幽怨的光。她忘乎所以地看着天空，咒骂说："你是得胜者！不，即使我现在很不幸，我的孩子还是比幸福之中的你的孩子多！虽然这里躺着这么多尸体，我所拥有的孩子仍然占压倒的多数！"这句话刚说出口，空中又传来拉弓射箭的声音。所有的人都吓得直哆嗦，唯独尼俄柏一点儿也不打战，她已经麻木了。七姐妹中的一个突然用手捂住心窝，她拔出一支射进心底的箭，就昏厥在地，把垂死的脸转向躺在身边的兄弟的尸体。尼俄柏的另一个女儿跑到不幸的母亲那里安慰她，但一处隐蔽的创伤使她弯下腰来，永远失声不语了。第三个女儿刚要逃跑，就倒在了地下。又有几个女儿在俯身看顾她们死去的姐妹时也倒下死了。只剩下最小的女儿。她惊恐地躲到了母亲怀里，藏在衣裥中，像幼小的孩子那样紧紧地偎依着。

"给我留下这个唯一的孩子吧！"尼俄柏朝天上悲号着，"只留下这么多孩子中最小的一个吧！"就在她祈求的时候，那孩子已经从她怀里坠落在地。尼俄柏孤零零地坐在她的丈夫、儿子和女儿的尸体中间。她的身体因悲哀过度而变僵硬了。头发再也不随风飘动了。脸上也没有一丝血色。眼珠木木地盯着前方。她就像行尸走肉般坐在那里。血液已经凝结，脉搏也消失了。脖子不再转，胳膊不再动，脚也不能再迈步了。即使是身体里的心也变成了冰冷的岩石。除了流泪，她已经没有任何生命迹象了。眼泪总是不断地从那双僵化的眼睛里流出来。这时，一阵特大的暴风把她吹起来，越过大海，一直吹到尼俄柏的故乡吕狄亚的荒山野岭里，把她放在西皮罗斯的悬崖上。在这里，尼俄柏化为一座大理石石像，牢牢地立在这座山的峰顶，至今仍然泪流不止。

西绪福斯

西绪福斯是埃俄罗斯的儿子，他是尘世间最阴险狡诈的人。他是优美的克林斯城的建造者和国王，克林斯城位于两国之间的狭窄地带。自从宙斯把河神阿索波斯的女儿——美丽的神女埃癸娜拐走以后，西绪福斯为了自己的利益把宙斯藏匿埃癸娜的地方告诉了阿索波斯，阿索波斯为了答谢他，果真在克林斯城上从峻崖中为西绪福斯打了一眼著名的波林娜井。

宙斯决意惩罚这个泄密者，便把死神塔那托斯派到他那里去。但西绪福斯巧妙地抓住死神，给他戴上了沉重的镣铐，从此人世间就没有死亡了。直到强大的战神阿瑞斯解放了死神，西绪福斯才被死神带到了冥府。然而西绪福斯过去曾叮嘱妻子，他死后不要给他举行祭奠。冥王哈得斯和冥后珀耳塞福涅以为他的妻子破坏习俗，勃然大怒。经过西绪福斯的劝说，冥王才准许他回到人间去督促他妻子举行祭奠。

西绪福斯就这样从冥府溜掉了。他压根儿就没想再回冥府。在人间，他一再吃喝玩乐。但他正坐在丰盛的筵席上大吹他怎样成功地欺骗了冥王时，塔那托斯突然出现，不容分说就把他抓到了冥府。在地狱，他受到的惩罚是手脚并用，使足气力，从平地往高山推滚一块沉重的大石头。但每当他以为已经把它滚到了山顶时，这块阴险的巨石就又滚到山下去。这个备受折磨的罪犯一而再，再而三，永不停歇地从山脚向山顶滚这块巨石，累得他全身上下都是汗水。

直到现在，人们还根据这个传说把艰难而无效的工作叫作西绪福斯的工作。

俄耳甫斯和欧律狄刻

俄耳甫斯是色雷斯国王河神俄阿格洛斯与缪斯之一卡利俄珀的儿子，他还是一个无与伦比的歌手。他的父亲阿波罗本人也是音乐之神，他把一把七弦琴送给了俄耳甫斯。每当俄耳甫斯弹琴时，他都会放声歌唱母亲教他的动听的歌，这时候天上的鸟、水里的鱼、森林中的野兽，甚至树木和岩石都赶来倾听他绝妙的歌声。美丽可爱的水神欧律狄刻是俄耳甫斯的妻子。他们俩相亲相爱，生活非常幸福。但是他们的幸福实在太短暂了！因为婚礼的快乐歌曲刚刚沉寂，早来的死神便夺走了他正值灿烂年华的爱妻的生命。美丽的欧律狄刻和她的神女游伴在溪边草地上散步时，被一条藏在草丛里的毒蛇咬伤了脚后跟，死在她的惊恐万分的女友怀里。这位水神的悲鸣和哀号一直回荡在高山峡谷里。其中也夹杂着俄耳甫斯的痛哭和歌唱，他的哀婉的歌曲倾诉着他的悲痛。小鸟和有灵性的大小麋鹿跟这位孤独男子一起举哀。但他的祈祷和哭诉却唤不回他已失去的爱妻。

于是，他做出了一个骇人听闻的决定：下到可怕的地府里去，请求冥王和冥后把欧律狄刻还给他。在泰纳隆他从地府的入口走了下去。死人的影子阴森恐怖地飘浮在他周围。但他从容不迫地从死人王国的种种恐怖场面中走过去，一直走到面无人色的冥王哈得斯和冥后珀耳塞福涅的宝座前。在那里，他操起七弦琴，随着优美的琴声唱道："哦，地下王国的统治者啊，请恩准我诉说衷肠，请赏脸倾听我的愿望！我并不是因为好奇才来到阴间，也不是为了抓住三头看门狗好玩。我是为了我的爱妻来到你们的身旁。她给我的王宫带来欢乐和骄傲没几天，就被毒蛇咬伤，正当青春年华便归了阴间。瞧，我所承受的痛苦是无法预测的！作为一个男人，我奋斗了多年，但爱情撕碎了我的心，我不能没有欧律狄刻，我祈求你们，可怕的神圣的统治亡魂的神！在这充满恐怖的地方，在你们辖区的这片沉默的荒野：请你们把她，我的爱妻，还给我！还她自由，让她过早凋零的生命重获青春！如果不能这样，哦，那就祈求你们把我也归入亡魂的行列，没有她我永远也不重返阳世。"亡魂听了他的祈求，都放声痛哭起来。冥后珀耳塞福涅招呼欧律狄刻，欧律狄刻摇摇晃晃地走来。"你把她带走吧，"冥后说，"但你要记住，在你穿过冥府大门之前，一定不要回头看你的妻子，她才属于你。如果你过早地回过头去看她，她就永远不属于你了。"

现在，俄耳甫斯带着妻子，默默地快步沿着笼罩着夜的恐怖的黑暗的路向上攀登。俄耳甫斯心里突然产生一种无法形容的渴望：他偷偷侧耳试了试，看能不能听到她妻子的呼吸或她裙裾的窸窣声，结果什么也听不见，他周遭的一切都是死一般寂静。他被恐惧和爱情所压倒，再也无法自控，就壮着胆子迅急朝后看了一眼。不幸就在这一瞬间发生了，欧律狄刻两只充满悲哀和柔情的眼死死地盯着他，飘然坠回那令人毛骨悚然的深渊。他无比绝望地把手臂伸向渐渐消失的欧律狄刻。但毫无作用！她又遭遇了第二次死亡，但没有哀怨——假如她能抱怨的话，那她也只能怨她被爱得太深了。她已经在他的视线中消失了。"再见，再见了！"这样低沉微弱的渐渐消失的声音从远方传来。

俄耳甫斯既伤心又惊愕地呆立了片刻，随后他又冲回黑暗的深渊。但现在冥河的艄公堵住了他，拒绝把他渡过黑色的冥河。于是这个可怜的人便不吃不喝，不停地哭诉，在冥河岸边坐了七天七夜。他祈求冥府的神再发慈悲，但冥府的神是不讲情面的，他们绝对不会再给他第二次机会。他只好无限悲伤地返回人间，走进色雷斯偏僻的深山密林，避开人群，独自一人生活了三年。就这样每当见到女人他就憎恶，因为他的欧律狄刻可爱的形象一直飘浮在他周围。是她使他发出一切悲叹和歌声，一想起她，他就弹起七弦琴，唱起动听的哀怨的歌。

一天，这位神奇的歌手坐在一座遍地是绿草却无树荫的山上唱起歌来。森林立刻移动，一棵棵大树移得越来越近，直到它们用自己的树枝为他罩上阴影。林中的野兽和欢快的小鸟也都凑过来围成一圈，倾听他绝妙的歌唱。就在这时，色雷斯的一群女人吵吵嚷嚷地冲上山来。她们正在庆祝酒神狄俄倪索斯的狂欢活动，现在她们突然发现了这个女性蔑视者。她们憎恶这个歌手，因为他自从妻子去世以后就鄙视所有女人。

“瞧，那个嘲讽女子的人，他在那儿!”第一个酒神的狂女这么喊了一声，这一群狂女就挥舞酒神杖咆哮着冲向他，同时还朝他投掷石块。在很长时间里都有忠实的动物保护着这位可爱的歌手。当他的歌声渐渐消失在这群疯狂女人的怒吼中的时候，它们才惊慌地逃到密林里去。这时，一块飞石击中了不幸的俄耳甫斯的太阳穴，他立刻就满脸是血地倒在绿草地上死了。

那群杀人的狂女刚刚逃走，鸟儿就呜咽着扑翅飞来。山岩和一切兽类都悲伤地走近他。山林水泽的神女也都匆匆聚拢到他身边，她们都裹着黑色的袍子。万物都为俄耳甫斯的死悲伤不已，把他残缺不全的肢体埋葬。赫布鲁斯上涨的河水收起并卷走了他的头和七弦琴。从无人拨弄的琴弦和失去灵魂的口舌发出的动听的琴声和歌声，一直在水中不停地漂荡飞扬，河水轻拍河岸发出轻微的声响，就像是悲哀的回响。这条河就把他的头和七弦琴卷进大海的波涛里，一直漂到了斯伯斯小岛的岸边，那里虔诚的居民把他的头和七弦琴捞了上来。他们把他的头埋葬了，把七弦琴挂在一座神庙里。因此，传说那个小岛出了不少杰出的诗人和歌手，甚至那里的夜莺也比别处的歌唱得更悦耳，据说是为了祭奠神圣的俄耳甫斯。但他的魂灵却飘飘摇摇地去了地府。在那里他又找到了心爱的人，他们留在了这个仙境，从此，他们幸福地生活在一起，不再分离。

阿耳戈船英雄的传说

伊阿宋和珀利阿斯

伊阿宋是埃宋的儿子，克瑞透斯的孙子。克瑞透斯在忒萨利亚海湾修建了城市并建立了伊俄尔科斯王国，并将这个王国传给了他的儿子埃宋。后来埃宋的弟弟珀利阿斯篡夺了王位，并把埃宋杀死了。埃宋把儿子伊阿宋藏在喀戎那里。喀戎是一个半人半马的怪人，他曾培养出许多伟大的英雄。伊阿宋就是在这样一个良好的培育英雄的环境里成长起来的。

珀利阿斯年老时，为一道隐秘的神谕而心惊胆战。神谕提醒他提防一个穿一只鞋的人。珀利阿斯苦思冥想，始终没有猜透这句话的意义。这时，伊阿宋已经在喀戎那里接受了二十年的教育和培养，正返回他的故乡伊俄尔科斯，准备从珀利阿斯手中夺回王位继承权。他按照古代英雄的装备，随身携带两支长矛，一支用来投掷，一支用来刺杀。他身穿旅行装，上面扎着一张豹皮——那个豹是他亲手杀死的。他那不曾修剪的长发披在肩上。

途中，他路过一条宽阔的河。一位老妇站在河岸上求他帮助她过河。其实，她是天后赫拉，国王珀利阿斯的敌人。因为她这样伪装起来，伊阿宋没有认出她。出于同情，他用双臂托着她涉水渡过河去。半道上，他的一只鞋陷在淤泥里没有拔出来。所以他就穿着一只鞋继续赶路，一直走到伊俄尔科斯。这时，他的叔叔正在城里市场上的众人之间向海神波塞冬举行庄严的献祭。

人们见到伊阿宋这样英俊魁伟，都感到异常惊奇。众人还以为是太阳神阿波罗或战神阿瑞斯降临他们中间了呢。正在献祭的国王也把目光投向这个外乡人，让他感到恐惧的是，这个人只穿一只鞋。祭神仪式一完，他就朝这个生人走去，强压着内心的震惊，问他叫什么，家乡在哪里。伊阿宋大胆而又极其平静地回答说，他是埃宋的儿子，在喀戎的山洞里受过教育，现在是回来瞻仰父亲的故居的。狡猾的珀利阿斯听完他的话便热情地接待他，内心的惊恐一点也不外露。他命人陪伊阿宋在王宫里四处参观，伊阿宋满怀思念之情地欣赏着他幼年时期最早的住地。接连五天，他同堂兄弟和亲属们欢宴庆祝他们的重逢。第六天，他们离开了为宾客特意搭建的帐篷，一起来到国王珀利阿斯面前。伊阿宋温和而谦逊地对他叔父说：“哦，国王啊，你知道，我是法定国王的嗣子，你现在所占有的一切都是理应属于我的。尽管如此，我还是把羊群和牛群，你从我父母手中夺去的所有土地，都留给你。我只要求你把我父亲拥有的王位和王杖归还给我。”

珀利阿斯眼珠一转，计上心来。他非常镇定地道：“我很愿意满足你的要求，但想要我答应你，你得先为我做一件事。这件事适合你这样的青年人去做，像我这样的老年人已经做不了了。很长时间以来，我一直在夜里梦见佛里克索斯的阴魂，他让我给他的灵魂带去安乐。你现在应该到科尔喀斯的埃厄忒斯国王那里去，把本属于他的金羊毛取回来。我把完成这一业绩的荣誉送给你。如果你带着这个绝美的胜利品归来，你就可以得到王国和王权。”

阿耳戈船英雄远征的动机和起航

金羊毛的故事是这样的：佛里克索斯的父亲是玻俄提亚国王阿塔玛斯，佛里克索斯经常受到他的后母即他父亲的宠妾伊诺百般虐待。为了保护他不受排挤，他的生母涅斐勒在他姐姐赫勒的帮助下把他抢走了。涅斐勒让她的两个孩子骑在一只长翅膀的公羊背上，这只公羊是神明赫尔墨斯送给她的礼物，这只羊的毛皮是纯金的。姐弟俩骑着这只金羊腾云驾雾越过大地和海洋急速飞驰。半路上，姐姐因为眩晕严重从空中跌落，葬身大海。这一片海便因她而得名，称作赫勒海，或称作赫勒斯蓬托斯。

佛里克索斯一直来到黑海边的科尔喀斯。在这里，他受到国王埃厄忒斯热情的接待，还把一个名叫加尔吉俄珀的女儿嫁给他。佛里克索斯把公羊宰了献祭给保护他逃跑的宙斯，把金羊毛赠给了国王埃厄忒斯。而埃厄忒斯则把金羊毛献给了战神阿瑞斯，并把它钉在敬奉战神的小树林里。埃厄忒斯命一条毒龙守卫金羊毛，因为神谕宣示，金羊毛完全决定他的命运。全世界都把金羊毛视为无价之宝。希腊很久以前就听说有这件宝物了。许多英雄和王侯都渴望得到它。所以珀利阿斯希望鼓励他的侄儿伊阿宋去夺取这样一件绝妙的宝物，这个想法并没有错。

伊阿宋并没有看出叔叔的用意是想让他死在这次远征的冒险中，便郑重地承担起了这次冒险的任务。被请来参加这次英勇行动的还有许多希腊著名的英雄。希腊技术最高的造船工匠，在雅典娜的指导下，用一种在海水中不易腐烂的木料，在珀利翁山脚下造了一艘五十只桨的豪华大船，并按照造船师阿耳戈斯（即阿瑞斯托尔的儿子）的名字命名为阿耳戈船。这是希腊人敢于用来航海的第一艘长船。在船壁的镶板上有一块是雅典娜女神赠送的，能发布神谕的神奇的多多那橡木板。船的两侧是用许多雕刻作品装饰起来的。不过船体很轻，英雄们可以扛着它行走十二天。

大船完工，英雄们聚集起来进行抓阄，并以此决定各人在船上的位置。全队的指挥是伊阿宋，提费斯掌舵，慧眼人林扣斯为领航。威严的英雄赫剌克勒斯坐在船首，船尾则坐着阿喀琉斯的父亲珀琉斯和大埃阿斯的父亲忒拉蒙。宙斯的两个儿子卡斯托尔和波吕丢刻斯、阿德墨托斯、神奇的歌手俄耳甫斯、雅典后来的国王忒修斯、赫剌克勒斯的年轻的朋友许拉斯、波塞冬的儿子欧斐摩斯以及小埃阿斯的父亲俄琉斯都在内舱。伊阿宋把他的船祭献给海神波塞冬。起航前，所有的英雄都给波塞冬以及所有海神献祭供品，并虔诚地祈祷。

阿耳戈英雄们在楞诺斯岛

他们最先到达的地方是楞诺斯岛。一年前，岛上的女人把这里所有的男人都杀死了。原因是她们的丈夫曾经从特剌刻带来了小妾，爱神阿佛洛狄忒的愤怒使她们怒火中烧，嫉妒心理激起了她们的杀机。只有许普西皮勒没有杀死她的父亲托阿斯国王，她把他装在一只箱子里投进大海，任凭海洋去挽救他。从此以后，岛上的女人时时刻刻都在担心她们情敌的亲属的攻击，她们常常惊恐地观察海上的动静。现在，当她们看到阿耳戈船划近时，她们便惊恐地跑出家门，像阿玛宗女人一样手持武器冲向海岸。

阿耳戈船的英雄们看到海岸上遍是全副武装的妇女，而不见一个男人，感到异常惊奇，他们派出一个手持和平杖的使者，乘小船来到这奇异的人群跟前。女人们把这使者带到未婚女王许普西皮勒面前，他用谦卑恭顺的话提出阿耳戈船员想在此短时客居的请求。女王把全体妇女召集到本城的集市广场上来。她本人坐在她父亲的大理石宝座上。她的老保姆拄着拐杖紧挨着她。左右两边各坐着两个美丽的金发少女。女王向众人报告完阿耳戈船员们的和平的要求后，站起来说："亲爱的姐妹们，我们曾经犯了一个无法弥补的错误，这件蠢事使我们失去了男人。现在我们不应该把对我们表示友好的朋友拒之于千里之外了。但我们也必须注意，不让他们知道我们所犯下的罪行。因此我建议把食品、酒和一切生活必需品送到这些外乡人的船上去，通过这样的殷勤效劳使他们远离我们的城池。”

女王刚坐下，那位老保姆却站了起来。老人费力地抬起缩在两肩之间的头，说：“送给外乡人礼物，这是好事。不过，也要想到，一旦特刺刻人来了，你们可怎么办？即使有一个慈悲的神使他们接近不了这里，你们就安全了吗，就能逃脱一切灾祸吗？像我这样的老妇倒没有什么可担心的，因为我们会在灾难逼近和我们的一切储备耗尽之前死去。但你们年轻人到那个时候可怎么生活呢？难道牛会自动为你们驾轭，为你们犁田？夏天过去以后，它们会代替你们收割吗？你们自己是不愿意干这类艰苦的农活的。我劝你们不要拒绝这送上门来的符合你们愿望的保护。把你们的土地和财产交给这些高贵的外乡人，让他们来管理你们的这座美丽的城市吧！”老人的忠告赢得了妇女们的一致同意。

女王派她身旁坐着的一个少女随信使到船上，向阿耳戈船的英雄们通报女人大会亲善的决定。听到这个消息，英雄们都异常兴奋。英雄们都以为许普西皮勒是在她父亲死后和平地继承王位的。伊阿宋披上雅典娜女神送给他的紫色斗篷向城里走去，好似一颗闪烁的星。他走进城门，妇女们便向他拥去，高声致意，因客人的到来而欢呼雀跃。他谦逊畏缩地两眼盯着地面，匆匆走向女王的宫殿。宫女们为他敞开高大的宫门，随同的少女把他领到女王的居室。在这里他坐在女王对面的一把华丽的椅子上。

许普西皮勒低垂着头，脸上泛起一阵红晕。她羞怯地转向他，用奉承的言辞说：“外乡人，你们为什么如此畏首畏尾地停留在我们的城外呀？这个城里没有男人，你们不必害怕。我们的男人对我们不忠。他们都带着他们在战争中抢来的特刺刻小妾迁到那些女人的国土上去了，而且带走了他们的儿子和男仆，只有我们女人孤独无助地留在了这里。因此，如果你们满意，你们就到我们中间来长住。如果你愿意，你就可以代替我父亲托阿斯管理你的人和我们。你一定会喜欢这个地方的，它是这一带海洋里最丰裕的岛屿。善良的首领啊，去向你的朋友转达我的这个建议吧！你们还是进城来吧。”她说了这样一席话，只是把杀害自己丈夫的事隐瞒下来了。

伊阿宋回答她说："女王，我们怀着感激的心情接受你对我们这些急需帮助的人提供的援助。等我把这个消息转告给我的同伴以后，我就回到你们的城市里来，但是王杖和岛国还是由你自己掌管吧！不是我看不上它，而是因为我还有别的事情去做。"伊阿宋与身为女王的少女握别，然后就回海边去了。

紧接着，女人们也乘着快船带着许多待客的礼品随后赶到。那些英雄已经得知他们的首领带来的消息，所以她们没费吹灰之力就说服了这些英雄进城并住在她们家里。伊阿宋本人住在王宫里，其他人分别住在各处。只有赫剌克勒斯憎恶女人的生活，跟几个精心挑选的伙伴留在了船上。现在城里处处都在欢宴和跳舞。献祭的香烟袅袅升向蓝天。女居民和男客人都在为岛屿的保护神赫淮斯托斯和他的妻子阿佛洛狄忒举行祭祀活动。行期一天天推迟。如果不是赫剌克勒斯从船上跑来，趁那些女人不注意，把伙伴们召集起来，那些英雄很可能还要在友好的女主人那里逗留更久。"你们这些可耻的家伙，"他呵斥他们说，"你们在自己的家乡不是有足够的女人吗？难道你们是因为需要结婚才到这里的吗？难道你们愿意在楞诺斯务农耕田？你们以为神会为我们取来金羊毛，把它放在我们的脚边吗？我们每个人最好还是各自返回家乡吧。让那个伊阿宋和许普西皮勒结婚，跟他的子孙住在楞诺斯岛上，去听别人创造英雄的伟绩吧！"

就在他说话的时候，没有人敢抬起头看这位说话的英雄，更没有人反对他。他们立刻收拾东西，准备起航。楞诺斯的女人们猜到了他们的意图，便像嗡嗡叫的蜂群似的围着他们悲诉和请求，但到最后她们还是屈从于英雄们的决定了。许普西皮勒从众人当中走过去，满眼泪水，握着伊阿宋的手，说："愿诸神保佑你们，让你们得到金羊毛！如果你愿意回到我们这里来，这个岛国和我父亲的王杖随时等待着你。但我知道，你是不会回来的。那么，至少应该想念我！"伊阿宋与高贵的女王依依惜别，然后第一个登上大船。其他英雄紧随其后上了船，继续他们的行程。

赫剌克勒斯被留下了

在暴风雨中航行了一程以后，英雄们在喀俄斯城附近的比堤尼亚的一个海湾登陆。那里居住着密西亚人，他们受到了热情的接待，当地人为他们堆起干柴生火取暖，用绿树叶为他们铺成柔软的床，在夜色朦胧中还把酒菜端到他们面前。赫剌克勒斯不习惯旅行中的舒适享受。他让同伴们坐在那里饮宴，独自一人走到森林里去，想用枞木为明天早晨的航行做一支更好的桨。很快他便找到了一棵正合他意的枞树。

与此同时，他的年轻的伙伴许拉斯离开他的伙伴，想为他的主人和朋友汲取饮水，也想为归程积极准备着。在反对德律俄珀斯的征战中，赫剌克勒斯因为与许拉斯的父亲发生口角，把他父亲杀死了，于是这个孩子就一直跟着他，许拉斯已经被教育成他的仆人和朋友。当这个美少年在泉边汲水时，一轮满月在头顶闪着光辉。他拿着水罐刚刚俯身水面，就被泉中的水仙看见了。他的美把水仙迷住了，于是她便伸出左臂抱住他，用右手抓住他的臂肘，把他拉到水下去。这时，一个名叫波吕斐摩斯的英雄正在离那眼泉不远的地方等候赫剌克勒斯归来，他听到了这个少年的呼救声。但怎么也找不到那少年，却看到赫剌克勒斯正从林中归来。“太不幸了，”他朝赫剌克勒斯喊道，“我必须把这个悲哀的消息告诉你！你的许拉斯到泉水汲水，再也没有回来！也许是强盗把他劫走了，还有可能是野兽把他撕烂了，我亲耳听到了他的惨叫。”赫剌克勒斯听到这话，心里不由得一紧，冷汗立刻冒了出来。他愤怒地把枞树枝抛在地下，就像一头被牛虻叮了的公牛离开牧人和牛群一样，撒腿就跑，尖叫着穿过密林奔向泉边。

晨星高悬在山峰上，刮起了顺风。舵手劝说英雄们利用顺风登船航行。他们在朦胧的晨光中愉快地航行，当他们想起有两个弟兄，波吕斐摩斯和赫剌克勒斯还留在岸边时，已经太晚了。在英雄们之间发生了一场激烈的争论，对于他们应该不应该丢下两个最勇敢的朋友继续航行，双方各执一词。伊阿宋一言不发，只是静静地坐在那里，内心一直被忧虑撕扯着。但忒拉蒙却按捺不住内心的激动。“你竟然还能无动于衷地坐在这里呀?”他对这位首领高声说，“难道你是怕赫剌克勒斯压倒你的名声？即使同伴们都跟你意见一致，我一个人也要返回寻找被遗忘的朋友。”

他一边说，一边揪住舵手提费斯前胸的衣服，眼睛里闪射着火焰。要不是玻瑞阿斯的两个儿子卡拉伊斯和仄忒斯拦住，用责怪的言辞制止他，他真会逼迫他们返回密西亚人的海滨。

这时，海神格劳科斯从泛着白沫的海浪中冒出来，用强有力的手拉着船尾，对忙于航行的人喊道：“英雄们，你们吵什么？你们为什么非要违背宙斯的意志带勇敢的赫剌克勒斯到埃厄忒斯的地方去呢？命运已经为他安排了别的工作。一个慈爱的女仙抢走了他的许拉斯，他是出于对她的依恋才留下的。”向他们揭示了这一切之后，格劳科斯又沉入海中，墨绿的海水在他的周围打着漩涡。

忒拉蒙感到羞愧，满脸通红。他走到伊阿宋面前，握着英雄的手说：“别生我的气，伊阿宋！刚才因为忧虑丧失了理智，说了些蠢话！让海风把我的错误吹走吧，让我们和好如初！”

伊阿宋也愿意和解。于是他们借着强劲的顺风继续航行。波吕斐摩斯留在密西亚人当中也很适应，而且为他们修建了一座城池。赫剌克勒斯则到宙斯指派他的地方去了。

波吕丢刻斯和柏布律西亚人的国王

第二天早上，太阳升起时，他们来到一个突入大海很远的岬角附近，并在那里抛锚停靠。在那里有未开化的柏布律西亚人国王阿密科斯的畜栏和住房。他为外乡人制定了一条可恶的法律：和他们较量过拳击后才能离开。他已经用这种方式打死了许多邻人。现在，船一靠岸，他又走近前来轻蔑地说：“听着，你们这些海上的流浪汉，有一事你们必须知道！外乡人不在拳击中打败我，就休想离开我的国土。挑选出你们当中最有能耐的人到我这儿来，否则你们可要遭殃哦！”

眼下，在阿耳戈英雄们当中，有一个全希腊最好的拳击手，这就是勒达的儿子波吕丢刻斯。对方的挑衅激怒了他，于是他冲着国王喊道：“别啰唆了！我们愿意遵守你的法律。我就是你找的对手！”

狡猾的柏布律西亚国王眼珠乱转，仔细打量这位勇敢的英雄，就像一个受伤的狮子看着它的攻击者，而波吕丢刻斯这位年轻的勇士看上去却像天上的星星一样明朗。波吕丢刻斯甩了甩他的两手，看看它们在长时间的摇桨之后是不是有些不大灵活。英雄们都离船了，两个拳击手面对面摆好架势。国王的侍从把两副拳击手套抛在二人之间的地上。“你随意选一副吧，”阿密科斯说，“我不愿意跟你抓阄！你很快就会凭自己的感受知道，我是一个很棒的硝皮匠，我要叫你尝尝两颊血肉模糊的滋味！”波吕丢刻斯默然一笑，捡起离他最近的手套，让他的朋友把手套绑在他手上。柏布律西亚国王也这样做了。

现在拳击比赛开始了。犹如海浪冲击航船，舵手使尽招数也抵挡不住，那国王向这希腊人步步进击，不让他有喘息的机会。但波吕丢刻斯总是巧妙地躲过袭击，没有受伤。他很快摸清了对手弱点，给了他几下挡不住的硬拳。国王也发现了他的优势所在，于是在双方的拳击下颚骨的破裂声和牙齿的格格声响成一片，直到二人气喘吁吁才休息了一下。他们都跳到一边，透一透气，擦去不住流淌的汗水。拳击又开始以后，阿密科斯击对手的头没有击中，他的手臂打中了对方的肩膀，而波吕丢刻斯却击中了他的耳根，打碎了他的头骨，让他疼得跪倒在地。

阿耳戈英雄们齐声欢呼起来。但柏布律西亚人却跑到他们的国王身边，同时把他们的棍棒和猎矛都转向波吕丢刻斯。英雄们都拔出闪光的刀剑来站在前面保护他。一场血战展开了。柏布律西亚人大败而归，迫不得已躲到内陆去。英雄们获得了许多战利品。他们整夜都留在岸上，包扎好伤口，向诸神献祭，随着俄耳甫斯的琴声高声歌唱，就这样过了一个通宵。

菲纽斯和美人鸟

天亮的时候，阿耳戈英雄们继续航行。经过几次冒险，他们在一处海岸停船抛锚。英雄阿革诺耳的儿子菲纽斯国王住在这里。因为他滥用了阿波罗赐给他的预言家本领，正遭受着极大的灾殃，他现在已经双目失明，而且还有许多可恶的美人鸟搅扰他，不让他安静地进餐。它们使尽浑身解数争抢他的食物，即使是剩下的食物它们也把它弄脏，让他没法下嘴，甚至叫人一靠近食物就呕吐。菲纽斯得到一道宙斯的神谕：玻瑞阿斯的儿子们和希腊的船员到来时，他就可以安静地进食了。

所以，这位老人一直盼望着阿耳戈船的到来。现在，他一得到消息，就离开了他的居室。这时他已经饿得只剩一把骨头了，看上去就像一个影子。他年迈体衰，两腿颤抖，一根手杖支撑着他迈着摇摇晃晃的步子，眼前天旋地转。他一来到阿耳戈英雄们身边，就耗尽精力，倒在地上了。他们站在这位不幸的老人周围，看到他那副样子无不惊愕。当菲纽斯清醒过来，听到他们就在眼前时，便突然以祈求的口吻说："噢，高贵的英雄啊！如果你们真是神谕所预言的那些人，就请帮帮我吧！复仇女神不仅使我双目失明，而且还让可恶的怪鸟夺走我这年迈人的食物！你们援救的不是外乡人，我是希腊人，我是阿革诺耳的儿子菲纽斯。我曾经是特剌刻的统治者，玻瑞阿斯的儿子们想必参加了你们的远行，他们应该来救我，他们是克勒俄帕特拉的弟弟，而克勒俄帕拉是我在特剌刻时的妻子。"

听了这一席话，玻瑞阿斯的儿子仄忒斯就扑到老人怀里，并立刻答应他，他们兄弟一定会帮助他，一定会让他摆脱美人鸟的折磨。他们就地为他准备了一餐饮食，这将是贼鸟最后侵扰的一餐。老人还没来得及去碰食物，那些恶鸟就像突如其来的风暴一样扇动着翅膀从云层中直冲而下，贪婪地落在食物上。英雄们又吼又叫，但这些美人鸟一动也不动，它们一直待到把所有食物啄光，才又飞向天空，而且还留下一种极其难闻的气味。玻瑞阿斯的儿子仄忒斯和卡拉伊斯立即拔剑追赶它们。玻瑞阿斯的两个儿子精力充沛，紧追不舍，他们常常觉得都能用手抓住它们了。终于他们离恶鸟很近了，无疑有可能制它们于死命，但就在这时，宙斯的女使者伊里斯忽然出现，对两位英雄说："玻瑞阿斯的儿子用剑杀死这些美人鸟，伟大的宙斯的这些猎犬，是不准许的。我当着斯提克斯的面以众神的誓约向你们保证，这些猛禽再也不会侵扰阿革诺耳的儿子了。"玻瑞阿斯的两个儿子听了伊里斯的誓言，便不再追赶，转身返回航船去了。

与此同时，希腊的英雄们为了保养年老的菲纽斯的身体，备下了圣餐，宴请了饥饿至极的老人。他贪馋地吃着洁净而丰盛的食物，就好像他是在梦中充饥似的。

到了夜里，趁大家等候玻瑞阿斯的儿子归来的时候，老国王菲纽斯为了表示感谢给他们讲了一个预言。"首先，"他说，"你们将在一个海峡中遇到撞岩。这是两个陡峭的岩石的岛屿，它们在海底没有根基，总是浮在大海中。它们时常彼此漂动聚拢，随后又被潮水、波涛从中分开。如果你们不想全船被挤得粉碎，你们就得像鸽子飞越那么快地从它们之间拼力划过去。穿过撞岩，你们将到达玛里安底尼海滨，那里有通向冥府的入口。然后你们经过许多海角、河流和海岸，经过阿玛宗女人国和汗流浃背地挖掘铁矿石的卡吕柏斯人的领土。最后你们将到达科尔喀斯海岸，宽阔的法纽斯河翻卷着波涛从那里流入大海。在那里，你们将看到埃厄忒斯国王的高耸入云的堡垒，就在那里，有不眠的巨龙守护着挂在橡树梢头的金羊毛。"

英雄们聚精会神地听完老人的讲述，心中不寒而栗。他们正想提别的问题，玻瑞阿斯的两个儿子从空中落到了他们中间。他俩给国王带来了伊里斯的誓约，国王听了异常欣慰。

撞 岩

菲纽斯心中充满感激之情，依依不舍地与恩人们告别。现在英雄们又继续航行，去迎接新的冒险。途中，他们忽然听到从远处传来一声震耳的巨响。原来这是不断碰撞又不断分开的撞岩发出的轰轰声、岸边的回响和海涛怒吼合在一起的响声。

舵手提费斯警觉地站在舵旁仔细观察，把稳船舵。欧斐摩斯站起来，右手掌上托着一只鸽子。菲纽斯对他们发出过预言，如果一只鸽子能毫不畏惧地从撞岩中间飞过去，他们就可以放心地前行。两块巨岩一分开，欧斐摩斯就把鸽子放飞了，大家都满怀希望地翘首观望。鸽子正从中间飞越时，两块岩石又相互靠近了。翻滚的海浪轰轰地升上来，咆哮声响彻海空。现在两块岩石碰在了一起，把鸽子的尾羽夹断了，幸运的是，它还是飞过去了。

提费斯大声呼叫着鼓励摇桨的船员。这时岩石又分开了，岩石中间的浪涛把船吸了进来。死亡威胁着他们，一股数丈高的巨浪朝他们扑来，水手们都瑟缩着低下头。提费斯命令停止摇桨，冒着白沫的海浪在船底翻滚，它把船高高托起，恰好高过正在合拢的岩石。英雄们用力摇桨，船桨都被摇弯了。然而漩涡又把船拉下来让它落在两座浮岩的中间。两座浮岩从两侧向船的腹部撞来，就在这时，幸好幸运女神雅典娜冥冥之中推了一把，使船顺利地通过了，相合的巉岩只把船尾最外面的船帮擦伤了一块。当英雄们又看见开阔的大海时，他们都长舒了一口气，摆脱了死的恐惧，仿佛从冥府归来一般。

“我们闯过夹缝不是单靠我们自己的力量，”提费斯高声说，“我清楚地感觉到我身后有雅典娜的神手发出迅疾而强大的力量使大船穿过撞岩!”

但伊阿宋悲哀地摇了摇头，说：“善良的提费斯呀，当初我要求珀利阿斯让我承担这件差事，我真是给诸神添麻烦了。还不如让他把我杀死呢！现在我日夜悲叹不止，并不是为了我自己，我只是考虑你们的生命和幸福，考虑怎样让你们脱离可怕的险境，平安地把你们带回故乡去。”他嘴上虽然这样说，但实际是在试探同伴们的心。同伴们都向他欢呼，要求继续前进。

新的冒险

经历了各种各样的艰险，英雄们继续前进。在航行中，他们忠实的舵手提费斯不幸病死了。他被同伴们埋葬在异乡的海岸。他死后，安开俄斯被大伙推举来代替他的位置。对于这项艰难的工作，安开俄斯推辞了好一阵子才勉强接受。他走上舵手的岗位，船驾驭得极好，简直就像提费斯本人坐在舵旁一样。

十二天后，他们张满船帆，来到卡利科洛斯河河口。到了这里，他们看到了英雄斯忒涅罗斯的坟墓，它立在一座山丘上。他是在这里和赫剌克勒斯攻打阿玛宗人时中箭阵亡的。他们正要继续航行，斯忒涅罗斯的亡魂显现了，他热切地看着他的本族乡亲。他高高地站在他的墓丘上，他的形象跟他出征时一模一样：战盔上装饰着的四根红色羽毛在他头上不停地颤动。但他只显现了一小会儿，就又沉入黑暗的深渊。英雄们都心惊胆战地放下桨。只有预言家摩普索斯懂得这亡灵的要求。他劝他的乡亲们为他举行一次奠酒礼以慰死者的英灵。他们立即落帆停船，走到墓前围成一圈，洒酒在地，焚烧宰杀的羊。

然后他们又向前驶行，最终到达忒耳摩冬河的河口。世上没有别的河流可以与这条河流媲美。它发源于深山中的一眼泉，后来分成九十六条支流，一起奔腾入海。它们像一群蛇挤挤压压地爬进广阔的大海。

在河口最宽阔的地方住着阿玛宗人。这些女人是战神阿瑞斯的后裔，全都嗜战成性。如果阿耳戈英雄们在这里登陆，一定会陷入与这些女人的一场血战，因为她们在战斗中完全可以与这些勇敢的英雄们相匹敌。她们不是住在一个城市里，而是分成许多部落，散居四乡。这时西方的顺风把阿耳戈英雄们刮得远离了这些好战女人的国土。

经过一天一夜的航行，正如菲纽斯所预言，他们来到了卡吕柏斯人的地区。这里的人不种田，不栽果树，也不在湿润的草地上放牧。他们只在荒地上挖掘矿砂和铁矿石，以此换取食品。他们的劳动十分繁重，而且不见天日，他们在黑暗的地洞和浓烟中劳作，苦度岁月。

他们从许多民族地区周边驶过去。当他们接近阿瑞提亚岛的时候，本岛的一种鸟振翅朝他们飞来。它飞临船的上空时，翅膀一抖，就有一支翎管落下来，这支翎管一下子就扎进了俄琉斯的肩膀。英雄受伤后，疼得松开了手中的桨，同伴们看见这箭一般的翎管扎在俄琉斯的肩膀，全都十分惊讶。坐在他最近的伙伴拔出翎管，替他包扎了伤口。转眼间，第二只鸟又出现了；克吕提俄斯这时已持弓守候，他一箭射去，那中箭的鸟立时落在了船上。

“这里应该很接近岛屿了，”航海经验丰富的安菲达玛斯英雄说，“但要提防那些鸟。它们肯定很多。如果登陆的话，我们没有足够的箭去射杀它们。我们得想个办法驱逐这些好斗的飞禽。我建议大家都把有羽毛飘动的头盔戴上，一半人摇桨，另一半人用闪亮的矛和盾把船遮挡起来，然后我们大声呼喊。当这些猛禽听见我们的吼叫，看到头盔上的羽毛、矗立的矛和闪光的盾的时候，就会被吓跑。”

英雄们都很赞赏这个计谋，并且立即照办了。他们向前行驶时，一只鸟也没有看见。当他们接近岛屿，盾牌发出叮当的声音时，海岸上无数鸟惊叫着飞起来，像逃难似的从船上飞过去。同时，英雄们也像遇到冰雹立即把窗户关上一样，赶紧用盾牌遮住自己，所以那些尖锐的翎管落下来并没有伤着他们。这些被称作斯廷法利得斯的可怕的鸟，则越过大海远远地飞到对岸去了。于是阿耳戈英雄便按照预言家国王菲纽斯的建议在这个岛登陆了。

他们在这里竟然遇到了朋友和同伴。他们在岸上刚走了几步，就遇到了四个衣衫褴褛、一无所有的青年人。其中一人快步向正在靠近的英雄们走来，跟他们说话。“朋友，不管你们是谁，”他说，“请帮帮可怜的沉船人吧！给我们点穿的遮遮体，给我们点吃的充充饥吧！”

伊阿宋好心地答应向他们提供一切帮助，并询问了许多有关他们的事情。“你们一定听说过阿塔玛斯的儿子佛里克索斯的故事吧，”那青年应答道，“是他把金羊毛带到科尔喀斯去的。国王埃厄忒斯把长女嫁给了他。我们是他的儿子，我叫阿耳戈斯。我们的父亲佛里克索斯不久前去世了。我们是按照他的临终遗嘱乘船去拿他留在俄耳科墨诺斯城的宝物!”

听了他的话，英雄们非常高兴，伊阿宋待他们如同手足，因为阿塔玛斯①的祖父和克瑞透斯的祖父是亲兄弟。几个青年接着讲了他们的船怎样在凶狂的暴风雨中被巨流打碎，他们怎样抓着一块木板漂到这个荒无人迹的岛上。但当阿耳戈英雄们把自己的计划告诉他们，并要求他们参加冒险时，他们却显出极其害怕的表情。“我们的外祖父埃厄忒斯是一个很残暴的人。据说他是太阳神的儿子，因此具有超人的力量。他统治着无数科尔喀斯地方的民族，而金羊毛是由一头令人恐惧的巨龙看守。”

有几个英雄听了这话，吓得心惊胆战。但珀琉斯站起来说：“不要以为我们一定会败在科尔喀斯国王手下。要知道，我们也是神的子孙啊！他要是不和和气气地把金羊毛交给我们，我们就毫不客气地把它抢走!”接着他们又在丰盛的宴席上议论了好长时间。

第二天早上，佛里克索斯的四个儿子都穿戴一新，精神焕发地跟英雄们一起上了船。英雄们又继续航行了。一天一夜以后，他们看到了高加索山的一个个高峰耸立在海面上。暮色渐浓时，他们听到上空响起飞禽的聒噪，那是折磨普罗米修斯的巨鹰从航船的上空飞过。它的翅膀猛烈地扇动，使所有的帆都鼓满了风。不久，他们就听见普罗米修斯的呻吟从远处传来。那是巨鹰在啄食他的肝脏。过了一会儿，呻吟声才渐渐消失，这时他们看见那只巨鹰又从头顶飞回去了。

当天夜晚，他们到达了目的地，把船划进法细斯河的入海口。船员愉快地爬上桅杆，解下帆索。接着他们划桨进入宽阔的河面，河里滚动的波浪好像在这行驶的庞然大物前面胆怯地倒退。左边是高耸的高加索山和科尔喀斯的首都库塔，右边是辽阔的田野和阿瑞斯的圣林。金羊毛

① 阿塔玛斯，佛里克索斯的父亲，四个青年人的祖父。

就挂在圣林里一棵高大橡树的枝叶繁茂的树枝上，巨龙两眼圆睁，看守着金羊毛。

伊阿宋站在船舷上，把手中斟满酒的金杯高高举起，把酒洒在地上，祭奠江河、大地母亲、此地的神明和死在途中的英雄。他请求各路神灵向他们伸出宽爱的手，并帮他们保护想要停泊在这里的船。

“我们现在应该是平安地到达科尔喀斯国了，”舵手安开俄斯说，“我们该认真地商量一下，我们是好心地请求国王埃厄忒斯，还是用别的办法来达到我们的目的。”

“明天再说吧！”疲倦的英雄们大声说。

伊阿宋立即下令，找一个阴凉的地方把船停下。停好船，所有人都躺下酣睡起来。但他们只睡了一小觉，并没有解除多少疲乏，因为没过多长时间，曙光便把他们照醒了。

伊阿宋在埃厄忒斯的宫殿里

清晨，英雄们聚在一起商量。伊阿宋站起来说：“各位英雄，我的同伴们，如果你们赞成我的看法，那希望你们能够手持武器安稳地待在船上。就让我和佛里索克斯的四个儿子，还有你们当中的两个人，到埃厄忒斯的王宫里去。我们先客客气气地和他商量，问他是否愿意把金羊毛让给我。我坚信他一定会拒绝我的请求。这样我们也可以从他口中探到准信，知道我们必须怎样做。但我们不能不抱希望，我们的话也许会让他大发善心。从前他友善地接待、保护了逃离后母虐待的无辜的佛里克索斯，不正是因为他的说辞打动了他的心吗？”

年轻的英雄们都赞成伊阿宋的见解。于是伊阿宋便抓起赫耳墨斯的和解杖，带着佛里克索斯的四个儿子和两个同伴离开了船。

科尔喀斯是一个人口众多的民族。为了保护伊阿宋和他的陪同者们免遭险难，阿耳戈英雄的保护神赫拉降下一层浓雾罩住城市护送他们，直到他们平安地进了宫，浓雾才散。他们站在王宫前院，欣赏着厚实的宫墙、高大的宫门，以及墙边时不时突现在外的巨大的柱子。整个建筑都拦腰围着一圈凸出的石头墙围，墙围的卷边装饰着铜制的竖三线槽。他们默默地跨进前院，然后又走向中院的柱廊。柱廊向左右延伸，后面有许多入口和房间依稀可见。正对面矗立着两座主殿，一座里边住着国王埃厄忒斯本人，另一座里面住着他的儿子阿布绪耳托斯。其余房间里则住着宫女和国王的女儿卡尔喀俄珀和美狄亚。

国王的小女儿美狄亚是赫卡忒神庙的女祭司，几乎所有时光都是在庙里度过，所以一般很难见到。但这天早上，希腊人的保护神赫拉却使她产生了一种留在王宫里的心愿。她离开自己的卧室，正想到她姐姐的房间去，却恰好遇到这些英雄们。她禁不住惊呼一声，卡尔喀俄珀和她的所有侍女闻声急忙冲出房来。卡尔喀俄珀一看，却忍不住欢呼起来，并且朝着天空伸出两臂感谢上苍，因为她看到面前站着自己的四个儿子。孩子们与母亲热烈地拥抱，不停地询问彼此的生活状况，激动得热泪盈眶，持续了很长时间。

美狄亚和埃厄忒斯

最后，女儿忍着高兴的泪水的欢声笑语也把国王埃厄忒斯和他的王后厄伊底伊亚吸引出来了。整个前院立刻人声鼎沸。但爱神厄洛斯就在人们不注意的时候飞到了空中。他从箭囊里抽出一支给人带来苦痛的箭，一箭射中了美狄亚，这支谁也看不见的箭立刻在她胸中像火焰一般燃烧起来。她不时偷偷地看一眼英俊的青年伊阿宋，其他的一切都从她的记忆中消失了。占据她心灵的只有一种甜蜜的痛苦。她的脸色一阵白一阵红轮番地交替。

大伙都被欢乐冲昏了头脑，没有一个人注意到美狄亚的变化。仆人端来了备好的食物。阿耳戈英雄们已经洗了个热水澡，把奋力摇桨时留下的一身汗水洗净，精神饱满而愉快地坐在餐桌旁享用盛餐，痛饮美酒。饮宴中，埃厄忒斯的外孙向外祖父讲述了他们中途被阿耳戈英雄救回的遭遇，埃厄忒斯也小声地询问这些外乡人的情况。

“外祖父，我不想对您隐瞒，”阿耳戈斯小声说，“这些人是来恳求您把我父亲佛里克索斯的金羊毛给他们的。有一个国王，他想霸占他们的财产，把他们驱逐出祖国，才让他们担负这个危险的使命。他希望，他们还没把金羊毛带回祖国之前就触怒宙斯，遭到佛里克索斯的报复。帕拉斯·雅典娜帮助他们造了一艘船；我们科尔喀斯人所用的船当中没有一艘比得上它。我们，您的外孙，驾驶的当然又是我们船队中最差的船，它连第一次风暴的袭击都抵挡不了……而这些外乡人的船却特别坚固，不管什么样的风暴都休想把它摧垮，况且英雄们自己也不停地摇着桨。全希腊最勇敢的英雄都聚集在这艘船上。”

国王听了这一席话，内心不禁有些惶恐，对外孙们极端不满，因为他以为，这些外乡人是被他们引到宫廷里来的。他双眉紧蹙，双眼放着怒光，大声说：“滚开，别叫我看见你们，你们这些孽种，诡计多端的人！你们不是来取金羊毛，你们是来夺取我的权杖和王位的！假如你们不是作为客人坐在我的宴席上，我早就割了你们的舌头，剁了你们的手，只让你们留下脚从这里跑出去了！”

忒拉蒙听到这话，非常愤怒，真想站起来用同样的话回敬国王。但伊阿宋制止了他，并温和地答道：“不要生气，埃厄忒斯国王！我们到您的城里，进您的王宫，不是来掠夺您的。有谁愿意穿行如此辽阔而危险四伏的大海来夺取陌生人的财产？是命运和一个凶恶国王的残忍的命令迫使我下了这样的决心。请您答应我们的要求，我们希望您能把金羊毛还给我们。全希腊都将因此而赞颂您。我们随时准备报答您。如果邻近发生战争，你想征服邻国人民，你就可以把我们当作同盟者，我们愿意跟您一起出征。”

伊阿宋就是用这样的言辞安抚国王。而埃厄忒斯心中却拿不定主意，不知是当场杀掉他们好，还是应该先试探一下他们的力量。思索片刻以后，他觉得还是后者更好，于是他故作镇定地答道：“外乡人，何必说这些心虚胆怯的话呀！如果你们真是神的子孙，或者出身不比我差，同时对别人的财产不感兴趣，你们就把金羊毛拿走吧。我愿意把一切赠给勇敢的好汉。但是你们首先给我做出一个样子来，你们必须来做一做我平时做的一种相当危险的劳动。在阿瑞斯的田野里有两头公牛，它们都生着铁蹄，会往外喷火。我就是用这两头牛来犁地，地翻耕好以后，我便往垄沟里撒种，但我撒的不是农业女神得墨忒耳的金黄的谷粒，而是可怕的龙牙。以龙牙为种长出的是人，他们从四面八方把我包围起来，我就用我的长矛把他们一个个杀死。清晨我驾着公牛犁地，夜晚我收获后休息。如果你当天就完成这项工作，哦，首领啊，你当天就可以把金羊毛拿去，返回你的国王的故乡。如果你不能，你就拿不到金羊毛。想要勇敢者向无能者让步，天下哪有这个道理！”国王说话时，伊阿宋坐在那里默不作声，心里却在不停地盘算；他没有胆量立即答应去做这件可怕的事情。仔细思索一番，他镇定自若地答道：“这工作虽然极为艰巨，但我愿意接受它的考验。哦，国王啊，即使我为此而牺牲，也在所不惜。等待一个凡人的，最坏的也就莫过于死。我听凭把我派遣到这里来的命运的摆布。”

“那好，”国王说，“那你就去找你的同伴帮忙吧，但我认为你该仔细考虑清楚。如果你认为你不行，那最好是留给我。如果那样，那你只有离开这里！”

阿耳戈斯的建议

伊阿宋和两位同伴立即从座位上站起身来，佛里克索斯的儿子中只有阿耳戈斯愿意跟他们走，他们离开了宫殿。美狄亚的目光透过面纱注视着伊阿宋，她的灵魂早已跟着他一路去了。当她重新回到自己的房间时，她不禁淌下了眼泪，自言自语地说：“我干吗悲伤呢？这位英雄跟我有什么相干呢？无论他是最显赫的英雄，还是最糟糕的胆小鬼，甚至他命该死去，这都是他的事情。可是，唉，但愿他能逃脱厄运！仁慈的女神赫卡忒，保佑他平安回家吧！如果他注定要被神牛制服的话，那么也该让他预先知道，至少我为他可怕的命运感到担心！”

美狄亚正感到烦恼的时候，阿耳戈的英雄们正走在回船的路上。阿耳戈斯对伊阿宋说："你也许不赞成我的建议，不过我还是愿意告诉你。我认识一位姑娘，她从地狱女神赫卡忒那儿学会了调制魔汤。如果我们能够争取她的援助，那么我敢肯定你准能胜利地完成这项任务。只要你愿意，我将去试试，争取得到她的支持。"

"如果你愿意去的话，我的朋友，"伊阿宋说，"我不会阻止你。可是我们得依靠一个女人才能回去，那听起来多不好听。"

说话间他们已经来到船上，伊阿宋告诉同伴们他对国王做的承诺。好一会儿他的朋友们坐在那里没吭声。最后，珀琉斯站起来打破了沉默。他说："伊阿宋，如果你想履行你的诺言，那就请你准备吧！如果你觉得没把握，那就干脆别去做。可是，在这种情况下，你要知道，你的朋友们面临的结局只有死亡，没有别的了。"忒拉蒙和另外四个伙伴忍不住跳了起来，一想到这是一场艰难的冒险，就感到亢奋，渴求拼杀一场。阿耳戈斯使他们安静下来，继续说："我认识一位姑娘，她擅长魔法。她是我母亲的妹妹，让我去说服母亲，争取那位姑娘的支持。到那时候，我们才能谈得上讨论伊阿宋如何去完成他的任务。"他的话刚说完，突然出现了一种预兆：一只被秃鹰追赶的鸽子，扑进伊阿宋的怀里，俯冲下来的秃鹰却像石头一样掉在船尾的甲板上。看到这情景，一位英雄突然想起年迈的菲纽斯的预言，阿佛洛狄忒将会帮助他们返回家园。因此除了阿法洛宇斯的儿子伊达斯外，所有人都同意阿耳戈斯的计划。

伊达斯暴躁地说："天哪，难道我们到这里来只是为了当女人的奴仆吗？我们为什么不找阿瑞斯，却找阿佛洛狄忒呢？难道一只鸽子就会使我们免于战争吗？"许多英雄都附和他的意见，低声地交头接耳，可是伊阿宋却同意阿耳戈斯的意见。

大船靠岸停泊，英雄们在船上等着阿耳戈斯回来。阿耳戈斯找到母亲，请她说服她妹妹美狄亚帮助希腊英雄。卡尔喀俄珀十分同情这些外乡人，可是她不敢触怒父亲。现在看到儿子恳切央求，便答应帮助他们。美狄亚烦躁不安地躺在床上，她做了一个噩梦，梦见伊阿宋正准备跟公牛搏斗，但目的不是为了金羊毛，而是为了要娶美狄亚为妻，把她带回家乡。但跟公牛展开生死搏斗的是她自己，她战胜了公牛。不料她的父亲却失信了，拒绝履行事先对伊阿宋许下的诺言，因为应当由他而不是由她制服神牛。为此他父亲和这位外乡人发生了激烈的争执，双方都推她当公断人。她却袒护外乡人。她的父母痛哭流泪，突然间大叫起来——美狄亚也就从梦中惊醒了。醒来后，她急着想去找她的姐姐。可是她由于犹豫不决，在前厅徘徊了好一阵儿。她四次想走进去，可又四次缩了回来。最后，她痛苦地扑在自己床上哭了起来。她的贴身女仆看到她在流泪，十分同情她，急忙跑去告诉卡尔喀俄珀。她一听，连忙赶到妹妹这儿，看到她双手蒙面在哭泣，便关心地问："发生什么事了？你病了吗？"

美狄亚答应帮助阿耳戈英雄

姐姐一连串的问话，让美狄亚满面绯红，羞得答不出话。最终还是爱情的力量让她狡猾地说："卡尔喀俄珀，我心里难过，是为了你的几个儿子。我担心父亲立刻把他们连同那些外乡人杀掉。这是一个难解的梦预示给我的。但愿有一位神明能阻止他这么做。"

卡尔喀俄珀对这几句话感到十分恐惧，她说："我也正是为这件事到你这里来的，我恳求你帮助我反对我们的父亲。如果你拒绝的话，我和我的被杀害的儿子到了阴间也要像复仇女神一样缠着你不放！"说着她用双手抱住美狄亚的膝部，把头伏在她的怀里。两姐妹痛哭起来。随后美狄亚说："姐姐，你提复仇女神干什么？天地做证，我向你发誓：为了救你的几个儿子，只要我能做的，我都愿意去做。"

"那么，"姐姐进而说，"为救我的儿子，你就给这个外乡人一点魔药，让他在与公牛的搏斗中顺利地过关吧！是他派我的儿子阿耳戈斯找我，请求你援助他这个来此做客的朋友。"

听了这话，美狄亚高兴得心怦怦直跳，她美丽的脸泛起了红晕，闪亮的眼睛也因一时的眩晕而显得黯然无光，于是她突然说道："卡尔喀俄珀，如果我不把你和你孩子的生死攸关的事看成我最重要的事，就让我见不到明天的太阳。明天一大早我就到赫卡忒神庙去为那个外乡人取那种能减弱公牛攻击力量的魔药。”卡尔喀俄珀离开妹妹的卧室，把这个可喜的消息带给了她的儿子们。

美狄亚躺在床上，内心整整一夜都同自己进行着激烈的斗争。“是不是我许下的诺言太多了?”她心中嘀咕着，“我有什么理由为这个外乡人做这些事？要想让我们的计策成功，我就非得单独去见他，和他接触不可吗？是的，我要救他一命，让他想去哪儿就去哪儿。但他搏斗胜利之时便是我死亡之日。想要摆脱这可憎的生命其实挺简单，一根绳索或一杯毒汁就可以解决——我所干的这件事能使我得救吗？恶毒的流言不是要在全科尔喀斯迫害我吗？他们不是会说我为一个外乡人殉情，辱没了我的家族吗?”她就是在这样的思绪下走去取来一个装着致死药和活命药的小匣子。她把小匣子放在双膝上打开，想尝一尝致命的毒药，这时，她眼前浮现出生活中的一切烦恼和欢乐，浮现出所有女游伴的面影。她觉得太阳比以前更美丽。于是，她心里产生了一种对死的不可抗拒的恐惧，所以把小盒扔在了地上，伊阿宋的保护神赫拉改变了她的心绪。她等不及曙光来临，就取来魔药，并带着魔药见她心爱的英雄去了。

伊阿宋和美狄亚

就在阿耳戈斯把这个可喜的消息带到船上的时候，美狄亚已经跳下床来。她穿上一件漂亮的长袍，用弯曲的金针别紧，把一方白色的面纱罩在光闪闪的头上。一切悲痛她都忘得一干二净。她蹑手蹑脚穿过门厅，吩咐年轻的侍女套好她时常乘坐前往赫卡忒神庙的骡车。当侍女们为她的出行做准备时，美狄亚从她的小匣里拿出一种叫作普罗米修斯油的油膏。谁身上涂了这种油膏，谁当天就能刀枪不入、火烧不伤，一整天都有压倒敌人的力量。

骡车备好了。两个侍女跟随主人上了车，美狄亚亲自驾车，在其余侍女徒步陪同下，驱车穿过城池。无论走到哪里，民众都恭敬地给公主让路。当她穿过广阔的田野来到神庙时，她对侍女们狡猾地说：“女友们，我大概是犯了一个大错，我没有远离那些来到我们国家的外乡人！现在我姐姐和我姐姐的儿子阿耳戈斯要求我接受他们的首领的礼品，要知道，就是他答应了要制服公牛。我呢，则要把免受伤害的魔药送给他！我已经假装答应了他并约他到神庙这里来单独见面。现在我要接受他的礼品，然后我们平分。但我送给他本人的却是一种致人死命的药，叫他用了以后立即死去！他一来，你们就躲得远远的，免得他生疑，我已经许诺我是一个人来见他。”

听了这个狡黠的计谋，侍女们非常高兴。她们都躲到神庙里去时，阿耳戈斯陪着他的朋友伊阿宋和预言家摩普索斯正好也出发了。美狄亚和侍女们待在神庙里，她的目光从来没有落在周围侍女身上，而是充满渴望地越过庙门注视着外面的大道。每当听到一声脚步、一息微风，她都禁不住焦渴地把头高高地抬起。伊阿宋终于带着他的陪同们走进了神庙，美狄亚突然觉得心都要跳出来了，她感到眼前的世界变成了黑夜，热血涌上面颊，满脸通红。

这时，侍女们都已离开了她，伊阿宋和美狄亚彼此相对，默默地站了好长时间。伊阿宋首先打破了沉默：“你身边只有我一个人，为什么怕我呀？我不像别的男人那样自负，就是在家里也从来都不自负。你想问什么、说什么，尽管开口！但别忘了我们是在一个圣地，说谎是有罪的。因此不要甜言蜜语地欺骗我。我是一个恳求保护的人，我是来请求你给我那种药物的，就是你答应你姐姐要给我的那种药物。是紧急的需要迫使我寻求你的帮助。你想要我怎样感谢你，就请提出来吧。要知道，你将以你的帮助解除我的同伴们的母亲和妻子的焦虑悲伤，你的不朽的英名将永远活在全希腊人民心中。”

美狄亚一直等他把话说完。她低下目光，甜甜地一笑。她的心因他的赞美而无限喜悦，她又抬起头来，恨不得把涌到嘴边的话一股脑儿都说出来。但她一直没有开口，只是解开了那条裹着小匣的香喷喷的带子，伊阿宋赶快高高兴兴地从她手中接过那个小匣子。要是他向她提出要求，她连整个的心都愿意给他，爱神正在把甜蜜的爱的火焰向她心中吹去。两人都害羞地瞅着地面，然后他们彼此又四目相对，目光中充满着渴慕。过了好一阵子，美狄亚才开口说话。

“听着，看我想怎样帮助你。等我父亲把那些需要播种的使人遭灾的龙牙交给你以后，你就单独到河里去沐浴。你要穿上黑色的袍子，挖一个圆形的坑。在坑里堆上干柴，杀一只母羊羔，放在柴堆上烧成灰。然后把怀里的蜂蜜洒在上面向赫卡忒女神献祭，再离开这个火葬场。听到脚步声和狗叫声你千万不要回头，否则献祭就不起作用了。第二天早上，你要用我刚才给你的这种魔膏涂抹你的身体。它会使你超凡的强壮，力大无比。你将感到你不仅能与凡人而且能与世外的神明匹敌。你的剑、你的矛和你的盾也必须涂上油膏，这样，任何人类手中的铁器、神牛喷出的火焰，就都伤不了你，也无法抵抗你。不过你不能坚持很久，只能在当天有这样的神功；尽管如此，你也绝不要退出战斗。我还有别的办法帮助你。等你驾驭巨牛犁了地，撒下的龙牙种子有了收获以后，你就往生长出来的人当中抛一块巨石。这时，从土里冒出来的那一伙狂躁的人就会像群狗争食那样争夺那块石头。你可以趁这个机会冲到他们中间，把他们一个个砍倒杀死。然后你就可以心安理得地从科尔喀斯拿走金羊毛，想到什么地方去就到什么地方去。”

她说到这里，心中想到这位高贵的英雄就要航海远去，不禁泪流满面。悲伤使她忘了身份，她竟抓着他的右手伤心地说：“你回家以后，不要忘了我的名字。我也会想着你。告诉我，你将乘坐这艘美丽的船返回的祖国在什么地方。”

伊阿宋听了她的话十分感动，他说：“请相信我，尊贵的公主，如果我能活下来，无论白天还是黑夜，我每时每刻都不会忘记你。我的故乡是伊俄尔科斯，普罗米修斯的儿子丢卡利翁在那里建立了许多城市，修了许多神庙。那里的人还不知道你们国家的名称。”

“外乡人啊，难道你是住在希腊了?”美狄亚接口说，“那里的人比我们这里的人要好客多了，因此你不要讲你在我们这里受到过什么样的接待，你只要暗暗想着我就行了。即使这里的所有人都把你忘了，我也会想念你的。假如你忘了我，但愿风能把一只鸟从伊俄尔喀斯送到这里来，我会通过它让你想起我是怎样帮助你从这里逃出去的！啊，我真想亲自到你家里提醒你记起我呀!”说着，她哭了。

“哦，善良的姑娘，”伊阿宋答道，“你说到哪儿去了！如果你能来到希腊，来到我的故乡，你肯定会受到那里的女人和男人的尊崇，你一定会被人们当成神来礼拜，因为能够让他们的儿子、兄弟和丈夫免遭杀害，而且愉快地回到故乡，这些都是因为你的计谋。而你是完全属于我的，除了死，任何人任何事都破坏不了我们的爱情。”

听他这么一说，她兴奋不已。一想到要离开祖国，她感到无比忧伤，由于赫拉已在她心里撒下了渴望的种子，所以在内心还是有一种奇异的力量推动她向往希腊。

伊阿宋满足埃厄忒斯的要求

伊阿宋高高兴兴地回到同伴们中间。美狄亚走向她的侍女们。她轻捷地登上车，赶骡起步，骡便自动朝着回家的方向疾奔。转瞬间，美狄亚回到了王宫。这当儿，伊阿宋告诉他的同伴们，美狄亚刚刚交给他一种神奇的魔药，并拿出油膏来给大家看。所有人都很高兴，只有伊达斯坐在旁边，气得直咬牙。第二天早上，他们派了两个人到埃厄忒斯那里去拿龙牙种子。国王埃厄忒斯把当年卡德摩斯在忒拜杀死的那条龙的牙齿给了他们。把龙牙交给他们时，他很自信，因为他相信伊阿宋绝对不可能活到把龙牙种子撒到地里的时候。

就在当天夜里，伊阿宋按照美狄亚的吩咐沐浴，献祭赫卡忒女神。女神听到他的祈祷，从地下洞府走出来，那样子十分吓人，周围全是丑恶的龙，龙嘴里都衔着直冒火焰的橡树枝。地底的狗也围着她狺狺狂吠蜂拥而来。野草在她的脚步下不停地颤抖，法细斯河的女神们也吓得嗷嗷地号叫。伊阿宋心里非常害怕，但他一丝不苟地遵守着美狄亚的要求，决不回头地走到同伴们中间。这时，朝霞已在高加索的雪峰上辉映。

埃厄忒斯身披铠甲，上次与巨人战斗时就是穿的这身铠甲，戴上四羽的金盔，抓起四层皮革的重盾，除了他和赫剌克勒斯再也没有别的英雄能够举起它。他上了车，抖动缰绳，车便疾驰出城，后面跟着数不清的民众。他想参观这一幕话剧，却像亲自出战一样披挂起来。伊阿宋按照美狄亚的指导用魔油涂抹了他的剑、矛和盾。同伴们围着他，都试着用自己的武器跟他的矛较量，但他的矛毫无损伤，他们的武器甚至不能使他的矛稍有弯曲。那支矛拿在他坚实的手中就像变成了石头一般。见到这种情景，伊达斯很生气，他举起剑来猛地向枪柄砍去，但他的剑就像铁锤落在铁砧上一样被挡回。英雄们看到可喜的胜利前景都热烈地欢呼起来。现在，伊阿宋用油膏涂抹了身体。他立时感到四肢增添了奇异的力量，双手脉络胀起，更加有力，渴望投入战斗。他做好了战斗准备，像一匹临阵前的战马，精神振奋，竖耳仰头，马蹄踏地，放声嘶鸣。他伸展了一下身体，高抬起腿，手中举着长矛，挥舞着盾牌。英雄们随同他们的首领来到阿瑞斯田野，便遇到了国王埃厄忒斯和一大群科尔喀斯人。

船一到，伊阿宋就手持矛和盾跳到岸上，他立即收到一顶装满尖锐龙齿的金光闪闪的战盔。随后，他用一根带子把剑背在肩上，大步走上前来，像阿瑞斯或阿波罗一样威武庄严。他在田野上环顾四周，很快就看见了驾牛的金属轭放在地上，旁边有犁和犁头，这一切器具都是钢制的。他仔细看了看这些农具，把枪头固定在他的长矛的坚硬枪杆上，又把战盔放在地下。然后他带着盾往前走，寻找公牛的足印。但那些被关在地洞里的牛突然钻出来，从另一侧向他猛冲。伊阿宋的朋友们见到这些怪物无不吓得失魂落魄，伊阿宋却叉开双腿，岿然不动，他持着盾牌，等待它们进攻，就像海边的岩石等待海浪冲击一样。公牛们也真的晃着犄角向他冲来，但它们没能使他后退半步，就像在冶炼厂里风箱扇起熊熊的火焰，它们反复地咆哮，喷着火焰向前冲击，炽热的火光像耀眼的闪电射向这位英雄。但少女的魔药保护了伊阿宋。

最后，他从左侧抓住一头公牛的角，使出全力把它拖到放铁轭的地方。到了这里，他把它踢倒，让它跪在地上。他又用同样的方法制服了第二头牛，牛飞快地冲向他，他只一击就把牛打倒在地。然后，他甩开他那宽大的盾牌，在火舌的攻击下用双手死死按住被摔倒的牛。连埃厄忒斯也禁不住惊叹伊阿宋的神力。

这时，卡斯托耳和波吕丢刻斯按照事先安排，把放在地上的轭递给了伊阿宋，伊阿宋连忙把它套在牛脖子上。然后他又抬起犁套把它扣在轭的铁环里。孪生兄弟赶快跳离火焰，因为他们不像伊阿宋那样不怕火烧。伊阿宋重新拾起盾牌，把它用皮带挂在背上，然后拿起装满龙牙的头盔，手执长矛，用枪尖抵着暴怒的神牛拉犁耕田。地上犁出了深沟，土地在沟里翻起砸碎。伊阿宋一步步地跟在后面播下龙牙，同时又小心地注视身后，看看毒龙的子孙是否已破土而出，并朝他扑来。神牛使劲拖着犁并踏着铁蹄前进。下午，整块土地全部耕完了。伊阿宋解下牛轭，扬起武器猛地一挥，神牛吓得一溜烟逃了回去。他见垄沟里一直没有长出巨人，便回到船上去了。同伴们围着他欢呼；他却什么也没有说，只是用战盔盛满河水咕嘟咕嘟地喝下去以解火烧火燎的焦渴。他活动了一下膝关节，心中充满再战的渴求，正如一头狂怒的野猪冲着猎人磨牙。这时，整片田野都长出了巨人；整个阿瑞斯丛林里到处都是盾牌和长矛，战盔闪闪发光，闪烁的光辉直达天穹。伊阿宋想起足智多谋的美狄亚的话：他轻而易举地搬起一个四个壮汉也抬不起来的巨大圆石，把它远远地抛到那些从地里生长出来的武士们中间。他自己则勇敢而小心翼翼地藏在他的盾牌后边。科尔喀斯人大声呼叫，连埃厄忒斯也无比惊叹地注意到了伊阿宋怎样把巨石抛掷出去。那些土里生出来的人突然像猛犬一样相互冲击撕咬起来，都呜呜地怒吼着相互残杀。他们在相互拼杀的长矛下，像被旋风连根拔起的枞树或橡树一样倒在他们的母亲大地上。当他们仍在酣战时，伊阿宋拔出宝剑，跳进去左砍右刺，把还立在那里的砍倒，把刚长到肩高的像割草一样削平，对其他人则割掉他们的头。垄沟里血流成河，负伤者逃往四面八方，许多人一脸是血又像从地里冒出来一样深深地沉到土里去了。

国王埃厄忒斯非常震惊，但心里还是非常生气。他什么也没说就转身回城，心里一直盘算着怎样才能更有把握地制服伊阿宋。

美狄亚夺得金羊毛

国王埃厄忒斯连夜把民间的长老召集到王宫里，商讨战胜阿耳戈英雄们的方法，因为他已确切知道，白天所发生的一切，一定是他女儿在帮助他。赫拉看到伊阿宋处境十分危险，便让美狄亚心中充满令人丧胆的恐惧，使她像一头在密林中听到猎犬狂吠的小鹿一样发抖。美狄亚立即预感到她对伊阿宋的帮助已被父亲发觉。泪水从她眼中夺眶而出，如果没有命运女神的阻拦，她就会用服毒自杀的办法结束她的痛苦。转瞬间她又精神振作起来。她决心逃走，于是她铺好她的卧榻，亲吻门柱以示告别，用双手再次抚摸了一下卧室的墙壁，然后剪下一绺头发放在床上，给母亲留作纪念。

“别了，亲爱的母亲，”她泪汪汪地说，“别了，卡尔喀俄珀姐姐和宫里所有的人！哦，外乡人啊，你真不如在来到科尔喀斯之前就淹死在大海里呢！”随后她就像一名囚犯逃离关押她的严酷的牢房一样离开了她可爱的家。

她默默地念起咒语，宫廷的大门自动敞开。她光着脚奔跑，穿过侧面的窄路，不一会儿就到了城外，连守卫都没有认出她来。然后她一下子就走上了通往神庙的人行小道，因为她时常到田野里采集草根调制魔药和毒汁，所以对田野里的道路了如指掌。月亮女神塞勒涅看见她急急地奔走，便自言自语道：“原来受到爱情煎熬的不只我一人啊！你常常用你的魔法把我驱逐出天庭，现在你自己也在为伊阿宋忍受巨大的痛苦啊！好了，那就走着瞧吧，你尽管诡计多端，也休想逃脱这痛苦的折磨！”塞勒涅这么对自己说着，而美狄亚却撒腿匆匆跑过去了。

到了河岸，她高声呼叫她姐姐的小儿子佛戎提斯。佛戎提斯和伊阿宋都听出了她的声音，她喊了三声，他们也回答了她三声。英雄们听到这一喊一答，开始都很惊讶，接着就划船去迎她。船到对岸还没有停泊，伊阿宋就从甲板上一跃而踏在岸上，佛戎提斯和阿耳戈斯也跟着跳上了岸。

“救救我吧，”美狄亚抱住她外甥的腿喊道，“让我和你们赶快从我父亲手中逃命吧！我父亲已经知道一切了！在他还没来得及追上我们时，我们赶快乘船逃走吧！我会给那条龙催眠，然后你们就可以把金羊毛拿到手。但是伊阿宋，你要当着你同伴们的面对神发誓，到了异乡你也不会欺负我这个孤女!”

她说得非常悲伤，伊阿宋心里却感到无比喜悦。他温柔地扶起她，拥抱着她说：“亲爱的，宙斯和婚姻的保护神赫拉做证，回到希腊以后我一定把你作为我的合法妻子带到我家里去!”他一边发誓，一边紧紧地握住她的手。

现在美狄亚吩咐众英雄连夜把船划到圣林去骗取金羊毛。英雄们摇船疾驶，船到后，伊阿宋和美狄亚从草野上的小道奔向圣林。他们在那里找到了那棵高悬着金羊毛的高大橡树。金羊毛透过夜色闪闪发光，就像朝阳照耀下的一片朝霞。对面，不眠的龙瞪着锐利的眼睛望着远方，伸着它的长脖子对着步步走近的人，同时发出可怕的咝咝声，连河边和森林都传来阵阵回响。这头怪兽鳞甲闪烁，蜿蜒向前爬行，就像是火焰越过点燃的树林冲过来一般。美狄亚勇敢地迎上前，用甜美的声音祈求众神中最强大的睡眠神使怪兽入睡。她请冥府的神后为她降福。伊阿宋心惊胆战地跟在她身后。但美狄亚神奇的歌唱已使毒龙迷迷糊糊有了睡意。那毒龙弓起的背落下来，它那卷曲的身躯伸展开来。只有那令人恐惧的头还直立着，张着大口想吞掉他们俩。这时，美狄亚一边念着咒语一边用一根杜松的枝条醮着魔液向龙的眼睛里洒去，毒龙被芬芳的魔液弄得酣睡起来。现在，它的血盆大口闭上了，它的整个身躯伸展在长林中。

伊阿宋按照美狄亚的吩咐从橡树上拉下金羊毛，而美狄亚则继续往毒龙的头上喷魔液。然后，二人匆匆离开荫蔽的圣林。伊阿宋愉快地双手捧着大张的金羊毛，那张金羊毛的反光把他的前额和金发照得金光闪闪，也照亮了他远去的夜路。

天刚放亮，他们就来到了船上，同伴们把他们的首领团团围住，咂舌赞叹金羊毛那如雷神的闪电一样的光芒。伊阿宋对他的朋友们说：

“亲爱的朋友们，现在让我们返航，回到家乡去！在这位姑娘的帮助下，我们终于完成了使命，立下了功绩。我要把她带回家乡，娶她为我的合法妻子。一路上你们应该帮我好好照顾她，我相信事情还没有了结，埃厄忒斯一定会带人追上来阻挡我们的归路。所以让我们一半人划桨，另一半人持矛和盾，准备迎敌，打退他的进攻。”说完，他挥剑砍断缆绳，然后手持武器，站在美狄亚和舵手安克奥斯旁边。大船箭一般地朝着河流的出海口驶去。

阿耳戈英雄们和美狄亚一起逃跑

与此同时，埃厄忒斯和全体科尔喀斯人都知道了美狄亚的恋情，以及她的行为和逃跑。他们全副武装，到市场上集合起来，一路下坡向河岸进发。他们来到河口时，阿耳戈英雄们的船由于有不知疲倦的水手奋力摇桨，已经远远地行驶在高高的海上。埃厄忒斯举起双手，吁请宙斯和太阳神证明敌方的恶行，怒气冲冲地向他的臣民宣布：如果他们不从海上或陆上把他的女儿捉到带来见他，使他能严惩她，他们就全要被砍头。吓得魂飞胆丧的科尔喀斯人当天就把他们的船推到海里，扬帆出海了。

阿耳戈的英雄们鼓起船帆顺风航行，第三天清晨，他们把船停泊在哈吕斯河岸边。在这里，他们按照美狄亚的要求向拯救了他们的女神赫卡忒举行了献祭。这时，他们的首领和其他英雄突然想起了老预言家菲纽斯对他的建议：返程时要选择一条新路。但没有人熟悉这个地区。阿耳戈斯叫大家驶向依斯忒耳河。忽然，在他们前进方向的上空，出现了一道宽宽的彩虹。

科尔喀斯人一直没有停止他们的追击，他们的船轻，行驶得比阿耳戈船快，所以先到了依斯忒耳河口，他们在这里埋伏起来，要堵住阿耳戈英雄船入海的出路。阿耳戈英雄们有些害怕人数众多的科尔喀斯人，他们上岸占领了河中的一个岛。科尔喀斯人紧追不舍。一次遭遇战眼看就要发生。这时被困的希腊人提出进行谈判。双方谈妥：希腊人可以带走国王埃厄忒斯许诺过伊阿宋工作完成后应得的金羊毛。但是国王的女儿美狄亚却要交给他们带到另一个岛上的阿耳忒弥斯的神庙里去，然后让一位公正的邻国国王以公断人的身份判定她应该回到父亲家中，还是让她跟随英雄们到希腊去。

美狄亚听到这样的条件，心中满是痛苦和忧虑。她立刻拉着她的情人走到一个别人听不到他们说话的地方，热泪盈眶地说："伊阿宋，你打算怎样决定我的命运？你在紧要关头曾对天向我盟誓，保证我永远幸福，难道这一切你都忘到九霄云外去了吗？我实在太轻率了，竟然抱着对你的希望，抛弃了我最宝贵的一切，离开了我的祖国、我的家和我的双亲！为了救你，我才跟你漂泊在海上；是我的痴情让我帮你夺到了金羊毛。为了你我不顾少女的名誉，作为你的情人、你的妻子和你的护理人，随你到希腊去。因此，你应该保护我，不要把我一个人留在这里，不要把我交给别的国王去审判！如果那个公断人把我判给我的父亲，我可就要命归黄泉了。这样，你回去之后还有什么快乐可言呢？宙斯的妻子，你自豪地奉为保护神的赫拉，她怎么能赞成你的这种行径呢？甚至可以说，假使你抛弃了我，你一定会十分痛苦，时时想念我。金羊毛也会像一场梦一样消失，落在冥王哈得斯手中！那时我复仇的灵魂将把你赶出你的祖国，就像我被你的误导诱离我的祖国一样！"

她任凭感情的洪流尽兴地发泄，激动得快发狂了。伊阿宋望着她，犹豫不决了。但他受到了良心的谴责，便温和地说："我的善良的姑娘，请你镇静，我根本没把那个协议当回事！只是为了你我们才设了这么一个缓兵之计，大批的敌人像乌云压顶一样把我们包围了。所有住在这里的人都是科尔喀斯人的朋友，他们都愿意帮助你的兄弟阿布绪耳托斯，让他把你抓到手带到你父亲那里去。如果我们现在开战，我们大家都将悲惨地送命；如果我们死了，让你成了敌人的俘虏，你的处境将更加绝望。确切地说，这个协议只不过是一个计策，一个使你的兄弟阿布绪耳托斯走向毁灭的诡计。一旦首领死了，邻国的朋友就不会再援助科尔喀斯人了。"

他就这样好言相劝，美狄亚听完又献出一条残忍的计谋："你听我说，我已经触犯了一次成规，受厄运的蒙蔽铸成了大错。我没有退路，我只能在罪恶的泥潭里往前走。我会帮你击退科尔喀斯人，我想设计把我兄弟骗来，让他落在你手里。你设一桌豪华的宴席招待他。然后我可以劝说使者们离开，说我要跟他单独谈话，这时你就可以把他杀死，我不会反对的，然后打败科尔喀斯人。”

他们就这样给阿布绪耳托斯设下了圈套。他们送给阿布绪耳托斯许多礼物，其中包括一件楞诺斯的女王给伊阿宋的华丽的紫袍。狡猾的少女告诉使者们，让阿布绪耳托斯夜黑人静时到另一个岛上的阿耳忒弥斯的神庙里来；他将设计让他重新得到金羊毛，然后把它带回去献给他们的父亲埃厄忒斯。至于她，她谎称，她是被佛里克索斯的儿子们抓走交给外乡人的。事情的进展完全如她所愿，阿布绪耳托斯被这些庄严的许诺所骗，便黑夜乘船前往那个圣岛与他的姐姐会面。兄妹二人正在谈话，伊阿宋突然从埋伏处冲了出来，手中握着明晃晃的宝剑。美狄亚转过脸去，同时蒙上了面纱，不忍看到兄弟被杀的惨相，伊阿宋像宰杀一只献祭的羔羊一样，手起剑落，把美狄亚的兄弟砍倒在地。只有复仇女神在隐蔽处用她阴险的目光看到了这里发生的恶行。

当伊阿宋洗去手上脸上的血，把尸体埋葬了时，美狄亚已经用火把向阿耳戈英雄们发出了事先定好的信号。英雄们立即冲向阿布绪耳托斯的随从，把他们全杀光了。伊阿宋想援助他的同伴，但已经没有必要了，胜利已成定局。

阿耳戈英雄的返航

剩下的科尔喀斯人还没有醒过神来，英雄们已经按照珀琉斯的建议急速远去了。当科尔喀斯人得知发生的一切时，开始他们还想追击敌人，但却被赫拉从天上发出的闪电吓住了。他们知道，如果他们不把国王的儿子和女儿带回去，国王肯定震怒并严惩他们，所以他们就留在依斯忒耳河口的阿尔忒弥斯岛上定居了。阿耳戈英雄们的船一路顺风，经过了许多海岸和岛屿，也经过了阿特拉斯的女儿卡吕普索斯居住的岛屿。他们相信他们已经看见远方正在升起故乡最高的山峰，这时，赫拉因为害怕盛怒的宙斯的计划，于是煽起了一阵暴风雨阻挡他们，船便被狂风刮到了荒无人烟的埃莱克特律斯岛。现在雅典娜安装在船的龙骨中间的那块能宣示预言的木板开始说话了，他们仔细听了以后，无不大惊失色。“你们逃不脱宙斯的愤怒，根本逃脱不了海上漂泊的命运，”那块空心的木板说，“除非女巫师喀耳刻谅解你们残忍地杀害阿布绪耳托斯的罪孽。要让卡斯托尔和波吕丢刻斯向神明祈祷，请求诸神为你们在海上开辟一条小通道，指引你们找到太阳神和珀耳塞所生的女儿喀耳刻。”这就是阿耳戈船上的那块木板黄昏时说的话。

英雄们听到这个奇异的预言家宣示这样可怕的命运，都吓得魂飞魄散了。只有那对孪生兄弟卡斯托耳和波吕丢刻斯站起身来，勇敢地祈求天上诸神的保护。但是船继续漂泊，冲进了伊里丹纳斯的内海湾，法厄同就是在那里被太阳车烧死坠海的。就是现在，他被烧灼的伤口仍然从河底喷出火焰和烟雾，没有一条船能轻易越过这片水域，它总是被卷入火焰里去。法厄同的几个姐妹，赫利俄斯的女儿们，已变成沿岸的白杨，它们在风中叹息，晶莹的琥珀泪珠滴落在地上，太阳把它晒干，潮水把它冲到伊里丹纳斯河里去。

借助坚实的大船，阿耳戈英雄们脱离了这次危险，但他们却失去了对一切饮食的欲望。因为白天有法厄同烧焦的尸体的恶臭从伊里丹纳斯河涌上来折磨着他们，夜间有赫利俄斯的女儿们的悲叹和像油滴似的琥珀泪珠的滴落声困扰着他们。赫拉发出温和的声音，提醒他们，给他们指明正确的道路，并放出黑雾罩住船，把船保护起来。他们就这样航行了许多日夜，经过刻尔提克家族的许多地方，直到终于看见提瑞尼亚海岸，紧接着就顺利进入了喀耳刻居住的岛屿的港口。

在这里，他们找到了那位女巫师，她正站在海浪里洗头。她曾梦见她的卧室和她的房子里血流成河，火焰吞噬着她用来麻醉外乡人的所有魔药，她则用手掬血把火浇灭。黎明时分，噩梦把她惊醒，她立刻下床跑到海边去冲洗她的衣裙和头发，好像她真的沾上了血污似的。成群的巨兽跟随在她后面，就像牛群出棚跟在牧人后面一样，但这些猛兽和一般家畜不同，它们的头和身是一类动物的，四肢是另一类动物的。英雄们看到这种情景，心中不禁产生一种莫名的恐惧，尤其是看到喀耳刻的脸时便立刻认出，那正是残暴的埃厄忒斯的妹妹。这位女神很快就转身回去了，她像对待家犬那样招呼和抚摩这些怪兽。

伊阿宋命令全体船员留在船上。只有他本人带着美狄亚跳到了岸上。一上岸，他就拉着这位不愿意去的姑娘朝喀耳刻的宫殿奔去。喀耳刻不知道这些陌生人到她这里来做什么。她请他们坐在漂亮的软椅上，但他们却默默地悲伤地坐在火炉旁边。伊阿宋把用来杀死阿布绪耳托斯的宝剑插在地上，双手按住剑柄，把下巴抵在手背上，不再睁开眼睛。喀耳刻这时才知道他们原来是祈求保护的人，才知道这与他们的被逐和一桩谋杀的罪恶有关。于是，她宰杀了一只刚生下来的母狗，把它作为牺牲献祭给宙斯，这些祈求者的保护神，然后请求宙斯允许她为他们净罪。她吩咐水中的那些女神，她们是她的侍从，让她们把赎罪用具带到海边来。她自己则站在那灶旁，焚烧圣饼，郑重地祈求复仇女神息怒，请求天父宽恕这些手上沾有谋杀血污的人。

这一切做完以后，她就让外乡人坐下，她坐在他们对面。她询问他们的职业和航行的情况，问他们从哪里来，为什么在这里登陆，为什么要请求她的保护，因为这时她又想起了那个血腥的噩梦。当少女抬起头来注视她的脸时，她才注意到少女的眼睛；因为美狄亚和喀耳刻一样都是太阳神的后代，而所有太阳神的后继者都有一双闪耀金光的眼睛。现在她要求这位逃亡的少女用母语说话，于是少女便用科尔喀斯方言如实地讲述了埃厄忒斯和阿耳戈英雄们之间发生的不快，只是不肯承认谋杀兄弟阿布绪耳托斯这一节。但对女巫师喀耳刻是什么也隐瞒不了的。她说：“可怜的孩子，你很不正当地离家出走，你又犯了一桩大罪。你父亲肯定会追到希腊去，为他被谋杀的儿子找你报仇。不过你在我这里不会再遭到什么灾难，因为你是祈求保护的人，又是我侄女。但是我却不能给你任何帮助。你赶快带着这个外乡人走吧，不管是谁我都不能管了。我既不赞成你的那些计谋，也不赞成你不光彩的逃跑！”听到这样的话，美狄亚十分痛苦。她蒙上面纱，伤心地哭起来，直到伊阿宋抓起她的手，她才踉踉跄跄地跟着他走出了宫殿。

然而赫拉却很同情她的被保护人。她打发她的女使者伊里斯，踩着七色彩虹的道路到下边把大海女神忒提斯召来，让她保护阿耳戈英雄们的船。伊阿宋和美狄亚一跳上甲板，就刮起了和风。英雄们高高兴兴地扬帆起航。不久，他们就接近了一个百花盛开的小岛，这是骗人的女妖的住地，这些女妖惯以美妙的歌声诱骗过路者，然后让他们死在这里。她们都是半鸟半人的形体，总是坐在那里等候猎物，经过这里的外乡人没有一个可以幸免于难。现在它们也正冲着阿耳戈英雄们唱着美丽动听的歌，他们都听得入迷了，正准备抛缆上岸。就在这时，特剌刻的神歌手俄耳浦斯从座位上站起来，弹奏起他的七弦神琴，以最强的声音压倒了那些鬼怪少女的歌声。同时从船尾吹来一股嗖嗖响的神赐之风，使得女妖的歌声全部消失在空中。同伴中只有部忒斯一人经受不住女妖歌声的诱惑，弃桨跳到海里，朝着那诱人的歌声游去。要不是阿佛洛狄忒看见了他，他早就没入海底了。她从漩涡中把他拽出来，抛在该岛的一个海峡上，从此他就生活在这个地方了。

科尔喀斯人继续追击

阿耳戈英雄们又平安地躲过了许多危险，他们继续在大海上航行，来到了一个岛屿。这里住着善良的淮阿喀亚人和他们贤明的国王阿尔喀诺俄斯。他们友好热情地接待了英雄们，英雄们正想好好休息一下，突然海滨出现了一支威武的科尔喀斯人的队伍，敌方的船队是从另一条海路追到这里来的。他们要求阿耳戈英雄们把国王的女儿美狄亚交给他们，并让他们把她带回家，他们威胁希腊英雄们说，如果埃厄忒斯亲自率领一支更强的部队追来，就要血战一场，后果将会更糟。当英雄们准备去迎战时，善良的国王阿尔喀诺俄斯阻止住了他们，而美狄亚则抱着王后阿瑞忒的双腿。“王后，我请求您，”她说，“别让他们把我带到我父亲那里去！我跟这个人逃跑不是由于轻率，而是因为实在太怕我的父亲。他带走我，是把一个少女带回他的家里去啊。请您可怜可怜我吧，诸神将赐您长寿，让您多子多孙，保佑您的城地获得不朽的英名。”

她又跪在每一个英雄脚下求救。每个人都鼓励她振作起来，他们摇着长矛，拔出宝剑，向她保证：一旦国王把她交出去，他们就坚决援助她。

夜里，国王和他的妻子商量怎样解决这个科尔喀斯的少女的难题。阿瑞忒请求帮助这个少女，她告诉他，伟大的英雄伊阿宋打算要美狄亚做他合法的妻子。阿尔喀诺俄斯本来就是个心慈面善的人，他听妻子这么一说，心就变得更软了。“为了这些英雄和美狄亚，”他对妻子说，“我愿意帮助他们把科尔喀斯人赶走，但我们这样做会破坏宙斯的待客法律。再说，惹恼强大的国王埃厄忒斯也是不明智的，因为即使他住得很远，他也有能力把一场战争强加给希腊。因此，你听着，我的决定是：如果这个姑娘还没有结婚，就应该把她还给她父亲；如果她已经成了那青年的妻子，我也不会把她从丈夫身边夺走，因为这时她已经属于这个青年，不再属于她父亲了。”

阿瑞忒听到国王做出这样的决定，非常惊慌。当夜她就派了一名使者到伊阿宋那里报告这一切，并劝他在天亮以前和美狄亚完婚。阿耳戈英雄们听到伊阿宋转达的意想不到的建议，都很高兴，于是在一个山洞里，俄耳甫斯奏起音乐，美狄亚便庄严地成了伊阿宋的妻子。

第二天早上，全副武装的科尔喀斯人已经站在岛的另一端了。国王阿尔喀诺俄斯遵照诺言走出宫殿，他手持黄金的王杖宣布对这个姑娘的判决。他身后是成群养尊处优的贵族。许多村民也聚集到这里观看希腊的英雄们，因为赫拉已把这消息广为传布了。一切都在城墙前边准备好了，献祭的烟气一直升到天穹。英雄们等待决断已经等了好长时间了。国王在他的宝座上坐下以后，伊阿宋立刻走上前来，以发誓的语调断然宣布埃厄忒斯国王的女儿已经成为他合法的妻子。阿尔喀诺俄斯听完伊阿宋的声明，又见了几个婚礼在场的证人，便以庄严的誓言判决道：绝对不会交出美狄亚，而要把她作为客人保护起来。科尔喀斯人表示反对也只是徒劳。国王宣称：要么他们作为和平的客人留居此地，要么乘船离开他的港口。科尔喀斯人经过一番商议，选择了头一个方案。就这样又过了七天，阿耳戈英雄们赠给了主人很多礼品，依依不舍地与国王阿尔喀诺俄斯告别，又开始了他们的行程。他们顺利地经历了几次冒险，驶进了他们的家乡伊俄尔科斯的港湾。

伊阿宋的结局

尽管伊阿宋经历了危机四伏的航行，把美狄亚从她父亲那里夺到手，而且残忍地杀害了她的兄弟阿布绪耳托斯，他还是没得到伊俄尔科斯的王位。他不得不把王国让给珀利阿斯的儿子阿卡斯托斯，而他却和他年轻的妻子逃到了科林斯。在那里他和美狄亚居住了十年，美狄亚为他生了三个儿子。前两个是双生子，取名忒萨罗斯和阿尔喀墨涅斯；第三个儿子提珊得耳比两个哥哥要小得多。在这些年里，伊阿宋爱她，尊敬她，不仅仅是因为她美若天仙，而且因为她见解高尚，并有许多别的优点。

后来，伊阿宋被科林斯国王克瑞翁的女儿格劳刻的美色引诱，迷恋上了这个年轻的少女。他背着他的妻子美狄亚向这个少女求婚。得到克瑞翁同意，并且定下婚期后，他才找到妻子劝她自动解除婚约。他又向她发誓说，他想缔结这门新的婚姻，并不是因为厌倦了对她的爱，而是为了孩子着想。

他的要求激起了美狄亚极大的愤慨，她愤激地呼唤神明为他以前的誓言做证。伊阿宋对此不予理睬，仍然决意要娶国王的女儿为妻。美狄亚在她丈夫的宫殿里绝望地四处游走。“我的命好苦啊，”她高声说，“但愿天火降到我头上把我烧死！我活下去还有什么意义呢？愿死神能可怜我！哦，父亲啊！哦，我可耻地逃离的故乡啊！哦，我所杀害的兄弟啊，现在你的血正流在我的身上！但是，惩罚我的不应是我的丈夫，我是为了他才犯了罪的呀！正义的女神啊，请你把他和他年轻的恶毒女人毁灭吧！”

她正这样悲叹地徘徊时，伊阿宋的新岳父克瑞翁在宫殿里遇到了她。“你的目光里充满了敌意，”他招呼她说，“立刻带着你的孩子离开我的国家吧！不把你赶出我的国界，我是不会回宫的。”美狄亚强压着愤怒，语气镇静地说：“克瑞翁，你为什么怕我作恶呀？我跟你有什么仇怨，你干吗做出这种对我不利的事？你把你的女儿许给了你所喜爱的人，许给了我的丈夫，这跟我有什么相干？我只恨我的丈夫，在我面前他是有罪的。不过，木已成舟，就让她与他作为夫妻生活下去吧。但还是让我住在这个国家吧，我虽然受到了很大的伤害，但还是愿意保持沉默，屈从于权势者的。”

尽管美狄亚抱着他的双膝，以她怀恨在心的克瑞翁的女儿格劳刻的名义向他发誓，但克瑞翁见她眼里射出暴怒的光，仍然不相信美狄亚。“走吧，”他说，“让我减少点烦恼吧！”于是她便请求暂缓一天离境，好让她找一条逃亡的路，为她的儿子们选择一个避难地。“我不是一个狠心的人，”国王说，“过去，由于不恰当的畏缩不前，我做了不少愚蠢的让步。现在我也觉得我做得并不聪明，那就照你说的办吧，小女子！”

美狄亚获准了她所企盼的延期放逐，她的心就变得更加狂暴了。于是，她便着手实施她的毒计，尽管这个毒计在她头脑里还很模糊，而且自己也不完全相信它有实现的可能。但她还是想最后试探一下，看她的丈夫能不能承认他的不义和罪恶。她来到他面前，对他说：“哦，你这个最坏的男人，我为你生了孩子，你还是背叛了我，要娶新人。如果我们没有孩子，我也许会原谅你，你倒还算有借口再娶。但现在你却是不可饶恕的。我不知道，是不是你以为当初你发誓忠于我的统治世界的那些神不再管事了，还是人类又有了新的行动准则，允许你破坏你的誓言？我现在想把你当作我的朋友一样问问你，你告诉我，你打算让我到哪里去？为了爱你，我背叛了我的父亲，还谋杀了他的儿子，难道你要把我送回我父亲的家里去吗？或者你为我找到了别的可以安身的地方？是啊，你的前妻带着你的儿子在世上漂泊乞讨，你跟你的新人那才真的光彩呢！”

伊阿宋已经变得心如铁石。他答应给她和孩子们相当多的黄金，让她带着他写给朋友们的信去请求收容。但她鄙夷地拒绝了这一切。“走吧，去结你的婚吧，”她说，“你将举行一次使你痛苦不堪的婚礼！”

她离开她的丈夫以后，又有些后悔，觉得不该说出最后那句话。不过，这并不是因为她改变了主意，而是因为她担心他会注意到她的行动，阻挠她实施她的罪恶计划。因此她又一次找他交谈。她以完全不同于前一种的态度对他说：“伊阿宋啊，请你原谅我刚才所说的话吧！是盲目的愤怒使我做了错事。我现在看清楚了，你所做的一切确实会给我们带来最大的好处。我们是在穷困潦倒中流落到这里来的。你是想通过新的婚姻庇护你自己，照料你的孩子们，也照料我。一旦他们远离你一段时间，你就会召回他们，让他们分享兄弟相互友爱的幸福。过来，过来，孩子们，拥抱你们的父亲吧，像我一样跟他和解吧！”伊阿宋果真相信美狄亚不再怨恨他了，因此心里非常高兴。他答应给她和孩子们最好的照顾。美狄亚则尽量让他更相信自己。她请求把孩子们留在他身边，让她一个人离去。为了能够得到他的新妻子和他的新岳父的准许，她吩咐从她的储藏室里取出几件珍贵的金袍，让伊阿宋送给国王女儿作为新婚礼物。考虑了好一阵子，伊阿宋才默许了，随即派一个侍从把这些赠品送到新娘那里去。但这些珍贵的衣服都是靠魔力用毒汁浸泡过的长袍。美狄亚假惺惺地跟她丈夫告别以后，她便时时等待着她的一个可靠的传话人为她带来公主接受礼品后的消息。

传话人终于回来了，他朝美狄亚喊道：“赶快上船逃走吧，美狄亚！你的情敌和她的父亲都死了。你的儿子们随着父亲走进那个新娘的屋子里时，我们所有的仆人都很高兴，因为仇恨将不再存在，事情将完全和解。年轻的公主两眼含笑欣喜地迎接你的丈夫。但当她看见孩子们，她便用面纱遮住眼睛，掉过脸去，讨厌他们的到来。伊阿宋竭力平息她的愤怒，为你说好话，同时在她面前摊开你的礼物。她一看见这些华丽的长袍，就被它们夺目的光彩所吸引，情绪大变，于是她答应同意新郎的一切要求。你丈夫带着儿子们离开她以后，她急不可待地抓起赠品，披上那件金袍，把金花冠戴在头上，在明亮的镜子前满意地欣赏自己。然后她慢步穿过各个房间，高兴得像一个穿上新装的天真烂漫的小姑娘。但不一会儿，这一幕话剧就起了变化。她突然脸上变了颜色，四肢颤抖，摇摇晃晃地往后倒退，还没来得及走到座位上，就倒在地上了。她脸色煞白，两眼直往上翻，口里吐着白沫，于是宫殿里发出一片哭叫声。几个仆人赶忙去找她的父亲，另外几个仆人跑去找她未来的丈夫。这当儿，她头上那顶有魔力的花冠燃烧起来，直喷火焰。毒药和火焰吞噬着她的皮肉。她父亲哀号着跑过来时，只看见女儿变了形的尸体。他绝望地扑在她身上。那件致人死命的长袍上的毒汁立刻浸入他的身体，他也很快死了。至于伊阿宋的情况我还不知道。”

关于这个恐怖事件的叙述，非但没有使美狄亚息怒，反而更加燃烧起她的怒火。于是她变成了复仇女神，快步如飞地跑去准备给她丈夫也给她自己致命一击。夜色降临时，她匆匆奔向她的儿子们睡觉的房间。“我的心啊，你也应该武装起来，”半路上她对自己说，“在做这个可怕的但又必须做的事情时你为什么犹豫不决呢？不幸的人呀，忘记他们是你的孩子吧，忘记是你生了他们吧！在这一刻，我要忘记这一切。以后你再用整个一生悲悼他们！你现在要做的，是为了他们好啊。假如你不杀了他们，他们也要死在敌人手里。”

当伊阿宋赶来，寻找杀死他年轻的未婚妻的女凶手，准备复仇时，竟听到他的孩子们的惨叫。他走进屋门洞开的房间，发现他的儿子都躺在地上死了，但没有看见美狄亚。他绝望地离开他的屋子，听到空中发出隆隆的响声。抬头望去，他看见那个可怕的女凶手正坐在她用魔法召来的由龙驾着的车上腾空而去，离开了她复仇的现场。伊阿宋知道，再也没有希望惩罚她的罪行了。绝望攫住了他的心，对阿布绪耳托斯的谋杀又在撞击他的灵魂。于是，他便举剑自刎，倒在他住房的门槛上。

赫剌克勒斯的传说

赫剌克勒斯的出生

赫剌克勒斯是宙斯与阿尔克墨涅的儿子。宙斯的妻子赫拉嫉恨她的情敌阿尔克墨涅，也嫉妒她的这个被万神之父宙斯曾经宣布有伟大未来的儿子。自从阿尔克墨涅生下赫剌克勒斯，她相信他待在王宫中不会安全，因此把他放到另外一个地方，这个地方后来被称作赫剌克勒斯之地。如果不是一个美妙的奇遇，这个孩子在此地肯定会被忽视的。一天，他的敌人赫拉在雅典娜的陪伴下路过这里，雅典娜惊讶这个孩子有如此美丽的外表，赫拉怜悯他，并把他抱在胸前，让他吮吸万神之母的乳汁，可是这个孩子吮吸得太用力，不是他同龄人可比的。赫拉感到痛疼，气愤地把孩子扔到地上。雅典娜无限怜悯地把他又抱了起来，把他带到离此地近的城市，把孩子当作是个可怜的弃婴交给这里的皇后阿尔克墨涅，请求她爱他抚养他，因此可以说赫剌克勒斯是被他的敌人救起的，并且他的敌人还成了他的继母。还有，赫剌克勒斯虽在赫拉的乳房上留下了一排牙印，但几滴神的乳汁的注入足以让他不死。

阿尔克墨涅一眼就认出了自己的孩子，欢喜地把他放入摇篮。但是赫拉也发觉到在她怀里的是谁，并察觉到自己是如何粗心地错过了报复的机会。她马上就命令两条可怕的蛇去咬死这个婴儿。两条蛇爬过阿尔克墨涅卧室敞开的门，在熟睡的母亲和女仆们发觉以前，爬到摇篮里，缠住孩子的脖子。赫剌克勒斯被惊醒，哭叫起来，他抬起头，这是他第一次证明他具有超人的力量，他两只手各抓住一条蛇的脖子，只用力一掐就掐死了它们。

女仆们这时才发现两条蛇，但是由于巨大的恐惧，不敢上前。阿尔克墨涅被孩子的哭声惊醒，她从床上跳下来，来不及穿鞋，就惊叫着冲了过去，发现她的儿子已经扼死了两条毒蛇。忒拜的贵族们听到呼救声，拿着武器冲了进来。国王安菲特律翁，这个把义子看作是宙斯给予的礼物的人，手拿着剑，也冲了进来，站在那里，看到和听到发生的事情，对这个新生儿的神力又高兴又惊惧。他把这件事当作是个先兆，召来了宙斯赋予先知和预言能力的忒瑞西阿斯。忒瑞西阿斯对国王、王后以及在座的所有人预言，这个孩子将如何杀死陆地、海上的巨怪，如何战胜巨人，以及如何经历人间的苦难，最终享有神祇们永生的生命，并和永久青春的女神赫柏结婚。

赫剌克勒斯的教育

当先知告诉安菲特律翁这个孩子将来的命运时，他开始教育他，想让他成为一个英雄。他把所有的英雄都请来，请他们教授赫剌克勒斯各种各样的知识和本领。他自己传他驾驶战车的技术；教授他弯弓射箭的是欧律托斯；教他摔跤术与拳击术的是哈帕吕科斯；教他歌唱和演奏乐器的是卡墨尔克斯；教他全副武装地在战场上作战的是卡斯托尔；教他拼写文字的是阿波罗的儿子利诺斯。

赫剌克勒斯是一个好学的学生，但是他不能忍受折磨。利诺斯是个脾气暴躁的老师。赫剌克勒斯有一次被他不公正地责打，他于是抓起一把齐特尔琴掷向老师的脑袋，老师立刻摔倒在地死去。虽然他很后悔，可还是因为这起谋杀案上了法庭，但是著名而公正的法官剌达曼堤斯宣布他无罪，并为此制定了一条法律，由于自卫而致人于死不得判处死刑。

但安菲特律翁害怕他的具有超凡神力的儿子再犯类似错误，于是把他送到乡下去放牧。他在这里长大并由于他比所有其他人都高大和强壮而出名。他高四码，两眼炯炯有神，在射箭和投掷标枪的比赛中他从没输过。当他十八岁时，成了希腊最漂亮、最强壮的男人。现在该是看他用他的天赋在人间为善还是为恶的时候了。

赫剌克勒斯在十字路口

有一天，赫剌克勒斯离开放牧的人们和牧群走到一个僻静的地方，思考自己应该选择哪条人生道路。正当他坐着沉思的时候，看到两个高大的女人向他走来。一个高贵而礼貌，洁净，目光纯朴，穿着一尘不染的白色长袍；另一个丰满，化的妆都遮不住她红里透白的皮肤，她身姿窈窕，看起来比实际高一些，她睁着双大眼睛，身上的衣服也遮不住她的妩媚，她时常注视着自己，然后又看看周围是否有人在注视自己，她也时常顾盼自己的影子。

当两个女人走近的时候，第一个仍然安详地往前走，但第二个抢在另一个之前跑近这个年轻人，并跟他说起话："赫剌克勒斯！我看你还没决定你的人生之路。你愿不愿意选我做你的朋友，我可以让你过上舒适和安逸的生活：你不用花费精力去逃避麻烦，你不需要关心战争和交易，只要享受美酒佳肴；你的眼睛、耳朵，还有感觉会因拥有最舒适的感受而轻松愉快；你不用费力地工作就可在任何地方睡觉并享受这所有一切。万一你缺少什么，不用害怕，我不会让你的身体和精神受到重负，相反，你将享受到别人辛勤的果实而不用付出。因为我赋予我的朋友所有这样的权力。"

赫剌克勒斯听到这些诱人的建议，不禁诧异地问她：“哦，女人，你叫什么名字?”

“我的朋友叫我幸福，”她回答，“不过我的敌人侮辱我，把我叫作‘堕落的享受’。”

这时另一个女人也走了过来。“我来了，”她说，“亲爱的赫剌克勒斯，我认识你的父母，了解你的禀赋和你所受的教育。这些给了我希望，如果你选择我为你指的道路，你将成为一切善良和伟大事业中的杰出人物。但我不会用享乐来欺骗你，我将告诉你神祇要人们做的事情。要知道，人们不经过劳动和辛苦，神祇是不会让他有所收获的。如果你希望神仁慈地待你，你必须崇敬神，如果你希望朋友尊敬你，你必须帮助他们……让国家对你的死表示敬重，你必须对国家尽你的职责，如果你要全希腊赞美你的德行，你必须成为希腊的恩人。你要收获就要播种；你要战斗得胜，就要熟知战斗的技术；你要身体强壮，必须通过辛勤的劳动。”

“享受”打断了她的话：“你看，亲爱的赫剌克勒斯，”她说，“这个女人带你走的是一条多么漫长艰难的道路，相反，我引领你走的将是一条近便舒适的通往幸福的路。”

“可怜哟，”“美德”反驳她说，“你怎能幸福呢?你享受了什么?你还没见到它们就满足了。你在还不饿的时候就吃饱了，你在还不渴的时候就喝足了；为了刺激食欲，你寻找厨师，为了加深酒瘾，你追求昂贵的美酒。在夏天你妄想下雪，没有一张床让你觉得足够柔软；你让你的朋友们在夜间穷奢极欲，白天睡觉。这就是为什么人们在年轻时享乐，年老时羞愧于他们的过去。而你自己虽然不朽，但是你却被神祇放逐，被善良人所鄙视。你永远听不到最美好的声音——赞美；你永远看不到最悦目的事物——美好的工作。

“而我则被神祇和所有善良的人关注，对于艺术家们我是受欢迎的帮助者；对于父亲们我是忠实的守护者；对于仆人们我是可爱的帮助者。我是和平忠实的支持者，是战争中忠实的盟友，吃饭、睡觉、喝酒对于我的朋友来说要比对懒惰者更有意义。年轻人受到老年人的夸奖，老年人受到年轻人的尊敬。他们回忆过去的行为感到很满足，也感到现在很幸福。通过我，他们受到神祇和朋友的喜爱，被祖国尊重。最后，他们不是死得默默无闻，而是受到后世的赞扬和纪念。赫剌克勒斯，选择这样的生活吧，幸福将属于你。”

赫剌克勒斯的第一次冒险

幻象消失了，赫剌克勒斯又是独自一人了。他决定选择“美德”的路，而且很快他就找到了做好事的机会。当时的希腊到处都是森林和沼泽，到处游荡着凶猛的狮子、粗暴的野猪和其他许多害人的野兽。古代英雄最大的目标就是伏击这些漫游在荒野中的恶魔和怪兽，把它们从国土上消灭。赫剌克勒斯也注定要做这项工作。

当他回到国内时，听说有一只可怕的狮子在喀泰戎山脚下糟蹋了国王安菲特律翁的羊群。年轻的英雄听到这个消息后，马上做出了决定。他武装好自己，爬上山去，战胜了狮子，扒下了它的皮披在身上，并用它的巨颚当作战盔。

当他冒险归来时，遇到弥倪安斯的国王厄尔奎诺斯的一些使者，他们是来向忒拜人征收不义的和不公正的每年征收一次的贡品的。赫剌克勒斯把自己作为一切被压迫者的斗士，迅速解决了这些曾多次苛待过希腊的使者，并砍断他们的双足，把他们捆绑着送回到他们的国王那里。厄尔奎诺斯要求把闹事者交出来，忒拜的国王克瑞翁惧怕他的权力，准备服从他的命令。

赫剌克勒斯说服一些勇敢的年轻人去反抗敌人。只是谁家都没有武器，因为弥倪安斯人解除了整个城的武装，这样忒拜人就不会反抗他们。这时雅典娜召唤赫剌克勒斯到她的庙里，用自己的武器武装他，其他年轻人则取用庙里挂着的武器，这些都是以前缴获并献祭的战利品。武装好的英雄们组成一支小型队伍与逼近的弥倪安斯人在一个峡谷里相遇。在这里，敌人强大的兵力发挥不了作用。厄尔奎诺斯自己战死，敌军几乎全军覆灭。但是在战斗中赫剌克勒斯的继父安菲特律翁也丧生了。赫剌克勒斯在结束这次战役后，很快开始进攻弥倪安斯的首都俄耳科墨诺斯，并攻入城里，烧毁国王的城堡，毁坏了这座城。

整个希腊都赞美他的勇敢，忒拜的国王克瑞翁为了向这个年轻人表示敬意，把他的女儿墨伽拉嫁给赫剌克勒斯，她后来给他生了三个儿子。神祇也给了这个半神人许多礼物：赫耳墨斯送给他一把剑，阿波罗送给他许多神箭，赫淮斯托斯送他一个金箭袋，雅典娜送他一副盔甲。

赫剌克勒斯与巨人战斗

赫剌克勒斯很快就得到一个报答神祇们赠予高贵的礼物的机会。大地女神唆使她的儿子们反对宙斯，他们是有着可怕面孔，长发长须，鳞片斑驳的长有龙尾的带足的巨大怪物，因为宙斯曾经把她年长的儿子提坦们放逐到塔耳塔洛斯。巨人们从地下冲到广阔的田野，从威萨利亚冲到佛勒格剌。天上的星星见到他们会变得苍白，太阳神阿波罗见到他们会把他的太阳车的方向调转。

“去吧，为我和那些年长的神祇的子孙们报仇，”地母对他们说，“老鹰在啄食普罗米修斯，秃鹰在撕扯提堤俄斯，阿特拉斯必须背负天空，提坦们在围栏里。去吧，报仇吧，去救他们！带着我的身体，把山当作天梯和武器！爬上闪耀光芒的殿堂！你，堤福俄斯，从宙斯手中攫取神杖和雷电；你，恩刻拉多斯，去征服海洋，赶走波塞冬！洛托斯去把太阳神的缰绳夺过来，波耳费里翁去夺取德尔菲的神坛。”

听到她的话，巨人们欢呼着，好像他们已经夺取了胜利，好像他们正拽着波塞冬或者阿瑞斯，好像正扯着阿波罗美丽的卷发。一个巨人在想阿佛洛狄忒已经是他的妻子，另一个想着阿耳忒弥斯，第三个又想着雅典娜。他们就这样向着忒萨利亚的山走去，要从那里暴风般地扑向天堂。

就在这个时候，天神的使者伊里斯召集所有的神祇们到一起：无论是住在水中和河里的，她甚至召来了地府里的命运女神。珀耳塞福涅离开她的冥土和她的丈夫——缄默者的国王，驾着怕光的马车来到光芒四射的奥林帕斯山。如同一个城市要被敌人袭击，居民们从四面八方聚到一起来保护它一样，神祇们聚在万神之父家中。“集合在一起的神祇们，”宙斯说，“你们看到，地母是如何同她的孩子们阴谋反对我们。她派遣来多少个儿子，我们就还她多少具尸体！”当万神之父说完的时候，天上发出一声霹雳，地母该亚也用猛烈的地震回击他。大自然陷入了混乱，一切如同开天辟地时一样，因为巨人们将一座座山峰连根拔起，他们把俄萨山、佩利翁山、俄塔山和阿托斯山拽到洛多珀山，并把它们叠到折断的洛多珀山上，往神祇们住的地方爬去，并开始用点燃的松树和巨大的岩石块向奥林帕斯山暴风雨般地猛击。

众神们曾被神谕告之，天神们消灭不了这些巨人，只有同人类一起作战才可以杀死他们。该亚获得这个信息，就想找一种药物可以让她的儿子们不会被人类伤害。世间确实生长着这种草药，但宙斯抢到了她前面，他禁止黎明、月亮和太阳发光。当该亚在昏暗之中到处寻找这种药物时，他自己飞快地上前割掉它，并让他的儿子赫剌克勒斯经过雅典娜的召唤来参加战斗。

此时，奥林帕斯山上，众神们已经投入到战火之中了。阿瑞斯驾驶着他的战车，冲到敌群之中，他的金色盾牌比火焰还要亮，钢盔上的缨子在风中飘动。他杀死了蛇足的巨人珀罗洛斯，然后驾车辗过他扭曲的身躯，但直到这个巨人看到刚登上奥林帕斯山最后一级台阶的赫剌克勒斯，他的三个灵魂才会出窍而死。

赫剌克勒斯环视了一下战场，用箭射死了堤福俄斯，他立刻跌落下山顶，但当他一触摸到大地，马上又复活了。听从了雅典娜的劝告，赫剌克勒斯也跟着下山，他把堤福俄斯从他所出生的大地上举了起来。他一离开大地就死去了。

现在巨人波耳费里翁同时威胁着赫剌克勒斯和赫拉，要一个人与他们战斗。但宙斯马上就让他产生了要看一看这个女神漂亮面孔的念头，当他拽下赫拉的面纱时，宙斯用雷电击中他，赫剌克勒斯补上一箭，结果了他的性命。接着巨人厄菲阿耳忒斯的作战队伍出现，他们都睁着闪烁发光的眼睛。“对于我们的箭来说，这是多明显的目标啊！”赫剌克勒斯大笑着对站在他身边的阿波罗说，阿波罗射中了巨人的左眼，赫剌克勒斯射中了巨人的右眼。狄俄倪索斯用神杖击倒了菲托斯，赫淮斯托斯掷出一阵如冰雹般的灼热的铁弹，将克吕提俄斯打倒在地，雅典娜则举起西西里岛向正在逃跑的恩刻拉多斯掷去。那个被波塞冬追击的巨人波吕玻忒斯逃到科斯岛，但是海神将这个岛屿撕下一块将他压住。赫耳墨斯头上戴着普路同的隐形战盔，杀死了希波吕托斯，命运女神们则用铜棒击毙了另外两个巨人。其他的要么被宙斯的闪电击毙，要么被赫剌克勒斯用箭射死。

由于他的这些功绩，众神们对这个半神人开始心存好感。宙斯封所有参加这次战斗的神祇为奥林帕斯山神，这个名称用来区别勇敢者与懦弱者。宙斯把这个称号也赐予了他两个人间的儿子：狄俄倪索斯和赫剌克勒斯。

赫剌克勒斯和欧律斯透斯

宙斯曾在赫剌克勒斯出生前当着众神宣布，珀修斯的长孙将统治所有其他的珀修斯的子孙们。这个荣誉本来是要给予他和阿尔克墨涅的儿子。但是阴险的赫拉为了不让她情敌的儿子得到这个荣誉，让同样是珀修斯的孙子欧律斯透斯比赫剌克勒斯提前出生，因此欧律斯透斯成了阿耳戈斯地区的密刻奈的国王，而后出生的赫剌克勒斯则成了他的臣民。

欧律斯透斯担忧地注意到他年轻的手足的声誉的，于是像对待仆人一样派给他不同的工作去做。因为赫剌克勒斯不愿服从，宙斯于是命令他为阿耳戈斯的国王效力。但是赫剌克勒斯不愿意听命于人类，他来到德尔菲请求神谕。神谕给了他这样的回答：被欧律斯透斯窃取的统治权会被神祇进行纠正，但是赫剌克勒斯必须完成欧律斯透斯要他完成的十件工作，才可升为神。

赫剌克勒斯由此陷入了深深的忧郁中：服从一个低微的人，这违背了他的自尊，但是不听从他的父亲宙斯，会带来灾祸，而且也是不可能的。这时赫拉觉察到这点，并使他的烦闷转变为野性的暴怒。赫剌克勒斯变得完全疯了，他甚至想谋杀他所珍爱的侄儿伊俄拉俄斯。当他的侄儿逃跑时，他射死了他和墨伽拉所生的儿子，他想象他是在射杀巨人。他疯狂了很久，直到他清醒过来，克服了所遭遇的巨大不幸。最终，时间缓解了他的苦闷，他决定接受欧律斯透斯的工作，并且来到了国王的领地提任斯。

赫剌克勒斯最初的三件工作

带回涅墨亚狮子的毛皮是国王交给他的第一件工作。这个庞然大物栖身于伯罗奔尼撒的森林里。人类拿它根本没有办法。有些人说它是巨人堤丰和巨蛇厄喀德那的儿子，还有些人说它是从月亮上掉下来的。

赫剌克勒斯出发到克勒俄奈去追捕狮子，在那里他受到了一个叫摩罗科斯的穷苦人的热情招待。他遇见摩罗科斯时，他正要为宙斯宰杀祭品。“好人，”赫剌克勒斯说，“让你的动物再多活三十天吧。那时如果我幸运地打猎归来，你再为宙斯宰杀他们吧。如果我死了，你把我作为长眠的英雄祭祀神祇。”

赫剌克勒斯继续出发，他背着箭袋，一只手拿着一张弓，另一只手拿着用连根拔起的野生油树做成的木棒，这是他遇见赫利孔并同他一起拔起的。一天后他到达涅墨亚森林，赫剌克勒斯用目光扫视各个角落，要在狮子发现他之前找到这只巨大的动物。中午时分，他没有找到涅墨亚狮子的足迹，也没有打听到通往其他兽穴的小路，因为在森林里他没有遇到一个牧人，所有人都由于害怕远远地躲在自己的农庄里。

整个下午他走遍了树叶茂盛的森林，他决定在他发现狮子时证实一下自己的力量，最后黄昏时分，这只狮子顺着林间小道跑了出来，在狩猎之后返回到它的峡谷。它已经饱餐一顿血肉。赫剌克勒斯躲在茂密的灌木丛后，远远地看着它，等狮子一靠近，就向它的腰部射了一箭。但是这一箭并没有射到肉里，就像射到石头上，弹了出来，落到长满苔藓的地上。狮子向上抬起了它的血淋淋的头，转动眼珠四处寻找，并且张开大嘴露出可怕的利齿。现在它的胸部正对着半神人赫剌克勒斯，于是他很快向它的心脏中心射出第二支箭。但这一次又没有射中它，箭被弹了出来落在巨兽脚下。当狮子看到赫剌克勒斯时，他马上又向它射出第三支箭。狮子把它的长尾夹在两腿之间，脖子因恼怒而肿胀，它的鬃毛竖了起来，背部弓起，跳向它的敌人。赫剌克勒斯扔掉手中的箭和背上的兽皮，右手挥动木棒打向狮子，当它从地上跳起一半时他击中了它的脖子。在它开始喘息之前，赫剌克勒斯抢先冲过来，他扔掉弓和箭袋，腾出手从后面扑向狮子，用手臂勒紧它的咽喉，直到它窒息而死，它可怕的灵魂这才回到冥王哈得斯那里去了。

他试了很久要把狮子的皮剥下来，可是它的皮不被铁器和石器所伤，最后赫剌克勒斯终于想到用狮子自己的利爪来剥，最后狮子的皮被剥了下来。后来他用这张狮子皮给自己做了面盾，用它的上下颚给自己做了一个新的头盔，而现在他穿起他来时的衣物，带着武器，把涅墨亚狮子皮扛在肩上，回提任斯去了。

当他回到正直的摩罗科斯家时，正是第三十天。当英雄进入农庄时，摩罗科斯正准备祭祀赫剌克勒斯。现在他们一起祭祀宙斯。之后，赫剌克勒斯高兴地与他们告别。当国王欧律斯透斯看到他带着这可怕的动物的皮归来时，赫剌克勒斯非凡的神力把他吓得躲在一口锅里，他通过科普柔斯把命令传达给城外的赫剌克勒斯。

英雄的第二件任务是杀死许德拉，许德拉正是堤丰和厄喀德那的女儿。它来到陆地上，撕碎牲畜，使田野成为荒野。许德拉是一只非常巨大的九头蛇，其中八颗头是可以杀死的，但中间的那一颗是杀不死的。赫剌克勒斯勇气十足地面对这次战斗，他马上架车和他的侄子伊俄拉俄斯向勒耳那出发。

终于他们在阿密摩涅河的源头发现了许德拉，那是它的洞穴。赫剌克勒斯让伊俄拉俄斯勒住马，他跳下车点燃箭想把九头蛇从它的洞中逼出来。果然许德拉喘着气冲了出来，它摇摆着九条细长的脖子，就好像狂风中摇摆的树枝。赫剌克勒斯无畏地向它走去，用力抓住它。但它却缠住他的一只脚，不打算正面交战。赫剌克勒斯试着用木棍打它的头，但是没有成功。因为打掉了一只头，就又长出了两只头。赫剌克勒斯叫伊俄拉俄斯来帮忙，伊俄拉俄斯用烧着的树枝点燃附近的树林，火焰烧灼巨蛇刚刚生出来的头，使它不能长大。最后，赫剌克勒斯砍下了许德拉不死的那颗头，把它埋在路上，并推了块巨大的石头压在上面。他把许德拉的躯干分为两段，并把他的箭浸在它有毒的血液中，从此以后他的箭射中的敌人无药可治。

欧律斯透斯的第三件任务是要他生擒刻律涅亚山的赤牝鹿。这是一只非常漂亮的动物。它有金色的鹿角和铜脚，在阿耳卡狄亚的山上吃草。它是女神阿耳忒弥斯狩猎练习时的五只鹿之一，只有它被留在森林中，因为命运决定赫剌克勒斯要辛苦地追逐它。他追逐它整整一年，经过许珀耳玻瑞俄和伊斯忒耳河的源头，终于在拉冬河追上了它。因为没有别的办法抓住它，所以他用箭使它瘫倒在地，并把它背起来。在那里他遇到了女神阿耳忒弥斯和阿波罗。他们责备他要杀死她的祭祀物，并想夺走他的猎物。赫剌克勒斯为自己辩护说："我不是故意这样做的，伟大的女神，我是被逼无奈，否则怎样才能完成欧律斯透斯的任务呢?"他就这样平息了女神的愤怒，带着生擒的牝鹿回到密刻奈。

赫剌克勒斯的第四、五、六件任务

紧接着他开始执行第四件任务：活捉厄律曼托斯山的野猪。它同样是阿耳忒弥斯的祭祀物，厄律曼托斯一带地方一直受到它的祸害。在他开始这次冒险的路上，他遇到了西勒诺斯的儿子福罗斯，他同所有马人一样是半人半马，他对待客人十分友好，把烤肉给客人吃，虽然他们自己吃生肉。但赫剌克勒斯向他要求美酒来佐食这顿佳肴。

"亲爱的客人，"福罗斯说，"在我的地窖里正好有一桶酒，但它属于所有的马人。我不敢打开它，因为我知道，马人们不喜欢客人。"

"勇敢地打开它，"赫剌克勒斯回答，"我向你保证，保护你不受任何人攻击，我现在很渴。"

这桶酒原是交给一个马人的，并命令他不要自己打开，直到一百二十年后赫剌克勒斯来到这个地方。现在福罗斯走到地窖，他刚刚打开罐子，所有马人都闻到了这罐陈年葡萄酒的香味，他们蜂拥而来，向福罗斯的洞中扔石块和树枝。第一个冒险闯入者被赫剌克勒斯用燃烧的树枝赶了出来。他边射箭边追赶其余的马人，直追到赫剌克勒斯的老朋友，善良的马人喀戎居住的玛勒亚半岛。马人们逃到喀戎这里，赫剌克勒斯弯弓向他们射了一箭，箭穿过另外一个马人的肩膀，不幸射中喀戎的膝盖，钉在那里。现在赫剌克勒斯认出了他童年时的朋友，他关心地跑上前，把箭拔出来，给他敷药，那药正是精通医药的喀戎亲手送给他的。但是由于箭在许德拉的毒血里浸过，所以伤口是无法治愈的。马人要他的兄弟们把他抬到他的洞中，希望在好朋友怀中死去。可怜的喀戎忘记他是不死的。赫剌克勒斯挥泪告别被痛苦折磨的马人，并向他许诺，不惜任何代价要求死神，苦难的解脱者到这里来。

当赫剌克勒斯和其他马人回到他朋友的洞穴中时，他发现福罗斯死了。这是因为福罗斯一边把那只致马人于死地的箭拔出来，一边想为什么这样区区一支箭会射死巨大的生物。而这支有毒的箭从他手中不慎滑落下来，刺伤了福罗斯的脚，毒发立即毙命。赫剌克勒斯非常悲伤，他为福罗斯举行了隆重的葬礼，将福罗斯埋在大山下面，后来这座山就被称为福罗山。

赫剌克勒斯继续出发，寻找野猪。他大声叫喊，把它从茂盛的灌木丛中赶出来，跟着它爬进雪山，他用绳索套住这只猎物，把它活着带到密刻奈，完成了他的使命。

国王欧律斯透斯派他去完成第五件任务，一件英雄不屑去做的任务。他需要在一天内把奥革阿斯的牛棚打扫干净。奥革阿斯是厄利斯的国王，他拥有非常多的牛，他的牛分年龄在宫殿前面用篱笆围起来，这三千头牛已经被养了很长时间，牛粪也就堆积很高。赫剌克勒斯要在一天内完成这个不可能完成的任务。

而当这个英雄站在奥革阿斯面前，自愿提出这个请求时，（没有提及欧律斯透斯国王的命令），奥革阿斯打量着这个披着狮皮、有着健美身材的人，想到一个如此高贵的战士竟愿做奴隶做的工作，就忍不住要笑出来。但他又想，重赏之下必有勇夫，或者他来做这事是贪图厚利。他想给他重赏是无妨的，因为在一天内将牛棚打扫干净，这是无论何人都不能做到的。因此，他安慰赫剌克勒斯说："听着，外乡人，如果你能够在一天内把所有的牛粪打扫干净，我将把牛群的十分之一赏给你。"

赫剌克勒斯接受了这个条件，国王以为他将开始挖粪，但赫剌克勒斯先叫来奥革阿斯的儿子费琉斯来为此做证，然后在牛棚的一边挖了条沟，让阿尔甫斯河和珀涅俄斯河通过渠道流进来，把牛粪冲掉，又通过另一个出口流走。他就这样完成了一件侮辱性的任务，没有贬低自己去做一个神祇不屑做的工作。

当奥革阿斯得知赫剌克勒斯是奉欧律斯透斯的命令来完成这件事，他拒绝付酬金，并且否认他曾许下的诺言。但他解释说，他准备让法官来解决此事。当法官开庭裁判时，费琉斯出庭做证反对自己的父亲并解释说，在赏金上他父亲确实与赫剌克勒斯达成协议。盛怒之下，奥革阿斯不等宣判结果就命令儿子放弃自己的地位和财富，像外乡人一样离开。

经历了这次新的冒险，赫剌克勒斯回到欧律斯透斯那里。但欧律斯透斯却宣布他这次工作无效，因为赫剌克勒斯从中获得了报酬。于是他马上派赫剌克勒斯去开始第六次冒险，驱赶斯廷法罗斯湖的怪鸟，这是一群硕大的隼鹰，像鹤一样大，有着铁翼、铁嘴和铁爪。它们栖身于阿耳卡狄亚的斯廷法罗斯湖边，它们的羽毛可以像箭一样射出，它们的嘴可以啄穿铜盾。它们在那里伤害了许多人畜。

赫剌克勒斯在经过短暂的旅程之后到达了树丛中的斯廷法罗斯湖。在这片树林里他刚好遇到一大群怪鸟，它们正在逃避狼群的袭击。赫剌克勒斯无措地站在那里，他望着这些怪鸟，不知该如何对付这一大群敌人。他感到有人轻轻地拍他的肩，回头一看，是雅典娜。她给他两面坚硬的铜钹，这是赫淮斯托斯为她铸造的，用它来对付斯廷法罗斯湖的怪鸟。赫剌克勒斯爬上靠近湖的一个小山上，敲击铜钹吓唬怪鸟们。它们由于忍受不了这种刺耳的呼啸声，恐惧地飞出树林。赫剌克勒斯抓起弓，一箭箭地将它们从空中射下来。逃走的怪鸟则离开这个地方，不再回来了。

赫刺克勒斯的第七、八、九件任务

克瑞忒的国王弥诺斯曾对海神波塞冬许诺，将海中最先浮出的东西祭献给他。因为他强调他自己没有一只值得献给这样一个高贵的神的动物。波塞冬要考验一下他，让一只美丽的牛浮出海面。弥诺斯把这只体形美丽的牛藏在自己的牛群里，用另一只牛来替代祭祀海神。海神因此非常愤怒，作为惩罚他让这只牛发病，并在克瑞忒岛上造成巨大的混乱。赫刺克勒斯的第七件任务就是驯服它，并把它带到欧律斯透斯这里。

当赫刺克勒斯带着这个命令来到弥诺斯这里，克瑞忒的国王对可以除去这个破坏者感到非常高兴。他亲自帮助赫刺克勒斯去捕捉这只发狂的动物。欧律斯透斯对这个工作结果十分满意，虽然在满心欢喜地看过这只动物后就把它给放了。当这只牛感到不再受赫刺克勒斯的控制后，它又开始发狂。它跑遍了整个拉科尼亚和阿耳卡狄亚，通过海峡跑到阿提卡的马拉松，把这里破坏得像以前在克瑞忒岛一样，一直到很久以后忒修斯才又驯服了它。

赫刺克勒斯的第八件任务是要将特刺刻的狄俄墨得斯的牝马带回到密刻奈。狄俄墨得斯是阿瑞斯的儿子，他是好战的比斯托涅斯族的国王。他拥有这些狂野强壮的牝马，它们被人用铜槽和铁链锁住。它们的饲料不是燕麦，而是来到城堡的不幸的外乡人，他们被扔到马槽里，牝马用他们的肉作为食物。当赫刺克勒斯来到这里时，他首先抓住这个凶残的国王，把他扔进马槽里，然后制服了马厩中的看守者。牝马们饱餐之后，变得驯服了。赫刺克勒斯于是把它们赶到海边。但是比斯托涅斯人拿着武器追了过来，赫刺克勒斯只得转身与他们战斗。他把这些牝马交给他最好的朋友和追随者阿布得洛斯看守，他是赫耳墨斯的儿子。当赫刺克勒斯把比斯托涅斯人打跑回来时，他发现他的朋友已经被牝马撕裂。他深深地哀悼阿布得洛斯，并为纪念他建立了阿布得洛斯城。然后他再次驯服牝马，平安地把它们带给了欧律斯透斯。

第九件任务是对抗阿玛宗人。他的这次新历险是要把阿玛宗人的女王希波吕忒的腰带带给欧律斯透斯的女儿阿特梅塔。阿玛宗人住在蓬托斯的忒耳摩冬河畔。这是一个女人国，她们买卖男人，并且只养育她们的女儿。她们成群结队地去作战，希波吕忒是她们的女王。她戴着战神亲自送她的腰带，以显示她的荣誉。

赫剌克勒斯召集一些自愿前往的战友到一条船上，在经过许多冒险后，他们到达了阿玛宗城的忒弥斯库拉海港。在这里阿玛宗的女王遇到了他，英雄的美貌引起了她的注意。当她探听到他来此的目的时，她答应把腰带给他。但是赫拉，赫剌克勒斯的不可调解的敌人变成一个阿玛宗人的样子，混在其他人中间，传播谣言，说有个敌人要拐走她们的国王，听到谣言，所有人都立即骑上马到城外对赫剌克勒斯进行攻击。普通的阿玛宗人和赫剌克勒斯的随从战斗，高贵的阿玛宗人与赫剌克勒斯本人进行艰苦的战斗。第一个开始与他战斗的叫作埃拉或风娘，她以快速著称。但她发现赫剌克勒斯比她还要快，她不得不屈服，并在逃跑时被他抓住杀死。第二个敌人刚与他交手就倒下了。第三个叫普洛托厄，她曾在单挑中七次获胜。在她失败后，又有八个人倒下，其中三个曾在阿耳忒弥斯的狩猎中取胜。阿尔喀珀，她曾经发誓终身不嫁，也死了。此后阿玛宗人的首领墨拉尼珀也被捉住，赫剌克勒斯捉住了所有逃跑者，女王希波吕忒把腰带交了出来，就像她在战前许诺过的那样。赫剌克勒斯把它当作赎金放了墨拉尼珀。

赫剌克勒斯的最后三件任务

当赫剌克勒斯把国王希波吕忒的腰带放到欧律斯透斯脚下时，他不允许他休息，而是命他马上出发，把巨人革律翁的牛带来。这是在伽得伊剌的海湾上名叫厄律提亚岛上的一头漂亮的棕红色公牛。它由另一个巨人和一只两个头的狗看守着。革律翁长得无比的巨大，有三个身躯、三个脑袋、六条胳膊、六只脚，还没人向他挑战过。

赫剌克勒斯为这次艰巨的工作做了许多准备。他要与著名的伊柏里亚国王克律萨俄耳，也就是革律翁的父亲作战；除了革律翁，还有克律萨俄耳的三个儿子要与他作战，每个儿子都拥有由好战的男人们组成的人数众多的军队。由此可以看出，欧律斯透斯交给赫剌克勒斯每件任务时，都希望他憎恶的这个人的生命能够在执行任务中结束。

但是赫剌克勒斯并不惧怕所面对的危险，就像先前一样。他在克瑞忒岛上集结好他的军队，这个岛是他从野兽中解放出来的。他们首先到达利比亚，在这里他与该亚的一个巨人儿子安泰俄斯格斗，安泰俄斯一触摸到大地——他的母亲，他就可以重新恢复力量。赫剌克勒斯用强有力的手臂将他抱起，并把他举起来，在空中把他扼死。赫剌克勒斯把食人的动物从利比亚清除干净。在他去完成他的任务中，他遇见的都是由这些野兽和邪恶的人在进行残酷和不公平的统治，所以他痛恨这些野兽和邪恶的人。

经过长途跋涉，赫剌克勒斯来到了大西洋。在这里他找到了两根有名的赫剌克勒斯柱子。

太阳在可怕地燃烧着。赫剌克勒斯不能忍受，他瞄准天空，弯弓搭箭威胁要把太阳神射下来。太阳神钦佩他的勇气，借给他一只金碗让他可以继续前进，太阳神每晚用它从地面回到天上。赫剌克勒斯用这只碗和他的同伴们向对面的伊柏里亚航行。

在这里他发现了克律萨俄耳的三个儿子和三支庞大的军队，三支军队都在相距不远处扎营，但赫剌克勒斯只用两次战斗就杀死了他们的统帅，征服了这片土地。

然后他来到了厄律提亚岛，革律翁和他的牧群居住在这里。当那只两只脑袋的狗发现赫剌克勒斯的到来时，它想逃跑。但赫剌克勒斯还是用棒子打死了它，虽然当时巨大的牧牛人也来帮忙。赫剌克勒斯绑住那只牛，但是革律翁抓住他不放，于是开始了一场恶战。赫拉现身亲自帮助巨人，但赫剌克勒斯一箭射中她的胸部，女神惊吓地逃走。他第二箭射中巨人的身躯，杀死了他。在经历了各种各样的冒险后，赫剌克勒斯带着牛经过伊柏里亚、意大利，回到希腊和连接特剌刻与伊吕里亚的海峡。

现在赫剌克勒斯开始第十项任务。因为有两件任务欧律斯透斯不承认，所以他还要再多完成两件任务。

很久以前，在宙斯和赫拉举行婚礼时，所有的神祇都带着礼物献给他们，就连地母该亚也不落后，她从海洋西岸带来一棵长满金苹果的树。夜神的四个女儿赫斯珀里得斯姊妹看守着这个圣花园，此外生着百只头的巨龙拉冬也守在那里，它永远不睡觉。它的每个咽喉都发出不同的声音，所以一听到声音就知道它在附近。

欧律斯透斯的命令就是让赫剌克勒斯摘圣花园的金苹果。于是这个半神人踏上了漫长、危险重重的旅程。首先他到达了巨人忒墨洛斯居住的忒萨吕，忒墨洛斯遇到赫剌克勒斯，他想用坚硬的脑壳撞死半神人，但是赫剌克勒斯的脑壳把巨人的头撞得粉碎。接着，在厄刻多洛斯河，英雄碰到了另一个怪物，阿瑞斯和皮瑞涅的儿子库克诺斯。当赫剌克勒斯向他询问去赫斯珀里得斯姊妹的花园的路时，他向这个过路人进行挑战，但被他杀死。这时阿瑞斯现身，战神要亲自为被杀的儿子报仇。赫剌克勒斯被迫同他开战，但是宙斯不愿意他的儿子们自相残杀，一个突然的闪电在他们中间炸响，把他们分开。

于是赫剌克勒斯继续前进，经过伊吕里亚，跨过厄里达诺斯河，来到宙斯和忒弥斯所生的仙女居处，她们就住在这条河岸上。赫剌克勒斯向她们打听去赫斯珀里得斯姊妹花园的路。“去找老河神涅柔斯，”她回答，“他是个先知，知道许多事情。在睡觉时袭击他，绑住他，这样他会被迫给你指出正确的方向。”赫剌克勒斯听从这个建议，制服了河神，虽然他像往常一样变换为不同的形象。他抓住河神不放，直到打听到赫斯珀里得斯姊妹的金苹果树花园在哪个地方。然后继续向利比亚和埃及进发。

在埃及，那里发生了严重的饥荒，波塞冬和吕西阿那萨的儿子部西里斯统治着那里。先知曾对部西里斯预言，如果每年为宙斯杀死一个异乡人，可使贫瘠变为富饶。部西里斯为了感激他的神谕，先把这个先知杀掉。逐渐地这个野蛮人喜好上这种行为，把所有到埃及的外乡人都杀死。所以赫剌克勒斯也被抓起来，他被拖到宙斯祭坛前。他拽断绳索，把部西里斯、他的儿子和祭司撕成碎片。

经历了另一些冒险后，赫剌克勒斯终于到达了阿特拉斯背负着天的地方，这里离赫斯珀里得斯姊妹看守的金苹果树花园很近。普罗米修斯建议他不要自己去抢金苹果，而是让阿特拉斯去摘它。而赫剌克勒斯自己则替阿特拉斯背负着天空。阿特拉斯同意他的办法，于是赫剌克勒斯用强有力的肩膀负起了天顶。阿特拉斯诱使巨龙盘在树下睡觉，并杀死了它，然后骗过看守者们，摘下了三个金苹果，平安地带给赫剌克勒斯。他说："我的肩膀头一次感到没有黄铜天空的负担，我不愿再扛着它了。"他把苹果扔到赫剌克勒斯脚下，让他继续背负着不能忍受的重负。

赫剌克勒斯必须想个对策来获得自由。他对阿特拉斯说："让我往头上绑团棉花，不然我的脑袋会被这可怕的重物压碎。"阿特拉斯认为这是个合理的要求，就又接过了重负。他想用不了一会儿，就不用背着天了。但要等到赫剌克勒斯重新接过重负，他就要一直等下去。这个骗子也被骗了。赫剌克勒斯从草地上捡起金苹果，把它们带给欧律斯透斯。欧律斯透斯以为他会因此丧命，但赫剌克勒斯却没有死，于是把金苹果赐给赫剌克勒斯。而赫剌克勒斯把它们供给雅典娜，但女神知道这些圣果是不可以放到别处的，就把金苹果带回到赫斯珀里得斯姐妹的花园。

最后一次冒险，狡诈的国王让他到他的英雄力量无用武之地的地方，与地府的黑暗力量搏斗。他要把冥王哈得斯的看门狗刻耳柏洛斯从地府里带出来。这只怪物有三个头，每只可怕的嘴都流着毒涎。身后是一条龙尾，头和背上的毛是盘着咝咝作响的毒蛇。

赫剌克勒斯为了给这次可怕的行程做准备，来到了厄琉西斯城，在那里一个见闻广博的祭司向他透露了上天和地府中的秘密。这样赫剌克勒斯带着神秘的力量来到伯罗奔尼撒的泰那戎城，在这里他找到了地府的门。由灵魂的陪伴者赫耳墨斯引导，他下到幽深的山谷里，来到冥王哈得斯，即普路同的地府之城。那些在哈得斯城门前悲惨地徘徊的阴魂们，一看到活生生的有血有肉的人就逃跑了；只有墨杜萨和墨勒阿革洛斯的灵魂敢驻足。赫剌克勒斯想用剑杀死他们，可是赫耳墨斯拉住他的手臂，告诉他，这些灵魂只是空壳，剑无法伤到他们。半神人同墨勒阿革洛斯的灵魂很友好地谈话，并答应他向他在人间的亲爱的姐姐问候。

在快到哈得斯大门时，他看到了朋友忒修斯和庇里托俄斯。忒修斯是陪庇里托俄斯到地府向珀耳塞福涅求婚的。而这两个人由于这次狂妄的大胆行为而被普路同锁在他们休息的大石上。当他俩看到好朋友时，向他伸出求助的手，颤抖地期望可以依靠赫剌克勒斯的力量，重新回到阳世。赫剌克勒斯抓住忒修斯的手，解开他的锁链，把他扶起来。当他要释放庇里托俄斯时，却失败了，因为他脚下的地面开始摇动，打不开锁链。

死亡城市的门口站着冥王哈得斯，挡在那里。但英雄的箭却射穿了他的肩膀，他感到死亡般的疼痛。当赫剌克勒斯请求他把看门狗交出时，他很快答应了。但他有一个要求，赫剌克勒斯必须不用武器去制服这只狗。于是赫剌克勒斯只穿着胸甲，披着狮子皮，去找寻这只怪物。他发现它蹲坐在阿刻戎的门口，他不管它的三个如钟一样大的头发出如雷声般的狂吠，用胳膊抱着它的脖子，用腿夹住三个头，不让它跑掉。怪物的尾巴是条活着的蛇，它扑到前面，咬他的身体。他任由怪蛇咬他，死扼住它不放，直到把这个难以驾驭的怪物驯服。于是他举起它，通过阿耳戈利斯的特洛亚，那儿有地府另一个出口，于是他又平安地回来了人间。

这只狗看到地上的阳光，恐惧地开始口吐毒涎，于是这里长出了有毒的乌头树。赫剌克勒斯马上锁上它，把它带到提任斯。当这个怪物被带到欧律斯透斯面前时，他惊讶得不敢相信自己的眼睛。他这才相信除掉他所恨的赫剌克勒斯是不可能的，这是命运安排的。于是他释放了英雄，让他把恶狗带回地府。

赫剌克勒斯和欧律托斯

赫剌克勒斯在经历过这些磨难以后终于从欧律斯透斯的工作中解脱出来，他回到忒拜。他已经不能再和他的妻子墨伽拉一起生活了，因为他在失去理智的时候把他们的孩子杀死了。他遵从她的意愿，把她给了他喜爱的侄子伊俄拉俄斯做妻子。现在他开始寻找一个新的妻子。

他爱上了漂亮的伊俄勒，她是国王欧律托斯的女儿。在赫剌克勒斯童年的时候，欧律托斯曾经教他射箭。国王许诺谁在射箭比赛中战胜他和他的儿子们就可以得到他的女儿。得到这个消息，赫剌克勒斯赶忙来到俄卡利亚，混在一大群竞争者中。在这次竞赛中，赫剌克勒斯战胜了国王和他的儿子们，证明了自己不愧为老欧律托斯的学生。国王很尊重地对待他的客人，但他心中对于赫剌克勒斯的胜利却很震惊，他想起了墨伽拉的遭遇，害怕他的女儿遭到同样的命运。他对英雄解释说：他还需要充分的时间来考虑这门婚事。

这时候，欧律托斯的最年长的儿子伊菲托斯与赫剌克勒斯同年，他非常慷慨地对待这个强壮而有英雄气概的客人，他们成了很好的朋友。为了使他父亲对这个外乡人产生好感，伊菲托斯谈论各种技术，欧律托斯却固执地拒绝。赫剌克勒斯忧郁地离开了皇宫，在异地徘徊了很久。这时有人来报告国王欧律托斯，有一个强盗偷了国王的牛群。这是狡猾的骗子奥托吕科斯干的坏事。他在许多地方偷窃并因此成名。恼怒的国王却说："除了赫剌克勒斯没有人敢做这件事。因为我没有答应把女儿嫁给这个杀死自己孩子的人，他卑鄙地报复我！"伊菲托斯为他的朋友委婉地辩护，并亲自去找赫剌克勒斯，请求同他一起把被偷的牛找回来。赫剌克勒斯友好地接待了国王的儿子，并表示准备和他一起去找丢失的牛。正当他们爬上提任斯的城墙，寻找丢失的牛时，赫拉使赫剌克勒斯失去了理智，他又一次疯病发作，把他忠诚的朋友当作他父亲的同谋者，并将他从高高的城墙上扔了下去。

赫剌克勒斯和阿德墨托斯

当赫剌克勒斯离开俄卡利亚王宫，在异乡流浪时，发生了许多事情。国王阿德墨托斯和他年轻漂亮的妻子阿尔刻提斯住在忒萨吕的费赖城，他们非常恩爱，他们有几个可爱的孩子，并为幸福的人民所爱戴。当国王阿德墨托斯即将死去时，他让他的朋友阿波罗来保护他。命运女神答应阿波罗，如果有人愿意代替阿德墨托斯去死，那么他就可以逃脱死神的威胁。阿波罗离开奥林帕斯山来到阿德墨托斯身边，把死亡的消息带给他，同时也告诉他摆脱命运安排的方法。

阿德墨托斯是个诚实的人，但他热爱生命。当他的亲人和所有他的子民得知要失去家庭的顶梁柱、贤夫和慈父、贤明的君主时，都很吃惊。因此阿德墨托斯四处找寻愿意替他死的朋友。但是却没有一个愿意替他死。虽然开始时他们悲叹将要遭受的损失，但当他们听到如何可以保住国王的生命时却沉默了。国王年老的父亲斐瑞斯和同样年迈的母亲虽然已是风烛残年，却也希望多活几日，而不愿替儿子去死。只有他青春并且充满活力的妻子，他美丽孩子们的母亲阿尔刻提斯纯洁无私地爱着她的丈夫，愿意为他去死。她刚说出这句话，死神塔那托斯的黑暗使者就来到了宫门口，要把牺牲者带到阴暗的地府。

当阿波罗看到死神到来时，他飞快地离开了王宫，因为他是生命之神，不愿意被死神所玷污。虔诚的阿尔刻提斯把自己当作牺牲者，在清泉中沐浴，穿上节日的盛装，佩戴上珠宝。她装饰完毕后，在屋里的祭坛前向死神祈祷，然后她拥抱了她的孩子们和丈夫。她一天天地消瘦，直到最后时刻。她被仆人们簇拥着，身旁站着她的丈夫和孩子们，迎接地狱的使者。

她与她的家人欢庆别离。“让我告诉你我的心里话，”她对她的丈夫说，“因为我把你的生命看作比我自己的还重要，我愿意为你去死，虽然我现在可以不去死。但没有你照看孩子们，我活不下去。你的父亲和母亲背叛了你，虽然他们可以光荣地去死，这样你也不会孤独地活着，我们的孩子也不会成为没有母亲的孤儿。不过神是这样安排的，所以我只请求你记住我做的善事，不要为你所深爱的孩子们找继母，她可能会因为嫉妒而折磨我们的孩子。”她的丈夫流着泪向她发誓，她活着是他的妻子，死了也是他的妻子。然后阿尔刻提斯把孩子们交给他，昏倒在地。

在人们为阿尔刻提斯准备葬礼时，四处流浪的赫剌克勒斯来到了费赖城的王宫门前。他正和一个王宫的仆人聊天，国王阿德墨托斯刚好走了过来。他隐藏着自己的悲哀，热情地招待这位客人，赫剌克勒斯看到他穿着丧服，询问他的不幸时，他不愿客人也悲伤或被吓跑，所以只是含糊地回答他，他的一个远亲死了。赫剌克勒斯没有改变快乐的心情，叫一个仆人到屋里给他端酒。

当他注意到仆人悲哀的神情时，对他的过分悲哀有些不满。“你怎么看起来这么严肃庄重?”他说，“一个仆人应该很热情地对待客人!一个外人死在这里，你就这样，你不知道这是凡人共同的命运吗?痛苦会让生命更加悲惨。去吧，在头上戴个花环就像我一样，和我一起喝酒！我知道满溢的酒杯会很快抹去你额上的皱纹。”但仆人悲伤地走出去。“我们遭受了不幸!”他说，“这使我们失去欢笑和饮宴的心情，斐瑞斯的儿子真是一个好客的主人，他可以在心情如此悲伤的时候招待一个心情这样快活的客人。”

“我不应该快活吗?”赫剌克勒斯愠怒地问道，“就因为一个不相识的女人死了?”

“一个不相识的女人!”仆人诧异地喊道，“对你来说她是个不相识的人，对我们可不是!”

“这样说来，阿德墨托斯没有对我说实情。”赫剌克勒斯沉思着。仆人却说：“随你去快活吧，只有她的朋友和仆人才会痛苦!”当赫剌克勒斯了解到实情时，他不再沉默。“这怎么可能?”他叫道，“他失去了一个如此美丽善良的妻子，还可以殷勤地招待一个外乡人。进门的时候我还感到勉强，而现在我在一个哀伤的屋子里却头戴花环，饮酒作乐！告诉我，她葬在什么地方?”

“如果你顺着拉里萨大道一直走，”仆人回答，“你就可以看到已经竖起的墓碑。”仆人边说边走了出去。

独自留下的赫剌克勒斯并不悲伤，而是迅速做出了一个决定。“我一定要救活这个已死的女人。”他对自己说，“让她重新活着，在她丈夫的屋子里。除此以外没有可报答他的礼遇。我要在她的墓碑旁等待死神。当他来饮祭祀给死者的血时，我从后面跳出来，迅速抓住他，用手臂勒住他。世上没有任何力量可以让我放走他，除非他把他的战利品交出来。”带着这个决心，他离开了寂静的王宫。

阿德墨托斯回到没有人的屋子，悲哀地看着他的孤独的孩子们，深深地哀悼他的妻子，没有人能够安慰他，减轻他的悲哀。此时他的客人赫剌克勒斯又回来了，他手牵着一个戴面纱的女人。他说：“哦，国王，你不应该对我隐瞒你妻子的死。你在你的家里款待我，好像你只是在哀悼一个陌生人。因此我在不明真相的情况下犯了错误，在你不幸的家里饮酒作乐。我希望你不要在不幸中继续悲哀。听我说，我之所以再次回来，是因为我在一次比赛中赢了这个女人，现在我要去特拉西亚与比斯托涅斯人的国王作战，在我完成此事之前，我把这个女人作为仆人交给你，你要把她当作朋友的财产来照顾。”

听到赫剌克勒斯这样说，阿德墨托斯很惊讶，“我并不是因为蔑视或看不起朋友而隐瞒我妻子的死，”他解释说，“而是不愿意你到另外一个朋友家而增加我的悲哀。至于这个女人，我求你把她带到别人家吧，不要带到我这里，我的负担已经够重了。在这个城里，你还有很多别的朋友。我怎能在家里看到这个女人而不流泪呢？我怎能安排她住在我死去的妻子屋里？太过分了！我害怕费赖城人的闲话，我也害怕死者的指责！”国王这样拒绝赫剌克勒斯，但他好奇地盯着这个戴着厚厚面纱的女人。“哦，女人，你是谁？”他叹息道，“知道吗，你的高矮和体形与我的阿尔刻提斯非常相像。赫剌克勒斯，我对天神发誓，把她带走吧，我的痛苦会小一点；因为我一看到她，就像看到我死去的妻子，泪水就会涌出来，我就会陷入新的悲痛中。”

赫剌克勒斯隐藏起他真实的情感，悲哀地回答他：“哦，要是宙斯给我力量把你勇敢的妻子救回到人间，来报答你的友情就好了！”

“我知道，如果能够，你会做的，”阿德墨托斯悲哀地说，“但有哪个死人可以回到人间呢？”

“现在，”赫剌克勒斯愉快地走上前，“因为这不能发生，所以让时间来减轻你的痛苦吧，死者也不愿看到你的悲哀。不要忘了，你第二个妻子可以带来幸福愉快。为了我，接受我带到你家里的高贵女子吧，至少试一试。”

阿德墨托斯看出他的客人不是要侮辱和纠缠他，因此命令仆人把这个女人带到里面去。“这个年轻女人不相信仆人，你要自己带她进去！”赫剌克勒斯对他说。

“不！”阿德墨托斯说，“我不能碰她，不能破坏我对死者的誓言。我不会带她进去！”赫剌克勒斯还不放弃，直到要他牵住带面纱女人的手。“现在，”赫剌克勒斯高兴地说，“珍爱她吧，仔细看看这个年轻女人，是不是真的像你的妻子，结束你的悲哀吧！”

说着他揭开女人的面纱，把又活过来的妻子交给吃惊且怀疑的国王。当他抓住妻子的手，害怕而颤抖地看着她时，赫剌克勒斯向他述说他是如何在坟墓前抓住死神，把他的战利品夺了过来。阿德墨托斯拥抱妻子，但她沉默不语，不能回答他热情的话语。“你现在不会听到她的声音，”赫剌克勒斯解释，“直到第三天，死神的束缚完全结束，她才会说话。先把她带到你的房间，庆祝你们的团圆。因为你对一个外乡人高贵的款待，所以她又属于你了。我还要继续走我自己的路。”

“祝你平安，英雄！”阿德墨托斯在分别后喊道，“你带给我更美好的生活，相信我，我感谢老天赐福！所有我的人民将以歌唱舞蹈来庆祝，让祭坛燃起香火！让我们为你，宙斯伟大的儿子哟，用感谢和爱祈祷！”

赫剌克勒斯为翁法勒服役

虽然赫剌克勒斯是由于疯病而杀死伊菲托斯，但他仍感到心情沉重。他从一个国家走到另一个国家，为了净罪。首先他来找皮罗斯的国王涅琉斯，然后到斯巴达拜见国王希波科翁。但两个国王都拒绝了他。最后亚密克莱的国王伊福玻斯接待了他，为他净罪。天神这回严厉地惩罚他，让他患了重病。这位向来健康有力的英雄，不能忍受突然的虚弱，他来到德尔菲，希望皮提亚的神谕可以找到医治他的办法。但是女巫拒绝同这个罪犯说话。于是赫剌克勒斯把三脚圣坛偷了出来，扛到旷野中，自己请求神谕。他这种大胆的行为激怒了阿波罗，阿波罗现身向赫剌克勒斯挑战。但宙斯不愿看到他们兄弟互相残杀，再次调停战斗，在两个人中间放了一块陨石。现在赫剌克勒斯终于得到了神谕，如果他卖身三年为奴，把所得的钱交给死者的父亲，就能赎罪。

赫剌克勒斯由于疾病缠身，听从了苛刻的神谕。他与几个朋友航海到亚细亚，在那里他把自己卖给翁法勒做奴隶。翁法勒是那时被叫作迈俄尼亚的女王，后来被称作吕狄亚。卖身的钱转交给了欧律托斯，他拒绝这些钱，钱又转送给伊菲托斯的孩子们。

现在赫剌克勒斯的病痊愈了，他对自己重新获得的力量充满自信，开始展现他的英雄气概。虽然他还是翁法勒的奴隶，但他仍然为人类造福。他惩罚了他主人境内的所有强盗，使邻国恐慌。在厄斐索斯附近居住的刻耳科珀斯人，由于他们四处掠夺引起了人们的不安，赫剌克勒斯把他们一部分杀掉，一部分锁起来带给翁法勒。奥利斯的国王绪琉斯是波塞冬的儿子，他抓住往来的过客，逼他们为他耕种葡萄园。赫剌克勒斯用铲子挖平葡萄园，把葡萄树连根拔起。他毁坏了伊托涅斯城市，使该城所有居民沦为奴隶，因为绪琉斯经常侵犯翁法勒的领土；在吕狄亚，弥达斯的一个儿子利堤厄耳塞斯作恶多端，他是一个极富的人，邀请所有经过的客人，他对他们非常礼貌，在吃完饭后逼迫他们为他耕种，晚上他就砍下他们的脑袋。赫剌克勒斯也杀死了这个恶人，把他扔到迈安得洛斯河里。

翁法勒对她的奴隶的英勇行为很震惊，怀疑这个奴隶是一个闻名的英雄。此后她得知赫剌克勒斯是宙斯伟大的儿子，她不但承认他的功绩，还还给他自由，并嫁给了他。赫剌克勒斯在这个东方国家过着奢华的生活，忘记了他年轻时在十字路口美德女神对他的教诲。他变得纵欲无度，他的妻子翁法勒也以羞辱他为乐。她披着赫剌克勒斯的狮子皮，而让赫剌克勒斯穿着女人的衣服。使他陷入盲目的爱，他竟然坐在她的脚下纺线。那曾经替阿特拉斯支撑起天空的脖子现在戴着金项链，强壮的英雄臂膀戴着镶着珠宝的手镯，他那被修剪的卷发上带着吕狄亚女人的发饰，身上披着女人的长服。他同其他爱奥尼亚的侍女坐在一起，用他的手指纺线，并害怕因完不成当天的工作而受主人的责骂。当女主人心情好时，这个男扮女装的英雄必须为她和她的宫女们讲述他过去的英雄事迹：如他婴儿时用手掐死两条大蛇；少年时杀死巨人革律翁；他如何把许德拉的不死之头割下；他如何把地府的看门狗带出来。这些故事吸引着这些女人，就如孩子们喜欢保姆讲故事一样。

最后，当赫剌克勒斯为翁法勒的服役期满时，他从迷惑中清醒过来。他憎恶地摔下妇人的服饰，遂又成为宙斯那充满神力的儿子，充满英勇的决心。当他获得自由时，他决定向他的仇人们报仇。

赫剌克勒斯以后的英雄事迹

首先，他出发前往特洛亚，要惩罚那个凶暴而专制的国王拉俄墨冬。因为当赫剌克勒斯结束阿玛宗人的战斗回来的时候，他救了拉俄墨冬那被恶龙威胁的女儿赫西俄涅。拉俄墨冬违背了许诺给他的报酬——阿瑞斯的快马，而且还辱骂他。

现在赫剌克勒斯带着六只船和一小队战士，其中有希腊的第一勇士珀琉斯、俄琉斯、忒拉蒙。赫剌克勒斯身披狮子皮来到他们举行的盛宴上。忒拉蒙从桌后站起身，用一只盛满酒的金碗迎接客人，请他坐下饮酒。赫剌克勒斯为他的盛情所感动，他举手向天请求道：“父亲宙斯，如果您仁慈地听到我的请求，我现在恳求您，赐予没有子嗣的忒拉蒙一个勇敢的儿子。他将如披着涅墨亚狮子皮的我一样永远充满勇气！”赫剌克勒斯刚说完，天神就派来一只雄鹰。赫剌克勒斯满心欢喜，他像一个预言家般高声地说：“是的，忒拉蒙，你将得到一个你所期望的儿子！他将如这只威严的雄鹰一样英勇。埃阿斯是他的名字，他将在战斗中取得声望。”

随后，赫剌克勒斯与忒拉蒙和其他英雄出发远征特洛亚。当他们登陆之后，赫剌克勒斯让俄琉斯看守船只，他自己和其他勇士向城市前进。其间，拉俄墨冬带着他匆忙召集的士兵攻击英雄们的船只。俄琉斯在战斗中被杀。但当拉俄墨冬重新回到城里时，却被赫剌克勒斯与众英雄包围了。忒拉蒙攻破城墙，首先冲进城里，赫剌克勒斯随后攻入。这是他一生中第一次落于人后，他嫉妒忒拉蒙，心中升起一个可怕的想法。他举起剑，砍向走在他前面的忒拉蒙，忒拉蒙看到他的举动，从他的姿势中猜出他的图谋。他冷静地堆集他身旁的石头，赫剌克勒斯问他这是做什么，他回答：“我为胜利者赫剌克勒斯建立圣坛！”这个回答消除了赫剌克勒斯由于嫉妒产生的恼怒，他们重新一起战斗。赫剌克勒斯用他的箭射死了拉俄墨冬和他的几个儿子，只有一个除外。

当他们征服了城市时，赫剌克勒斯把拉俄墨冬的女儿赫西俄涅送给忒拉蒙作为战利品。同时许可她选择一个战俘释放，她选择了她的弟弟波达耳刻斯。“很好，他是你的了，”赫剌克勒斯说，“但他首先必须忍受耻辱，成为奴隶，然后你可以用钱赎回他！”当男孩被卖做奴隶时，赫西俄涅从头上扯下皇族的头饰用它赎回了她的弟弟。以后他就改名叫普里阿摩斯，意为被卖的人。

赫拉嫉恨这半神英雄的胜利，在他从特洛亚回去时，使他遭遇猛烈的风暴。但他被愤怒的宙斯搭救了。在经历了许多冒险后，赫剌克勒斯决定了第二个报仇的人：国王奥革阿斯。他也是在以前拒绝给赫剌克勒斯报酬的人。他征服了厄利斯城，杀死了奥革阿斯和他的儿子们，除了费琉斯。由于他们的友情，他将厄利斯王国赠给了费琉斯。这次胜利后，赫剌克勒斯恢复了奥林帕斯山竞技会，并给创始人珀罗普斯建立了圣坛。

现在该惩罚斯巴达的希波科翁，他是第二个在赫剌克勒斯杀死伊菲托斯后不为他净罪的国王。他对国王的儿子们也很仇恨，因为他们用棍棒打死了他的朋友兼舅父俄俄诺斯。赫剌克勒斯召集了一队人征服了勇敢善战的斯巴达人。他杀死了希波科翁和他的儿子们后使卡斯托尔和波吕丢刻斯的父亲廷达瑞俄斯登上王位，但他保留着他交给廷达瑞俄斯的国家，这是他为他的子孙准备的。

赫剌克勒斯和得伊阿尼拉

赫剌克勒斯在伯罗奔尼撒做出了许多英雄事迹，随后他来到了埃托利亚和卡吕冬的国王俄纽斯那里。俄纽斯有一个漂亮的女儿名字叫得伊阿尼拉。由于一个讨厌的求婚者，她遭受到的苦恼比任何一个埃托利亚女人都多。她原来住在她父亲的另一个城市普琉戎。河神阿刻罗俄斯变成三种形象向她的父亲求婚。一次他变成一头牛，另一次他变成一条闪光的龙，最后一次变成有牛头的人形，从多毛的下巴流着泉水。得伊阿尼拉深深地苦恼着，不能忍受这个可怕的求婚者。她请求神祇赐她一死。她长时间地拒绝这个求婚者，可是他却更加固执，他的父亲好像并不拒绝把她嫁给古代神祇的后裔。

第二个求婚者赫剌克勒斯的出现虽然晚了点，却正是时候。他的朋友墨勒阿革洛斯在地府里曾经向他讲述得伊阿尼拉如何美丽，他知道要经过激烈的竞争才能赢得这个可爱的年轻姑娘。当他来到王宫时，微风吹动着他披着的狮子皮，箭袋里的箭在摇动，他在空中摇动着木棒。当头上有角的河神看到他的到来时，牛头上的青筋暴涨，他企图用角撞赫剌克勒斯。国王不想因为拒绝而冒犯两个强大的求婚者。他应允将女儿许给两人中的胜者为妻。

很快在国王、王后和他们的女儿得伊阿尼拉面前开始了一场激烈的争斗。赫剌克勒斯用拳头、弓箭袭击对方，但是却没有对巨大的牛头造成损伤。而河神试图用角撞死赫剌克勒斯。最后这场战斗成为肉搏，他们手臂扭着手臂，脚缠着脚，汗从他们头和身上涌出，两个都由于超人的力量而发出雷鸣的吼声。最后宙斯的儿子占了优势，把河神摔到地上。他马上变成一条蛇，赫剌克勒斯抓住它，若不是阿刻罗俄斯突然又变成牛，他会杀死它。赫剌克勒斯没有因此张皇失措，他抓住它的角，用力把它摔到地上，角被折断了。河神承认失败，离开了胜利的新郎。英雄的婚礼并没有改变他生活的态度，他又立即进行如同以前的一个接一个的冒险。当一次他与他的妻子和她的父亲在家中时，无意中杀死一个男仆，他又一次逃亡，并带着他年轻的妻子和他们的小儿子许罗斯。

赫剌克勒斯和涅索斯

他们在达欧厄诺斯河遇到了马人涅索斯。涅索斯靠背负过路人过河来赚取报酬。他说这是神相信他的忠诚而交给他的特权。赫剌克勒斯自己不需要他的服务，他可以在没有别人帮忙的情况下大力跨过河流。他把得伊阿尼拉交给涅索斯，并给了涅索斯索要的报酬。马人把赫剌克勒斯的妻子背在肩上，驮着她过河，但到了河中间，由于被这个女人的美貌所迷惑，他冒险抚摸她美丽的手臂。在港口的赫剌克勒斯听到妻子的呼救声，急忙转身。当他看到这个多毛怪物欺凌他的妻子时，毫不迟疑地从箭袋里掏出一支箭，射向正在上岸的涅索斯。箭射穿了他的胸膛。

得伊阿尼拉从倒地的涅索斯手中逃脱出来，想要奔向丈夫，这时濒于死亡还想报仇的马人叫住她，欺骗她说："听我说，俄纽斯的女儿，因为你是我背的最后一个人，所以你应从我的服役中得到一些好处。你照我说的做，收集从我致命伤口中流出的新鲜血液。在浸过许德拉蛇毒的箭射入的地方，血液凝结，容易收集。这样你就可以把它作为魔药来管束你的丈夫。把他的内衣涂上这种魔药，这样他就永远不会爱上除你以外的女人！"他说完这些恶毒的劝告之后，马上毒发身亡。

虽然得伊阿尼拉不怀疑丈夫对她的爱，但还是照涅索斯所说，把凝结的血块收集到手中的小罐里保存起来。她没有让远处站着的赫剌克勒斯看到。两个人共同经历了其他冒险，幸福地来到忒萨吕的达特刺喀斯，好客的国王刻宇克斯让他们在那里住下。

俄勒和得伊阿尼拉，赫剌克勒斯的结局

赫剌克勒斯最后的战斗是与欧律托斯作战，这是由于他与欧律托斯的旧怨：欧律托斯拒绝把他的女儿伊俄勒嫁给他。他在希腊组成一支庞大的军队，向欧玻亚出发，准备包围欧律托斯和他儿子们所在的首都俄卡利亚。他胜利了。巍峨的宫殿被夷为平地，他杀死了国王和他的三个儿子，毁灭了整个城市。依然美丽和年轻的伊俄勒成为了赫剌克勒斯的俘虏。

这时，得伊阿尼拉正在家中担心地等待着丈夫的消息。终于，使者来报信说："你的丈夫，啊，女王，他还活着，将带着胜利的荣誉归来！他的仆人利卡斯在宽阔的草地上向民众们宣布胜利。赫剌克勒斯由于要绕道到欧玻亚的刻奈翁半岛上祭祀宙斯，所以要晚一些到达。"很快利卡斯护送着俘虏出现了。"我的女王啊，"他对得伊阿尼拉说，"神疾恶如仇：他们保佑赫剌克勒斯正义的事业。生活豪华而善于欺骗的人都被打到地府里去了，他们的城市已经被我们奴役。但我们带来的俘虏，你的丈夫希望你饶恕他们，尤其是跪在你脚边的不幸的女人。"

得伊阿尼拉带着深深的同情看着这个漂亮年轻，有着可爱的身材和眼睛的女孩，她把她从地上扶起来说："是啊，可爱的人，当我一看到不幸的人流落异乡，自由的人遭到奴役时，我总是很心疼。啊，宙斯，啊，征服者，但愿你的手永不要将这样的忧愁加在我们身上！但你是谁呢，可怜的女子？你看起来还是个处女，诞生于高贵的家庭。告诉我，利卡斯，她的父母是谁？"

"我怎么知道呢？你为什么要问我？"使者极力掩饰。但是他的表情泄露了实情。"她是……"他犹豫了一下继续说，"我敢肯定，她不是来自俄卡利亚的小户人家。"

这个可怜的女孩除了沉默就是叹息，得伊阿尼拉索性就不再追问，而是把她送到一间房里，并慈爱地对待她。当利卡斯执行这个命令时，

第一个到达的使者进来，靠近女主人，看到没有人偷听，就对她轻声说："不要相信你丈夫派来的人，得伊阿尼拉。他对你隐瞒了事实，我在市场中，当着许多见证人的面，听他说过你的丈夫赫剌克勒斯是为了这个年轻女人而摧毁俄卡利亚的宫殿。她是伊俄勒，你接纳的是欧律托斯的女儿，赫剌克勒斯在认识你之前曾狂热地爱着她。她来你的家不是作为奴隶，而是作为一个竞争者，一个情敌。"

这个消息使得伊阿尼拉大声地叹息，但她很快恢复了平静并把她丈夫的仆人利卡斯叫来。利卡斯向宙斯发誓，他不知道这个女孩的父母是谁，也不认识她。他把这个谎言一直坚持了很久。得伊阿尼拉对他悲叹："不要再嘲讽宙斯了。我的丈夫可能会由于坏心肠而对我不忠。"她向他哭喊道，"她还不值得我敌视，因为她并没有侮辱我。我只是很可怜她，她的美丽却给自己带来不幸，而且还连累了她的祖国！"当利卡斯听到她深情的表白后，他承认了一切。得伊阿尼拉没有责备他并让他离开。

得伊阿尼拉遵照恶毒的马人的指示，把她所收集的箭伤处的毒血药膏保存在远离火焰和光线的隐秘地方。她要用她精心保存的魔药赢回她丈夫的心和忠诚。自从她小心地把它藏在柜子里以来，她第一次由于烦恼想到魔药。现在该是用它的时候了。她偷偷地在房间里用一簇羊毛浸上魔药，涂在送给赫剌克勒斯的一件华贵的内衣上，她小心翼翼地不让羊毛和衣服接触到阳光，然后把血红的衣服锁在一个小匣子里。最后她叫来利卡斯，让他把它作为礼物交给她的丈夫。"带给我的丈夫，"她说，"这件贴身衣服是我亲手缝制的。除了他谁也不可以穿。在他举行祭祀前不能让这件衣服接近火焰或暴露在阳光中。因为我许下心愿，如果他胜利归来，一切都要这样做。你一定要把我的口信带给他，他看到这个指环，就会相信的。"

利卡斯答允女主人，一切按她吩咐的去做。他没在王宫做片刻停留，马上带着衣服到欧玻亚。几天过后，赫剌克勒斯与得伊阿尼拉所生的大儿子许罗斯赶去见他的父亲，将母亲的焦急等待转告赫剌克勒斯，催促他赶快动身回家。这期间，得伊阿尼拉偶然走进她给衣服涂药的房间，她发现地上有一片羊毛，是她不小心落在地上的。太阳照在上面，使它受热。她看到了可怕的景象，这片羊毛化得像灰尘或者说像锯末一般，还咝咝作响冒着有毒的气泡。可怜的女人有一种不祥的预感。她在王宫中痛苦不安地徘徊。

终于许罗斯回来了，但是父亲没有和他一起回来。“哦，母亲，”他向她憎恶地喊道，“我希望这世界上没有你这个人，或者你不是我的母亲，或神赐予你另外一个灵魂！”女王本来已经焦躁不安了，现在儿子的这些话更让她大为吃惊。她对他说：“孩子，你怎么对我怀有这么大的仇恨啊?”

“我从刻奈翁半岛回来，母亲，”儿子大声哭泣地回答她，“是你使我的父亲死在那里！”

得伊阿尼拉脸色苍白，强作镇定地说：“是谁告诉你的，我的儿子，是谁把这样可怕的罪名加在我身上呢?”

“没有别人告诉我，”年轻人继续说，“是我亲眼见到可怜的父亲。我在刻奈翁半岛见到他，他正为全能的宙斯建立感恩圣坛，并且宰杀祭品。那时他的仆人传令官利卡斯带着你的礼物出现，你的可憎的杀人的衣服。照你的意思，父亲马上穿上那件衣服，然后开始献祭，做起祈祷。父亲对这件漂亮的衣服很喜欢，但当点燃祭品时，他身上流了很多汗。那件衣服看起来像用铁焊在了他身上，他全身痛苦地抽搐，如同被毒蛇吞噬着身体一般。他痛苦地喊叫利卡斯，就是这个无辜的人送来的有毒衣服，他走过来，天真地重复你所说的话。父亲抓住他的脚，把他摔向海边的石头，他被摔得肢体破碎，血水飞溅。所有的人都被这种疯狂的举动吓坏了，没有人敢冒险接近他。他很快摇摇晃晃地倒在地上，但又很快哀号地跳了起来，使岩谷和山林发出回声。他咒骂你和给他带来巨大痛苦的婚姻，最后他看着我，对我说：‘我的儿子，如果你同情你可怜的父亲，即刻带我上船，我不愿死在异乡。’我们把可怜的父亲抱到船上，他在喊叫和抽搐中到达了这里。一会儿你就可以看到他是活还是死。这所有的都是你的杰作，母亲，你可耻地谋杀了千古的英雄！”

得伊阿尼拉沉默而绝望地离开儿子。她所信任的仆人告诉这个孩子，他的愤怒对母亲是不公平的，因为得伊阿尼拉曾经告诉过他怎样用涅索斯的神奇药膏来保持丈夫的爱。他马上去追那不幸的女人，但是他来晚了，他的母亲躺在卧室里，死在丈夫的床上，胸前插着一把双刃刀。儿子双手抱起可怜的母亲的尸体。

他父亲的到来打破了痛苦的寂静。“儿子，”父亲喊道，“儿子，你在哪里？拔出你的剑来杀死你的父亲吧，把我的喉咙刺穿，来医治由于你那不信神的母亲给我造成的癫狂！不要退缩，可怜可怜我，可怜我这个哭泣得像个女人的英雄吧！”然后他转身向站在周围的人，伸出手臂喊道：“你们还认识这双手吗？虽然它们已失去力量，这仍是那双手，那双曾经杀死牧羊的敌人涅墨亚狮子，曾经扼死巨大的许德拉，帮助解决了厄律曼托斯山的野猪，把刻耳柏洛斯从地狱中带出来的手！没有戈矛，没有山林野兽，没有巨人的队伍可以征服我，但我却死在这妇人的手里！因此，儿子，杀死我并惩罚你的母亲吧！”

但当赫剌克勒斯从儿子许罗斯的神圣保证中得知，他的母亲无意害死她的丈夫并且以一死来弥补她的过错后，赫剌克勒斯开始有些忧郁。他让儿子许罗斯娶他过去爱过的年轻的伊俄勒为妻，然后让人把他抬到俄忒山顶。依据他的吩咐，这里堆好柴堆，把他放到柴堆上。

他想找个人帮他从下面燃起柴堆，但是没有人愿意帮他。最后被疼痛折磨而绝望的他，急切地向他的朋友菲罗克忒忒斯请求，希望他能实现自己的愿望。为了感谢他，赫剌克勒斯把他的无人可抵挡的弓箭赠给了他。柴堆刚被点燃，空中就开始打雷，而且伴随着闪电，火势越来越大。这时，天上又降下云彩，在雷电中把这不死的英雄托起，将他升向奥林帕斯山。当伊俄拉俄斯和其他朋友靠近灰烬，拾取英雄的骨灰时，他们什么也没有找到。他们不再怀疑，神谕应验，赫剌克勒斯已从人间解脱，成为天神。于是，所有的希腊人都把他当作神来崇拜。

在天上，雅典娜接待了成为神的赫剌克勒斯，把他引入诸神的团体。在他完成人间的历程后，赫拉自愿与他和解。她把她的女儿赫柏许给他为妻。赫柏是永久青春的女神，为他在奥林帕斯山上生育永生的孩子们。

忒修斯的传说

英雄的出生和青年时代

伟大的英雄、雅典的国王忒修斯，是埃勾斯和埃特拉的儿子。埃特拉是特洛曾国王庇透斯的女儿。在忒修斯出生以前，埃勾斯忧心忡忡，担心他的婚姻不能给他带来子嗣。埃勾斯没有儿子，他非常惧怕他有五十个儿子的兄弟帕拉斯，因为帕拉斯对他心怀敌意，蔑视他这个没有儿子的人。因此他就想秘密地瞒着他的妻子再娶，希望得一个儿子，成为他晚年的依靠和他王位的继承人。他把自己的想法告诉了他的朋友——特洛曾城的建造者庇透斯，凑巧的是，庇透斯恰恰得到一个奇特的神谕，他被告知：他的女儿不会缔结一个很光彩的婚姻，但她将生出一个声誉卓著的儿子。

这个神谕促使庇透斯把他的女儿埃特拉秘密地嫁给了埃勾斯。秘密地娶了埃特拉以后，埃勾斯只在特洛曾待了几天就返回雅典了。当他在海岸与他新娶的妻子告别时，他把他的宝剑和鞋藏在一块巨石下面，对她说："我跟你结婚，不是因为我轻率，而是我想让我的王国有一个继承人，如果是神明缔造了我们的婚姻，又保佑我们的结合，让你生一个儿子，那么，我希望你能秘密地把他抚养成人，千万不要告诉任何人谁是他的父亲。等他长大，有足够的力气搬开这块巨石的时候，你就把他领到这个地方，取出剑和鞋，然后让他到雅典去见我。”

埃特拉果然生了一个儿子。她给他取名忒修斯，让他在外祖父庇透斯的抚养下长大成人。遵照丈夫的叮嘱，她一直隐瞒着孩子父亲的真名实姓。他的外祖父则散布传言，说他是波塞冬的儿子。这个孩子长大后，不仅具有健壮美丽的身体，而且机智勇敢，意志坚强。这时他母亲埃特拉便把他带到那块巨石前，把他的真实出身告诉他，叫他取出他父亲埃勾斯留下的证物，乘船到雅典去。

忒修斯用身体顶住巨石，毫不费力地把它推到了后面。他穿上鞋，把宝剑挎在腰间。虽然外祖父和母亲一再要求让他走水路，说从陆路到雅典去很危险，但他还是拒绝乘船去。忒修斯非常钦佩英雄赫剌克勒斯，一心向往做出同样的功绩，便不耐烦地说：“人们把我当作海神的儿子，如果我从海上安全渡过去，如果我给父亲带去一双一尘不染的鞋和一把没有血迹的剑，我的真正的父亲又将会说什么呢?”这一席话说得外祖父心花怒放，他当年也是一位勇敢的英雄啊。母亲为他祝福，忒修斯踏上征程。

忒修斯投奔父亲的旅途

他在路上最先遇到的是拦路大盗珀里斐忒斯，此人手中的武器是一根铁棍。当忒修斯来到厄庇道洛斯地区时，这个大盗就从幽暗的树林里冲出，挡住他的去路。但这少年满怀信心地朝他喊道：“可怜的强盗，你来得正是时候！你的铁棍正好可以成为世上第二个赫剌克勒斯手中的武器。”喊声未落，他便冲向强盗，不一会儿就把强盗杀死了。他从死者手中拿起铁棍，作为战利品和武器带走了。

他在科林斯地峡遇到了另一个恶徒，名叫辛尼斯，外号“扳松贼”。人们这么叫他，是因为每当过路人被捉，他就用他的大手扳弯两棵树的树枝，把他的俘虏绑在两边的树枝上，然后让树枝绷回去把人撕成两半。忒修斯挥起铁棍打死了这个恶魔。

忒修斯不仅沿途肃清坏人，而且认为必须勇敢地与害人的野兽搏斗。其间，他杀死了那头名叫菲阿的克罗米俄尼亚的猪，这不是一种普通的家畜，而是一头很难制服的好斗的野兽。

忒修斯一路奔走，最后到达了墨伽拉的边界。在这里他碰到了第三个臭名昭著的劫匪斯喀戎。此人总是伸出腿来，狂妄地命令外乡人给他洗脚，然后趁他们为他洗脚时，一脚把他们踹到海里去。现在忒修斯对他本人实行同样的惩罚：忒修斯蹲伏等待，他一出现，便冲向他，把他撞到大海的波涛中。

忒修斯又走了一小段路，遇到最后一个最凶残的劫匪达玛斯忒斯，人称普洛克儒斯忒斯，意思就是“铁床匪”。这个歹徒有两张床，一张很短，一张很长。一个外乡人落入他手中，假如他很矮，这个邪恶的匪徒就把他领到那张长床上去睡觉，然后就说：“你瞧，我的床对你太长了。朋友，让我把你弄得跟床一样长吧！”说着就把他拉长，直到他气绝身亡。如果来的是一个高个子的客人，他就把他带到短床旁边，对来人说：“很抱歉，朋友，我的床不适合你，它太小了。不过倒是可以帮帮你！”于是他就把来人超过床的长度的双脚剁掉。如今忒修斯把这个身材高大的普洛克儒斯忒斯抛在短床上，用剑砍短他过长的身躯，致使他痛苦地死去。这样，忒修斯便以其人之道还治其人之身了。

直到这时，我们的英雄在整个旅途中都没有碰到一件开心的事。当他来到刻菲索斯河畔，他才遇到几个费塔利得斯族的男子，他们热情地接待了他。他们首先给他准备好热水，让他洗净身上的血污，然后把他留在家中做客。他稍事休整，便衷心谢过那些勇敢正直的人，动身赶往他父亲的家乡。

忒修斯在雅典

忒修斯到了雅典，可是并没有得到他所希望的和平与欢乐。市民都尔虞我诈，全城一片混乱。他发现他父亲埃勾斯的家也处在不幸的境况里。美狄亚乘坐她的毒龙驾着的车子离开科林斯和绝望的伊阿宋，来到了雅典。她许诺用她的魔药使老埃勾斯恢复青春，便神不知鬼不觉地得到他的宠幸。美狄亚依靠她的魔力预先得到了忒修斯到来的消息，于是她就蛊惑埃勾斯说，她认为这个青年是刺探他的一个危险的奸细，他千万不能把他当作自己的儿子，应该把他当作客人来款待，然后毒死他。

忒修斯进早餐的时候，并没有亮出自己的身世，他是想等父亲亲自认出他是谁时再满心欢喜一番。毒酒已经摆在他面前，美狄亚焦急地等待着新来的人抿上头几口毒酒的时刻，因为她害怕被他赶出宫去。但是忒修斯虽然很想饮酒，却更期望父亲的拥抱，他像是要切割眼前盘中的肉似的，抽出父亲放在巨石下留给他的宝剑，希望父亲能从这把宝剑上认出他来。埃勾斯一看见这把十分熟悉的宝剑，立刻把斟满毒酒的杯子打翻在地。他非常愉快地拥抱他的儿子。这位父亲立刻把忒修斯介绍给聚集起来的民众，民众热烈欢呼向他致意。嗜杀成性的美狄亚则被赶出了这个王国。

忒修斯和弥诺斯

忒修斯成了王子，并被称为是王位继承人，他一直生活在父亲身边。

当时，雅典人是要向克里特的国王弥诺斯进贡的。据说，进贡的原因是：弥诺斯的儿子在阿提刻的山里被阴谋杀害了。弥诺斯为了给儿子报仇向雅典居民发动了毁灭性的战争，而众神也使这个地方遭到干旱和瘟疫。这时阿波罗的神谕做出判决：只要雅典人能够平息弥诺斯的震怒，得到他的宽恕，神的愤怒和雅典人的灾难就可解除。于是雅典人便向弥诺斯求和，而弥诺斯讲和的条件却是：雅典人每九年向克里特送去七个童男和七个童女作为贡品。据说，这些童男童女送去后，就被弥诺斯关在他的有名的迷宫里，任凭凶残的怪物弥诺陶洛斯杀害。

现在，第三次进贡的时间已经临近。有童男童女的父亲们都有可能使自己的子女遭到悲惨的命运，因此民众对埃勾斯的不满又抬头了。他们责备他，说他是整个灾祸的祸根，他本人却没有受到惩罚，竟然冷漠无情地眼看着别人的亲生儿女被夺去。这些怨言使忒修斯的内心充满无限痛苦。在民众的集会上他毅然站出来表示不用抓阄，他愿意当贡品亲自送上门去。人民都赞美他的高尚品格和献身精神。他对他失去自制的父亲说，他保证他和那些抓阄决定前去的童男童女不但不会受到伤害，而且还要制服弥诺陶洛斯。

抓完阄以后，年轻的忒修斯就带领那些中选的男孩和女孩先到阿波罗神庙去，以大家的名义向这尊神献上用白羊毛缠起来的橄榄枝作为祈求保护的献礼。念完祈祷词后，他就在众人陪同下，与选定的童男童女走下海岸，登上令人悲恸的大船。

德尔菲的神谕曾劝他选择爱情女神做向导，并恳求她护送。忒修斯不明白这个箴言的意思，但他还是向阿佛洛狄忒献了祭礼。但结果证明了这个预示的良好意向。因为当忒修斯在克里特登陆，出现在国王弥诺斯面前时，他的俊美和英姿吸引了美丽迷人的公主阿里阿德涅的注意。在跟他秘密交谈时，她向他表白了她的爱，并给了他一个线团。她教他把线的一头紧紧地拴在迷宫的入口处，然后放开线团继续向前走，一直走到那可恶的守卫弥诺陶洛斯的地方。她同时把能够杀死这个怪物的魔剑给了他。

忒修斯和他的同伴都被弥诺斯送进了迷宫。他带头走在前面，在一场恶斗中用魔剑杀死了弥诺陶洛斯，十分幸运地靠着他松开的线团与他身边所有的人走出迷宫里如同地狱般摸不着头脑的路。然后，他就与他的那些同伴和阿里阿德涅一起逃走了。但在临走前，他按照阿里阿德涅的主意凿穿了克里特人那些船的船底，让弥诺斯无法追捕他们。

忒修斯以为他和他可爱的战利品阿里阿德涅彻底安全了，于是他就和她半途中无忧无虑地在狄亚岛上休息下来了。这时，狄俄倪索斯——巴克科斯神——出现在忒修斯的梦里，声称阿里阿德涅已由命运女神定为他的未婚妻，并威胁说：如果忒修斯不把这个情侣留给他，他就会使忒修斯遭遇一切灾祸。忒修斯早在外祖父那里接受过敬畏神明的教育，非常害怕惹神愤怒。因此他就把这位哀婉抱怨、灰心丧气的公主留在这座孤岛上，自己乘船继续航行。夜里，狄俄倪索斯到来，把阿里阿德涅拐到了德里俄斯山。在那里，首先是神不见了，不久阿里阿德涅也无影无踪了。

得知公主被劫，忒修斯和他的同伴都很悲伤。由于悲伤，他们都忘了换下他们离开阿提刻海岸时升起的表示哀恸的黑帆，挂上白帆。坐在海岸悬崖上观望的埃勾斯，看见船越来越近，从船帆的颜色上判断，认为他的儿子死了。于是，他站起身来，满怀悲痛地跳到无底的大海里。就在这时，忒修斯登陆了，并根据他出发时在海岸上向神许下的愿进行献祭。当传令官给他带来他父亲的死讯时，他几乎悲痛欲绝。他带着他的同伴走进雅典城，一路上放声痛哭，哀号震天。

忒修斯登上王位

做了国王的忒修斯，不久便以行动证实他不仅是进行战斗和平息世仇的英雄，而且也有能力治理国家，使人民安享和平和幸福。在这方面，他甚至胜过了他视为榜样的赫剌克勒斯。他执政以前，阿提刻的大多数居民散居在城堡和雅典小城周围的农家庄院和小村落里。很难把他们召集在一起讨论公共事务，他们甚至有时为了一些小事跟邻邦争战。忒修斯把阿提刻地区所有人民都集中在一个城市里，把分散的地区建成一个共同的国家。这个伟大事业他不是像一个暴君那样通过暴力去完成，而是巡视每一个地区，走访各个家族，试图通过各方的赞同而自愿实现。

忒修斯废除各城镇的议会和独立政权，建立了一个共同的议会。这时雅典才成了一个公认的城市。为了扩大这个新的城市，他提出从各地接纳新的移民，许诺给予他们同等的公民权利。为了不使大量涌来的人群给新建的城市带来混乱，他把人民分为贵族、农民和手工业者三个阶级，规定了每个阶级的权利和义务。他还削弱了国王的权力，使他的权力受到贵族会议和人民大会的约束。

和阿玛宗人的战争

当忒修斯正忙于加强国家安全的时候，雅典遭遇了一场超乎寻常的罕见的战争灾难。忒修斯在早年的一次征战中，曾登上阿玛宗人的海岸。阿玛宗的巾帼英雄并不害怕男人，她们把这个高大的英雄当作客人赠送了许多礼物。忒修斯不仅很喜欢这些礼品，而且喜欢上了送礼物来的那个美丽的阿玛宗女人。她的名字叫希波吕忒，英雄邀请她到船上小坐。但她刚刚登上他的船，他便扬帆开船把美人夺走了。到了雅典，他就跟她结婚了，而希波吕忒也愿意做一个英雄和优秀国王的妻子。

好斗的阿玛宗妇女对这种肆无忌惮的掳掠大为愤怒，一直企图进行报复。

一天，雅典人的城池好像没有设防，她们便突击登陆，包围了城市；她们甚至在市中心搭起一个营盘，使那些惊慌失措的居民退到城堡里去。起初，双方都不敢攻战。后来忒修斯从城堡里冲下来开始了战斗。希波吕忒王后也跟丈夫站在一起参加了反对阿玛宗人的战斗。一支投枪刺中了忒修斯身边的王后，她立刻倒地身亡。为了纪念她，后来在雅典建立了一座纪念石柱。战争和平解决后，阿玛宗人遵照条约离开了雅典，撤回本国。

忒修斯和庇里托俄斯，拉庇泰人和马人的战斗

忒修斯身强力壮，以勇敢著称，令人敬仰。那时候还有一位闻名于世的英雄庇里托俄斯。他是伊克西翁的儿子，很想跟忒修斯比一比高低。于是他故意偷走忒修斯的几头牛。当他听说忒修斯全副武装地追击他时，他非常高兴，就在一旁守候，准备较量。两个英雄逼近对方时，各自赞赏对方的英武和胆略，因此不约而同地把手中的武器放在地上，然后朝对方奔了过来。庇里托俄斯伸出右手，要求忒修斯裁决他偷牛的事，而忒修斯眼中闪着欢乐的光芒，回答说："我想得到的唯一的满足，乃是让你成为我的朋友和战友。"两位英雄立即拥抱在一起，相互立誓，永远忠于友谊。不久，庇里托俄斯与拉庇泰族的忒萨利亚国的公主希波达弥亚结婚，并请他的战友忒修斯参加婚礼。婚礼在拉庇泰人的辖区举行。拉庇泰人是忒萨利亚的一个著名种族，是一些喜欢动物形象的山居野蛮人。他们是最先驯服马匹的人类。新娘虽然出身于这个种族，但她与这个种族的人没有一点相似之处。她身材优美、面貌靓丽，所有的客人都赞颂庇里托俄斯娶了她是他的福气。忒萨利亚的所有贵族都参加了婚宴。庇里托俄斯的亲戚，那些生活在忒萨利亚森林里的半人半马的野蛮造物马人也来了。他们长久以来就是拉庇泰人的敌人，但是这一次他们是新郎方面的亲属，摒弃宿怨，前来参加欢宴。喜宴开始了。唱起了赞美新娘的歌，各个房间都热情洋溢，散发着酒菜的芳香。因为厅堂容纳不下所有客人，拉庇泰人和马人交错地挤在树荫下、待客山洞里的餐桌旁。

宴会长时间在无所顾忌的欢乐气氛中吵吵嚷嚷地进行着。由于饮酒过量，马人中最野蛮的欧律提翁的心绪开始迷乱，他一看见美丽的少女希波达弥亚，就发狂地想把这个新娘抢走，谁也不知道事情怎么会是这样，谁也没有注意到这种荒诞的行为是怎样开始的：客人们突然看见狂暴的欧律提翁抓着希波达弥亚的头发在地上拖着她走，希波达弥亚拼命

抵抗着，高声呼救。醉酒的马人把他的罪恶行径当作一种信号，也要大胆地干同样的罪恶勾当，在异乡的英雄和拉庇泰人还没来得及站起身来时，马人就各自抢了一个在国王宫中服务或作为客人参加婚礼的忒萨利亚少女作为战利品。宫廷和花园就好像变成了一个被占领的城池。

女人的呼喊在大厅里震荡。

“你头脑发昏了吗，竟然在我还活着的时候激怒庇里托俄斯，你惹恼一个人不就是侮辱两个英雄吗?”忒修斯冲着欧律提翁喊着，冲到这个狂暴强盗跟前夺回新娘。欧律提翁没有反驳，他举起手来，照着忒修斯的胸脯就是一拳。忒修斯一把抓起一只铜壶朝着对手的脸抛去，结果他被打得脸朝天倒在沙地里，血从他头上的伤口汩汩地流出来。“拿起武器呀!”马人从四面八方高喊。酒杯、酒瓶和碗盘在空中飞个不停。一场导致许多人丧命的恶斗开始了。直到夜里，马人才被击退。

庇里托俄斯合法地占有了他的新娘。第二天早上，忒修斯和他的朋友告别。共同的战斗使他们新结成的兄弟同盟迅速发展成至死不渝的友谊。

忒修斯和淮德拉

当忒修斯刚进入青春期，把他的情人弥诺斯的女儿阿里阿德涅从克里特拐走时，她的小妹妹淮德拉就陪伴着她。后来，狄俄倪索斯夺去了阿里阿德涅，淮德拉因为不敢回到专横的父亲那里去，便跟随忒修斯到雅典来了。她的父亲去世以后，这个可爱的女孩才回到她的故乡克里特岛。这时，她的哥哥即弥诺斯的长子丢卡利翁在这个岛上执政，她就在哥哥的王宫里成长为一个美丽聪颖的少女。忒修斯在他的妻子希波吕忒死后长时间没有再娶，他听到许多称赞淮德拉如何美丽动人的传言，希望她能像他的第一个情人阿里阿德涅一样漂亮可爱。克里特的新国王丢卡利翁并不敌视英雄忒修斯，不久忒修斯就把这个长得几乎和他的妻子一模一样的少女从克里特岛娶回家去。他真是福上加福，结婚的头一年，她就为忒修斯国王生了两个儿子，阿卡玛斯和得摩福翁。

但是，淮德拉并不像她的美丽一样贤良忠贞。她喜欢上了国王的年轻儿子希波吕托斯。希波吕托斯和她年龄相同，她喜欢他胜过喜欢她的年老的丈夫。他美丽的身体和纯洁的灵魂在她心里点燃了不纯的欲火，但她把她的激情紧锁在胸中。最终她还是把她的心思告诉给了她的老奶娘，一个狡诈阴险、盲目而愚蠢地爱她、忠于她的女人。不久，老奶娘便受托向这个青年转达了他继母的罪恶的爱。但这个心地纯洁的青年听到这话十分厌恶，而当他听到他的继母甚至鼓动他推翻父亲、和这个奸妇分享王权时，他都惊呆了。由于憎恶，他诅咒一切女人。他觉得，单单听到这卑劣的提议就有失圣洁了。因为忒修斯这时恰好不在国内，而希波吕托斯又不愿意与淮德拉同在一个屋檐下相处片刻，便在恰如其分地把老奶娘打发走以后，迅速跑进旷野，到森林里狩猎去了。他希望在父亲回来以前为他的可爱的女神阿耳忒弥斯服务。

淮德拉不能容忍她的罪恶的计划遭到拒绝。一种罪恶感和罕见的爱情在她心中展开了斗争，但是恶毒的阴谋最终占了上风。忒修斯归来时，发现他的妻子已经自缢，在紧紧握着的右手里有一封她临死前写的信。信中写道："希波吕托斯想要玷污我的名节。要逃避他的纠缠，只有这样一条路。我宁可死，也不能损害对我丈夫的忠诚。"

由于惊愕和憎恨，他像脚底生了根似的久久站在那里。最后他举起双手向天祈祷："波塞冬，我的父呀，你爱我一直像爱你的儿子一样。你曾经答应可以满足我三个请求。现在我希望你信守诺言。只有一个愿望我想请你满足我：让我可恶的儿子不要活过今天！"他刚说出这句诅咒，希波吕托斯就走进宫来，发现他正在恸哭的父亲站在继母的尸体旁。他温和平静地回答父亲的辱骂："父亲，我的心是纯洁的。我没有罪。"但忒修斯只把他继母的信递给他看，二话没说就把他放逐到国外了。

就在当天傍晚时分，一名信使来见国王忒修斯，说："国王，我的主人啊，你的儿子希波吕托斯已经离开人世了！"

忒修斯听到这个消息，态度十分冷淡，并苦笑着说："他是像污辱父亲的妻子那样污辱了别人的妻子，被情敌打死的吗？"

“不，我的主人!”信使答道，“是他自己的马车和你亲口发出的诅咒杀害了他!”

“哦，波塞冬啊!”忒修斯说，“你答应了我的请求！使者，你告诉我，我的儿子是怎么死的?”

“我们这些仆从正在海边洗刷我们主人希波吕托斯的马匹的时候，”使者说，“听说他已经被放逐了。不久他本人就在一大群牢骚满腹的儿时朋友的陪同下走来，命令我们备好出行的马匹和车辆。当一切都准备停当时，他高举双手对天祈祷道：‘宙斯呀，假如我是坏人，你就把我消灭吧！无论我是死是活，但愿我父亲知道他斥责我是不公正的!’说完他就跳上马车，抓起缰绳，在我们仆从陪同下，离开了那里。我们就这样来到了荒凉的海岸，右边是大海的波涛，左边是从群山向外凸出的巉岩。突然，我们听到大海深处传来一声巨响，如同地下的闷雷。往海上一瞧，我们看见一个巨浪蹿上天空，有塔楼那么高，紧接着就是排山倒海似的波涛卷着白色的泡沫吼叫着冲向海岸，正好冲上马匹所走的那条狭路。随着轰鸣的海涛，从海里冒出一个怪物，一头巨大的公牛，它的吼声震响了海岸和山岩。一见这个怪物，马就全惊了。它们使劲咬着嚼子狂奔，希波吕托斯怎么也控制不住。这个海怪挡住它们的去路，逼着马车撞到巉岩上，车轮都撞得粉碎，你的不幸的儿子头朝下栽了下去，但他仍然同翻了的车子一起被无人驾驭的马拖着生生磨死在砂石上。这一切发生得特别快，我们这些仆从都来不及救他。”

听到这个报告以后，忒修斯久久地默默地呆望着地面。“对于他的不幸，我既不感到高兴，也不感到悲哀。”他若有所思地说，并深深地陷入怀疑之中，“但愿我能见到他还活着，我好问问他，跟他谈谈他的过失。”一个老妇人的悲号打断了他的话。她披散着灰白的头发，身穿一件撕破了的袍子，走过来跪在国王忒修斯脚下。这是王后淮德拉的老奶娘，她受良心责备，再也不能保持沉默，便哭着喊着向国王说出了王子的无罪，揭露了王后的罪过。不幸的父亲还没有完全清醒过来，他的儿子希波吕托斯就躺在担架上被哀号的仆从抬进宫来，他遍体鳞伤但仍有一口气。忒修斯万分懊悔和绝望地扑在将死的儿子身上。王子强挺着最后的残喘问站在周围的人：“我的无罪大白了吗?”站在身边的人向他点了点头，并安慰了他。“不幸的被人欺骗了的父亲呀，”这个将死的青年说，“我不怨你!”说完他就断气了。

忒修斯抢妻

忒修斯渐感衰老和孤独，与年轻的英雄庇里托俄斯结成的友谊在他心中唤起进行一次大胆而鲁莽的冒险的欲望。庇里托俄斯的妻子结婚后不久就死了，忒修斯如今又是鳏居，二人就一起去冒险，想各为自己抢一个妻子。

当时，宙斯和勒达所生的女儿，后来闻名遐迩的海伦，还很年轻。她是在他继父斯巴达国王廷达瑞俄斯的王宫里长大的。不过，她已经成为那个时代最美丽的少女，她的妩媚动人在全希腊尽人皆知。当忒修斯和庇里托俄斯远征到巴格达的时候，他们看见海伦正在阿耳忒弥斯神庙里跳舞。二人心中都燃起了对她的爱情。他们忘乎所以，从神庙抢走这位公主，首先把她带到阿耳卡狄亚的忒革亚。在这里，他们为她抓阄，双方友好地保证，谁赢了谁就要帮助对方去劫夺另一个美女。忒修斯抓阄得胜，他便把这个少女带回阿提刻地区的阿菲德那，交给他母亲埃特拉让另一个朋友保护。

随后，忒修斯就和他的战友继续远征，二人想要建立一桩英雄的业绩。庇里托俄斯决定从冥府里掳走普路同的妻子珀尔塞福涅，以补偿他没有得到海伦的损失。但是，这个计划失败了，忒修斯和庇里托俄斯被罚永囚冥府。赫剌克勒斯本想把两个人都救出来，但结果只把忒修斯救出了冥府，忒修斯的朋友则不得不永远留在了那里。

而在忒修斯被囚禁在冥府里的时候，海伦的哥哥，卡斯托耳和波吕丢刻斯，就动身来解救他们的妹妹了。他们到了雅典，要求以和平的方式接回海伦。但城里的人却说，他们那里既没有这位年轻的公主，也不知道忒修斯把她留在哪里了。兄弟二人大怒，威胁说要用武力解决。雅典人害怕了，一个曾探听到忒修斯的秘密的雅典人告诉这两兄弟说，隐藏海伦的地点是阿菲德那。卡斯托耳和波吕丢刻斯围困住那个城池，一举得胜，以疾风暴雨之势占领了那个地方。

同时，雅典城里也发生了动乱，珀透斯的儿子墨涅斯透斯企图夺取王位。他自立为人民的领袖，煽动暴民反对忒修斯。海伦的两个哥哥占领了阿菲德那，雅典人都吓破了胆。墨涅斯透斯趁机利用了人民的这种恐慌的情绪。他劝说市民打开城门，热情地迎接带着自己妹妹的卡斯托耳和波吕丢刻斯，因为他们进行战争只是为了反对抢夺了海伦的忒修斯。两兄弟的行为证明了这话是真的，他们虽然从洞开的城门开进雅典，城里的一切都控制在他们武力下，但他们却没有伤害一个人。他们只要求，能像其他高贵的雅典人和赫剌克勒斯的亲属一样，参加厄琉西尼亚神秘习俗中的秘密的祭神仪式。祭神仪式完毕后，他们就带着被救出去的海伦重返故乡了。

忒修斯的结局

经过在冥府里的长期监禁，忒修斯终于认识到他最后行为的轻率和卑劣，并甚感懊悔。他以一个神情严肃的老翁的身份回到雅典，得知海伦被她哥哥救走并没有表示不满，因为他为他的掳掠行为感到羞耻。他在国内遇到的仇视使他充满忧虑。虽然他再度执政，把墨涅斯透斯一派镇压了下去，但他却没再长久享受到真正的安宁生活。当他想要严于治国时，反对他的暴动又重新爆发，领头的永远是墨涅斯透斯，他的背后有贵族党徒的支持。开始，忒修斯企图依靠暴力恢复秩序，但暴乱四起，他的一切努力全归于失败。于是，这位不幸的国王便失望地决定主动离开他的城市，乘船到斯库洛斯岛去。他在那里拥有父亲留给他的大宗财产，他把那里的居民当作自己要好的朋友。

当时，斯库洛斯的统治者是吕科墨得斯。忒修斯去见这位国王，请求把他的财产归还他，他打算在这里长住。但吕科墨得斯却心中盘算着怎样毫不引人注意地把这个客人除掉。于是，他便把他带到岛上最高的岩峰，说是从那里可以让他看到他父亲在岛上占有的珍贵财产。走到山顶，忒修斯欣喜地放眼眺望周围美丽的风光。这时，那个背信弃义的国王从后边猛地一推，忒修斯就从悬崖上掉了下去，摔得粉身碎骨，沉入海底。

在雅典，他的忘恩负义的人民很快就把他忘记了。墨涅斯透斯当了国王，好像他的王位是从他的祖先那里继承下来的。

数百年以后，当雅典人不得不在马拉松平原抗击波斯人时，这位伟大英雄的神灵从地下站出来，领导他的不忠臣民的后代打败了敌人。因此，德尔菲神谕要求雅典人找回忒修斯的遗骸。但他们到哪儿去找呢?就在这时，凑巧弥尔提阿得斯的儿子，即那个名声大振的雅典的喀蒙在一次新的远征中占领了斯库洛斯岛。就在他热心地寻找英雄的坟墓时，一只鹰在一座山上飞翔。他跑到那里停下，看见那只鹰落了下去，用利爪把坟丘的泥土刨开。喀蒙把这一幕看成一种神的安排，于是安排随从继续挖掘，果然在很深的地下找到一个巨人尸体的棺木，尸体旁边还有一支矛和一把剑。喀蒙和他的随从没人怀疑他们找到了忒修斯的遗骸。喀蒙把这神圣的尸骨用一艘美丽的三橹战船运回。他们进入雅典城时，人们欢声雷动，列队欢迎，并举行祭奠。那情景就像忒修斯本人凯旋一般。这位雅典的自由和公民宪法的缔造者，他的无知的同代人曾经愧对于他，现在他的人民的子孙在几百年之后对他表示出由衷的谢意和崇敬。

俄狄浦斯的传说

俄狄浦斯的出生、青年时代和逃亡

忒拜的国王是拉伊俄斯。他的妻子是城里的贵族墨涅扣斯的女儿伊俄卡斯忒，婚后一直没有子女。因为渴望得到子嗣，他就向德尔菲的阿波罗询问理由，神谕的内容却是："拉布达科斯的儿子拉伊俄斯！你祈求得到一个儿子。好吧，你将会有一个儿子。但你要记住，你注定将要死在你亲生孩子的手里。这是克洛诺斯之子宙斯的旨意，因为他听到珀罗普斯的诅咒，说过去曾抢走他的儿子的人就是你。"就是说，拉伊俄斯逃离本国的时候还很年轻，在伯罗奔尼撒半岛被国王的宫廷接纳为客，但他不知感恩，反而把珀罗普斯国王英俊的儿子克律西波斯拐走了。拉伊俄斯知道自己曾犯下这一过失，对神谕深信不疑，长时间与他的妻子分居。但是彼此之间的真心相爱，使他们俩再也顾不得命运的警告，又在一起同居了。伊俄卡斯忒终于为她的丈夫生了一个儿子。

在孩子降生以后，他们又想起了神谕。为了逃避神的裁定，他们把刚生三天的婴儿的脚脖子刺穿了，拴好绑带后让人把孩子抛到喀泰戎荒山里去。但执行这个残忍命令的牧人对这个无辜的婴儿起了怜悯心，便把孩子交给了另一个在同一座山里为另一个国王波吕玻斯牧羊的牧人。然后回到宫里，他在国王和王后伊俄卡斯忒面前佯言已经把婴儿抛进荒山。国王夫妇相信那孩子不饿死冻死，也得被野兽撕碎，这样神谕就不会实现了。他们还以这样的思想抚慰自己的良心：牺牲了儿子，却避免了弑父之罪。于是他们才真正过上了轻松愉快的日子。

波吕玻斯的牧人解开婴儿脚上的绑带，但他不知道这个孩子是从哪里来的，便根据脚上的伤取名俄狄浦斯，意思就是“肿胀的脚”。然后牧人就把孩子带到科林斯送给他的主人波吕玻斯国王了。国王很同情这个弃儿，把他交给他的妻子墨洛珀当作亲生儿子抚养。在宫里和全国都把这个孩子当作国王的儿子对待。俄狄浦斯成长为一个青年王子以后，一直被视为最高尚的公民，他自己也在幸福的生活中确信是国王波吕玻斯的儿子和王位继承人，要知道国王除他之外没有别的子女。这时发生了一个偶然事件，他突然丢掉了自信，跌进怀疑的深渊。

有一个科林斯人，他老早就出于嫉妒而仇视俄狄浦斯。在一次宴会上他竟然醉醺醺地冲着俄狄浦斯喊叫，说他不是国王真正的儿子。这声责难给了他沉重的打击。他第二天早上来到父母（实为养父母）面前请求告诉他的身世。波吕玻斯和他的妻子对说这话的恶意挑拨者十分愤怒，他们极力排除儿子的怀疑。他在父母的言谈中体会到的爱虽然使他略感舒畅，但怀疑从那一天起一直折磨着他的心，因为他的敌人所说的话给他留下的印象实在太深了。

他终于悄悄地离开了王宫，连他的父母都没告诉一声，就去寻觅德尔菲的神谕，希望听到神对那句破坏他名誉的责难的驳斥。但太阳神阿波罗却对他的问题不屑回答，反而向他揭示出一个他所面临的新的更可怕的不幸。“你将杀死你的亲生父亲，”神谕说，“你将娶你的生母为妻，生下可憎的后代留在人间。”听了这番神谕，俄狄浦斯心里说不出有多恐惧。因为他的心总是对他说，像波吕玻斯和墨洛珀这样慈爱的父母，肯定是他真正的双亲，所以他就不敢回家，他害怕命运女神会驱使他的手杀死他亲爱的父亲，让他与他的母亲结成邪恶的乱伦婚姻。

离开德尔菲，他就走上了去玻俄提亚的路。突然，他看见一辆马车朝他走来，车上坐着一位不相识的老人，一个使者、一个驭手和两个仆从。赶车的人粗暴地把这个走在同条狭路上的步行者挤出路外。天生易怒的俄狄浦斯顺手就给了那个顽固的驭手一拳。当那位老人看到这个青年竟然如此鲁莽地冲着马车大喊，便急忙抓起他手边的双排钉棍，照着青年的脑袋重重地一击。这一下，俄狄浦斯暴怒了。他第一次发挥神赐的英雄伟力，立即举起他旅行用的木杖，使劲打了一下老人，结果老人眨眼间就背朝下从车座上滚了下去。一场恶斗过后，原来车上的人除了一人逃脱，其他人都被俄狄浦斯打死了。俄狄浦斯继续走他的路。

他认为，他干的事只不过是出于迫不得已的自卫。他遇到的那位老人没有任何标志说明自己的高贵身份。但这个被击毙的老者正是拉伊俄斯，忒拜的国王，俄狄浦斯的父亲。拉伊俄斯是要到皮提亚神殿才走在这条路上。父子二人从神谕得知而又竭力规避的预言还是变成了现实。

俄狄浦斯娶母

那场恶斗之后不久，在忒拜城的城门前出现了斯芬克斯，她是一个长着翅膀的怪物，有少女的头，狮子的身体。她是巨人堤丰和妖蛇厄喀德那所生的一个女儿。厄喀德那是一个蛇身女妖，她生了许多怪物，其中有冥府的三头狗刻耳柏洛斯，勒耳那的多头水蛇许德拉和喷火的喀迈拉。斯芬克斯这个怪物趴在一处悬崖上，要求忒拜的居民破解她从缪斯女神那里学来的谜语。如果过路的人猜不中，她就抓住他，把他撕碎吃掉。

谁也不知道，国王在路上被什么人打死了，王后伊俄卡斯忒的兄弟克瑞翁继承了王位，执掌了政权。正当全城为死去的国王举哀的时候，这个怪物带来的灾难降临了全城。紧接着，克瑞翁自己的儿子就被斯芬克斯抓住吞食了。这个灾难促使国王克瑞翁发出公告：谁能使全城摆脱这个吃人的怪物，谁就可以得到王国并娶他的姐姐伊俄卡斯忒为妻。

这个公告刚刚宣布，俄狄浦斯就走进了忒拜城。危险和因冒险而得到奖赏都使他感到很有刺激性，同时他并不看重他那笼罩在不祥预言之中的生命。因此，他奔向斯芬克斯占据的那个悬崖，让她给他出一个谜语。这个怪物想给这个勇敢的外乡人出一个完全解不开的谜语，便说出下列谜面“早晨四条腿，中午两条腿，黄昏三条腿。在一切造物中唯独这种造物用不同数目的腿行走。腿最多的时候，正是力量和速度最小的时候。”

听了这个谜语，俄狄浦斯觉得一点儿都不难猜，便微微一笑说：“你的谜底就是人呀。在生命的早晨，人是弱小无力的孩子，便用两手和两脚爬行。人长大了便是生命的中午，当然用两脚走路。到了老年就是生命的黄昏，人就要拄拐杖，这不就是三条腿走路吗？”这个谜语幸好被猜中了。斯芬克芬由于羞惭和绝望从悬崖上跳下去摔死了。作为奖赏，俄狄浦斯得到了忒拜王国，娶了前国王的遗孀，她的生母。伊俄卡斯忒接连为他生了四个孩子：先是双生的男孩厄忒俄克勒斯和波吕尼刻斯，接着是两个女儿，大的叫安提戈涅，小的叫伊斯墨涅。这四个孩子是他的子女，同时是他的弟弟和妹妹。

真相大白

这个可怕的秘密很长时间都没有被揭露。俄狄浦斯虽然有些过失，却是一个有正义感的好国王，他愉快地治理着忒拜，和伊俄卡斯忒过着美满的生活。最后，诸神向他的国土降下瘟疫。瘟疫在民间猖獗流行，没有办法救治。忒拜人认为这场灾害是神降的惩罚，又认为他们的国王是天国的宠儿，因此都企图在他的庇护下抵御可怕的灾害。于是王宫前出现了男女老幼汇成的人群，领头的是一些手持橄榄枝的祭司。他们坐在神坛周围和台阶上，静候国王露面。

俄狄浦斯走出国王的城堡，询问为什么全城都缭绕着熏烤献祭的烟雾，到处都是悲泣和哀号。那位最老的祭司代表众人回答道：“哦，主人呀，你亲眼看见了一场什么样的灾难降临在我们头上：无法忍受的热浪烤焦了牧场和田野，使人耗尽生命的传染病在我们每人家里逞狂，全城都拼命想从灭顶的血浪中抬起头来，却枉费心机。敬爱的国王啊，在这水深火热中，我们只能到你这里来请求保护。你曾经把我们从斯芬克斯吃人的灾难中解救出来。没有神力相助这肯定是办不到的。因此我们信赖你，这一次你也会靠神力或众神救助我们。”

“我的可怜的孩子们，”俄狄浦斯答道，“你们祈求的原因我很理解。我的弟弟克瑞翁已经被我派到德尔菲去恳求阿波罗，请他告知究竟什么活动或什么行为才能使这座城得救。”

俄狄浦斯正说着，克瑞翁来到了人群中，并当着人民的面向国王报告神谕的内容。不过，这道神谕并不使人感到心安：“神说，是国王拉伊俄斯的杀害构成了一桩严重的血腥的罪恶，它压在这块土地上。只有这个罪人离开这个国家，全城才能得救。”

俄狄浦斯怎么也想不到，他打死的那个老人就是拉伊俄斯，神迁怒于人民原来是为了这件事。他要他们给他讲了讲国王被杀害的经过，但他听了以后仍感茫然。他宣称他本人能够处理好有关死者的问题，并责令聚集起来的人民解散。然后他向全国发出通告：凡是知道杀害国王拉伊俄斯的凶手消息的人，都要如实上报。外国的知情者如来报告则将得到本城的重金酬谢。对知情不报者和推脱同谋罪责者，则将不准其参加一切宗教仪式，享用祭餐，甚至同国人交往和谈话。那个凶杀者则要受到最恶毒的咒骂，一生困苦不幸，终将可耻地毁灭。

随后他派了两个使者去请双目失明的预言家忒瑞西阿斯。这个预言家很快就来到国王和聚集起来的人民面前。俄狄浦斯向他说明了困扰着他和全国人民的烦恼，请他施展预言家的本领，帮助大家找到凶杀者的踪迹。

但忒瑞西阿斯突然发出一声悲叹，同时伸出双手好像要挡住国王似的，说：“知情是可怕的，知情只能给知情者带来灾难！国王，让我回去吧！还是你管你的事，我管我的事吧！”

这样一来，俄狄浦斯反而更加力劝这位预言家说出实情，他周围的民众则跪在他面前祈求他。见他不做进一步的说明，国王俄狄浦斯突然动怒了，骂忒瑞西阿斯不是知情人也是杀害拉伊俄斯的帮凶。这样一指控，失明的预言家便不得不说出实情。“俄狄浦斯，”他说，“服从你自己的通令吧！你本人就是使全城遭殃的罪人！是的，你本人就是杀死国王的凶手！”

俄狄浦斯大骂预言家忒瑞西阿斯是巫师和阴险的骗子，那个预言家则把他叫作杀父的凶手，娶母的罪人，预言他已灾难临头。然后他就扶着给他带路的小童愤愤地离去了。

妻子伊俄卡斯忒比国王更摸不着头脑。她一从丈夫口中得知忒瑞西阿斯说俄狄浦斯是杀害拉伊俄斯的凶手，就禁不住愤怒地咒骂这个预言家和他的预言才能。“亲爱的，你瞧，”她高声说，“这些预言家多么无知！从一个例子上就可以证实这一点：我的第一个丈夫拉伊俄斯也曾得到过一个神谕，说他将死在儿子手里。但杀死他的却是十字路口的一群强盗，而我们唯一的儿子生下来才十三天就被捆住双脚抛到荒山野岭里去了。哼，预言家的裁决就是这样实现的！”

王后冷嘲热讽地说出的这一席话，却在俄狄浦斯心里产生了与她的期望完全不同的影响。他万分震惊地问：“拉伊俄斯是死在一个十字路口？哦，告诉我，他长得什么样？多大年纪？”

“他很高大，”伊俄卡斯忒答道，完全不理解俄狄浦斯为什么如此激动，“一头灰白的老人发髻。亲爱的，他的体格和长相都很像你。”

“忒瑞西阿斯并不是瞎子，忒瑞西阿斯什么都看得见！”俄狄浦斯惊呼道，最后的疑团驱使他进行详细的调查。他终于了解到，国王被杀是一个逃走的仆从报告的。俄狄浦斯渴望见到他，于是这个奴仆就从乡下给叫来了。但在他到达之前，从克林斯来了一个使者，向俄狄浦斯报告他父亲波吕玻斯国王的死讯，要他回去继承王位。

听到这个消息，王后又得意洋洋地说：“崇高的神谕啊，你预言的结果在哪里？说俄狄浦斯将杀死的父亲，现在不是安享天年、寿终正寝的吗！”

这个消息对虔诚敬神的俄狄浦斯的影响却完全不同。他虽然从心底里愿意承认波吕玻斯是自己的父亲，但他无法理解，一道神谕怎么会没有实现。他不想到克林斯去，还因为他的母亲墨洛珀还活着，而神谕的另一部分关于他将娶母亲为妻的宣示仍然可能实现。但这个使者很快就打消了他的这个疑虑。原来他就是多年前在喀泰戎山上从拉伊俄斯的仆从手中接过新生婴儿的那个牧人，捆在婴儿被穿透的脚后跟上的绑带就是他给解开的。他毫不费力地证明了俄狄浦斯只是国王波吕玻斯的养子，尽管他是克林斯的王位继承人。

当伊俄卡斯忒听到这话的时候，便悲痛地呼号着离开了丈夫和集聚的人群。这时，从远方召来的那个年老的牧人到了；那个克林斯的使者一眼就看出，他就是从前在喀泰戎山上交给他孩子的那个人。老牧人吓得脸色煞白，想要否认这一切；俄狄浦斯勃然大怒，说要对他严加惩罚，他才说出了真相：俄狄浦斯是拉伊俄斯和伊俄卡斯忒的儿子，因为可怕的神谕说这孩子将杀死父亲，所以他们就把孩子交给他扔掉，但他出于怜悯救了孩子。

伊俄卡斯忒和俄狄浦斯的自惩

一切怀疑都消除了，骇人听闻的事实大白于天下。俄狄浦斯狂喊着冲出去，在王宫里四处乱走，想找到一把剑，从人间铲除他那既是母亲又是妻子的怪物。他怪声吼叫着奔向寝室，砸开紧锁的双重房门，冲了进去。一幕触目惊心的景象使他停住了脚步。他看见伊俄卡斯忒已经自缢，披着一头蓬乱的长发。俄狄浦斯木然呆立好久，才悲咽着走过去，把吊上去的绳子拉下来，直到尸体落到地上。他从她的袍子上拽下纯金锻造的胸针，使劲刺穿自己的眼珠，直到鲜血从眼窝里涌出。他诅咒他的眼睛，它们不应该再看到他所做的和他所容忍的这一切。随后他让人把他领出去，告诉全体忒拜人民他就是杀害父亲的凶手，娶母为妻的乱伦者，天神诅咒的恶徒，大地的妖怪。仆从们把他领了出来，但人民对他们的这位从前十分爱戴和尊敬的统治者并不憎恶，反而非常同情。降低身份的俄狄浦斯见到人民如此慈爱，深受感动。他命他的内弟克瑞翁任摄政王，辅助他的本应继承王位的幼子。他请求埋葬他的不幸的母亲，请求新国王保护他的两个孤女。至于他自己，他要求把他赶出这个他以双重的罪过玷污的国家，把他放逐到喀泰戎山里去，那里是他的父母早已决定埋葬他的地方，现在他到那里去，是死是活全由山神来安排。他说，克瑞翁对他表示这么多爱心，为此他衷心祝福他，希望神比他当政时更好地保护克瑞翁和人民。

俄狄浦斯和安提戈涅

在真相大白最初的时刻，俄狄浦斯心里想的是最好尽快死去。如果人民起来反对他，用石头砸死他，他会把这一切当作一种善行来接受。后来，他觉得他所请求的，他的内弟克瑞翁同意的放逐，也是一种恩典。但当他在家里坐在黑暗中，满腹怒气渐消时，他又感到，一个盲人流落他乡实在可怕，便毫不迟疑把他想留在家里的愿望告诉克瑞翁和他的两个儿子了。

但这时的情况是：摄政王克瑞翁的同情已经成为过去，两个儿子也是一副极端自私的硬心肠。克瑞翁坚持放逐，两个儿子拒绝援助他们的父亲。甚至连一句话也不说，他们硬把一个行乞的棍子塞到他手里，把他赶出忒拜的王宫。只有两个女儿天真地怜悯被驱逐的父亲。小女儿伊斯墨涅留在哥哥的家里尽其所能料理父亲的事务，俨然就是远离者的律师。大女儿安提戈涅跟随父亲放逐，为这位失明者引路。

于是，安提戈涅便随父亲走上漫无目的的艰苦旅程。她脚上无鞋，忍饥挨饿，伴随父亲穿过原始森林：娇柔的少女和父亲一起忍受着日晒雨淋，尽管留在哥哥家里她会得到无微不至的照应，但在苦难中只要父亲能够饱餐一顿，她便感到十分满意。

俄狄浦斯最初的意向是在喀泰戎的深山老林里苦熬岁月或干脆结束生命。但是因为他是一个虔诚敬神的人，所以他不想在没有神的旨意时贸然迈出这一步，于是他便先去朝圣，求取阿波罗的神谕。在圣地他听到了使他感到安慰的箴言。诸神很清楚，俄狄浦斯是在规避犯罪的情况下无意犯下了违反自然和人类社会最神圣的法则的大罪。因此，神告诉他：如果他能听从命运女神的安排到达那些可尊敬的女神——复仇女神为他准备的栖身地，即使经过很长时间他也能等到被解救的那一天来临。复仇女神也被称作慈悲女神，这是人类为了敬重和抚慰三位复仇女神想出的一个别名。这道神谕的言辞既难以捉摸又令人不寒而栗。俄狄浦斯将在复仇女神那里使他违反自然的罪过获得赦免，从而得到安宁和解救！他相信神的诺言，并在全希腊流浪。他的心地善良的女儿安提戈涅领着他，照顾他，全靠好心人的施舍过活。

俄狄浦斯在科罗诺斯

时而经过城乡，时而穿过荒野，经过很长时间的流浪，一天黄昏，父女二人来到温暖地区一个坐落在景色宜人的小树林中的美丽村庄。夜莺扑打着翅膀飞过灌木丛，用悦耳的声音高歌。葡萄藤上绽放的小花吐露着芬芳，橄榄树和桂树的枝条遮住了凹凸不平的山岩。就是双目失明的俄狄浦斯也能通过他其余的感官感觉到这个地方的优美，听了女儿的描述就更认定这是一个圣洁的地方。俄狄浦斯因为走了一整天的路觉得累了，便坐在一块大石头上。但一个村民要他赶快站起来，因为这里是圣地，不容许踏入。这时，两个流浪人才知道，他们已经来到了科罗诺斯村。这正是明察秋毫的复仇女神的地区和圣林。不过在这里雅典人把复仇女神称作欧墨尼得斯。

俄狄浦斯知道，他已经到达他流浪的终点，他那恼恨的命运即将得到和平的解决。

“在你们这里，谁是国王？”俄狄浦斯问，在长期的苦难中他对世界的历史和现状已经很生疏了。

“你知道威猛而高贵的英雄忒修斯吗？”那个村民问，“他的名声可威震世界呀！”

“如果你们的国王确实如此高贵，”俄狄浦斯应答道，“那么就请你把我的口信带给他，请他到这儿来一趟。为了他的这个小恩惠，我将给他重大的酬报。”

“一个盲人会有什么善行酬报我们的国王?”那个村民说，同时微笑着不无怜悯地看了这个外乡人一眼。“不过，”他补充说，“你呀，要是你不是双目失明，你这高贵的外貌也会让我尊敬你。所以我乐意满足你的心愿，把你的请求告诉国王和我的同胞。你坐在这里别走，等候我的回话。让他们决定你是可以留下来，还是应该再去流浪。”

当俄狄浦斯和他的女儿又单独在一起的时候，他向复仇女神祈祷说：“你们令人恐惧，但你们也是慈悲的，现在就请指示我生活的道路吧！发发慈悲吧，你们这些黑夜的女儿！哦，可敬的雅典城啊，可怜可怜站在你面前的国王俄狄浦斯的影子吧，他本人的躯体早就不存在了!”

他们单独待在那里的时间并不长。听说有一个仪表令人尊敬的盲人来到这个不准凡人踏入的复仇女神的圣林，村里的长老们很快就聚集到了他周围。当这个盲人告诉他们他是一个被命运女神追逐的人时，他们就更惊慌了。他们害怕，他们要是容许一个受神惩罚的人在这座圣林中逗留太久，自己也招来神的震怒，于是他们就叫他立刻离开这个地方。俄狄浦斯迫切地恳求他们不要把他从他流浪的目的地赶走，这个目的地是神谕规定的。安提戈涅也和父亲一起恳求他们。“如果你们不愿意怜悯我的白发苍苍的父亲，”这个少女说，“那么，看在我这个无辜受罪的背井离乡人的分上，把他收留了吧。请你们赶快同意出人意料地厚待我们吧!”

当双方正在对话，村民们正迟疑不决，摇摆在同情来人和惧怕复仇女神之间的时候，安提戈涅看见一个女子骑着一匹小马走来。一个仆人骑马跟随在后。“这是我的妹妹伊斯墨涅!”安提戈涅惊喜地说，“她肯定给我们带来了家乡的新消息!”

转瞬，那个女子，被放逐的国王的小女儿，来到他们面前，给父亲带来了有关忒拜情势的消息。俄狄浦斯的两个儿子在国内正陷在自己惹来的困境中。最初，他们都想把王位让给舅舅克瑞翁，因为家族的诅咒一直威胁着他们。但是，对他们父亲的印象越来越淡薄以后，这种让出王位的冲动也就消失了。他们心里滋生了对权力和国王的威严的要求，随之而来的便是彼此失和成仇。波吕尼刻斯因为拥有长子继承权先做了国王。但弟弟厄忒俄克勒斯不满意兄长所建议的轮流执政，便煽动人民叛乱，把他的哥哥驱逐出境了。根据忒拜城里的传言，波吕尼刻斯是逃到了伯罗奔尼撒的阿耳戈斯。他在那里成了国王阿德剌斯托斯的乘龙快婿，结交了朋友和盟邦，扬言征战报仇，正威胁着他的祖国。同时又有一道新的神谕传扬开来，说俄狄浦斯的儿子如无父亲则将一事无成。假如他们珍惜自己的幸福，不管父亲是死是活，他们必须寻找父亲。

科罗诺斯人听了这话无不惊愕。俄狄浦斯站起身来。"我的情况原来如此，"他说，他那双目失明的脸上闪着光辉，"他们要到一个被放逐者，一个讨乞者这里来寻求帮助？现在我都是废物了，反倒成了他们要找的人？"

"就是这样，"伊斯墨涅继续报告她的消息，"父亲，正是因为这个缘故，我们的舅父克瑞翁很快就要到这里来，我是赶在他前头来的。他是想说服你，只把你带到忒拜地区的边界，这样，既可满足神谕的要求，又对他本人和我的哥哥厄忒俄克勒斯有好处，而你的出现又不会亵渎忒拜城。"

"你这是从谁那儿听说的？"父亲问。

"是从去德尔菲朝圣的人那里听来的。"

"假如我死在忒拜的边界，"俄狄浦斯接着问，"他们会把我葬在忒拜的国土吗？"

"不会，"她答道，"你的血债不容许这样做。"

"那么，"年老的国王愤慨地高声说，"他们也就永远得不到我！如果他们认为统治欲比对父亲的爱还要重要，那么神永远也不会使他们免除彼此的仇视。如果他们的争端要靠我的决定来解决，那么，不管是现在王座上的执政者还是被驱逐者，都不可能再见到自己的祖国！只有这两个女儿才是我的真正的后人！让我的罪过在她们心中死灭吧，我要为她们向天神祈福！好心的朋友们呀，我要为她们请求你们的保护！"

俄狄浦斯和忒修斯

随后，忒修斯来了。他亲切而恭敬地走向这个失明的外乡人，用温存体贴的话跟他攀谈：“可怜的俄狄浦斯，你的命运我是知道的，你那双刺瞎的眼睛已经告诉了我你是什么人。你的不幸深深地触动了我的灵魂。请你告诉我，你是怎样来到本城的，你找我有什么事。无论你要求我帮助你做什么，我都不会拒绝。我没有忘记，我和你一样也是在异国他乡长大，经历过无数艰难险阻。”

“从这短短的几句话里我已经看出你的灵魂有多么高尚，”俄狄浦斯答道，“我到这里来，是要向你提出一个请求，这个请求其实也是一份捐赠。我要把我的疲惫不堪的身体送给你，自然，这是一项微不足道的财产，但也是一项很宝贵的财产。请你把我埋葬地下，你将因你的仁慈宽爱得到很大的酬报。”

“你所恳求的恩惠实在是太微小了，”忒修斯惊诧地说，“请你提出更好更高的要求吧，所有的要求我都会满足你。”

“这个要求并不像你所想的那么微小，”俄狄浦斯继续说，“为了我的苦难深重的身体，你将经受一场战争的考验。”

俄狄浦斯向他讲述了他怎样遭到放逐，现在他的亲属又怎样为了一己私利想要找到他。接着他就恳求忒修斯大胆地援助他。忒修斯聚精会神地倾听了他的叙述，然后庄重地说：“我的王宫的大门对每一个外乡的客人都是敞开着的，因此我就不能把你排除在外。何况你是神明引到我的家乡来的，而且你还答应祝福我和我的国家，我怎么能不接待你呢！”他让俄狄浦斯自己选择：是随他到雅典去，还是就留在科罗诺斯这里做客。俄狄浦斯选择了第二方案，因为命运规定他要在他此刻驻足的地方赢得战胜他的仇敌的胜利，荣耀地走完他生命的最后历程。那位雅典人的国王忒修斯答应尽最大的力量保护他，说完就回城里去了。

俄狄浦斯和克瑞翁

不久，忒拜的国王克瑞翁带着他的武士闯入科罗诺斯，急速奔到俄狄浦斯面前。“我进入阿提刻地区，你们一定觉得很意外，”他转身对聚集过来的村民说，“请你们不要发怒，我还不至于幼稚到敢于向希腊最强大的城市挑战的地步。我是一个老人，我只是受我国人民的差遣到这里来劝说这个人跟我回忒拜去。”说完克瑞翁又转向俄狄浦斯，花言巧语地假意对俄狄浦斯和他的两个女儿的苦难命运表示同情。

但俄狄浦斯把行杖向前一伸，示意克瑞翁不要走近他。“无耻的骗子，”他喊道，“假如你到这里来把我抓住带走，这不过是在我的悲苦的伤口上加一把盐啊！别指望通过我解放你的城市，使你们免受迫在眉睫的惩罚。我不会跟你们走的，我只会把复仇的恶魔派给你们。我那两个忤逆的儿子只能在忒拜占有埋葬他们的那一点点土地！”克瑞翁想用武力抢走这位失明的国王，但科罗诺斯的公民都起来反对他，他们根据忒修斯的嘱托，不准许他把俄狄浦斯劫走。

当时，在混乱中忒拜人根据主人的示意，抓住伊斯墨涅和安提戈涅，将她们从她们的父亲身边拖走。这些歹徒驱散反抗的科罗诺斯人，拖着两姐妹跑掉了。克瑞翁却讥讽地说：“我至少夺走了你的依靠。你这个瞎子呀，试试看，你再继续流浪呀！”克瑞翁因为胜利胆子壮了一点，又走向俄狄浦斯准备动手，这时忒修斯赶来了。他听说并亲眼看到这里发生的一切，立刻派随从徒步和骑马顺着忒拜人劫走两姐妹的大道追赶。忒修斯对克瑞翁宣称，他不把俄狄浦斯的两个女儿放回来，就不放他走。

俄狄浦斯和波吕尼刻斯

尽管如此，俄狄浦斯还是没有得到安宁。忒修斯带来追回两姐妹的队伍报告的消息：俄狄浦斯的一个亲人现已来到科罗诺斯，正在附近忒修斯刚刚献祭过的波塞冬神庙祭坛前跪地祈祷。

“这是我的可恨的儿子波吕尼刻斯，”俄狄浦斯愤怒地喊道，“听他说话，我受不了！”但安提戈涅认为这个哥哥还比较温和友善，一直比较喜欢他，所以劝他父亲息怒，说至少可以听听这个不幸的儿子说些什么。

波吕尼刻斯一露面，态度就和他的舅父克瑞翁截然不同。安提戈涅赶忙让他失明的父亲注意到这一点。

“我看见那个青年一个人走过来！”安提戈涅大声说，“他是泪流满面的呀。”

“是他吗？”俄狄浦斯问，同时把头转开。

“爸爸，是他，”这个善良的妹妹答道，“您的儿子波吕尼刻斯到了你面前了。”

波吕尼刻斯跪在父亲面前抱住他的双膝。儿子抬起头，痛苦地看到父亲一身行乞者的褴褛衣服，凹陷的眼睛，不加梳理地在微风中飘散着的灰白头发。“哦，所有这一切情形我知道得太晚了，”他高声说，“哦，我懊悔呀，我忘记了父亲！没有妹妹的照顾，他还说不定会怎么样呢？父亲呀，我对您犯下了深重的罪孽，您能饶恕我吗？您一言不发吗？您倒是说话呀，父亲！别怒气不消呀！哦，亲爱的妹妹，你们倒是帮我劝劝，让父亲启齿说话呀！”

“还是你先说说，哥哥，你到这里来是干什么的吧！”温柔的妹妹说，“说不定你的话会使他开口发言呢！”

波吕尼刻斯告诉他们，他怎样被他兄弟驱逐出来，怎样在阿耳戈斯被国王阿德剌托斯收容，娶他女儿为妻，他在那里怎样争取到与率领七倍于他的军队的七个王子结成联盟，来为他的正义事业征战，现在已经把忒拜地区团团围住。说到这里，他泪流不止地请求父亲随他启程回归故里，待父亲帮他推翻他那个狂妄的弟弟，父亲就可以第二次从儿子手中接过忒拜国的王冠。

但儿子的悔悟并不能使深受伤害的父亲回心转意。“卑鄙的小人!”父亲说，并没有把跪在地上的人扶起来，“当王位和王杖在你手中时，你把父亲赶出了家园，让他穿上乞丐的衣衫。现在，同样的灾难落到你头上了，你才不忍心看他这一身打扮了！你和你的兄弟不是我真正的儿子。依靠你们，我早就死了。只因为有女儿的照料，我才活下来。神的惩罚已经在等着你们了。你灭不了你的故乡城。你将死在你的血泊里，你的兄弟也一样。这就是你可能带给你的那些盟友王子的回答!”

在父亲痛骂时，波吕尼刻斯惊恐地从地上站起来，往后退了几步。这时，安提戈涅走到哥哥跟前，十分明智地对他说：“听我一句诚心诚意的劝告吧，波吕尼刻斯！带着你的军队撤回阿耳戈斯，别把战争带给你的故乡城!”

“这是不可能的，”波吕尼刻斯迟疑片刻，答道，“逃避只能带给我耻辱，甚至毁灭！即使我们兄弟俩都面临灭顶之灾，我们也不会重归于好!”说完他转过身去，不跟妹妹拥抱，绝望地冲了出去。

俄狄浦斯就这样经受住了来自两方面亲属的诱惑，把他们丢弃给了复仇的神。现在他个人的命运就要完结了。接着一声霹雳从天上滚滚传来。这位老人明白这声音是什么意思，他渴望见到忒修斯。整个地区都笼罩在雨骤风狂的黑暗里。一种难以抵抗的恐惧攫住了失明的国王，他害怕他不能活着或毫不心慌地见到把他待为上宾的朋友，不能对这位东道主的感情报以深深的感激。

忒修斯终于来了，俄狄浦斯向他说出他对雅典城的庄严祝福。随后，他请求忒修斯国王遵从神的旨意，单独伴他到他应该归阴的地方去，但不能让任何凡人的手碰他，只准忒修斯看着他。不准告诉任何人俄狄浦斯离开人间的处所。要让吞没他的这座坟墓永远无人知晓，这样，它就会变成一种防御雅典遭受一切敌人攻击的武器，胜似利矛坚盾和一切盟友。他容许他的两个女儿和科罗诺斯的居民陪他走一程。谁也不准碰俄狄浦斯，本来还由女儿拉着的盲人好像骤然变成了一个明眼人，昂首健步走在所有人前面，他把那条通向命运女神所规定的目的地的道路指给大家。

在复仇女神的圣林里，人们看见一个裂开的地洞，入口有青铜的门槛，有许多纵横交错的路与它相通。自古以来就传说这个洞穴是进入地府的一个入口。俄狄浦斯走上一条弯曲的小路，但他不让陪同他的人走到洞口。他在一棵空心的树下停住脚步，坐到一块石头上，解开系在他那肮脏的褴褛衣衫上的腰带。然后他要来一些流动的水，洗去他长久流浪粘在身上的污垢，穿上女儿从近处住宅给他带来的华丽的服装。

当他换完服装，像变了一个人似的站在那里时，隆隆的雷声从地下传来。他的两个女儿浑身颤抖着扑在他的怀里。俄狄浦斯搂住她们，亲吻她们，说："孩子，别了！从今天起你们就没有父亲了！"

俄狄浦斯正拥抱着两个女儿，一种不知是从天上还是从地下传来的雷鸣般的声音惊醒了他们。那是一声叫喊："俄狄浦斯呀，为什么还在拖延时间？为什么还迟疑不走？"当这位失明的国王听到这个声音，知道是神要把他带走时，他便推开女儿们的手臂，请忒修斯国王走到他面前，把两个女儿的手放在忒修斯的手里，托付他永远保护她们。然后他吩咐其他人都转身离去，只允许忒修斯陪他走向那个敞着的洞口的门槛。

在他们二人背向众人走了很长一段路以后，他的女儿和随同者才遵嘱回过头来看。这时，他们吃惊地发现：俄狄浦斯踪影全无了。没有了电闪雷鸣，没有了横扫一切的狂风。只有一片深沉的寂静。地府的黑洞洞的门槛仿佛轻轻无声地为他开放，这位得到解脱的老人既不悲叹也不痛苦，他进入大地的裂罅，被托到了地府深处。众人发现忒修斯用手捂着眼睛，他带给人神圣不可侵犯的感觉。做了简短的祈祷以后，忒修斯国王转身走到俄狄浦斯的两个女儿跟前，说他一定会像父亲一样保护她们，然后把她们带回雅典去了。

特洛亚的传说

特洛亚城的建造

很久以前，有一对兄弟统治着爱琴海上的一个被称为萨摩特拉刻的小岛，他们的名字分别是伊阿西翁和达耳达诺斯，这对兄弟是宙斯和一个海洋女神的儿子。伊阿西翁自恃是天神的儿子，竟然觊觎奥林帕斯山上的女郎。因为无法抑制自己的热情，他竟请求农业女神德墨忒尔做他的妻子。为了惩罚他的狂妄自大，宙斯用闪电将其击毙。他的兄弟达耳达诺斯为此非常伤心，决定放弃王位，离开自己的国家。他穿过亚细亚大陆，到了密西亚的海岸。

国王透克洛斯统治着这里，达耳达诺斯受到他友好的接待。他得到了一块土地和国王的女儿为妻并在山间建立了一片居民地，这个地带根据他的名字就叫达耳达尼亚，而透克里亚人从那时候起就被称为达耳达尼亚人。后来这个地方就依他的孙子特洛斯的名字取名为特洛亚斯，它的主要集居地就叫特洛亚。现在人们把透克里亚人或达耳达尼亚人也称为特洛亚人或特洛尔人。

特洛斯国王的大儿子伊罗斯继承了王位。有一次，他去邻国弗里吉亚访问，他被弗里吉亚国王邀请去参加正安排好的一场竞赛，他在角斗中赢得了胜利。他得到了许多奖励，其中有五十个少男和五十个少女，还有一条色彩斑斓的牛。国王把牛连同一个古老神谕一起交给了他，这神谕是：他要在牛躺下的地方建造起一个城堡。

伊罗斯跟在牛后面，它在国家主要集居地特洛亚那儿躺了下来，于是他就在这儿的一座山丘上建造了城堡——伊利昂。在建造之前他请求他的祖先宙斯赐以征兆，是否喜欢建造这样一座城堡。翌日，他在他的帐篷前面找到了从天上落下来的一幅雅典娜女神的圣像，它有三肘高，两脚靠拢，右手执一根长矛，左手执纺线竿和纺锤。

这幅像的来龙去脉是这样的：根据传说，女神雅典娜一生下来就由海神特里同养育，他有一个名叫帕拉斯的女儿，和雅典娜同年，是她亲密的伴侣。有一天，这两个少女玩起了战争的游戏，进行了一场面对面的争斗。正当特里同的女儿帕拉斯把矛尖刺向她的伙伴时，为他的女儿性命感到担心的宙斯急忙用山羊皮制成的神盾挡住了。帕拉斯为之一惊，她畏惧地仰望上天，而就在这瞬间她受到雅典娜致命的一击。雅典娜感到极度的悲哀，为了永远的怀念，她为她亲密的伙伴造了一幅逼真的肖像，给她用上一副用同样的羊皮制成的胸甲，像盾牌一样，它就叫作神盾。雅典娜把这幅像放在宙斯神柱旁边，表示崇高的敬意。她本人此后称自己为帕拉斯-雅典娜。现在宙斯取得他女儿的同意，把这幅神像从天上掷落到伊利昂城堡境内，表明这座城堡和这座城市会得到他和他女儿的庇护。

拉俄墨冬是国王伊罗斯和欧律狄克的儿子，他生性乖僻暴戾，蒙蔽众神，欺骗国人。他准备把开阔的、还不坚固的特洛亚像城堡一样用墙围起来，使它成为一座真正的城池。那个时候阿波罗神和海神波塞冬因反抗宙斯而被逐出天庭，他们在下界四处游荡，无家可归。宙斯的意志是让他们来帮助拉俄墨冬国王来建造特洛亚城墙。这样就在城墙刚开始修建时，他们的命运就把他俩带到伊利昂附近。他们从国王那里得到了委托，报酬上达成了协议，于是开始了工作。

波塞冬开始帮助当地的人们建造城墙。在他的指导下，一道宽阔且威严的城墙拔地而起，成为这个城市坚不可摧的保卫工事。与此同时，福玻斯·阿波罗到伊得山那树木茂盛、曲曲折折的山谷中给国王放牛。他们许诺以这种方式为国王服务一年。一年后，巍峨的城墙已经建成，但那个言而无信的国王却拒绝付给他们酬劳。为此，他们展开了激烈的争论，善辩的阿波罗对国王进行了严厉的斥责，而国王竟要将他们赶走，还威胁要绑住太阳神的手脚，割下两位天神的耳朵。这两位天神愤怒地离开了，从此就对拉俄墨冬和所有特洛亚民众有了难以消除的敌意。雅典娜一直保护着这座城市，此时她也弃它而去。所以，特洛亚虽然刚建成雄壮的城墙，有了安全保障，却在宙斯的默契下，不管是国王还是民众，都被废弃了，任凭这些天神去蹂躏；后来万神之母赫拉也加入了这个行列，她怀着强烈的仇恨反对这座城市。

普里阿摩斯、赫卡伯和帕里斯

继承拉俄墨冬王位的是他的儿子普里阿摩斯，普里阿摩斯的第二任妻子叫赫卡伯，是弗里吉亚国王底玛斯的女儿。赫卡伯的大儿子叫赫克托耳。赫卡伯怀第二胎时，做了一个恐怖的梦。在梦里，她看到自己生出了一把熊熊燃烧的火炬，这把火炬让整个特洛亚变成了一片火海，并化为灰烬。她非常害怕，就将这个梦告诉了自己的丈夫。普里阿摩斯马上叫来他第一任妻子的儿子埃萨科斯。他是一个预言家，曾经跟他的外祖父学会了占梦的本事。埃萨科斯说他的继母将诞下一子，他将来会毁灭都城。所以他劝父亲，这个孩子一出生就将其遗弃。王后果然生了一个儿子。对国家的爱胜过母子之情，她叫自己的丈夫把刚生下来的婴儿送给了一个奴隶，让他抱到伊得山，扔到那里去。这个奴隶叫阿第拉俄斯，他按照命令这样做了。但一只母熊却哺乳了这个婴儿，五天之后，那个奴隶发现孩子躺在森林里，健壮活泼。他把他抱了起来，带回家去，在自己的那块土地养育他，像自己的孩子一样，并给这个孩子取名叫帕里斯。

这个国王的儿子在牧人中间成长为一个身强力壮和漂亮英俊的小伙子，他成了伊得山所有牧人的保护者，强盗见了他无不望风而逃。

一天，他来到伊得山中迤逦蜿蜒的狭谷，这里崎岖难行，草木葱茏。他透过群山之间的空隙俯视，看到了特洛亚的宫殿和远方的大海。突然间他听到一个神祇的脚步声，使他周围的大地震颤起来。在他还来不及思想之前，众神的使者赫耳墨斯手中拿着黄金神杖，半是借助他的翅膀半是凭借他的双脚就已站在他面前。可他也仅只是女神到来的先行使者。奥林帕斯山的三位女神迈着轻盈的脚步踏过柔软的，从未被践踏过，也从未被啮食过的草地而来。这个年轻人为之一惊，那个带翅膀的使者向他喊道："不要害怕，女神到你这儿来是让你做她们的评判。她们选中了你，由你来裁定她们中谁是最美丽的。宙斯命令你来接受这项仲裁任务，他会保护你和给你帮助！"赫耳墨斯说完就振起双翼，飞出狭谷，消逝而去。

赫耳墨斯的这番话鼓起了这个牧人的勇气。他敢于抬起垂下的胆怯目光，去欣赏站在他身旁的三位女神，她们超尘脱俗，美貌绝伦。第一眼就使他想说出，她们每一个都值得称为最美。当他的目光逗留在她们身上越久时，他就时而觉得这一个最美，时而觉得另一个更美。可他逐渐发现其中一个比另外两个更年轻、更温柔、更妩媚、更可爱；他仿佛觉得，从她的眼中放射出的是一面由爱情光华织成的网，把他的目光和额头紧紧地缠了起来。

这时，她们中最傲慢的一个，她的身材和威严都胜过其她两个，开始说话了："我是赫拉，宙斯的妻子。这是那只纷争女神厄里斯在一次婚宴上抛在宾客之中的金苹果，它上面刻着'给最美的人'。如果你答应把它给我，那你，尽管你只是个从王宫中被驱逐出的牧人，也能成为尘世上最丰腴的王国的统治者。"

"我是帕拉斯·雅典娜，智慧女神。"另一个女神说，她有着纯洁隆起的额头，湛蓝的眸子，美丽的面庞显示出处女的尊严。"如果你承认我是胜利者，你将赢得人类中智慧和刚毅的最高荣誉！"

这时，一直只是用眼睛说话的第三位女神，朝牧人望去，她面带一丝甜蜜的微笑，目光是那样诱人。她说道："帕里斯，你不要为许诺的赠品所迷惑，它们都充满了危险，而且难得成功！从我这儿你将得到一件礼物，它给你带来的决不会不是快乐：我要把世上最美丽的女人带到你的怀中，成为你的妻子！我是阿佛洛狄忒，爱情女神！”

当阿佛洛狄忒对牧人做出许诺时，她站到了他面前，束着一条赋予她的妩媚以一种极大魅力的腰带。这时另外两位女神在他眼中失去了希望的光泽，她们的美丽变得黯然失色。他昏昏然地将从赫拉手中接过来的金色宝物递给了爱情之神。赫拉和雅典娜愤恨地转过身去，并发誓要为这种侮辱向他、向他的父亲普里阿摩斯、向特洛亚人民和国家进行报复并毁灭一切。尤其是赫拉，她从这个时刻起就成了特洛亚人势不两立的敌人。但阿佛洛狄忒却用神的誓言庄严地重申对他做出的许诺，随后她离去了。

帕里斯以一个不知名的牧人身份在伊得山高处生活了一段时间。国王普里阿摩斯为一个死去的亲属举办一次竞技比赛，这吸引了帕里斯前去参加，他终于前去他此前从未踏入过的城市。国王从这个伊得山牧人那里牵来一头公牛作为胜利者的奖赏，恰好这头牛是帕里斯最喜欢的。他不能拒绝他的主人和国王的要求，于是他决定，至少在竞赛中把它夺回来。帕里斯在竞争中取得了胜利，他战胜了他所有的兄弟，甚至他们中最勇敢、最强壮，魁梧高大的赫克托耳。国王普里阿摩斯的另一个儿子得伊福玻斯为自己的失败极为愤怒和感到羞辱，他要把这个年轻的牧人击毙。然而，帕里斯逃到了宙斯的神坛里面，普里阿摩斯的女儿卡珊德拉正好在那里。天生曾经让卡珊德拉具有预言的能力，她一眼就看出帕里斯是自己的哥哥。于是他的父母拥抱他，重逢的喜悦让他们忘记了他会带来灾难的警告，仍然将他当作自己的儿子接待。

帕里斯暂时回到了他的妻子身边，返回了他的牧群那里，然而现在，他却居住在一个符合他王族身份的住房里。没过多久，时机到了，国王委任他做一件事，于是他踏上了旅途，但他不知道的是，他会在这趟旅途中收获爱情女神阿佛洛狄忒许诺给他的奖赏。

海伦的被劫

当国王普里阿摩斯还是一个柔弱的孩子时，赫剌克勒斯把拉俄墨冬杀死了，占领了特洛亚，还把普里阿摩斯的姐姐赫西俄涅作为战利品抢走，并转赠给他的朋友忒拉蒙。虽然这位英雄让她做自己的妻子并让她成为萨拉弥斯的女王，但普里阿摩斯和他的家族仍对这次掠夺耿耿于怀。有一次，在王宫中重又提起这次劫掠的话题，普里阿摩斯陷入对他远方姐姐的深深思念。这时帕里斯声称，若是给他一只舰队前往希腊，他认为借助神的帮助，就能用武力从敌人那里把父亲的姐姐抢回来，并光荣地凯旋。他的希望寄托于女神阿佛洛狄忒的帮助，因此他向父亲和兄弟们讲述了他在放牧时遇到的事情。普里阿摩斯本人现在不再怀疑他的儿子帕里斯得到了上天的特别庇护，就是得伊福玻斯也完全相信，若是他的兄弟全副武装出现在希腊人面前时，他们一定会赔罪谢过，并把赫西俄涅交还给他。

特洛亚有一个名叫赫勒诺斯的人，他也是一个预言家。他预言，并肯定，如果他的兄弟帕里斯从希腊带回一个女人的话，那希腊人就会前来特洛亚，把这座城市毁灭，把普里阿摩斯的所有儿子全部杀死。这个预言成了会议上争论的焦点。普里阿摩斯和赫卡柏的最小儿子特洛伊罗斯对他哥哥的预言根本不予理睬，并痛斥他的胆怯，他提出不要为战争的威胁所吓倒。其他人显得犹豫不决。但普里阿摩斯却支持他的儿子帕里斯，因为他深切思念他的姐姐。

于是国王召开了一次国民大会，在会上普里阿摩斯声称，他从前派遣过一个使者团在安忒诺耳率领下前往希腊，要求他们为掠夺他的姐姐谢罪并把她交还回来。可那时安忒诺耳屈辱地被赶了回来。但现在他想，若是全体人民同意，就派他自己的儿子帕里斯带领一支雄壮的队伍前往希腊，用武力去取得用善意得不到东西。为了支持这项提议，安忒诺耳站起来，愤怒地诉说了他本人作为和平使者在希腊所忍受的侮辱，并描述了希腊人在和平时期的傲慢和在战争时期的无能。

他的这番言辞激起了人民的狂热，他们高喊战争。但聪明的国王普里阿摩斯却懂得不能草率行事，他要求每一个人说出心中对这件事的忧虑。这时特洛亚最年长的老人中的潘托俄斯在集会上站了起来，他讲述了他的受过神谕教导的父亲在他是一个年轻人时所听到的事情：若是拉俄墨冬家族中一个国王的儿子从希腊带回一个妻子到家时，那特洛亚人就面临完全毁灭的危险。“因此，”他结束了他的讲话，“不要让我们为虚幻的战争荣耀所迷惑，朋友们，我们宁愿在和平和安宁中生活，而不要进行战争冒险，并最终丧失自由。”但人民对这个提议不满，他们向他们的国王高喊，不要听取一个老人的胆怯的言辞，要去做他心中已经决定要做的事情。

于是普里阿摩斯下令装备战船并派他的儿子赫克托耳到弗里吉亚，派帕里斯和得伊福玻斯到邻国斐俄尼亚，征集结盟的士兵。也把特洛亚能拿起武器的男人组织起来准备参加战斗，这样不久就聚结起一支强大的军队。国王命令他的儿子帕里斯做统帅，要他的兄弟得伊福玻斯、潘托俄斯的儿子波吕达玛斯和他的亲戚英雄埃涅阿斯辅佐他。这支强大的舰队向大海进发，朝希腊岛屿库忒拉驶去，他们想先在那儿登陆。中途舰队遇到了斯巴达国王墨涅拉俄斯的船队，他正向皮罗斯进发，去拜访贤明的涅斯托耳。墨涅拉俄斯见到这支壮观的舰队感到非常惊讶，而特洛亚人瞥见这支华美的船队也十分好奇；这只船队装饰得格外堂皇富丽，它显然乘载的是希腊的有名王公。但双方并不认识，每一方都在思索，那一方要驶向何处，这样他们就错身而过，分道扬镳了。

特洛亚舰队顺利抵达库忒拉岛。帕里斯要从这里向斯巴达进发，并同宙斯的儿子卡斯托耳和波吕丢刻斯进行交涉，以接回赫西俄涅。如果希腊英雄们拒绝交还，那他就遵照父亲的命令，把舰队开向萨拉弥斯，并用武力把王后抢回来。

但帕里斯在前往斯巴达之前，他先要在一座供奉阿佛洛狄忒和阿耳忒弥斯的神庙里献上祭品。

这期间岛上的居民将这支强大舰队的出现向斯巴达做了通报，此时在斯巴达因国王墨涅拉俄斯不在而由王后海伦主政。海伦是宙斯和勒达所生的一个女儿，是卡斯托耳和波吕丢刻斯的妹妹，是她那个时代的最美的女人。当她还是一个娇柔的女孩时，就被忒修斯抢走，但又被她的哥哥夺了回来。当她在她的继父斯巴达国王廷达瑞俄罗身边长成个如花似玉的少女时，她的美貌吸引来一大批求婚者。可国王害怕，如果他挑选其中一个做女婿的话，那所有其他人就会成为敌人。于是希腊众英雄中最最聪明的伊塔刻国王俄底修斯给他出了个主意，所有求婚者都盟誓为证，用手中的武器保护被选中的新郎，来反对任何一个因这次婚姻而对国王心怀敌意的人。廷达瑞俄罗接受了这个劝告，他让所有求婚者都立下誓言，于是他本人选中阿特柔斯的儿子墨涅拉俄斯做他女儿的丈夫，并把斯巴达这片国土交给他统治。海伦给她的丈夫生了一个女儿赫耳弥俄萨，当帕里斯向希腊进发时，她还躺在摇篮里。

美丽的王后海伦在她丈夫不在期间独自一人在宫殿里百无聊赖地消磨时光，现在，当她得到通报，说一个异国王子率领一支舰队到达库忒拉岛时，为好奇心所驱使，她要去看看这个陌生人和他的武装随从。此前她也曾在库忒拉岛上的阿耳忒弥斯神庙里举行过一次庄重的祭祀。她在踏入庙堂时，正赶上帕里斯献完了他的祭品。当帕里斯一看到女后进来时，他就垂下了举起祈祷的双手，由于惊愕而茫然无主，因为他认为他又看到了阿佛洛狄忒本人。帕里斯早就听到了海伦美貌的传闻，他一直渴求在斯巴达目睹她的风采。可他认为爱神所许诺给他的女人一定比所描述的海伦要美丽得多，而且他想到许诺给他的美女是一个处女，而不是另一个人的妻子。但现在，他亲眼看到了斯巴达女王，并把她的美貌与爱神的美貌加以比较。这时他突然明白了，阿佛洛狄忒为他的裁决许诺给他的报酬就只能是这个女人。他父亲的委托，他这次征途的目的，在这一瞬从他的脑海里消逝得无影无踪。他觉得他同他的士兵就是为了劫掠海伦而来。在他因她的美貌而失神伫立的同时，女后海伦也在观察这个英俊的亚细亚国王的儿子，他长着一头长发，身穿金黄色和紫色的东方式的华丽服装。她毫不掩饰她的好感。在她的思想中丈夫的容貌黯然失色了，取而代之的是这个年轻异国人英气逼人的形象。

随后，海伦返回斯巴达，回到她自己的王宫，她试图从她心中抹去这个英俊的青年人的容貌，并希望她那个还一直逗留在皮罗斯的丈夫墨涅拉俄斯回到她的身边。可代替的却是帕里斯本人的出现，他带着挑选出的随从到了斯巴达，同他的使者向国王宫殿走来。虽说国王不在，但墨涅拉俄斯的妻子殷勤地接待了这位客人，给予他一个国王儿子应有的礼遇。他的琴艺、他的动听的言谈和他的爱情之火搅乱了女王那颗不设防的芳心。当帕里斯看到她心旌飘摇时，立即就忘记了父亲和人民的委托，灵魂里有的只是爱情女神给予他极富诱惑力的许诺了。他把那些武装起来与他一道来斯巴达的随从集合起来，蛊惑他们劫掠财富，用他们的帮助来实现自己的罪恶勾当。随后他冲入王宫，把墨涅拉俄斯的财富掠夺一空，并把半是抗拒半是顺从的美丽海伦劫往库忒拉岛。

他携带他的诱人的战利品在爱琴海上航行，突然风停息下来，舰队前面的海浪裂成两半。古老的海洋之神涅柔斯从水中露出身来，他头戴芦苇花冠，卷曲的长发和胡须上沾满了水滴，他向舰船喊出他诅咒的预言："不祥之鸟伴着你们的航程，该死的强盗！希腊人就会带着大军追来，他们发誓要消灭你们这群匪徒和普里阿摩斯的古老王国！痛苦啊，我看到多少马匹，看到多少人啊！雅典娜已经武装起来，戴起了盔甲，拿起来盾牌，还有她的愤怒！血腥的战争要持续多年，只有一个英雄的愤怒才能阻止你们城市的毁灭。但时日一到，希腊人的大火将吞噬掉特洛亚的全部房屋！"

老人说完了他的预言，再次沉到水里。帕里斯听到后非常恐慌。当海风重又欢快地吹起来时，躺在劫来的女王怀抱之中的他不久就把诅咒忘掉了，整个舰队在克剌奈岛抛锚登陆，在这儿墨涅拉俄斯的水性杨花、轻薄无行的妻子自愿与帕里斯结为夫妇。两个人都把故乡和祖国抛到脑后，用带来的财宝长期地骄奢淫逸，耽于欢乐。他们在许多年之后才返回特洛亚。

希腊人

被派往斯巴达的使者帕里斯，犯下了反对人民权利和违反客人礼仪的罪恶行为，他的恶行立即产生了严重的后果，他把最强大的王室家族彻底激怒了。坦塔罗斯的后裔，珀罗普斯的孙子，阿特柔斯的儿子，斯巴达国王墨涅拉俄斯，密刻奈国王阿伽门农。除了阿耳戈斯和斯巴达，其他大多数伯罗奔尼撒国家也都服从这两个力量强大的兄弟，他们和其余的希腊君主都是不错的盟友。

当墨涅拉俄斯从他在皮罗斯的老年朋友涅斯托耳那里听到他的妻子海伦被劫走时，这位义愤填膺的国王立即奔向密刻奈他兄弟阿伽门农那里。阿伽门农与他的妻子克吕泰涅斯特拉——海伦的异父同母的姊妹——是这儿的统治者，他分担了他兄弟的痛苦和仇恨，并安慰他，许诺让海伦的那些求婚者履行他们立下的誓言。两兄弟走遍了整个希腊，要求君主们参加征讨特洛亚的战争。最先一批做出决定的有特勒波勒摩斯，他是罗得斯岛的著名国王，赫剌克勒斯的儿子，他提供了九十艘战船用来讨伐丧心病狂的特洛亚城；有狄俄墨得斯，他是阿耳戈斯国王，不死的英雄堤丢斯的儿子，他答应供给八十艘战船和最勇敢的伯罗奔尼撒人参加战斗。

这期间整个希腊都行动起来并听从阿特柔斯两个儿子的要求，到最后只有两个有名的国王还迟疑不决。一个是伊塔刻狡猾的俄底修斯，珀涅罗珀的丈夫；他不愿意为斯巴达国王的不忠妻子而远离自己年轻的妻子和他襁褓中的儿子忒勒玛科斯。因此，当墨涅拉俄斯的知心好友帕拉墨得斯与斯达巴国王前来时，他就装疯卖傻起来。他驾起一牛一驴拉犁，用这么极不匹配的牲口来耕田，他不是把种子而是把盐播撒在垄沟里。他就让那两位英雄这样看到自己，并希望以此避开这次可怕的战争。但帕拉墨得斯能看穿世人的一切花招诡计，在俄底修斯调转犁头时，他偷偷地进入王宫，把俄底修斯的幼儿忒勒玛科斯从摇篮里抱来，放在俄底修斯正准备耕犁的地上。这时这位父亲小心地把犁抬过孩子的头上，两位英雄喊叫起来，证明他的理智健全。俄底修斯现在无法再拒绝参加这场征讨了，他答应从伊塔刻和邻近岛屿提供给墨涅拉俄斯国王十二艘满载士兵的战船。

另一个还没有同意参加的是阿喀琉斯，人们不知道他在何处，他是珀琉斯与海洋女神忒提斯所生的年轻英俊的儿子。他刚生下来时，他的母亲海洋女神想把他变成一个神，于是不让他的父亲发现，夜里把他放到天火中烧炼，以便毁掉他从父亲身上承袭的非神的东西。白天她就用圣膏治愈他烧伤的部位。她每天夜里都这样做，可有一次她丈夫偷偷地发觉了。当他看到儿子在火焰中发抖时，他喊叫起来。这阻止了忒提斯完成她的工作。她沮丧地离开了没有成为神祇的未成年儿子，不再返回她丈夫的王宫，躲进海洋女儿们居住的潮湿的汪洋大海中去了。而认为他的孩子受到致命创伤的珀琉斯把他从地上抱了起来，带到伟大的医生喀戎那里求医。喀戎是一个聪慧的马人，他曾教育出许多英雄。他慈爱地接受了这个孩子，喂养他熊的骨髓和狮子与野猪的肝脏。

当阿喀琉斯九岁的时候，希腊的预言家卡尔卡斯说，远在亚细亚有一座特洛亚城，希腊的武器要把它毁灭，但没有这个孩子是无法占领这座城市的。这个预言也传到海底深处他母亲忒提斯那里，她知道这场战争会给她的儿子带来死亡。于是她重新从海洋中升出，偷偷进入她丈夫的宫殿，给儿子穿上女儿的服装，把他带到斯库洛斯岛吕科墨得斯国王那里，让他在国王的女儿们中间像个少女那样长大。但当这个青年的下颌周围开始长出髭须时，他向国王的美丽女儿得伊达弥亚揭示了自己男扮女装的秘密。国王的女儿对他产生了爱慕之情，就在岛上的所有居民把他看作是国王的一个女亲戚期间，他已秘密地成了得伊达弥亚的丈夫了。

这个神之子是战胜特洛亚必不可少的英雄，现在预言家卡尔卡斯发现了阿喀琉斯居住的地方，于是俄底修斯和狄俄墨得斯受命去请他参加战争。当这两英雄抵达斯库洛斯岛时，他俩被引见给国王和他的那些少女。但这位未来的英雄隐藏在妩媚少女的面孔后面，尽管两位希腊英雄有着犀利敏锐的目光，可他们依然不能从这群少女中间辨认出阿喀琉斯来。于是俄底修斯想出一个计策。他把一面盾牌和一支长矛放在少女集聚的大厅里，然后吹响了战号，仿佛敌人已经逼近。听到吓人的喇叭声，所有女人都逃出大厅，只剩下阿喀琉斯一个人，他勇敢地拿起长矛和盾牌。现在他被两位希腊英雄认了出来，于是同意率领他的密耳弥多涅斯人或称忒萨利亚人，在他的老师福尼克斯陪同下，携同五十艘战船参加希腊人的队伍。

阿伽门农被任命为最高统帅，他把希腊所有的君主及其船队、士兵都集中到波俄提亚的海港城市奥利斯。

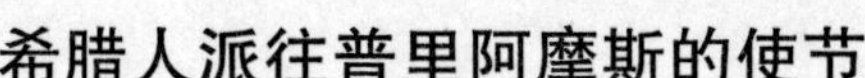

希腊人派往普里阿摩斯的使节

在希腊军队备战的同时，阿伽门农与所有高级将领打算向特洛亚国王普里阿摩斯派出一个使团，责难他们伤害希腊人民权利和劫持斯巴达王后，并要求归还墨涅拉俄斯被夺走的妻子及她的全部财宝。他们让帕拉墨得斯、俄底修斯和墨涅拉俄斯承担这项使命，虽然俄底修斯在心里一直把帕拉墨得斯当成自己的死敌，但他为了共同的利益不但服从这个以理智和经验而在希腊军中受到高度敬重的国王的决断，而且同意给予他去国王普里阿摩斯宫廷中作为发言人的荣誉。

特洛亚人和他们的国王对一个使团的到达和一支宏伟壮观的舰队的出现极度震惊。他们对事情的原委还一无所知，因为帕里斯同他抢来的妻子还一直逗留在克剌奈岛上，在特洛亚没有人知道他的消息。普里阿摩斯和他的人民认为，帕里斯率领特洛亚军队前去索还赫西俄涅一定是在希腊遇到了抵抗，而现在希腊人来到这儿是为在自己的国家来攻击特洛亚人。因此希腊使节抵达城市的消息使他们十分紧张。

特洛亚的城门向这几位陌生人敞了开来，三位英雄立即被带入普里阿摩斯王宫，去会见国王本人，他正同他的众多儿子和城市的首领举行会议。帕拉墨得斯在国王面前慷慨陈词，并以全希腊人的名义严厉地斥责他的儿子帕里斯由于抢走王后海伦而犯下了伤害宾客常理的恶行。随后他指出，由于这种不义会引发一场对普里阿摩斯的国家进行战争的危险，他列举了希腊最强大的一些国王的名字，他们会同他们的战士和成千艘战船出现在特洛亚城前，他要求把掠来的王后和平地交还。

“国王，你不知道，”他这样结束了他的讲话，“你儿子所侮辱的是怎样一种人，他们宁愿死而不愿其中任何一个人受到一个异乡人的无理伤害。但他们的希望，是在他们对这种恶行进行复仇时，不是去死，而是去取得胜利。因为他们数量众多，像海边的沙子，他们充满了英雄气概，为渴求洗雪他们人民所受的屈辱而怒火中烧。为此，我们的最高统帅阿伽门农，强大的阿耳戈君主，希腊的第一位国王，以及与他在一起的所有其他国王，让我来通知你们：交出你们劫走的王后，或者毁灭你们。”

普里阿摩斯的儿子听到这番话怒不可遏，特洛亚的长老们拔出他们的宝剑，击打他们的盾牌，一个个杀气腾腾。但普里阿摩斯国王请他们安静下来，他从宝座立起身来说道：“你们这些异乡人，以你们人民的名义对我们进行了如此严厉的责备，但首先令我感到诧异，因为我根本不知道你们为什么来加罪于我们。你们强加于我们的罪名，正是我们要对你们进行谴责的。你们的同胞赫剌克勒斯在和平时期袭击了我们的城市，从我们的城市抢走我无辜的姐姐赫西俄涅，作为俘虏，把她当作女奴送给他的朋友萨剌密斯的国王忒拉蒙；这个男子心地善良，他把她娶为合法的妻子，而不是当作小妾和女仆。可这并不足以补偿这种不光彩的掠夺，我已经两次派出使节了。这次是由我的儿子帕里斯率队前往你们的国家，索还我那被卑劣掠去的姐姐，以此至少使我这个白发老人为她而欢欣庆幸。我的儿子帕里斯如何完成我的委托，他做了什么，现在何处，我都一无所知。在我的王宫里，在我们的城市里，没有一个希腊女人，这一点我十分清楚。因此即使我愿意，我也无法满足你们的要求。如果我的儿子帕里斯像我做父亲所希望的那样顺利地返回特洛亚，并带回一个掠夺来的希腊女人，那我就会把她交还给你们，若是她不请我们把她当作是一个逃亡者加以保护的话。但即使如此也不是没有条件的，此前你们得把我的姐姐赫西俄涅从萨剌密斯重新交还给我！”

国王的这一番话得到会议的赞同，但帕拉墨得斯却桀骜不驯地说：“噢，国王，我们的要求是没有条件的。我们尊敬你和你所说的话，确信墨涅拉俄斯的妻子还不在你的城里。可我不怀疑，她会来的。你那卑鄙的儿子拐走了她，这是肯定无疑的。至于在我们的父辈时代，赫剌克勒斯所做的事情不应由我们负责。但现在你的一个儿子对我们的严重伤害，我们要向你进行清算。赫西俄涅是自愿跟忒拉蒙的，她本人甚至派她的一个儿子参加这场摆在你们面前的战争，这就是强大的王子埃阿斯。但海伦却是违反她本人的意愿被用武力劫持来的。感谢上天吧，由于你们的这个强盗在外乡停留而得到考虑的时间，赶快做出决定，以免大限一到玉石俱焚。”

普里阿摩斯和特洛亚人被使者帕刺墨得斯的傲慢言辞彻底激怒了，但他们还是没有发作。会议结束了，特洛亚城一个最年长的老人，贤明的安忒诺耳，埃绪厄忒斯和克勒俄墨斯特拉的儿子，护送三位异国使节，使他们免于受到市民们的咒骂，把他们带到自己的家中，用高贵的礼节加以款待。翌日清晨，他把他们送到海岸，重新登上豪华的舰船，疾驶而去。

阿伽门农和伊菲革涅亚

在舰船集结在奥利斯期间，阿伽门农用打猎去消磨时间。有一天，他看到一只要祭献给女神阿耳忒弥斯的美丽牝鹿，于是猎兴大发，就把这只神圣的动物射杀，并夸耀说：就是狩猎女神阿耳忒弥斯也不能射得这样准确。

女神对这种亵渎行为大为恼火，于是在全部希腊士兵都集聚在奥利斯港湾，舰队要起航出发时，就使风停了下来，这样他们就只能无所事事地滞留在奥利斯。一筹莫展的希腊人向他们的预言家卡尔卡斯求助。从前他就对他的同胞做出过巨大贡献，现在他是随军的祭司和预言家。卡尔卡斯说道：“如果希腊人和统帅阿伽门农王把他和克吕泰涅斯特拉所生的可爱女儿伊菲革涅亚祭献给阿耳忒弥斯的话，那女神就会宽容，风就会刮起，就再不会有超自然的妨碍来阻止特洛亚的毁灭了。”

预言家的这番话使希腊统帅十分沮丧。他立即召来希腊传令官斯巴达的塔尔提比俄斯，并让其在全希腊人面前用响亮的声音宣布，阿伽门农辞去希腊军队的统帅职务，因为他的良知不允许他谋杀自己的孩子。但这项决定的宣布在集合起来的希腊人中激起了狂暴的愤怒。

墨涅拉俄斯听到这可怕的消息立即来到他兄弟的统帅营盘，提醒他这个决定给他带来的后果。如果他墨涅拉俄斯的被夺走的妻子海伦仍留在敌人手里，会给自己带来什么样的耻辱。他摆出了所有的理由，最终使阿伽门农决定去做杀害女儿这件可怕的事情。他向密刻奈他妻子克吕泰涅斯特拉那里派去一名信使，命令她把女儿伊菲革涅亚送到奥利斯供差遣听用。为了使他的妻子听从这项命令，他找了个借口，说女儿在军队抵达特洛亚海岸之前应该同珀琉斯的年轻儿子，英俊的佛堤俄提斯的王子阿喀琉斯订婚。这时阿喀琉斯与得伊达弥亚秘密结合一事尚不被人所知。

信使刚一出发，阿伽门农心中的父爱之情又占了上风。为忧愁所折磨，为这项轻率的决定而悔恨，就在当晚他喊来一个年老的亲信，送一封写给妻子克吕泰涅斯特拉的信。信中告诉她不要把女儿送到奥利斯，他这个做父亲的有了另一个想法，婚期必须推迟到明年春天。

这个忠实仆人携信急忙上路，但他没有抵达目的地。在他黎明前刚一离开大营时，就被墨涅拉俄斯抓住了，因为他已经看出他兄弟的三心二意，早就密切注意他的一举一动了。墨涅拉俄斯用强搜出了信，读了后就又一次踏进统帅的营盘。

他愤怒朝阿伽门农喊道："除了这种反复无常还有更不忠不义的事吗？兄弟，难道不再记得你是多么贪婪这个统帅的荣誉？你对所有希腊的诸王显得多么谦卑？又是怎样地与每一个人握起右手？你的大门总是敞开，每一个人，即使是民众中最底层的也能随意踏入，所有这一切讨好和笼络不都是为了得到统帅的荣誉吗？但是，当你成了统帅，一切都变了样。你再不像从前那样与你的老朋友见面了，就是在营里也难以找到你，你只是偶尔在军队面前露露面。一个高尚的人不能这样，即使他的朋友们需要他的帮助，他也应对他们始终如一！"

出之兄弟口中的这些责备并不能使阿伽门农的心平静下来。"你看起来是如此的令人可怕，"他回答说，"为什么你的眼睛像在流血？是谁侮辱了你？你失去了什么？是你可爱的妻子海伦？我无法把她重新给你找回来。如果我深思熟虑之后去补救一个过失，我就成了傻瓜？你不是为能摆脱掉一个水性杨花的女人而庆幸，反倒要重新去设法得到她，你这样的行为才是丧失理智的，不，我永远不会做出残害自己亲生骨肉的决定。你最好是本人去惩治你那个伤风败俗的女人。"

两兄弟激烈地争吵起来，就在这时，一个使者来到他们面前，向阿伽门农王报告说他的女儿伊菲革涅亚与她的母亲和他的小儿子俄瑞都特已经抵达这里。使者刚一离开，阿伽门农热泪盈眶地说：“兄弟，她是你的了，你胜利了！我算毁了！”

墨涅拉俄斯为兄弟的绝望而感动，他向他发誓，要放弃这古老的要求，甚至现在他警告他，不能杀死自己的孩子；他解释说，不能为了海伦而毁掉一个好兄弟。“洗去你脸上的泪水，”他喊道，“如果神谕使我对你的女儿享有权利的话，那我知道，我要放弃它并将它让给你。”

阿伽门农投身到兄弟的怀抱，但他仍为女儿的命运忧心忡忡。“我感谢你，亲爱的兄弟，”他说，“你高贵的思想又把我们带到一起。但命运已经对我做出了决定。女儿注定得死，整个希腊要求她的死亡。卡尔卡斯和狡黠的俄底修斯已经达成了默契，他们将得到人民的支持，把你和我谋害，并杀死我的女儿。我们能逃到阿耳戈斯，但相信我，他们会赶来把我们从宫墙里拖出来，将古老的库克罗普斯城夷为平地！因此，我的兄弟，当你进入军营时，务必对我的妻子克吕泰涅斯特拉保持沉默，使她一无所知，直到我们的孩子死于神谕为止！”

女人们的到达打断了兄弟俩的谈话，墨涅拉俄斯忧郁地走开了。

夫妻俩仅略作寒暄，阿伽门农显得冷峻、窘迫，但女儿却怀着孩子的信赖拥抱起父亲，并喊道：“父亲，好久没见到你了，现在又见到你我多么高兴啊！”当她更贴近父亲望着他那忧郁的眼睛时，关心地问道：“为什么你的目光那么不安，父亲，难道你不高兴见到我吗？”

“亲爱的女儿，不要问了。”他回答说，感到揪心的痛苦，“操心的事情太多了！”

“舒展开你的愁眉，”伊菲革涅亚说，“用可爱的眼睛望望你的女儿！为什么它含着泪水？”

“因为就要长时间地分离。”父亲说。

“若是我能跟你一起航行，”姑娘喊道，“那我该多么幸福呀！”

“啾，你会踏上一次航程的，”阿伽门农严肃地说，“但此前我们还得进行祭祀——一个祭品，亲爱的女儿，这次祭祀是少不了你的！”

说最后一句话时他已热泪盈眶，随即他把满面狐疑的女儿打发到为她准备好的帐篷，那里有她的一些侍女。阿伽门农得继续在他的妻子面前编造谎言，王后不断好奇地询问起她想象中的新郎的家世和财产。他支吾几句，随即摆脱开妻子，去预言家卡尔卡斯那里，与他商议这无法避免的祭祀的一些细节。

这期间，一个不祥的突发事件使克吕泰涅斯特拉与年轻的阿喀琉斯在大营里聚在一起。她把他当作未来女婿，热情地表示欢迎。但阿喀琉斯却惊愕地向后退去。“你在说什么婚礼，王后？”他说，“我从未有向你的女儿求过婚，你的丈夫阿伽门农也从来没有向我谈起过结婚的事情！”现在克吕泰涅斯特拉开始清楚了这个谜团，她在阿喀琉斯面前羞愧难当。但他却怀着年轻人的热情，慷慨陈词：“你不必担忧，王后，就是有人欺骗你，你也不要怕。放心吧，如果我的惊愕伤害了你，那请你原谅我。”正当他示意作别，要去寻找统帅时，阿伽门农的一个仆人进入帐篷，他满脸惶恐地朝两个说话的人跑来。他是阿伽门农和克吕泰涅斯特拉的那个忠实的奴仆，墨涅拉俄斯就是从他身上搜出了阿伽门农写给妻子的信的。他轻轻地说，几乎是屏住呼吸：“听我说，相信你忠实的仆人说的话。阿伽门农要亲手杀死你的女儿！”这个浑身颤抖的母亲从忠实的奴仆嘴里知道了整个秘密。

克吕泰涅斯特拉扑在年轻的阿喀琉斯脚下，像一个寻求保护的人抱着他的双膝，她喊道：“我跪在你面前的尘土里，我不为此感到羞耻。我，一个普通女人，在神的后裔面前。母亲的义务使任何骄傲都变得软弱无力！你，女神之子，请从绝望中拯救我和我的女儿！在所有神面前，在你的神祇母亲面前，我祈求你现在救救她。你看，我没有可以前去逃避的神坛，只有你的双膝！你听到了阿伽门农要做怎样残忍的事；你看到了，我，一个无助的女人，在一支残暴的军队中是如何地孤苦无依！张开你的双臂，保护我们，我们就能得救！”

阿喀琉斯敬畏地把跪在他面前的女王从地上扶了起来，并说道：“放心吧，王后！我是在一个虔诚的、乐于助人的家庭长大的，在喀戎的炉边学到了朴实的、纯贞的思想。如果阿特柔斯的儿子们领我走向光荣之路，那我乐于服从他们，但我不会服从卑鄙的命令。因此我要保护你的女儿，尽我一个青年人的双臂所能做到的，她一度被称为是我的，绝不让她被她的父亲杀死。如果这个捏造出来的婚姻置这个孩子于死地，我觉得我本人也不是无罪的；如果我的名字被你的丈夫用来作为杀害一个孩子的借口，那我就成了这支军队中最最胆小的坏蛋，成了一个罪犯的儿子。”

“高贵的、富同情心的王子，这真的是你的意愿？”克吕泰涅斯特拉喜出望外地喊道，“或者你还在期待我的女儿作为一个求助者来环抱你的双膝？这虽然不是一个少女所应做的，但如果你喜欢的话，那她会庄重地来到你面前，像一个高贵的人一样。”

“不，”阿喀琉斯回答她说，“不要把你的女儿带到我面前，这样我们就不会招人怀疑和引起流言蜚语。但你相信我，我决不食言。如果我不能救你的女儿，我宁愿自己去死。”珀琉斯的儿子做了这样的保证，随后离开了伊菲革涅亚的母亲。她现在怀着无法掩饰的憎恶来到她丈夫阿伽门农面前。他还不知道他的妻子已经知道了全部秘密，于是用语义双关的话朝她喊道：“现在把女儿从帐篷里喊出来，把她交给父亲，因为面粉和水，以及婚宴前要死在刀下的祭品都已准备妥当。”

“做得好啊！”克吕泰涅斯特拉喊了起来，她的眼睛在熠熠闪光，“女儿，你从我们的帐篷里自己出来，你会完全明白你父亲的用意，你也把你的小弟弟俄瑞斯忒斯带出来！”当女儿出现时，她继续说道：“看吧，你这做父亲的，她站在这儿供你派用场，让我先向你说一句话：直截了当地告诉我，你要杀死我的也是你的女儿？”

统帅长时间伫立不动，一声不响，终于他绝望地喊了起来：“我的命运，我罪恶的灵魂！我的秘密泄露了，一切都完了！”

“听我说，”克吕泰涅斯特拉继续说，“我要把我心里的所有话都对你说出来。我们的婚姻是从一桩罪行开始的；你用暴力把我抢来，杀害了我从前的丈夫，把我的孩子从我的怀中夺走并杀死。我的兄弟卡斯托耳和波吕丢刻斯率领大队士兵驱马追赶你，是我年老的父亲廷达瑞俄罗救了你这个乞求活命的人，并使你又成了我的丈夫。你本人可以证实，我在这次婚姻中没有任何可指责之处，使你在家中得到快乐，在外边感到骄傲。我为你生了三个女儿和这个儿子，现在你要夺走我们最大的孩子，当人们问你为什么时，你会回答：这样墨涅拉俄斯就能重新夺取他那不贞的妻子！

“众神做证，不要逼我凶狠地去反对你，不要这样凶狠地反对我！你要杀死你的女儿？你去祭祀时要怎样去祈祷？在女儿被杀害时你要去祈求什么？祈求像你现在离开家一样的一个不幸的归程？或者我应当为你祈福？若是我这样做了，那我就是把神也变成了凶手！为什么你自己的女儿一定得成为牺牲品？为什么你不去对希腊人说：‘如果你们要舰队抵达特洛亚城下，那你们就抓阄好了，看谁的女儿该死。’为什么我，你忠实的妻子要失去自己的女儿，而他，就是为自己进行战争的那个墨涅拉俄斯，他的女儿赫耳弥俄涅却无忧无虑地活着，他那不忠的妻子也知道这个孩子安全地在斯巴达受到照顾！回答我，我说的话有哪一句不对？如果我讲的都是实话，那就不要杀死我的，也是你的女儿，不要这样做，你想想吧！”

现在伊菲革涅亚也跪在她父亲脚下，用哽咽的声音说道：“如果我有俄耳甫斯以感动崖石的魔力声音，噢，父亲，那我就要用动听的言辞来乞求你的怜悯。但现在我唯一有的就是泪水。父亲，不要过早地毁掉我！看到光明是多么可爱啊。不要逼我去看黑夜里隐藏的东西！想想我是一个孩子时在你的胸怀中你所给予我的爱抚！我还记得你所讲的话：当你返回家看到我长得如花似玉时，你说．你多么希望将我嫁给一个高贵的男人。但你现在把这一切都忘了，你要杀死我！不要这样做，我在母亲面前求你，她在生我时痛苦，而现在为了我她遭受着更大的痛苦。海伦和帕里斯与我有什么相干？为什么我一定得死，因为他来过希腊？”

但阿伽门农主意已定。他站在那里像岩石一样无情，他说：“在我可以同情时，我会同情；因为我爱我的孩子。噢，妻子，做这件可怕的事情我心情十分沉重，但我必须这样。你们看，我统率的是怎样一支舰队，有那么多英雄身披甲胄环立在我的四周。他们都无法前去特洛亚，孩子，遵照预言家的神谕，如果我不牺牲你，就不能占领特洛亚。在这儿我的权力有一个界限，我不是顺从我的兄弟墨涅拉俄斯，而是听命于整个希腊。我如果抗拒神谕，那他们就会杀死你们，也杀死我。”

国王不再听其他辩白，起身而去，把这两个悲哀的女人单独留在他的帐篷里。这时突然响起了兵器的撞击声。“是阿喀琉斯。”克吕泰涅斯特拉欢喜地叫了起来。伊菲革涅亚在这个假造出来的新郎面前羞赧之极，她来不及回避。这时珀琉斯的儿子匆忙进入帐篷，由几个手持兵器的人伴随。

“不幸的克吕泰涅斯特拉，”他喊道，整个军营骚乱起来，“他们要求你女儿的死。我去阻止这种喊叫，自己差点被他们用石头打死。”

“那你的士兵呢?”克吕泰涅斯特拉屏住呼吸问道。

“就是他们首先叛乱的，”阿喀琉斯继续说道，“他们骂我是个害相思病的饶舌者。我带来这些忠实的亲兵来这里保护你们，对抗向这儿逼近的俄底修斯。姑娘，你贴近你的母亲，我用我的肉体来掩护你们，我要看看，他们是不是敢于攻击我这个决定特洛亚命运的一个女神的儿子。”

这最后一句话露出了一线希望之光，使那个母亲又松了口气。

但现在伊菲革涅亚挣脱开母亲的双臂，昂起头来，迈着果断的脚步，对王后和阿喀琉斯说道：“听我讲!”她的声音没有一丝畏惧。“亲爱的母亲，你激怒你的丈夫是没有用的。他无法抗拒这必然发生的事。这个陌生人的热情值得尊敬和赞美，但他必然要为此付出代价，而你也将受到侮辱。因此听从我已经考虑好了的决定。我决意去死。我要从我自由的胸中驱掉每一种低下的情感，我要自己去完成。现在美丽希腊国土上的每一双眼睛都在望着我，舰队的航行和特洛亚的陷落都系于我，希腊女人的尊严都决定于我。我将用我的死来维护这一切。我的名字将赢得荣誉，我将成为希腊的解救者。如果女神阿耳忒弥斯为我的祖国要求我的生命，那我，一个普通女人，应当抗拒她吗？不，我自愿献身，牺牲我，毁灭特洛亚，这便是我的纪念碑，是我的婚礼盛宴。”

在她说这番话时，像一个女神，目光炯炯，站在母亲和这个年轻人面前。这时阿喀琉斯跪在她面前喊道：“阿伽门农的孩子！如果你能成为我的新娘，那众神就使我成了最最幸福的人。我为你而妒羡希腊，为了你所属于的希腊而妒羡你。对你的爱和对你的渴慕使我不能自持，你，美丽高贵的人，我看到了你的内心。好好考虑考虑！死亡是一种可怕的事，我愿意救助你，秘密带你走，去生活去得到幸福!”伊菲革涅亚微笑着回答他说：“我亲爱的朋友，由于海伦，女人的美已经引起了男人之间的战争和屠杀。你不要为一个女人去死，也不要为我去杀死某个人。不，若是我能够的话，那就让我来拯救希腊！”

“高贵的灵魂，”阿喀琉斯喊道，“做你想做的事，但我要手拿武器奔向神坛，去阻止你的死亡。”于是他离开了少女。她随即怀着拯救祖国的神圣思想迎向死亡走去。她的母亲在帐篷里倒在地上，无法随同她前往。

这期间整个希腊军队都在奥利斯城郊女神阿耳忒弥斯的长满鲜花的圣苑中集聚在一起。圣坛已经备妥，站在它旁边的是预言家和祭司卡尔卡斯。当人们看到伊菲革涅亚在她的忠实女仆伴同下踏入圣苑和向阿伽门农走去时，在军队中引起一阵惊异和同情的呼声。阿伽门农大声地叹了口气，背过脸去，强忍住泪水。但少女却把父亲推到一旁，说道：“亲爱的父亲，看，我已经来到这儿！在神坛前我献出我的生命。我遵从神谕，为了祖国而成为祭品。我很高兴看到你们幸福和带着胜利的酬报返回祖国。我不需任何人的搀扶，我要勇敢而自愿地把自己奉献给祭祀的刀刃！”

一阵响亮的惊异声传遍整个军队，随后传令使塔尔堤比俄斯请求安静和祈祷。预言家卡尔卡斯从刀鞘里抽出一把锃光瓦亮的战刀，把它放在圣坛前的一个金色匣子里。现在阿喀琉斯身披甲胄手执宝剑走来。但少女的一道目光改变了他的决心。他把宝剑掷到地上，用圣水泼洒圣坛，捧起金色匣子，绕着圣坛走动，像一个祭司似的说道：“高贵的阿耳忒弥斯女神，请接受这个神圣的自愿的牺牲，阿伽门农和希腊军队现在把她献祭给你。让我们的舰船一帆风顺，让特洛亚倒在我们的长矛之下！”

阿特柔斯的两个儿子和整个军队都默默地垂下头来。祭司卡尔卡斯拿起他的钢刀，念着祷词，抓住少女的喉咙，目不转睛。人们清楚地听到挥刀的声音。然而，奇迹发生了，就在这一瞬间少女从全军眼中消失了。阿耳忒弥斯生了怜悯之心，一只高大而漂亮的牝鹿在地上挣扎着，随即圣坛溅满了祭品的鲜血。“希腊联军的首领们，”卡尔卡斯从惊喜中恢复过来，他喊道，“你们看吧，这儿的牺牲是女神阿耳忒弥斯送来的，它比少女更受到她的欢迎，少女的高贵的血不该溅在圣坛上。女神和解了，能让我们的舰船顺利地航行了，并应允我们去征服特洛亚。奋勇前进吧，伙伴们，今天我们就能离开奥利斯港湾！”当祭品被焚烧，最后一丝火光熄灭时，人们从圣苑中爆发出响亮的欢呼声，各自奔回自己的帐篷。

当阿伽门农从祭祀仪式返回时，他的妻子克吕泰涅斯特拉已经不在了。她的忠实仆人已在他之前跑回来，把她女儿得救的消息告诉给瘫倒在地的女主人，把她扶了起来。怀着一种骤然而至和旋即离去的感激和欢喜的情感，恢复了镇静的王后向上天举起了双手，但却极为痛苦地喊道：“我的孩子被抢走了！他是杀害我做母亲的欢乐的凶手！我们走，我的眼睛不要看到这杀害孩子的罪犯！”仆人跑去安排车辆，召集随从。当阿伽门农返回他的帐篷时，他的妻子早已走在驶往密刻奈的路上了。

希腊人起航和菲罗克忒忒斯的被弃

就在当天希腊舰队驶入大海，经过短暂的航行，他们在克律塞小岛登陆，以便补充饮水。在这儿来自墨里波的波阿斯国王的儿子，赫剌克勒斯的战友，菲罗克忒忒斯发现了一个废弃的神坛，这是从前阿耳戈船上的英雄伊阿宋在航海中为祭祀女神帕拉斯·雅典娜而修建的。这位虔诚的英雄对自己的发现十分高兴并要为这位希腊人的保护神在这座被遗弃的神坛上献上牺牲。这时一条毒蛇窜到这个走近的人并在英雄的脚上咬了一口。他倒了下来，被抬回到船上，舰队继续航行。但中毒的伤口越来越扩大，使波阿斯的儿子疼痛难忍，他的同船伙伴无法忍受长时间伤口散发出的恶臭和他不断发出的痛苦号叫。他们连做祭祀和祈祷时都不能得到安静，他的恐怖的叫喊声搅乱了一切。

终于阿特柔斯的儿子和诡计多端的俄底修斯聚在一起进行商议，因为这位受伤英雄的伙伴们所传播的不安情绪已经在全军扩散开来，他们害怕菲罗克忒忒斯会给全军在到达特洛亚前就带来瘟疫，他的无休止的痛苦叫喊会使希腊人的生活备受磨难。因此军队的首领做出残忍的决定，当他们途径楞诺斯岛荒无人迹的海岸时，就把这位可怜的英雄遗弃这里。他们可没有考虑到，他们失去这个勇敢的人同时也就失去了他的无人可敌的弓箭。

狡黠的俄底修斯承担了去完成这项阴谋的任务。他背起昏睡的英雄，用一艘小船把他带到海岸边附近的一个岩洞里，给他留下衣服和大量的食品，足够他生活一年时日之用。这艘船在岸边停留很短时间，只够安顿这个不幸的人；当俄底修斯返回，他立即登程，不久就与大队舰船会合一起。

希腊人到达密西亚，忒勒福斯

希腊舰队现在顺利地抵达小亚细亚海岸。但英雄们对这一地带一点都不熟悉，先是一阵顺风把他们吹到远离特洛亚南面的密西亚海岸，所有的船只都在这儿下锚。沿着海边都有武装人员守卫，他们以当地统治者的名义，在禀报国王之前不许登陆，不管是什么人。但密里亚国王本人是一个希腊人，他的名字叫忒勒福斯，是赫剌克勒斯和奥勒的儿子，经过奇妙的遭遇之后在密西亚的国王透特拉斯那里遇到了他的母亲，并得到了国王女儿阿尔癸俄珀为妻。在国王死了之后他就成了密西里的国王。

希腊人没有问谁是这儿的国王，也没有对守卫的士兵做出回答，他们就拿起武器，登陆上岸，发起了进攻；只有少数人得以逃脱并向国王忒勒福斯报告说，有许多不知名的敌人侵入国土，杀死守兵，占领了海岸。国王急忙召集军队，去抵御异乡人。他本人就是一个出色的英雄，不愧是父亲赫剌克勒斯的儿子，他也用希腊军队的方法来训练他的士兵。因此希腊人遇到了他们意想不到的抵抗，爆发了一场血腥的、杀得难解难分的战斗，展开了一场英雄与英雄的较量。

在这场战斗中，希腊人中著名的俄狄浦斯的孙子，波吕尼刻斯的儿子特耳珊得耳冲在前面，他杀死了忒勒福斯国王最亲爱的朋友和第一勇士。为此国王怒发冲冠，于是在俄狄浦斯的孙子和赫剌克勒斯的儿子之间展开了一场你死我活的决斗。结果是赫剌克勒斯的后代得胜，特耳珊得耳倒在了地下，他被一柄长矛刺穿。他的朋友狄俄墨得斯从远处看到了这个场面，于是痛苦地大叫起来，赶在忒勒福斯国王扑向特耳珊得耳的尸体，剥掉其装备之前奔跑过来，把朋友的尸体扛在肩上，飞快地从杀得天昏地暗的战场中逃了回来。他背负死者经过埃阿斯和阿喀琉斯面前，这激起了他们痛苦而狂暴的愤怒。他们集合起溃散的士兵，把他们分成两部分，并通过改变攻击方向而扭转了战局。

希腊人现在又占了上风，当忒勒福斯的异母兄弟忒宇脱朗堤俄斯被埃阿斯击中，忒勒福斯本人前来救助倒地的兄弟时，却被一片葡萄藤绊倒在地。阿喀琉斯不失时机，就在忒勒福斯站起来的当儿，投掷出一根长矛穿透了密西亚国王的左腰。但忒勒福斯依然站了起来，拔掉长矛，在他的士兵保护下，逃了出来。

若不是黑夜来临和双方都需要退出战场休息的话，那这场战斗还会长时间持续下去。翌日，双方互派使者，要求暂时休战，以便搜寻死者并把他们埋葬。现在希腊人才惊讶地获悉，为此英勇地捍卫自己领土的国王是他们的同乡，是他们伟大的半神赫剌克勒斯之子；忒勒福斯痛苦地知道了他手上沾满的是他的同胞之血。

事实表明，在希腊军队中有忒勒福斯的三个亲戚：赫剌克勒斯的一个儿子特勒波勒摩斯，国王忒萨罗斯的儿子，赫剌克勒斯的孙子菲狄波斯和安提福斯。这三个人在密西亚使者的陪同下出现在他们的兄弟和叔叔面前，他们向他做了更详细的说明，登上他的海岸的都是那些希腊人，他们来亚细亚是为了什么。国王忒勒福斯亲切地接待了他的亲戚，并倾听他们所说的一切。现在他知道了，帕里斯用他的恶行侮辱了整个希腊，知道了墨涅拉俄斯与他的兄弟阿伽门农和所有希腊联军前去讨伐特洛亚。为此，国王的可爱的异母兄弟特勒波勒摩斯说（他是其他两人的代言人）：“亲爱的兄弟和同胞，你不要离开你的人民，我们亲爱的父亲赫剌克勒斯在世界的每一处每一地都为人民而战，整个希腊为他对祖国之爱建造了无数纪念碑。把你的军队与我们的军队联合在一起，作为我们的同盟者一齐去征讨特洛亚人，以此来医治你一个希腊人给希腊人留下的创伤。”

忒勒福斯费力地从他的位置上立起身来，友好地回答说："你们的责备是不公平的，亲爱的同胞。你们从朋友和血亲而变成我的凶狠的敌人，这是你们自己的过错。难道我的海岸守卫士兵不是像对所有登陆者一样，按照我的严格命令问过你们的姓名和来处吗？他们并不是以一种野蛮的方式而是用希腊人的礼节对待你们。但你们却认为对野蛮人怎么做都是对的，登陆上岸，不对他们的询问给予回答，不听他们的劝告就杀死我的下属。就是给我，"说到这里他指了指他的伤口，"也留下一个纪念，这使我毕生都会想起我们昨天的相逢。可我并不对你们心怀怨恨，而是高兴地在我的国家接待了亲戚和希腊人，这代价还不高吗？

"你们听着，我对你们的要求不得不说的话。我不会去参加反对普里阿摩斯的战争。我的第二个妻子阿斯提俄刻是他的女儿，再说他本人是一个可尊敬的老人，他的那些儿子都是高尚的。他和他们与轻薄的帕里斯所犯下的罪行毫无关系。你们看，坐在那儿的我的孩子欧律皮罗斯！我怎么能伤他的心，去帮助你们毁灭他的外祖父的国家！正如我不能去伤害普里阿摩斯一样，我也决不去反对你们，我的同胞。收下我的礼物，拿去你们所需要的食品。然后你们走吧，在神的名义下去进行一场我无法进行调解的战斗。"

三位英雄带着国王的善意回答满意地回到了希腊大营，向阿伽门农和其他人报告了他们以希腊人的名义与忒勒福斯所建立的友谊。随后他们准备继续他们的航行。

帕里斯的归来

尽管特洛亚人对一支巨大的希腊舰队的出发还一无所知，但自希腊使节去后在这座城市里还是引起了对即将来临的战争的恐慌和惧怕。这期间帕里斯携着他掠来的海伦、大量的战利品和整个舰队返回了特洛亚。国王普里阿摩斯看到这个不请自来的儿媳进入他的宫殿并不高兴。他立即召集他众多儿子举行会议。可他们都收到了帕里斯送给的珍贵宝物，他的那些尚未结婚的兄弟都得到了海伦带来的出身高贵家族的女人为妻，这样他们就变得昏昏然，再加上他们中许多人年轻气盛，喜欢争强斗狠，于是会议做出决定，把这个异乡女人置于王家的保护之下，不向希腊人交出。

但这个城市的民众却不是这样，他们对国王儿子帕里斯的归来和接受他掠来的美丽妻子而会引起敌人的进攻和围困感到恐惧不安。在他穿越大街时激起一些人的咒骂，甚至当他陪同他掠来的妻子进入父王的宫殿时，时而还有人向他投掷石头。但出于对年迈国王和他的意志的敬畏，才没有更激烈地去反对接纳这位新的市民。

在会议做出了不驱逐海伦的决定之后，国王派他自己的妻子去她那里，以证实她确实是自愿随同帕里斯来到特洛亚的。海伦声言，从她的出身来说，她就像属于希腊人一样，也属于特洛亚人；因为达那诺斯和阿革诺耳是她的祖先，他们也是特洛亚国王家族的祖先，她虽然不是自愿而是被劫持来的，可她现在由于深深爱上她的新丈夫自愿成为他的人。在发生这一切之后，她无法从她从前的丈夫和她的人民那里得到宽恕；如果她被交回去，等待她的只能是耻辱和死亡。

她声泪俱下，匍匐在女王赫卡柏脚前，女王充满爱意扶起这个乞求保护的女人，并告诉她国王和他的儿子们做出的保护她的决定。

希腊人兵临特洛亚城下

这样海伦就安全地生活在特洛亚的王宫，随后她同帕里斯移居自己的宫殿。民众不久也喜欢她的美丽绰约和希腊式的妩媚可爱，就是当外国人的舰队真的出现在特洛亚海岸时，城市的居民也不像此前那样惶惶不安了。他们在计算他们有多少市民，有多少同盟者；他们发现他们的英雄和战士在数量上和力量上都胜过希腊人。于是他们希望在众神的保佑下能够防止他们的城市遭到围困并能很快击退敌人。

虽然他们的国王普里阿摩斯已是一个无法再去战斗的老人，但是他的五十个儿子，其中十九个是他的妻子赫卡柏所生，有些年轻气盛，有些血气方刚。军队已经做好战斗准备，国王的儿子赫克托耳出任最高统帅，与他一道执掌大权的是统治达耳达尼亚人的埃涅阿斯，他是国王的女婿。其他一些重要人物都统领另外一些部队，部分是特洛亚人的同盟者。

这期间希腊人也登陆了，他们沿着海岸安营扎寨，把船只拖上陆地，列成阵势，密密匝匝连成一片，并在船下面垫上石头以便通风避免潮湿受损。排在陆上的第一列是埃阿斯和阿喀琉斯的船队，他们建造了他们的营盘。阿喀琉斯的大营看起来几乎像是有规有矩的住宅，有食库、有为战马和家畜准备的厩圈和料房。在他的船只旁边是竞赛、殡葬和其他节庆用的场地，紧挨着埃阿斯的是普罗忒西拉俄斯的船队，随后是另外一批忒萨利亚人、克瑞忒人、雅典人、福喀斯人、玻俄提亚人、阿喀琉斯和他的密耳弥多涅斯人。集结的士兵把他们的船只一共布成四列，最后一列是狄俄墨得斯、俄底修斯和阿伽门农。

在俄底修斯的营前是“阿戈刺”，即是用来举行会议和进行商谈的空地，这儿建有神坛。整个用船只围成的大营像是一座城市，由许多大街和小巷分割开来，但主路却连通四个队列。营房都是用泥土和木头建成的，上面铺有芦苇。每个头领都把他的大营放在他的军队的最前一排，而每一个营房都按居住者的不同等级饰有不同的标记。船只同时用来保卫整个大营，希腊人还在这些船只前面用泥土堆成一道围墙，直到包围的最后时刻才垒成一道城墙。在这后面是一道壕沟，前面栽着密密麻麻的木桩。

因为特洛亚国王和议会花了很长时间在讨论保卫的最有效方法上，所以希腊人得以顺利地完成了他们的一系列布置。希腊的士兵在值班看守舰船的同时，能得到食品，他们只需要负责自己其余的生活用品。普通士兵用轻武器徒步作战，身份高贵的站在战车上进行战斗，这样就保证了每一个乘车作战的人都有一个驭手。在那个古老的时代，人们对骑兵还是一无所知的。而安排在最前一列去战斗，进行冲锋陷阵的是载有大英雄的战车。在希腊人的船营和特洛亚城之间的空地，由斯卡曼德洛斯河和西摩伊斯包围起来，宽阔的斯卡曼德洛斯草地和特洛亚平原，那里繁花似锦。可以当作一个很好的天然战场，壮丽城市特洛亚城或称伊利昂城在它的后面突兀而起。它的高楼、雉堞和塔楼巍然屹立。

战争的爆发

特洛亚的城门突然打开时，希腊人还在备战，特洛亚全副武装的士兵在赫克托耳率领下冲向斯卡曼德洛斯平原，向毫无准备的希腊人的船队发动进攻，他们没有遇到抵抗。船营最外面一列，率先拿起武器分散开来向逼近的敌人还击，由于寡不敌众，最终败下阵来。然而这次战斗却赢得了时间，军营中的希腊人得以集结起来，列成阵势向敌人进攻。随之开始的战斗极不平衡，凡是赫克托耳本人所到之处，特洛亚人就占了上风，可在离他远处的战斗中，希腊人却赢得了胜利。终于阿喀琉斯同他的士兵出现在战场上。他那勇猛的攻击所向披靡，连赫克托耳本人也阻挡不住。他杀死了普里阿摩斯两个儿子，国王从城墙上看到他的孩子的死悲痛地叫了起来。与阿喀琉斯并肩作战的是埃阿斯，他的高大身躯在其他希腊人中显得十分突出。在这两位英雄面前，特洛亚人避之唯恐不及，他们像鹿群遇到猎犬一样望风而逃。到最后，所有的敌人都被击退了，特洛亚人又紧紧关上城门。希腊人重又安心地回到他们的舰船旁，从容地继续去建筑他们的营房。阿喀琉斯和埃阿斯被阿伽门农指定去看护舰船，而他们又布置另外一些英雄去守护舰队的个别船只。

特洛亚附近的科罗奈是国王库克诺斯统治的地方，他是一个仙女和海神波塞冬所生的儿子，在忒涅多斯岛上由一只天鹅抚养成人，因此他得到库克诺斯的名字，意思是天鹅。他与特洛亚人结盟，普里阿摩斯还没有向他提出什么要求，他就把援助他的朋友看作是自己应尽的义务。于是他在自己的国家里集聚起一支数量可观的队伍，埋伏在希腊船营附近；当希腊人从第一场与特洛亚人的战斗中凯旋并为他们的第一个战死的英雄普洛特西拉俄斯举行葬礼时，他们刚隐蔽好。就在希腊人毫无准备和徒手地集结在焚烧场周围时，他们突然发现被战车和士兵包围起来，他们还来不及思索，库克诺斯同他的军队就已经开始对他们进行一场血腥的屠杀了。

好在只有一部分希腊人参加了这场葬礼。其余在船旁和在营房的人拿起手边的武器，跑来救助他们的伙伴，阿喀琉斯率领他们冲在前面，很快他们就全部武装，队伍整齐地迎向敌人。阿喀琉斯本人坐在战车上，令人恐惧地环顾四周，他的致人死命的长矛时而刺死这一个，时而刺死另一个。这时，他从远处的厮杀中看到了库克诺斯，他也站在一辆高大的战车上，他的凶狠有力的刺杀，所到之处，左右两边的希腊人纷纷败退。阿喀琉斯调转他的白马，当他与库克诺斯面对面时，他喊道："不管你是谁，年轻人！你是死得其所，因为你遇到的是女神忒提斯的儿子！"说罢就把长矛掷向库克诺斯，准确地击中了他，可长矛却从敌人的胸上滑落下来，没有造成任何伤害。

"女神的儿子，你不感到奇怪吗?"库克诺斯微笑着朝他喊道，"令你惊讶的不是我的头盔，也不是我左手执的盾牌保护我的身体不受攻击。我佩戴这些保护装备只是装饰品，就像战神阿瑞斯有时为了开心取乐而拿起武器一样，他肯定不需要用这些装备来保护他的神的躯体。就是我把全部甲胄都卸了下来，你也不能用你的长矛刺伤我的皮肤。知道吗，我的全身几乎像一块铁，这就是说，我不仅仅是一个海洋仙女的儿子，不，我是统治者涅柔斯和他的女神以及所有海洋的海神的亲爱的儿子。告诉你吧，站在你面前的是波塞冬本人的儿子！"说完这番话他就把他的长矛向阿喀琉斯投去并刺穿了他的盾牌的隆起部。但阿喀琉斯抖落了他盾牌上的长矛并把他的长矛向神的儿子投去。可敌人的身体没有受到丝毫伤害，甚至第三次击中也依然不起作用。

现在阿喀琉斯勃然大怒。他又一次把用白杨木削成的投枪掷向库克诺斯，也真的击中了他的左肩，他大声欢呼起来，因为敌人肩部鲜血淋淋。但他白欢喜了一场，这血不是神之子的血，而是站在库克诺斯身边的墨诺忒斯溅出的血，他被另一个人击中了。现在阿喀琉斯恨得咬牙切齿，他从战车上跳下，抽出宝剑奔向敌人，狠狠砍去。然而就是宝剑也从钢铁般的身体上弹落。这时绝望的阿喀琉斯举起十层厚的盾牌击向肤发无损的敌人，用盾牌中间的凸起部猛击他的额头，三次、四次。库克

诺斯两眼昏黑，他要转身后退，可是被一块石头绊倒。随之阿喀琉斯用手抓住他的背，把他完全摔倒在地上，用盾牌和膝盖压住他的胸膛，用自己头盔上的皮带紧紧勒住他的喉咙。

科罗奈人看到他们的国王倒地，当即丧失了勇气。他们狼狈奔窜逃离战场，不久战场上别无所见，所见的只是尸体狼藉，血水汩汩地流着；许多希腊人和科罗奈人在这场突然袭击中战死。

战争结束了，希腊人侵入了战死的国王库克诺斯的国土，从它的都城门托刺掳走许多孩子作为战利品。随后他们进攻毗邻的喀刺城，也占领了这座坚固的城市，满载大量战利品返回他们警卫森严的船营。

帕拉墨得斯之死

帕拉墨得斯在希腊军队中是有远见的人，不仅聪明、能干、正直、坚定、英俊，而且善于唱歌弹琴。在他的一番劝说下，希腊的大多数英雄参加了这次远征特洛亚的战争，他的智慧甚至胜过了拉厄耳忒斯的儿子俄底修斯。但因此他也成了俄底修斯日日夜夜都在想方设法加以报复的一个势不两立的敌人，帕拉墨得斯在诸王中间的声望越盛，他的仇恨就越深。现在阿波罗给希腊人一个神谕，他们应当在建有他的神柱和神庙的地方献上百牲大祭。帕拉墨得斯被阿波罗选中去把这批大量的祭品带往圣地。阿波罗的祭司克律塞斯在那儿等候来完成这次庄严的祭礼。

帕拉墨得斯通过阿波罗的这次安排赢得了荣誉，然而这却加速了他的死亡。因为俄底修斯现在完全被嫉妒所左右了，他想出了一条阴险的诡计，以便去毁掉这个高贵的人。他亲手极为秘密地在帕拉墨得斯的营帐中埋了一大笔黄金，然后以普里阿摩斯国王的名义给这位希腊英雄写了一封信，在信中谈及送来的黄金和感谢泄露给他的希腊军队的机密。俄底修斯让这封信落在来自弗里吉亚一个奴隶手里，然后再把这个奴隶抓住，搜出这封信，而那个无辜的持信人当场就被打死。

俄底修斯在希腊军营的诸王会议上出示了这封信，帕拉墨得斯被送上军事法庭。这个法庭由阿伽门农指定一些最显赫的国王组成，而俄底修斯知道自己肯定会成为法庭的首席。根据他的提议，搜查了被指控人的营帐，于是就找到了狡黠的俄底修斯埋在那里的黄金。法官们不去追查事情的真相，就一致赞同执行死刑判决。帕拉墨得斯不为自己做任何辩解。他已经看穿了这个阴谋，但他没法为他的无辜和他的对手所指控的罪行提出证据。当执行石刑，即用石头打死时，他只是喊道："噢，你们希腊人，你们打死的是最有才学的、最无辜的、最擅长唱歌的夜莺！"

糊涂的诸王都对这种辩解大加嘲笑，把这位最高贵的人推到希腊士兵中间去受死，他以一种英雄般的坚定去忍受一种最无情的死亡。当第一批石头把他砸倒在地时，他喊道："真理啊，你为死在我的前面而高兴吧！"他刚说完这句话，俄底修斯就把一块石头击向他的额头，帕拉墨得斯垂下头死了。但正义女神涅墨西斯从天上看到了这一切，于是决定对希腊人和诱骗他们犯罪的俄底修斯的恶行在他们达到他们目的时加以惩罚。

阿喀琉斯和埃阿斯的战功

随后几年的特洛亚战争，传说中根本没有细谈。由于特洛亚人要保存他们的力量，很少挑起战事，这样希腊人就把他们的军力用于进攻周围地区。阿喀琉斯用他的舰队接连不断地毁灭和掠夺了十二座城市，在陆上征服了十一座。在一次征讨密西亚的战斗中他俘获了祭司克律塞斯的美丽女儿克律塞伊斯。在占领吕耳涅索斯时他袭击了国王布里修斯的王宫，国王在绝望中自缢而死。他的可爱的女儿布里塞伊斯落入胜利者手中，他把她当作自己宠爱的战利品带回希腊军营。勒斯玻斯岛和密西亚的忒拜城也都被他征服。

统治忒拜城的是国王普里阿摩斯的女婿厄厄提翁，他的女儿安德洛玛刻嫁给了特洛亚的最勇敢的英雄赫克托耳，他的七个年华正茂的儿子还生活在王宫里。阿喀琉斯攻破了这座城池，杀死了国王和他的七个儿子。当国王高贵而令人敬畏的尸体摆放在这位英雄面前时，恐惧和惊骇攫住了他，他不敢去拿走死者的武器作为自己光荣的战利品。于是他将全副精美武装的尸体焚烧，进行隆重的安葬并在榆树浓荫中间为国王建立起一座高大的纪念碑，这座纪念碑此后长时间成为这个地带的一处名胜。阿喀琉斯把国王的妻子，安德洛玛刻的母亲掳走为奴，不久他得到一笔很大的赎金，于是就还她自由。她返回故乡，但却被狩猎女神阿耳忒弥斯用一支箭射死在纺车旁。

在希腊人中间能与阿喀琉斯相提并论的是最勇敢最伟大的英雄，忒拉蒙的儿子埃阿斯。他带领他的舰队驶向特剌刻半岛，波吕墨斯托耳的王宫就炫耀地坐落在那里。特洛亚国王普里阿摩斯把他的小儿子波吕多洛斯送到波吕墨斯托耳这里，以避免战争的殃及。他为此给了他大量的金钱和珠宝作为报答。但是，当埃阿斯进攻他的国家，包围了他的王宫时，这个不忠不义的野蛮人竟然用这批财富和孩子来求和。他背叛了国王普里阿摩斯的友谊，诅咒他并把从他那里收到用来扶养孩子的金钱和粮食分给了希腊士兵；而交给埃阿斯本人的则是普里阿摩斯送来的黄金和珠宝，最后还有孩子本人。

埃阿斯带着他战利品不是立即返回希腊船营，而是把他的舰队驶向弗里吉亚海岸。在那里他进攻透特剌斯的王国，在战斗中他杀死了国王并掠走他的女儿——美丽的忒克墨萨作为自己的战利品。这个少女人品高尚，身材优美，他不久就因其高贵和妩媚而爱上了她。他待她像一个妻子，若不是希腊风俗不允许娶一个野蛮人为妻，他早就与她正式结婚了。

阿喀琉斯和埃阿斯大奏凯歌，满载而归，他们同时返回特洛亚城前的希腊船营。所有达那俄斯人都唱起赞颂的歌曲迎接他们，不久他们就被大批战士包围起来。人们把英雄围在中间，在欢呼声中把橄榄花冠戴在他们头上，作为胜利的酬报。随后英雄们举行会议，对他们带来的战利品——它们被希腊人视为共同的财产——做出一个决定。那些被掠来的女人也被带到面前，所有希腊人都对她们的美丽惊奇不已。国王布里修斯的妩媚的女儿布里塞伊斯理所应当归于阿喀琉斯，而英雄埃阿斯占有少女忒克墨斯则得到认可。此外阿喀琉斯还被允许保留布里塞伊斯的女伴，美丽的少女狄俄墨得亚，因为她不愿意与国王的女儿分离。为了尊敬作为国王的阿伽门农，并也得到了阿喀琉斯的同意，他得到了祭司克律塞斯的女儿。另外一些战利品——俘虏和财富——也都分配给希腊军队中的每个战士。

随后，在俄底修斯和狄俄墨得斯的要求下，埃阿斯从他的船上把从波吕墨斯托耳国王那里掠来的财宝卸了下来，国王阿伽门农从中得到大部分黄金和白银。

波吕多洛斯

最后英雄们就战利品的最贵重部分，国王普里阿摩斯的儿子波吕多洛斯的命运，进行商议，在简短的讨论之后一致同意：决定由俄底修斯和狄俄墨得斯作为使节前去会见国王普里阿摩斯，只要海伦被交还给希腊人，那就将波吕多洛斯送还给国王。海伦的丈夫墨涅拉俄斯作为第三位使节陪同两位英雄一道前往，于是三人带着波吕多洛斯一同上路。作为神圣的使节受到了人民权利的保护，特洛亚人毫无异议让他们进入城内。

当使节来到特洛亚的市集广场，墨涅拉俄斯向拥在他们周围的人群发表演讲时，普里阿摩斯和他的儿子对城里发生的事情还一无所知。墨涅拉俄斯用悲愤的言辞控告了帕里斯对人民权利的卑劣践踏，犯下抢走了他的妻子，他最神圣最珍贵的财富的罪行。他讲得如此雄辩有力和令人感动，使环立在四周的特洛亚人，其中有城市的长老们，都为之动容和流下泪水，认为他是对的。

当俄底修斯看到特洛亚人的激动情绪时，他也开始讲话，他说：“特洛亚的长老们和其他居民们，我希望你们知道，希腊人是一个决不轻举妄动的民族。他们从他们先人那里就学到了，凡事深思熟虑，都是为了赢得赞扬而不是遭到唾骂。你们也都知道，你们国王的儿子帕里斯通过抢掠海伦而使我们受到了闻所未闻的侮辱，在我们拿起武器反对你们之前，为了善意地解决这件事情，我们向你们派出了使节，直到交涉失败之后才进行战争，而这还是由于你方的一次偷袭才开始的。

“就是现在，在你们知道我们的力量，你们周围的属地或与你们结盟的城市都已变为废墟之后，这次战争的和平结局仍然掌握在你们手里，在你们特洛亚人手里！只要你们把从我们那里抢去的归还我们，我们就立即拆掉我们的营房。当然我们也不是空手而来，我们给你们国王带来了一个他非常喜爱的宝贝，这比那个隐藏在你们这座城市给他也给你们带来诅咒的外国女人要宝贵多了。我们带给他的是波吕多洛斯王子，他最小和最亲爱的儿子。我们的英雄埃阿斯是在特剌刻从国王波吕墨斯托耳那里抢来的。孩子就被绑在这里，站在你们面前，他的自由和他的生命取决于你们，取决于他的父亲的决定。把海伦交还给我们，你们今天就把她交到我们手中，那孩子立刻就得到自由，回到他父亲的宫殿。如果你们拒绝交出海伦，那你们的城市就会毁灭，并且此前你们的国王就必定看到他一生所不愿看到的一切！”

当俄底修斯讲完话时，汇聚他周围的特洛亚人一片寂静，鸦雀无声。终于最年长最聪明的安忒诺耳说道：“亲爱的希腊人，你们一度曾是我的客人！你们向我们说的一切，我们都知道并且在我们心中认为你们是对的，可我们缺少意志去改正这件事。我们生活在一个国王的命令就是一切的国家里。我们国家的法律，我们从先辈那里继承下来的信仰和我们人民的良知不允许我们哪一个人去反对他。只有国王向我们征询意见时，我们才可以对公众事务说出我们的看法；即使我们说了，那他依然能随心所欲，愿意做什么就做什么。但为了使你知道人民中最优秀的人对你们这件事情的意见，我们人民中的长者将召集会议，在你们面前表明他们的意见。这是我们所能做的，我们国王本人不能拒绝我们。”

事情也就这样做了。安忒诺耳召开了一次长老会议，并把使节带来参加。他本人主持会议并逐个询问他们对帕里斯残暴不仁的看法。特洛亚城的最受尊敬的人一个接一个说，他们认为这是一件该受诅咒的恶行；只有安提玛科斯，一个好战而阴险的人，他为掠夺海伦一事进行辩护。帕里斯贿赂给他大量的财富，只要一有机会，他就支持帕里斯，反对交出海伦。这次他也这样做，为达到目的不遗余力，背着英雄们他竟然提出卑鄙的建议，杀死希腊人的使节，这三位最勇敢最聪明的英雄。但特洛亚人厌恶地拒绝了这个主意，可他又提出，至少要把这几个使节抓起来，直到他们不要赎金和交换就把普里阿摩斯被俘的儿子波吕多洛斯交出来。但这个主意被谴责为不守信义之举，由于安提玛科斯不停地，甚至在会议上公开地对他们恶语相加，于是他被他的同胞连哄带骂，撵出了会场。

安提玛科斯愤恨地跑到王宫，向国王通告了希腊使节抵达的信息。于是国王和他的儿子举行了会议，时间很长，意见不一；老国王十分信赖的一个长老，高贵的潘托俄斯也被请来开会。他面向国王众多儿子中最勇敢、最正直、最有正义感的赫克托耳，恳切地祈求他听从特洛亚长老们的劝告，交出那个引发这次战争的不祥女人。他说："帕里斯已经享有他抢来的女人多年了，为他的欢乐付出了代价！现在与我们结盟的全部城市都已毁灭，他们的灭亡预示了我们自己的命运。此外，希腊人又抓住了你们的小弟弟，如果我们不把海伦交还给希腊人，我们不知道他会落得什么样的下场！"

赫克托耳一想他兄弟帕里斯的恶行，就羞得满脸通红，难过得落泪。可他听从国王的意见，不赞成交出海伦。他回答潘托俄斯说："她是向我们请求保护的人。我们是把她当作这样一个人才接纳她的，否则我们早就把她逐出王宫大门之外了。我们不但这样做了，还给她和帕里斯建造了一座华丽的宫殿，长年来他们豪华和快乐地住在里面，你们大家对此沉默，于是看到了这场战争！为什么你们现在才要驱逐她？"

"我们没有沉默，"潘托俄斯回答说，"我的良心是清白的。我把我父亲的预言通知了你们，对你们提出了警告。我现在第二次警告你们。不管怎样，即使你们不听从我的忠告，我也会与你们一道保卫城市，保卫国王！"说完这番话他便离开了国王儿子们的会议。

根据赫克托耳的建议做出决定，虽然不交出海伦，但是为了对随同海伦被掠夺来的一切做出补偿和赔罪，代替被抢来的海伦，墨涅拉俄斯可以与普里阿摩国王的一个女儿，聪明的卡珊德拉或者与正是豆蔻年华的波吕克塞娜结婚，并带有一大笔丰厚嫁妆。希腊使节被带到国王及其儿子们面前，当他们听到这个建议时，墨涅拉俄斯恼怒起来，他说："真的，我这样做算什么呀，我选择的妻子被抢走这么多年，到最终却要敌人给我找一个老婆！留下你们野蛮人的女儿吧，把我年轻时娶的女人还给我！"

国王的女婿英雄埃涅阿斯站了起来，这时墨涅拉俄斯带着轻蔑的嘲笑刚谈完最后一句话，埃涅阿斯粗暴地朝他喊道："若是由我和所有那些热爱帕里斯以及保护这个古老王室荣誉的人来决定，可怜的家伙，你既得不到卡珊德拉也得不到波吕克塞娜！普里阿摩斯王国还有它的保卫者！即使他失去了波吕多洛斯这个孩子，普里阿摩斯也不会因此而没有孩子的！难道希腊人从我们这里收到去抢夺女人的一封特权证书吗？够了！如果你们不立即同你们的舰队一道离开，你们就会知道特洛亚人的厉害！我们还有足够的勇敢善战的青年，我们强大的同盟者每天都会从远方赶来，即使附近弱小的盟国被你们击败！"

埃涅阿斯的讲话在诸王会议上受到了热烈的喝彩，希腊使节只有借助赫克托耳的保护才免于受到粗暴的对待。他们强忍愤怒带着他们的俘虏波吕多洛斯——国王普里阿摩斯只能从远处看到他——离开了这里，返回希腊人的船营。当他们在特洛亚的遭遇，安忒玛科斯的污言秽语，埃涅阿斯及普里阿摩斯儿子们——赫克托耳除外——的傲慢无礼传播开来时，士兵们聚集起来，所有人脸上都带着狂暴的表情，高喊复仇。

没有怎么去征询诸王们的意见，在一次士兵会议上就做出了决定，让这个不幸的孩子为他的哥哥们和他的父亲所犯下的过失付出代价，并当即实行。这个可怜的孩子被带到特洛亚城前的空地上，普里阿摩国王和他的儿子们为城外士兵的喧闹声所吸引，他们登上了城墙，可不久就从城墙上发出一声悲惨的叫声，因为他们亲眼看到了俄底修斯曾威胁对孩子所使用的处决。石块从四面八方掷向他光秃秃的脑袋和毫无遮拦的身体。在无数石块下，那个孩子可怜而悲惨地死去。希腊人允许将砸得稀烂的尸体交还给乞求的父亲去加以厚葬。国王的仆人来到现场，含着眼泪痛苦哀号着把孩子的尸体装到送殡的车上，送到那悲恸的父亲面前。

克律塞斯、阿波罗和阿喀琉斯的愤怒

战争的第十个年头就是在这样一些事件中开始了，希腊英雄埃阿斯进行了多次征战，皆胜利而归。波吕多洛斯之死在两个民族之间引发起比此前更为强烈的仇恨，甚至上界诸神也参与了这场战争。赫拉、雅典娜、赫耳墨斯、波塞冬和赫淮斯托斯站在希腊人一边，而站在另一边的是阿端斯和阿佛洛狄忒。这样，对围困特洛亚城的第十个年头，即最后一年的叙述和吟咏要比其他几年多上十倍。现在开始唱起的是阿喀琉斯的愤怒和这位最伟大英雄的怨恨带给希腊人的灾难之歌。

阿喀琉斯的愤怒是由下面的事情引发的：希腊人在他们的使节返回来之后没有忘记特洛亚人的威胁，他们在自己的兵营里准备决定性的战斗；这时阿波罗的祭司克律塞斯带着大量赎金到希腊人的船营来赎还他的女儿。他站在整个军营前面乞求说："阿特柔斯的儿子们，在场的希腊人，如果你们收取这笔丰厚的赎金，把我的女儿交还给我，那众神会帮助你们毁灭特洛亚并让你们顺利返归家园！"

整个军队都对他的话鼓掌欢迎，提出收下他的丰厚的赎金，满足这令人尊敬的祭司的请求。只有阿伽门农对祭司来赎自己的女儿感到恼火，他说："老家伙，你再不要靠近我们的舰船，不论是现在还是将来。你的女儿现在是将来也是我的女仆，她将永远坐在阿耳戈斯我的王宫的纺织车旁终其一生！走吧，不要惹我发火，快，好好回到你的故乡去！"

克律塞斯惊恐不已，他无可奈何，默默地走到海滨。但在那儿他向阿波罗举起双手，祈求他："听我说，阿波罗神，你这克律塞、喀拉和忒涅克斯的统治者！当我装饰你的神庙令你高兴和为你送上挑选出来的祭品时，那现在用你的神箭来惩罚希腊人吧！"

他大声地祈祷，阿波罗答应了他的请求。阿波罗满怀愤怒地离开了奥林帕斯山，肩上背着弓和装满利箭的箭袋。他像阴沉的黑夜来到下界，随后他坐在离希腊船营稍远的地方，箭箭连发，他的银色的弓发出了可怖的响声。谁中了这看不见的箭矢，谁就立即死于瘟疫。他先只是射杀军营中的驴和狗，但不久他开始射杀人，于是一个接一个倒了下来，不久焚烧尸体的火炀不停地燃烧起来。在希腊军营，这场瘟疫肆虐已有九天了。在第七天，阿喀琉斯召开一次会议，他讲了话并建议去问军队中的一个高级祭司、预言家或释梦人，通过什么样的祭品才能平息阿波罗的愤怒和消除这场灾难。

这时预言家卡尔卡斯站起来说道："不是因为不遵守誓言或因为祭品的缘故，神才发怒。他是对阿伽门农恶待他的祭司才动了肝火，只要不把女儿无偿地交还给父亲，并让他带百姓的祭品回克律塞去，那阿波罗是不会撤回使我们毁灭的手的。只有用这种方式我们才会重新赢得神的恩宠。"

阿伽门农国王听到预言家这番话怒火中烧。他两眼冒出火花，目光咄咄逼人，他说道："不幸的预言家，他还从来没有说过一句使我中意的话，现在你还蛊惑人民，说什么阿波罗给我们送来瘟疫，是因为我拒绝了克律塞斯为女儿送来的赎金。说真的，我喜欢把她留我的家里，因为我爱她胜过我青年时娶的妻子克吕泰涅斯特拉，她的身材、面容、精神和技艺都不比我妻子差！即使如此，但与其看到我的人民的毁灭，我宁愿把她交出来。但是我要求另外一件赠品作为失去她的补偿！"

在他之后阿喀琉斯讲话了。"我不知道，光荣的阿特柔斯的儿子，"他说，"你向阿耳戈斯人要求的是什么样的赠品。问题是哪儿还有什么公共的财富？从那些被占领城市抢回的战利品早就分配光了，而一些分配给个人的不能再要回来！因此要释放祭司的女儿！如果宙斯保佑我们占领特洛亚，我们会给你三倍四倍的补偿！"

"勇敢的英雄，"阿伽门农国王朝他喊道，"不要想骗我！你保有你的，而我却要服从你的命令把我得到的交出来？不，如果希腊人不给我补偿，那我就从你们的战利品中取走一件，不管是属于埃阿斯的或是俄底修斯的或者是你阿喀琉斯的，不管你们怎么发火，我都不在乎。但这事以后再说。现在去准备船只！祭司的女儿愿意你来送她，我认为由你，阿喀琉斯，来指挥这艘船！"

阿喀琉斯阴沉地回答说："无耻的人，自私的国王！有哪一个希腊人还愿意服从你！特洛亚人并没有伤害过我，我之所以跟随你，是为了替你的兄弟墨涅拉俄斯复仇。你看不到这点，而且要夺走我的战利品，这是我用我的血汗夺来的，是希腊人赠送给我的！在占领每一座城市之后，我得到也像你得到的那样宝贵的战利品吗？我的双臂经常承受的是战斗的最艰难的重担，但一旦分配掳获的东西时，你却是领到最好的，我战斗得精疲力竭返回船营，得到的却是很少一部分！现在我回佛提亚老家。看看吧，没有我，你的财富还能增加多少！”

“去吧，随你的便，”阿伽门农朝他喊道，“没有你，我也有足够的英雄，你是一个惹是生非的人！但你要知道，克律塞斯既然又得到了他的女儿，可我却要从你的帐篷里取走布里塞伊斯，好让你懂得我比你更强大，没有一个人敢当面顶撞我，像你这样！”

阿喀琉斯怒不可遏，他极力控制住自己。因为雅典娜女神这时突然隐身于他身旁，只有他一个能看见她。她抓住他的头发，耳语道：“你要镇静，不要拔剑。如果你听我的话，我答应给你三倍的赏赐！”

阿喀琉斯听从这个警告，把他的剑又放回剑鞘，但他的话却不饶人。“你这不要脸的人，”他说，“你心里什么时候想过，与希腊最高贵的人一起去进行过伏击或者在面对面的战斗中冲锋陷阵？对你来说，在军营中把敢于反对你的人的战利品占为己有，这是更快意不过的了。对着这柄权杖我向你发誓，从今以后你再不会在战场上看到珀琉斯的儿子了。当勇猛无敌的赫克托耳杀死希腊人像刈草一样时，你休想来找我求救；你对希腊最高贵的人加以鄙视，等到你的灵魂受到折磨时也无济于事了！”说罢他把权杖抛到地上，自己坐了下来。

德高望重的涅斯托耳试图用温和的言辞来为两个争吵者进行调解，但毫无用处。到最后阿喀琉斯向阿伽门农说道：“随你怎么做好了，但别想让我服从你。我决不会因为这个少女而起来去反对你或其他人。你们把她给了我，你们也能把她从我这儿拿走。但是你别再想碰我的舰船，一点也不行。若是你敢的话，那我的投枪就会要你流血。”

会议散了。阿伽门农让人把克律塞伊斯和百件祭品带到船上，由俄底修斯来押送。随后他喊来塔尔提比俄斯和欧律巴忒斯两个传令官，命令他们去阿喀琉斯的帐篷取布吕塞斯的女儿。两位传令官并不高兴，却不得不服从他们统帅的命令。他们看见阿喀琉斯坐在他的帐篷前面，但却由于胆怯和敬畏而不敢说出他们的来意。倒是阿喀琉斯向他们喊道："过来些，宙斯和人的传令官，你们所做的，错不在你们，是阿伽门农的错。来吧，帕特洛克罗斯，我的朋友，把那个少女带出来，交给他们。但他们该成为我在众神面前，在众人面前，在那残暴人面前的证人：如果有人再需要我的帮助，而我没有答应的话，这并不是我的过错，而是阿特柔斯儿子的过错。"

帕特洛克罗斯把姑娘带出来，她不情愿地跟随他们，因为她已经爱上了她那温柔的主人。阿喀琉斯坐在海滨边哭泣，望着阴沉的海水，乞求他的母亲忒提斯帮助他。她的声音来自海底深处："我的孩子，我痛苦我生下了你。你的生命如此短暂，你现在还得遭受这么多痛苦和伤害！但我会祈求宙斯帮助你。你就一直坐在你的舰船那儿，向希腊人发泄你的愤怒，不要去参加战争。"听到这个回音阿喀琉斯就离开了海岸，回到自己的帐篷。

忒提斯这期间去履行她的诺言。她直上天庭到奥林帕斯山，手扶宙斯的双膝对他说："宙斯父亲，如果说我为你用语言或行动效过力的话，那请答应我的请求：阿伽门农深深地侮辱了我的儿子，夺走了他本人得到的战利品。因此我请求你，众神之父，让特洛亚人一直得到胜利，直到希腊人重新向我的儿子表明他应当得到的荣誉！"宙斯长时间动也不动，沉默不语。但忒提斯越来越紧地抱着他的膝盖并轻声地说："父亲，请答应我的请求，或者你干脆加以拒绝，这样我就知道，我不比诸神更讨你的喜爱！"她终于使众神之父不满地回答说："你逼我去惹恼众神之母赫拉，这不是件好事；她原本就反对我的。你赶快离开，别让她看见你。我已经点了头，你该满意了。"他耸动眉毛，点了点头，奥林帕斯山高山在震颤。

忒提斯满意地返回海底深处。赫拉已经看到了她的丈夫与女神的会面，于是走到宙斯跟前，大声责骂，激怒他，但众神之父却平静地回答说："不要胡乱猜疑我做出的决定。别说话，服从我的命令。"赫拉对她丈夫说的话感到惊恐，她不敢去反对他的决定。

阿伽门农的试探

随后不久，宙斯派梦神到希腊人的营盘并进入正在酣睡的阿伽门农国王的帐篷。梦神变成阿伽门农极为敬重的涅斯托耳的形象，他靠近他的头部对他说："你还在睡，阿特柔斯的儿子？一个为整个民族出谋划策的人不可以睡这么久啊。我是宙斯的一个使者到你这儿来的，听我说，众神之父命令你率领希腊人去进行战斗：现在是去征服特洛亚的时候了。上天已经做出决定，毁灭已降临特洛亚城上空。"

阿伽门农醒来，匆忙离开营盘。他穿上衣服，佩着宝剑，手执权杖，凌晨时就来到舰船旁。传令官按照他的命令，召集众人举行会议。军队中的诸王都集合到涅斯托耳的船这儿。阿伽门农第一个讲话："朋友们，高贵的人们！宙斯赐我一个神梦，它告诉我，毁灭已临特洛亚城上空。让我们看看，我们能否成功地集合起由于阿喀琉斯的愤怒而失去斗志的人去进行战斗。我本人要进行试探，用言辞打动他们，劝告他们乘船离开特洛亚海岸。随后你们分散到四处，奔走不停，说服他们留下。"

涅斯托耳离开会议，所有诸王也都跟随他前往广场，士兵早已集聚在那里，像蜂群一般。站在人群中间，阿伽门农讲话了："亲爱的朋友，希腊人的勇敢战士！残忍的宙斯使我陷入深深的愧疚之中，他先前曾恩慈地向我许诺过，我是特洛亚的毁灭者，然后才能返乡。可现在，这个已经粉碎了许多城市并且以他的威力还要粉碎更多城市的众神之父却命令我不光彩地返回希腊。如果我们的后代知道，一个强大的希腊在一场反对软弱得多的敌人的战斗中却不能得胜，这当然是一种耻辱。诚然敌人在许多城市里有强悍的同盟者，他们的力量不容许我去消灭这些城市，如我们希望的那样。这期间九年的时光已经过去了，我们舰船的木头已变得断裂，绳子已经腐烂，我们的女人和孩子坐在家里思念我们。我们遵照宙斯的旨意，登船返回亲爱的故乡，这样做更好！"

阿伽门农的话使人群激动起来，整个军队陷入骚乱。大家都向舰船跑去，人们相互激励把船只拖入海中。船底下垫的枕木被抽掉了，与大海相连接的水沟被疏通了。

奥林帕斯山上的希腊支持者，当他们看到希腊人如此忙乱时，也感到不安起来。赫拉提醒雅典娜赶快下山，用她的甜言蜜语阻止希腊人的奔逃。雅典娜听命，随即飞下奥林帕斯山高山，径直进入希腊人的船营。她找到俄底修斯，他却动也不动地站在自己船前，满腹愁肠。女神走近他，现身在他眼前，亲切地对他说道："你们真的要乘船逃走？你们要使普里阿摩斯得到荣誉并把海伦留给特洛亚人？就是这个希腊女人使许多希腊人远离祖国死于异地。不，你不能忍受这件事，高贵的聪明的俄底修斯！快到希腊军队中去！用你的雄辩言辞去警告他们，去阻止他们。"

俄底修斯听从女神的话，来到士兵中间。每遇上一个英雄或者一个高贵的人，他就用亲切的话劝阻他们，并对他们说："难道你也像一个懦夫那样贪生怕死？你应当安心地留下来，并去安慰其他人。难道你不知道，阿特柔斯的儿子心里的想法吗？他是在试探希腊人！"每当他碰上一个乱喊乱叫的士兵时，他就用他的权杖把他打翻在地，并大声地恫吓他："可怜虫，不要乱动。我们希腊人不能每个人都是国王！人人发号施令是不行的，宙斯只把权杖给了一个人，其他人要服从他！"

俄底修斯让他坚定的声音响遍军营，士兵们终于离开舰船，涌回广场。人们逐渐平静下来，耐心地在座位上等待着。

这时英雄俄底修斯出现在众人面前，站在他旁边的是雅典娜女神，她化身为一个传令官，要求大家安静下来。俄底修斯把权杖举向空中，他说："阿特柔斯的儿子，真的，事情已经到了这一步，希腊人准备使你受辱，准备不忠于自己的诺言。我们在这儿停留了很久，现在空手而归，这对我们是怎样一种耻辱呀！因此，朋友们，你们再忍耐一段时间。你们想想：我们从奥利斯启程时在美丽的槭树下向圣坛献上百牲祭品时我们得到的征兆。一条披着深色鳞甲的可憎的蛇从神坛下面钻了出来，缠着槭树爬到上面。高处树枝上悬着一个里面有幼雏的麻雀雀巢，其中八只偎依在树叶中间，第九只是抚育它们的母鸟。母鸟发出悲哀的啁啾声，在幼雏四周盘旋。大蛇掉转过头来，咬住可怜的鸟儿的翅膀。

当它把母鸟和它的全部幼雏吞食之后，把它派来的宙斯就把它变为一块石头，显现出一个奇迹。你们希腊人都极为惊恐地看到了。这时你们的预言家卡尔卡斯却向你们喊道：'你们希腊人，为什么站在这儿一声不响？难道你们不知道，这个奇迹是宙斯的一个预言吗？九只麻雀是九年，为了夺取特洛亚需要九年的战争。在第十年你们就能占领这座美丽的城市。'当时卡尔卡斯是这样预言的。可现在战斗就要结束了！战争的九个年头已经过去，第十个年头已经来临，胜利必然与第十个年头一同到来。你们希腊人，共同地等待吧！留下来，直到我们毁灭普里阿摩斯国王的城堡！"

集聚起来的希腊人用欢呼声回答俄底修斯的讲话，聪明的涅斯托耳利用士兵的转变情绪，劝告阿伽门农重新对氏族和部落的士兵加以调整并开始战斗。这样他就能准确地知道，谁是战士中和首领中最勇敢的或者最胆小的，并知道是否是神的力量，是恐惧或是缺少战斗经验才阻止了对特洛亚的占领。

阿伽门农对这个建议感到高兴："涅斯托耳，你这老头，真的，你的智慧超过众人，如果在我们希腊人会议里有十个像你这样的人的话，那特洛亚高耸的城堡不久就会被我夷为平地。我必须承认，我因为一个姑娘而同阿喀琉斯决裂是不智之举。宙斯当时使我变得盲目无知。一旦我们两人重新和解，那特洛亚必定毁灭无疑。但现在我们要发起攻击！每个人都吃得饱饱的，准备好盾牌和投枪，喂饮好你们的战马，检查好战车，要想到这场战斗会持续到傍晚。若是谁故意畏缩不前，逗留在舰船的话，那就把他的身体抛给狗和鸟！"

阿伽门农一说完，希腊人就大声喊叫起来，当这声音顺着南风撞击到高耸的崖石上时，发出了海浪般的呼啸声。士兵们跳了起来，每个人都奔向自己的舰船。阿伽门农向宙斯祭献了一头牛，并请希腊人中最高贵的人与自己共同进餐。当这一切结束时，他命令传令官召集希腊人去战斗。不久士兵们就冲向斯卡曼德洛斯原野，王中之王的阿伽门农看起来魁梧威严，他的眼睛和头像众神之父，他的宽阔胸膛像波塞冬，他身披战袍顶戴头盔像是战神本人。

帕里斯和墨涅拉俄斯

当终于看到蜂拥而来的特洛亚人时，按照涅斯托耳的建议以民族部落组成的希腊军队排开了阵势。希腊人也开始移动了。两支军队面对面开始战斗，这时国王的儿子帕里斯从特洛亚人中走了出来，他披着斑斓的豹皮，肩上扛着弓，宝剑悬在一侧。他晃动手中两支锋利的投枪，要求希腊人中最勇敢的人与他单独决战。墨涅拉俄斯一看到这样一个漂亮猎物出现时，他兴奋得像是饥饿的狮子，迅即全副武装地从战车上跳了下来，他要惩罚这个抢走他妻子的无耻强盗。帕里斯看到这样一个对手惶恐起来，就像看到一条毒蛇似的，他面色苍白欲退出战斗。

这时赫克托耳在特洛亚人群中看到他后退，于是愤怒地向他喊道："兄弟，你徒有英雄的外表，除了是个拐骗女人的狡猾家伙，实际上什么都不是。你最好在得到海伦前就死去！难道你没看到，希腊人在怎样嘲笑你，你竟然不敢面对那个抢走他妻子的男人吗?"

帕里斯回答："赫克托耳，你的心是硬的，你的勇敢像铁制的斧头那样不可抗拒。如果你要看到我战斗，那就让特洛亚人和希腊人安静下来。然后我要为海伦和她所有的财宝与英雄墨涅拉俄斯在所有人面前单独决斗。我们中谁若是胜了，谁就把她带回家；特洛亚得到和平，希腊人返回阿耳戈斯。"

赫克托耳听到兄弟的这番话感到惊喜，他走到士兵前面，制止特洛亚人向前推进。当希腊人看到他时，他们竞相把投枪、弓箭和石头向他投去。但阿伽门农却大声地向希腊士兵喊道："停下，希腊人，住手，赫克托耳要说话!"于是希腊人垂下手来，沉默地等待。赫克托耳大声地向全体士兵宣布他兄弟帕里斯的决定。随之是一片寂静，鸦雀无声。终于墨涅拉俄斯在两军阵前说话了。"听我说，"他喊道，"我的灵魂承受着最沉重的痛苦！你们阿耳戈斯人和特洛亚人在这场由帕里斯所挑起的战争中忍受了那么多苦难，现在我希望你们彼此可以和解了！我们俩中间的一个，不管命运选中谁，必须得有一个人去死。让我们祭祀和发誓，然后开始决斗。”

双方士兵都对这番话感到高兴，因为他们早就盼望这场灾难性的战争快点结束。双方的战车驭手都勒住了马的缰绳，英雄们跳下战车，卸掉盔甲，放下武器，敌人和敌人并肩坐到地上。赫克托耳急忙派两个传令官回特洛亚城，去取做祭祀用的羔羊并把国王普里阿摩斯喊来。但众神的女使者伊里斯化身为普里阿摩斯的女儿拉俄狄刻急忙进入城内向海伦报告了这个消息。她在纺车旁找到了精神专注的女王。“亲爱的孩子，快出来吧，”她朝她喊道，“你该看看这罕见的事情！刚才还怒目相对，准备拔刀厮杀的希腊人和特洛亚人，现在安安静静地面对面坐在那里。战争结束了。只有你的丈夫帕里斯和墨涅拉俄斯拿着投枪为你而战，谁战胜了对手，谁就得到你作为妻子！”

女神的话使海伦心中充满了对她青年时的丈夫墨涅拉俄斯，对故乡和朋友们的思念。她很快披上一件银白色的面纱，掩盖住她的泪水，带着两个女仆，匆匆地来到斯开亚城门。这儿在雉堞上坐着国王普里阿摩斯和特洛亚人中最年长和最睿智的老人。当他们从城垛的高处看到海伦走来时，相互低语说：“真的，没有人会责备特洛亚人和希腊人为这样一个女人而如此长时间忍受苦难。她美丽得像一个永生的女神！但她尽管天生丽质还是随希腊人乘船回去，这样我们和我们的儿辈就不必受苦受难了！”然而普里阿摩斯却亲切地把海伦召到身边。“靠近些，”他说，“坐在我这儿，我要你看看你的前夫、你的朋友、你的亲人。这场充满苦难的战争不是你的过错，是神的过错，是他们把战争加于我的。告诉我那个威武有力的英雄的名字，在希腊人中间我还从没有看到如此高贵的仪表。”

海伦充满敬畏地回答国王说：“尊敬的父亲，我一在您的近旁，胆怯和畏惧就使我颤动不止。想到我随您的儿子来到这里，离开了故乡，离开了我的女儿和朋友们，我真不如悲惨地死去。事已至此，我真想号啕大哭一场！听我说：那儿你问的那个人是阿伽门农，杰出的国王和勇敢的战士。他，他一度是我的夫兄。”

“可爱的女儿，你也告诉我那个人的名字，”普里阿摩斯说，“他不像阿特柔斯的儿子那么高大魁伟，但他的胸膛宽阔，他的双肩健壮；他的武器放在地上，他在众人中间像是羊群里的一头公羊。”

“那是拉厄耳忒斯的儿子，”海伦回答，“狡猾的俄底修斯。他的家乡在伊塔刻岛。”

普里阿摩继续环顾四周。

“那儿的那个巨人是谁?”他喊道，“他是那么高大雄壮，在所有其他人中间显得那么突出?”

“那是英雄埃阿斯，”海伦回答，“他是阿耳戈斯人的栋梁，那边稍近一点的是伊多墨纽斯，他在克瑞忒人中间像是一个美神。我熟悉他，墨涅拉俄斯经常在我们家里招待他。啊，他们我都认识．是我的国家里的骁勇战士。若是时间允许，我会把他们的名字都告诉您！只是我没有看到我可爱的兄弟卡斯托耳和波吕丢克斯。难道他俩没有到这儿来？或者他们不敢在战场上露面，因为他们为他们的妹妹感到羞愧?”海伦一想到此就沉默下来。她不知道，她的兄弟早就战死了。

在他们交谈期间，传令官从城里带来了祭品：两只羔羊和当地酿制的美酒。传令官伊代俄斯跟在后面，手捧一只闪闪发亮的酒壶和一只金杯。他们穿过了斯开亚城门，走近普里阿摩斯国王，并对他说：“请您起来，国王，特洛亚人和希腊人的诸王请您下到战场，让你为一项神圣的协定主持宣誓。您的儿子帕里斯和墨涅拉俄斯单独为那个女人用长矛进行决斗。谁在战斗中胜了，海伦和她的财宝就归谁所有。随后希腊人就乘船返回家园。”

国王愕然，他随即命令随从备车，安忒诺耳随他一同登车。普里阿摩斯拉动缰绳，不久马车就穿过斯开亚大门向田野驶去。抵达两军阵前，国王同他的陪伴者下车，站到中间。现在阿伽门农和俄底修斯从希腊军队中急忙跑出来。传令官把他们领到祭祀台前，把酒在壶中混合，并用圣水溅洒到两个国王身上。随后阿伽门农抽出刀子，像通常的祭祀那样，割下羔羊额上的毛，呼唤众神之父为缔约做证，紧接着他割断羊的喉咙，把这个祭品放到地上。传令官在祈祷中把酒斟入金杯，所有希腊人和特洛亚人都大声祈求："宙斯和所有的诸神！我们之中谁破坏了誓言，他的脑浆就像这酒一样流淌满地！"

但普里阿摩斯说："你们，特洛亚人和希腊人，现在让我重新回到伊里昂的城堡去，因为我不忍心在这儿亲眼去看我的儿子与墨涅拉俄斯的死与生的决斗；只有宙斯一个人知道，两个人中间谁死谁活！"他把被宰的羔羊放到车上，同他的陪伴登上座位，调转马头重新驶回特洛亚城。

随后赫克托耳和俄底修斯量出决斗的距离，并在一个铁盔中摇动两个阄，以便决定谁先向对手掷出投枪。帕里斯占得先筹。两位英雄装备停当，穿上铠甲，戴上头盔，手执沉重犀利的投枪，目光逼人地站到特洛亚人和希腊人中间。终于他俩走出人群，面对面地站在量好的场地里，愤怒地挥动他们手中的长矛。通过拈阄帕里斯先投出他的长矛，它击中墨涅拉俄斯的盾牌，但矛尖刺到铁上弯曲了，落到地上。随之墨涅拉俄斯投出了他的长枪并大声地祈祷："宙斯，让我惩罚那个首先侮辱我的人，使他们的子孙后代再不敢对好客的人为非作歹！"长矛射穿了帕里斯的盾牌，透过他的胸甲，刺破了侧腹上的内衣。随之墨涅拉俄斯从剑鞘里拔出宝剑，朝对手的头盔上砍去，但剑锋却当啷地碎成几截。

"残酷的宙斯，你为什不愿意我取得胜利？"墨涅拉俄斯喊道，他冲上敌人，抓住他的头盔，并把他拽到希腊军队面前。如果不是阿佛洛狄忒看到情况危急把头盔的皮带割断的话，帕里斯肯定会被紧缠着的皮带勒死无疑。这样墨涅拉俄斯手里拿的只是空空的头盔。他把它抛给希腊人并要重新扑向对手，可阿佛洛狄忒把帕里斯裹在一层起保护作用的浓雾里，带他回特洛亚去了。她把他放到海伦的散放着芳香的内室，然后化身为一个斯巴达纺织老妇，到海伦面前。海伦这时正坐在塔楼上一群特洛亚女人中间。女神扯动她的衣服并对她说："来，帕里斯在叫你，他身穿华丽的服装在内室等你。人们会认为他是要去参加舞会，而不是去进行决斗。"

当海伦抬头观望时，她看到千娇百媚的阿佛洛狄忒在自己面前消失不见了。她避开众人偷偷地离开，直奔回自己的宫殿。她在自己的内室里找到她的丈夫，他被阿佛洛狄忒打扮得光彩照人，坐在一只扶手椅里。她坐在他对面，把眼睛转到别处，责备他说："你从战场上回来的？我宁愿看到你被我从前那个强有力的丈夫杀死！不久前你还夸口说，你在投枪和格斗中能战胜他！去，再去向他挑一次战！不，我劝你，安静地留下，第二次他会把你打得更惨！"

"不要用你的辱骂来伤害我的心，"帕里斯回答她说，"如果说墨涅拉俄斯战胜了我，那这是因为雅典娜帮助了他。下一次我会打败他的。神祇也没有忘记我们。"这时阿佛洛狄忒改变了海伦的心肠，她亲切地望着他，与他和解了，并送上她的嘴唇亲吻。

这期间墨涅拉俄斯一直来回奔跑在战场上，想在军队中寻找消失了的帕里斯，但既没有一个特洛亚人，也没有一个希腊人能指点他帕里斯去哪里了。终于阿伽门农提高他的声音说道："达耳达尼亚人和希腊人，你们听我说！墨涅拉俄斯显然是个胜利者。现在就让我们带走海伦连同她的全部财宝，并此后永远向我们纳贡！"阿耳戈斯人对这个建议热烈欢呼，而特洛亚人沉默不语。

潘达洛斯

众神正在奥林帕斯山上举行一次大型会议：在桌间逡巡斟酒的是赫柏。众神一边品尝金杯中的美酒，一边俯视着下界的特洛亚城。这时宙斯和赫拉已经决定毁灭特洛亚。众神之父转身面向他的女儿雅典娜，命令她到战场上鼓励特洛亚人，去侮辱正为自己的胜利而感到骄傲的希腊人。雅典娜立即混进特洛亚人中间，她化身为安忒诺耳的儿子拉俄多科斯。她找到了桀骜不驯的潘达洛斯，他是特洛亚的一个同盟者。她对他说："听着，聪明的潘达洛斯，现在你能做件事了，所有特洛亚人都将为此而称赞你和感谢你，特别是帕里斯，他肯定会赠给你贵重的礼物。

你看到站在那儿趾高气扬的胜利者墨涅拉俄斯吗？鼓起勇气，把你的箭射向他。”

愚蠢的潘达洛斯听信她的话，瞄准墨涅拉俄斯射出了一箭。但雅典娜却把这支箭引向他的腰带，它虽射穿了它并透过铠甲，可只擦伤了上方的皮肤。阿伽门农和墨涅拉俄斯的伙伴惊叫起来，闯了过去。

“亲爱的兄弟，”阿伽门农国王喊道，“我为你缔结了生死誓约，可不讲信义的敌人却践踏了它。他们要为此赎罪，我肯定，特洛亚与普里阿摩斯和他的全体民众都要毁灭的日子已经到来了。你无比痛苦的死亡使我伤心。当我没有你而返归家乡时，在祖国等待我的是怎样一种耻辱啊！”

但墨涅拉俄斯安慰他的兄弟说：“放心吧，这一箭并没有射死我，我的腰带救了我的命。”

“噢，这就好。”阿伽门农叹了口气，并让他的传令官赶快把精通医术的玛卡翁召来。

就在医生和众英雄为墨涅拉俄斯忙碌的时候，特洛亚人的军队在向前推进，希腊人也重新装备停当进行迎战。不久达耳达尼亚人进入战场。诸王在发布命令，另外一些人在无声地走动不停。特洛亚人则大声吵吵嚷嚷，队伍中响起了不同民族的不同语言。众神的叫战声也掺杂其间：阿瑞斯在激励特洛亚人，而雅典娜则为希腊人鼓劲。

两军大战，狄俄墨得斯

不久两军进入战斗：盾牌相击，短兵相接，人声鼎沸，这边痛苦哀鸣，那边欢呼高喊，此起彼伏。一场血腥的战斗开始了，双方都有许多英雄战死沙场。

雅典娜用超乎寻常的力量和胆量来武装堤丢斯的儿子狄俄墨得斯，使他在希腊人中超凡出众，赢得了不朽的荣誉。她使他的头盔和盾牌明光锃亮像是秋夜中的天狼星，并让他进入敌人密集之处。

在特洛亚人中间有一个祭司，他名叫达瑞斯，是一个有权有势的富人；他把他的两个儿子斐勾斯和伊代俄斯送到战场。他们俩乘着战车从他们的队伍中冲出，直扑向徒步作战的狄俄墨得斯。斐勾斯首先投出他的长矛，但它从狄俄墨得斯的左肩滑过，没有伤到他。可狄俄墨得斯的投枪却射中斐勾斯的胸膛并把他从战车上击倒在地。伊代俄斯看到这个情景，他没有敢去保护兄弟的尸体，而是从战车上跳下逃之夭夭。

现在雅典娜拉起她兄弟战神阿瑞斯的手对他说："兄弟，我们现在作壁上观，让特洛亚人和希腊人自行厮杀，看看我们的父亲希望那方得胜不好吗？"阿瑞斯被他的姊妹带出战场，可她知道得很清楚，她宠爱的狄俄墨得斯正在用她赋予的力量进行战斗。

现在希腊人开始加劲去攻击敌人，在每一个希腊人面前都有一个特洛亚人倒下。狄俄墨得斯在战场上横冲直撞，人们不知道他是希腊人还是特洛亚人，因为他时而在这时而在那。突然潘达洛斯张弓朝他瞄准，一箭就射中了他的肩膀，鲜血顺着铠甲喷溅而出。他朝他的伙伴喊道："特洛亚人，策动你们的战马，向前冲啊！我射中了最勇敢的希腊人！他很快就要倒下起不来了！"但这一箭并没射杀狄俄墨得斯。他站在自己战车前面并向雅典娜祈祷说："宙斯的蓝眼睛女儿！把我的投枪引向那个伤我的人，现在欢呼吧，他再不能看到阳光了！"雅典娜听到他的祈求，使他的胳膊和双脚精力充盈，变得像只鸟儿一样敏捷，重新扑入战场，伤口一点也不碍事了。她对他说："去吧，我也除掉你眼睛上的白翳，这样你就能区别出战场上的神祇和凡人了。你不要与一个神进行战斗。如果阿佛洛狄忒靠近了你，你只能用你的矛伤她！"

狄俄墨得斯迅即冲到最前面，他有三倍的勇气和力量，像一头山狮。在这儿他一枪就刺穿了阿斯堤诺俄斯的肩胛，使他倒地；在那儿用投枪穿透了许庇戎；随后他把普里阿摩斯的两个儿子：克洛弥俄斯和厄肯蒙从战车上抛了出来，剥掉他们的盔甲，而他的随从把抢到的战车驶回船营。

普里阿摩斯国王勇敢的女婿埃涅阿斯看到特洛亚人的队伍在堤丢斯

的儿子狄俄墨得斯的投枪和长矛的攻击下溃退下来。于是便冒着箭矢跑到潘达洛斯跟前。

“吕卡翁的儿子,”他说,“你的弓箭呢?你的无人敢于与你争锋的荣誉呢?瞄向那个使许多特洛亚人命丧黄泉的人,只要他不是一个化身为人的神,就给他一箭!”

潘达洛斯回答他说:“只要他不是一个神,那就是我以为已经射死了的狄俄墨得斯。若是这样,那就是一个神保护了他,并且现在还在帮助他!而我大概就成了一个不幸的战士!”潘达洛斯飞身上了埃涅阿斯的战车,两个人策动战马直冲向狄俄墨得斯。

斯忒涅罗斯看到他们逼近,就朝狄俄墨得斯喊道:“你看,两个勇敢的人在朝你冲来!让我们逃吧,你的愤怒没法帮助你对付他们!”但狄俄墨得阴恻地望去,回答他说:“不要告诉我什么恐惧!我的力量还没有用完。不,只要我站在这儿,我就要迎击他们。”

正说话时,潘达洛斯的一支投枪已飞向狄俄墨得斯,它穿透了盾牌,但被他的铠甲弹掉。

“没有击中,落空了!”狄俄墨得斯向欢呼的特洛亚人喊道,并把他的长矛刺进敌人眼下的颌骨,杀死了他。潘达洛斯从战车上栽倒在地。他的战马匆匆地向一边奔驰而去,但埃涅阿斯从战车上跃下,保护尸体,他准备杀死任何来凌辱死者的敌人。现在狄俄墨得斯举起一块通常两个普通人都无法举起的巨石。他投中了埃涅阿斯的髋骨,击得粉碎,撕裂肌腱,使他瘫倒在地。若不是阿佛洛狄忒用洁白的双臂环抱她亲爱的儿子,用她银色衣服的褶皱把他裹了起来并从战场上抢了下来的话,他早就死了。

狄俄墨得斯认出了女神阿佛洛狄忒,他穿过密集人群进行跟踪并接近了带着儿子的阿佛洛狄忒。这个英雄向她掷出了长矛,射穿了她手腕的皮肤,鲜血开始汩汩流个不止。受伤的女神大声叫喊起来,埃涅阿斯也落到地下。阿佛洛狄忒向她的兄弟战神阿瑞斯奔去。

“噢,兄弟,”她乞求地喊道,“快把我带走,给我匹马,我要逃到奥林帕斯山去,我的伤口痛得很。狄俄墨得斯这个凡人伤了我,他简直

能与我们父亲宙斯进行较量呢。”

阿瑞斯把战马让给了她，阿佛洛狄忒一到奥林帕斯山就哭着投入她的母亲狄俄涅的怀抱。

在下界战场上，狄俄墨得斯扑到躺在地上的埃涅阿斯身上，连击三次要致他于死命，但三次都被愤怒的阿波罗——他在他的姊妹阿佛洛狄忒受伤后迅速赶了过来——用盾牌挡住。他用威胁的声音说道：“你这个凡人，不要敢于同神来进行较量！”狄俄墨得斯胆怯起来，脚步迟疑地避开了。阿波罗背起埃涅阿斯，穿过密集的人群回到特洛亚他的神庙。在那儿由他的母亲勒托和他的姐姐阿耳忒弥斯来加以护理。现在阿波罗提醒战神阿瑞斯，要把那个竟敢与神进行战斗的胆大妄为的狄俄墨得斯弄得远远的。战神于是化身为特忒刻的阿卡玛斯，他混在普里阿摩斯的儿子们中间，斥责他们说：“你们这些王子，你们要那个希腊人杀戮到什么时候呢？难道你们要等到兵临城下才进行战斗吗？难道你们不知道埃阿涅斯已经倒下了吗？起来，让我们从敌人手中来拯救我们高贵的伙伴！”阿瑞斯激发起特洛亚人的勇气，所有人又都向着敌人冲去。就是埃涅阿斯也恢复了健康，精力充沛地被阿波罗遣到战场投入战斗，与他的伙伴汇聚在一起冲向敌人。

由狄俄墨得斯、两个埃阿斯和俄底修斯率领的希腊人，严阵以待敌人的临近。阿伽门农先是用投枪掷向逼近的特洛亚人，并击倒了埃涅阿斯的朋友，受人尊敬的一向冲锋在前的得伊科翁。但埃涅阿斯强有力的手也杀死了两个勇敢的希腊人：克瑞同和俄耳西罗科斯。墨涅拉俄斯为他俩的死而悲愤，他挥动长矛并迅速地迎向冲在前面的敌人。在一番血腥的战斗之后，他成功地把两具尸体从敌人手中夺了回并交给朋友守护。

但现在赫克托耳率领一群最勇猛的特洛亚人逼了上来，战神阿瑞斯本人时而出现在他面前，时而跟在他身后。当狄俄墨得斯看到战神走来时，他惊恐起来并朝着他的士兵喊道：“朋友们，不要为赫克托耳的无畏而惊慌，因为有一个神在一直保佑他，使他不会灭亡。如果我们后退，那是在神的面前退缩！”

这期间特洛亚人越逼越近了，赫克托耳杀死了同乘一辆战车的两个勇敢的希腊人：安喀阿罗斯和墨涅斯忒斯。忒拉蒙的儿子埃阿斯赶来复仇，他用投枪掷向特洛亚人的一个同盟者安菲俄斯，击中了他的腰带下面，使他栽倒在地。一阵密集飞来的长矛阻止了他去夺取死者的甲胄。

阿瑞斯和赫克托耳在攻击希腊人，逼使希腊人逐渐退向他们的船营。仅在赫克托耳手上就死去了六个出色的英雄。众神之母赫拉从奥林帕斯山上惊愕地看到特洛亚人在阿瑞斯的协助下所进行的杀戮。在她的催促下，雅典娜的战车装备停当，它的车轮是用铁制成的，周边装饰着黄金，车轴是白银所制，车辕是黄金所制，赫拉亲自给战车套上她的战马。雅典娜披上她父亲的铠甲，头顶金盔，握住绘有女妖戈耳工蛇头的盾牌，拿起长矛，跃上用金带缚牢的银制座位。赫拉坐在她旁边，挥动皮鞭，催马疾行。由时序女神守护的天庭大门自动敞开，两位强大的女神驶过巉岩绝壁。宙斯坐在圣山顶峰，赫拉朝他喊道："你的儿子阿瑞斯对抗命运毁灭希腊人中的精英，难道你不感到愤怒吗？难道你没看见鼓动起这个莽夫的阿佛洛狄忒和阿波罗是多么兴高采烈吗？现在请允许我给这个狂妄之徒沉重一击，使他从战场中滚出来！"

"你完全可以这样做，"宙斯回答她说，"可只能派我的女儿去对付他，她知道如何去跟他进行一场恶斗。"

战车从星空中飞速直驶下界，到西摩伊斯河与斯卡曼德洛斯河交汇的地方才停了下来，马匹落到地上。

两位女神立即奔向战场，在那儿士兵像狮子和公猪一样拥在堤丢斯的儿子四周进行厮杀。赫拉化身为斯屯托耳混在他们中间，并用这位英雄的铁一样的声音喊道："你们阿耳戈斯人，可耻啊！难道只有令人畏惧的阿喀琉斯站在你们一边你们才能战斗吗？他现在坐在船旁边，你们就成了一群废物！"用这种呼喊她激起了希腊人已动摇了的勇气。而雅典娜本人则径直驱向狄俄墨得斯。她发现他站在自己的战车边，在冷却他的伤口，这是潘达洛斯的弓箭射伤的。"狄俄墨得斯，"她说，"我选中的朋友！从现在起你既不要怕阿瑞斯也不要怕另一个神祇，我要成为帮助你的人。勇敢地调转你的战马向疯狂的战神冲去。"随后她轻轻地推了他的驭手斯忒涅罗斯一把，使他心甘情愿地跃下战车，而她本人则坐在这位伟大英雄的旁边。

车轴在女神和希腊人中最强壮的英雄的重压下呻吟作响。雅典娜立即抓紧缰绳挥动鞭子，直驱向战神阿瑞斯。阿瑞斯正在剥下他杀死的最勇敢的埃托利亚人珀里法斯的铠甲。当他看到狄俄墨得斯驾着战车冲向自己时——女神雅典娜本人用浓重的黑夜掩蔽自己——他放下珀里法斯，朝狄俄墨得斯奔去，用他的长矛对准这个英雄的胸膛掷去。但隐身的雅典娜却用手抓住长矛，拨转了方向，使它偏离目标飞向空中。狄俄墨得斯从车座上立起身来，雅典娜本人把他的长矛对准阿瑞斯，刺中他腰带下部的软肋。战神咆哮起来，声音之大像是战场上万人齐声呐喊。特洛亚人和希腊人战栗发抖，他们认为是听到宙斯发出的响雷。但狄俄墨得斯看到阿瑞斯裹在云中直飞向天庭。

战神到了奥林帕斯山，坐到众神之父身边，指给他看正在流血的伤口。但宙斯阴沉地看了看，说道："儿子，你不要到我这儿哀求！在所有奥林帕斯山众神之中你是我最厌恶的。你总是喜欢争吵打闹和寻衅滋事，比起所有的神，你更像你的母亲赫拉，都是那样倔强和顽固。肯定你的这种痛苦也是你母亲造成的！但我不愿意看你这样长时间痛苦下去。众神的医生会给你医治。"于是就把他交给神医派厄翁。派厄翁给他疗伤，伤口立刻就愈合了。

这期间其他神祇也返回奥林帕斯山，重又把战事交给特洛亚人和希腊人自行解决。现在忒拉蒙的儿子埃阿斯首先冲进特洛亚人群中并为他的伙伴打开一条通路，与此同时他刺穿了最强大有力的特拉刻人阿卡玛斯头盔下面的额头。随后狄俄墨得斯杀死了阿克德罗斯及其驭手。阿德刺斯托斯被马掀翻在地，于是被墨涅拉俄斯活捉，他的空车与别的空车跑回城里。阿德刺斯托斯抱起墨涅拉俄斯的双膝，悲哀地乞求说："阿特柔斯的儿子，活捉我吧，若是我的父亲能重新看到我活着，他会用他财宝中的铁和黄金来赎我回去。"

墨涅拉俄斯被这番话打动，可阿伽门农却向他走来并斥责他："墨涅拉俄斯，你要关怀你的敌人？没有一个人能逃出我们的手心，就是一个在母亲怀中的孩子也不能饶过！凡是特洛亚教育长大的都得死！”说罢他就用长矛刺死了阿德剌斯托斯。

若不是普里阿摩斯的儿子赫勒诺斯对赫克托耳和埃涅阿斯说了下面一番话，那特洛亚人几乎就都逃进城里去了。他说：“现在一切都靠你们了，朋友们。如果你们能在城前阻止士兵逃进去，那我就还能与希腊人进行一战。埃涅阿斯，众神首先就把这项任务加在你身上。而你，赫克托耳兄弟赶快回特洛亚，告诉我们的母亲：她要把最受尊重的女人召集到雅典娜神庙，把最华丽的衣服放到女神膝前，并许下十二头完整的牛做祭品，求她保佑特洛亚的女人、儿童和他们的城市，去抵御可怕的堤丢斯的儿子。”赫克托耳随即从战车跃下，从士兵中穿过，鼓舞他们的勇气，向城中奔去。

赫克托耳在特洛亚城

当赫克托耳抵达宙斯山毛榉下和斯开亚城门时，特洛亚的女人和儿女们把他围了起来，畏惧地问及她们的丈夫、儿子、兄弟和亲戚。他无法准确地给予答复，只是提醒她们去祈求神祇的保佑。可许多人都为他的消息痛苦和悲哀地垂下头来。

现在他到了父亲的王宫。这是一座美轮美奂的建筑，四周都围有石柱大厅。里面是五十间用光滑大理石建成的内室，一间连着一间。这里居住着国王的儿子及其妻子。在内宫的另一侧有相互排列起来的十二间用大理石建成的内室，那里居住着国王的女婿们和他的那些女儿。整个王宫被一面高墙围了起来，形成一座壮观的宫堡。赫克托耳在这儿遇到了他慈祥的母亲赫卡柏，她正在去她最喜爱也是最漂亮的女儿拉俄狄刻的路上。年迈的女王奔向赫克托耳，握住他的手，忧愁而关爱地说：“儿子，你怎么从血腥的战场上到我们这儿来了？那些可怕的敌人一定是加紧逼迫我们，你来了一定是要去祈求宙斯。我去给你带来美酒，你好向宙斯父亲和其他神祇献上，然后你自己饮上一杯，这能使你精力充沛。”

但赫克托耳回答女王说：“亲爱的母亲，不要酒，免得我失去力量。可听我说，你同特洛亚的最高贵的女人一同去雅典娜神庙，带上薰香，把最宝贵的衣服放到女神膝前，给她祭上十二头纯净的牛，求她保佑我们。我本人要去喊我的兄弟帕里斯去参加战斗。愿大地把他活生生地吞掉，因为他生来就是要使我们毁灭。”

母亲按照儿子的吩咐去做了。她下到芬芳的内室，那里边存放有最华美的衣服，她拿了一件最绚丽最漂亮的，由一群高贵的女人陪同登上雅典娜神庙。特洛亚雅典娜的女祭司，安忒诺耳的妻子忒阿诺给她们打开了女神的圣堂。她们一排一排地围着雅典娜神像，悲泣地举起双手。随后忒阿诺从女王手中拿过那件衣服，放在神像膝前，并对宙斯的女儿祈求说：“帕拉斯·雅典娜，城市的保护神，庄严和威力强大的女神，求你折断狄俄墨得斯的长矛，让他栽倒在地，滚翻在我们城门前。求你保佑我们的城市。女人和孩子！我们怀着这样的希望向你献上十二头纯净的牛。”但雅典娜心里拒绝了她们的乞求。

赫克托耳这期间到了帕里斯的宫殿。他右手执着长矛，它有十一肘长，靠近铁制矛尖的根部挂着一枚金环。他看到他的兄弟在内室里检查武器，磨平弓上的角质。他的妻子海伦坐在一些女人中间，领导她们操持家事。当赫克托耳看到帕里斯时，他责备地喊道：“兄弟，你闷闷不乐地坐在这儿是不对的，因为你的缘故士兵们都在城前血战！起来，在城市被敌人焚毁之前，你要与我们一起保卫它！”

帕里斯回答他说：“兄弟，你责备我不是没有道理的，可我在这儿不是因为闷闷不乐，而是由于苦恼而心余力绌。我的妻子在亲切地劝我去战场作战。我正等着穿上我的铠甲，你先走吧！我很快就跟上你的。”

赫克托耳沉默不语，但海伦却羞愧地对他说：“噢，兄弟，我是一个可怜的、不祥的女人！在我与帕里斯登上这块土地之前，我真愿海浪把我吞没！但愿我至少有一个争气的丈夫，他能感受到他所招致的耻辱和大量的责骂。但他没有骨气，他的怯懦会带来恶果的。但你，赫克托耳，进来坐一坐，休息休息。”

“不，海伦，”赫克托耳说，“我的心在驱使我去帮助特洛亚人。你去鼓励鼓励这个人，让他赶快在城内就赶上我。此前我还要回自己家一趟，看看我的妻子、儿子和仆人。”

随后赫克托耳匆忙别去，但他没有在家中找到他的妻子。“当她听到特洛亚人遭到失败，希腊人得到胜利时，”女管家说，“她就像发疯了似的离开家门，去登上一个碉堡，女仆只好抱着孩子跟她而去。”

赫克托尔飞快地穿过特洛亚的大街返了回来。当他到达斯开亚大门时，他的妻子安德洛玛刻，忒拜城国王厄厄提翁的如花似玉的女儿，正迎面向他跑来。跟在她后面的女仆怀中抱着幼小的婴儿阿斯堤阿那克斯。父亲面带安静的微笑睇视着孩子。但安德洛玛刻两眼饱含泪水走到他身边，温柔地握起他的手说道：“可怕的人，你的勇气肯定会使你丧命的。你既不可怜你的咿呀学语的孩子，也不可怜你的不幸的女人，你很快就要使她变成一个寡妇。如果我失去了你，那我埋骨黄沙随你而去。阿喀琉斯杀死了我的父亲，我的母亲死于阿耳忒弥斯的箭下，我的七个兄弟都丧于珀琉斯之手，再失去你我就无依无靠了。赫克托耳对我说来，是父亲、母亲和兄弟。因此，请可怜我，请你留在塔楼上，不要让你的孩子成为孤儿，让你的妻子成为寡妇！把军队调到无花果丘陵地吧。那儿的城墙无人去守卫，很容易攻破。最勇敢的希腊人已经向那里冲击了三次，不管是不是一个预言家指点过他们，或者是受他们心灵的驱使!”

赫克托耳亲切地回答他的妻子说：“这也是使我感到担心的事，亲爱的，但如果我去这儿从远处观望战斗，那我会在特洛亚的男人和女人面前感到羞愧难当。虽然我的心在告诉我：神圣的特洛亚和普里阿摩斯及其人民的毁灭必将到来，但使我更为关心的既非特洛亚人，也非自己的父母兄弟所遭受的苦难，而是一个希腊人把你掳去做奴隶，你在阿耳戈斯坐在纺织车旁或者担水，去受强迫劳役之苦。如果你被带走，我不得不听到你的叫喊声时，我宁愿死去。”随后他深感忧愁地抚摸她，继续说着：“可怜的女人，心里不要过分忧伤，命不该绝就没有人能杀死我，但没有一个凡人能逃脱开自己的厄运。你去纺织车那儿去吧，指挥你的那些女仆！特洛亚的男人都得为战争尽力，尤其是我！”说毕赫克托耳戴上头盔就离开了。在路上他遇到了他的兄弟帕里斯，他手执闪闪发亮的武器，他俩一同前行。

赫克托耳与埃阿斯的决斗

当女神雅典娜从奥林帕斯山上看到两兄弟走进战场时，她迅急地飞向特洛亚城。她在宙斯山毛榉树旁遇见了阿波罗。他正去城堡的雉堞上调动特洛亚人去进行战斗，他来到这儿对他的姊妹说：“你怎么这样焦急地从奥林帕斯山下来了，雅典娜？你还一直要让特洛亚陷落吗，你这无情的人？听我的话，今天不要让他们进行决战，让他们下一次再战，因为你和赫拉不把高耸的特洛亚城夷为平地是不会罢手的！”

“正如你所说的，”雅典娜回答他说，“我就是抱着这样的目的下奥林帕斯山的。但告诉我，你想使这场战斗停下来？”

“我们要给赫克托耳斯更大的威力，”阿波罗说，“这样使他向一个希腊人进行决定性的挑战。让我们看看他们怎么做。”

雅典娜同意了。

预言家赫勒诺斯的心灵听到了两位神祇的谈话。他急忙跑到赫克托耳身边并说道：“普里阿摩斯的聪明儿子，你这次要听我的劝告，我是你亲爱的兄弟。命令所有特洛亚人和希腊人停止战斗，但你本人要向所有希腊人中的最勇敢的人进行挑战。你不会有危险的，相信我的预言，死亡还没有降临到你身上。”

赫克托耳对他的话感到高兴，于是对希腊人中最勇敢的英雄提出单独决斗的挑战。“宙斯是我的证人，我的条件是：如果我的对手用长矛把我杀死，他可以把我的铠甲拿走带回自己船上，可要把我的尸体送回特洛亚，使之在故乡得到焚化的荣誉；但如果阿波罗给予我光荣，我能打败我的对手的话，我就把他的铠甲挂到特洛亚的阿波罗神庙上，你们可以把死者带回到你们船上进行安葬并为他在赫勃斯蓬托斯建立一座纪念碑，使后代过往的水手能够说：看吧，这儿耸立的是一位古代的战士的坟墓，他是在与赫克托耳决斗中被杀死的。”

希腊人一片沉默，因为拒绝这种挑战是可耻的，而接受它又是十分危险的。终于墨涅托俄斯站了起来，责备他的同伴说：“你们这些说大话的人，令我难过，你们不是希腊的男子汉，你们是希腊的女人！如果没有一个希腊人敢去对抗赫克托耳，这会是怎样一种耻辱！我要亲自去进行这场战斗。让神祇来决定它的胜负。”说毕他就拿起他的武器，若不是希腊的诸王阻止他并把他拉回来，他注定是要死的。

这时涅斯托耳对军队说了一番话，他讲述了他本人当年同阿尔卡狄亚人厄柔塔利翁的决斗，并责备说：“如果我还年轻的话，还像那个时候有力量的话，”他这样结束了他的讲话，“那赫克托耳很快就找到了他的对手！”有九位英雄站了起来作为对他的责备的回答，首先是阿伽门农，随之是狄俄墨得斯，之后是两个埃阿斯，紧接着是伊多墨纽斯，他的伙伴墨里俄涅斯，欧律皮罗斯，托阿斯和俄底修斯。他们都要进行这场可怕的决斗。“让抓阄来决定，”涅斯托耳又开始说了，“无论是谁抓到了，希腊人都会高兴的；当他成为这场血战的胜利者时，那他本人也会高兴的。”很快准备工作就绪，埃阿斯抓到了，他兴高采烈地把阄抛到脚下并呼喊道：“朋友们，真的，我抓到了，我的心是快乐的，因为我希望战胜赫克托耳。在我进行武装时，你们为我祈祷吧，不管是默默地还是大声地！”

士兵们听从他的话，他很快就冲到阵前，巨大的身躯穿着锃光闪亮的铠甲，活像威风凛凛的战神本人。所有希腊人都为这一景象欢呼起来，特洛亚的士兵都感到惊恐不安。

埃阿斯手执铁制的，蒙上七层皮革的盾牌走向赫克托耳。当他走到赫克托耳面前时，威胁地说道：“赫克托耳，你清楚，在希腊人中间除了珀琉斯的狮心儿子阿喀琉斯之外，还有很多英雄。让我们开始这场流血的战斗吧！”赫克托耳回答他说：“忒拉蒙的神一般的儿子，不要把

我当作一个软弱的孩子或一个不会打仗的女人。男子汉的战斗我早就熟悉了。开始吧，我不会偷偷地把我的长矛投向你，勇敢的英雄，不，我要公开地做这件事。看看吧，能否击中你!”说着这句话他就把投枪飞快地掷了出去。它击到了埃阿斯的盾牌上，射穿了六层皮革，直到第七层才停了下来。现在忒拉蒙的儿子的投枪穿越空气直飞而来，它击碎了赫克托耳的盾牌，穿过了他的胸甲，若不是他快速闪开，就会射入他的腹部。两个人像狂暴的野猪似的冲向对方。赫克托耳把他的矛刺中埃阿斯的盾牌中心，但是他的矛尖弯了，没有刺穿铁盾。相反的是埃阿斯刺透了对手的盾牌，划破了他的脖子，黑色的血喷溅而出。

赫克托耳虽然稍许后退了几步，但他用右手抓起了一块大石头，击到了敌人盾牌的隆起部，盾铁发出了巨响。可埃阿斯从地上举起一块更大的石头，用力掷向赫克托耳，把盾牌击裂，敌人被打倒在地。但赫克托耳手中没有丢掉盾牌，隐身的阿波罗在他身旁帮他很快重又从地上站了起来。

两个人现在本该用剑扑向对方以决胜负，可这时两方的传令官，特洛人伊代俄斯和希腊人塔尔堤比俄斯，跑了过来，把木杖横向他俩中间。“孩子们，不能继续战斗了，”伊代俄斯喊道，“你们两人都是勇敢的，都受到宙斯的喜爱，我们大家都看到了！但现在黑夜已来临，听从黑夜的安排。”于是两个人离开了战场。可此前赫克托耳把他的银柄宝剑连同剑鞘和装饰华丽的剑带递给他的对手。埃阿斯随即从身上解下他的紫色腰带，递给赫克托耳。随后埃阿斯回到希腊军队，赫克托耳又重新走进特洛亚人队伍。他们很高兴他们的英雄完整无损地从可怕的埃阿斯手中返回。

休　战

现在希腊诸王集聚在他们的统帅阿伽门农的军帐里，并决定明日休战，在缔结休战之后把战场上死亡的士兵抬下来进行火化。

在另一方，特洛亚人也在他们的宫堡里开会，对决战的前途不无感到痛苦。聪明的安忒诺耳提出了他的要求，把海伦与其全部财宝交还给希腊人。帕里斯站起来表示反对，他说："如果你说这番话是当真的话，那看来众神确实是使你丧失了理智；但我可以明确地说，我决不会交出我的女人。他们拿去我从阿耳戈斯带回来的财宝好了，并且我自愿把我的那些也交出来，作为他们要求得到的赔偿！"

年迈的国王普里阿摩斯在他的儿子讲完后善意地说道："今天我们就不要再说下去了。我们的传令官伊代俄斯明天去希腊人的船营，通知他们我儿子帕里斯的和平意愿。同时请求他们休战，以便我们把我们的死者火化。如果双方不能取得一致，那随后就开始再进行战斗。"

事情就这样办了。翌日，传令官伊代俄斯出现在希腊人面前，告知了帕里斯和国王的建议。希腊众英雄听到后，长时间沉默不语。终于狄俄墨得斯说话了："你们希腊人，不要想到去拿这些财宝，就是你们得到了海伦，也不要。连头脑最简单的人也看得出来，特洛亚人已经害怕毁灭了。"他的这番话受到了诸王的热烈欢呼，现在阿伽门农对传令官伊代俄斯说："你本人听到了希腊人对帕里斯建议做出的答复了。但焚烧死者的事不会被拒绝的。"

伊代俄斯返回特洛亚，特洛亚人又重新召开会议。令人高兴的通告很快使全城活跃起来，一部分人去搬运尸体，另一部分去森林里收集木材，同样的事情也发生在希腊人的船营里。在晨曦的光辉中，敌人和敌人相遇，并排地去寻找死者。白天他们做完了这项工作，晚间双方都回去用餐。但宙斯却不让他们得到安静，一整夜他都在用响雷去惊扰他们，这雷声不断地响起，像在向他们宣告灾难的来临。他们陷入恐惧，若他们不先向愤怒的众神之父泼洒美酒进行献祭，都不敢把酒杯放到嘴边。

特洛亚人的胜利

宙斯暂时做出了另外的决定。“听我说，”他在翌日对召集来的众神说道，“谁今天下去帮助特洛亚人或者希腊人，我就把他抓起来抛到地府下塔耳塔洛斯的深渊里，让他永远不会再回来。”众神对他的话十分畏惧。

宙斯本人则登上他的雷霆神车，驶往伊得山。他坐在这儿的山顶上，欢快而威严地观察特洛亚人的城市和希腊人的船营。双方的男人都在戴盔披甲。特洛亚人虽然少些，但他们也渴望战斗。不久他们的城门大开，士兵们蜂拥而出，或徒步或乘战车。整个清晨，双方势均力敌，地上血流成河。但当太阳升到天顶时，宙斯把两个死者当作筹码放到他的黄金天平上，在空中加以称量。希腊人的重量向地面倾斜，而特洛亚人的重量则升向天空。

用一次雷击，他宣告改变了希腊军队的命运。一种预感不祥的恐慌使希腊人胆战心惊，那些伟大的英雄开始动摇了。伊多墨纽斯、阿伽门农，甚至两个埃阿斯都不再那么坚定了。只有年迈的涅斯托耳还在战场上战斗，但也是迫不得已，因为帕里斯把他的马用箭射死了。如果不是狄俄墨得斯及时赶来并把他拉到自己战车上的话，那这个高贵的老人肯定丧命，随即狄俄墨得斯奔向赫克托耳。

狄俄墨得斯掷出了他的长矛，虽然没有击中赫克托耳，但却射穿了他的驭手厄尼俄剖斯，他随即栽于轭下。赫克托耳为朋友的死极为悲痛，他把他放好，召来另一位英雄来驾驭他的战车，直向狄俄墨得斯冲去。若是他与堤丢斯的儿子进行较量的话，赫克托耳肯定会丧生的，好在宙斯知道得很清楚，若是赫克托耳倒下，那战局就会急转直下，希腊人在今天就会占领特洛亚城。宙斯不愿意这样，于是他向狄俄墨得斯战车前抛去一道闪电，亮光直射入地下。涅斯托耳惊恐万分，缰绳从手中掉下，他说：“快，狄俄墨得斯，调转马头，赶快逃命。难道你看不出来，宙斯今天不要让你得到胜利吗?”“你说得对，老人，”他回答说，“但我会感到多么愤怒啊，因为赫克托耳在特洛亚人的聚会上说：堤丢斯的儿子在我马前逃之夭夭，跑回船营去了!”说毕他驱马逃走，赫克托耳与特洛亚人在后面追赶，他喊道：“堤丢斯的儿子，希腊人在集会上和在宴会上看重你，可他们今后蔑视你，像蔑视一个胆小的女人一样！那个要占领特洛亚和把我们的女人用船载走的人不会是你了!”狄俄墨得斯在想，是否调转马头，与这个嘲笑者决一死战，但宙斯的响雷从伊得山传来，十分可怕，狄俄墨得斯策马逃走，赫克托耳在后面紧追不舍。

看到这种情形赫拉忧心忡忡，她要去说服希腊人的特别守护神波塞冬去帮助他们，但是失败了，因为他不敢反抗他那强大的兄长所说的话。现在逃跑的人到了船营前的围墙和壕沟，若不是由赫拉鼓起了勇气的阿伽门农把惊慌失措的希腊人集合在自己身边的话，那赫克托耳肯定会冲进来并把火把投进希腊人的船营。

阿伽门农进入俄底修斯那艘巨大的船里，它位于中间，高于所有其他船只。他站在甲板上，向逃跑的人喊道：“可耻啊，你们这些该诅咒的家伙，现在你们英雄般的勇敢哪儿去了？你们这些喝酒时吹牛皮的人！在赫克托耳面前现在我们都成了一群废物，不久他就把我们的舰船烧成一片灰烬。噢，宙斯，你把怎样的诅咒加于我身上！如果说我曾用祈祷和祭品表达了我对你的尊敬，那就让我现在至少能躲避和逃走，不要在舰船这儿被特洛亚人的武力征服!”他泪流满面地叫喊，这使众神之父本人也起了恻隐之心，于是从天上给希腊人一个吉兆：派来了一头鹰，它巨爪中攫着一头幼鹿，投落在宙斯的神坛前面。

这个征兆使希腊人力量大增，他们重新迎向蜂拥而来的敌人。狄俄墨得斯驱使他的战马带头跃过壕沟冲向特洛亚人阿革拉俄斯。阿革拉俄斯在他面前调转战车准备逃跑，但狄俄墨得斯的长矛刺穿了他的后背。阿伽门农和墨涅拉俄斯随着冲到前面，两个埃阿斯紧跟他们身后，随后是伊多墨纽斯和墨里俄涅斯，还有欧律皮罗斯。

现在透克洛斯上来了，他用弓箭把一个又一个特洛亚人射倒在地，他已射杀了八个敌人。这时阿伽门农向他投去火热的目光，并朝他喊道：“高贵的朋友，就这样射下去，你是希腊人的光明！如果宙斯和雅典娜同意我们毁灭特洛亚，你就是第一个我要授予荣誉赠礼的人！”

“国王，你不需要老是鼓励我，”透克洛斯回答他说，“我不会吝惜我的全部力量！我只是没有成功地射杀那只疯狗！”

说着他就向赫克托耳射出一箭，但没有射中，仅射杀了普里阿摩斯的一个庶子。第二箭由于阿波罗的导引，使赫克托耳得以逃脱死亡。赫克托耳现在狂暴地冲向透克洛斯，正当透克洛斯重又向他弯弓时，他却用一块长形的带有棱角的石头击中了透克洛斯的锁骨。他的肌腱断了，手的节骨麻木了，他跪倒在地。但埃阿斯没有忘记他的兄弟，他守卫在他身边，用他的盾牌长时间地保护他，直到两个朋友把大声呻吟的透克洛斯抬回船上。

但现在宙斯又重新鼓起特洛亚人的勇气。赫克托耳两眼闪闪发光，愤怒地冲在最前面去追赶希腊人。希腊人又被逼回到船边，畏惧地向他们的神祗祈求。赫拉不忍了，她转向雅典娜并说道：“我们还能一直不去拯救面临死亡的希腊人吗？难道你没看到，赫克托耳在下界的屠戮是多么难以忍受，他已经杀得血流成河了！”

“是的，我的父亲太残忍了，”雅典娜回答说，“他完全忘了，我们是怎样忠诚地帮助他的儿子赫剌克勒斯冒险时所做的一切了。但那个狐媚子忒提斯已经用她的曲意奉承讨得了他的欢心。他变得讨厌起我了。赫拉，帮助我套上车，我要到伊得山去见他！”

宙斯一发现这件事就大发雷霆，当载着两个女神的车刚要穿越奥林帕斯山的第一道门时，宙斯的女使者伊里斯迅速赶来加以阻止。她们听从他的怒火冲冲的指示调转车头返了回来。不久宙斯本人乘着雷车出现了，众神之山的顶峰由于他的临近而震颤不止。他面对他的妻子和女儿的请求一声不响。“你明天还要看到特洛亚人的更大胜利，”他对赫拉说，“直到希腊人惊恐万状，麇集在他们舰船的舵盘四周进行战斗和愤怒的阿喀琉斯在他的帐篷里重新挺身而起时，威武的赫克托耳是不会在战斗中停下来的。这就是命运的意志。”

这期间赫克托耳在船边召集他的战士，他说：“如果不是黑夜到来，敌人现在就会被消灭。但我们也不要返回城市，而是赶快把牛羊赶来，还有美酒和面包，都要从家里运来。在我们四周点上营火以防敌人袭击，这同时我们进餐和护理伤员。天一破晓我们重新向舰船发起攻击，我要看看，是狄俄墨得斯把我逼回到城墙里去，还是我把他的铠甲从尸体上剥下！”特洛亚人大声向他欢呼。他们整夜都在休息，成百上千堆营火保护他们；他们大吃大喝，他们的马匹在輓具旁嚼食着小麦和大麦。

希腊人的使者去见阿喀琉斯

在希腊军营里逃跑的恐惧还没有平息下来，这时阿伽门农把诸王秘密分头找来开会。他们不久就忧郁地坐到了一起，这位统帅深深地叹了叹气，他对诸王说道：“朋友们和民族的保卫者，宙斯使我陷入深深的罪恶和愧疚之中。他的吉兆预示我，在消灭特洛亚之后我能以胜利者的身份凯旋，可他欺骗了我，并命令我现在耻辱地返回故国。我们不能违反他的意志，他毁灭了那么多城市，并且还要毁灭更多，但是我们不应当占领特洛亚。我服从他，让我们登上快船逃回我们父辈居住的地方！”

希腊的英雄们听到这番悲哀的话都长时间沉默不语，满面愁容。终于狄俄墨得斯说话了，“刚才你还在希腊人面前辱骂我没有勇气，缺少胆量。”他说道，“国王，但现在我觉得，宙斯给了你统治的权力却没有给你勇敢。你真的认为，希腊的男子汉都像你说的那么不堪一战吗？好吧，如果你的心那样急于返乡，那你就走吧！路是敞开的，船是备好的！我们其他希腊人要留在这儿，直到把普里阿摩斯的宫堡摧毁为止。就是你们大家都要离开，我和我的朋友斯忒涅罗斯也要留在这里，继续战斗，我相信，是神祇领我们到这儿来的!”英雄们听到这番话都欢呼起来，这时涅斯托耳说道：“噢，年轻人，你可以成为我的小儿子，可你讲得都头头是道。来吧，阿伽门农，给诸王摆下宴席，你的帐篷里有足够的美酒。那些守卫的人埋伏在壕沟外土墙前，而你在举杯时要听从民族中精英们的劝告。”

于是事情就这样进行了。诸王在阿伽门农这里欢宴，宴毕，涅斯托耳又在会议上说道：“阿伽门农，你知道，从你违反我们的意愿把布里斯的美丽女儿布里塞伊斯从愤怒的阿喀琉斯的帐篷里夺走之日起都发生了什么事情吗？现在是时候了，我们该想想如何去使这颗受伤害的心得到安慰。”

“你说得对，老人，”阿伽门农回答说，“我犯了错误，我承认。我愿意弥补，并给予受侮辱者以尽量多的赔偿：十塔兰同黄金，七座三脚鼎，二十个盆，十二匹马，我从勒斯玻斯亲自夺来的七个美女，最后还有温柔的布里塞伊斯姑娘本人。尽管我从阿喀琉斯那里把她带走，但她一直受到尊敬，对此我以神圣的誓言做证。当我们占领了特洛亚并分配战利品时，我要把他的船装满黑铁和黄金，他可以挑选除海伦外二十个最美的特洛亚女人。当我们返回阿耳戈斯时，他可以选择我的一个女儿作为妻子。他将成为我的女婿，我要把他与我唯一的亲生儿子俄瑞斯忒斯一样看待。我要给他七座城市作为新娘的嫁妆。只要他火气消了，这一切我都去做。”

“真的，”涅斯托耳回答他说，“你答应给阿喀琉斯的礼物不算少了。我们当场就派精英人物到愤怒的英雄的帐篷去，福尼克斯带头，有大埃阿斯和高贵的俄底修斯以及随同前往的传令官荷狄俄斯和欧律巴忒斯。”

在一次隆重的祭祀之后，由涅斯托耳挑选出的英雄离开了会场，随后他们就到了密尔弥多涅斯人的舰船那里。他们找到了阿喀琉斯，他正在弹奏一架精致的、装饰着银制琴马的竖琴，并吟唱英雄们的赫赫战功。他的朋友帕特洛克洛斯坐在他对面，聆听他的歌唱。当阿喀琉斯看到来人时，他急忙从座位立起身来。帕特洛克洛斯也站了起来，两个人向他们迎去。阿喀琉斯握住福尼克斯和俄底修斯的手喊道："忠实的朋友，高兴地看到你们！你们肯定遇到了某种麻烦而来找我，可我爱你们胜过所有希腊人，即使我仍恼怒不止，可还是欢迎你们。"

很快宴席就摆上了，他们又吃又喝。俄底修斯为阿喀琉斯干了一杯，并说道："祝你健康，阿喀琉斯，你的宴席丰盛，但这美味佳肴并不是我们所渴求的，而是我们巨大的不幸使我们来到你这儿。因为你是否与我们走，现在正关系到我们的得救或灭亡。特洛亚人已逼近围墙并威胁我们的舰船，赫克托耳得到了宙斯的信赖，他眼睛里充满了杀戮的喜悦，在大开杀戒。你要挺身而出解救希腊人。制止住你心灵的骄傲，相信我，友情胜于急吵。"随之俄底修斯一一列举了阿伽门农为了赎罪向他献上的大批礼物。

但阿喀琉斯却回答说："拉厄耳忒斯的高贵儿子，我必须用'不'来回答你美好的言辞。我憎恶阿伽门农就像憎恶地狱之门一样，不论是他还是别的希腊人都不能说服我重新回到他们中间去进行战斗，因为我什么时候得到了对我的战功的酬谢？像一只宁愿自己挨饿的母鸡为它的幼雏送上找到的食物一样，我度过无数的不宁之夜和血腥的白昼，竟是为这个忘恩负义的人去夺取一个女人。我所夺到的，都交给了阿特柔斯的儿子，但他把大部分归为己有，只把少部分分给其他人。他甚至把我最喜爱的战利品也抢走。为此我明天要向宙斯和众神献上我的祭品，在天一破晓时我的舰船就要在赫勒斯蓬托斯海上航行，三天之后我希望回到佛提亚我的家中。他欺骗了我一次，第二次他就骗不了我了，他够得意的了！你们回去把这个消息告诉他，但福尼克斯留下来，如果他愿意的话，可以和我一同乘船回故乡去。"

福尼克斯无法劝动他的老朋友和领袖，这位年轻的英雄改变了想法。这时埃阿斯站了起来说道："俄底修斯，让我们走吧，在残忍的人胸中没有温情。伙伴的情谊感动不了冷漠无情的人，他胸中有的是一颗冷酷的心！"俄底修斯也从餐桌旁站了起来，在他们向众神行了祭祀礼之后就同传令官一样离开了阿喀琉斯的帐篷，只有福尼克斯留了下来。

俄底修斯从阿喀琉斯的帐篷带回来令人沮丧的消息，阿伽门农和诸王都一言不发。他们彻夜不眠，有两位英雄还在破晓前就心怀恐惧地起身了，墨涅拉俄斯到帐篷中去把诸王唤醒，而阿伽门农则到了涅斯托耳住处。他发现老人还在软榻上休息，铠甲、盾牌、头盔和两支长矛都放在旁边。老人从梦中惊醒，他用肘部支撑住自己，向阿伽门农喊道："你是谁？在黑夜里人们都在睡觉，你却在漆黑的夜里孤身一人在舰船中间游荡，你是在找一位朋友还是一匹走失的驴子？说话，你这沉默的人，你在找什么？"

"是我，涅斯托耳，"那个人轻声地说话，"我是阿伽门农，是宙斯使他陷于灾难深渊的阿伽门农。我的眼睛无法闭合睡眠，我的心在跳动，我的四肢在为希腊人而恐惧得发抖。让我们去守卫人那儿看看，他们是不是都没睡觉。我们中没有人会知道，敌人会不会在夜里进行一次攻击！"

涅斯托耳急速穿上羊毛内衣，披上紫色斗篷，拿起长矛，与国王一齐在舰船中间巡视。他们先唤醒了俄底修斯，他一听到召唤立即背上盾牌跟在他们身后；随后涅斯托耳走近狄俄墨得斯的帐篷和宿地，用脚跟触动他的脚，责备地把他唤醒。

"不知疲倦的老人，"这位英雄睡眼惺忪地说道，"你总是静不下来！不是有不少年轻人夜间在军中巡视并随时叫醒睡眠中的英雄吗？可你总是控制不住自己，老人！"

"你说得有理，"涅斯托耳回答他说，"我有足够的人可用，再加我那些出色的儿子，他们都能承担这项工作。但是希腊人的忧心事太多了，我的心要求我做的，我自己做不过来。你们已面临生死关头，因此你要站起来，帮助我们把埃阿斯、费琉斯的儿子墨革斯唤醒！"

狄俄墨得斯立即披上他的狮皮，唤来要找的英雄。他们集在一起去查看守卫者，但他们中没有一个在睡觉，所有的人都全副武装、精神抖擞地坐在那儿。

希腊人的第二次溃败

已是清晨了。阿伽门农命令士兵束紧腰带，穿上铠甲，进入战斗。赫拉和雅典娜用欢快的响雷从上天向身穿华丽装束的国王致意。徒步的士兵们首先挥舞铁制武器蜂拥而出，越过壕沟，随后是乘坐战车的巨人，整个队伍大声呐喊着向前冲去。在另一方，特洛亚人密集在一起守在战场上的一座山丘上，他们的领袖是赫克托耳、波吕达玛斯和埃涅阿斯；与他们在一起的还有波吕玻斯、阿革诺耳和阿卡玛斯以及安忒诺耳的三个勇敢的儿子。赫克托尔像黑夜天际中的一颗明星，他时而出现在最前列，时而穿越最外层的队伍指挥战斗。

很快特洛亚人和希腊人面对面地进行了厮杀，人头攒动，拥在一起大砍大杀，双方的士兵都像狼一样号叫奔突。终于希腊人用他们的力量冲破了敌人的阵线。阿伽门农带头开路，他刺死了王子比厄诺耳及其驭手，随后扑向普里阿摩斯国王的两个儿子安提福斯和他的驭手伊索斯。希腊士兵越来越深入，像林中的一条火带一样，在暴风中蔓延开来。

依照宙斯的指点，赫克托耳穿过战场急忙向城市逃去，但阿伽门农在后面大声喊叫，紧追不舍。终于到达离斯开亚城门不远的宙斯山毛榉丛旁，这时赫克托耳以及与他一齐溃逃的人站住了。宙斯派遣他的使者女神伊里斯前来并命令他，只要阿伽门农冲在前面，那他就追到后面，让其他人进行战斗，直到阿特柔斯这个儿子受伤，那时他再出面，众神之父会再次帮助他取得胜利。

赫克托耳听从他的吩咐。他召唤他的战士进行战斗，厮杀又开始了。阿伽门农冲在前面，在特洛亚人及其同盟者之间左冲右突。他首先碰上了安忒诺耳的儿子伊菲达玛斯，这是个身体高大、威武有力的英雄。阿伽门农的长矛没有刺中，而伊菲达玛斯的矛头刺到敌人的腰带而弯曲了。现在阿伽门农抓住对手的长矛，把它从手里扯出并用宝剑刺穿他的脖子。阿伽门农解除了他的武装，手执敌人的华丽铠甲在希腊人的队伍中炫耀他的胜利。这时安忒诺耳的大儿子科翁，特洛亚的一个最受称赞的战士，看到他就奔了过来。兄弟的死使他怒火中烧，但悲痛并没有令他失去理智。他趁阿伽门农没有注意他的时候，就从旁边用长矛刺中阿伽门农的手臂中部紧靠肘弯的地方。阿伽门农感到全身突然颤抖，但他依然奋不顾身继续战斗；当科翁握住他兄弟的脚试图把他从死人堆中拖出来时，阿伽门农的长枪从盾牌下面刺穿了他，于是他动也不动地躺倒在兄弟的尸体旁边。

阿伽门农继续用长矛、宝剑和石头在特洛亚人中间进行屠杀。但剧痛却越来越厉害地折磨他，他不得不跳上他的战车，命令他的驭手返回船营。

当赫克托耳看到阿伽门农逃离时，他想到了宙斯的命令，于是急忙跑到特洛亚人和吕喀亚人的前方队伍中，大声疾呼："朋友们，你们是男子汉大丈夫，起来战斗！希腊最勇敢的人已经逃走，宙斯赋予我胜利的荣誉。起来，到希腊人中间去，催动战马，我们会赢得更大的光荣！"语毕，他就像一阵狂风带头冲入敌人中间，在很短时间就有九个希腊英雄和许多普通士兵死于他的手下。他已经把逃跑的士兵逼向舰船，这时俄底修斯提醒狄俄墨得斯："我们能忘记去进行抵抗吗？靠近些，朋友，紧挨着我，让我们来阻止赫克托耳占领我们船营的厄运！"狄俄墨得斯朝他点了点头并用投枪刺穿了特洛亚人提布赖俄斯的左面胸膛，使他从车上栽倒在地；俄底修斯则杀死了他的同车伙伴摩利翁。他们继续在敌人中间横冲直撞，希腊人又可以松一口气了。还在伊得山上俯瞰的宙斯让战事左右摇摆，保持平衡。赫克托耳终于穿过人群看到这两个疯狂的英雄，于是同他的士兵扑了上去。狄俄墨得斯及时看到了他，就把长枪掷向他的盔顶。尽管它滑落一旁，可赫克托耳急忙返回士兵中间，跪倒在地，他的右手撑住地面，眼前一片昏黑。这时狄俄墨得斯飞奔过去抢自己的投枪，赫克托耳乘机跳上他的战车，得以逃生，跑回到他的士兵之中。狄俄墨得斯恼怒地转向另一个特洛亚人，把他打倒在地，正准备去剥下他的铠甲。帕里斯利用这个时机，躲在伊罗斯墓碑后面，射中了单膝着地的英雄的脚跟。箭矢射穿了他的脚掌，紧紧钉入肉里。帕里斯从后面笑着跳了出来，并大声地嘲弄他的敌人。狄俄墨得斯环顾四周，当他看到这个射手时，朝他喊道："你就是那个抢夺女人的英雄？你从不敢面对面同我进行公开的较量，现在却夸耀你从后边射伤了我的脚。这对我没有关系，就像一个姑娘或一个孩子射中了我一样！"这期间俄底修斯奔了过来，挡在受伤者前面，狄俄墨得斯十分疼痛，但他安全地把箭矢从脚上拔了出来。随后他跃上战车，坐在他的朋友斯忒涅罗斯身边，驶回他的舰船。

现在只有俄底修斯一个人留在密集的敌人中间。突然特洛亚人把他包围起来。他果敢地迎敌，在短暂的时间里，有五个特洛亚人死在他的武器之下。这时来了第六个，叫索科斯，俄底修斯刚刚杀死了他的兄弟。他喊道："俄底修斯，今天不是你赢得杀死希帕索斯两个儿子和夺取他们武器的光荣，就是你在我的长矛下丧命！"随之他就刺穿了他的盾牌，伤到了肋骨的皮肤，但雅典娜不让矛尖刺得更深。俄底修斯先是后退稍许，随即扑向敌人，索科斯转身逃跑，俄底修斯刺穿了他的背部和肩部的中间，使他栽倒在地，一命呜呼。随后俄底修斯从敌人伤口中抽出自己的长枪。特洛亚人一看到他，就朝他围了过来，他连连后退并一连三声大呼求援。

墨涅拉俄斯首先听到了喊救声，于是向他身边的埃阿斯喊道："让我们冲进敌人中间去，我听到了俄底修斯的喊叫声！"两个人很快就赶到奋力坚持的俄底修斯身旁，看到他挥舞长枪在同无数敌人进行战斗。埃阿斯的盾牌像一堵巨墙挡在俄底修斯前面，特洛亚人一看到他便吓得发抖。墨涅拉俄斯乘机抓住俄底修斯的手，帮他登上他的战车。

这期间赫克托耳战斗在正面战场的左翼，在斯卡曼德洛斯河岸边，在那儿大开杀戒。若不是帕里斯的一支三棱箭射中希腊人的伟大医生玛卡翁的右肩的话，那希腊的英雄是不会在赫克托耳面前退却的。这时伊多墨纽斯惊恐地喊道："涅斯托耳！快把玛卡翁扶到车上！一个能医活箭伤和减轻伤痛的医生胜过一百个普通的英雄！"涅斯托耳急速驱动他的战车，带上受伤的玛卡翁，两个人飞奔回船营。

在路上他们经过心怀愤怒的阿喀琉斯，他坐在他的船的后甲板上，平静地观察他的同胞如何在被特洛亚人追杀。他呼叫帕特洛克罗斯，没有想到，他的话造成他的朋友的不幸，他说："去看看，帕洛洛克罗斯，那儿的涅斯托耳把哪个受伤的人带出战场；因为不知为什么，我的心灵对希腊人产生了怜悯之情！"帕特洛克罗斯听从吩咐，就跑向舰船。当老人注视到门口的英雄帕特洛克罗斯时，就从椅子上跳了起来，用手抓住他，亲切地逼他坐下。可帕特洛克罗斯说："不需要了，尊敬的老人！阿喀琉斯派我来只是想看看，你带回来的伤员是谁。现在我自己已经认出来了，是精通医术的英雄玛卡翁，我要赶快回去告诉他。你知道我朋友的急性子，就是无过失的人也会轻易地受到他的责备。"

但涅斯托耳却用深沉感人的言辞回答他说："阿喀琉斯的心真的这样关心受到致命枪伤的希腊人？所有的勇敢人都躺在舰船的周围，狄俄墨得斯受了箭伤，俄底修斯和阿伽门农受了枪伤；我刚才从战场上带回的这个无比珍贵的人被弓箭所伤！但阿喀琉斯却不知道那里有高筑的围墙！他也许在等待我们的舰船在海边化为灰烬，我们希腊人一个接一个倒在血泊之中吧！"帕特洛克罗斯为涅斯托耳的话所感动，他急速跑回阿喀琉斯那里。

围墙四周的战斗

希腊人在他们舰船四周挖沟筑墙，可没有进行祭献，这激起了众神的愤怒。因此围墙也无法保护他们，不能长时间地坚如磐石。现在，在特洛亚人遭受围困的第十个年头，波塞冬和阿波罗决定把这个建筑摧毁，使山洪灌入，让海水冲击。但在特洛亚毁灭后才能这样做。

现在在这巨大的建筑四周正进行着激烈的战斗。赫克托耳像一头凶狮在士兵中奔来跑去，鼓舞他们的斗志，去穿越壕沟。但没有一匹战马敢这样做，都是一到了壕沿就嘶叫着竖立起来，畏缩不前，因为壕沟太宽太陡，无法越过，此外下面还栽有密密麻麻的尖木桩。只有步兵才能设法通过。当波吕达玛斯看到这点时，就去与赫克托耳进行商议，他说："若是我们用战马的话，那我们肯定完蛋，会不光彩地死在沟底。因此我们让驭手把马停在这儿。我们组成一个步兵群，在你的率领下越过壕沟，突破围墙。"

赫克托耳同意这个建议。按照他的命令，所有的英雄都从战车上跳了下来，只留下驭手。他们组成五支队伍：第一支由赫克托耳和波吕达玛斯率领；第二支由帕里斯指挥；统领第三支的是赫勒诺斯和得伊福玻斯；第四支是埃涅阿斯带领；萨耳珀冬和格劳科斯率领的同盟军是第五支队伍。其他英雄则协助诸王。只有阿西俄斯一个人不愿意离开他的战车。他率领他的人杀向左边，那儿希腊人在围墙旁留有一条为自己的马匹和战车出入的通道。他看到大门在敞开，因为希腊人在等待，看是否还有最后从战场逃回营中的伙伴。这样阿西俄斯调转战马直向通道冲去。其他特洛亚人徒步跟在后面大声呐喊。但通道由两位勇敢的英雄守卫，是庇里托俄罗的儿子波吕波厄忒斯和勒翁透斯。他们迎向蜂拥而来的特洛亚人，从围墙和坚固的塔楼上抛下雨点般的石头。

就在阿西俄斯和他周围的人进行这场艰苦的不期而遇的战斗的同时，其他人也在浴血奋战，他们徒步冲过壕沟，围攻希腊人的其他营门。只有由赫克托耳和波吕达玛斯率领众多的也是最勇敢的特洛亚人，犹豫地停留在他们刚才登上的沟岸，因为在他们眼前出现了一种不祥的征兆。一头鹰在士兵左上方盘旋。它的利爪中抓着一条红色的挣扎不已的长蛇。这条蛇在鹰爪中进行反抗，把头转到后面，咬住了鹰的脖颈。它痛得厉害就把蛇扔下逃走了。但这条蛇正好落在特洛亚士兵中间，他们惊恐地看到它卧在土里，并认出了这是宙斯给的一个征兆。

"让我们不要深入了，"波吕达玛斯恐惧地朝赫克托耳喊道，"这会像那头鹰一样，无法把它的猎物带回家里。"但赫克托耳阴沉地回答说："鹰与我们有什么相关，管它落到左边还是右边呢。我会认识一种真的征兆，这就是拯救祖国！"说毕赫克托耳就冲到前面，所有其他人都紧随其后，大声嘶喊。这时宙斯从伊得山上向下吹来一阵巨大的风暴，风沙走石，直扑向船营，这使希腊人气馁，斗志消沉。但特洛亚人信赖雷神和自己的力量，奋勇登先，冲破了希腊人的工事，毁掉了塔楼的围墙，并开始用撬棍推倒围墙的高耸的柱石。

然而希腊人并没有从阵地上退让。他们像篱笆一样把他们的盾牌架到围墙上，用石头和弓箭迎击冲向围墙的特洛亚士兵。两个埃阿斯轮流在墙上为战斗在塔楼上的士兵鼓劲，对勇敢者大加称赞，对软弱者厉声恫吓。这期间石头如飘雪般落下，若不是宙斯激励他的儿子萨耳珀冬像一头饥饿的狮子扑向敌人的话，那赫克托耳和他的特洛亚人还是一直冲不破这道坚强的防线。萨耳珀冬同格劳科斯一起带领他的人径直地冲向前去。

墨涅斯透斯看到他们愤怒地逼近并把他的人大批杀死时，感到惊恐。他畏惧地环视四周指望其他英雄前来援救。他看到了远处的两个埃阿斯和附近一些刚从帐篷返回来的透克洛斯，可他的喊声传不到那么远，他敲打头盔和盾牌，响声却被战场上的厮杀声吞没了。于是他派传令官托俄忒斯去两个埃阿斯那里，请求他来解救。大埃阿斯和他的兄弟很快决定沿着围墙直奔而来。

正当吕喀亚人登上围墙时，他俩到了墨涅斯透斯身边。埃阿斯立即从围墙上拆下一块锋利的大理石击碎萨耳珀冬的一个朋友厄庇克勒斯的头盔和脑袋，他翻下塔楼死去。而透克洛斯刺伤了正好登上墙头的格劳科斯的赤裸的手臂。格劳科斯偷偷地跳下墙去，以免让希腊人看见并因他的受伤而遭到嘲笑。萨耳珀冬伤心地看到他的兄弟退出了战场，但他本人继续前进，用长矛刺中阿尔克迈翁，并用全力摇动围墙，使它崩裂。墙坍塌了，成为许多人的一条通道。

战斗的天平长时间摇摆不定，最终宙斯使赫克托耳占了上风。他逼进围墙的大门，他的士兵紧跟在他后面。大门紧闭，它的两片门都用两个门闩闩住，一块厚厚的、上端尖尖的崖石把门顶住。赫克托耳用超人的力量把崖石从地面搬起，用来击碎了门枢和门板，于是大门闷声倒下。赫克托耳身穿亮得吓人的铠甲，两眼炯炯闪光，直冲进希腊军营。他身后的士兵跟着蜂拥冲进敞开的大门，另一批成百上千人则越墙而上。希腊人一片惊惶，他们都逃往舰船。

为舰船而战

当宙斯使特洛亚人获得这么大的胜利时，他把希腊人继续留在灾难里。他坐在伊得山顶，把目光从船营移开，冷漠地移向特剌刻。

这期间海神波塞冬并没有闲着，他坐在草木葱茏的萨摩特剌刻岛的最高山峰上，在这儿伊得山和整个特洛亚及希腊人的船营都尽收眼底。他悲哀地看到在特洛亚人面前希腊人卧在血泊之中。他离开嶙峋的山岩，迈开了使丘陵和森林震颤的四大步来到了埃盖的海岸，在海底深处就是他的永远闪烁着黄金光华的宫殿。他在这里束上他的黄金铠甲，套上黄金鬃毛的战马，握起金鞭，跃上他的宝车，调转马头在海水上面行驶。海怪认得这是他们的主人，都从礁石的缝隙中跳出来，欢快地把波浪分开，不让车轴沾水；波塞冬到了位于忒涅多斯和印布洛斯岛之间的一处深深的洞穴，希腊人的舰船就在这附近。他在这儿把战马卸下，用金镣套上马脚，喂它们精美的饲料。他本人急速进入猬集的士兵之中，特洛亚人像一股飓风一样围在赫克托耳四周，狂暴地呐喊，他们现在正力图夺取希腊人的战船。

波塞冬混在希腊人的士兵中间，他装扮成预言家卡尔卡斯，个头和声音极为相似。他先是朝两个斗志旺盛的埃阿斯喊道：“你们两位英雄，只要想到你们的力量，那就能拯救希腊士兵。在其他地方特洛亚人的战斗并不使我担心，集结在一起的希腊人能守得住。我只是不放心这儿，因为狂暴的赫克托耳像一团烈火一样在肆虐。愿一个神祇赋予你们灵魂去进行抵抗，也去激励他人的思想。”随后波塞冬用他的神杖击打他们一下，并像一只隼一样飞出他们的视线。

俄琉斯的儿子埃阿斯先认出了他。他对他的同名兄弟说：“这不是卡尔卡斯，是波塞冬，我是从后面他的脚步和大腿上认出的。现在，在我内心深处的声音要求我去进行决战。我的双脚和双手已变得急不可耐。”

忒拉蒙的儿子回答他说：“我紧握长矛的双手也在剧烈地震颤，我的灵魂在使我上升，我的双脚要飞翔。与赫克托耳单独进行决斗的渴望在攫住我不放！”

这期间，波塞冬跟在他们后面去激励那些由于哀伤和疲惫而在船边休息的英雄。他斥责他们，直到所有的勇士都集结在两个埃阿斯周围，他们镇定地等待着赫克托耳和他的战士。长矛接着长矛，盾牌连着盾牌，头盔靠着头盔，战士挨着战士。头盔上的羽饰相互触摸，战士们密集一起，严阵以待。可特洛亚人也以全力蜂拥而来，赫克托耳冲在前面。“停下来，特洛亚人和吕喀亚人，”赫克托耳向后面喊道，“那些列成阵势的希腊士兵不会坚持多久的。他们将在我的长矛面前退却，雷神肯定在引导我们！”他用这样的话来激起他的士兵的勇气。

在此期间其他战斗也在继续，人人都大声呐喊。而波塞冬却跑到帐篷中，去把希腊人的斗志更加旺盛地煽动起来。

这时他遇到伊多墨纽斯，他把一个受伤的朋友送到医生这儿，现在正在帐篷里寻找他的长矛。海神化身为安得赖蒙的儿子托阿斯，他走近他并用响亮的声音说：“克瑞忒国王，你们的勇气哪儿去了？凡是今天自动退出战斗的人永远不能从特洛亚回到家里，狗该把他撕成碎片！”“说得对，托阿斯。”伊多墨纽斯朝着匆匆离去的神祇喊道，他从帐篷里找出两根长矛，手执更尖利的武器，急速奔向战场。

伊多墨纽斯尽管已头鬓斑白，他依然不停地鼓励希腊人，很快他就像一个年轻人那样受到了战士们的欢迎。他的投枪投中的第一个人是俄特律俄纽斯，此人是普里阿摩斯国王的女儿卡珊德拉的求婚者，站在特洛亚一边进行战斗。这时阿西俄斯冲了过来，要为死者复仇。可正当他抬臂准备掷出长矛时，伊多墨纽斯的长枪却击中了他的下颏，穿进咽喉，从颈部透出，他栽倒在战车前死去。

随之得伊福玻斯扑向伊多墨纽斯，向这个克瑞忒人掷出武器。被战斗的激情点燃，伊多墨纽斯现在向对手提出挑战进行单独决斗。这当儿他完全躲在他的盾牌后面，一杆投枪从他上方倏地飞了过去，只把他的盾牌击得发出响声，可他却刺穿了许普塞诺耳的肝部，不久也倒地不起。得伊福玻斯考虑片刻，想是否接受单独决斗，还是找另一个勇敢的特洛亚人帮忙。他觉得还是后一种方法更好些，很快他就把他的姻兄埃涅阿斯领来对付伊多墨纽斯。伊多墨纽斯看到两个强大的英雄奔向自己，却毫不犹豫，一点不像孩子似的畏惧后缩，而是等待他们，像是野猪在等待猎狗一样。但他也招来在附近作战的英雄，于是阿法柔斯、阿斯卡拉福斯、得伊皮洛斯和安提罗科斯立即集结在他的四周。与此同时埃涅阿斯也把他的伙伴帕里斯和阿革诺耳喊了过来，特洛亚士兵像羊群跟着公羊一样尾随他们而来。

不久长枪叮当作响，两个人的单独决斗变成了一场混战。埃涅阿斯首先向伊多墨纽斯投出他的长矛，但从这位英雄身边滑落。相反的是，伊多墨纽斯却击中了俄诺玛俄斯的身体，使他倒地死去。胜利者只来得及从尸体中拔出他的长矛，箭矢就纷纷向他射来，他不得不决定逃走。

另外的人在继续战斗。埃涅阿斯击中了阿法柔斯，安提罗科斯击中了托翁。特洛亚人阿达玛斯没有击中安提罗科斯，却很快死于墨里俄涅斯的矛下。希腊人得伊皮洛斯被赫勒诺斯用剑砍中额头，踉踉跄跄。墨涅拉俄斯悲痛地把他的枪向赫勒诺斯投去，这当儿赫勒诺斯正弯弓向他射来。墨涅拉俄斯的投枪击在普里阿摩斯儿子的盾牌上，滑落一旁。但赫勒诺斯的箭矢也落空了，墨涅拉俄斯的长矛投中了他的还擎着弓的手，赫勒诺斯就拖着这支长矛逃回到他的朋友们中间。他的战友阿革诺耳从他手上拔出武器，从一个伙伴的投石器上扯下皮带，为这个预言家包扎好伤口。

现在厄运把特洛亚人珀珊德洛斯带到英雄墨涅拉俄斯的对面。阿特柔斯儿子的投枪没有击中，同时珀珊德洛斯把长矛奋力刺到敌人的盾牌上。墨涅拉俄斯抽出宝剑，珀珊德洛斯从盾牌下举起他的长柄战斧，两个人厮杀在一起。特洛亚人只是击中了头盔的尖顶，而墨涅拉俄斯闪电般出击，砍裂了敌人鼻子上的骨头，使他倒地死去。墨涅拉俄斯从死尸上剥下溅满鲜血的铠甲，并把它交给他的朋友，随后他又冲到前方，再去寻找敌人。

战斗在继续，赫克托耳没有预料到，在船营的左翼，胜利在倾向希腊人一边。他跑到那里首先冲进城门和围墙建得最低的地方。他所向披靡，冲入希腊队伍之中。一开始玻俄提亚人、忒萨利亚人、罗克里斯人和雅典人都不能阻挡住他，他们无法逼迫他后退。两个埃阿斯犹如两头野牛犁地一样并肩而来，忒拉蒙儿子与他的队伍毫不畏缩，这都是些坚定勇敢的男子汉。但罗克里斯人忍耐不住了，他们没有跟在埃阿斯后面。他们满怀信心，此前他们早就不用头盔、盾牌和长枪，仅是手执强弓和投石具，就攻打过特洛亚，用他们的箭矢和石块击溃过一些特洛人士兵。现在他们向特洛亚人逼近，自己掩护得很好，从远处就发射，用他们的弓箭在特洛亚人中间造成了很大的混乱。

若不是波吕达玛斯说服了倔强的赫克托耳的话，那特洛亚人现在会真的从希腊人的舰船和帐篷这里被耻辱地赶回城里。他劝赫克托耳说："朋友，你为什么拒绝所有的忠告，就因为你是战斗中最勇敢的人吗？难道你没有看到，战火正在你的上方燃烧吗？特洛亚人一部分带着战利品脱离开战斗，一部分人分散在船只之间各自为战。因此，退下来，召开一次领袖会议，让我们决定，我们是冲进舰船之间的迷宫，还是安全地转移；因为真的，只要希腊的那些最骁勇善战的士兵还在舰船旁等候我们，我害怕他们就会为他们昨天的过失对我们进行加倍的报复！"

赫克托耳听从他的劝告并委托他的朋友，把士兵的领袖集在一起。他本人则奔回战场，每遇上一个领袖就命令他到波吕达玛斯那里。他在最前方找到了他的兄弟得伊福玻斯和赫勒诺斯，阿西俄斯和他的儿子阿达玛斯；他发现前两个人已经受伤，后两个人已经死亡。当他看到他的兄弟帕里斯时，他愤怒朝他喊道："我们的英雄都在哪儿？你这个诱拐女人的家伙？不久我们的城市就要完蛋了，那时你也逃躲不了恐怖的厄运；但现在你得去战斗，其他人要开会！"

"我用火热的灵魂陪伴你，"帕里斯安慰他说，"你不应当怀疑我的勇气！"

他们两人并肩奔向最炽烈的战场，最勇敢的特洛亚人像狂风一样呼啸向前，不久赫克托耳又站到他们前面。但希腊人不再像以前那样怕他了，强大的埃阿斯愤恨地向他提出挑战。可这个特洛亚人却不理睬他的责骂，而是向前冲入密集的战斗人群之中。

波塞冬增强希腊人的力量

战斗在外面进行得如火如荼，这期间老人涅斯托耳却平静地坐在他的帐篷里饮酒和照料受伤的英雄和医生玛卡翁。但当战斗的呐喊声越来越响、越来越临近时，他把他的客人交给他的女仆赫卡墨得，命令她给他准备温水浴，并拿起他的盾牌和长枪走到帐篷外面。在这儿他看到战局发生的不利转折；他站在那儿犹豫不决，不知是该奔向战斗还是去找统帅阿伽门农同他进行商讨。这当儿，从海岸舰船那边返回来的阿伽门农遇见了他，同阿伽门农一道的还有俄底修斯和狄俄墨得斯。他们三个人都拄着长矛，负伤在身。他们到了这儿也只能观望，毫无希望亲自能去参加战斗。他们忧心忡忡地与涅斯托耳会在一起，商讨他们军队的命运。

阿伽门农终于说道："朋友们，我不再抱有希望了。因为我们费去那么多力气挖的壕沟与那看来坚不可摧的围墙都不能保护我们的舰船，战斗早就在它们中间进行了。若我们不主动撤走，那宙斯就必定要我们全体希腊人毁灭在这陌生的地方。因此我们要把我们摆放在海边的舰船拖到大海里去，等到黑夜的降临。一旦特洛亚人收兵回去，我们就把其他船只拽入海中，这样夜间就脱离了危险。"

俄底修斯听到这个建议十分不满。"阿特柔斯的儿子，"他说，"你只配去领导一支比我们军队要胆小得多的军队。在两军交战的当儿你要求把船只拖入大海，这就必然使那些被留在战场的可怜希腊人孤立无援，他们会恐惧地向四周张望，失去战斗意志。"

"我连想都没有想过去违反希腊人的意愿，"阿伽门农回答说，"并且不去听取他们的意见就去做这样的事！如果我知道有一个更好的办法，我愿意放弃我的主张。”

“最好的主张，”提丢斯的儿子喊道，“就是我们立即返回战场，如果我们自己不能去战斗，作为士兵的忠实的领袖怎能去鼓励他人勇敢作战呢?”

希腊人的保护者海神波塞冬听到这番话十分满意，他一直在偷听英雄们的交谈。他化身为一个白发老兵走向他，握着阿伽门农的手并说道：“阿喀琉斯可耻，他现在对希腊人的溃逃得意了！但你们放宽心，众神并不恨你们，你们很快就会看到特洛亚人逃跑时所搅起的尘土!”海神说完就离开他们冲进战场，他在希腊士兵中间大声呼叫，这声音像一万人同时呐喊一样雄浑有力，直进入每一个英雄的内心，使他们变得勇敢坚定。

正在奥林帕斯山上观望下界战斗的天国女王赫拉，看到她的兄弟和姻兄波塞冬介入战争，帮助她的朋友时，她也想有所作为。她向坐在伊得山顶峰的宙斯瞥去，他是那样地对希腊人充满敌意，这使她在心灵深处极为愤恨。她思来想去，如何去欺瞒他，转移他对战斗的关注。

突然间她想出了一个好的念头。她去那间她儿子赫淮斯托斯在万神宫专为她而建造的密室，密室的门安装的是无法打开的门闩。她进入后就把门锁上。她在这儿沐浴，往美丽的胴体上涂抹香膏，把头发梳理成惹眼的鬈状，穿上华丽的锦服——这是雅典娜为她缝制的，胸前佩戴金别针，围上熠熠闪光的腰带，戴上闪烁光华的宝石耳坠，并在头上罩上一件透明的面纱。她雍容华贵地离开了密室，去寻找爱神阿佛洛狄忒。

“不要生我的气，小女儿，”她讨好地说，“因为我支持希腊人，你支持特洛亚人。也不要拒绝我的心向你提出的请求。把你那条能驯服人和神的爱情魔带借我一用，因为我要去大地的边缘那里拜访我的养父母俄刻阿诺斯和忒提斯，他们一直生活在争吵之中。我想用热情的言辞使他们和解，为此我需要你的腰带。”阿佛洛狄忒没有发现这是个骗局，于是率真地回答她说：“母亲，你是众神之王的妻子，拒绝你这样一个请求是不对的。”她随即解下那条艳丽无比、色彩斑斓的腰带，它有着神奇的魔力。“带上吧，”她说，“总是贴在你的心上，你肯定会成功地从那里返回来。”

赫拉随即离开，前往遥远的特剌刻，到了睡神居住的地方，恳求他在下一夜使众神之父昏睡过去，但睡神害怕。他曾按照赫拉的命令使宙斯昏睡过一次，当时是赫剌克勒斯从荒芜的特洛亚返回家中，而他的敌人赫拉要把他打发到科斯岛去。那时，当宙斯发现了这个骗局时，大发雷霆，就在神殿大厅里把众神抛来掷去；若不是睡神逃进使神和人都能平静下来的夜神的怀抱之中，那宙斯就会把他杀死了。现在睡神惊恐地使宙斯的妻子忆起这件事，但赫拉却安慰他说：“你想到哪儿去了，睡神！你认为宙斯维护特洛亚人是那么热心？像他爱他的儿子赫剌克勒斯一样？聪明点，按我的意思去做；随后我就让智慧女神中最年轻最漂亮的那个做你的妻子。”睡眠之神让她以斯提克斯河为证许下誓言，随后他答应听从她的支配。

现在赫拉光彩照人、绰约多姿地登上了伊得山顶。宙斯一看到她，心中顿时充满了炽热的情爱，这使他立即就忘掉了特洛亚的战斗。

“你怎么从奥林帕斯山到了这儿，”他说，“你把马和车放到了哪儿，亲爱的女人？”

赫拉狡黠地回答他说：“亲爱的，我要到大地的边缘，去调解我的养父母的争端。”

“难道你要永远跟我为敌？”宙斯回答说，“你也可以以后再去。让我们在这儿开心地观望这场民族之间的战争。”

赫拉一听到这番话，感到惊恐，因为她看到，甚至她的美丽和阿佛洛狄忒的神带都不能使她丈夫完全从心里抛开对战争的关注和对希腊人的愠怒。然而她遮掩住她的惊惶，亲昵地搂抱住他，抚摸着他的面颊，说道：“亲爱的，我要按你的意志去做。”但在同时，她示意睡神。睡神也隐身地随她而来，站在宙斯身后，等待她的命令。睡神合上了宙斯的眼睑，使他还来不及回答就把他的头埋在妻子的怀中，沉沉地睡去了。现在赫拉急忙派睡神作为使者去船边波塞冬那里，告诉她的兄弟：“现在正是你采取行动的时候，使希腊人得到光荣，因为宙斯在伊得山峰上由于我的迷惑而酣睡不醒。”

波塞冬很快冲到最前方的人群之中，他化身为一个英雄，对希腊士兵喊道："现在让我们去打败赫克托耳，男子汉们，难道让他夺取我们的舰船和赢得光荣吗？虽然我知道，他是凭借阿喀琉斯的拒绝出战才得以这样肆无忌惮。但如果我们没有他就不能取胜，那对我们就是一种耻辱！握紧你们强大的盾牌，戴上你们闪闪发光的头盔，挥动你们犀利的长枪，我们要前进，我要冲在最前面。我们要看看，赫克托耳在我们面前能不能挺得住！"希腊人听从这个强大的斗士发出的响亮声音；受伤的诸王亲自指挥作战，给士兵们交换武器，给身强的人以重武器，给体弱的人以轻武器。随后涌向前去。震地神冲在前面，握在右手的一把令人恐惧的宝剑就像一道闪电一样在闪动，他成为他们的领袖。他所向披靡，无人敢与他进行交战。这同时他使大海怒吼，波浪冲击希腊人的舰船和帐篷。

但赫克托耳对这一切并不惧怕。他与特洛亚士兵冲入战场，两支军队又开始了厮杀。赫克托耳首先就把他的长矛掷向大埃阿斯并击中了他，但交叉横在他胸前的盾牌和宝剑的皮带保护了他的身体。失去了长矛的赫克托耳不情愿地退回到自己的士兵之中。埃阿斯向逃走者投去一块石头，把他击倒在地，他的长枪、盾牌和头盔都飞散到空中，铁制的铠甲叮当作响。希腊人发出一片欢呼声，随之长矛如冰雹一样飞来，他们要把倒在地下的赫克托耳拖走。但特洛人立即奔来，首先到达的是埃涅阿斯、波吕达玛斯、高贵的阿革诺耳、吕喀亚人波耳珀冬和他的伙伴格劳科斯。他们都用盾牌保护他，把昏迷过去的赫克托耳抬起来，送到没有危险的战车上，返回城里。希腊人更加猛烈地冲向敌人。

阿波罗使赫克托耳变得强壮

特洛亚人一到他们战车旁又停了下来，他们惊恐万状，脸色苍白。但现在宙斯在伊得山峰醒了过来，从赫拉怀中抬起了他的头。他很快跳了起来，瞥向希腊人和特洛亚人，特洛亚人在狼狈逃窜，希腊人在后面穷追不舍。在希腊人中间他认出了他的兄弟波塞冬。他看到赫克托耳倒在地下，他的伙伴围在他周围，他昏迷不醒、呼吸困难、鲜血流淌。众神和人类之父的目光停留在他身上，充满了怜悯，随后宙斯阴沉而恫吓地转向赫拉，说道："狡诈的骗子，你做了什么啊？难道你记不起来，两手铐上金铐，两腿缚在铁砧上倒悬挂在空中之苦？没有一个奥林帕斯山的神敢于冒着我把他掷到大地的危险去接近你，那是你煽动众神反对我的儿子赫剌克勒斯所受到的惩罚，难道你要再尝尝这个苦头？"

赫拉惊呆了，沉默稍许，然后说道："天地和斯提克斯河水做证，我没有鼓动地震之神去反对特洛亚人，是他的情感驱使他这样去做的。是的，我该好好地劝他服从你的命令。"宙斯变得高兴起来，因为赫拉系着的阿佛洛狄忒的腰带一直在发生作用。终于他温和地说道："如果你在众神会议上与我的思想一致，那波塞冬的想法很快就转到我们这一边的。如果你认真地看待这件事，那你就去给我喊来伊里斯和阿波罗，叫伊里斯去命令我的兄弟退出战斗，返回宫殿；叫福玻斯·阿波罗去为赫克托耳治伤；鼓起他的勇气，赋予他新的力量，去投入战斗！"

赫拉满脸惊恐，她服从了，从伊得山峰回到奥林帕斯山，进入众神欢宴的大厅。众神敬畏地从座位上跳了起来，向她举杯敬酒。但她拿起忒弥斯的杯子，啜饮了一口，并传达宙斯的指示。阿波罗和伊里斯急忙奔向伊得山。伊里斯从那里按宙斯的命令火速降到战场。当波塞冬从她嘴里听到他兄弟宙斯的命令时，悻悻地说："那好吧，我走！但宙斯知道：如果他与我和希腊人的奥林帕斯山朋友分道扬镳并决定不让特洛亚毁灭的话，那就会激起我们的灾难性的愤怒！"他说完就潜入海水中，希腊人立刻就见不到他了。

现在宙斯派他的儿子阿波罗从伊得山到赫克托耳那里。宙斯使赫克托耳变得强壮，他的呼吸轻松了，生命又回到了他身上。当阿波罗怜悯地走近时，他悲哀地望着阿波罗说："你是谁，天庭的最仁慈的神，前来看我？难道你听到了，强大的埃阿斯在舰船旁用一块巨石击中了我的胸部并阻止了我的胜利？我以为就在今天我就得去见黑色的地狱之神哈得斯呢!”

“放心吧,”阿波罗回答他说,“你看,是宙斯把我本人,他的儿子阿波罗派到你这儿来,从现在起我将按照他的指示来保护你,你看到我手中的这把金剑,它将为你而挥舞;重新登上你的战车,我在前面为你的战马开路,帮助你把希腊人赶得四下逃窜!”

赫克托耳刚听完阿波罗神的话,就从地上跳了起来,起身跃上战车。希腊人看到这位英雄飞奔而来都怔住了,突然间就停下了他们的追赶。第一个看到赫克托耳的是埃托利亚人托阿斯,一个善于言辞的人,他立即提醒在他周围进行战斗的希腊诸王注意,并呼喊道:“哎呀!我的眼睛在那儿看到的是怎样一个奇迹!我们大家亲眼看到被大埃阿斯用石头打倒在地的赫克托耳又站在车上奔了过来,他威风凛凛地冲在前面。肯定雷霆之神宙斯站在他的一边!请听我的劝告,把大批士兵撤到舰船边。我们,军队中最勇敢的人来抵抗他。无论他怎样骁勇,也难以冲破我们的队伍。”

英雄们听从这有道理的劝告。他们召集来最英勇的英雄和战士,这些人很快围绕着两个埃阿斯、伊得墨涅斯、墨里俄涅斯和透克洛斯列成阵势。在特洛亚人那一方,士兵们蜂拥而来,赫克托耳站在他战车上冲在前面。阿波罗神隐身在云层中间,手执令人丧魂失魄的神盾,他指引着赫克托耳。希腊英雄严阵以待。双方军队都大声呐喊,很快箭镞如雨,投枪呼啸。特洛亚人总是无击不中,因为阿波罗与他们在一起;当这位神祇对着希腊人晃动那令人恐惧的神盾,并发出可怕的咆哮时,希腊人的心在发颤,他们忘记了抵抗。赫克托耳利用这个机会,与他们战在一起,杀死了无数敌人。

在特洛亚人剥下所有这些死者的铠甲期间,希腊人乱成一团,朝壕沟和围栏方向溃逃,一会儿涌到这里,一会儿涌到那里,有一些在惊慌中越过围墙逃命。赫克托耳向特洛亚人声音洪亮地喊道:“让这些身穿铠甲的死尸躺在这里,快直接冲到船上去。有谁留在这儿,他就得死!”他一边喊一边鞭策他的战马,向着壕沟驶去,所有特洛亚的英雄都驱动战车跟在他后面。阿波罗用他的神脚踏平壕沿的凸起部,为他们铺好一条路。他自己先在这条路上跨过壕沟，并用他的神盾一击就把希腊人的围墙毁成一堆泥土。

希腊人现在又拥挤在船巷中间，举起双手，向神祇祈求。宙斯用响雷对涅斯托耳的祈祷做了仁慈的回应。特洛亚人把这看成是上天赋予对自己有利的征兆，于是乘着战车呐喊着通过坍塌的围墙。当希腊人逃到他们舰船的甲板上时，特洛亚人就从战车上下来进行战斗。一方在船舷上，一方在地面上，彼此进行厮杀。

战斗在船边进行得如火如荼，双方势均力敌。赫克托耳和埃阿斯在为一艘船而进行殊死之战。但埃阿斯没有能把赫克托耳从甲板上赶下来，特洛亚人也没能把火把投到船上去，赫克托耳也不能把埃阿斯从船上击败。埃阿斯的长矛刺死了赫克托耳的亲戚卡勒托耳，赫克托耳的长枪击中了埃阿斯的伙伴吕科佛戎。透克洛斯跑去援救他的兄弟，射中了波吕达玛斯的驭手克利托斯的脖子。徒步进行战斗的波吕达玛斯拽住无人驾驭的战车。透克洛斯的第二支箭射向赫克托耳，但宙斯使他的弓弦折断，箭镞射到了旁边，这位射箭好手痛苦地觉察到了神的敌意的力量。

赫克托耳向他的士兵喊道："男子汉们，勇敢前进！我刚才看见了雷霆之神折断了一个最勇敢的希腊人的弓弦！让我们全力冲向舰船。众神与我们在一起！"

"可耻呀，希腊人，"在另一方埃阿斯喊道，"要不拯救我们的舰船，要不我们就去死！若是强大的赫克托耳放火烧毁了我们的船，你们想徒步越过海水返回家乡吗？或者你们认为赫克托耳来邀请你们去跳舞而不是进行战斗？在生存或死亡之间速做抉择，不要这样耻辱地犹豫不决，死在那些受神祇保佑的坏家伙手中。"埃阿斯喊着并杀死了一个特洛亚英雄，但赫克托耳用一个希腊人的死为倒下的特洛亚人复了仇。

特洛亚战士像一群嗜血的狮子扑向舰船。观望这场战斗的宙斯只待一艘战船在大火中燃烧升起熊熊火焰，就使特洛亚人溃逃而被追赶，让希腊人重新赢得胜利的荣誉。这期间赫克托耳怒气冲天，口中喷吐白沫，阴沉的眼眉下双目闪闪发亮，他头盔上的羽饰在可怕地飘动。因为他的活日已经不多，于是宙斯就再一次赋予他力量和威严，胜于所有其他人。雅典娜已经在为他安排一场恐怖的死亡灾难。但现在他却冲破希腊人的队列，扑向密集的敌人。希腊人惊骇之极，望风而逃。

希腊人已经从最前列的舰船那儿退了下来，可他们没有分散在营巷之中，羞愧和恐惧把他们集聚在帐篷旁边，他们相互鼓励，特别是老英雄涅斯托耳，他用战斗的呐喊来激发起士兵们的勇敢。这期间赫克托耳和他的队伍也不是无所作为。他冲向一艘战船，宙斯本人帮了他一把，使他首先跃上，他的士兵随他蜂拥而至。

于是双方为了争夺舰船重新爆发了一场鏖战。希腊人宁愿死也不愿逃走，特洛亚人方面每一个人都希望把第一束火把掷到船上。赫克托耳占据了普洛忒西拉俄斯所乘的一艘漂亮的战船的舵尾，围绕这块地方现在希腊人和特洛亚人展开了殊死之战。不再有什么弯弓射箭和抛掷投枪，士兵都挤成一团，只能用犀利的战斧、大钺和宝剑砍杀，用长矛对刺。利剑或从手中掉到地下，或把对手的肩膀砍下，地上血流成河。赫克托耳向他的人喊道："现在拿火来，大声呐喊！宙斯给了我们这一天，用来补偿我们所有其他日子所受的损失！"

埃阿斯这期间用他的长矛抗击携带火具拥来的特洛亚人。同时他向他的同胞吼道："朋友们，现在你们是男子汉！不要认为在舰船后面还有援兵，还有一个坚固的城墙来保护你们。在你们身后没有可以逃到里面的城池，像特洛亚人那样。在敌人的土地上，远离祖国，现在你们被逼到海边！我们的安全就掌握在我们手中！"他喊着并用长矛迎击每一个手持火把靠近船只的敌人，很快在他面前躺下了十二具尸首。

帕特洛克罗斯之死

这期间帕特洛克罗斯返回阿喀琉斯的帐篷。他泪流满面，告诉他的朋友说："希腊人的灾难在折磨我的灵魂！所有最勇敢的人都躺倒在舰船周围，不是被投枪所伤就是被长矛刺中。狄俄墨得斯受伤了，俄底修斯和阿伽门农伤于长矛，欧律皮罗斯被枪刺中了大腿。医生都在为他们疗伤，他们都无法参加战斗。但你却冷酷地留在这里。你的双亲不可能是英雄珀琉斯和女神忒提斯。你一定是阴沉的大海和僵硬的崖石所生，你的心才会这样无情！好吧，如果是你母亲的话和众神的旨意把你留在这儿，那至少应该派我和你的战士去帮助希腊人。让我戴上你的铠甲，洛特亚人一旦看到我英勇战斗时，就会把我看作是你，这样希腊人就有了喘息的时间！”

但阿喀琉斯愠怒地回答说：“朋友，你使我伤心！阻止我的既不是母亲的话，也不是神祇的命令；只是剧烈的痛苦，在撕扯我的灵魂，一个希腊人竟敢从我，他的一个平等的伙伴手中夺走我的荣誉的赠品。但即使这样，我也不会永远怀恨在心，并且决定了，一旦战斗蔓延到舰船时，我就去忘记我的怨恨。我还不能决定是不是自己本人去参加战斗，但是你可以披挂上我的铠甲并且率领我的勇敢战士去战斗。全力向特洛亚人冲击，把他们从舰船旁赶走。但是不要去与一个人交战，这个人就是赫克托耳。你也要保护自己，不要落入一个神的手中，因为阿波罗喜欢我们的敌人！一旦你挽救了舰船，你就再返回来，其他人就让他们在战场上相互厮杀好了。若是一个希腊人也不剩下，那就更好了，我们两个人单独去战斗，就能把特洛亚城毁灭。”

突然间阿喀琉斯看到舰船那边火焰冲天而起，一阵痛苦使他震颤。“去吧，高贵的帕特洛克罗斯，”他喊道，“站起来，不要让他们夺走舰船，阻止我们的人逃走！我要自己去召集我们的士兵。”帕特洛克罗斯听到他朋友的话高兴极了，他火速裹上铠甲，束上加工精致的胸甲，把宝剑悬挂肩上，戴上飘动着马鬃的头盔，左手握住盾牌，右手抓起两支犀利的投枪，随后就去套马。阿喀琉斯召来他的密耳弥多涅斯士兵，来自五十艘战船，每艘上面有五十个战士。由五个领袖率领这支战斗队伍，他们是墨涅斯提俄斯，河神斯帕尔加斯和妩媚的波吕多瑞所生的一个儿子；欧多剌斯，赫耳墨斯和波兄墨勒的儿子；珀珊德洛斯，迈玛罗斯的儿子，一个在军队中仅次于帕特洛克罗斯的优秀战士；最后是两鬓斑白的福尼克斯和莱耳刻斯的儿子阿尔喀墨冬。

珀琉斯的儿子向这些就要出发的人说道："你们这些密耳弥多涅斯人，不要有一个人给我忘记，你们在过去是怎样威胁过特洛亚人。现在你们渴望的时刻终于出现了。战斗吧，遵照你们勇敢的心所命令的那样去做吧！"说毕他返回自己的帐篷，拿出一个精致的酒杯，除了他没有第二个人用这个酒杯喝过美酒；除了宙斯之外，也没有第二个神接受过用这个酒杯献上的灌礼。现在他站在他的房间正中，向宙斯父亲进行祭酒，并请求他保佑希腊人得到胜利，保佑他的战友帕特洛克罗斯平安归来。宙斯对他的第一个请求示意满足，但对第二个请求则摇头。英雄对宙斯的两种表示均没有看见。随后阿喀琉斯回到自己的帐篷，从这儿去观望特洛亚人和希腊人之间的血战。

这期间密耳弥多涅斯人在前进，他们像一个蜂群，帕特洛克罗斯冲在最前面。当特洛亚人看见他时，他们心惊胆战，他们的阵势一片混乱，因为他们认为是阿喀琉斯本人前来参战，他们在考虑如何逃避开免得丧命。帕特洛克罗斯利用他们的畏惧，挥动闪闪发亮的长矛径直冲入他们中间，在那儿围着普洛忒西拉俄斯那艘船的四周是人群最密集的地方。他的投枪击中了派俄尼亚人皮赖克墨斯，他痛苦地朝后栽倒。所有的特洛亚人恐惧地夺路逃走，希腊人冲入船巷追赶。到处都是一片惊慌混乱，但不久特洛亚人又镇静下来，希腊人被迫徒步进行作战。

大埃阿斯心中什么也不想，就只是想如何把他的长矛击中赫克托耳。但赫克托耳战斗经验丰富，用他的牛皮盾牌保护自己，使箭镞和投枪都纷纷落地。这位统帅虽然看出胜利已离他和他的军队而去，但他依然坚定地进行战斗，这至少能保护和援助他的忠诚的战友。直到希腊人进行的攻击变得无法阻挡时，他才调转战车越过壕沟逃走。但帕特洛克罗斯催动他的战马穷追不舍。所到之处敌人纷纷丧命。普洛诺俄斯、忒斯特耳、厄律拉俄斯和其他九个特洛亚人，在他前进的路上，或死于他的投枪，或毙命于他的长矛，或倒于他的投石之下。吕喀亚人萨耳珀冬悲痛和愤怒地目睹这一情景，他斥责地激励他的士兵，自己全副装备地跳下战车。帕特洛克罗斯同样跃下战车，他俩吼叫着冲向对方，像两只利爪勾喙的苍鹰一样。现在这两个英雄已彼此接近到投射的距离，但帕特洛克罗斯首先投中的是萨耳珀冬的勇敢战友特剌德得摩斯。他第二次攻击，长矛才射中萨耳珀冬的腰部，他栽倒在地，像被斧头砍倒的一棵巨大的松树。临死的萨耳珀冬呼喊他的朋友格劳科斯与吕喀亚的士兵抢救他的尸体，随后就死去了。

诸王得知萨耳珀冬死亡都非常悲痛，他们要去复仇。他们狂暴地冲向希腊人，赫克托耳冲在最前面。而希腊人在帕特洛克罗斯的鼓励下也呐喊着冲了过来，双方为争夺萨耳珀冬的尸体进行血战。密切注视战局发展的宙斯在考虑帕特洛克罗斯的死，但他觉得还是先让他赢得胜利更好些。于是阿喀琉斯的朋友把特洛亚人连同所有的吕喀亚都向城里逼去。希腊人夺走了死去的萨耳珀冬的铠甲，正当帕特洛克罗斯要把萨耳珀冬的尸体交给密耳弥多涅斯人时，阿波罗已奉宙斯之命将萨耳珀冬的尸体扛在自己的神肩之上，背到远处的斯卡曼德洛斯河旁。在这儿他在水里把尸体洗净，涂上香膏，交给双生子睡神和死神。他俩携他飞起，把他带回到他的故乡吕喀亚。

逃跑的赫克托耳在斯开亚门旁勒住了他的战马，心里思忖着，是驱马返回战场，还是命令他的士兵退到城墙后面，把城门紧闭。正当他犹豫不决地拉动缰绳时，阿波罗化身为赫卡柏的兄弟阿西俄罗，赫克托耳的一个舅舅，走到他的身旁，对他说道："赫克托耳，你为什么要撤出战斗？调转你的马头，向帕特洛克罗斯冲去；有谁知道阿波罗不正使你获得胜利呢。"这位使人认不出的神祇在他耳边轻声低语，随之就在密集的士兵中消失了。紧接着赫克托耳激励他的驭手刻布里俄涅斯，策马重新返回战场，阿波罗在他前头开路，直冲入希腊人的队列，使他们陷入一片混乱。但赫克托耳甩开任何其他希腊人，径直奔向帕特洛克罗斯。

当帕特洛克罗斯看到他接近时，就跳下战车，从地上举起一块尖角大理石，击中了刻布里俄涅斯的额头，使他立即栽倒地上死去。随之帕特洛克罗斯像一头雄狮扑向尸体想去占有死者的铠甲。但赫克托耳为他的异母兄弟而拼命战斗。他抓住死者的头，而帕特洛克罗斯抓住脚，特

洛亚人和希腊人都卷了进来，他们就像东风和西风相互搏斗一样。接近傍晚局势对希腊人变得有利，他们夺走了刻布里俄涅斯的尸体，只剩下他的铠甲。

现在帕特洛克罗斯以双倍的愤怒扑向特洛亚人，接连三次杀死了二十七人之多。但当他发起第四次冲击时，死亡已在窥伺他了，因为这次他在战斗中遇到的是阿波罗本人。帕特洛克罗斯没有逼近阿波罗，因为他隐藏在一团浓密的云雾里。阿波罗站在他身后，对着这个英雄的后背和肩猛击了一掌。随后他扯掉昏昏沉沉的帕特洛克罗斯头上的战盔，头盔落到地上，在马蹄下面来回滚动，盔上的羽饰沾满了尘土和血污。他又折断了他手中的长矛，从肩上撕下了他的盾牌的皮带，从身上扯掉他的胸甲，并使他的心一片懵懂，木然地僵立在那里。这时潘托俄斯的儿子欧福耳玻斯从后面用长矛刺穿他，随即急速退回阵中。

但现在赫克托耳又从阵中发起冲击，并从前面用长枪刺入受伤的帕特洛克罗斯的柔软的腹部，枪尖从后背透出。他立即用长枪来结束他的生命并高兴地叫喊道：“哈，帕特洛克罗斯！你还想把我们的城市变为一堆瓦砾，把我们的女人装到船上带回你们的国家做奴仆吗？现在我至少把你们的奴役日子推迟了，并把你喂老鹰！你的阿喀琉斯能救你的命吗？”垂死的帕特洛克罗斯声音微弱地回答他说：“你由衷地感到高兴吧，赫克托耳！宙斯和阿波罗使你不费力地赢得了胜利的光荣，因为是他们解除了我的武装。但有一点我要告诉你，你不会活多久了！厄运已经站到了你的身旁，我知道是谁会使你丧命。”他费力地说出了这几句话，随后灵魂就离开他的身体，前往冥府。赫克托耳从伤口中抽出他的铁矛并把死者甩到后面。

现在特洛亚人欧福耳玻斯和阿特柔斯的儿子墨涅拉俄斯手执武器来争夺帕特洛克罗斯的尸体。“你得来偿命，”那一个喊道，“你杀死了我的许珀瑞诺耳，使他的妻子成了寡妇！”说着就举起长矛对着墨涅拉俄斯的盾牌刺去，但矛尖弯了。而墨涅拉俄斯举起他的长枪，刺穿了敌人的咽喉。欧福耳玻斯栽倒在地，若不是阿波罗嫉妒他，他就会不仅把死者的铠甲也要把武器都一同带走。因为这时阿波罗化身为喀科涅斯国王门忒斯，提醒赫克托耳重新转向欧福耳玻斯的尸体。赫克托耳立即转身，他突然看见了墨涅拉俄斯正要把欧福耳玻斯华丽的铠甲拿走。当墨涅拉俄斯一听到这个特洛亚英雄的大声咆哮，他立即放下尸体和铠甲，火速奔向战场，去寻找大埃阿斯。

当他终于在密集的士兵中认出大埃阿斯时，就朝他喊叫，要求他与自己一道去夺取帕特洛克罗斯的尸体。时间已很紧急了，因为赫克托耳正在忙于将铠甲从死者身上剥下，把尸体拖到身边，用剑把他的头从肩膀上砍下，并把身体抛给狗吃。赫克托耳一看到埃阿斯手握七层牛皮的盾牌向自己奔来，立即放下手头上的血腥工作，急速逃回到他的战友中间。

吕喀亚人格劳科斯向赫克托耳投去阴沉的目光，斥责他说："如果你在英雄面前怯懦地逃走的话，那你的声誉就变得毫无用处，赫克托耳。你考虑考虑吧，你怎样单独来保卫城市，在你把我们的国王萨耳珀冬的尸体交给希腊人和野狗之后，再不会有哪一个吕喀亚人与你并肩战斗了。"

"你不聪明，格劳科斯朋友，"赫克托耳回答说，"你以为我害怕埃阿斯的强大。还没有什么战斗使我害怕。但宙斯的旨意比我们的勇敢更有威力，现在靠我更近些，我的朋友，看我怎么做，然后再说我是不是胆小，像你所想的那样!"说完他就尾追他的那些把帕特洛克罗斯身穿那副阿喀琉斯的铠甲当作战利品带回城里的朋友。他追上他们，把他自己的铠甲卸下，换上阿喀琉斯的那副神圣的铠甲，这是天庭众神在珀琉斯与海洋女神忒提斯结婚时送的礼品，后来父亲年纪大时就把它送给了儿子。但儿子穿上父亲的装备却注定不会活到老年。

当众神和人的统治者宙斯从天上看到赫克托耳穿上了英雄阿喀琉斯那副神圣的铠甲时，他摇了摇头，在内心深处说道："你这可怜人，你还压根没有想到死亡的命运，它已经守候在你的身旁了。你杀死了令其他人都心惊胆战的伟大英雄的亲密朋友，你割下了他的头颅，剥下了他身穿的铠甲，现在你用女神儿子的神圣铠甲来武装自己。即使如此，你也不会从战场返回，你的妻子安德洛玛刻不会为你解下这身美丽的铠甲和欢迎你的归来，所以我要使你再一次得到胜利的荣誉作为补偿。”

在宙斯说这番话期间，赫克托耳已经穿好铠甲。战神阿瑞斯的精神在燃起他的战斗激情，他的四肢充沛着力量，显示出威风。他大声呐喊跃回到伙伴中间并率领他们冲向敌人。为争夺帕特洛克罗斯尸体的战斗重又燃起，双方整天都在这里浴血奋战。希腊人喊道：“我们宁愿死于这里也不能让特洛亚人把尸体抢去，耻辱地返回舰船。”而特洛亚人对之高喊：“为了这个尸体，我们就是都死了也无所畏惧！”

这期间宙斯改变了他的主意。他在浓云中间派雅典娜做他的使者到下界去，她化身为福尼克斯走近墨涅拉俄斯。她使他的肩膀和双膝都充满了力量，并使他变得坚韧不拔、勇猛顽强。但阿波罗化身为淮诺普斯走向赫克托耳，并提醒他说：“喂，赫克托耳，若是一个墨涅拉俄斯能把你吓跑的话，那在所有希腊人中将来还会有谁怕你？他杀死了你最好的朋友，现在他，一个全希腊军队中的最懦弱的人，也要从你手中夺走帕特洛克罗斯的尸体！”这番话使赫克托耳异常恼怒，他身着熠熠发亮的铠甲冲到前面。宙斯摇着他的神盾，把伊得山隐蔽在浓云中间，发出闪电和雷霆，向特洛亚人显示出胜利的征兆。决战更加激烈，埃阿斯对墨涅拉俄斯说：“墨涅拉俄斯，你有没有看到涅斯托耳的儿子安提罗科斯还活着？向阿喀琉斯报告他的朋友帕特洛克罗斯的死讯，他是最合适的使者了。”墨涅拉俄斯用他敏锐的目光扫视四周，很快就在相互厮杀的人群中发现了涅斯托耳的儿子。“安提罗科斯，”他朝他喊道，“你还不知道一个神祇把灾难降到希腊人身上并把胜利赐给了特洛亚人吗？帕特洛克罗斯已经死了，全希腊人失去了他们的最勇敢的英雄。只有一个比他更勇敢的还活着，是阿喀琉斯。去问他，他是否来拯救帕特洛克罗斯的赤裸裸的尸体，他的铠甲已让赫克托耳剥去了。”这个年轻人大吃一惊，他一听到这个消息便泪流满面，长时间一声不响。终于他把他的铠甲交给他的驭手拉俄多科斯，随后向舰船方向奔去。

当墨涅拉俄斯重新返回尸体旁时，他同埃阿斯商量如何把死去的朋友带回去，他们对阿喀琉斯的到来不抱多大希望，因为他的神圣的铠甲已被抢走了。他们把尸体用力举高，尽管特洛亚人尾随在后面大声吼叫，挥动宝剑和长枪，可只要埃阿斯一转过身来，他们就吓得面色苍白，不敢去抢夺他扛着的尸体。他们用很大气力才把这具尸首从战场上运到舰船，其他希腊人也同他俩一起逃了回来。赫克托耳和埃涅阿斯紧追不舍，那些溃逃的希腊人慌不择路，乱成一团，越过壕沟退了回去，路上到处是他们丢弃的武器。

阿喀琉斯的悲恸

这期间安提罗科斯带着可怕的消息哭着奔向阿喀琉斯，还从老远的地方他就向他喊道："我感到痛心啊，珀琉斯的儿子，你现在不得不听到的本是不应该发生的。我们的帕特洛克罗斯已经阵亡了，他们在为争夺他那赤裸裸的尸体而战，铠甲已被赫克托耳剥走。"阿喀琉斯一听到这个噩讯，两眼变得一团漆黑。他用两手抓起黑色的尘土撒向他的头、他的脸和他的衣服。随后他躺倒在地上，可怕地喊叫起来，这哭泣的声音直透过海水，传到海底深处他母亲忒提斯那里。她与她的姊妹们一道穿越分离开来的海浪到达海岸，从船的旁边浮出上陆，直奔向恸哭的儿子。"孩子，你哭什么？"她问道，哀叹地把他的头搂在怀里，"谁伤害了你的心？说出来，什么都不要对我隐瞒！你所想的不是已经都发生了：希腊人都拥到你的舰船来，渴求你的帮助！"

终于阿喀琉斯沉重地叹息说："母亲，帕特洛克罗斯已经死了，这对我还有什么用呢，我爱他就像爱自己的脑袋一样！我的那副精美的铠甲，就是众神在你的婚礼上送给珀琉斯的那件礼物，已被杀害他的凶手赫克托耳从身上剥走。看，若是珀琉斯的妻子是一个凡人的话，那你就得为你的死去的儿子承受人世间的痛苦，因为他永远不会返回他的故乡了！是的，若是赫克托耳不被我的长矛刺穿，为我的帕特洛克罗斯的死赎罪的话，我的心不允许我活下去！"

忒提斯含泪回答说："啊，我的儿子，你的生命很快就要枯萎，因为在赫克托耳之后，你的末日注定也就到了。”但阿喀琉斯愤怒地喊道：“如果命运不允许我去为死去的朋友复仇，那我宁愿现在就死去。没有我的帮助，他远离开故乡，死去了。我短暂的生命对希腊人有什么用？我没有给帕特洛克罗斯，没有给无数被杀害的朋友带来安全。当其他人在战斗中死去时，我却坐在船边不为所动。我的愤懑在神祇和人们面前该受到诅咒，这种愤懑开头时使心灵甘之如饴，可不久就像在胸中燃起熊熊的烈火！过去的已经过去！我要去为我的朋友复仇，杀死凶手。我的命运已经注定，宙斯和众神随时处理好了。特洛亚人应该知道，我在战争中休息得够长了！亲爱的母亲，不要阻止我去战斗！”

“你是对的，我的孩子，”忒提斯回答他说，“感到遗憾的是，你的灿烂的铠甲在赫克托耳手上，他自己还把它穿上了。可他不会笑得很久的，在明天太阳升起的时候，我就给你带来新的装备，是赫淮斯托斯亲手制造的。但你在我回来前不要去参加战斗。”女神说完就与她的姊妹下潜，回到她们的海洋宫殿。她本人匆忙前往奥林帕斯山，去拜访锻冶之神赫淮斯托斯。

这期间争夺帕特洛克罗斯尸体的战斗仍在继续，若不是伊里斯按照赫拉的命令——她瞒着宙斯和众神——飞到阿喀琉斯那里，带去让他武装起来的指示的话，那赫克托耳几乎就成功地将帕特洛克罗斯的尸体抢走了。

“但是我怎样去作战，”阿喀琉斯问神祇的女使者，“因为我的敌人穿着我的铠甲。我的母亲也禁止我穿其他人的装备，直到她把由赫淮斯托斯制造的一副新铠甲给我带来。我知道没有任何人的武器适合我，除了埃阿斯的盾牌，但那是他自己要使用的，用来去保护我死去朋友的尸体。”

“我们知道，”伊里斯回答他说，“你的出色的铠甲被抢走了，但你就这个样子靠近壕沟，出现在特洛亚人面前。若是他们从远处看到了你，那他们就会停止战斗，希腊人就可以得到休整。”

当伊里斯重新飞走时，神一般的阿喀琉斯站了起来。雅典娜本人把她的神盾悬到他的肩上，使他的面庞辉映出超凡的光华。他就这个样子很快越过围墙出现在壕沟旁边，可他没有忘记母亲给他的警告，没有参加战斗，而只是停留在远处并大声吼叫。雅典娜的呼喊声与他的吼叫声混在一起，像是战号一样直冲进特洛亚人的耳鼓。当他们听到了阿喀琉斯钢铁般的声音时，他们的心一下子就有了一种不祥的预感，战车和战马纷纷后退。驭手们惊恐地看到珀琉斯儿子的头上闪现出火光。他们壕沟那边发出的三次吼叫就使特洛亚的士兵三次陷入混乱，他们的十二个最勇敢的战士倒于战车下面而死，或被他们自己的朋友枪刺毙命。

不久希腊人把帕特洛克罗斯的尸体从敌人那里夺了回来，英雄们把他放在床上，朋友们悲恸地集聚在尸体四周。阿喀琉斯忠诚的朋友的尸体被乱枪刺得血肉模糊，它被安放在灵堂里，当阿喀琉斯看到的时候，他第一次又置身于希腊人之中了，并伏在尸体上泪如雨下。西沉的太阳映照着这悲恸的一幕。

阿喀琉斯重新武装

顽强的战斗过后，两支军队正在休息。特洛亚人把马匹从战车上卸下来，他们没去吃饭而是匆忙地聚在一起开会。所有人都心惊胆战，没有一个人敢坐下来，因为他们害怕阿喀琉斯再次出现，他令人心惊肉跳。终于，潘托俄斯的儿子，明智的波吕达玛斯建议，不在这里做任何停留，而是立即返回城里。“若是阿喀琉斯全副武装地发现我们早晨还在这儿，”他说，“那逃进城里的那些人会高兴了，可这儿的许多人都得丧命，成为野狗和老鹰的食品。我不想这种事情发生！因此我建议我们全副武装在城内广场上过夜，有高墙和坚固的城门保护我们。一大早我们就再度站在城墙上，如果他来进攻，同我们夺取舰船，那我们就给他个厉害。”赫克托耳也站了起来，目光阴森地说：“波吕达玛斯，你说的我一点都不感兴趣。在宙斯使我得到胜利的时刻，我已经把希腊人逼退到海边，士兵们都认为你的建议是愚蠢的，没有一个特洛亚人会听从你。而我命令军队就地晚餐，不要忘记警戒。明晨我们重新对舰船发起攻击。如果阿喀琉斯真的再次出现，那就活该他倒霉，因为我不会放弃这场恶斗，直到分出胜负，看看是我还是他得到胜利的桂冠！”特洛亚人不听从波吕达玛斯的有益的劝告，而对赫克托耳的灾难性的发言报以掌声，他们狼吞虎咽般地饱餐一顿。

但希腊人在整夜里都围着帕特洛克罗斯的尸体悲痛不已，特别是阿喀琉斯高声痛哭，他把死者的双手都放到自己的胸膛上。“那个时候，我在宫中安慰老英雄墨诺提俄斯，答应他，在特洛亚毁灭之后我把他的儿子连同丰富的战利品和荣耀的名声一并带回俄波伊斯他的故乡。噢，现在都成了空话。命中注定，我们俩要用自己的鲜血来染红这片陌生的土地，因为我那白发父亲珀琉斯和我的母亲忒提斯再也不会在宫中看到我了，这儿，特洛亚城前的黄土将把我掩埋。帕特洛克罗斯，因为我将在你之后倒下，在我没有把你的铠甲和杀害你的人的脑袋带来给你之前，我不为你举行丧礼；我还要给你送上十二个高贵的特洛亚儿子作为你火葬时的祭品。亲爱的朋友，在这个时刻到来之前，你先在我的船上安息！”随后阿喀琉斯命令他的朋友把一只装满水的巨大的三足鼎架在火上，洗净死去的英雄的尸体，涂上香膏，并把他放到一张漂亮的床上，从头到脚覆上精美的麻布，就像在死者身上盖上一条闪闪发光的地毯一样。

这期间忒提斯到了赫淮斯托斯的恒久长存和熠熠生辉的宫殿，这是这个跛足艺术家自己用青铜建造的。她看到他在风袋旁汗流浃背地劳作。他的妻子是温柔的卡里斯，美惠三女神之一，她握住忒提斯的手，领她坐到一把银制安乐椅上；在她脚下垫上一只脚凳，然后把她的丈夫喊来。他一看到海洋女神就欢快地叫了起来：“我太高兴了，神祇中最高贵的女神能光临舍下，是她在我生下来时从死亡中拯救了我。我来到世界时是个瘫痪儿，因此母亲把我从怀中扔掉，如果不是欧律诺墨和忒提斯把我抱进她们的怀中并在海中石洞里抚养我整整九年的话，我早就可怜地死去了。现在我的恩人来到了我的家！亲爱的妻子，好好招待她，我先把这儿乱七八糟的东西清理一下。”

锻冶之神说毕就从铁砧旁立起身来，吃力地跛行，来回走个不停，他把风袋搬离开炉火，把各式各样的工具放进一个银制的箱子，用一块海绵擦洗他的双手、脸、脖子和胸膛，穿上一件上衣，由女仆们扶着，一拐一拐地又从房间里走出来。这些女仆可不是真正的人，但却像活人一样，充满了青春的魅力，她们都是由黄金铸造的，被赋予力量、理智、声音和艺术才能。她们迈着轻盈的脚步急速从她们主人身边走开。他坐在忒提斯旁边一把精美的扶手椅上，握住她的手说道："高贵的、亲爱的女神，是什么把你引到我这所你一向很少光临的住处？告诉我，你要求什么？我真心要为你做我所能做的一切。"

于是忒提斯向他述说了她的忧愁，她抱着他的双膝，请求他为她注定要早死的儿子阿喀琉斯在他活着保护希腊人时锻制一顶头盔、一面盾牌、一副胸甲、护腿和胫甲，因为他战死的朋友在特洛亚城前失去了那副神的铠甲。"高贵的女神，振作起来！"赫淮斯托斯回答她说，"你放心好了。我会为你的儿子制造一套精美的装备，他一定会高兴的，那些凡人一看到这副铠甲就会大吃一惊！"

随之他就离开了女神，跛行到他的火炉旁，把风袋接入火炉，让它起劲地鼓风。它的二十个风孔立即把热风吹进炉膛，在坚实的坩埚里铁、锡、银和黄金都变得通红。随后他把铁砧放正，右手擎起巨大的铁锤，左手握住铁钳。他开始锻制，先是一面巨大的坚固的盾牌，它五层厚，有一个银制的盾带和三道闪亮的盾边。他完成盾牌之后，又锻制一副比火还要光亮的胸甲；随之完成了闪闪发亮的头盔，它十分合适，上饰有金色的羽毛，最后用细锡制造了一双护腿。他把整套装备堆放在阿喀琉斯的母亲面前。她接受了这副铠甲，表示感谢并用她的那双神手拿起这套金光灿烂的铠甲离去。

在东方露出第一线曙光的时刻，女神又到了儿子身边，他与他的战友还一直为他的朋友帕特洛克罗斯哭泣，她把这副铠甲放到他面前。密耳弥多涅斯人一看到都颤抖不止，他们没有一个敢于直视女神的面孔。但阿喀琉斯睫毛下的双眼由于愤怒和喜悦而闪闪发亮。他把这神的高贵礼物举向空中，并长时间欣赏不止。随后他穿上铠甲，拿起武器，走到海边。他用响雷般的声音召集希腊人，所有人都汇聚而来，甚至那些从来没有离开舰船的舵手。瘸脚的狄俄墨得斯和俄底修斯拄着长枪来了，最后出现的是军队统帅阿伽门农。

阿喀琉斯与阿伽门农和解

阿喀琉斯看到人们到齐之后，站了起来，他说："阿特柔斯的儿子，真不如让阿耳忒弥斯的箭镞在我毁灭吕耳涅斯把布里修斯的女儿挑选为战利品的那一天就把她在舰船旁射死，许多希腊人由于我的愤怒都失去了性命！忘记过去吧，尽管它使我们的心灵受到了伤害；至少我的愤恨现在已经平息了。起来，现在去进行战斗！我要看看，特洛亚人是否还有乐趣在船边悠闲自在！"

这番话激起了希腊人的雷鸣般的欢呼。这时统帅阿伽门农站了起来并大声呼喊："不要狂呼乱叫了！这样乱糟糟的说话谁能听清？我要向珀琉斯的儿子进行解释，你们其他人注意听，记住我说的话。希腊的儿子已经多次对我在那不幸的一天所做的事情进行了惩罚。"他继续说道，"但这不是我的过错，是宙斯、命运女神和复仇女神在士兵大会上使我失去了理智，我犯了过错。当赫克托耳在舰船周围杀害成群的希腊人时，我就在不断地想起我的罪过；我明白了，是宙斯蒙蔽了我的心智。现在我乐于补偿我所犯下的过失，向你赎罪，阿喀琉斯，随你有多少要求。去进行战斗，我呈献给你所有俄底修斯前不久以我的名义许诺给你的礼物。"

"光荣的统帅阿伽门农，"英雄回答说，"随你认为将这些礼品给予我或者自己保留下来，这对我无所谓。但现在让我们别再延误去战斗，因为有许多事情要我们来做，人们都在盼望重新在前线看到阿喀琉斯！"

现在聪明的俄底修斯说话了："天神般的阿喀琉斯，先不要把饿着肚子的希腊人赶向特洛亚！让他们此前在船边饱餐豪饮，恢复力量增强体能！这期间阿伽门农去把他的礼品带到这里，让全体希腊人开开眼界。随后他本人在他的帐篷里隆重地举行一场豪华的宴席来款待你。”

“我高兴地听到了你的这一番话，俄底修斯。”阿伽门农回答说，“阿喀琉斯，你可以从全体希腊军队中挑选最高贵的青年人，让他们去从我的船上把那些礼品全部运来。传令官塔尔提比俄斯去给我们弄一头野猪来，献祭给宙斯和太阳神，让我们为团结和和睦起誓。”

“随你们怎么去做好了，”阿喀琉斯说道，“只要我朋友被蹂躏的尸体还躺在帐篷里，我的喉咙既吞不下食物也咽不下美酒。我渴求屠杀和喝敌人的鲜血！”

但俄底修斯平静地对他说：“全希腊人中最最高贵的英雄，这次你的心要听我的劝告。希腊人当然不能用他们的胃肠来哀悼他们的死者，当一个人死去，我们要埋葬他，为他整天哭泣。但若是谁忽略了用美酒和食物来增强自己的力量的话，那我们怎能进行更猛烈的战斗呢！”

他这样说道并与涅斯托耳的儿子们一道向阿伽门农的营房走去。在那儿他们拿到了阿伽门农许诺的礼物并给众神献上了祭礼。这时阿喀琉斯站了起来，在希腊人面前说道：“宙斯父亲，你使人经常变得多么愚昧无知啊！若不是你有意使许多希腊人丧命的话，那阿特柔斯的儿子肯定不会如此可怕地激起我的愤懑或者不会如此顽固地要把那个姑娘从我这里抢走！可现在让我们去用餐，然后准备进攻。”

最高贵的希腊诸王都围着阿喀琉斯，请他就餐。可他拒绝了，叹息地说：“如果你们真的爱我，朋友们，那就不要劝我饮食。我的悲痛不容忍我这样。让我就这个样子，直到太阳西沉入海。”说完这句话其他诸王离开了他，只有阿特柔斯的两个儿子、俄底修斯、涅斯托耳、伊多墨纽斯和福尼克斯留了下来。他们力图使这个痛苦的人振作起来，但毫无结果。阿喀琉斯一动不动，每当他言语时，他的呼吸就变得急迫，并且是在对死去的朋友说话。

宙斯从上天怜悯地望着这个悲哀的人，随即迅速转向他的女儿雅典娜说道：“我忠实的女儿，你的心难道不再挂牵那个高贵的英雄？就是坐在那儿那个当其他人去用餐时而自己却滴水不沾为他的朋友悲伤的人？起来，立即向他胸膛注入琼浆和美食使他振作起来，好在战斗中不会感到饥饿！”

女神像一头鹰挥动双翼一样急速穿越高空，她早就在渴望帮助她的朋友，这时军队正匆忙地准备战斗，雅典娜轻柔地不被人注意地把琼浆和美食注入阿喀琉斯胸中。随后她返回她父亲的宫殿。

这期间希腊人从船上蜂拥而出，头盔相碰，盾牌相击，胸甲相撞，长枪相交。整个大地被青铜发出的耀眼的光照亮，在他们脚下轰鸣。他们中间的阿喀琉斯开始武装自己，他咬牙切齿，眼中冒火。他拿起神赐的装备，先束上胫甲，然后穿上胸甲，宝剑挂在肩上，握起盾牌。随之戴上沉重的头盔，上面高高的金色羽饰在头上晃动。他穿上他的铠甲，觉得他的装备像翅膀要把他从地上飘起来一样。奥托墨冬和阿尔喀摩斯套上战马，在每一匹马嘴里放上嚼环，把缰绳系在座位上。奥托墨冬跃上战车，武器熠熠发亮，随他之后阿喀琉斯起身上车。“神马，”他朝父亲的这些神驹喊道，“我要告诉你们，在我们进行完战斗之后，你们要把你们乘载的英雄们带回军营，不要像帕特洛克罗斯那样，让他死于荒野弃他不顾。”

在他说这番话期间，他得到一个可怕的神谕。他的神马克珊托斯垂下它的头，使波浪般的鬃毛从轭环中涌出来，直拂到地面。女神赫拉突然赋予它说话的能力，它在轭中悲哀地回答他说：“好的，强大的阿喀琉斯，我们现在载着你，生龙活虎般勇往直前。但死亡的日子已经临近你了。帕特洛克罗斯的死亡和赫克托耳的胜利不是由于我们的疏忽或者失职，而是因为命运和神祇的全能。我们能和风中最快的西风神仄费洛斯一比高下并且不会疲倦。但你的命运已经注定，要死于一个神祇之手。”神马还要继续说下去，但复仇三女神的威力阻止了它，阿喀琉斯悻悻地回答说：“克珊托斯，你为什么跟我说到死亡？不需要你的预言，我自己知道，命运已经在这里捉住了远离父母的我。但我不在战斗中杀死足够的特洛亚人，我是不会停下来的！”随后他大声吼叫策马前进。

人和神祇之战

在奥林帕斯山上宙斯召开了一次众神会议，在会上他允许神祇随自己的意愿去帮助一方，特洛亚人或希腊人。根据这个旨意众神立即分成两派：众神之母赫拉、帕拉斯·雅典娜、波塞冬、赫耳墨斯和赫淮斯托斯奔向希腊人的舰船；阿瑞斯到特洛亚人那边，随他一道有福玻斯·阿波罗和阿耳忒弥斯以及他俩的母亲勒托，河神斯卡曼德洛斯和阿佛洛狄忒。

在众神还没有加入到进攻的队伍中之前，希腊人已经稳占上风，因为令人恐惧的阿喀琉斯又在他们之中了。特洛亚人远远地看到珀琉斯儿子身披闪闪发亮的铠甲如同战神一样，就害怕得四肢发抖。但神祇们突然出现在两军之前，又使战斗变得不可预料了。雅典娜时而站在墙外，时而站在海边高声呐喊。在另一方，阿瑞斯在激励特洛亚人，他像风暴一样咆哮。专司纷争的女神厄里斯在双方之间来回奔跑，此处战争的统治者宙斯从奥林帕斯山上发出可怖的雷霆。波塞冬从下面摇撼大地，使众山之巅和伊得山的地基都动荡不已，甚至黑夜之王普路同都从宝座上惊恐地跳了起来，因为他怕大地裂开会使他的秘密王国暴露在人和神祇面前。随之神祇之间开始了直接的战斗。阿波罗用她的弓箭与海神波塞冬交手，雅典娜对抗的是战神阿瑞斯，阿耳忒弥斯用他的弓同众神之母厮杀，赫耳墨斯和勒托交锋，赫淮斯托斯对抗的是斯卡曼德洛斯。

在众神相互厮杀时，阿喀琉斯在人群中寻找赫克托耳。但化身为普里阿摩斯的儿子吕卡翁的阿波罗却使英雄埃涅阿斯与他碰面；埃涅阿斯身披闪耀光华的青铜铠甲，一身是胆，火速冲到最前面。可赫拉在人群中看见了他，她很快把与她站在希腊人一边的神祇召集在一起说道：“你，波塞冬，你，雅典娜，你们两人考虑考虑，现在我们的事怎么办才好。那边，阿波罗唆使埃涅阿斯去对抗阿喀琉斯。我们必须把他撵回去，或者我们之中的一个必须增强阿喀琉斯的力量，使他觉得强大的众神是站在他这一边的。今天特洛亚人绝不能伤害他，我们也正是因此才下奥林帕斯山的。此后他得顺从命运女神在他生下时所注定的天数。”

“赫拉，要好好考虑一下，”波塞冬回答说，“我不愿意，我和你们联合起来去反对别的神祇。这不合适，因为我们太强大了。不如让我们在旁边作壁上观。但如果阿瑞斯或阿波罗首先发难，去妨碍阿喀琉斯不能自由地进行厮杀的话，那我们也就有理由去参加战斗。这样我们的对手肯定被我们的力量所慑服而被赶回奥林帕斯山众神中间！”海神没有等待回答就首先登上赫剌克勒斯城墙。其他神祇跟随他，于是他们都坐在那儿，裹在一片浓密的云雾之中。阿瑞斯和阿波罗则坐在对面的卡利科罗涅山丘上。这些神祇就这样分离开来，守候在那里相距不远，而且做好了战斗准备。

这期间战场四周士兵聚集，战士的武器和战车闪闪发光。大地在他们脚下隆隆作响。突然间从双方阵营里跃出两个人来，一个是安喀塞斯的儿子埃涅阿斯，另一个是珀琉斯的儿子阿喀琉斯。埃涅阿斯首先来到当场。他沉重的头盔上的羽饰在摇曳，他把巨大的牛皮盾牌护在胸前，恫吓地晃动他的投枪。随之他将长矛掷了出去，在阿喀琉斯盾牌四周空气在发出回响。可这次投射只穿透了最外边的两层青铜，而里面由锡和黄金制成的两层却挡住了矛头。现在阿喀琉斯也挥动起他的长矛，它击中埃涅阿斯盾牌的外层边缘上，这是由青铜和牛皮制成的最薄的部分。埃涅阿斯蹲了下去并由于恐惧而把盾牌擎向高空，投枪呼啸着穿透两层盾边，越过他的肩膀，紧贴着他，直落在地下，埃涅阿斯在死亡面前感到一阵眩晕。这时阿喀琉斯挥动宝剑吼叫着冲了过来。埃涅阿斯立即举起一块两个凡人都无法举起的巨石掷了过去。若是他用巨石击中了对手的头盔或盾牌的话，那他也必死于阿喀琉斯的宝剑之下。

这时坐在赫剌克勒斯围墙上厌恶特洛亚人的众神甚至对此也起了恻隐之心。波塞冬说道：“如果埃涅阿斯因为听从了阿波罗的话，而命丧地府，那确实是遗憾的。我也害怕宙斯因此发怒，他虽然憎恶普里阿摩斯家族，但不想把它完全毁灭。这个王族应该通过埃涅阿斯一代一代继续下去。”

“你可做你愿意做的事，”赫拉回答说，“我和雅典娜，我们发过誓，无论特洛亚人发生怎样的不幸，我们都不会罢手。”

他们的谈话只是瞬间的事。波塞冬投身到战斗中，他隐去身形，把长矛从埃涅阿斯的盾牌上拔了出来，放到阿喀琉斯脚下，用一团浓雾遮住这位英雄的眼睛。他自己把埃涅阿斯抛起，越过战车和士兵，直落到战场边缘，那儿特洛亚的同盟军考科涅斯士兵正在做战斗的准备。

“埃涅阿斯，”波塞冬斥责他救出来的英雄，“是哪个神迷住了你的眼睛，竟然去同众神的宠儿，远比你强大得多的阿喀琉斯作战？此后，你一遇到他就要退避。当他的劫数已到，你就可以安心地在最前面冲锋陷阵！”说完他离开了他，并撤去阿喀琉斯眼前的浓雾。阿喀琉斯惊奇地看到他脚下自己的投枪并发现敌人已经消失不见。“他在神的帮助下跑掉了，”他愤愤地说，“他的逃跑已经是常事了。”随后他返回自己的队伍，鼓励他们进行战斗。

但在另一面，赫克托耳也在激励他的士兵，随之发生了一场激烈的肉搏战。当阿波罗看到赫克托耳狂热地去迎向阿喀琉斯时，他就在他的耳边提出警告，于是赫克托耳惊恐地返回他的战士中间。但阿喀琉斯却在敌人中间冲杀，他的第一支投枪把勇敢的伊菲提翁的脑袋击碎，使他倒地死去，躺在最前面的一群密集的士兵中间。随后阿喀琉斯射穿了安忒诺耳的儿子得摩勒翁的额头，当希波达玛斯刚从战车上跃下时，他的长矛又刺穿了他的背部。

当赫克托耳看到阿喀琉斯怎样把他的兄弟一一刺倒在地时，他眼前一团黑暗。他不能再长时间脱离战斗，虽然有神的警告，他依然径直冲向阿喀琉斯，挥动他的像一道闪电一样发出亮光的长矛。阿喀琉斯一看到他，高兴地叫道：“就是这个人，他使我心碎肠断。赫克托耳，我们还要彼此再逃避吗？再靠近些，这样你就会死得更快些！”

“我知道你多么勇敢，”赫克托耳毫无畏惧地回答，“我也知道该离你多近。可谁知道，众神不会保佑我的长矛去夺取你残忍的性命，虽然它出自一个比你弱的人之手。”说罢他就把投枪掷向敌人。但站在阿喀琉斯身后的雅典娜，却用轻轻的一口气把投枪吹回赫克托耳，使它无力地落在脚下。

现在阿喀琉斯冲去，朝着敌人刺了过去，可阿波罗用浓雾罩住了赫克托耳，把他拖离开来，冲过来的阿喀琉斯三次都没有刺中。当他第四次又落空时，就咆哮起来，喊道："你又一次逃脱了死亡，你这条狗，一定是向你的阿波罗祈求了。但若是一个神下次也伴随我的话，那你就再也逃脱不掉毁灭。现在我要去杀死另外一些人。"说毕他就用长矛刺穿得律俄普斯的脖颈，使他栽倒在脚下。随后用投枪洞穿了得摩科斯的膝盖，用剑劈开了比阿斯两个儿子拉俄戈诺斯和达耳诺斯的面颊，使他们倒在地上，刺穿了特剌刻人里格摩斯的肚子，把他的驭手阿瑞托俄斯一枪就从战车上的座位上挑了下来。这个神一样的英雄在暴怒，他的战马践踏着盾牌和尸体在狂奔。

阿喀琉斯同河神斯卡曼德洛斯之战

当溃逃者和追逐者到达斯卡曼德洛斯河时，一部分人逃向前一天赫克托耳战胜希腊人的平原。赫拉在他们上方布下一片浓云，阻止他们继续前逃。而另一部分人则冲进咆哮的河流，他们像一群被大火驱赶进水的蝗虫一样挣扎。阿喀琉斯把长矛放在河岸上，手执宝剑跳下去追赶。不久河水被鲜血染红，在他的劈击之下，不时从波浪里发出呻吟声。他像一头凶残的野兽，当他双手由于杀人而逐渐变得麻木时，他还把十二个年轻的特洛亚人揪出水面，交给他的士兵，因为他要用他们在自己的帐篷里来祭献他死去的朋友帕特洛克罗斯。

站在特洛亚人一边的河神斯卡曼德洛斯目睹这一情景十分恼怒，他在考虑，如何阻止这可怕英雄的为所欲为，解救他所保护的人。这期间阿喀琉斯手执长矛冲向派俄尼亚人阿斯特洛派俄斯，后者手执两支长矛刚从河中跃出。河神向他的灵魂中注入了勇气，这使他对这个残酷无情的屠夫极端愤怒，并无所畏惧地迎向这个杀人狂。“你是谁，竟敢同我较量?”阿喀琉斯朝他喊道，“只有不幸的双亲的孩子才敢试试我的力量。”阿斯特洛派俄斯回答他说：“你问我的出身做什么？我是河神阿克西俄斯的孙子，珀勒工是我的亲生父亲。在十一天前我同我的派俄尼亚人来到此地，是特洛亚人的同盟者。所以现在，高贵的阿喀琉斯，你得同我作战。”珀琉斯的儿子举起投枪，而阿斯特洛派俄斯却同时掷出了两支投枪，每只手各掷出一支。一支刺中阿喀琉斯盾牌的隆起部分，但没有击碎盾牌；另一支却擦伤对手右臂的肘部，鲜血立即涌了出来。

现在阿喀琉斯才掷出他的投枪，但没有击中敌人，直射入河岸，没进半截。阿斯特洛派俄斯用他强壮的手连拔了三次都没能把它从地里拔出。当他第四次发力时，阿喀琉斯已手执宝剑冲了过来，劈开他的身体，使他呻吟着倒地死去。阿喀琉斯欢呼着把他的铠甲剥下，让尸体成为鳗鱼的食品。

阿喀琉斯立即冲入派俄尼亚人中间。有七个人已死于他的剑下，这时斯卡曼德洛斯，河流的主宰者，他化身为人形，突然愤怒地从河水深处浮现出来，并向英雄喊道：“珀琉斯的儿子，你这凶残暴虐、毫无人性的家伙！我的河水里塞满了尸体，它都难以流入大海了!”

“我听从你，因为你是一位神祇，”阿喀琉斯回答说，“但在我把特洛亚人赶进城里和与赫克托耳进行一场力量与力量的较量之前，我是不会让我的双臂停止杀戮的。”说毕，他就冲入溃逃的特洛亚人中间，把他们重新逼回到岸上。当他们向河里逃命时，阿喀琉斯也重又跳了下去，完全忘记了神的命令。

于是河流狂暴地掀起巨浪，愤怒的河水波涛汹涌，咆哮着把死尸抛到河岸；激浪恐怖地击打阿喀琉斯的盾牌。他用双手抓住一棵榆树，摇晃不停，把它连根拔出，爬上树干，漂到岸上。但河神用狂涛巨浪紧追不舍，波浪没过了他的双肩，把他脚下的土地冲刷一空。英雄向上天哀告：“宙斯父亲，难道没有一个神祇可怜我，把我从河流的暴力中拯救出来吗？我的母亲欺骗了我，她曾预言，说我会死于阿波罗的神弓之下。我宁愿被强中之强的赫克托耳杀死！可我却要耻辱地死于河水之中，像一个牧猎人的孩子在冬天涉渡湍流时被水冲走一样！”

他正在这样哀叹时，波塞冬和雅典娜化身为人的形状，一同来到他跟前，抓住他的手，安慰他说，命中注定他不会死于激流之中。两位神祇再度离开他，但雅典娜给了他力量，使他能从河水中逃命。可斯卡曼德洛斯依然怒气不止，掀起越来越猛烈的巨浪并大声招呼他的兄弟西摩伊斯：“快来，让我俩一同制服这个人的力量，否则的话，他今天就会把普里阿摩斯的卫城夷为平地！起来，帮助我，把山泉召来，鼓动起每一条急流，把你的河水抬高，卷来巨石！他的力量，他的铠甲都救不了他；让他陷在深深的泥淖里，用淤泥埋葬他。我自己抛上贝壳、沙砾和沙土，让希腊人连他的尸首都找不到。这样我就给他堆个坟丘，让希腊人不必给他建造个玫瑰纪念碑了！”在叫喊的同时他把泡沫、血污和尸体都涌向阿喀琉斯，很快他就被波浪所吞没。

赫拉看到这个情景，为她的宠儿害怕得大声叫了起来。她火急地对赫淮斯托斯说：“亲爱的瘸儿，只有你的火能制服强大的河流。帮助阿喀琉斯，我自己从海边鼓起西风和南风，使恐怖的火焰直冲入特洛亚人的军队中去。但你在河边燃烧起来，把它烧焦。你不要为任何甜言蜜语所打动，不要为任何恐吓威胁而畏缩。这场大火定能制止这场灾难！”

随着赫拉的话，赫淮斯托斯的烈火扑向原野，先是烧毁了死在阿喀琉斯手下的尸体，随后田野枯焦，河水干涸；烧焦了河岸上的榆树、椰树，赤柽和青草。到最后整个河流本身也烈火升腾，河神斯卡曼德洛斯从河中呻吟地叫喊道：“火神，我并不想与你作战。让我们停止战斗！特洛亚人和阿喀琉斯的争斗与我有什么相干！”随后他大声地向众神之母哀求：“赫拉，为什么你的儿子赫淮斯托斯这么可怕地折磨我？如果与那些站在特洛亚人一边的其他神祇相比的话，我并没有更多的过错。但是，如果你现在下命令的话，我愿意安静下来，只是他也要让我安静！”这时赫拉对她的儿子说：“停下来，赫淮斯托斯，你不要再继续使一个神祇为了一个凡人受苦了！”烈火被火神吹灭了，河水也都退回到河床上，远处的西摩伊斯河神也使他的河水平静下来。

神祇之间的战斗

另外一些神祇却相反，他们心中燃起了强烈的敌意，彼此之间相互厮杀，只觉得大地在震动，空气四周像喇叭一样在轰鸣。宙斯坐在奥林帕斯山头上，目睹这一切，当他看到众神之间爆发了一场剧烈的战斗时，他的心由于兴奋而跳动起来。冲在最前面的是战神阿瑞斯，他手执青铜长矛奔向雅典娜，同时他用恶毒的语言辱骂她：“你这不知羞耻的苍蝇，竟然如此卑鄙无耻地挑起众神之间的战斗！你知道，你是如何唆使提丢斯的儿子用投枪来伤害我，你自己是如何用锃亮的长矛来刺伤我不朽的身体吗？现在我们的这笔账该结清了，你这放肆的家伙！”说罢他敲击他那可怕的神盾并用长矛刺向女神。雅典娜躲开了，顺手抓起平原上的一块巨石，击中暴怒的阿瑞斯的脖颈，他跌倒在地上，青铜铠甲叮当作响。他的长发沾满了尘土，一副狼狈的样子。雅典娜笑了起来，并欢快地说：“你这个笨蛋，你大概从来没想到，我的力量要胜过你多少吧，你居然敢和我较量！现在你要为你母亲赫拉的诅咒付出代价了，她恨你居然撤回对希腊人的支持而去保护傲慢的特洛亚人。”

宙斯的女儿阿佛洛狄忒把逐渐缓过气来但依然呻吟不止的战神带出了战场。当赫拉发现他们俩时，她对雅典娜说道：“雅典娜，难道你没看见那儿那个好心的爱神竟敢把凶残的屠夫阿瑞斯从这场决战中带走？你不想赶快追上去吗？”于是雅典娜冲了过去，对准温柔的爱神的前胸重重击上一拳，使她倒在地上，受伤的战神也一同栽倒。“所有那些敢于支持特洛亚人的，都是这样的下场！若是我们中的每一个都像我这样的话，那我们早就安静下来了，特洛亚早就在我们手中化为瓦砾了。”当赫拉看到和听到这一切时，脸上泛出微笑。

现在大地的震撼者波塞冬转向阿波罗，他说：“福玻斯，我们为什么要站得这么远，其他神不都已经开始作战了吗？如果我们俩不彼此较量一番的话，那返回奥林帕斯山对我们可是一种耻辱。你比我年轻，你先开始吧！你犹豫什么？难道你完全忘了，我们为了特洛亚，忍受了多少可恨的事情，比所有众神都多得多。我们俩为傲慢的拉俄墨冬修建了特洛亚城墙，而他对我们的报答却是那样可鄙？你大概不再去想这件事，否则你就会与我们一道去毁灭特洛亚人，而不是援助那个狡猾的国王的后人！”

“海洋的统治者，”阿波罗回答他说，“如果我因为那些像风中残叶一样会死去的普通人而与你，令人敬畏的神祇，进行战斗的话，那我还有什么理智可言。”

阿波罗的妹妹阿耳忒弥斯一听到这话就嘲笑说：“你要在战场上逃跑和把胜利拱手相让给吹牛皮的波塞冬？你这个笨蛋，你为什么肩上要扛着一张弓，它是一文不值的儿童玩具？”

但赫拉对她的嘲笑话感到恼火：“你在想什么，因为你背上有一张弓就敢与其他神祇进行较量，你竟这样不知羞耻？”她接着说，“真的，也许你到森林里去射杀一只野猪或一只牡鹿也比鲁莽地去与强大的神祇作战要好些！可因为你如此不知天高地厚，那让你尝尝我的厉害。”她用左手捉住阿耳忒弥斯双手的手腕，用右手扯下她肩上的装满箭镞的箭袋，并狠狠地打她的耳光，使箭镞从箭袋里掉了出来，叮当地散落满地。阿耳忒弥斯丢下它们，含着泪水逃向奥林帕斯山。她哭着坐在父亲宙斯的膝上，她的精美的、散发着芳香的衣服由于四肢的颤抖而飘动不已。宙斯爱抚地把她抱在怀中，露出慈祥的微笑，对她说道：“我可爱的小女儿，是哪一个神竟敢欺负你？”

“父亲，”她说，“你的妻子，凶狠的赫拉侮辱了我，她挑起众神相互厮杀。”

宙斯笑了，轻轻抚摸她，安慰她。

但阿波罗在下界已经进了特洛亚城，因为他害怕希腊人今天就攻破这座美丽城池的高墙，这是违背命运女神的意志的。其余神祇都返回奥林帕斯山，一部分充满了胜利的喜悦，另一部分则愤恨和气恼，他们都围着雷霆之神宙斯父亲坐了下来。

阿喀琉斯和赫克托耳在城门前的决斗

国王普里阿摩斯白发苍苍，他站在城市的一个高耸的塔楼上，看到威武的阿喀琉斯如何追赶溃逃的特洛亚人，没有一个神祇或一个人出来阻挡他。国王哀叹地从塔楼上走下来，提醒城墙的守卫者："打开城门，让所有逃命的士兵都进入城内，阿喀琉斯快接近他们了，我怕会出现一个很糟的结局。"守城的士兵把门闩撤下，大门分向两边，一条救命之路敞了开来。

特洛亚人焦渴难当，灰头土脸地穿过田野向城里逃命，阿喀琉斯手执长矛像个疯子在后面追赶。这时阿波罗离开敞开城门的特洛亚，去解救那些祈求他保护的人。他鼓励英雄阿革诺耳，隐身在浓雾中间，紧挨在宙斯圣榉树边，站在他的身旁。于是，阿革诺耳就成为特洛亚人中的第一个在逃命中停下脚步的人。他在思忖，并自言自语说："是谁在追赶你？难道他不也是一个像其他人一样的普通人吗？"他镇静下来，等待冲过来的阿喀琉斯，他举起盾牌，挥动投枪，朝他喊道："蠢人，你不要想这么快就毁灭特洛亚人的城市。在我们中间还有男子汉，起来保护双亲、妻子和儿女！"说着他的投枪就击中了阿喀琉斯的锡制的护膝，可投枪被弹落了。阿喀琉斯冲向他的对手，但阿波罗却把阿革诺耳裹在雾中使他脱身，而自己却施展一个诡计转移阿喀琉斯的追赶方向。他本人化身为阿革诺耳，穿越麦田，向斯卡曼德洛斯河跑去。阿喀琉斯在后面紧追不舍，他想在追赶中抓住他。这期间特洛亚人顺利地穿过敞开的城门逃回城里，很快城内挤满了聚集的士兵。没有一个人在等待另一个人，没有一个人环顾四周，看看谁得救了，谁战死了。所有的人只对能逃回城内感到庆幸。在这儿他们拭干汗水，饮水止渴，并且沿着城墙在雉堞旁躺了下来。

可希腊人肩上扛着盾牌，以密集的队形向城墙奔来。在所有特洛亚人中，只有赫克托耳一人留在斯开亚大门外面，因为这是命运的安排。但阿喀琉斯却还一直追赶阿波罗，他把他当作是阿革诺耳。这时神祇突然停了下来，转过身来，用神的声音说道："你为什么对我穷追不舍，阿喀琉斯，难道为了我而忘记了去追赶特洛亚人？你认为追逐的是一个人，可你追赶的是一个你不能杀死的神。"阿喀琉斯豁然醒悟，他愤怒地叫喊道："残忍的、狡诈的神！你把我从城墙引开！你剥夺了我的胜利荣誉，把他们安全地救了出来，因为你是一个神不怕复仇，可我多么想对你进行报复啊！"

阿喀琉斯转过身去，像一匹烈马狂暴地扑向特洛亚城。首先看见他的是重又坐在塔楼瞭望台上的苍老的国王普里阿摩斯。老人用双手捶击前胸，悲哀地朝着站在斯开亚大门外，亢奋地等着阿喀琉斯的赫克托耳喊道："赫克托耳，我宝贵的儿子！你为什么要一个人留在城外，与其他人分开？难道你要自己鲁莽地投入这个杀人狂的双手，他已经夺去了我多少勇敢的儿子的性命！快进城来，保护特洛亚的男人和女人。不要用你的死来增加阿喀琉斯的荣耀！你也得可怜你那悲惨的父亲，宙斯诅咒他，让他在痛苦中一直活到这般年纪和目睹无休无止的灾难！我不得不亲眼看到我的众多儿子被杀害，我的众多女儿被抢走，我的王宫内室被劫掠，蹒跚学走的孩子们被掷在地下死去，我们的儿媳们被掠去为奴。到最后我自己躺倒在宫殿门前，被一支投枪击毙或被一支长矛刺死，而我喂养过的那些家狗则吃我的肉，舐我的血！"

老人从塔楼上向下叫喊，撕扯他那灰白的头发。赫克托耳的母亲赫卡柏也出现在丈夫身边，她拉撕她的衣服，哭着朝下喊道："赫克托耳，想想我对你的抚养，可怜可怜我吧！到墙后面来，去打败那个可怕的人，但不要在墙外与他作战，你这疯子！"

双亲的大声叫喊和哭泣都不能改变赫克托耳的念头。他动也不动地停在当场，等候着前来的阿喀琉斯。

赫克托耳之死

阿喀琉斯越来越近，他像战神一样威严可怕。他右肩上白蜡木杆长矛在颤动。他的铠甲在他四周熠熠闪亮，像一团大火。赫克托耳一看到他，身不由己地感到战栗。他无法再静止不动。他转过身朝城门奔去，但阿喀琉斯像一头扑向鸽子的雄鹰追了过来。赫克托耳沿着特洛亚城墙，顺着车道逃跑，越过斯卡曼德洛斯河的两股咆哮的源头，一股是冷水一股是热水，围着城墙跑个不停。一个强者在逃，一个更强的人在追，他们围着普里阿摩斯的城墙跑了三圈。众神都在奥林帕斯山上紧张地观望这场戏剧。“你们这些神，”宙斯说，“好好考虑吧，决定的时刻已经到了。现在的问题是，让赫克托耳再一次逃脱死亡呢，还是不管他多么勇敢，得让他死呢?”雅典娜说：“父亲，你想到哪去了？一个劫数已尽的凡人你还要使他摆脱死亡？你可随你的意愿去做，但不要希望众神会赞同你的意见!”宙斯朝他的女儿点了点头，她像一只鸟似的从奥林帕斯山岩上直飞向战场。

赫克托耳还一直跑在他的追逐者前面，阿喀琉斯像一条猎狗穷追不舍，一点也不给他喘气和休息的机会。阿喀琉斯向他的士兵示意，不要向赫克托耳投掷武器，这会夺走他是第一个也是唯一一个打败希腊人的最可怕的敌人的荣誉。

当他俩围着城墙跑到第四圈，抵达斯卡曼德洛斯河的两个源头时，宙斯从奥林帕斯山上立起身来，擎起金色的天平，放上两个死亡的砝码，一个是阿喀琉斯的，另一个是赫克托耳的。他把它摆正，然后加以称量。赫克托耳的一头低了下来，直倾向冥府，这一瞬间阿波罗离开了；而雅典娜女神走到阿喀琉斯身边，轻声对他说：“停下来，休息一下，我去劝说那个人勇敢地与你决战。”阿喀琉斯听从女神的话拄着他的白蜡木矛停住脚步，雅典娜则化身为得伊福玻斯，走近赫克托耳，对他说："啊，我的哥哥，珀琉斯的儿子紧追你不放！来吧，让我站住，把他击退。"赫克托耳一看到他高兴地说道："得伊福玻斯，你一直是我最最忠实的弟弟，而现在我更加对你敬重，因为当其他弟兄们躲在大墙后面时，你却敢出城与我站在一起！"

雅典娜向赫克托耳招手，走在他前边，向正在休息的阿喀琉斯走去。赫克托耳首先向他喊道："我不再逃避你了，珀琉斯的儿子！我的心在驱使我迎向你，我杀死你或者你杀死我！但让众神为证，我们要立下誓言：如果宙斯保佑我得胜，我将不再虐待你，而是在我剥掉你的铠甲之后把你的尸体交还给你的同胞。你对我也同样如此！"

"不要讲什么条件！"阿喀琉斯阴恻地回答，"正如在狮子和人之间不能结盟，在狼和羊之间不存在和睦一样，在我们之间也没有什么友谊。我们之中必须有一个血染黄沙！把你的本领施展出来，你必须既是一个投枪手又是一个击剑手。你用长矛给我的人所造成的痛苦，现在得一次来偿还！"

阿喀琉斯斥责着，并投出他的长矛，可赫克托耳蹲了下来，长矛飞越过去插入地里。雅典娜拔了出来，立即偷偷地交还给阿喀琉斯，不让赫克托耳看见。赫克托耳也愤怒地把他的投枪掷出，没有落空，击中阿喀琉斯盾牌正中心，但它滑落了。赫克托耳惊愕地转向得伊福玻斯，因为他手中没有第二支投枪可用，但他的弟弟不见了。赫克托耳立即醒悟过来，那是雅典娜在蒙骗他。

赫克托耳意识到，他的命运现在已经定了。可他不愿意不光彩地死去。他从剑鞘中拔出巨大的宝剑，像一头鹰从空中扑向一个羊羔一样冲了过去。阿喀琉斯并没有等待，他用盾牌掩护自己迎将上来。他的头盔在抖动，羽饰在摇曳，他左手挥动的长枪在闪光。他在窥伺赫克托耳的身体，他在寻找机会，以便刺出致命的一击。可赫克托耳用夺来的铠甲护得严严的，只有连接肩膀和脖颈的锁骨的地方，咽喉那里有少许的裸露。阿喀琉斯急速地刺出一枪，狠狠地刺中了他的脖颈，使枪尖直穿过喉咙。赫克托耳用最后一口气向阿喀琉斯乞求说："阿喀琉斯，面对你的生命、你的双膝、你的父母，我恳求你，不要把我弃于船旁让野狗撕碎吞食！随你要多少青铜、黄金，把我的尸体送回特洛亚，让那儿的男人和女人给予我火葬的荣誉。”

但阿喀琉斯摇摇他那可怕的脑袋说道：“你不必面对我的双膝、我的父母恳求什么，你，这杀害我朋友的凶手！即使你的同胞给我二十倍的赎金，也得把你的脑袋来喂野狗。”

“我认识你了，”赫克托耳临死前呻吟说，“你是铁石心肠！当神祇为我复仇，你在斯开亚门前被阿波罗射中倒地像我现在这样时，你就会想到我的！”

说完这个预言，他的灵魂就离开肉体，飞入了冥府。

阿喀琉斯朝着死者喊道：“死亡！当宙斯和其他神祇决定的时候，我的命运一定会降临！”说着他就把长枪从尸体中拔出，放到一旁，随后他从死者肩上剥下原属于自己的那副血淋淋的铠甲。

这时从希腊军队中跑来许多士兵来观看赫克托耳的尸体。阿喀琉斯站在他们中间说道：“朋友们和英雄们！众神保佑我征服了这儿的这个男人，他给我们造成的灾难比所有其他人合起来还要多，现在让我向特洛亚城去显示一下我们的力量，去看看他们是否会把这座城堡拱手让出，或者没有赫克托耳他们也敢于进行抵抗。可我在讲些什么呀？我的朋友帕特洛克罗斯还躺在船上没有安葬呢！男子汉们，唱起凯旋之歌，让我们首先把我为我的朋友杀死的敌人的消息带给他！”

说完这席话，这个残忍的人又重新转向赫克托耳的尸体，在两只脚肋骨和脚跟之间的肌腱处刺穿个洞，用牛皮带拴上，绑在战车上，随后跃上战车，举鞭策马，拖着死尸，直奔舰船。车后卷起一团尘土。赫克托耳刚才还是英俊的头颅在沙地上犁出一条宽宽的小沟，头发已乱蓬蓬毁得不成样子。赫克托耳的母亲赫卡柏从城墙目睹这一惨状，抛下她头上的面纱，悲泣地望着他的儿子。国王普里阿摩斯也痛哭和悲叹。特洛亚人和同盟军的哀号和恐惧的叫喊响彻整个城市。年迈的国王几乎把持不住自己，在愤怒的痛苦中冲出城门去追赶杀害他儿子的凶手。他倒在地上，呼喊：“赫克托耳，赫克托耳！你的死使我忘记了我的敌人杀害的所有其他儿子！哦，你应该死于我的怀中啊！”

帕特洛克罗斯的葬礼

阿喀琉斯带着他的敌人的尸体来到舰船，随即就把这尸体脸朝下放到帕特洛克罗斯的灵床旁边。这期间希腊人都解下了他们的铠甲，成千上万人都坐在阿喀琉斯舰船四周参加隆重的殡葬宴会。宰杀牛、羊、猪，阿喀琉斯为战士准备了精美的酒席，而英雄本人则被他的战友强从朋友尸体旁拉走，进入阿伽门农国王的帐篷。这儿有一只巨大的水罐放在火上，供阿喀琉斯洗去四肢上血污之用。但他顽固地加以拒绝，并且立下重誓："不，以宙斯为证，在我为帕特洛克罗斯举行火葬之前，在我剪去头发和为他树立一个墓碑之前，我决不用一滴水弄湿我的额头！最好我们现在就举行悲哀的殡葬宴会。明天到森林中伐树，阿伽门农国王，请求你为我朋友的葬礼备好一切所需，使悲哀的火焰在我们面前很快升起，使士兵们重新做好战斗准备！"诸王满足他的愿望，团坐一起，享用殡葬的宴会。随后各自归营就寝，但阿喀琉斯却在海滨躺了下来，四周是他的密耳弥多涅斯士兵，这儿的沙滩被海浪冲刷得十分干净。

他躺在沙地上还长时间为死去的朋友哀叹。当他终于入睡时，帕特洛克罗斯在梦中出现了并对他说道："阿喀琉斯，给我造一座坟，我迫切要求进入冥府的大门！直到现在我只是在四处游荡，那儿的守卫者不许我入内！在我被火葬之前，我无法得到安息。但你必须知道，朋友，你的命运已经安排好了，死于离特洛亚城门不远的地方。因此你要造一座能容我们俩并排躺下的坟墓，就像我们俩在你父亲的宫殿一同长大时那样。"

"兄弟，我向你发誓，按你说的去做！"阿喀琉斯喊道，并向阴影伸出双手，但这个灵魂像一股烟雾一样消失到地里。

翌日，当朝霞升起时，阿伽门农命令士兵和骡子全都离开帐篷，墨里俄涅斯走在前面。在伊得山的高处，他们伐倒了最高的一些树，劈成木材，放到骡子身上，运到山下，驮到舰船旁边。士兵们也扛着木头，到海滨把它们排列起来。现在阿喀琉斯命令他的密耳弥多涅斯人披上青铜铠甲，套上战车；成千的步兵密集地跟在后面。帕特洛克罗斯的尸体在中间，由他的战友和朋友抬着，尸体上覆盖着他的卷发，这是他们剪下来并撒在他的尸体上的。阿喀琉斯双手蒙头，陷入深深的悲哀之中。

他们到达墓地，把灵床放了下来，整个森林的树木被垒成了一个个葬堆。阿喀琉斯剪下他一绺褐发，凝视着阴沉的海水，他说道："啾，我故乡忒萨利亚的斯帕耳刻俄斯河啊，我的父亲珀琉斯许的愿落空了，我本应该在返乡时为你剪下我的头发，向你有着圣林和祭坛的源头祭祀五十头公羊！河神，你没有听到他的祈求！你不让我返回家园。当我现在把我的卷发献给我的朋友帕特洛克罗斯，让他带到冥府去时，请不要对我生气！"说罢他就把他的头发放到朋友双手里，然后走向阿伽门农，并说道："请吩咐士兵分散开来去就餐，让我们完成殡葬仪式。"

按照阿伽门农的命令，士兵们分散回到舰船，只有参加殡葬的诸王留在当场。他们用伐倒和砍好的树干垒成一个架子，尸体置放上面。用作祭祀的牲畜被抛到木堆上，盛有蜂蜜和香膏的罐子倚在灵床边；随后从俘虏中挑选出十二个勇敢的特洛亚青年用来祭献给死者，因为阿喀琉斯的复仇是没有止境的。在点燃起火葬堆时，阿喀琉斯向死者喊道："帕特洛克罗斯，愿你在下界得到欢乐！我们许下的誓愿都已完成了。烈火吞食了十二个特洛亚人。只有赫克托耳还不能这样死去，他不应被火烧死，而应该被野狗来分食！"

帕特洛克罗斯的火葬堆虽然点燃了，但火焰却烧不起来。这时阿喀琉斯转身向风神柏瑞阿斯和仄费洛斯许愿，献上祭祀，并从一盏金杯中泼洒美酒，祈求他们，使木材熊熊燃起。随后不久，一股可怕的狂风从海上呼啸而来，直冲入火葬堆里。大风整夜围着火葬堆在咆哮肆虐，烈火在喷吐升腾，这期间阿喀琉斯不断地为他死去朋友的灵魂献上牺牲。风和火焰在黎明时停了下来，木材却化为灰烬。帕特洛克罗斯的骨骸分散地躺在火炭中间，牲畜和人的尸骨混杂地散在外围。根据阿喀琉斯的命令，英雄们用红酒把炽热的火焰浇灭，含着泪水把他们朋友的白骨收

集在一起，放入一个金色的缸内，置放在阿喀琉斯的帐篷里。随后他们在化为灰烬的火葬堆四周用石头围出一块土地，累土堆成一个坟丘。

殡葬之后是为了纪念死去的英雄而举行的赛事。自己并不参加比赛的阿喀琉斯号召士兵进行竞赛，项目有赛车、角斗、拳击、赛跑和投枪，优胜者有贵重的奖品，如三脚鼎、炊具、战马、骡子、壮牛、黄金等。

普里阿摩斯去见阿喀琉斯

竞赛结束了，集聚起来的士兵散去，每个人都饱餐、酣睡。只有阿喀琉斯彻夜未眠，他一直在怀念被埋葬的朋友。他的心静不下来，于是沿着海岸走去。凌晨时他套上战马，把赫克托耳的尸体系在战车上，拖着它围着帕特洛克罗斯的坟墓跑了三圈，随后就把这具尸体放在尘土里。但阿波罗却用他神盾的黄金护罩遮住尸体，使它不受到损害。这期间宙斯命令阿喀琉斯的母亲忒提斯速去希腊军营，通告她的儿子，说众神和他本人对他如此蹂躏赫克托耳的尸体感到十分愤怒。

忒提斯听从了，她进入儿子的帐篷，坐了下来，一边用手抚摸他，一边温柔地对他说：“亲爱的儿子，忘掉苦恼和悲哀，重新振作和欢乐起来，因为你在世上的日子不会很长了。听我告诉你宙斯说的话。他和众神对你虐待赫克托耳的尸体和把它扣留在船旁极为愤慨。我的儿子，快把它交还回去，要一笔巨大的赎金。”阿喀琉斯抬起双眼，直视着母亲，并说：“就这样好了，宙斯和神祇的命令必须照办。特洛亚人可以得到尸体。”

这同时宙斯派他的使者女神伊里斯带着自己的指示进入普里阿摩斯的城市。她在这儿除了悲哀别无所见。在宫殿的前庭，儿子们围在父亲四周哭泣，老人坐在中间，僵直地裹在斗篷里，背上和头上落了一层尘土。在内室女儿和儿媳们都跪在那里，她们在为死去的英雄痛哭。这时宙斯的使者突然出现在国王面前，她轻声地低语，这使他的四肢一阵颤抖。她说：“你要镇静，达耳达诺斯的后代！不要沮丧，我通知你的不是坏消息。宙斯可怜你，他吩咐你到阿喀琉斯那儿去，向他献上礼品，赎回你儿子的尸体。你单独一个人去，不要任何一个特洛亚人陪伴，除了一个年老的使者，他用骡车把你送去，然后把你和死者一同载回城内。既不要怕死，也不要惊恐。宙斯派赫耳墨斯去保护你，他会带你去见阿喀琉斯，在那儿他也会保护你的。”

普里阿摩斯相信女神说的话，他命令他的儿子给他备一辆骡车，接着他进入用香柏木建造的内室，这儿存放有无数珍宝。随后他喊来他的妻子赫卡柏，对她说：“可怜的女人，听宙斯传达的消息，我要到阿喀琉斯那儿去，用礼品缓解他的愤怒并赎回我们可爱的儿子的尸体。”老人这样说了，但他的妻子却啜泣起来，她说道：“普里阿摩斯，你平素受人称赞的理智到哪里去了？你相信那个嗜血的杀人狂看到你会产生怜悯之情？我们最好是远远地在家里悲悼我们的儿子，他的命运注定是被野狗吞食！”

“不要阻止我！”普里阿摩斯坚决地说，“只要我能把我最最可爱的儿子抱在怀里，哪怕在船边等待我的是死亡。”说罢这话，他打开箱盖，选出十二件贵重的华丽服装，十二条地毯，同样多的睡袍和精美的斗篷。随后他称出十塔兰同黄金，拿出四个熠熠闪光的炊具，两座三脚鼎和一只珍贵的酒杯，这是他从前驻在特剌刻做使节时得到的赠品，老人把这些作为礼物。他把那些要阻止他的所有特洛亚人赶出大厅，召集他的儿子们，斥责说：“你们这些可耻的人、无用的人，为什么你们没有去代替赫克托耳在舰船旁被杀死！所有好人都死了，只有坏家伙留了下来，流氓、骗子、寻欢作乐之徒，一些挥霍民脂民膏的家伙！马上给我备车，把这些东西放进大篮子里，我好上路。”

儿子们惊恐地听从父亲的吩咐，立即牵来骡子，套上车，并把赎金和礼品放到车上。随后他们备好普里阿摩斯本人的马车，唤来陪伴他的年老使者。赫卡柏揪心地呈给国王一只金杯来做祭祀。普里阿摩斯提高声音，祈祷说：“宙斯父亲，伊得山的主宰，让我在珀修斯儿子面前得到怜悯和宽容！也请给我一个征兆，使我能顺利地走到希腊人的舰船那里！”他的话刚一说完，一头黑翼大鹰展开翅膀疾飞而来，擦过特洛亚城上空。所有特洛亚人看到都大声欢呼，老人信心十足地登上了马车。骡子拉着沉重的四轮车走在前面，由使者伊代俄斯牵着。在他后面老人挥鞭策马。他的亲人都跟在后面，痛哭流涕，仿佛送他去死似的。

到了城外，当普里阿摩斯和使者经过老国王伊罗斯的墓碑时，他俩停了下来，让马和骡子在河边饮水。夜降临了，田野一片朦胧。这时伊代俄斯发现近处有一个人，他惊恐地对普里阿摩斯说：“主人，你看那儿有一个人影，我怕他在窥伺，要来杀死我们。我们手无寸铁，再加上年迈，要不我们调转车头赶快逃回城里，要不抱住他的双膝求他饶命。”一阵恐惧的战栗令老人浑身发抖，毛发耸立。现在这个人影走到跟前。他不是敌人，而是宙斯派来的使者赫耳墨斯；他带来的是幸运，是在路上来护送他挑选出的人。他握住国王的手，并不让他认出自己来。他说：“老人，在漆黑的夜里你要把你的马和你的骡子赶到哪儿去？这时人们都在睡觉呀！可你不必担心，我来保护你，你看起来很像我的父亲。”

“真的，现在我看到了，一个神祇的手在保护我。但你是谁，我的好心人，你的双亲是谁？”

“我的父亲叫波吕克托耳，”赫耳墨斯回答说，“我是七个儿子中最后一个，一个密耳弥多涅斯人，是阿喀琉斯的伙伴。”

“如果你是可怕的阿喀琉斯的伙伴的话，”现在普里阿摩斯极为焦急地说，“那你告诉我，我的儿子是不是还在船旁边，或者是不是阿喀琉斯已经把他抛给狗吃了？”

“没有，”赫耳墨斯回答说，“他还在阿喀琉斯的帐篷里，虽然十二个清晨已经过去，每次太阳升起时阿喀琉斯都无情地拖着他绕着他朋友的坟墓走上三圈，可他的尸体一点也没有腐烂。如果你看到他是多么栩栩如生和神采奕奕地躺在那儿，身上没有一丝血污，伤口完全愈合时，你自己就会感到惊奇的。神祇在他死亡时也在呵护他。”

普里阿摩斯高兴地从车上取出那只精美的杯子。“接受它吧，”他说，“谢谢你对我的保护，并请领我去见你的主人。”赫耳墨斯拒绝了这件礼物，没有得到阿喀琉斯的同意，他害怕接受这份馈赠，但却跃上马车，坐在国王身边，拉动缰绳挥动鞭子，很快他们就抵达壕沟和围墙。在这儿他们见到卫兵们正在用晚餐，可赫耳墨斯用手一指他们就昏睡过去了，用手一按营门的门闩就推了开来。普里阿摩斯连同装载礼品的骡车顺利地来到阿喀琉斯的营房前。这座营房四周是一片宽敞的空地，外围竖有密密的栏栅。虽然只有一道唯一的木栓锁住大门，但它十分沉重，要三个强壮的希腊人才能推上和拉开。可赫耳墨斯打开门却毫不费力，他劝告老人抱住英雄的双膝并以父亲和母亲的名义向他恳求。随后他跳下马车，显示了神祇的身份并消失而去。

现在普里阿摩斯也从车上跳下，把马和骡子交给伊代俄斯。他本人则径直走向阿喀琉斯的住处。这庄重的老人不被察觉地走了进来，奔向阿喀琉斯，抱住他的双膝，吻他的双手——这双手杀死了他多少儿子啊……望着他的脸。阿喀琉斯和他的朋友惊愕地看着他。老人乞求道：“神一样的阿喀琉斯，想想你的父亲，他和我一样年迈，或许也受到邻国的进犯，感到恐惧和无助，像我一样。可他每日都在盼望他亲爱的儿子从特洛亚返回家园。但是我，有五十个儿子的父亲，当希腊人征战到此时，在这场战争中失去了他们中的大多数，到最后由于你，我失去了唯一的一个能保护城市和我们大家的儿子赫克托耳。为此我来到你这儿向你赎买他的尸体，我带来了许多赎金。珀琉斯的儿子，请你可怜我吧，想想你自己的父亲！”

老人的这番话唤起了阿喀琉斯的思父之苦，他温和地握住老人的手。这使老人想起他的儿子赫克托耳，于是伏在他的脚下开始哭泣起来。阿喀琉斯也哭了起来，时而是为了他的父亲，时而是为了他的朋友，整个帐篷响起了一片哭声。终于高贵的英雄从椅子上立起身来，充满同情地扶起老人并说道：“可怜的人，真的，你忍受了多少痛苦，现在你独自一人前来希腊人的船营并来到一个曾杀死你那么多勇敢儿子的人面前，这显示了你怎样的勇敢！你胸中一定有一颗铁一样的心！你坐在椅子上吧，让我们稍许平息下我们的悲痛。哀伤不会给我们带来任何

什么。这是命运，是神祇给我们可怜的凡人规定的命运，要我们去忍受悲哀，而他们却无忧无虑、逍遥快乐。忍受吧，不要不停地哭泣，你无法再次唤醒你高贵的儿子!"

普里阿摩斯回答说："宙斯的宠儿，在我的儿子赫克托耳还躺在你的帐篷没有安葬之前，不要让我坐下。请你快点把他给我，因为我渴求看到他。希望你喜欢这笔丰厚的赎金，宽恕我并返回你的祖国!"

阿喀琉斯听到他的话皱起眉头说道："啾，老人，不要激怒我！我愿意把赫克托耳的尸体交还给你，因为我的母亲给我带来了宙斯的指示。我也知道，普里阿摩斯，是一个神祇把你领到我们舰船这里。一个凡人，即使是一个最勇敢的年轻人怎么会有这样的胆量？因此不要再使我悲哀的心增添烦恼，否则我会忘记众神之父的命令，不会宽容你。啾，老人，即使你是如此谦卑地乞求!"

普里阿摩斯战战兢兢，他听从了。但阿喀琉斯像一头狮子似的跃出门外，他的战士跟在他后面。在帐篷前他们从轭中卸下马匹并把使者带了进来。随后他们从车上搬下礼品并留下两件斗篷和一件衣服，用来包裹赫克托耳的尸体。阿喀琉斯让人洗净死者，涂上香膏并穿上衣服，他本人把尸体抬到一张铺放好的床上，在他的朋友们把死者安放到骡车上期间，他呼叫着他朋友的名字并说道："帕特洛克罗斯，如果你在阴间知道我把赫克托耳的尸体交还给他的父亲，请不要发火，生我的气！他带来了丰厚赎金，其中也有你的一部分!"

现在他返回帐篷，重新坐在国王对面，并说："你看到了，现在你的儿子被赎回了。老人，这正如你所希望的那样。他躺在那里，穿上了受人尊重的服装。明天清晨你就可以把他运回。但现在让我们吃顿夜餐，你还有足够的时间来哭你亲爱的儿子。"

英雄立起身来，走到外边，宰杀了一只羊。他的朋友们把皮剥掉，把肉切成块，用铁扦子小心地递了上来。随后他们坐到桌旁，奥托墨冬分配装在一个精致小篮子里的面包，阿喀琉斯分配肉，大家饱餐豪饮。

普里阿摩斯惊奇地观察高贵主人的身材和仪表，他完全像一位神祇。饭后普里阿摩斯说："高贵的英雄，请为我准备床铺，我渴望睡一个好觉，因为自从我儿子赫克托耳死后，我的双眼就一直没有合上，而且这也是我第一次吃肉喝汤。”

阿喀琉斯立刻命令他的士兵和侍女，在厅内为老人安排一张床榻，铺上紫色的床垫，上覆有地毯，柔软的斗篷作为衾被。使者也另备一张床。

这时阿喀琉斯友好地说：“普里阿摩斯，你还要告诉我，为你儿子的葬礼，你想安排多少天，这样我就休息多少天，我的士兵也停止进攻。”

“如果你允许我为我的儿子举行一个葬礼的话，”普里阿摩斯回答说，“那就给我十一天时间吧。你知道，我们被围困在城市里，而且必须到远处的山里去运木材。这样我们就需要九天时间才能做好准备，在第十天我们安葬他并举行殡葬的宴会，在第十一天为他建造一座坟墓。在第十二天，如果无法避免的话，那我们就重新开战。”

“就像你所愿望的这样好了，”阿喀琉斯回答说，“在你所要求的时间里，我不会让我的军队进攻。”说完这话他就离开了老人，在自己的帐篷里躺下入睡。

大家都睡了，只有赫耳墨斯醒着，他在思考，如何把特洛亚国王避开卫兵从舰船这儿带回去。因此他走近熟睡得老人跟前，对他说：“老人，你在敌人身边睡得太安心了。你用了许多金钱赎回了儿子的尸体，这是真的，但若是让阿伽门农和其他希腊人知道了，那你的儿子就得用三倍赎金来赎买你这个活人！”老人为之一惊，他唤醒使者。赫耳墨斯自己套好马匹和骡子，跃上车坐在国王身边。伊代俄斯牵着运载尸体的骡车。他们悄悄穿越军队，不久就远离开了希腊军营。

赫克托耳的尸体在特洛亚城

赫耳墨斯一直陪国王来到斯卡曼德洛斯河的浅滩。

在那儿他跃下车，返回奥林帕斯山。普里阿摩斯和使者悲哀叹息地驱赶着国王的马车和载着尸体的骡车进入城里。正是黎明时分，万物还在沉睡之中，没有人看到他们到来。只有卡珊德拉一个人登上城堡，她从远处看到父亲。于是她大声地恸哭并呼喊起来，她的声音在寂静的城市上空发出回响："看呀，特洛亚的男人和女人，赫克托耳回来了，可回来的是一个死的赫克托耳！每当他从战场得胜回来时，你们都向活的赫克托耳欢呼，现在你们也要欢迎死去的赫克托耳！"随着她的呼声，没有一个男人、没有一个女人留在家里，悲哀使所有人心碎肠断。他们在城门旁围住骡车大声恸哭。

随后不久，尸体运到国王的宫殿，人们开始准备殡葬。很快套好牛车和骡车，都集中在城前。他们用九天时间运送木材。到了第十天清晨，在一片号啕大哭中赫克托耳的尸体被取了下来，放到高高的木架上面，木架点燃了，所有人都聚集在熊熊燃烧的木材四周。当木架烧倒时，他们用酒把火浇灭。赫克托耳的兄弟和战友含着泪水从灰烬中拾取他的白骨，集在一起，用柔软的紫色布料包了起来，放进一个金盒子里，葬入墓穴。随后堆成一个坟丘，四周都布置好警戒，以防希腊人进行突袭。当坟墓用土堆成之后，所有人都返回城里，人们集中在普里阿摩斯的王宫里，举行隆重的殡葬宴会。

彭忒西勒亚

在赫克托耳的葬礼之后，特洛亚人又都聚在城墙后面，因为他们对无畏的阿喀琉斯的力量十分恐惧，害怕他靠近。笼罩整个城市的是对失去最高贵的英雄和强大的保护者的哀悼和悲恸，痛苦是如此巨大，就像特洛亚已被占领者的大火吞噬了一样。

在这担惊受怕的日子里，被围困者得到了意想不到的援助。从忒耳墨冬河那边，阿玛宗女王彭忒西勒亚带来一小队女英雄来到这里支援特洛亚人，她是战神阿瑞斯的女儿。促使她采取这个行动的原因，一方面是她对男人间战争危险的乐趣，这是这一族女人的天性；另一方面是因为一桩无意中犯下的血债，这成为她心灵上的重负并且因此在自己的国家里被看作是祸害。那是在一次狩猎中，当她向一只鹿掷去投枪时，却击中了她自己的姊妹希波吕忒。于是复仇三女神每时每刻都在追逐着她，而她对她们的任何祭祀直到这时都无法得到宽恕。她希望最好是通过一场众神喜欢的战争来解除这种痛苦，于是她挑选出十二个女伴前来特洛亚，这些女人都像她一样渴求战争和男人间的争斗。可与彭忒西勒亚相比，这些少女虽然美丽非凡，却只能说像她的女奴。犹如天空繁星中的皎月闪烁出无比的光华一样，这位女王的丰颜和美貌远远超出她的那些女伴。

当特洛亚人从城上看到披戴青铜盔甲和闪闪发光铠甲的绰约而威武的女王率领她的少女们奔来时，他们从四面八方惊羡地拥了过来并在这一小队女人走近时，对女王的艳丽目瞪口呆，惊叹不止。她的表情把威严可怖奇妙地与妩媚融为一体，嘴唇上浮现出一种甜蜜的微笑，长长的睫毛下她那双鲜灵的眸子像阳光一样闪闪发亮。她的双颊泛出一层庄重的红晕，整个面庞显示出一种少女的娴雅和战斗的热情。此前特洛亚人是那样悲哀，而现在目睹这一景象却是为此兴高采烈。甚至连国王普里阿摩斯的悲痛的心也重新变得愉快一些了。但他的喜悦却是有节制的和因想起失去许多出色的，也同样是英俊的儿子而被冲淡。

他把女王领入他的宫殿，把她看作是自己的女儿并盛情地款待她。遵照他的吩咐送上了为她挑选出的珍贵礼品，并答应她，只要她能顺利地解除特洛亚的危险，还要送给她更多的馈赠。可阿玛宗女王却从她坐的高贵椅子上站了起来，立下任何一个凡人所不会想到的誓言：她向国王保证杀死神一样的阿喀琉斯，她要消灭所有希腊人，火烧敌人的所有舰船！

这时天已黑了，在女英雄们已从征途的疲劳恢复过来并饱餐畅饮之后，王宫的女仆为女王和她的女伴准备了舒适的床榻，彭忒勒西亚不久就沉入了梦乡。这时遵照雅典娜的命令，一幅催命的图像出现在她梦中：她自己的父亲战神阿瑞斯出现了，敦促她赶快与阿喀琉斯进行决战。当这位少女瞥见这个乔装的面孔时，她的心在胸中跳个不停，她希望就在今天去完成这项巨大的事业。她一醒来就立即从床上跳下，披上阿瑞斯送给她的熠熠发光的肩甲，束上黄金的胫甲，围上光华耀眼的胸甲，系上剑带，那上面挂着一柄装在由象牙和白银制成的剑鞘里的利剑。随后她拿起锃亮的盾牌，戴上头盔，上面的金黄羽饰在摇曳不停。左手执两支投枪，右手擎一柄双刃战斧，这是从前争吵女神送给她的武器。当她这样全身装备从王宫中冲出来时，就像宙斯从掌中由奥林帕斯山上抛出一道电光一样。

她欢叫着从城墙冲出，激励特洛亚人进行光荣的斗争。此前不敢面对阿喀琉斯的人们响应她的召唤，立即聚集起来。彭忒勒西亚本人则跃上一匹骏马，它跑起来像旋风女神一样飞快。她冲向战场，她的所有女伴同样骑在马上尾随而来。整个特洛亚军队都拥在她们周围。留在王宫的国王普里阿摩斯向上高举起双手，对宙斯进行祈祷："听我说，啾，父亲，让希腊士兵今天就在阿瑞斯女儿面前毁灭吧，但要让她本人平安地返回我的宫殿。为了您强大的儿子阿瑞斯的荣誉，为了他那出身于一个神祇并且本人也像不朽的神祇一样的女儿，保佑她吧！也为了我，我遭受如此多的不幸，那么多英俊的儿子死于希腊人之手，请保佑我吧！保佑古老的城市特洛亚不被毁灭吧！"他的祷告刚一结束，一头尖叫的雄鹰从左上方朝他飞了过来，它的爪中抓着一只被撕碎的鸽子。这恶兆使国王心惊肉跳，胸中的希望全都破灭。

这期间希腊人在他们的船营里看到特洛亚人冲了过来，他们像一群从山上冲向羊群的狂暴野兽一样。几天来希腊人已经习惯于特洛亚人的怯懦了，今天的这番景象令他们震惊，他们急忙拿起武器，兴奋地冲出船营。

血腥的战斗很快就展开了。长矛相刺，胸甲相撞，盾牌相击，头盔相碰，特洛亚大地上又被鲜血染红。彭忒西勒亚在希腊英雄中横冲直撞，她的那些女战士奋勇争先。她本人杀死了摩利翁和另外七个英雄。但当阿玛宗的克罗尼亚砍倒波达耳刻斯的朋友墨尼波斯时，强大的波达耳刻斯愤怒之极，他一枪就刺中她的臀部。彭忒勒西亚急忙用剑去砍他擎枪的手，但已来不及了，她的女战士倒地而死，波达耳刻斯救出了被抢走的朋友墨尼波斯。

现在幸运转向了希腊人一边。伊多墨纽斯用长枪刺中阿玛宗人布瑞穆萨的右胸。墨里俄涅斯杀死了欧安涅拉和特耳摩多亚。俄琉斯的儿子埃阿斯把狄里俄涅毙于手下。堤丢斯的儿子狄俄墨得斯剑劈阿耳喀比亚和得里玛喀亚，把她俩的头颅从肩膀上砍掉。随后战斗转向特洛亚人。斯忒涅罗斯杀死了来自色斯托斯的卡比洛斯，帕里斯朝他射出了一箭，可落空了，它飞了过去，被坚固的盾牌转移了方向而击中了另一个希腊英雄杜刹喀翁人欧厄诺耳，使他倒地死去。他的遭遇激怒了杜利喀翁人的领袖墨革斯。他像一头狮子般，迅猛地扑了过来，使特洛亚人惊慌逃走。他杀死了特洛亚人的盟友和一些他的长矛所及的特洛亚人。一场可怖的喋血鏖战杀得天昏地暗，在这一天双方都有许多人战死战场。

彭忒西勒亚还一直在希腊人中间往来驰骋，她所向披靡，在她面前人群纷纷后退。这个胜利者扬扬得意，朝他们喊叫："你们这群狗，今天就要你们为加于普里阿摩斯国王的耻辱付出代价。让野兽和飞鸟来撕扯吞食你们腐烂的尸体，没有一个人能回到家里见你们的女人和孩子，你们死无葬身之地！狄俄墨得斯在哪，忒拉蒙的儿子埃阿斯在哪，阿喀琉斯在哪？这都是你们军队中的最勇敢的人，他们都在哪？为什么他们不来和我进行较量？"她叫喊着并轻蔑地冲进希腊人中去。她时而挥动战斧，时而掷出投枪。普里阿摩斯的一些儿子和特洛亚的最勇敢的人紧跟在她后面。希腊人无法阻挡这种冲击，他们像风卷落叶般相继倒下。不久战场上希腊人尸横遍野，特洛亚人的战车像碾谷一样践踏倒下去的人和死者。

但这场战斗的喊叫声，既没有传到强大的埃阿斯那里，也没有被神祇之子阿喀琉斯听到。两人都在远处帕特洛克罗斯墓旁，他们在思念他们死去的朋友。命运已经做了安排，使阿玛宗女王还有一两个小时的幸运，并要她带着光荣死去。

特洛亚的女人都站在城墙上，她们为这个姊妹的战绩武功惊羡不已。其中之一，勇敢的特洛亚人提西被诺斯的妻子希波达弥亚，突然为

战斗的渴望所攫住。她说："姊妹们，我们为什么不去战斗，像我们的丈夫一样，为祖国，为我们和为我们的孩子去战斗？我们不要落在特洛亚青年男子后面。我们也像他们一样有力量，我们的眼睛与他们的一样敏锐，我们的双膝和他们的一样坚定，阳光、空气和食物像属于他们一样属于我们，为什么我们不能与他们一样作战？难道你们没有看到那儿的那个女人是远远强似所有男人吗？可她还不是一个特洛亚人呀！她在为一个异国的国王，为一座并不是她故乡的城市而战，毫不在乎那些男人，勇往直前，狠狠打击敌人。而我们若是投入战场，那却是为了我们自己的幸福去战斗，是为了我们自己的苦难去复仇。在我们之中，有哪一个在这场不幸的战争中没有失去一个孩子或一个丈夫，或一个父亲？有哪一个不为兄弟或近亲哀悼过？如果我们的男人被打败了，那除了去做奴隶，在我们面前还有更好的出路吗？为此我们要毫不迟延地参加战斗。如果我们的丈夫战死，或我们的城市变成一片火海的话，与其我们和我们的孩子被掠去当作敌人的战利品，我们宁愿去战死！"

希波达弥亚的这番话激起了女人们的战斗欲望。她们放下手中的毛线和织物，像一窝蜜蜂似的跑回家中，拿起武器。如果不是女王赫卡柏的妹妹，安忒诺耳的妻子忒阿诺反对她们的草率之举并用明智和聪明的言辞说服她们的话，那她们全都会成为她们鲁莽行为的牺牲品。

在此期间彭忒西勒亚继续大开杀戒。希腊士兵在她面前心惊胆战，英雄们落荒而逃。垂死者哀叫不已，阿玛宗女王的长矛所到之处，人们纷纷栽倒。

特洛亚人越来越大步进逼，他们已经抵达离希腊人舰船非常近的地方，并且已经开始焚烧某些设备。这时特拉蒙的儿子，强大的埃阿斯终于听到了战斗的喊叫声。他从帕特洛克罗斯坟丘旁抬起头来，对阿喀琉斯说道："兄弟，我耳边传来了不断的厮杀声，好像什么地方发生了一场危险的战斗！让我们去看看，别让特洛亚人逼近我们，烧了我们的舰船！"这句话提醒了阿喀琉斯，他现在也听到了哀号声。两人急忙披上熠熠发亮的铠甲，武器在闪光，战斗的热情在燃烧，向着人声鼎沸的地方走去。

他俩怀着火热的激情投入战斗。埃阿斯冲向敌人，他的长枪很快就杀死了四个特洛亚人。但阿喀琉斯却转向阿玛宗人，用他的宝剑杀死了四个少女。随后两人一同冲进敌人的军队中，没用多大力气就把刚才还密集在一起的敌人杀得七零八落。

彭忒勒西亚一发现这种场面，就暴怒地冲了过来，像一头豹子冲向猎手一样。但埃阿斯和阿喀琉斯却挺起身来，他们的青铜铠甲叮当作响，并擎起了他们的长枪。这个阿玛宗女人首先把她的投枪掷向阿喀琉斯。英雄的盾牌挡住了它并使它裂为碎片。现在她把第二支投枪掷向埃阿斯并同时向两位英雄叫喊："即使我的第一支投枪没有成功，那这第二支就会结束你们这两个牛皮大王的力量和性命，你们再无法自吹是希腊人中最强大的人了。现在要让你们知道，一个女人远比你们两个加在一起还要强大！"她的长枪击中埃阿斯的银制铠甲，可却无法刺伤皮肤，因为它从金属制的护腿上弹落下来。现在埃阿斯冲向特洛亚人，而把这个女敌人留给阿喀琉斯。

当彭忒勒西亚看到她的第二支投枪也失败了时，大声地叹了一口气。但阿喀琉斯却在用目光打量她并朝她喊道："告诉我，女人，你怎么如此狂妄，胆敢来向我们世上最最强大的英雄进行较量？我们是雷神宙斯的后代，赫克托耳见到我们都心惊胆战并且被打倒在地。当你今天用死亡来威胁我们时，你必定是疯了，看吧，你最后的时辰已经到了。"说着话他就朝她逼近，挥动无坚不摧的长矛。它深深地击中彭忒勒西亚的右胸上部，鲜血很快从伤口喷涌而出，她的四肢变得无力，战斧从手中滑落，她的眼前变得一团漆黑。可她还是又一次站了起来，紧盯着正向她冲来的敌人的面孔，他要把她从奔逃的战马上拖下来。她瞬间思考了一下，是从剑鞘中拔出宝剑进行抵抗，还是向胜利者乞求活命。但阿喀琉斯不容许她有时间进行考虑。他被她的傲慢所激怒，一枪就连人带马刺个透亮，彭忒勒西亚倒在地上死去了。

当特洛亚人看到他们的女英雄死去时，立即慌乱地向城门奔去，对阿玛宗女王和他们自己的许多亲人之死哀伤不已。但阿喀琉斯却欢快地叫道："你这可怜虫，躺在那儿好了，去喂秃鹰和野狗吧！是谁要你来同我作战？你是希望从普里阿摩斯国王手里得到大量的财宝来作为杀死那么多希腊人的奖赏吧！可你得到的是另外一种报酬！”他说着就把长枪从她身上和马身上拔了出来。随后他摘下她头上的战盔，打量死者的面孔；虽然被血渍和泥土所玷污，但她的表情依然雍容高贵，围在尸体四周的希腊人都不能不对这少女的超凡美丽而赞叹不已。阿喀琉斯长时间望着她，一阵痛苦袭上心头。他必须承认，他真不该把她杀死，而应当把她带回佛提亚做他出色的妻子。

阿特柔斯的儿子阿伽门农和墨涅拉俄斯对死去的阿玛宗女王充满同情和敬仰，他们允许把她的尸体交还给普里阿摩斯国王。普里阿摩斯在城前为她搭起了一个巨大的火葬架，把女王的尸体连同许多珍贵的礼品一起放到上面。随之他点燃起木头，烈火熊熊烧了起来。当尸体被烧成灰烬时，环立在四周的特洛亚人用甜酒熄灭了火焰。然后他们把彭忒勒西亚的遗骸集在一起，放进一个小匣子里，他们号啕大哭，并列队隆重地把骨灰匣送到巍然耸立在高高的塔楼旁拉俄墨冬国王的墓穴中。与她葬在一起的还有她的十二个在与男人的战斗中死去的同伴，因为阿特柔斯的两个儿子也使她们享得这份光荣。在另一方，希腊人也埋葬了他们的死者，他们特别为死去的波达耳刻斯感到悲痛，他是被赫克托耳杀死的普洛忒西拉俄斯的兄弟。随后他们返回船营，大家从心里感谢阿喀琉斯，这位伟大的英雄这一次又成了希腊人的拯救者。

门　农

升起的太阳照耀着特洛亚，一座灾难深重的城市。特洛亚人警觉地坐在城墙上，他们害怕强大的胜利者随时会用云梯登上城墙，把他们古老的家园变为灰烬。这时，一个名叫堤摩忒斯的老人站了起来说道：“朋友们！我殚精竭虑也想不出有什么办法能使我们摆脱毁灭。自从赫克托耳死于战无不胜的阿喀琉斯之手以后，就是一个神祇，如果来救助我们也会在战斗中死去。他不是把所有其他希腊人都畏之为虎的阿玛宗女王杀死了吗？她是那样令人敬畏，都使我们大家相信她是一位女神，一看到她的面容我们就由衷地感到欢欣。可让人惋惜的是，她是一个凡人，也会死去！这样我们就得考虑一下，如果我们离开这座注定要灭亡的城市去寻找一个更安全些的住处，使残暴的希腊人无法靠近我们，这样做是不是对我们更好！”

于是普里阿摩斯在会议中站了起来，对他说：“亲爱的朋友，所有的盟友们！让我们不要怯懦地放弃我们亲爱的城市。如果我们想在公开的战斗中突破包围我们的敌人的话，那我们得冒更大的危险。我们最好是等待，埃塞俄比亚人门农已同他的军队在路上了，他是来救助我们的！我向他派出使节已有很长时间了。因此再等一段时间。即使你们都在战斗中死去，也胜似在异乡屈辱地生活下去！”

这时英雄波吕达玛斯站出来表达他的意见：“如果门农真的来了，”他说，“那我没有什么可反对的！但是我怕这个人连同他的伙伴都会在我们这里死去，给我们带来的只是更多的灾难。可我也决不同意我们应当离开我们父辈的国家。最好的办法依然是，我们把海伦连同她从斯巴达带给我们的一切，在敌人掠夺走我们的财富和焚烧我们的城市之前，都重新交还给希腊人！”

特洛亚人在心里都欢迎这种讲话，可他们不敢公然去反对他们的国王。在另一方，海伦的丈夫帕里斯站了起来，他指责波吕达玛斯最怯弱胆小。“一个提出这样建议的人在战场上必定是第一个逃跑的人。特洛亚人，你们想一想，赞成这样的建议是不是明智。”

波吕达玛斯知道得很清楚，帕里斯宁愿在军队中激起一场兵变，甚至宁愿去死，也不会放弃海伦。为此他一声不响，整个会议与他一样陷入沉默。会议还在进行讨论期间，突然传来了好消息，门农已经到了。特洛亚人一片欢腾，但尤为高兴的是普里阿摩斯国王，因为他毫不怀疑，人多势众的埃塞俄比亚人一定会烧毁敌人的舰船。

因此当晨光女神厄俄斯的儿子门农到达的时候，国王和王室的人给了他丰厚的礼品并设盛宴对他进行款待。宾主之间的交谈越来越欢洽。

他们共同悼念死去的特洛亚英雄。但门农却讲述了他的双亲——厄俄斯女神和提托诺斯，讲述了无边的海洋和大地的尽头，讲述了太阳的升起和他走过的遥远之路——从大洋的海岸直到伊得山的顶峰和普里阿摩斯国王的这座城市。

特洛亚国王高兴地谛听他讲述的一切。他热情地握住他的手说道："门农，我感谢众神，他们使我这个老人有幸见到你和你的军队并在我的宫殿里款待你本人，真的，你超凡出众，更像是神衹，因此我坚信你会大开杀戒消灭敌人！"在说这番话的同时，国王举起一只纯金酒杯，与这位新的同盟者一饮而尽。门农惊奇地观察这只精致的金杯，这是赫淮斯托斯的一个杰作并成为特洛亚王室的传家之宝，随后他回答说："在欢宴的场合不适合说大话和做出保证。因此我不能对你做出许诺，噢，国王，我现在只想静静地去品尝精美的菜肴并为必要的事情做好准备。一个人是不是英雄，必须在战场上表现出来。可现在我们很快要去休息，因为过度享受美酒和一个狂欢之夜对一个期待着决定性战斗的人是有害的。"话刚说毕，冷静的门农就站了起来，普里阿摩斯并不勉强他的客人再留一些时候。其他客人也退出，于是所有人都各自安寝入睡。

就在世上凡人沉入梦乡期间，众神还依然聚集在宙斯的奥林帕斯山宫殿里讨论特洛亚的战事。对未来像对当前发生的一切十分清楚的宙斯最后说话了："你们无论怎样关心希腊人或者特洛亚人，都是没有用处的。你们还会看到双方有无数人马在战斗中毙命。即使你们心里非常同情某些人，但谁也不要向我求情，为一个儿子或一个朋友，因为命运女神都是冷酷的，对我像对你们都是一样！"

没有一个神衹敢去反驳众神之父。他们沉默地离开宴会，每一个神衹都悲哀地倒在床上，直到睡眠怜悯地把他们带入梦乡。

翌日清晨，只有黎明女神厄俄斯勉强地升上天际，因为她也听到了宙斯说的话，她的心在向她预示，等待她儿子门农的是一种什么样的命运。但门农却很早就醒来了，他几乎迫不及待地要去为他的朋友进行决定性的战斗。特洛亚人也身披铠甲，与来自埃塞俄比亚的客人一道迅急地冲出城门，直杀向战场。路上人群密集，脚下尘土飞扬。

当希腊人从远处看到他们蜂拥而来时，都感到惊讶，于是迅速地拿起武器，奔了出来。阿喀琉斯站他们中央，他骄傲地坐在战车上，像是一个堤坦神，如同宙斯手中的雷电一样。但特洛亚人的队伍同样威武雄壮，无数士兵聚集在门农周围，听从他的命令，充满了战斗的激情。于是战斗开始了：两支军队像两个大海一样迎头相撞，像咆哮的海浪彼此翻卷在一起。剑声铿然，长矛呼啸，战斗的厮杀声震天动地，不久两支队伍中倒下的人发出尖厉的哀号。在阿喀琉斯的枪下很快一个接一个特洛亚人倒了下去。可门农也像一个可怕的灾星一样在希腊士兵中大开杀戒，给他们带来了哀叫和死亡。涅斯托耳的两个高贵的伙伴死在他的手下，现在他逼近这个来自皮罗斯的老者本人，看来涅斯托耳必会死于这个埃塞俄比亚人的长枪之下，因为他的战车的一匹马刚好被帕里斯一箭射伤。当门农捡起枪向他奔来时，他的战车已无法行驶。涅斯托耳惊恐地喊他的儿子安堤罗科斯前来救命，他的叫喊声传了过去，救父心切的儿子火速飞奔过来，挡在父亲胸前，把他的投枪掷向门农。门农躲开了，但却击中了他的朋友皮拉索斯的儿子厄托普斯。于是门农向他掷去一块石头，可碰在他的头盔上弹落下来。现在门农用长枪刺穿了他的心脏，安堤罗科斯用自己的死亡挽救了父亲的性命。

当希腊人看见他倒地死去时，都感到极为悲痛。但感到痛不欲生的是做父亲的涅斯托耳，因为正是为了他，儿子才在他眼前死去。但他保持足够的冷静，把他的另一个儿子特拉绪墨得斯喊来，好来保护他兄弟的尸体。在战斗的厮杀声中特拉绪墨得斯听到了召唤，他同斐柔斯一道赶来与厄俄斯的发疯似的儿子进行战斗。门农笃定地让他俩靠近自己，他们的投枪都从他的铠甲旁掠过，因为他的神祇母亲给他的铠甲施加了保护的咒语。这些投枪击中的都不是要击中的目标。

这期间门农准备去剥取被杀死的安堤罗科斯的铠甲，希腊人都毫无作为地围在他四周，就像一群号叫的野狼观望着一头被狮子撕食的牝鹿一样。当涅斯托耳看到这种情形时，他大声地哀号起来，呼喊他的其他朋友，而他本人也跳下战车，要用衰弱的力气为保护儿子的尸体而战。

可当门农看到他奔来时，却自动地避开他，就如同看到自己的父亲一样，充满了敬畏之情。“老人，”他说道，“我不适合与你交手！从远处看我把你当作是一个年轻的战士，因此才向你掷出了投枪；但现在我看到你太老了。离开战斗，避开我，我不忍心把你杀死，让你同你的儿子死在一起！如果你敢在这样一场力量悬殊的战斗中进行冒险，那人们一定会骂你是个傻瓜！”但涅斯托耳却回答说：“你说的不对，门农！一个人为他儿子的死而悲愤和起来战斗，并要把残暴的凶手从他儿子的尸体旁赶走，没有人会说他是傻瓜！噢，你把我错当成一个年轻人了！现在我当然像一头衰老的狮子，连守护羊群的家狗都敢跟它较量！但是我还能战胜许多人，我的年纪使我避开的人只是少数几个！”随后他退了回去，让他的儿子躺在地上。门农与他的埃塞俄比亚人在战场上继续冲杀，所向披靡。

涅斯托耳转身走向阿喀琉斯。“希腊人的保护者，”他说，“你看，我死去的儿子躺在那里，门农已夺走了他的武器，他很快就要被野狗吞食！快去救助他，因为只有去保护死去的朋友才是一个真正的朋友！”阿喀琉斯注意倾听，当看到这个埃塞俄比亚人如何把希腊人一群一群地斩杀时，他痛苦得无法自持。现在他果断地冲向门农。当门农一看到他奔来时，就从地上抓起一块巨石，把它掷向敌人的盾牌。但石块被弹落了，阿喀琉斯把战车留在后面，自己徒步逼向门农，并用长枪刺中了他的右肩。但这个埃塞俄比亚人毫不在意这一击，他疾步冲了上来，并用他有力的长矛刺中了阿喀琉斯的胳膊，使英雄血流如注。这时门农扬扬得意，高兴地大叫起来：“可怜虫，你那么无情地屠杀特洛亚人，现在你面对的是一个你无法战胜的神之子，因为我的母亲厄俄斯是奥林帕斯山的一个女神，要比你的只会喜欢与海怪为伍的母亲忒堤斯高贵得多！”但阿喀琉斯只是微笑地说道：“最后的结局会证明，我们中谁出身于更高贵的父母！现在我要为年轻的英雄安堤罗科斯向你报仇，就像我曾为我的朋友帕特洛克罗斯向赫克托耳报仇一样。”

随之他用双手握起他那支巨大的长矛，向门农刺去。他们厮杀在一起。宙斯在这一时刻使他们变得比通常人更强大更有力，精神更旺盛，他们都刺不中对方，他们彼此逼近对手，连头盔上的羽饰都碰在一起。他们时而在铠甲上方，时而在盾牌下面力图把敌人刺伤，但都没有成功，他们的铠甲叮当作响。埃塞俄比亚人、特洛亚人和希腊人的厮杀声直冲云霄，尘土在他们脚下飞扬，在英雄们相互厮杀期间，士兵们之间的战斗却停了下来。

从圣山高处俯视下界的奥林帕斯山众神对这场不分高下的战斗十分高兴，他们有的是为阿喀琉斯的强大，有的是为门农的勇敢。若不是宙斯召来两个命运女神并命令她们，把黑暗降于门农，把光明照向阿喀琉斯，那很快就会在众神之间爆发一场争吵。奥林帕斯山上的众神一听到这个命令就大声叫了起来，有的是由于喜悦，有的是由于悲痛。

但两位英雄依然在继续厮杀，毫不顾及命运女神的光顾。他们时而用长枪，时而用宝剑，时而用石头进行攻击，没有一个退缩，都像崖石一样坚定。在他俩左右的伙伴也同样杀得难解难分。但命运终于胜利了。阿喀琉斯把长枪刺入对手的前胸直透入后背，门农沉重地栽倒在战场上。

现在特洛亚人开始逃跑了，紧追不舍的阿喀琉斯像一股飓风似的尾随而来，他把门农的尸体交给他的朋友去剥下铠甲。厄俄斯在天上长叹一声，把自己裹在浓云之中，使大地变成一片黑暗。她的孩子们——各式各样的风，遵照她的吩咐飞下平原，卷起门农的尸体，并把它从敌人手中夺走。当他被风裹住升向空中时，除了流淌下的滴滴鲜血之外，没有任何东西留在世上。那些不愿与死去的国王分离开来的俄塞俄比亚人紧跟在后大声哭喊，直到国王的尸体从惊愕的特洛亚人和希腊人眼中消失才停了下来。风把门农的尸体放置到埃塞波斯河的河岸旁，河神的女儿们，一群妩媚的姑娘为他在一片幽美的丛林中建起一座坟墓。从天而降的厄俄斯与另外一些仙女一起，含着热泪把她的儿子安葬在这里。返回城里的特洛亚人也为门农之死悲恸万分，甚至希腊人也毫无纯粹的喜悦可言。他们虽然赞颂军队的骄傲，胜利者阿喀琉斯，但他们同涅斯托耳一道，也为他可爱的儿子安堤罗科斯而哭泣。这样，悲痛和欢乐使他们在战地上彻夜不眠。

阿喀琉斯之死

翌日清晨，安提罗科斯的尸体在一片悲哀声中由他的同胞抬到舰船上，安葬在赫勒斯蓬托斯海岸上。但白发苍苍的涅斯托耳心神十分镇定，他控制住自己的悲痛，然而阿喀琉斯却难以平静下来。朋友的死激怒了他，驱使他天一破晓就扑向特洛亚人。特洛亚人尽管对神一般的阿喀琉斯的长枪十分惊恐，但依然奋不顾身地打开城门投入战斗。很快就又杀得天昏地暗。英雄杀死了大量敌人，直把特洛亚人追到城下。他的超人力量使他相信他能把城门从门轴中抬起来，为希腊人打开进入普里阿摩斯城市的通路。

福玻斯·阿波罗从奥林帕斯山上看到无数士兵被阿喀琉斯杀死，愤怒至极。他像一头发疯的野兽，从神座上冲了下来，背上装有致人死命的箭镞的箭袋。箭袋和箭镞叮当作响，他的眼睛在冒火，他的步伐使大地震颤。随后他站在阿喀琉斯身后，发出可怕的声音："放开特洛亚人，珀琉斯的儿子，不要如此疯狂！你要当心，不要让一个神祇把你毁灭！"阿喀琉斯听出了这个神祇的声音，但他并不惧怕，毫不在乎这种警告，他大声朝他喊道："难道偏要激怒我去与神进行战斗？你为什么总是去偏袒那些特洛亚的坏蛋？当你第一次让赫克托耳在我面前逃脱时，你已经使我够恼火的了。我劝你远远离开，到众神那儿去，别让我的长枪击中你，哪怕你是一个不死的神祇！"

说罢这番话他就转身，重又追向敌人。愤怒的阿波罗隐身在一片黑云之中，弯弓搭箭，从浓雾中一箭射中阿喀琉斯易受伤害的脚踵。一阵剧痛直从脚跟涌上心头，他像一座毁了基础的高塔一样栽倒在地。他躺在那里环视四周，用尖厉可怖的声音喊道："是谁从远处朝我射出卑鄙的一箭？有胆量跟我面对面地进行较量！胆小鬼总是从暗处偷袭勇士！好好听着，即使他是一个对我恼火的神祇！我知道了，这是阿波罗干的。我的母亲忒提斯曾对我说过，我会在斯开亚城门前死于阿波罗的神箭之下，她说的话应验了！”

英雄呻吟不止，他从致命的伤口拔出箭镞。当黑血不断涌出时，他愤恨地把它抛得远远的。阿波罗把箭镞拾了起来，隐身在浓云中返回奥林帕斯山。他从迷雾中现身并重新混在众神之中。希腊人的朋友赫拉发现了他，极为愠怒地责备他说：“福玻斯，你干了一件坏事！你毕竟参加过珀琉斯的婚礼，像其他神祇一样，享受美酒佳肴并高声吟唱，为珀琉斯的后代祝福。可你却袒护特洛亚人，并最后杀死了他唯一的儿子！你这样做是出于嫉妒。你这愚蠢的家伙，今后你有何脸面去见涅柔斯的女儿？”

阿波罗一声不响，离开众神坐到一旁，垂下头去。深色的血液还依然在阿喀琉斯强壮的四肢中沸腾，渴求着战斗，没有一个特洛亚人敢靠近这个受伤的人。他从地上一跃，再一次站了起来，挥舞起长矛，冲向敌人，击中了他的老对手赫克托耳的朋友俄律塔翁，矛尖直刺入大脑。随后他的矛又刺中了希波诺斯的眼睛，穿透了阿尔卡托俄斯的面颊，还杀死了许多逃跑的人。但随后他的四肢变冷了，他不得不停下来，拄枪而立。特洛亚人在他面前因慑于他的声音而纷纷逃命，他的雷鸣般的吼声在那些逃跑人的身后响起：“逃命吧！就是在我死后，你们也逃不开我的长矛，我的复仇之神将惩罚你们！”他们惊慌失措，抱头鼠窜，因为他们还认为他依然没有受伤。但他的四肢变僵了，栽倒在一群死者之中，大地发出轰鸣，他的铠甲铿锵作响。

帕里斯首先发现了他的死。他大声欢呼，提醒特洛亚人去抢尸体，于是一大群唯恐不及的士兵集聚到死者四周。但英雄埃阿斯守护住尸体，把那些靠近的敌人用长矛挑得远远的，每当有一个人来同他战斗时，就必定受到他致命的一击。到最后，埃阿斯已不限于去保护尸体了，而是冲向特洛亚人，在他们中间大开杀戒。吕喀亚人格劳格斯也倒了下来，死于强大的埃阿斯的长矛之下；高贵的特洛亚英雄埃涅阿斯也受了伤。与埃阿斯一同作战的有俄底修斯和其他希腊人，但特洛亚人的抵抗越来越顽强。俄底修斯感到右膝受了重伤，鲜血已从闪亮的铠甲中不断涌出；帕里斯这时竟敢突然用长枪刺向埃阿斯。但埃阿斯一发现就抬起一块巨石，掷向他，击中了他的头盔，使他躺倒在地，箭镞从箭袋中撒得遍地都是。他呼吸微弱，气息奄奄，朋友们仅来得及把他抬到战车上，用赫克托耳的战马把他拉回城里。埃阿斯把特洛亚人都赶回城里，这时他跨过横陈遍地的尸体、血泊和散落的铠甲直向赫勒斯蓬托斯奔去。

在这期间诸王把阿喀琉斯的尸体从战场上抬到舰船，围在他四周，陷入无尽的悲痛之中。奔跑而来的埃阿斯号啕大哭，他为失去一个忠实的表兄弟而悲恸。年迈的福尼克斯紧紧抱住魁梧的阿喀琉斯的高大身躯，老泪纵横，伤心至极。他想起了死去英雄的父亲珀琉斯把孩子放到他怀里，让他抚养和教育的那一天，可现在父亲和教育者都活着，而孩子却死了！阿伽门农和墨涅拉俄斯兄弟和所有希腊人也都为他哭泣。哭声不绝，直冲上天际，并从舰船那儿发出回响。

白发苍苍的涅斯托耳最终使悲泣停了下来，他提醒他们，把英雄的尸体洗净，放到灵床上，然后进行礼葬。于是人们用温水洗净阿喀琉斯的身体，给他穿上他母亲忒提斯在他出征时给他的华丽服装。当他就这样躺在帐篷里时，雅典娜从奥林帕斯山向她的宠儿投下同情的目光，并向他的头上洒下几滴芳香的神水，避免死者腐烂和变形。所有希腊人都为躺在灵床上的英雄显得如此栩栩如生和威严庄重而感到惊奇，他仿佛是在恬静的睡眠之中不久就会重新醒来似的。

希腊为他们伟大英雄而发出的巨大悲声也深入到海底他母亲忒提斯和涅柔斯的其他几个女儿那里。剧烈的痛苦使她们五脏俱裂，她们放声大哭，连赫勒斯蓬托斯大海都发出回响。就在当夜，她们一同穿越分开的海水来到希腊人舰船所在的海岸。所有的海怪也与她们一同哭泣。她们悲哀地走到尸体跟前，忒提斯用双臂抱起她的儿子，吻他的嘴，哭得大地都被她的泪水湿透。希腊人都纷纷退下，直到女神们重新飘去时，他们才又朝尸体靠近过来。

天一破晓，希腊人从伊得山上运下无数木头，把它们高高地堆了起来，把许多被杀死的人的铠甲，祭祀用的牲畜以及黄金和贵金属都放在火葬堆上。希腊英雄们剪下他们的头发，死者喜欢的女奴布里塞伊斯也献上她的卷发，作为给她的主人的最后赠物。随之他们朝堆起的木材浇上油，放上盛装蜂蜜和美酒的大碗，把尸体置放在木架上面。然后他们全副武装，或骑在马上或徒步绕着火葬堆环行。火点燃起来，烈焰熊熊而起，战士们迸发出一片哭声。风神埃俄罗斯按照宙斯的命令送来他的疾风，直吹进垒起的劈啪作响的木材中间，这使火葬堆连同尸体在很少几个小时之内就变成灰烬。最后的火焰用酒浇灭。英雄的遗骸像一个巨人的骨骸一样，躺在那里，与所有那些同他一起烧掉的截然分离开来。他的战友叹息着把遗骸集拢起来，放进一个宽大的、镶着金银的匣子里，安置在海滨的一个最庄严的地方，与他的朋友帕特洛克罗斯的遗骸并排葬在一起，并筑起一座高高的坟墓。

为纪念阿喀琉斯举行的赛会

在特洛亚城，人们决定为他们战死的英雄举行一场葬礼。在同希腊人的最后一次战斗中，特洛亚人忠实的同盟者吕喀亚人格劳科斯牺牲了，他的朋友将他的尸体从敌人手中夺了回来，并把他火化、安葬。

第二天，在阿尔戈斯人举行的会议上，提丢斯的儿子狄俄墨得斯站起来提议：要趁阿喀琉斯刚死，敌人尚未恢复士气之前，先发制人，立即用战车和大队人马进攻特洛亚城。但忒拉蒙的儿子埃阿斯表示反对。他说：“崇高的海洋女神忒提斯正在为她儿子的死悲痛万分，我们这样做会得罪她的，这很不划算。我们不向她表示致意并围绕她儿子的坟墓举行一场隆重的殡葬赛会，这样做对吗？她在昨天回到海洋时向我瞟了一眼，示意我，不要使她的儿子受到不光彩的待遇。至于特洛亚人，只要你、我和阿伽门农还活在世上，那他们就很难鼓起勇气。”

“我同意你的意见，”狄俄墨得斯回答说，“实现忒提斯的愿望比紧迫的战斗更为重要。”

狄俄墨得斯的话刚一说完，岸边的海浪就分了开来，珀琉斯的妻子从海水中出现并来到希腊人中间，与她一道的还有那些仙女，她们是她的侍女。这些仙女从她们披在身上的轻纱中取出精美的奖品，展放在希腊人眼前。忒提斯本人鼓动英雄们开始进行比赛。这时涅斯托耳站了起来，他不是为了比赛，而是讲一番动听的言辞，称赞涅柔斯的美丽的女儿。他讲述了她与珀琉斯的婚礼，颂扬了阿喀琉斯的永垂不朽的业绩。

他的这番讲话使悲哀的母亲心灵上得到巨大慰藉，希腊人虽然急于进行竞赛，但却极为高兴地倾听并用欢呼表示对他的颂词的赞同。忒提斯把她儿子的两匹骏马赠给涅斯托耳，然后她又从带来的礼品中挑出十二头壮牛作为赛跑胜利者的奖品。

现在两个英雄狄俄墨得斯和忒拉蒙的儿子强大的埃阿斯站起来进行角斗。在他们伙伴的好奇目光注视下，这两个人势均力敌，难分高下。埃阿斯用强劲的双手抱住狄俄墨得斯，要把他摔倒。但同样灵活和威武有力的狄俄墨得斯却从容挣脱开来，用肩部抵住，把强大的对手举到空中，使他的双臂搭拉下来，抛下时用左脚一绊就把他摔倒在地。观众大声喝彩。但埃阿斯站了起来，重新投入角斗。他俩像山里的两头野牛一样，狂怒地用他们的铁头相互顶撞。这时涅斯托耳站到他们中间，说道："孩子们，别斗了。我们大家都知道，自从我们失去伟大的阿喀琉斯之后，你们俩是我们希腊人中最最勇敢的人！"赞同的呼声响了起来，忒提斯赠给他俩四个俘虏来的女奴，她们都是阿喀琉斯在勒斯玻斯岛上掠来的，十分勤劳和心地善良。

随后开始拳击比赛，伊多墨纽斯站了起来，可没有一个人出来与他进行较量。忒提斯把帕特洛克罗斯的战车赠给他作为奖品。但福尼克斯和涅斯托耳鼓励年轻人参加拳击比赛。于是帕诺派俄斯的儿子厄珀俄斯站了出来，随后不久忒修斯的儿子阿卡玛斯也走到赛场。两个人很快用干燥的皮带把他们的手缠住，试试是不是灵活。比赛开始了，忒修斯的儿子不停地抵御对手的进攻并狡黠地进行躲闪，并突然地用拳击中对手的额头，血涌了出来。可厄珀俄斯却反击回去，击中了阿卡玛斯的太阳穴，他蹒跚了几步就倒在地上。但他又站起身来，战斗又重新开始，直到朋友们出来阻止，并使这两个恼羞成怒的人懂得，他们不是希腊人同特洛亚人之间的战斗。忒提斯赠给他俩两只精美的银制调酒杯，这是她儿子从楞诺斯岛带回来的礼品，两位英雄高兴地接受了。

现在俄琉斯的儿子埃阿斯和透克洛斯争夺射箭的奖赏。阿伽门农在远处安放一顶上带有马缨子饰物的头盔作为箭靶。谁的箭镞射断马缨子谁就是胜利者。埃阿斯先弯弓射出了他的箭镞，它射中了头盔，发出响声。透克洛斯也迅速地射出了一箭，箭尖射断了马缨子。观看的英雄们大声喝彩，忒提斯把特洛亚的王子特洛罗斯的铠甲赠给他，这一副铠甲是阿喀琉斯在战争初期杀死特洛罗斯得到的。

随后是投掷铁饼的比赛。许多英雄都参加了，但没有一个人像忒拉蒙的儿子埃阿斯投的那么远，沉重的铁饼在他手中就像一块枯木一样。忒提斯把神祇之子门农的铠甲赠给了他，这副铠甲同样也是阿喀琉斯杀死门农抢来的。

现在轮到了跳远比赛，投枪能手阿伽门农成了胜利者，他得到阿喀琉斯战胜库克诺斯抢来的武器。

欧律阿罗斯在投枪中赢得胜利，得到了银碗，这是阿喀琉斯从吕耳涅索斯那儿掠夺来的战利品。

随后是战车竞赛。有五位英雄立即套上了他们的战马。他们分别是墨涅拉俄斯、欧律阿罗斯、波吕波忒斯、托阿斯和欧墨罗斯。他们都把自己的战车赶到出发点，口令一下，五个人同时冲上平原，身后立刻腾起一片尘土。很快，欧墨罗斯的战车走到了最前面，在他之后的是托阿斯，再后面是墨涅拉俄斯；剩下的两个人则被远远地落在了后面。然而托阿斯的战马忽然筋疲力尽；欧墨罗斯的马匹在急驰中被绊倒，他想用力勒住缰绳，但战马突然跳起来，把战车掀翻，欧墨罗斯滚倒在地。围观的人群中迸发出一阵呼叫，当时墨涅拉俄斯的战车早已远远超过其他人，抵达了目的地。墨涅拉俄斯庆幸自己获胜了，但他一点都不骄傲。忒提斯送给他一只金杯做奖赏，这是她儿子从厄厄提翁宫殿里拿回的战利品。

大埃阿斯的死

于是阿喀琉斯殡葬的赛会就这样结束了。除俄底修斯外，其他的阿耳戈斯王子都参加了竞赛，而俄底修斯则因为被阿尔孔拉伤——这伤是在保护阿喀琉斯的尸体时所受的，直到此刻还未恢复。

现在忒提斯将她儿子的铠甲与武器贡献出来作为奖品：他的盾牌闪闪发亮，且做工精良，是由赫淮斯托斯制造的，上面还雕刻着宙斯那沉重的战盔——这是宙斯站在天顶与提坦们作战时所穿的，还有他亲自用过的黝黑且无法刺穿的胸甲，以及他绑在脚上像羽毛一样轻的巨大的胫甲。而他那柄无坚不摧的利剑也摆在了这些东西的旁边，它的剑鞘是银的，剑托是黄金的，剑柄是象牙的。除此之外，还有那支像松树一样长的大矛，矛的上面仍有赫克托耳的殷红的血迹。

忒提斯头戴黑色的面网，站到了这些武器的后面。她悲伤且忧愁地对着达那俄斯人说道："殡葬赛会上的那些锦标已经奖励给了获胜者。现在，请阿耳戈斯人当中那个最勇敢的、曾经救出尸体的英雄站出来，我要将这些阿喀琉斯的辉煌的武器奖赏给他。这全部是神祇的赠礼，而且神祇自己也非常喜欢这些武器。"

即刻有两位英雄站了出来，要求获得这些武器，他们是拉厄耳忒斯的儿子俄底修斯与忒拉蒙的儿子大埃阿斯。埃阿斯就像寒夜的星光一样充满着光辉，他拿过这些武器放到身边，并请伊多墨纽斯、涅斯托耳和阿伽门农为他做证，证明他是那个救出死尸的人。但是俄底修斯也同样请他们为自己做证，因为在全军中他们三人是最睿智而且最公正的人。涅斯托耳拉着另外两人来到一旁，为难地说道："这是非常不幸的，这两个战士在我们当中是最英勇的，他们都争着要已经死了的阿喀琉斯的武器。否决了谁，谁就会退出战场，而我们就必须要承担严重的后果。因为我年岁比较老，而且比较有经验，所以请按照我所说的去做。最近，我们的营帐中俘虏了不少特洛亚人。所以，就让他们来为俄底修斯与埃阿斯的争端做决定吧，因为他们对这两个英雄都不偏爱，也不偏袒。”大家都赞成让最高贵的特洛亚人来当裁判，即便此时他们是战俘。

埃阿斯第一个走了出来，喊道：“俄底修斯，你的心窍是被什么魔鬼迷住了吗，竟然敢和我争？你我之间，就像狗和狮子相比，你远不及我。难道你忘了你是如何不情愿地离开你那位于伊塔刻的家庭了吗？正是你劝我们抛弃生病和不幸的菲罗克忒忒斯，将他遗弃在楞诺斯荒岛上的。帕拉墨得斯比你聪明、比你高强，也正是你要置他于死地！此刻，你竟然要忘记我对阿耳戈斯人的功劳，忘记我对你的救命之恩，忘记是我在所有人都抛弃你，只有你独自在战场上四处观望无法逃脱时救了你！当保护阿喀琉斯的尸体的战斗开始时，抢回尸体和铠甲的不正是我吗？你根本没有力量扛动这些武器，更不用说搬运阿喀琉斯了！这就是为什么你应该退出的原因。总而言之，我比你高强，而且出身也比你高贵，并且和阿喀琉斯——这位我们正在争取他所拥有的武器的英雄有亲属关系。”

埃阿斯越说越兴奋，但俄底修斯讥笑地回答：“埃阿斯，何必说这么多废话呢？你说我软弱、怯懦，却不知道智谋才是真实的力量。正是智谋，指导水手们从暴风雨的海上通过，教人驯服野兽、山豹和狮子，并让牛马为人类服务。因此，无论是在困难的时候，还是在会议上，一个有思想的人总是比只有体力的蠢材更有价值。这就是狄俄墨得斯在远征的时候一定要我参加的重要原因。这是因为我比其他人更机敏，而且足智多谋，所以他才这样做。也正是因为我的智谋，才说服了珀琉斯的儿子去和特洛亚人作战。假如达那俄斯人的队伍想要获得一位新的英雄，那么相信我，埃阿斯，那绝不是靠你的笨大的身躯，也不是靠别人的诡计可以办到的，而是必须靠我的婉转有力的言语将他争取过来。我除了拥有智谋外，还拥有神祇们赋予我的坚强的肢体。你说我正要逃跑的时候你救了我，那绝对不是真的。那时我正在英勇地面对敌人，并且在袭击进攻者，而你却只顾自己的安全，站得远远的。”

他们就这样争吵了许久。最后，被指定担任裁判的特洛亚人被俄底修斯的言辞打动，一致赞成将阿喀琉斯的辉煌的武器颁给他。

埃阿斯听到这个判决，非常气愤，血液在血管中沸腾，身上每条筋肉都在颤抖着。他呆呆地站在那里，凝视着地面。最后，他的朋友们好言相劝，才把他拖回船舰去。他缓慢地走着，每一步都看起来非常不情愿。

此时，夜幕笼罩了大海。埃阿斯坐在自己的屋子里，不吃不喝，也不睡。最后，他将铠甲穿在身上，手执两面开口的利剑，想着是去将俄底修斯砍成碎片，还是去烧毁船舰，或者将袭击所有的阿耳戈斯人。这三个当中他必定会选择其中的一个。此时，保护俄底修斯、反对埃阿斯的雅典娜却让他在酝酿这几个行动时突然发疯。他的内心感到非常苦恼，于是跑了出去，冲进羊群里，以为那是阿耳戈斯人的队伍。牧人们看见他往这里跑来，都躲到克珊托斯河岸的丛林里了。他四处屠杀羊群，还用矛接连将两只羔羊刺穿，并嘲笑它们，说道："可恶的狗子，现在你们就像腐鼠一样去死吧！你们阿特柔斯的两个儿子，此刻再也不会替不公正的裁判做证了！而你，"他接着说，"你这隐藏在角落里躲躲闪闪的坏家伙，你从我的手中将阿喀琉斯的武器偷走了，并且以此夸耀，这是没用的，因为一个懦夫穿着英雄的铠甲，又有什么光荣可言呢?"说着就抓住了一只阉割了的公羊，将它带回屋子里，绑在了门柱上，并挥舞着鞭子，用尽全力抽打这可怜的生物。

就在这时，雅典娜又来到他的身后，轻轻触碰了他的头，让他恢复了清醒。不幸的埃阿斯此刻才明白过来，发现自己手里拿着鞭子，呆呆地看着那只已经被打得皮开肉绽的公羊。他手里的鞭子滑落下来，身子也因精疲力竭倒在了地上，他知道这是一位神祇在发怒，并且害了他。他的内心充满了无限的悲哀。当他再次从地上站起来的时候，他是如此绝望，以至于两脚无法移动，只是一动不动地站着，就像山头上的高塔一样。最后，他深深地叹了口气，并说道："唉唉，为什么神祇要跟我作对呢？为什么他们如此爱护狡猾的俄底修斯，却这样侮辱我呢？我站在这儿，一个作战永不退缩的人；我站在这儿，双手沾染着无罪羔羊的鲜血。我变成了一个可笑的人，一个受敌人讥笑的目标！"

当他正在因为受到屈辱而感到悲痛时，王女忒克墨萨，这个女人是他从佛律癸亚掳来，但他却将她当作妻子一样珍爱着，正在营地与船舶之间四处寻找他，而且还抱着她那幼小的儿子欧律萨刻斯。她看到她的主人正在愤恨和忧愁，但并不知道是因为什么事情，因为他对她的提问拒绝回答。当他一离开，她就感觉有一种可怕的预感，于是跟着他走了出去，并看见了狼藉满地。全是被他杀死的羊崽。于是她赶忙回到屋子里，却看到埃阿斯羞愧而绝望地站在那儿，有时呼喊着他同父异母的兄弟透克洛斯的名字，有时又呼喊着他幼小的儿子欧律萨刻斯的名字，并祈求一种高贵且壮烈的死。忒克墨萨噙着眼泪走到他身边，抱住他的双膝，恳求他不要将她一个人丢在敌人当中做俘虏。她让他想起住在萨拉弥斯的年迈的父母，并将孩子抱到他的面前给他看，告诉他，若是这个孩子没有了父亲，受到残暴的主人的虐待，那他的命运将会怎样悲惨。

埃阿斯情不自禁地抱起他的儿子，一边抚摩他一边说道："孩子呀，希望你的一切都像你的父亲一样，除了不幸；这样，你的一切都会如意的。我的同父异母的兄弟透克洛斯会将你抚养长大 ，会爱护你。现在，我的扈从会将你带到萨拉弥斯我的父母忒拉蒙和厄里玻亚那儿，让你可以娱乐他们的晚年，直至他们离开人世。"说着他把孩子交给了身边的奴隶们，并嘱托他的同父异母的兄弟照顾忒克墨萨，然后他挣脱了忒克墨萨的拥抱，拔出了他的敌人赫克托耳赠送给他的利剑，将它牢牢地竖在地上。最后，他举起双手，向天做着祈祷："万神之父宙斯呀，我有一件小事想请求你：在我死后，请让我的兄弟透克洛斯立刻来到我的身边，不要让敌人抢走我的尸体拿去喂狗。我也请求你，啊，复仇女神，就像你看到我在这里自杀一样，请让别人也死在他们的亲人手里吧。来吧，不要有什么慈悲，满足你们嗜血的欲望吧！还有你，啊，在天上散发光芒的太阳神，当你的金车飞驰经过我的故乡萨拉弥斯时，请你暂缓行驶，把我的不幸的命运告诉我的年迈的父亲和可怜的母亲。再见了，美丽的阳光！再见了，萨拉弥斯！再见了，我的父母之邦雅典，拥有那么多泉水和河流的雅典呀！再见了，特洛亚的土地，这个我曾生活多年的地方。现在，死神，请你降临吧，或许你的眼中对我含有同情！"说完，他就扑向了利剑，即刻倒地，宛如触电一样。

达那俄斯人听到他死的消息时，成群结队地跑来，伏在地上痛哭，并将泥土撒在自己的头上。他的兄弟透克洛斯记得父亲忒拉蒙的嘱咐，没有埃阿斯他也不能从特洛亚回去，此刻他也要自杀，若不是他的朋友们立刻将他手中的刀子夺走了，他会真的跟他兄弟一起去了。现在，他只得伏在哥哥的尸体上痛哭，宛如一个无父的孤儿今日又失去了母亲一样。但是他竭尽全力地抑制住自己的悲痛，并转过身对着绝望地坐在埃阿斯尸体旁的忒克墨萨，她的怀里抱着奴隶们交还给她的孩子。透克洛斯跟她保证，虽然他畏惧忒拉蒙的愤怒，无法将他们送到萨拉弥斯，但他会保护她，并且会像父亲一样抚育她的孩子。

于是他准备安葬他亲爱的哥哥的遗体。可是，阿特柔斯的儿子墨涅拉俄斯却阻止他，说道："不要那么大胆就将这个人埋葬，实际上他比我们的敌人特洛亚人更加可恶。他的谋杀的诡计已经让他没有权利得到光荣的埋葬。"此时，阿伽门农也在场，他对他兄弟的意见表示同意，并在激烈的争论中辱骂透克洛斯是奴隶的儿子。透克洛斯提醒他们不要忘了埃阿斯对阿耳戈斯人所做的贡献，当特洛亚人放火烧船，凶猛的赫克托耳跳到甲板上时，他曾经怎样拯救了全军。但这一切的解说都没有起作用。"而你们又为何说我是奴隶呢？"他喊道，"我的父亲是忒拉蒙，他是希腊最光荣的英雄之一，而我母亲的生父则是鼎鼎有名的拉俄墨冬国王。我出生在高贵的家庭，没有什么地方是见不得人的！若你们侮辱了这个死去的英雄，就等于侮辱了他的妻子以及他的兄弟，你们的这种行为会让你们获得人间的荣誉以及神祇的保护吗？"

正在争论中，狡黠的俄底修斯来了，他向阿伽门农问道："你能容许一个忠诚的朋友和你说实话吗？"

"请说吧，"阿伽门农回答，并且非常诧异地看着他，"的确，你是我在阿耳戈斯人的队伍中最好的朋友。"

"如此，那么请听我的话，"俄底修斯说道，"看在诸神的分上，请求你们不要让这个人得不到安葬。不要因为手握权力，就恩怨不明。若是你们侮辱这样一位英雄，你们不是在贬谪他，而是在触犯神祇的法律，违背神祇的意志。”

阿特柔斯的两个儿子听到这话，沉默了许久。最后，阿伽门农大声叫道：“俄底修斯呀，你要为这个人而违背我的意志吗？你忘记了你们是死敌吗？”

“没错，我跟他是仇敌。”俄底修斯回答，“当他活着的时候，我恨他。如今他既然已经死了，我就不能再恨他了。我们必须要悲悼这样一位高贵的英雄。我自愿帮他的兄弟完成安葬他的神圣义务。”

在透克洛斯看到俄底修斯走过来时，他原本已经走开了，现在听见他说的这些话，他又转过身走向前去同他握手。“你是他生前最凶狠的敌人，”他叹道，“可却是他死后唯一保护他尸体的人！但是我仍然不敢让你触碰他的尸体，因为他生前与你失和，此刻他的灵魂可能仍不愿与你接触。但是在其他方面你能帮助我，因为要做的事情有很多！”说完，他指了指忒克墨萨，此时她仍旧怀着悲伤默默地坐在那里。俄底修斯慈爱地对她说道：“你不会成为别人的奴隶。只要我和透克洛斯还活着，你和你的孩子就会很安全，并被好生看管，就跟埃阿斯仍旧在你身边一样。”

阿特柔斯的两个儿子不敢再对俄底修斯的这一公正的决定有所反对。埃阿斯的身躯十分巨大，必须要好几个人合力才能抬得起来。他们抬他去了船舰，将他身上的泥土和血迹洗去，并和阿喀琉斯一样置于一个巨大的火葬堆上进行焚化。正是因为阿喀琉斯的死，才导致第二个无人能够替代的阿耳戈斯英雄丧生了。

玛卡翁和波达利里俄斯

第二天，达那俄斯人蜂拥着来参加会议，这个会议是墨涅拉俄斯召集的。人全部到齐后，他站了起来，说道：“高贵的王子们，看到我们的战士大批地死去，我感到非常痛心。他们因为我的命令航海远征，现在好像每个人都已经无法生还，并无法再看到他们的亲人了。其实并非如此！让我们从这里的海岸离开吧。让还活着的人都乘船回到自己的本国土去。既然阿喀琉斯和埃阿斯已经死了，那我们的战争就没有希望了。至于我，我对你们的关心比对我的妻子海伦还要多。她已经证明自己不配做我的妻子，就让她跟着帕里斯离开吧。”

这些就是墨涅拉俄斯所说的话，但其实他的用意只不过是在试探阿耳戈斯人的心情，因为在他的心里他仍然渴望将特洛亚人消灭掉。但堤丢斯的儿子狄俄墨得斯没有看出这是他的计谋，他非常生气地站了起来，说道：“我不知道你在说什么！你究竟是被怎样可耻的畏惧弄昏了，居然提出这种怯懦的办法？可不管怎样，我是不会动摇的。特洛亚城没有完全毁灭之前，希腊人勇敢的子孙是绝对不会跟你回去的。若是有谁敢回去，我的利剑必定会让他身首异处。”

狄俄墨得斯刚讲完坐下，军中的预言家卡尔卡斯就站起身来，采用明智的提议将这两种截然相反的意见平息了。他询问道：“你们是否还记得，很多年以前，我们一开始航海来这里围攻这个被诅咒的特洛亚城时，抛弃了赫剌克勒斯的朋友菲罗克忒忒斯，我们将他抛弃在了楞诺斯的荒岛上？当时我们那么做，就是因为无法忍受他痛苦的号叫以及他中毒的剑口的恶臭。不管怎样，在我们这方面来说，将他孤独无依地弃置在那里终究是不公而且不仁的。现在，我们俘虏中的一位预言家跟我说，如果我们没有菲罗克忒忒斯以及他从赫剌克勒斯那里学到的百发百中的弓矢的帮助，或者是没有阿喀琉斯的年轻的儿子皮洛斯，便无法征服特洛亚城。这个特洛亚人这样说，也许是因为他坚信这件事不可能完成。因为他想我们既已将菲罗克忒忒斯遗弃，他必然会对我们心怀怨恨，于是不愿意和我们一起用百发百中的弓箭去攻击特洛亚人。此刻，我的意见仍旧是派遣我们最勇敢的英雄狄俄墨得斯与最雄辩的战士俄底修斯，尽快赶往斯库洛斯岛去寻找阿喀琉斯的儿子——他由外祖父抚养着。有了他的帮助，我们就能够说服菲罗克忒忒斯带着他的武器——这武器是赫剌克勒斯的——来到我们这里，去征服特洛亚城。”

阿耳戈斯人都大声欢呼，对他的意见表示赞成，两个英雄便立即乘船离开了。同时，那些留下来的战士们也在准备作战。密索斯的忒勒福斯的儿子——欧律皮罗斯，此刻正统率着很多战士来援助特洛亚人，所以达耳达诺斯人又增长了不少新的勇气。相反，阿耳戈斯人这边前段时间刚损失了两名最强大的英雄。因此，不用说他们在战斗的时候必定会遭受到严重的损失。尼柔斯死在了欧律皮罗斯的突击之下，倒在了尘土中，好似一棵长满新枝嫩芽的橄榄树被河水整个拔了起来，并漂到了海岸上；尼柔斯是达那俄斯人中最英俊的。但是欧律皮罗斯仅仅是嘲笑他，并弯腰将他的光亮的胸甲剥走了。这个时候，波达利里俄斯的兄弟玛卡翁看到尼柔斯死了，赶忙跑来保护他的尸体。他用矛对着欧律皮罗斯的宽大的肩膀就是一刺，矛刺了进去，他的肩膀立刻鲜血直流。欧律皮罗斯就像受伤的野猪似的奔向玛卡翁。玛卡翁拿起石头掷向他，想让他不要靠近，但石头被他的青铜战盔挡了回来。最后这个阿耳戈斯人被忒勒福斯的儿子用矛射穿了胸脯，浴血的矛尖一直透出脊骨。玛卡翁趴在地上死了。欧律皮罗斯将矛从尸体上拔了出来，并向四周张望着，寻找着其他敌人。

透克洛斯看到两个阿耳戈斯的英雄死去，便呼唤援兵前来保护他们的尸体。但是他们的尸体最终还是被特洛亚人抢走了。埃涅阿斯用尖石将罗克里斯的埃阿斯击伤以后，埃阿斯的朋友们气喘吁吁地把他抬走了，其他的阿耳戈斯人也抵挡不住特洛亚人的猛烈追击，纷纷逃向了船舰。若不是这时已经黄昏，他们真的会放火烧毁船舰。这个时候，密索斯的胜利者退到了西摩伊斯河，驻扎在河口，在苍茫暮色中张起了营帐。而达那俄斯人则在船舰旁的沙滩上躺着，由于创口的剧痛而呻吟着，并悲悼着无数战死的同伴。

次日，霞光刚在空中开始闪耀，他们就起来，热切希望对欧律皮罗斯复仇。首先他们将英俊的尼柔斯与高明的医师玛卡翁——他也是一位英勇的战士——埋葬了。直到远处响起了杀伐的声音为止，玛卡翁的哥哥波达利里俄斯，和玛卡翁一样是个擅长医术的医师，一直趴在弟弟的墓地上什么也不吃。他一会儿伸手抚摩利剑，一会儿又拿出他随身携带的毒药，因为他想自杀。他的手被朋友们抓住了，他们说话安慰他，但直至年迈的涅斯托尔走过来，他才将自杀的念头放弃了。涅斯托尔看到波达利里俄斯往自己头上撒着泥土，捶击自己的胸脯，并大声呼喊他所爱护的弟弟的名字，而他的伴侣与仆人们则站在一旁，一点办法也没有。于是涅斯托耳亲切地对他说道："停止你的悲痛吧！作为男人，不应该像个妇人一样，对于死者无休止地哭泣。你的悲泣无法换回他的生命。他的尸体已经被火化了，他的骸骨已经埋在土里了。他像来的时候一样回去了。可是你必须要忍受非常深的悲痛，就像我悲痛我那被门农所杀，我最爱而且与其他人相比更会孝顺父亲的儿子一样。但他既然已经死了，我却要活下去，仍然像平常一样饮食。我忍受着痛苦继续生活着，因为我想我们都会走同样的道路去地府里的。"

波达利里俄斯一边听着老人的话，一边泪流满面。"老父，"他说，"我无法忍住对弟弟的悲痛。因为当我们的父亲阿斯克勒庇俄斯去世并被迎接到奥林帕斯山的时候，虽然我是兄长，但是玛卡翁却照看着我。我们一起生活，一起吃，一起睡，共同拥有一切的财富，而且他还把他的神异的医术教给了我。现在他已经去世了，我不忍独自一人活着。"

但老人仍然苦劝他，他恳切地说道："记住，无论我们的命运是好还是坏，都是由神祇决定的。厄运女神在盲目地支配着一切。因此，正直与善良的人总是遭遇最大的不幸，无一幸免。生活在不断地变化，时而阴暗，时而重放光明。人们都说勇敢的人的灵魂会升到天上，而生活无法振作的人会坠落到地府。无论是人还是神祇都非常喜欢你的兄弟，而且他还是神祇的儿子，所以我相信他死后必定还是神。"说着，涅斯托耳从地上扶起了波达利里俄斯，并将他带离了坟地。但是他一边走着，仍一边频频回头。

此时密索斯的欧律皮罗斯正在战场上冲杀。达那俄斯人都往军营奔逃，隐蔽在围墙的后面作战。

涅俄普托勒摩斯

特洛亚正在大战，阿耳戈斯人的使节俄底修斯与狄俄墨得斯安全抵达了斯库洛斯岛。在这儿——他的外祖父的门外——他们遇见了皮洛斯，他是阿喀琉斯的年轻的儿子，阿耳戈斯人称他为涅俄普托勒摩斯，意思是“青年战士”。他正在学习射箭、投枪以及用快马驾驶战车。他们在旁边观察了片刻，注意到他面部的表情很悲痛，因为他已经听到他父亲去世的噩耗了。他们向他再走近一点时，看到他的面貌和身躯与阿喀琉斯都非常相似，感到非常惊奇。皮洛斯首先和他们打招呼，说道：“欢迎啊，外乡人，你们是谁，来自哪里？你们找我有什么事情吗？”

俄底修斯回答：“我们和你父亲阿喀琉斯是朋友，而且对于正在和我们说话的人的身份一点也不怀疑。你和他太像了！我是伊塔刻的拉厄耳忒斯的儿子俄底修斯，这位是神祇堤丢斯的儿子狄俄墨得斯。我们来这里，是因为预言家卡尔卡斯跟我们说，若是你能参战，那么我们就能获得远征特洛亚人战争的胜利。阿开亚人愿意将珍贵的礼品赠送给你，而我也愿意将赫淮斯托斯为你父亲所做的，后来又奖励给我的那些武器赠送给你。”

皮洛斯愉快地回答：“如果神祇有命令，让阿开亚人来召唤我，那么明天早上我们就航海出发。但是现在，请先进去休息一下，并在我外祖父的屋子里进餐。”于是他们来到宫殿里，看到阿喀琉斯的寡妻得伊达弥亚正在悲伤地流泪。她的儿子走到她的跟前和她说明这些外乡人是谁，但是并未将他们此行的目的说出来，这是为了避免增加她的悲痛。两个英雄吃完饭后就去睡觉了。但得伊达弥亚却彻夜未眠。她不能忘记，就是在她屋子里住着的这两个来宾曾经劝阿喀琉斯去参战，以致她成为了孤独的寡妇。她预感到他们会带走自己的儿子，而这次正是来邀请他的。所以刚刚拂晓，她就从床上起来，跑去看她的儿子，埋头在他的胸前，哭了起来：“啊，我的孩子哟，你虽然没有和我明说，但是我已经知道一切。你将会跟着这两个外乡人去特洛亚，那里死了多少英雄，你的父亲也是因为那里而牺牲的。可是你还很年轻，而且没有战争的经验！听母亲的话吧！好好地和我待在家里吧。不然有一天我定会收到我的儿子像他父亲一样战死沙场的消息。”

但是皮洛斯回答道：“母亲，这些事情还没有发生，所以不要感到悲伤。而且，每一个在战争中丧命的人都是由命运女神决定的。如果命运让我早点死，那么还有什么事情比这个更好呢：获得一个不辱没先人的光荣的死，为全希腊人民而死?”

这时，他躺在床上的外祖父吕科墨得斯起来了，他对自己的外孙说道：“我知道你像你父亲一样英武。但是，即使你有幸参加完特洛亚人的战争没有死去，可谁又会知道你回来时会在路上遇见怎样的危险呢，因为大海从来都是不安全的呀！”然后他亲吻了自己的外孙，但是并没有强迫他改变自己的决心。皮洛斯微笑着，那种微笑活泼而快乐。他温和地挣脱了母亲的怀抱，走出了宫殿。他用强健而瘦长的双腿大步地走在前头，神采奕奕的如同星光一样。在他的后面则是俄底修斯与狄俄墨得斯，以及二十个得伊达弥亚的非常忠实的仆人。他们来到海岸，立即上船出发。

波塞冬送给了他们一阵顺风，没多久，在天蒙蒙亮的时候，他们就看见了伊得山的高峰，随后又看见了克里萨岛的城池、西革翁半岛与阿喀琉斯的高大的坟墓。但是俄底修斯没有和这位少年说他们经过的坟墓是谁的。他们悄悄地路过忒涅多斯岛，一直往特洛亚行驶着。他们逼近海岸，此时争夺船舰四周的围墙的战争正在非常激烈地进行着。若不是狄俄墨得斯立刻跳到岸上并号召其他人共同援救，欧律皮罗斯真的会攻破围墙的。

他们跑到距离最近的俄底修斯的屋子，用他的武器或是从敌人那里虏获的武器对自己进行了武装。涅俄普托勒摩斯穿上了他父亲阿喀琉斯的铠甲，那个巨大的铠甲对任何其他的阿开亚人来说都不合用，但是他穿起那战盔和胸甲却刚好合适，好像它们就是为他做的一样。他手里拿着沉重的长矛与盾，腰间配着剑，非常轻捷地奔向了战斗的地方，其他的人则跟在他后面。此刻特洛亚人被迫退出围墙。就像孩子们听到雷霆的时候跑去倚靠父亲一样，他们纷纷拥到了欧律皮罗斯的四周。但是涅俄普托勒摩斯的长矛没有一次刺不到人，他每次都会刺死一个特洛亚人，看到这里，他们以为阿喀琉斯又从坟墓里活过来了。确实，他父亲的灵魂正在那儿支持着他，同时过去对阿喀琉斯进行保护的雅典娜此刻也转过来开始保护他的儿子。所以即便敌人的矢石像山岩上飞舞的雪片一样掷向他，但都无法擦伤他的皮肤。他在为他的父亲报仇，接连杀了很多敌人。墨革斯非常富有，他有两个孪生子，他们出生在同一时刻，此刻也在同一时间死去，因为其中一人的胸脯被涅俄普托勒摩斯用矛刺穿了，而另一个人的战盔也被他击破了，而且被击得脑浆迸裂。他杀死了如此多的特洛亚人，使得欧律皮罗斯不得不下令撤退，到黄昏时分，阿喀琉斯的儿子已经将敌人完全击溃。

当涅俄普托勒摩斯从恶战中归来正在休息的时候，他的祖父珀琉斯的朋友，也就是他父亲的教师，年迈的福尼克斯赶来探望这位年轻的英雄。他看到他的样子，和他父亲完全一样，感到非常惊奇。他真是悲喜交加，悲的是又想到了他父亲的死，喜的是看到了这位英勇的青年英雄。他含泪抱了抱涅俄普托勒摩斯，并连连亲吻他的前额与胸部。“啊，孩子哟，”他叫道，“我以为你的父亲又活过来，和我们在一起生活了。但是我不愿意让你想起他而感到悲伤气馁。我希望你拥有充沛的士气。你必须对阿耳戈斯人施以援助，杀死这个带给我们无尽伤害的忒勒福斯的儿子。因为他不如你高强，就像他的父亲不如你父亲高强一样！”这时，青年只是非常谦虚地回答："谁最勇敢，还是交给战争来决定吧！"说完就往船舰走去，因为夜幕已经降临，战士们都要进屋休息，准备明天的大战了。

次日天刚亮，战斗又开始了。矛与矛相碰，剑与剑对击，一直没有分出胜负。欧律皮罗斯看到他的一个朋友死去，愈加愤怒。他杀死了很多阿耳戈斯人，就像樵夫砍伐山坡上的树林似的，没多久，谷里、坑里全是倒落的树木。最后他奔向涅俄普托勒摩斯，于是两位英雄都挥舞着自己的枪。欧律皮罗斯问道："你是谁？从哪里来和我作战的？凡是敢和我对抗的阿开亚人都没有命可活，现在命运女神已经驱使你前来送命！"

"你为什么要问我是谁呢？"涅俄普托勒摩斯回答，"不过我可以告诉你，我是从前杀了你父亲的阿喀琉斯的儿子。拉动我的战车的马匹是美人鸟与仄费洛斯所生的神马，它们甚至能涉江过海。我的矛是我父亲的，它来自珀利翁山峰。让你见识见识它的力量吧！"说着涅俄普托勒摩斯就跳下战车，将矛高高地举了起来。欧律皮罗斯将一块巨石投向了他，巨石击中了他的金盾，但是金盾丝毫没有损伤。两个人都像猛兽一样奔向对方；双方的大队人马也在他们的左右相互厮杀。欧律皮罗斯和涅俄普托勒摩斯继续猛烈地对战，时而彼此击中战盔，时而又击中胫甲；两人都是神祇的子孙，所以越战越勇。最后涅俄普托勒摩斯刺中了欧律皮罗斯的喉管，鲜血从致命的创口里迸出，欧律皮罗斯当即倒地死去。

此刻特洛亚人在涅俄普托勒摩斯跟前，就像遇到狮子的羊群一样，纷纷准备溃逃，幸亏得到凶猛的战神阿瑞斯的援助。他瞒着别的神祇，偷偷地从奥林帕斯山离开，驱策着由喷火的快马拉动的战车一直奔向战地。他高举着他那可怕的长枪，并且号召特洛亚人向敌人猛冲。因为他隐蔽在云雾中，别人看不见，所以他们听见他那像雷霆一样的吼声时感到非常吃惊。第一个听出这是神祇的吼声的是预言家赫勒诺斯，他也是普里阿摩斯的儿子。"切勿畏惧！"他对着特洛亚人大声喊道，"我们中间有了一个朋友，也就是伟大的战神阿瑞斯！你们没有听见他的号召吗?”

这就给特洛亚人撑腰了，于是两方又激战起来。阿瑞斯带给他所庇护的特洛亚人的鼓舞是如此之大，这让阿耳戈斯人的队伍开始有些动摇了。涅俄普托勒摩斯是唯一一个坚定不移的人，也是唯一一个英勇地左右突击的人。看到他的勇敢，战神非常愤怒，正想从云雾中冲出来与他单独决斗，这时保护阿耳戈斯人的雅典娜自奥林帕斯山下降。大地与斯卡曼德洛斯河流因为她的到来而震动。她的武器熠熠生光，她的戈耳工盾牌上的蝮蛇嘴里喷着火焰。虽然女神的两只脚坚定地站在地面上，可是她的战盔却碰到了天顶，只是没有人能看见她。若非宙斯在他们头顶轰击着雷霆以示警告，想必双方的神祇一定已经彼此对阵了。他们对万神之父的意愿非常了解。阿瑞斯立刻退回了特刺刻，雅典娜也回到了雅典。如今仍然只有阿耳戈斯人与特洛亚人在对战，但是特洛亚人从阿瑞斯那里获得的强力也已经消退了。他们往城里奔去，阿耳戈斯人也一直追击到城门。他们快要攻破城门了，这时宙斯突然降下大雾将特洛亚城包围起来。睿智的老人涅斯托耳于是劝告阿耳戈斯人退到船舰去，并将他们的死者埋葬。

次日清晨，特洛亚的卫城耸立在蔚蓝的天空下，清晰可见，达那俄斯人都感到非常惊奇。至此，他们才知道昨天下午的大雾乃是万神之父宙斯制造出来的奇迹。这天休战，特洛亚人可以从容地将密索斯的欧律皮罗斯埋葬。同时，涅俄普托勒摩斯也来到他父亲的坟墓前扫墓，他亲吻着坟地上高耸的石柱，并含泪哭诉道：“父亲哟，你永远在我的心里！但愿在我参加阿耳戈斯人的战争的时候你仍然活着！但是我从未见过你，你也从未见过你的孩子，虽然我非常想看到你。可是你的精神没有死，它仍然活在我的生命里，附在你的大矛之上。因为我和你的大矛都让敌人感到恐惧，希腊人民看我的时候目光也是充满喜悦的，说我无论是相貌上还是行为上都与你很像。”

说着，他就转过身回阿喀琉斯的船舰去了。次日，他们一整天都在争抢特洛亚的城垣，但是阿耳戈斯人没有攻进城里，而在斯卡曼德洛斯的河岸——涅俄普托勒摩斯没有在这里作战——有大批的伤亡。因为普里阿摩斯的勇敢的儿子得伊福玻斯在那里奋勇地突击敌人。涅俄普托勒摩斯听到这里，就对他的战车的御者奥托墨冬下命令，让他将自己的马匹驱向那里。特洛亚的王子看到他来了，正犹豫是抵抗这凶猛的对手，还是逃跑。但是涅俄普托勒摩斯远远地就叫道："普里阿摩斯的儿子呀！看看你给颤抖的达那俄斯人引起了多大的混乱。难怪你自以为是世界上最勇敢的英雄了。那就这样吧，你也来和我比试一下吧！"他一边说着，一边冲了上去，正准备杀死得伊福玻斯，这时阿波罗突然自奥林帕斯山乘云来到这里，将他带回了特洛亚城。其他特洛亚人也跟着逃走了。当涅俄普托勒摩斯感觉到自己的长矛落空时，他非常愤怒，叫骂道："狗子呀，你已经逃跑了！但这并非你自己的能力，而是神祇从我的手下抢走了你。"于是他继续作战。但是阿波罗仍然留在特洛亚城保卫着城池。预言家卡尔卡斯推知了这件事，于是劝达那俄斯人退回船舰休息。返回船舰后，预言家告诉他们："你们无法攻破城垣，除非我之前预言的第二个部分可以实现。那部分就是我们必须从楞诺斯岛请来菲罗克忒忒斯，并让他带上他的百发百中的弓箭。"

经过双方粗略地交换意见，阿耳戈斯人决定派有智慧的俄底修斯与无畏的涅俄普托勒摩斯前往楞诺斯岛。他们立刻上船前往了目的地。

菲罗克忒忒斯在楞诺斯岛

楞诺斯岛的海岸上渺无人迹，他们就在那里登陆了。九年前，阿耳戈斯人离开家乡，出征特洛亚，不久之后，就是在这里，俄底修斯遗弃了菲罗克忒忒斯，因为他患了不治的创伤。那里有一个山洞，它的一部分在冬天也很温暖，另一部分在炎热的夏天也很凉爽，附近还有清泉流过。他就把他留在了这个有两个入口的山洞里。两个英雄很快找到了这个地点，发现一切如旧。可山洞里一个人也没有，只有一个被压得很平的用树叶铺成的床榻，好像刚才还有人睡过；另外，还发现了一个用木头削刻而成的粗陋的碗和一些木柴，这说明这里依然有人居住。有一些染着血迹的破布被晒在阳光下，他们据此推断，菲罗克忒忒斯一定还住在这里。

俄底修斯派了一个仆人去找他，因为他可不希望自己被一个理所当然恨着他的人袭击。“趁他还没回来，”俄底修斯对阿喀琉斯的年轻的儿子说，“我们得想出一个好办法，因为假如不能找到充分的理由，我们就没办法让他跟我们合作。我最好先不出现，你来跟他谈。因为他完全有理由恨我！如果他询问你是谁，问你从哪里来，你说实话就好。但也要说些假话，你要说自己对阿耳戈斯人心怀仇恨，所以要离开他们，回自己的故乡。而且，你还要对他抱怨我的不是，说我们把你从斯库洛斯岛请来帮我们打仗，但最后却拒绝归还你父亲的所有武器，而是把那些武器给了我俄底修斯。你要说我的坏话，说得越多越好！反正我不在意这点小小的诽谤，但我们必须用这个办法争取菲罗克忒忒斯的帮助，得到他的武器，你要想尽一切办法拿到他的弓箭！”

涅俄普托勒摩斯打断了他的话。“拉厄耳忒斯的儿子哟，”他说，“这个方法是可耻的，我连想都不愿意想。我绝不用偷盗的方式弄到他的弓箭。我父亲和我，我们天生不会使用诡计。我们可以打败他，光明正大地征服他，但我不愿意接受你的说服，不愿意欺骗他而得到他的帮助。此外，他形单影只，而且有一条腿残废了，俘获他应该很容易。”

“可他有那些弓箭呀！”俄底修斯冷静地回答，“我很理解你天性中的诚实。我自己也有一个诚实的父亲。我年轻时也是个手脚敏捷准确的人，但说话不利索。可是，后来的经验告诉我，想要获得成功，说话是比行动更有力的武器。假如你多费点儿心考虑一下，赫剌克勒斯的弓箭是征服特洛亚城的必备武器，而如果你能弄到它们，你就可以享受武力之外的另一个盛名，也就是智谋，那时你就会觉得使用一点小小的诈术也没什么了。”

涅俄普托勒摩斯最后被这个比他年长的朋友说服了，于是俄底修斯暂时离开了。过了一会儿，涅俄普托勒摩斯听到了呻吟的声音，这说明菲罗克忒忒斯回来了。菲罗克忒忒斯在远处就看到了停在海岸上的那只船，就急忙走向了涅俄普托勒摩斯和他的随从们。“你们是谁呀?”他喊道，“为什么要停泊在这荒岛上呢?你们的装束是阿耳戈斯人的，但我希望听听你们是怎么说话的。我不希望你们被我这粗犷和邋遢的样子吓退。我被我的朋友遗弃了，还得了病，是一个不幸的人。如果你们到这里来不是心怀恶意的话，就请说吧!”

涅俄普托勒摩斯按照俄底修斯交待他的话一一作答。菲罗克忒忒斯高兴得大叫。“啊，可爱的家乡话呀，我许久没有听人讲过它了！啊，高贵的阿喀琉斯的儿子！啊，吕科墨得斯和美丽的斯库洛斯岛！而你，他抚养大的孩子，你刚刚说什么?显然，达那俄斯人用虐待我的方法也虐待了你！我是波阿斯的儿子菲罗克忒忒斯，俄底修斯和阿特柔斯的儿子们遗弃了我，而那时我正处在最痛苦的时刻。他们趁我睡着的时候把我抬到这里，只留给我一些破烂的衣服和一点食物。我醒来的时候，是怎样一副落魄的情景啊！我发现自己孤独地躺在这里，船只早就离开了，身边没有医生，没有人能帮我一把，我是那么的害怕，陪着我的只有痛苦和孤独！我一个人度过了漫长的年月，必须独自求生。我靠我的弓箭获得必需的食物。但就算我能百发百中地射到动物，也还是得一瘸一拐地走到它们倒下的地方，才能拿到猎物。我只能喝流泉里的水，必须到树林里寻找木材。而且，我在很长的时间里找不到火种。最后我找到一种燧石，它和铁器摩擦时会产生火花。一有了火，我才算是找齐了单纯生活所必需的一切，但我依然不健康。这个岛想必是世界上最贫苦的地方。航海的人都不愿意来这里。这里没有优良的港湾，不好着陆，也没有任何交易的对象。人们都是迫不得已才会在这里登陆。以前，有过那么很少的几个人，他们同情我，还送给我衣服和食物，但没有人愿意带我回家乡去。十年了，我就这么悲惨而孤独地生活着，而这都拜俄底修斯和阿特柔斯的儿子们所赐。啊，神会惩罚他们的，但愿他们会!”

涅俄普托勒摩斯听到菲罗克忒忒斯述说他的悲惨遭遇，非常感动，但想到俄底修斯警告他的话，只好努力克制着感情。他只告诉他阿喀琉斯已死的消息，还有其他他感兴趣的同乡人的一些事情。在谈话中，他还按照俄底修斯说的那样，说了很多谎话。菲罗克忒忒斯全神贯注地听着，并不时打断他，对他表示同情。最后他握着涅俄普托勒摩斯的手，哭着对他说："我以你的父母之名请求你，请带我离开这里吧！我知道我这个货物不怎么受欢迎，但请解救我吧。你把我安置在哪里都行，在船舵旁边，或者在船头、船底，都行，我会尽量不给你的水手们惹麻烦。请把我从这可怕的孤独中解救出去吧！带我回你的故乡。你的故乡和俄塔山以及我父亲居住的地方离得不远。有一些在这里登陆的人，我也曾托他们替我带信，但都石沉大海。我的父亲也许已经死了。但只要我能看到他的坟墓并守着它，也就很满足了。"

涅俄普托勒摩斯怀着沉重的心情，承诺他会满足他的要求。但他知道，这个承诺并不会兑现。他说："你可以随时上我的船。但愿神祇能允许我们立刻离开这个岛，让我们抵达目的地。"菲罗克忒忒斯高兴地拖着那只跛脚跳了起来。他紧紧地握着这个青年的手表达谢意。这时，他们派出的那个仆人突然出现，伪装成阿耳戈斯的水手，身边还跟着另一个和他同船的水手。这仆人撒谎说俄墨得斯和俄底修斯正往这里赶来，他们打算来抓一个叫菲罗克忒忒斯的人，因为预言家卡尔卡斯曾经说过，特洛亚城的攻破必须要有这个人相助。听到这话，菲罗克忒忒斯就完全把自己的性命托付给涅俄普托勒摩斯了。他立马收拾他的神矢，让这个青年替他保管，并和他一起走出洞口。而涅俄普托勒摩斯已经不想继续撒谎了，在到达海岸之前，他就将实情透露给了菲罗克忒忒斯。"我不能再骗你了，"他说，"我来就是为了把你带到特洛亚去，去帮助阿特柔斯的儿子们和阿耳戈斯人攻城。"菲罗克忒忒斯停了下来。他战栗、诅咒，而且祈祷。但涅俄普托勒摩斯还没来得及让步，俄底修斯就出现了。他走出刚刚藏身的树丛，让他的仆人们抓住了这位不幸的老英雄。菲罗克忒忒斯只凭声音就认出了俄底修斯。"唉唉，"他惊呼道，"我又被骗了！九年前遗弃我的人就在这里，而我又上了他的当，被他骗走了所有的弓箭！"他回过头，对涅俄普托勒摩斯说："孩子，把我的弓箭还给我。它们属于我，你们把它还给我！"

但俄底修斯打断了他的话。"不可能！"他喝道，"这孩子也做不了主！你必须跟我们走，因为事关重大，为了阿耳戈斯人的利益，为了攻破特洛亚城!”他说着就拉走了涅俄普托勒摩斯，让仆人们看管着这位老人。他站在他的岩洞外面，为自己所遭受的诡计和阴谋而悲痛。他正要祈求神祇替他报仇，却突然看到俄底修斯和涅俄普托勒摩斯转了过来。他们正在争吵。他听到涅俄普托勒摩斯大声说：“不，这是错误的!我可耻地欺骗了他，才使他被抓了起来。他不愿意去的话，你是不能强行带他去特洛亚的，除非你先杀了我!”于是他们拔剑决斗。但菲罗克忒忒斯走过去拦住了。他伏在地上请求涅俄普托勒摩斯。“请你答应会解救我，”他说道，“而我也会承诺，我将用我的朋友赫剌克勒斯给我的这些弓箭保护你的国家，使它不受侵略。”

“跟我来罢，”涅俄普托勒摩斯边说边扶他起来，“我们今天就离开这里，去我的故乡佛提亚。”

这时，蔚蓝晴朗的天空忽然阴暗起来。他们都抬头看，菲罗克忒忒斯最先看到了站在云端的人，那是他的老朋友赫剌克勒斯。“你不要回去!”他在高处大声叫喊，声音响彻大地，“我的朋友，我要亲口告诉你宙斯的愿望，你必须听从。在我成为天神之前，你知道的，我做了很多艰苦的工作。命运女神规定，在获得那些荣誉之前，你也必须受苦。如果你和他们去了特洛亚，你的创伤就会愈合。当你恢复了健康，神祇会让你去刺杀帕里斯，消灭这次战争的祸首。紧接着，你还要奉命毁掉特洛亚城。你将得到最珍贵的战利品。而当你去见你那仍活在世间的父亲波阿斯时，你将满载着战利品。如果你还能剩下一些战利品，就用它们来献祭我的坟墓吧。再会了，我的朋友!”菲罗克忒忒斯向他的朋友高举双手，这时他隐没在高空之中，而人类的肉眼看不到那里的景象。“那么，好吧，”他喊道，“我们上船吧。把你的手递给我，阿喀琉斯的高贵的儿子。而你，俄底修斯，你可以与我同行，不要疑惧，因为你的要求一直都符合神祇的愿望。”

帕里斯之死

阿耳戈斯人在赫勒斯蓬托斯港口翘首期盼，当他们看到那载着英雄们和菲罗克忒忒斯归来的船缓缓驶入港口时，立刻蜂拥到岸上大声欢呼。菲罗克忒忒斯伸出他那瘦弱的手臂，他的两位伙伴高高地举起他，走上海岸。他痛苦地蹩着脚站在岸上，等待着迎接他的达那俄斯人。他们看到他被病痛缠身，都十分同情。但他们中的一个人立刻跳了出来，只简单看了一眼他的伤口，就说可以在神祇的援助下治好他。这个人就是医师波达利里俄斯，也是波阿斯的老朋友。神祇保佑，他的伤口果然很快就愈合了，这位老英雄恢复了健康。这就像被雨水淹没的麦田，夏季来临后，和风吹拂，麦田又变回一片葱绿。阿特柔斯的两个儿子目睹这神奇的医术，惊奇万分。随后菲罗克忒忒斯吃了点东西，精神也恢复了，阿伽门农走过来握住他的手，告诉他："我的朋友，那是真的，是我们太糊涂，竟然将你遗弃在楞诺斯荒岛；但那也是神意使然。消除你心中对我们的仇恨吧！因为此事，我们已经受尽了惩罚。现在，我们将献给你一些礼物——七个特洛亚女人、二十匹马、十二只三脚祭坛。看看这些东西吧，然后与我共宿一室。在餐桌上以及在其他各个方面，你将受到同国王一样的待遇。"

"我的朋友，"菲罗克忒忒斯和蔼地回答，"我没有恨你们，对你阿伽门农和所有虐待过我的阿耳戈斯人都不怀恨意。一个心灵高贵的人，他应该有广阔的心胸，能屈能伸，既严肃又温和，而我希望成为那样的人。现在我们应该去睡一觉。因为对热衷于战斗的人来说，睡眠比饮食更重要。"他说完就径自去睡了，一直酣睡到第二天天亮。

第二天，特洛亚人依然在城外埋葬死去的战士，这时他们看到了蜂拥而来的阿耳戈斯人的整齐的队伍。波吕达玛斯，战死的赫克托耳的睿智的朋友，他劝人们退守城内，倚仗坚固的城墙来抵御进攻。"神祇建造了特洛亚城，”他说，“攻破绝没有那么容易。而且，我们存有充足的食物。普里阿摩斯国王在他的宫殿里储存着很多粮食，足够三倍于全城居民的人吃上好几年。”但特洛亚人没有听从他的话。埃涅阿斯的激励起了作用，他们更愿意决战沙场。

战斗立即猛烈地展开。涅俄普托勒摩斯手持他父亲的长矛，十二个特洛亚人接连被他刺死。但阿耳戈斯人的队伍被冲出了几个大缺口，这是勇武的埃涅阿斯的战友欧律墨涅斯和埃涅阿斯的功劳，同时，帕里斯射死了墨涅拉俄斯的战友，也就是斯巴达的得摩勒翁。菲罗克忒忒斯像战神一样横扫着特洛亚人的队伍，如同暴雨冲洗着田地和草原，气势如虹。每一个敌人在远远的地方一望见他，就立刻殒命。他穿戴着赫剌克勒斯的盔甲，这盔甲给特洛亚人带来恐惧，那害怕的神情就如同看到戈耳工的头颅挂在他的胸甲上一样。最后，帕里斯举着弓箭冒险向他奔来，迅速对他射出一箭，但没有射中，箭镞掠过他射向了他身旁的克勒俄多洛斯的肩膀。克勒俄多洛斯一面后退，一面用枪防守，但帕里斯的第二支箭飞过来射死了他。菲罗克忒忒斯握着弓箭，大声叫喊，声如雷鸣：“你这特洛亚草贼！你挑起了这场战争，现在又与我对抗，一定会后悔莫及的。你的死期就是你们的灭亡之日，你的军队、你的城市，都会被铲除！”说完便张弓搭箭，狠狠地射出一箭。那箭划空而过，正中目标，可惜只射中了英俊的帕里斯的手腕，才让他受了一点皮外伤。他见状立即又射出一箭，这一箭射中了帕里斯的小腹，使帕里斯如看到了狮子的狗一样，惊慌失措地逃走了。

医师们为帕里斯检查伤口，但战斗还没有停止。直到夜晚来临，双方才偃旗息鼓，回到了各自的营地。那天夜里，帕里斯被伤痛折磨得无法入睡，连连呻吟。箭镞深入脏腑，赫剌克勒斯的箭头上涂着毒药，伤口已经发黑溃烂。所以医师们对此毫无办法，只能尽量设法减轻他的苦痛。这时，剧痛中的帕里斯忽然想起了一个神谕，说当他面临最危急的情况时，能救他的人只有他所遗弃的妻子俄诺涅。他和她曾有过一段平静而幸福的生活，那时候，他还只是一名在伊得山的山坡上放牧的牧童。后来他动身到希腊去，俄诺涅告诉了他这个神谕。现在，俄诺涅依然住在伊得山上，帕里斯叫人把自己抬到那里，虽然他的良心备受谴责，在仆人们抬着他上山时，不祥的恶鸟在树上发出尖利的叫声。这叫声使他感到恐惧，但他渴望活下去，只能暂时忽略它。他们来到俄诺涅的住处，他伏在她的面前。“希望你不要怨恨我，我感到很痛苦，”他哭道，“是命运女神的意志促使我离开了你，并遇到海伦。在把海伦带回我父亲的宫殿之前，我宁愿自己在那时死去！现在我所能信赖的只有神祇，只有你我之间曾经的爱，求你了，求你对我施以同情心，给我的伤口敷一剂药吧，因为你预言过，只有你能挽救我的性命。”

但这话无法打动俄诺涅。“你居然还有脸来见我！你抛弃了我，让我一个人忍受愁苦和孤独，然后自己去和美丽年轻的海伦享受欢乐！”她愤怒地说，“你怎么不去找海伦呢？去伏在她的面前，求她救你一命？我不会对你的痛苦和悲泣产生丝毫同情心的。”她把他赶出她的住所，却没想到他俩的命运是相互关联的。帕里斯被仆人们搀扶着，痛苦地离开了。他们抬着他下了山，此时，在奥林帕斯山的赫拉对他的惨状十分满意。没来得及抵达山麓，他就毒发身亡了，海伦从此再也见不到他了。

他的母亲赫卡柏从一个牧人那里得知了他的死讯。她双膝战栗，晕倒在地。但普里阿摩斯却对这个消息毫不知情。他只是悲哀地守在赫克托耳的墓旁，不知道外面世界的变化。另一方面，海伦也在伤心流泪，但与其说她是在为丈夫的去世哭泣，不如说她在为自己难过。长久以来，她的心中压抑着一种内疚感，如今她正为此感到惶恐不安。

俄诺涅依然独自居住在远离特洛亚城的小屋里，内心无比后悔。现在，她想起了以往的美好时光，想起年少时期的帕里斯和他们新婚时的快乐。她原本的怨恨像森林和幽谷中的冰雪一样，在和风的吹拂下，迅速融化并流入了山谷之中，转化成了如今的悲凄，她泪如雨下。她从床榻上跃起，掀开大门，像风暴一般狂奔而出。黑夜之中，她爬过危岩险谷，跨过山溪。月光之神塞勒涅在暗蓝的天空中同情地注视着她，为她途经的道路铺上月光。最后她来到了帕里斯火葬的地方。大火正熊熊燃烧，当地的牧人们都站在旁边，向他们的朋友和王子致敬。俄诺涅看到死去的丈夫，悲痛得说不出话，她用衣袍遮住美丽的脸，跳进了火红的烈焰里。人们来不及抢救，她的头发已经被点燃了，她和她的丈夫一起被焚为灰烬。

特洛亚城的攻城战

当这件事在伊得山的山坡上演的时候，两军又在特洛亚城外开战了。阿波罗让安喀塞斯的儿子埃涅阿斯及安忒诺耳的儿子欧律玛科斯鼓起勇气，一起把阿开亚人打退。阿开亚人损失巨大，涅俄普托勒摩斯用人类不可能有的力量重整自己的军队。但是他无法阻止特洛亚人的步伐，直到帕拉斯·雅典娜亲自来救他们。现在阿佛洛狄忒也加入了这场战斗，因为她非常关心自己的儿子埃涅阿斯的安全。最后她用云雾掩护着他将其带离了战场。

大部分特洛亚人都战死了，幸免于难的那些则退回城里，他们有的伤痕累累，有的精疲力尽。女人和孩子们都伤心地哭着接过他们那满是血迹的武器，并为他们解下沉甸甸的胸甲，医师也忙碌地为他们检查伤口。达那俄斯人在退敌的过程中经历了漫长又激烈的战斗，所以也都感到无力和疲惫。可次日清晨他们就都恢复过来了。他们留下一个卫兵负责看护受伤者，剩下的所有人都英勇地冲向特洛亚城垣。他们分成几支队伍，每支队伍进攻一个城门。特洛亚人也在城墙的所有部分和所有碉楼上抵抗敌人。斯开亚城门面临的形势最为严峻。进攻这个城门的队伍由卡帕纽斯的儿子斯忒涅罗斯和狄俄墨得斯带领。然而，强劲的得伊福玻斯、波利忒斯等英雄利用矢石抵抗劲敌，敌人的战盔和盾牌碰到飞过来的矢石，发出叮叮当当的声音。涅俄普托勒摩斯负责进攻伊得城门。他的密尔弥多涅斯人一直都在用各种各样的方法进攻城门。赫勒诺斯和阿革诺耳站在这里的城垛上鼓励那些特洛亚战士保护自己的城池。欧律皮罗斯和俄底修斯负责进攻那些对着大平原、阿耳戈斯军营的城门。他们屡次进攻，但埃涅阿斯不停扔下来的巨石使他们不能靠近。与此同时，透克洛斯正在西摩伊斯的河岸拼杀。所以，当时各个地方的战争同时进行，但所有地方都没有分出决定性的胜负。后来，俄底修斯忽然异想天开，让自己的士兵一起举起盾牌形成一个顶盖，让士兵们在顶盖下面向前冲。现在，那些石头、箭镞、标枪像雨点一样从城墙上方向他们袭来，但它们只砸到了盾牌上，躲在下面的战士没有一个人受伤。他们就这样像一团结实的乌云一般靠近了城垣。大地在他们脚下呻吟，灰尘在他们的头顶飞舞，躲在盾牌底下的战士们就像蜂巢里的蜜蜂一样嗡嗡嗡地说着话。阿特柔斯的儿子们看见这种不可撼动的进军，非常高兴。他们鼓励士兵向各个城门进攻，而且准备把城门拆毁，或者用两面斧将城门砍坏。俄底修斯的这种新战术即将使他们获胜。

但那些护佑特洛亚人的天神让埃涅阿斯的胳膊充满了新的力量。他用两只手抱起一块巨大的石头凶狠地砸向由盾牌构成的顶盖。巨石让进攻城门的士兵遭受了巨大损失，他们一个个地倒下了，就像被崩裂的岩石打到的山羊一样。埃涅阿斯立在城墙上，四肢充斥着力量，铠甲像闪电似的放射出金光。战神阿瑞斯就站在他身边的云雾里。当埃涅阿斯扔石头或挥舞武器的时候，阿瑞斯就让它们击中敌人，并在阿开亚人里制造恐怖、死亡。埃涅阿斯一直在城墙上方大声吼叫，鼓舞着手下的战士们奋勇杀敌；涅俄普托勒摩斯则在城墙下激励着他手下的密尔弥多涅斯人持续进攻。就这样，这场战斗毫不停歇地持续了一整天。

在城垣另一边进攻的阿耳戈斯人则比较顺利，罗克里斯的埃阿斯用弓箭和矛把那些守城者扫落下来。事实上，他早已肃清一块地方，让他的战友阿尔喀墨冬可以凭借自己的年轻勇力通过云梯爬到城墙上。阿尔喀墨冬把盾牌放在头顶保护自己。然而，埃涅阿斯远远地看到了他，当他攀到云梯最后一级，恰好第一次也是最后一次看到特洛亚城时，埃涅阿斯扔来一块巨大的石头，打中了他的脑袋。他像被射出的箭镞似的掉了下来，坠落的时候砸断了云梯，还没落到地面就已经死了。罗克里斯的战士们看到他躺在那里的残缺的尸体，都惊呼起来。

现在菲罗克忒忒斯正盯着安喀塞斯的儿子，像野兽似的沿着城垣发起突然袭击。他一直矢无虚发，但当他向安喀塞斯的儿子射出一箭的时候，那支箭擦过后者的盾面，射中了墨冬。墨冬就像被猎人击中的鸟雀一样从城头掉了下来。然后埃涅阿斯向托克塞克墨斯——菲罗克忒忒斯骁勇的伙伴——扔了一个巨石，打碎了他的头骨。菲罗克忒忒斯异常愤怒，他抬头看着自己的敌人，大声呼喊："埃涅阿斯，你从城楼上往下扔石头，还自认为是勇敢的英雄。然而所有懦弱的女子都可以这样做！如果你是一名战士，就出城来与我用弓箭和枪较量一番！"特洛亚人都没吱声，跑去防守其他情况紧急的城垣，菲罗克忒忒斯也转身投入了战斗。

木马计

阿耳戈斯人迟迟不能攻下城池。于是预言家卡尔卡斯让英雄们聚集在一起开会，他说："这种艰苦的攻城战毫不管用。你们不可能凭借武力攻下特洛亚城，最好通过妙计达到目的。我昨日看见一个征兆——有只鹰在追逐一只鸽子，这只鸽子灵敏地钻到了岩穴里。这只鹰一直在岩石上等，等了很久，那只鸽子还是不出来。最后它藏到附近的丛林里，那只愚蠢的鸽子毫不犹豫地飞了出来。老鹰立刻扑上去，用利爪抓住了这只鸽子。我们可以以这件事为例，暂停进攻特洛亚城，另想计策。"

卡尔卡斯说完后，英雄们就开始绞尽脑汁地想妙计，以使他们结束这场恐怖的战争，但他们的苦思冥想毫无结果。最后，俄底修斯想出了一个妙计。"我们可以制作一个非常大的木马，让尽可能多的阿耳戈斯最勇敢的英雄藏到马肚子里。剩下的人坐船撤到忒涅多斯岛去。在离开这里之前，务必将军营里的一切都烧毁，使特洛亚人可以从碉楼上看到烟火，放下戒备，然后蜂拥出城。与此同时，我们派一个特洛亚人都不认识的士兵冒充逃难人，进入特洛亚城，告诉当地人，阿开亚人本想将他杀死献祭神祇，以求神祇保佑自己一路平安，但他想办法逃了出来。

然后告诉他们，阿开亚人做了一个非常大的木马送给特洛亚人的敌人雅典娜女神，他一直藏在这只木马下，在确定阿耳戈斯人已经坐船离开后，才偷偷爬出来。执行这个任务的人必须可以把这个故事讲给特洛亚人听，还要回答他们可能提出的所有问题，而且必须显得非常真实，以免对方产生怀疑。这时他们肯定非常怜悯这个可怜的外乡人，并把他带进城。进城后，他要想方设法让特洛亚人把木马也拖进城去。当敌人睡熟以后，他向我们发出一个事先约好的暗号。这时我们就从木马里出来，点燃火把召唤忒涅多斯岛的队伍，最后用火和利剑把特洛亚城毁掉。”

俄底修斯说完他的妙计，人们都为他的巧思惊叹不已。他的这个计策正好符合预言家卡尔卡斯的意愿，因此，他非常大声地表示赞同。在他的提醒下，聚集在这里开会的所有人都看到了飞鸟的吉兆，听到了表示宙斯同意的天空的雷鸣。然而，在阿耳戈斯人制作木马的时候，阿喀琉斯的儿子却表示反对。他说：“卡尔卡斯，最勇敢的战士必须正大光明地和敌人进行战斗。让胆怯的敌人在城墙和碉楼下面作战吧。如果想证明自己是更加优秀、正直的战士，就让我们与他们公开作战，而不要采用什么阴谋诡计吧！”

他的声音充满了英勇和大无畏的精神，连俄底修斯都对他难以撼动的毅力和傲气感到钦佩。然而他反驳道：“你的父亲非常高贵，你是他高贵的儿子，你的话完全像一个英雄说的话。但你务必要记住，就算你父亲的威力和英勇能够与神祇相比，他依然无法攻下这些巨大的城池。并不是任何事情都能仅靠勇敢获得成功的。因此，我拜托你和其他英雄都听从卡尔卡斯的建议，并且马上着手执行我的计划。”

除了菲罗克忒忒斯，所有人都欢呼着表示赞同拉厄耳忒斯的儿子的话。菲罗克忒忒斯赞同涅俄普托勒摩斯的意见，因为他希望战争继续下去，这场战争还没让他感到满足。最后他们两个几乎要把所有阿耳戈斯人都说服，然而宙斯不同意他们的意见，而且感到非常愤怒。他们之所以知道宙斯支持卡尔卡斯和俄底修斯的计划，是因为当时天空打着闪电，雷声让阿耳戈斯人脚下的大地震动起来。涅俄普托勒摩斯和菲罗克忒忒斯即使很不情愿，也依然不得不表示让步。

于是他们返回船舰，因为在那件事开始之前，他们都要好好地休息。半夜时分，雅典娜给阿耳戈斯的英雄厄珀俄斯托了一个梦。她让这个心灵手巧的人负责制作那只巨大的木马，为了让他尽快完工，还说自己会助他一臂之力。这位英雄知道她是雅典娜女神，就高兴地从床上跳起来。他一心一意地想着制作木马的事，想着该怎样完成这件女神交给他的任务。

天亮后，他将这个梦告诉其他阿耳戈斯人。阿特柔斯的儿子们立刻下令去采伐巨木。他们将巨木送到赫勒斯蓬托斯，厄珀俄斯在很多年轻人的帮助下开始工作。他们有的负责修剪树枝，有的负责砍锯木料。厄珀俄斯独自负责建造木马。他先用木头削好了马蹄和马脚，然后在上面制作马腹，又在马腹上面安上拱形的马背。接着他就开始给木马安装胸部和脖子，脖子上还有很多精致的鬃毛，好像能够迎风飘动似的。马的两只耳朵竖立着，两只眼睛炯炯有神。整匹马都好像真的有生命，可以走路似的。因为有雅典娜的帮助，他们三天之内就将这件工作完成了。对于这件出自厄珀俄斯之手的巨大的艺术品，大家无一不感到惊叹。他们甚至认为这只木马随时都能嘶鸣。这位艺术家在所有战士面前，向天高举双手祈祷道："帕拉斯·雅典娜，伟大的女神啊！请听听我的祈祷吧，请保佑我和你自己的马匹吧！"其他阿耳戈斯人也都跟着他一起祈祷。

特洛亚人依然安静地在城里埋伏着，阿耳戈斯人的毁坏和杀戮让他们觉得既恐惧又疲惫。然而，奥林帕斯山上却爆发了一场极大的纷争。因为特洛亚城的命运已成定数，神祇们也分成了两派，其中一派庇佑阿耳戈斯人，另一派则仇视他们。他们来到人间，在克珊托斯河岸上摆开阵势。只是凡人无法看到他们。连海洋里的神祇都参与了。海中女仙们因为和阿喀琉斯是亲戚关系，所以支持阿耳戈斯人。其余的海洋神祇都支持特洛亚人，他们卷起惊涛骇浪，拍向阿耳戈斯人的船舰和木马。假如命运女神允许的话，他们完全可能让这两种东西彻底毁灭。与此同时，平原上的战斗也已经开始。阿瑞斯突然向雅典娜发起进攻。对于其他神祇来说，这无疑是一种信号，让所有神祇都加入到战争中来。他们那黄金的铠甲响震着，海浪汹涌地拍打着沙滩。神祇脚踩的土地在震动，他们的声音甚至直达地府，让塔耳塔洛斯的提坦们也因此浑身发抖。

原来宙斯出去旅行了，所以这些神祇才选择在这个时间进行决战。宙斯旅行到俄刻阿诺斯海和忒堤斯岩洞，那是大地的极边。虽然相隔很远，他依然知道特洛亚城发生的所有事。他知道神祇们正在作战，就马上御着四种神风（伊里斯是御者）赶往奥林帕斯山。他用自己迅速且强劲的手掣出闪电，击向在人间作战的神祇们，让他们马上放下武器，站在原地别动。在众神中，只有正义女神忒弥斯没有参加战斗，她马上降到地上，告诉他们：如果他们不服从宙斯的命令，不立刻停止战斗，他会让他们完全毁灭。现在，因为害怕万神之父，他们只得抑制住内心的敌意各自返回，有的回到天上，有的回到海里。

发生这件事的时候，木马已经做好，俄底修斯正在会议中站起来发言。“时候已经到了，”他郑重其事地说道，“现在，啊，达那俄斯人的所有领袖，我们马上就可以看到到底谁才是那个真正大无畏的人。因为现在我们要钻到马腹里，冒险前进。相信我，藏到马腹里比直接与敌人作战更需要勇气。所以我们只让那些最勇敢的战士站出来。剩下的人都要坐船到忒涅多斯岛去。另外，还要有一个不惧生死的人在木马附近，按照我说的去做。谁想接受这个任务？”

没有人敢站出来。英雄们都踌躇不前。最后西农站出来走向俄底修斯，他说：“我想接受这个必须完成的任务。让那些特洛亚人摧残我吧！让他们把我活活烧死吧！我已经下定决心！”大家听了他的话都欢呼起来，很多年迈的英雄都想道：“这个年轻人是谁？我们甚至还不知道他的名字。他没有立过值得称赞的特殊功业。他肯定是着了魔，如果魔鬼不是来毁灭我们，那就是来毁灭特洛亚人的。”

然而涅斯托耳站起来鼓励这个达那俄斯人。“让我们将全部力量汇集在一起，”他喊道，“神祇已经教给我们该怎样结束这十年的艰苦战争。现在我们要迅速行事！立刻藏到木马里去吧！我的四肢虽然已经衰老，但我感觉非常有力量，就像即将走上伊阿宋的阿耳戈船似的；事实上，假如珀利阿斯王没有把我拖回来，我肯定会去参加那次远征。”

这个老人一边说一边打算率先进入木门藏到木马里。就在这时，阿喀琉斯的儿子涅俄普托勒摩斯请求他把这种光荣让给自己，而自己带领其他人去忒涅多斯岛。说服涅斯托耳是一件很困难的事，但后来他应允了，于是涅俄普托勒摩斯披坚执锐率先钻进了木马。在他之后进去的是墨涅拉俄斯、狄俄墨得斯、斯忒涅罗斯和俄底修斯，然后是菲罗克忒忒斯、埃阿斯、伊多墨纽斯、墨里俄涅斯、波达利里俄斯、欧律玛科斯、安提玛科斯、阿革珀诺耳和马腹可以容纳得下的很多其他人。木马的建造者厄珀俄斯最后一个进去。他钻进马腹后就把梯子抽了上去，然后关上木门，从里面按下了机关。英雄们沉默地挤在不见一点亮光的马腹里，不知道迎接他们的是胜利还是死亡。

剩下的人用火烧毁了自己的棚屋和其他所有带不走的家具什物。然后他们踏上船舰，在阿伽门农和涅斯托耳的领导下，向忒涅多斯岛驶去。在先前的会议上，大家做出了这样的决定，他们都不想让这两个英雄进入木马，因为他们一个是全军的统帅，另一个年纪实在太大了。他们在忒涅多斯岛抛锚上岸，等待着事先商量好的举火的信号。

特洛亚人很快就发现了海岸上的烟雾和大火，他们在碉楼里细心地窥探，发现阿耳戈斯人已经乘船离开了。他们高兴地跑到海岸上，但依然心怀戒备，不敢脱下铠甲。在以前敌人安营扎寨的地方，他们没有看到营房却发现了一个巨大的木马。他们把它围在中间，诧异地瞪着眼睛。开始的时候，他们衷心地赞叹着这件巨大的艺术品，然后就开始讨论该怎么处置它。有人提议把木马拖到城里，放在卫城上做胜利的纪念品。有些人对敌人留下的这个奇怪的礼物心存怀疑，提议将它推到海里或者用火烧毁。此时藏在马腹里的英雄们每听到一个新的建议，都惊得心跳加速。阿波罗的特洛亚的祭司拉奥孔穿过人群走了过来。他还没有靠近木马就大声说道：“这是多么愚昧，多么荒唐呀！你们真的相信达那俄斯人乘船离开了吗？你们怎么可以相信敌人留下的东西没有暗含着什么阴谋诡计？你们应该了解俄底修斯呀！也许这个木马里暗含着某种危险，或者它是一个作战机器，藏在这附近的敌人会用它进攻我们。总而言之，我们不能相信这个木马!”说着，他就从站在他附近的一位战士手里拿过长枪，刺到了木马的肚子上。扎在木马肚子上的长枪来回摆动，发出一种仿佛来自空穴的回声。然而特洛亚人早已迷失了心智，他们对此置若罔闻。

就在这时，有几个因为好奇而凑近木马观看的牧人发现了藏在木马肚子下面的西农；他们把他拖出来，并要把他带到国王那里。所有围在木马周围的人都凑过来看这一新的景象。西农站在那里，手无寸铁，显然是吓傻了。他按照俄底修斯教他的那样，把两只手举得高高的，时而向天，时而向围观的人们，哭着请求道：“唉唉，我能去哪里，能去哪里乘船呢？我遭到了阿耳戈斯人的放逐，特洛亚人肯定也会要了我的命啊!”听了他的话，那些最早发现他并把他抓住的牧人深受感动。这时，有一群战士走过来问他是什么人，来自哪里，还告诉他，如果他没有犯罪，根本不用这样恐惧。

最后西农不再露出一副畏惧的表情，他说：“我是阿耳戈斯人，我并不想隐瞒这一事实。我虽然很不幸，但我不想说谎。或许你们曾经听说过欧玻亚的王子帕拉墨得斯。他劝他的战士反对对特洛亚人的战争，所以俄底修斯唆使人们用石头打死了他。而我，是他的一个不幸的亲戚，自他死后，我就无依无靠。你们知道，我有勇气向谋杀我亲人的仇人复仇，所以拉厄耳忒斯的儿子对我怀恨在心，在打仗的这些年里一直压迫我。他对我的压迫无休无止，最后还和可恶的卡尔卡斯一起设计，想要了我的命。阿耳戈斯人在长时间的谋划商量后最终决定逃归，还造了这个巨大的木马，他们让欧律阿罗斯前去祈求阿波罗的神谕，因为他们曾经看到天上显示出不祥的征兆。但阿波罗指示：‘以前你们出征的时候，曾以一个童女的鲜血平息暴怒的狂风，现在你们也必须以鲜血祈求平安，所以你们必须让一个自己人献出生命。’阿耳戈斯人听到这样的神谕后感到非常震惊。俄底修斯让预言家卡尔卡斯来参加集会，并请他揭示神的意旨。五天后，那位伪善的卡尔卡斯依然不肯指定任何战士做牺牲品。最后他假装在俄底修斯的逼迫下说出了我的名字。所有人都马上表示赞同，因为他们都庆幸自己可以幸免于难。在一个可怕的早晨，他们给我带上花冠，还在我头上束上了神圣的发带，我就这样成了一个献祭的供品。圣坛、酒醴、面粉都已准备齐全。就在这时，我挣断了那条束缚着我的皮带，撒腿就跑，藏在了沼地的芦苇丛里，直到他们乘船离开。后来我爬出来，藏到了木马的肚子下面。我无法回到自己的祖国，也无法和我的亲人团聚。我落到了你们手里。现在你们要做出一个决定。到底是宽宏大量地让我活命，还是像我的阿耳戈斯同乡那样把我杀死。”

这些谎话深深地感动了特洛亚人。国王普里阿摩斯和蔼地跟西农说话。他让他忘记自己残暴的同伴，还让他进城居住。而西农只需要写一份和这个“圣木马”有关的详细说明做报答。

现在他们已经给西农松绑。他将两只手举得高高的，假装对上天做祈祷：“我敬奉的神祇们！啊，神坛和威胁着我生命的利剑啊，请你们为我做证，我与我那些同乡人已经没有一点关系，如今即使我将他们的秘密泄露出去，也不能说是犯罪了！”然后他就开始讲道：“在战争进行的整个过程中，阿开亚人将他们所有的希望都寄托在帕拉斯·雅典娜的帮助上。然而，自从你们供奉在特洛亚神庙里的雅典娜神像被偷走后，事情就开始不对头了。你们特洛亚人也许还被蒙在鼓里，那尊神像是被我们的人偷走的。这件事让女神非常生气，她立刻撤回了对阿耳戈斯人的好意。就在这时，预言家卡尔卡斯说我们现在必须立刻把船舰拖到海里去，然后扬帆回国，看看神祇到底想让我们怎样行动。他说我们已经胜利无望了，除非我们可以将雅典娜女神像放回原来的地方。正是因为这个原因，达那俄斯人终于下定决心扬帆回国。然而，因为卡尔卡斯的劝说，他们事先制作了这个巨大的木马，当作献祭雅典娜女神的礼品。他说这样可以平息女神的愤怒。他们之所以把木马制作得这样高大，就是不想让你们特洛亚人通过城门把它拖进城里，因为一旦你们把它拖到城里去，你们就会代替阿开亚人获得雅典娜的庇护。相反，如果你们用一些方法将这巨大的圣木马弄坏（达那俄斯人正是希望你们这样做啊！），雅典娜肯定会将你们的城池摧毁。他们计划，只要在阿耳戈斯弄明白了神意，就会马上卷土重来，还准备把雅典娜像放回这座因为自己亵渎神祇而受到惩罚的城池里去。”

这一串谎话编得那样精妙，以至于普里阿摩斯国王和他的战士们都信以为真，丝毫没有对西农产生怀疑。雅典娜看着她的朋友们的命运，那些藏在木马肚子里的英雄非常焦虑，他们听到拉奥孔大声的提醒后，都开始为自己的生命担心。然而，有一种超乎寻常的奇迹让英雄们至少脱离了这次险境。因为波塞冬的祭司去世了，人们通过抽签决定由阿波罗祭司的拉奥孔兼任他的职位，所以现在拉奥孔也是波塞冬的祭司。当他正用一头壮实的牡牛祭祀海神时，有两条庞大的毒蛇从忒涅多斯岛的方向穿过明镜似的清水，向海岸游来。它们将头伸出水面，那两个蛇头上都有紫色的肉冠，它们的身体在海里蜿蜒前进，激起了不少浪花。现在它们已经爬到了海滩上，眼睛里似乎燃烧着一团火焰，它们吐着蛇信，咝咝地叫着。依然簇拥在木马周围的特洛亚人都被吓得面如死灰，撒腿就跑。但这两条毒蛇径直爬向正在神坛旁边忙着献祭的拉奥孔及其两个儿子。它们先缠住两个孩子，把毒牙扎进他们水嫩的皮肤。这两个孩子因为疼痛大声叫了起来。于是他们的父亲拿着利剑跑过来，这两条蛇又在他身上缠了两圈，还把头伸到他的头颅上方。拉奥孔的发带被毒蛇的毒液浸湿了。他拼命想用自己的双手把蛇拉开，但不可能。刚才拉奥孔听到两个儿子的呼救之前，刚将斧头砍到那头牡牛的脖子上，此时，那头牡牛竟甩开脖子上的斧头，一边叫着一边逃离了神坛。最后，拉奥孔和他的两个儿子都死在这两条毒蛇的毒液之下。然后这两条毒蛇一直爬到了雅典娜的神庙，藏在盾牌后雅典娜的脚下。

特洛亚人都认为之所以会发生这恐怖的事件，都是因为这位祭司曾对“圣木马”表示过怀疑。有的人马上进城，在城垣上开了一个洞，以使木马可以顺利进城。有的人则在木马脚下安了一些轮轴，还用大绳索套住它的脖子。于是他们成功地把这巨大的木马拖到了城里。那些男孩儿女孩儿跟在木马后面，唱着神圣的赞歌。城门的高门槛四次挡住了木马，但木马还是滚过去了，木马肚子里四次传出好像是金属碰撞的声音。但特洛亚人依然置若罔闻，如雷的欢呼声一直响到木马被拖到卫城上为止。在一片欢呼声中，只有卡珊德拉——国王普里阿摩斯的女儿——一个人站在很远的地方，神祇让她拥有了预知未来的本领。她可以非常清楚地看到未来的事物。她说的所有话都是真实的，然而很不幸，别人经常对她表示怀疑。现在她已经看出了危险，有一种预感促使她从宫里跑了出来。她的头发凌乱地飞舞着，眼睛放射出火焰，她纤细的脖颈就像秋风中的树枝那般摇摆。一路上，她都在大声叫喊："特洛亚人啊，难道你们不知道自己正走在一条通往毁灭的路上，已经走到了死亡的边缘吗？我看到城里到处都是火光和血腥。我看到死亡从这只在你们的欢呼声中拖回来的木马肚子里跑出来。但我为何要说呢？就算我说一千句话，你们还是不相信我。因为海伦的婚姻，复仇女神来向你们报仇了，如今你们已经彻底沦为复仇女神的俘虏了。"

然而特洛亚人只是讥笑她或是嘲弄她，最多也只是站在那里对她说："卡珊德拉，你为什么这么不害羞，一个女孩子一个人在大街上跑。你难道没看到，所有的人都在因为你愚蠢的话笑话你吗？你最好回家去吧，以免发生意外。"

特洛亚城的毁灭

当天，夜已经很深了，特洛亚人还在举行欢宴和庆祝。吹着箫管乐器的孩子们在痛饮者之间穿梭。大家都用两只手举着大杯，无数次地斟满酒，并一饮而尽。半夜时分，人们都开始舌倦眼疲，昏昏沉沉的，和大家一起庆祝的西农也假装困倦了。然而，他离开床榻，悄悄地出了城。他点起火把，并把它举到高处晃动，以让忒涅多斯岛的人们可以看到它。接着，他熄灭了火把，来到木马下面，如同俄底修斯说的那样轻轻地敲击马腹。英雄都听到了敲击声，但他们都没有出声，而是等待拉厄耳忒斯的儿子发布命令。他命令英雄们悄悄地走出木马，还着重告诫了那些最浮躁的人。他慢慢地推开门栓，伸出头往外看，他知道所有人都已经睡熟了。于是，就像在警醒的牧民和猎狗之间暗自窥探小羊的野狼一样，他从厄珀俄斯事先准备好的梯子上走了下来。其他英雄都有条不紊地跟在他后面，所有人都紧张得心跳加速。当木马肚子里的人都走出来后，他们就挥舞着长矛，将利剑拔出剑鞘，分散到了城里的各个地方，对那些昏睡和酒醉的特洛亚人进行恐怖的屠杀。他们将火把扔到他们的房子上，特洛亚人头顶的屋顶立刻就燃起了熊熊大火。与此同时，忒涅多斯的希腊船队借助顺风的威力快速朝这里驶来，停在了赫勒斯蓬托斯，所有战士立刻从特洛亚人为了让木马顺利通过而拆的城墙豁口处进了城。已经被征服的城池现在到处都是哭号声。残废和受伤的人们在尸体上爬行，那些没受伤的人们则被长矛从背后刺死。狗的吠叫声盖住了垂死者的呻吟声，女人和孩子的号哭声让场面变得更加吵闹。

但阿耳戈斯人也死伤惨重，因为虽然大多数特洛亚人都来不及武装，但他们依然拼尽全力地与敌人搏斗。有的人将酒杯扔向敌人，有的人从炉火上抻出带着火苗的树枝，或者用烤肉的铁叉、小斧、大斧等所有可以拿到的东西攻击敌人。因此，达那俄斯人必须时刻注意保护自己。有时屋顶的石头会向他们袭来，有时他们会被焚烧过的墙壁砸死。他们进攻卫城的时候，普里阿摩斯国王的宫殿里冲出了很多披坚执锐的战士，阿耳戈斯人必须为了自己的生命而战。

这场战争虽然是在深夜进行的，但现在特洛亚城却变得越来越明亮，因为阿开亚人手里数之不尽的火把和蔓延的大火，将整个城市照得宛如白昼。现在，阿耳戈斯人已经不再担心因为黑暗误伤自己人，他们变得更加勇猛，而且更有目的地进攻着特洛亚人中最尊贵的英雄。狄俄墨得斯将枪插进了科洛玻斯——伟大的密格冬的儿子——的肚子，然后又杀死了英勇的欧律达玛斯——年迈的安忒诺耳的女婿。后来他碰到了特洛亚那个年纪最大的老人伊利俄纽斯，这位老人跪在他面前，抓着他的剑用颤抖的声音说道：“不管你是谁，请息怒吧！因为只有打败那些年轻力壮的人才是光荣的。请放过一个老年人吧，因为你早晚也会变成一个老年人并请求他人同情的。”狄俄墨得斯犹豫了一会儿，但很快就将利剑刺进了他的喉咙，他说：“的确，我总会变老，但我要趁我年轻的时候把我的敌人都送进地府！”于是他继续前进，又有很多特洛亚人死在他的手上。

罗克里斯的埃阿斯、伊多墨纽斯也在凶猛地追击特洛亚人。涅俄普托勒摩斯则将目光放在了普里阿摩斯国王的儿子们身上，而且已经杀死了三个，然后他又杀死了阿革诺耳——那个竟敢和他的父亲阿喀琉斯作战的人。最后他走向普里阿摩斯国王。这位老人正在那座户外的宙斯神坛前祷告。涅俄普托勒摩斯非常振奋地举起手中的利剑。但普里阿摩斯一点都不害怕，他说：“勇敢的阿喀琉斯之子，杀死我吧，我已经承受了太多苦难，我亲眼看到自己的很多儿子死了。我为何还要活下去？我多么希望自己很早以前就已经死去了。希望你的父亲早已将我杀死。他既然没有要了我的命，那现在我就满足你的杀戮之心，也让我自己摆脱这些苦难。”

“老人家，”涅俄普托勒摩斯说道，“你让我做的正是我现在希望做的事。”然后他迅速且轻而易举地砍下了这位老人的头颅，就像收获的人在炎热的夏季收割地里的稻子一样。他的头颅在地上滚动，身体则倒在其他特洛亚人的尸体之间。

那些普通的阿耳戈斯战士则更加残暴。他们在国王的宫殿里找到了赫克托耳那年幼的儿子阿斯堤阿那克斯。他们将他从他母亲的怀抱里抢出来，因为他们痛恨赫克托耳乃至他的家族，所以他们把这个孩子从城墙上扔下去摔死了。当他们把这个孩子从他母亲的怀里抢走的时候，她哭着喊道：“请把我也从城墙上扔下去摔死吧！或者把我扔到火焰里！自从我的丈夫被阿喀琉斯杀死后，我就只为这个年幼的孩子而活。让我结束这种失去儿子的痛苦生活吧！”然而，战士们根本没听她说话，马上冲到其他地方去了。

现在死神四处游荡，进入每一个房屋。他只让安忒诺耳老人一家保全了性命，因为当初俄底修斯和墨涅拉俄斯作为使节来到特洛亚城时，他对他们那么慷慨、仁慈，还救了他们的性命。因此达那俄斯人不仅没杀死他们，还让他们保住了财富。

当特洛亚城遭到围攻时，埃涅阿斯始终在城墙上不知疲倦地拼命战斗。然而，当他看到城里到处都燃烧着熊熊烈火，当他发现所有的抵抗都无济于事时，他就像一位曾经拼尽全力与暴风雨斗争，以保卫自己船只的水手一样，因为看不到希望，就跳上一只小船独自逃命去了。他扛起自己的老父亲安喀塞斯，拉着年幼的儿子阿斯卡尼俄斯的手，匆忙逃走了。孩子紧紧靠着自己的父亲，跳过铺满尸体的大街，他的脚几乎没有接触到地面。阿佛洛狄忒紧随其后，护卫着自己的儿子；他走到哪里，哪里的火焰就熄灭了，烟雾也随之散去，达那俄斯人射过来的箭和扔出去的矛也纷纷落到地上，根本伤害不到他。

在特洛亚城的其他地方，杀戮的范围慢慢扩大。墨涅拉俄斯在他不贞的前妻海伦的卧室外碰到了得伊福玻斯——普里阿摩斯国王的儿子。赫克托耳去世后，他就变成了他的家族和人民的主要依靠；帕里斯死后，海伦就是他的了。晚宴后，他醉醺醺地跌跌撞撞地从宫殿的过道跑出来。墨涅拉俄斯跟上他，用利剑把他杀死。“死在这儿，死在我妻子的门外吧！”他吼道，声音就像雷声一样，“我多希望我也是在这里把帕里斯杀死的！然而就像他必须死去一样，你也无法因为和海伦同居的时间短而幸免于难。你必须清楚，正义女神忒弥斯不会放过任何有罪的人。”说着，墨涅拉俄斯一脚把尸体踢开，开始寻找他的妻子海伦。海伦因为害怕她丈夫的愤怒，浑身发抖地躲在最远的屋角里，以让她的丈夫不能轻易地找到自己。当他第一眼看到她时，他在嫉妒心的指使下想要将她杀死，然而阿佛洛狄忒让海伦更加美丽了。她的美丽打落了他手里的利剑，平息了他胸中的愤怒，让隐藏在他心中的爱情之火熊熊燃烧起来。在海伦的美丽的蛊惑下，他屡次想举起手里的利剑，但都举不起来。他忽然忘了她的所有过错。然而，当屋外传来阿耳戈斯人气势汹汹的战吼声时，他又感觉羞愧，感觉自己在不贞的海伦面前，与其说是一个复仇者，不如说是个奴隶。于是他硬着心肠从地上捡起自己的利剑，压制住自己的情感，向海伦砍去。其实，在内心深处，他根本不想伤害她，因此，当阿伽门农走向他的时候，他倒获救了。阿伽门农一边抚拍着他的肩膀一边说：“等等，墨涅拉俄斯，她是你的合法妻子，所以你不该杀掉她。我们因她遭受了很多苦难，但和破坏宾主之间法度的帕里斯相比，她的罪要轻得多。如今帕里斯及其家族、人民都遭受了惩罚。他们都用自己的生命对这一切进行了补偿。”阿伽门农如此说，墨涅拉俄斯就顺从了他，虽然他表面好像一副非常不愿意的模样，心里却非常高兴。

当大地上正肆意屠杀的时候，神祇们都将自己藏在浓云里，为特洛亚城的陷落感到悲痛。但也有因为感觉开心而满意得大喊的神祇，那就是特洛亚人的死对头赫拉以及早逝的阿喀琉斯的母亲忒提斯。至于帕拉斯·雅典娜，她虽然曾经连续地帮助阿开亚人进攻特洛亚城，现在也不由得泪流满面，因为她看到埃阿斯——俄琉斯那残暴的儿子——走进她的神庙。在那里，他抓住了雅典娜的女祭司卡珊德拉（她藏在神堂里，抱着神像祈求她的救援)，抓住她的头发把她拖走。这位女神并没有帮助她的敌人的女儿，但因为愤怒，她的双颊开始发烧，她的神像传出一种让神庙地板都为之震动的响声。看到这种罪恶的情景，她下定决心为卡珊德拉遭受的蹂躏复仇。

大火和屠杀一直持续了很长时间。火焰像一根柱子似的耸立在空中，对所有生活在附近岛屿的人民和在海上穿梭的船只宣布伟大的特洛亚城的陷落。

墨涅拉俄斯和海伦，波吕克塞娜

次日清晨，特洛亚城的所有居民几乎或者被杀，或者被俘虏。达那俄斯人可以在特洛亚城自由行动，还可以随心所欲地将城里数不尽的财富占为己有。他们将自己的战利品运到船上去：宝石、黄金、白银、各种奢华用具以及被俘虏的妇人、少女和小孩。在人群里，墨涅拉俄斯带着海伦走出嘈杂混乱的城区。他脸上依然有些惭色，但因为妻子的归来，他感到很开心。走在他旁边的是阿伽门农以及他从粗鲁的埃阿斯手里救出来的卡珊德拉。涅俄普托勒摩斯领着安德洛玛刻——赫克托耳的妻子——从燃烧着的城里走回。王后赫卡柏已经沦为俄底修斯的俘虏，她抓着自己落满灰尘的白发，跌跌撞撞地走着。在他们后面还跟着很多特洛亚妇女，有年轻的，有年老的，跟在最后的是少女和孩子。侍女们和国王的女儿们混在一起，她们都在痛苦地哭泣。只有海伦一直保持着沉默。她看着地面，脸上泛起惭愧的红晕。当她想到船舰上即将迎接自己的命运时，她不由得颤抖失色。她立刻用面网挡住自己的脸，战战兢兢地走在自己丈夫的身边。

然而，当她抵达船舰后，阿开亚人看到她绝美的容颜和婀娜的身姿时，无一不沉溺其中，他们想道：为了这样的锦标，即使随墨涅拉俄斯出海远征，还遭受了十年战争的危险和痛苦，也是非常值得的。没有人想要伤害她。他们依然把她留给了墨涅拉俄斯；而墨涅拉俄斯早已被阿佛洛狄忒感动，原谅了她。

现在庆功宴开始了。英雄们都躺在围绕着餐桌的卧榻上，中间是歌者，他们一边弹着竖琴，一边歌颂阿开亚人中那个最伟大的英雄阿喀琉斯的功绩。他们一直到晚上才散去。

现在，海伦和墨涅拉俄斯单独待在一起，她跪到他面前，抱着他的膝盖祈求道："我明白你是有权处罚我的，你可以把你这不贞的妻子处死。但你要知道，离开斯巴达的宫殿并不是我自愿的。当初你没在家，我得不到丈夫的庇护，而骗子帕里斯用武力胁迫我。我很多次都想伏剑悬梁，想要自杀，但我的侍女们一直在阻止我，她们劝我想想我们年幼的女儿。现在你可以随心所欲地处置我。我现在作为一个悔过者，一个哀求者，跪在你面前。"

墨涅拉俄斯温柔地扶起她，说道："海伦，把过去的事都忘了吧，不要害怕。以前的所有事，宛如昨日。我不会再对你曾经的过失耿耿于怀。"说完就将她抱在怀里，而海伦悲喜交集地流下了泪水。

涅俄普托勒摩斯——阿喀琉斯的儿子睡得很沉。在梦里他看到了自己的父亲，就像他活着让特洛亚人胆战心惊和让阿开亚人感到快乐时一样。他吻了吻自己儿子的眼睛、脖子，然后说道："我亲爱的儿子，你不必因为我的死感到难过，因为现在我已经是一位神祇。不要太过伤心，就按我在世时你做的那样去做吧。在战斗的时候总要冲在最前线，但在会议中你必须尊重那些比你年龄大的人们的智慧。争求荣耀，享受大地的阳光，不要让倒霉的经历沉重地压在你的心头。我的早逝会告诉你，所有人和地府的大门都离得非常近。人们都像春天的花儿一样自开自落。现在，让阿伽门农将最高贵、最珍贵的战利品祭献给我，让我也因为特洛亚城的覆灭感到欢喜，同时让我在奥林帕斯山不匮乏任何东西。”

阿喀琉斯对他儿子下达了这样的训令后，就像轻风似的消失在了涅俄普托勒摩斯的视线里。他醒来后心情愉快，就像他父亲依然在世，而且刚和他进行了一番谈话似的。

清晨，达那俄斯人醒来，都希望能够启程回乡，因为在征服特洛亚后，他们更加思念自己的家乡了。他们刚想把船舰拖到海里去，珀琉斯的孙子却出来阻止。“阿耳戈斯人啊，”他的声音雄浑且年轻，“昨天晚上我那身为神衹的父亲给我托了一个梦，他要我告诉大家，让我们将这次从特洛亚获得的最高贵、最有价值的战利品祭献给他，让他也获得一份战争的锦标，让他能够与我们一起欢庆这可咒的城池的覆灭。因此，在你们报答了那个已经去世的阿喀琉斯——正是因为他你们才能取得胜利——之前，你们还不能离开此处。因为要不是他打败了赫克托耳，我们将永远无法达到目的。”

阿耳戈斯人决定恭敬地遵从他们那已经牺牲的英雄的意志。出于对阿喀琉斯的爱护，波塞冬在海面掀起了一阵狂风，刹那间巨浪排空，即使达那俄斯人想出发也不可能。当听到狂风的呼号，看到涛浪如山时，他们就窃窃私语道：“是呀，看来阿喀琉斯确实是宙斯的后代。你看，天时都如此支持他的要求！”因此他们更赞同服从他的命令，簇拥着去了阿喀琉斯那巍然耸立在海岸上的坟墓边。

然而，现在又有一个问题：用什么献祭呢？究竟什么才是他们从特洛亚得到的最高贵又最有价值的战利品呢？所有阿耳戈斯人都自动将自己获得的珍宝和奴隶摆出来。当人们检视完后，发现和波吕克塞娜——普里阿摩斯国王的女儿——相比，任何金银珠宝或者其他财富都显得黯然失色。所以，有人喊道，在所有战利品中，最高贵、最有价值的莫过于波吕克塞娜。这位女郎看到大家都看着她，仍是一脸平静。就算她的母亲赫卡柏从奴隶中向她跑过来，并难过地大声哭号，她都毫不动容。因为波吕克塞娜很愿意以自己祭献阿喀琉斯。当初她站在城头上见过阿喀琉斯；虽然他与特洛亚是仇敌关系，但他的俊美和强健已经让波吕克塞娜深深地爱上了他。甚至还有一个这样的传说：有一次，当他们靠近特洛亚城门的时候，阿喀琉斯看到了站在城垛上的波吕克塞娜。他对她一见钟情，还向她喊道："啊，普里阿摩斯的女儿啊，如果你能落到我手里，谁知道我会不会让普里阿摩斯和阿耳戈斯人重修旧好呢！"但是阿喀琉斯好像说完这话就马上后悔了，因为他想起了自己对希腊的义务。然而，据说波吕克塞娜听了这句话深受感动，从那天开始，她就深深地爱上了这个特洛亚人的敌人。

这些暂且按住不提，现在当所有眼睛都看着波吕克塞娜，所有嘴都在说她是最适合献祭希腊那位最伟大的英雄的战利品时，这个女郎依然不动声色。人们在阿喀琉斯墓前建了一座临时的祭坛，所有献祭的事物都已经准备妥当。这时，出乎人们意料的是，公主忽然从女俘虏的队伍里跑出来，抢过一把短刀，她就像一匹羔羊似的伏在祭坛上，把短刀刺到自己的胸口。她倒在地上，没有说一句话，也没有发出一声叹息，就这样死去了。

阿耳戈斯的队伍里马上响起了一阵悲叹声。年迈的王后赫卡柏爬在女儿的尸体上痛哭，她的侍女们也一起哀号。

就在波吕克塞娜死去，鲜红的血液从她心口喷薄而出的时候，海面立刻风平浪静，并澄明如镜。涅俄普托勒摩斯满怀同情地走向祭坛，帮他们搬开波吕克塞娜的遗体，并让人以公主的名义将其安葬。现在涅斯托耳在阿耳戈斯人的会议上站起来说道："我们终于可以启程回家了。海神已经让海面平静了。我们眼睛所能看到之处，已是风平浪静。阿喀琉斯已经满足了。他接受了波吕克塞娜公主的献祭。让我们把船拖到海里去，一起扬帆起航吧！"

离开特洛亚，罗克里斯的埃阿斯之死

在涅斯托耳的提议下，一切都已经准备妥当。当他们把数不尽的各种战利品运到船上的时候，他们热情地喊叫着。最先带到船上的是大批的奴隶，一路上他们都在哭泣。然后阿耳戈斯人都上船去了，除了预言家卡尔卡斯。卡尔卡斯预感到，在欧玻亚岛的卡法尔山岩附近，隐藏着一种恐怖的惨剧，这惨剧正在等待阿耳戈斯人，而阿耳戈斯人想要回乡，必须要经过那里。他警告他们不要启程，但他们归心似箭，根本没人留意他的预言，除了安菲罗科斯。安菲罗科斯是那位在忒拜遇难的著名大预言家安菲阿剌俄斯之子，他上船后又退了回来。他父亲预知未来的才能在他心里一动，他忽然有了一种和卡尔卡斯同样的感受，因此他也决定留下。命运女神规定他们俩谁都不能回希腊，所以他们就居住在小亚细亚的喀里喀亚城和潘费利亚城里。

其他阿耳戈斯人解缆起锚。大风扬帆，海浪汩汩地打在船底。船头，死于他们之手的敌人的武器堆积如山。船桅上，挂着数不尽的胜利的纪念品。船舰上装饰着很多花环，胜利者的盾牌、战盔、枪也都用花环装饰着。他们高兴而且骄傲，在烟波浩渺的大海上喝着酒，祈求神祇可以保佑他们顺利回乡。然而，他们的祈祷并没抵达奥林帕斯山高峰；急风把他们的祈祷吹走并吹散在了流云里。

当英雄们满怀思念和希望遥望前途时，那些被俘虏的女子和孩子则屡次回头，看着依然冒着青烟的已经成为一片废墟的特洛亚城。他们勉强抑制住自己的哽咽，藏住心里的痛楚，用沉默的泪水来冲淡内心的哀伤。有的女郎双手抱膝，有的则用手掌挡住自己的脸。年轻的妇女们将婴儿抱在怀里，他们只知道吸乳，对即将迎接他们的不幸一无所知。卡珊德拉站在这群人之间，她比其他人都要高。她没有流泪，她的骄傲让她不能悲叹。目前发生的所有事都是她曾经预言过的，但这一切都曾让她遭到国人的嘲弄。现在她对国人说着鄙薄的话，然而，虽然她说的是一些讥讽的话，心里却为遭到抢劫和焚烧的特洛亚城感到难过。

特洛亚城的废墟上只剩下一些年迈和受伤的人。安忒诺耳让大家开始做埋葬死者这件可悲的工作。这件工作进行得非常缓慢，因为活着的人很少，而需要埋葬的尸体却很多。他们建了一个很大的火葬堆，把死者并排地安放在上面，一边哭一边将他们焚化。

与此同时，阿耳戈斯人已经离开阿喀琉斯的坟墓和特洛亚城的海岸。然而他们的快乐却被忧伤冲淡了，因为他们想到有很多同伴战死了，又有很多朋友被带去了异乡的土地上。不知不觉间，战胜者的船只掠过了很多海岸、海岛：忒涅多斯岛、克律萨岛、阿波罗·斯明透斯的神庙、圣洁的喀拉岛、勒斯玻斯岛以及伊得山脉伸进海里的勒克同半岛。大风扬帆，波涛汹涌，海面一片漆黑，只在船舰后面掀起了一层雪白的水花。

原本，胜利者是可以平安抵达希腊海边的，但由于罗克里斯的埃阿斯在雅典娜的神庙里亵渎神祇，雅典娜感到非常气愤，就在他们途经欧玻亚多风暴的海岸时，让他惨死在此处。她曾经将她的女祭司卡珊德拉被人拖出神堂的事告诉宙斯，并希望他允许自己对那作恶的人进行报复。万神之父宙斯应允，不仅如此，他还将库克罗普斯刚为他做好的雷电借给了雅典娜，让她用大风暴阻止阿耳戈斯人的舰队继续前进。于是雅典娜身披战甲。她发光的盾牌中央是带有缠绕在一起的蛇发的戈耳工头颅。她将那束雷电握在手里，除了她的父亲宙斯，只有她一人可以举起它。她让奥林帕斯山响起了轰隆隆的雷鸣，还让山岳、海洋、大地笼罩着浓云。然后她派自己的使者伊里斯请来风神埃俄罗斯。此时，所有风都被风神锁在他宫殿旁边的山洞里。

伊里斯回到宫殿时，看到自己的妻子正和他的十二个儿子待在一起。他马上去执行雅典娜的命令。他用自己充满力量的双手，用硕大的三尖神叉，挖开锁着各种风的山洞。很快，各种风就像一群猎狗似的冲了出来。他让他们合成一股浓黑的暴风，在欧玻亚海岸的卡法尔山岩下面的海面上掀起大浪。他还没把话说完，他们就已经出发了。于是，在疾风的作用下，海面上掀起了山一般高的巨浪。阿耳戈斯人眼看巨浪向他们袭来，都惊慌失措，再也无力摇动大桨。他们的船帆被暴风雨撕成了碎片。最后，连掌舵人都无计可施。现在已经是晚上了，这是有史以来最黑暗的一夜，它让他们仅剩的希望都破灭了。

波塞冬也来对他哥哥的女儿雅典娜施以援手。雅典娜不断从奥林帕斯山向下施以电闪雷鸣。船舰里发出惊人的号叫。在风浪的作用下，木片裂开，船舰破碎了。想依附着碎木片逃生的人最终也没能逃出浪涛的血盆大口。最后雅典娜以最大的雷电劈向埃阿斯的船舰，这艘船舰马上变得粉碎。大地和天空中回荡着恐怖的破裂声，巨浪吞食着船舰的碎片。水手们挣扎着很快就被淹死了，但埃阿斯没死。他有时依附在一块木板上，有时又凭借自己游泳家的本领躲开惊涛骇浪。他有时漂在浪头上，有时又沉到水里。这时，闪电一直在他附近闪击，但雅典娜还不希望他死，因为这种死法太仁慈了。然而，即使他非常恐惧，却依然没有灰心失望。他爬上一块伸到海中的岩石上，并顽强地抱住它，还夸口说就算所有神祇想联起手来毁灭他，他也要让自己幸免于难。

大地的震撼者波塞冬当时正在他身边，他听到埃阿斯狂傲的话非常生气。他让海洋和大地同时剧烈地震动起来。卡法尔的岩石不断震动，在海神三尖神叉的猛击下，海岸也在不断崩裂。现在埃阿斯用血迹斑斑的双手紧紧握着的岩石从海底被连根拔起，他又绝望地被扔到了漩涡里。他的头发上、胡子上满是水沫。在他下沉的时候，波塞冬将一块从半岛上塌下的巨石扔到他身上，这块巨石压住了这位罗克里斯的国王，就像以前压住雅典娜一样。所以，在海陆的双重打击下，埃阿斯粉身碎骨。

其他达那俄斯人的船舰漂在海面上，有的变成了碎片，有的沉入了海底。风暴依然继续着，大雨倾盆而下，仿佛皮拉和丢卡利翁时代的洪水似的。以前阿耳戈斯人用石块打死了帕拉墨得斯，现在他们也得到了报应。因为这英雄的父亲，也就是瑙普利俄斯国王依然在欧玻亚岛活着。他见到阿耳戈斯人正在狂风暴雨里挣扎，不禁想起了那件让他难过了很长时间的恶毒的谋杀事件。他报仇的念头一直没有断过，现在时机到了。他跑到海岸上，让他的仆人在危险的悬岩下，在卡法尔半岛的岸边燃起火把。阿开亚人以为这是岛上一些善良的人以火把将他们领向安全的海岸，于是抱着热切的希望驶向悬岩这边。最终，有很多船在这里被撞碎。

就在达那俄斯人在归途中遭受着这些惨剧时，波塞冬用海浪冲毁了他们在特洛亚城外军营附近的围墙和碉楼。所以，这次伟大战争中的一切都已经彻底不复存在，除了特洛亚城遍地的灰烬以及少数船舰上那些回乡的英雄和被俘的特洛亚妇女。这些人被暴风和巨浪冲散了，后来他们历经重重磨难才返回希腊海岸，而且，只有很少几个人在这里获得了他们在连年的战争中所渴望的幸福。

坦塔罗斯家族的最后一代

阿伽门农的归来

特洛亚已经陷落。胜利归来的希腊舰队在途中遭遇了大风暴，损失了大部分船只。风暴停止后，那些幸免于难的人们继续往故国航行。由于赫拉的保护，阿伽门农的船没有遭到破坏，正向着罗奔尼撒海岸驶去。当马上就要靠近拉孔尼亚的玛墨勒亚岛陡峻的海岸时，他们又遇到了一次大风暴，被赶到了大海里。阿伽门农悲叹着，举起双手向上天祈祷，他们已经遭遇了这么多的苦难，请求天神不要让他们在已经可以看到自己家乡的地方又遭横祸。阿伽门农不知道的是，这次风暴是从奥林帕斯山传递给他的警告，让他哪怕在异地漂泊，和野蛮人一起生活，也不要回到他密刻奈的王宫去。

阿伽门农的家族世袭罪孽，自他们的祖先坦塔罗斯以来，这种罪孽在恐怖和可憎的统治下更加严重。他的祖先坦塔罗斯为了设宴款待神祇，烹调了他的儿子珀罗普斯献给神祇。由于一个奇迹才使他的儿子复生，可珀罗普斯后来却谋杀了他的恩人——赫尔默斯的儿子。在珀罗普斯的儿子阿特柔斯和堤厄斯忒斯的身上，罪孽继续发生。阿特柔斯成为密刻奈的国王，他的弟弟堤厄斯忒斯统治着阿耳戈斯的南部。阿特柔斯有一只金毛的牡羊，堤厄斯忒斯渴望拥有它。于是他引诱了他哥哥的妻子，她把金毛牡羊给了堤厄斯忒斯。当阿特柔斯得知他弟弟所犯的双重罪行时，他马上实行报复。他如同他祖父所做过的，偷偷地抓来堤厄斯忒斯的两个幼小的儿子，并杀害了他们。而堤厄斯忒斯，逃到另外一个国家，他的儿子埃癸斯托斯出生在那里。当埃癸斯托斯长大以后，他和他的父亲一起复仇，杀死阿特柔斯。堤厄斯忒斯篡取了他哥哥的王位。但是阿特柔斯的大儿子阿伽门农杀死了堤厄斯忒斯为父亲报了仇。埃癸斯托斯被赦免了，他被神祇从这场灾祸中解救出来，统治着他父亲在阿耳戈斯的南部国土。

当阿伽门农到特洛亚作战时，他的妻子克吕泰涅斯特拉却在家中为她那作为祭祀物被杀的女儿伊菲革涅亚陷入深深的痛苦中。埃癸斯托斯认为向阿伽门农报仇的时间到了，他来到密刻奈的王宫，要王后做他的妻子并和她在阿伽门农的王宫中共享他的王位。阿伽门农和克吕泰涅斯特拉后来又生了三个子女：与伊菲革涅亚年纪相仿的厄勒克特拉，还有克吕索特弥斯和俄瑞斯忒斯。

当特洛亚战争将要结束时，这对姘居的罪人对阿伽门农的归来做了准备。这些年以来，他们在王宫的城墙上安置了一个守望者，让他一看到海岸边烽火台传来的国王到达的信号，就立即通知他们。这样在阿伽门农还没有发现真相之前会落入圈套之中。

黑夜中燃起了熊熊的火焰。守望者立刻从城垛上跑了下来，把这件事禀告给了王后。在焦躁中，克吕泰涅斯特拉和她的情人埃癸斯托斯一起等待天亮。太阳刚升起来没多久，阿伽门农就派一个头戴橄榄枝的使者去王宫给王后报信。王后装作很高兴的样子接见了使者，却想方设法地让他同别人隔离开，还在他报告结束前打断了他。王后说：“暂时不要把所有的故事都讲出来吧，我想听我的丈夫阿伽门农国王亲口跟我说。去，让他快点回来！把我和所有臣民的欢喜传达给他。我将为他举办一个符合他大英雄身份的隆重而豪华的典礼，我会亲自去迎接他。他不仅是我最敬爱的丈夫，还是世界上最出名的城市的荣耀征服者。”

阿伽门农的结局

当风暴将阿伽门农从玛勒亚海岸逐退后，他的船只漂到了现在由埃癸斯托斯统治的王国的南岸，这里原先归他的叔叔统治。他们停在安全港里，期待顺风的来临。他派出去的探子带回消息说，埃癸斯托斯以阿伽门农的名义统治密刻奈若干年了。阿伽门农听到这个消息非常高兴，丝毫没有怀疑这有任何恶意。他感谢神祇，以为自古以来家庭中的仇恨已经消解。他在特洛亚经过这么多年的流血战争，报仇的心情也已经淡薄，并且他怀着善良的心设想由于长时间的分别，他的妻子已经放下了对他的怨恨。所以当顺风一刮起来，他就起锚解绳，怀着一种愉悦的心情驶向家乡的海港。

他到达港口后做的第一件事就是祭祀神祇，感谢他们使他平安归来。然后就带着他的军队随使者进城。在城外，迎接他的是埃癸斯托斯带领的全体人民。王后克吕泰涅斯特拉也来迎接他，她用一种夸张的尊敬说出一大篇赞美与祝福，并且给予她丈夫一切可能的荣誉。

阿伽门农拥抱了他的妻儿，来到埃癸斯托斯面前，和他亲切地握手，并感谢他对国家的精心治理。然后他解开自己的鞋带，光着脚踏着豪华的地毯走向王宫。

在阿伽门农的随从中有普里阿摩斯的女儿，预言家卡珊德拉，她是阿伽门农的战利品。克吕泰涅斯特拉一得知她的名字就吓坏了，并且决定马上进行她可怕的行动，把年轻的女先知与她的丈夫一起杀掉。但她在女先知的面前小心地隐藏着她的心事，对卡珊德拉友好地说：“来吧，不要烦恼！即使不可征服的赫剌克勒斯也曾经被奴役，他被迫低头做异国女主人的奴隶。命运将你如此安排，你应该为你来到这历代繁荣富有的家庭而感到快乐，只有那些暴发户才会虐待仆人。”卡珊德拉并不为此动容，因为她知道关于她将发生的事情。虽然她可以改变命运女神的决定，但她不愿从复仇女神手中救出她的民族的敌人。

在王宫里，阿伽门农和他所有的随从都被豪华宴会所做的安排所欺骗。本来，王后和她的情人安排在这次宴会上由埃癸斯托斯的仆人杀死阿伽门农，就像在牛棚中宰杀一头公牛一般。但是由于女先知的到来使他们决定尽快行动，并且不让任何人参与。长途跋涉的阿伽门农感到疲惫，满身尘土，需要可以让精神振作的沐浴。毫不知情的阿伽门农走进浴室，放下手中的矛和武器，脱下所有的衣服走进浴池。克吕泰涅斯特拉和埃癸斯托斯立即从隐蔽处奔出，用密网套住他的身体，并用匕首将他刺死。这时，卡珊德拉正在王宫的一个昏暗的大厅中徘徊，并用一种奇特的语言说出所发生的事情。紧接着她也被杀死了。

当这一双重罪行完成后，克吕泰涅斯特拉叫来城里的长老，毫无胆怯地宣布：“不要因为今天的状况责备我。我把我的丈夫困在网中，如同捉一条鱼一样，然后为我的女儿报了仇。他把我最爱的女儿作为祭品，用来平息飓风。难道应当让这样一个罪人活着吗？难道应该让他统治我们忠诚的人民吗？由不曾犯杀子之罪，而是为父报仇的埃癸斯托斯统治你们，难道不更公平吗？我与他理应成为夫妻，因为他使我保持勇气。”

城市的长老默默无言，他们并不想反抗，宫殿外全是埃癸斯托斯的士兵。他们听到武器的叮当之声和威武的喊叫声。阿伽门农的战士已经分散在城里，卸除武器。埃癸斯托斯的傲慢的士兵在密刻奈的大街上穿行，谁要是反对他们主人的暴行就杀死谁。

这两个罪人并不忘记增强他们的统治，他们将重要的官职和军权掌控在自己手里。他们并不防范阿伽门农的儿女们。当他们意识到阿伽门农的幼子俄瑞斯忒斯长大后会来复仇时，已经太晚了。俄瑞斯忒斯的姐姐厄勒克特拉比谋杀犯要清醒，她的父亲刚死，她就把她十二岁的弟弟秘密地交给一个奴仆。这个奴仆把他带到福喀斯的法诺威。在那里，国王斯特洛菲俄斯成为他的第二个父亲，把他同自己的儿子皮拉得斯一起抚养成人。

为阿伽门农复仇

自从父亲被谋杀后，厄勒克特拉仍在父亲的宫殿内过着悲惨的日子。她日夜盼望着她的弟弟长大成人回来为父复仇。她的母亲非常嫉恨她。她看见埃癸斯托斯穿着华贵的长袍坐在她父亲的王位上，那件长袍是在她父亲的储藏室里拿的。厄勒克特拉常常为避开他俩的嘲笑与咒骂，设法藏在宫廷里面最偏僻的屋子里。

她的妹妹克吕索特弥斯并不像她一样有勇气。她不能对她的计划有所帮助，也不能减轻她的悲伤，这并不是因为她对厄勒克特拉漠不关心，而是因为她太过软弱和温和。她经常听从母亲的话，反对她的姐姐。

一天，克吕泰涅斯特拉由于晚上做了噩梦，于是来到祭坛。此时，一个外乡人走到她的女仆们跟前，询问埃癸斯托斯的王宫在哪里。她们介绍他去进见王后。外乡人对着王后跪下，说："啊，王后，我正为您带来一个好消息。我是斯特洛菲俄斯派遣来的。国王要我告诉您：俄瑞斯忒斯已经死了。"

"这些话等于宣判我的死亡。"厄勒克特拉悲叹道，她瘫倒在王宫的台阶上。

"你说什么，朋友？"克吕泰涅斯特拉急切地问道，她从祭坛前一下跳起来，"不要理睬那个愚蠢的女人！告诉我一切，告诉我呀！"

使者告诉她，俄瑞斯忒斯是如何为了寻求光荣，到得耳福去参加神圣的赛会，并在参加战车的比赛中，从车上跌下被碾死。当克吕泰涅斯特拉和使者走进王宫时，厄勒克特拉感到无限悲哀。"我应该逃到哪里去呢？"她喊道，"现在我被所有人抛弃，只能去服侍杀死我父亲的凶手。不，我不能再与他们住在一起，宁愿离开宫殿。生命对于我来说只是痛苦，死亡才会使我欢喜！”

她渐渐变得沉默，呆滞地坐在那里。她在大理石的台阶上呆坐了几个时辰。这时她的妹妹欢呼雀跃着来到她面前。“俄瑞斯忒斯来了！”她喊道，“他活生生地在那里，就像你我一样！”厄勒克特拉抬起头，瞪着泪眼望着妹妹，说：“你疯了吗，或者你在拿我和你的悲哀开玩笑吗？”

“我是来告诉你我所发现的，”克律索忒弥斯含着眼泪笑着回答她，“当我来到父亲那长满青草的坟上，我看见坟上有一些花环和用牛奶刚刚祭祀过的痕迹。在纪念碑的边缘有一绺剪下的卷发。我的感觉告诉我，那是我们的弟弟来了，从留下的痕迹可以看出来。”

厄勒克特拉依然坐着，她摇着头。“我为你难过，因为你过于轻信，”她继续说，“你不知道我所知道的。”然后她告诉她福喀斯使者所讲的一切，可怜的克律索忒弥斯很悲哀，最后和她的姐姐齐声哭了起来。哭过之后，厄勒克特拉又冷静下来，她劝她的妹妹与她一起为父亲报仇。因为她的弟弟不能再做这件事。“你愿意听从我的劝告吗？这样你就可以证明对父亲和弟弟的忠诚，你将自由自在地生活。全世界都会为我们祈祷，我们将在宴会和会议上由于勇敢的行为而受到尊敬。所以，听我的劝告，为了父亲和弟弟，也为了从苦难中拯救我和你自己！”

克律索忒弥斯认为姐姐的建议是愚笨的和不可能的。“你有男人的力量吗？你是个女人！”她说，“你所面对的不是一个强大的，并且地位一天比一天巩固的敌人么？我们确实在受苦受难，但是你瞧，我们还没有到无法忍受的地步，因此不要使我们毁灭！”

“你的话并不让我吃惊，”厄勒克特拉深深地叹息道，“那么，我只好一个人来干了。”当克律索忒尔斯走时，她哭泣着坐在石阶上一动不动。后来有两个年轻男子，自称是从福喀斯来的使者，他们拿着一个骨灰瓮走过来。“神祇在上，外乡人，”厄勒克特拉哭道，“如果这个瓮中装的是俄瑞斯忒斯的骨灰，把它给我吧，让我与他一起哀悼家族的不幸！”她双手捧着这个小铜瓮，把它压在心口上，悲泣道：“啊，我最亲爱的人的骨灰！我是怀着多大的希望将你送走！但愿死的是我，而没有把你送走！这样你也就能作为牺牲品在同一天和父亲埋在一起，不会被放逐异地。所有我对你的寄托都白费了。所有的希望都随你死去！父亲已经死了，自从你死后我也虽生犹死。敌人们在欢庆，我们的母亲毫无顾忌地寻欢作乐，因为她不再害怕我们的复仇。啊，但愿我和你一起在这个瓮中！”

当她哭诉时，年轻人中的一个再也忍不住了。“这可能吗？”他喊道，“这个可怜的人是厄勒克特拉么？是谁把你折磨成这样？”厄勒克特拉诧异地看着他：“是因为我被迫服侍谋杀我父亲的人。这个装着骨灰的瓮使我所有的希望破灭。”

“丢掉这个瓮吧！”这个年轻人哽咽着喊道。当厄勒克特拉拒绝而把它抱得更紧时，他又说：“丢掉这个空瓮，这是假的。”年轻的姑娘将它丢开，怀疑地问道，“那他的坟墓在哪儿？”

“没有坟墓，”年轻人回答道，“活人是不需要坟墓的！”

“他还活着？”

“他活着！看，我就是俄瑞斯忒斯，你的弟弟。你认出我了吧，这是父亲在我的臂膀上留的印记。现在你相信我还活着？”

“哦，黑暗中的阳光呀！”厄勒克特拉喊道，并倒在弟弟的怀中。

这时王宫里走出一个人，就是那个向王后报告假消息的使者。“该是报复的时刻了！”他说，“趁克吕泰涅斯特拉一人在王宫中，埃癸斯托斯还没有回来！如果我们稍有迟疑，我们就要与多于我们的守卫者战斗。”俄瑞斯忒斯同意他的话，很快和他的朋友，并与他共同历险的皮拉得斯闯进宫殿。厄勒克特拉在阿波罗的神坛前祈祷后，也跟在他们的后面一起进了宫殿。

几分钟后，埃癸斯托斯从外面回来，急切地想要向福喀斯的使者询问他在路上就听说的关于俄瑞斯忒斯死亡的好消息。他在王宫中第一个碰到的是厄勒克特拉，他带着嘲笑的语气向她询问外乡人。“他们在里面，被带去见你亲爱的女主人，”厄勒克特拉镇静地回答道。“他们真的报告了俄瑞斯忒斯的死讯吗？”埃癸斯托斯继续问。“不止这些，”厄勒克特拉回答，“他们把他的遗骨也带来了。”

“从你这里听到这些令人高兴的话，”他嘲笑着说：“你看，他们还把死者带来了。”

满心欢喜的他碰到了俄瑞斯忒斯和他的伙伴。他们正在抬着一具被遮盖着的尸体从王宫里到前面的大厅。“啊，令人欢喜的时刻，”国王叫起来，并注视着尸体，“快把尸布揭开。”

“国王，您自己来揭开尸布吧，”俄瑞斯忒斯说，“你最合适来做此事。”

国王揭开尸布，他惊叫着向后退了一步：尸布下面是血迹模糊的克吕泰涅斯特拉的尸体。

“天啊！”他喊道，“我落到一个什么样的陷阱中了？”

俄瑞斯忒斯怒吼着对他说：“你是在和一个你认为死去的人说话，你不知道吗？你没看到，俄瑞斯忒斯作为父亲的复仇者站在你面前吗？”

“请你听我解释。”埃癸斯托斯伏在地上苦苦哀求道，但是厄勒克特拉劝他弟弟不要听信他的话。国王被迫进入宫中，在他从前杀害阿伽门农的浴池中，被复仇的剑杀死。

俄瑞斯忒斯和复仇女神

在阿波罗的神谕下，俄瑞斯忒斯杀死了克吕泰涅斯特拉和她的情人埃癸斯托斯，为自己的父亲报了仇。但是，他虽然忠于自己的父亲，却犯了弑母之罪。他的母亲刚去世，他就开始被一种子女对母亲的爱困扰着。而他做的这种违背自然法则的行为，也让他成为复仇女神追逐的一个猎物。希腊人曾经将复仇女神们称作欧墨尼得斯，就是优雅的女神或者“慈悲的女神”的意思。她们是黑夜的女儿，和她们母亲一样狠毒。她们的身躯比所有人类都要高大。她们有着血红色的眼睛和由毒蛇组成的头发。她们一手持火把，一手拿着蛇扭成的鞭子。她们总是跟在弑母者身后，让他后悔、痛苦。

俄瑞斯忒斯杀死母亲后成了流亡者，被迫离开父亲的王宫和他的家乡——密刻奈，仓皇出逃。他忠诚的朋友皮拉得斯此间一直跟随着他，除了他没有人在俄瑞斯忒斯身边保护他。但是阿波罗来援救他，因为是他指示俄瑞斯忒斯杀死母亲的。阿波罗在他身边时隐时现，防御跟随在后面的凶暴的复仇女神。每当阿波罗在俄瑞斯忒斯附近时，他的神智就会清醒。阿波罗指引俄瑞斯忒斯到雅典。在那里，雅典娜——阿波罗的姐姐——会给他一个公正的评判。

他们来到雅典。俄瑞斯忒斯扑倒在女神像前，恳求道："请仁慈地收留我，由于不公正我被迫逃亡，在外乡人门口乞求，现已疲惫不堪。我经过许多城镇，逃亡到这里，我遵从你兄弟的神谕，等待你的裁判！"

但复仇女神紧跟在他身后，她们喊道："我们紧跟着你，罪犯！就像猎犬追踪受伤的牝鹿，我们追踪着你滴血的脚印！你不会找到避难所，弑母者！我们将吸吮你身体的鲜血，然后把你苍白的躯体带到塔耳塔洛斯！即使是阿波罗或是雅典娜也不能让你摆脱痛苦！来呀，姐妹们，让我们的歌声使他平静的灵魂重新陷入疯狂！"

当她们正要开始可怕的歌唱时，神庙中闪过一道神秘的光，神像的位置上出现了雅典娜本人。她严肃而蔚蓝的眼睛凝视着下面的人，听着复仇女神的控告和来自俄瑞斯忒斯的辩护。然后女神定下了审判的日期，让俄瑞斯忒斯和复仇女神离开神庙。

审判的日子到了，一个使者通知城中最诚实的公民来到俄瑞斯圣地——一个叫阿瑞俄帕戈的小山上。雅典娜已经等候在那里。被告和原告双方也带着他们的请求来到这里。雅典娜把用于判决的小石子分给每一位法官，每人都有一颗黑石子代表被告有罪，一颗白石子代表被告无罪。在事先划定的位置上摆放着投放石子的小罐子。在法官们准备表决之前，女神说："城市的公民们，听听你们城市创建者的讲话。现在你们由于一宗杀人罪第一次被招来做审判，以后应在城中建立一个这样的法庭，我将城市中最公正诚实的人组成这个法庭。他们应该是值得尊敬的、严格的、全力保护全国的人民。所有的公民应当敬畏它的尊严，并且像保护你们城市的柱石那样保护它，在希腊还没有一个部族有这样的柱石呢。现在记住你们的誓言，把判决的石子投到罐子中。”

法官们都默默地站起来，一个接一个地走到罐子旁，投下自己宝贵的一票。投票结束后，那些被推举出来的公民经过一番宣誓，开始数罐子里面的石子。结果发现两种石子的数量相同。这时拥有最终判决权的雅典娜要做出一个决定。雅典娜再次站起来说道：“我不是母亲所生，而是从我父亲宙斯的头里跳出来的。所以我拥护父亲和儿子，抵制母亲的权利。我绝对不会赞成那些女子为了取悦自己的情人将丈夫杀死。我支持俄瑞斯忒斯无罪，因为他之所以杀死自己的母亲，是因为她杀死了他的父亲！”她离开宣判席，将一颗白色的石子投到了罐子里。

“这个男子，”她庄严地说道，“多数票通过，无罪释放！”

她宣布判决以后，俄瑞斯忒斯向她走过来。他被深深感动了。“哦，雅典娜，”他说，“是你救了我的整个家族，还让我可以返回故乡。所有希腊人都会称赞你的行为，还会说：‘阿耳戈斯人俄瑞斯忒斯之所以可以回到他祖先的宫殿里，全是因为雅典娜、阿波罗和司雷霆者的公平，如果不是这些神祇，这件事根本不可能发生。’现在，在我还没走上归途的时候，我对这个国家及其人民发誓，从今以后，任何阿耳戈斯人都不会向忠信的雅典人发起战争！等我死后，如果我的国人违背了这一誓言，我就会从坟墓里爬出来惩戒他，不仅让他放弃对抗这个城市的计划，还会让他的每一步都遇到不幸。再见吧，崇高的正义的拥护者以及雅典的人民。希望你们在战争时可以取得胜利，在平常的时候可以过得幸福、繁荣。”

接着，俄瑞斯忒斯离开阿瑞斯圣山，和他一起走的还有在审判时就和他形影不离的好友皮拉得斯。复仇女神们不敢违背雅典娜的判决，另外，她们也惧怕阿波罗的神威，他已经做好了维护法庭判决的准备。然而，代表复仇女神们发言的那个最年长的复仇女神，却离开原告的座位，对神祇的判决表示不满。她用一种沙哑的声音大胆地质疑最终判决。“伤心啊！”她叫道，“年轻的神祇们早就把古老的法律踩在脚底了。我们这些年迈者的权力早已被他们夺走。我们遭到了侮慢，但我们的怒火无法将他们打败。然而，你们雅典人，你们迟早会因为现在的判决感到后悔！在这里，在这正义已经不复存在的地方，我们即将让沸腾在我们内心深处的怨恨喷薄而出。我们会让害虫伤害你们田地里的庄稼，让所有的生物都毁灭。我们这些被侮慢和讥讽的黑夜女神，会让这里和城市遍地都是饥馑和瘟疫。”

阿波罗听了她们恐怖的诅咒，就前来劝阻，想方设法地希望她们能息怒。“善良一些吧，”他说，“这并不代表你们失败了，也算不上什么屈辱的事。黑石子和白石子的数量完全相等。法官们并没有不公正地对待你们。被告必须在这两种神圣的义务里选择一种，选择的时候，他自然会放弃其中一种。最终因为宙斯的庇护，他才得以获救。因此，请不要因此迁怒这里的无辜百姓。我代表他们向你发誓，他们会在这里为你们建一个奢华的神堂。雅典的人民每年都会向你们献祭，把你们当作不可和解的公平的复仇女神来敬奉。”

雅典娜同意阿波罗的提议。“相信我，威严的女神们，”她又说道，“假如你们住在其他国度，你们将来肯定会后悔并怀念这个你们曾经拒绝过的地方。雅典人都非常希望尊敬你们。身着紫袍的男女合唱队成员会用歌声赞美你们。你们的神堂会建在国王厄瑞克透斯神庙旁边那个神圣的山洞里，家家户户都将敬奉你们。所有不敬奉你们的人都无法获得福祉。”

复仇女神们听他们如此保证，心情慢慢平静了下来。她们同意在雅典定居。她们想到可以像雅典娜、阿波罗一样在这个世界最著名的城市拥有一座神堂，感到非常开心。最后，她们变得那样和颜悦色，发誓会庇护这个城市，使它不受荒旱和疫病的折磨，会让牧畜繁殖、婚姻幸福，还会和她们那个同父异母的姐妹——命运女神合作，一起为当地人造福。她们甚至祝福当地的人民可以得到长久的和平与繁荣。最后，那黑暗的三姐妹离开了阿瑞俄帕戈斯和雅典城。雅典娜、阿波罗非常感激她们，雅典公民也都手持火把，唱着赞美歌，把她们送出了城。

伊菲革涅亚在陶里斯岛

俄瑞斯忒斯虽然被无罪释放，但他依然患有严重的疯病。所以俄瑞斯忒斯和皮拉得斯离开雅典后，又去得耳福求阿波罗的神谕。女祭司告诉他，只有到密刻奈，他才能重新获得健康和幸福。但他必须先去陶里斯半岛，那里有一座阿耳忒弥斯女神的神庙，不管是用武力还是用计谋，他必须将那座神像抢过来并带到雅典。陶里斯半岛的野蛮民族中有一个传说，说这个神像是从天而降的，而且自古以来就在那里。现在阿耳忒弥斯已经厌倦了那个野蛮民族的供奉，希望可以在文明的地方接受供奉。俄瑞斯忒斯只要能把这件事做好，他的疯病就可以痊愈，流亡生活也可以就此结束。

在这次艰辛的旅途和危险的历程中，皮拉得斯一直在他朋友的左右。陶里斯是一个野蛮的民族，海上的遇难者和所有的外乡人都被他们献祭给阿耳特弥斯女神。

俄瑞斯忒斯听从了神谕，去那个野蛮之地，是为了下面这个原因：当阿伽门农听信预言家卡尔卡斯的劝告祭献了自己的女儿伊菲革涅亚时，阿耳忒弥斯女神在希腊人眼前将伊菲革涅亚带走，穿越云海来到陶里斯，让她安身于她的庙里。陶里斯的国王托阿斯发现了她，让她作神庙的女祭司，她的职责就是将死者祭献，而死者大多是她的同乡。将外乡人拖到神坛并杀死是另外的仆人的工作。

伊菲革涅亚在这不幸的地方度过了许多年。国王很欣赏她，人民也赞美她的美丽温和。一天，一个牧牛人匆忙跑来，对她说：“我们在海中洗浴我们的牛，在靠近渔夫们常去的洞穴时，我们中的一个人发现了两个年轻人。他看到他们那么秀美，以为是神祇，正要向他们下跪。但另一个站在他旁边的人却不这样笨，而是笑着说：‘你看不出来吗？他们是遭遇海难的人，是躲在这里的。’他的话让我们清醒过来。我们把这两个外乡人活捉。托阿斯命令我们将他们交给你做祭献。”

牧人说完，等着女祭司的命令。她让他把外乡人带来。他把这两个人铐着带了过来。女祭司说：“给外乡人松绑，现在到神庙里去，做好一切必要的准备。”然后她走近两个俘虏说：“你们的父亲和母亲是谁？你们从哪里来？你们是不是在到这里之前走了很长的路？你们还要走一段更长的路——到冥府。”

俄瑞斯忒斯回答说：“无论你是谁，不要这样同情我们。一个拿着刽子手的斧头的人安慰他的牺牲品是不恰当的。听从命运的摆布吧。”

但是伊菲革涅亚继续询问，当她知道皮拉得斯的名字后，问道：“你们是兄弟吗？”

俄瑞斯忒斯说：“我们是异姓的兄弟，不是同胞的兄弟。”

“那你叫什么？”

“叫我不幸的人吧。”俄瑞斯忒斯回答，“最好让我无名无姓地死去。”女祭司对他们的藐视态度很是恼怒，因此强迫他说出他的故乡。当他讲出阿耳戈斯和密刻奈时，她全身战栗，激动地喊道：“告诉我关于特洛亚的消息。特洛亚城被毁灭了，是真的吗？海伦是否回到她丈夫那里？”

“没错，正如你所问的。”

“阿伽门农怎样了，全军的统帅，阿特柔斯的儿子？”

“他死了。”俄瑞斯忒斯颤抖地说。当女祭司再继续逼问他时，他只用简单的词语回答阿伽门农的儿子如何为父亲报仇而痛苦地活着，到处流亡；阿伽门农的大女儿是如何失踪；厄勒克特拉和克吕索特弥斯还活着。

这时，伊菲革涅亚又抓住他，低声说：“听我说，如果你们帮助我，有一件对你对我都有利的事。如果你肯替我送一封信到你我的家乡，我会救你的，年轻人。”

“我不会丢下我的兄弟，”俄瑞斯忒斯回答，“我是一个不幸的人，他从没有离开我，我怎么能让他去死呢？”

“我不能放走你们两个，”伊菲革涅亚说，“国王的容忍是有限的。

你死或者丢下皮拉得斯离开。我随便你们之中哪个肯替我送信。你们商量吧，我要去写信了。”

现在两个年轻人单独在一起，皮拉得斯再也忍不住了。“不，”他喊道，“你要是死了，我也不活了。我要同你一起死，就如我跟你航行在大海一样。”俄瑞斯忒斯不想听他的决定，他们继续争执。当伊菲革涅亚回来时，她把信交给皮拉得斯，“告诉俄瑞斯忒斯，阿伽门农的儿子，”她说，“伊菲革涅亚在奥利斯的祭献中被救走，她还活着，让你……”

“我听到了什么？”俄瑞斯忒斯插言道，“她在哪儿？死去的人又回来了吗？”

“她就站在这儿，”女祭司说，“请别打断我。”于是她又继续说信里面的内容：“亲爱的弟弟俄瑞斯忒斯！在我死之前，把我从这个遥远的野蛮的地方带走！从屠杀外乡人的圣坛前解救出去。”

两个朋友都感到非常吃惊，连话都说不出来了。最后皮拉得斯将信交到朋友的手里，并说道：“我宣誓要做的事情，我马上就去做。这儿，俄瑞斯忒斯，这是你姐姐伊菲革涅亚写给你的信。”俄瑞斯忒斯没有接住，信落在了地上，他走上前去拥抱着姐姐。可是姐姐却将他推开了，她高兴得有些不敢相信。但是俄瑞斯忒斯又愁闷起来，因为他想起了他和朋友所面临的危险。“此刻我们是快乐的，”他说，“可是能快乐多长时间呢？我们不是还面对着死神吗？”

现在伊菲革涅亚也感到很恐惧。“我如何能挽救你们呢？”她说，“如何才能从野蛮人手里救出你和你的朋友，使你们全部免于牺牲呢？赶快告诉我，我们不幸的家庭发生的一切事情吧。”

俄瑞斯忒斯匆忙地将一切恐怖的事情告诉了她，其中只有一桩让人高兴的事情，那就是他订婚了。伊菲革涅亚一边听着一边想着怎样救出她的弟弟。“我想到了一个办法，”她说，“我将告诉国王，你是从阿耳戈斯来的，是一个弑母者；你还没有救赎你的罪孽，所以还不能作为献祭女神的祭品，必须先在海中洗净你身上的血污。我还要告诉他，因为你用不干净的手摸过了女神像，因此神像已经不干净了，必须放在海水中冲洗。而我是唯一可以捧持神像的人，所以我将亲自捧着神像去海边，你们俩都要伴随我，我要说皮拉得斯也是共犯。当你们到达海上并上了船之后，其余的一切就交给你们以及你们的从人们。”

他们一直在神庙的前院商议这件事，仆人和看守者都站得很远。现在，这两个犯人又被交到了仆人手里，伊菲革涅亚带着他们走进了神庙。没过多长时间，托阿斯国王带着自己的随从出现了，他是来找女祭司的，因为他等了好久，都没看见外乡人的尸体被焚烧在神坛前面。然而，当他走到神庙门口时，竟看到伊菲革涅亚捧着女神像跨过门槛。

“你在干什么？为什么要将神像带走？”国王吃惊地问。

“啊，国王，发生了一件恐怖的事情。”她有些激动地说道，然后按照计划将具体情况告诉了国王。为了获得国王的信任，她还按照惯例给这两个外乡人加上了镣铐，并用面网将他们的眼睛蒙住。她还请求国王派人去城里，命令所有的市民都不要出城，直到净罪仪式完成，否则他们可能会受到罪人的亵渎。而国王则要留在庙里替她监视着，确保庙里到处都焚起净罪的熏香，这样，她一回来就可以做神圣的献祭。在外乡人走出庙门的时候，国王还要用紫袍蒙着脸，以免受到玷污。“如果我在海边待了很长时间，您也不用着急，因为这两个外乡人的罪过实在惊人。”她说道。

国王表示同意。很快，伊菲革涅亚就和两个俘虏一起去了海边。几个小时后，一个使者突然气喘吁吁地从海边跑回来。“那个女人言而无信！”他一边说一边敲着关得紧紧的庙门，“快开门，告诉国王，我给他带回了一个坏消息。”

大门打开后，托阿斯站在门槛上，皱着眉头说：“是谁在这神圣的庙门前大呼小叫？”

“请听我说，国王，神庙里的女祭司和那两个异乡人一起逃跑了，而且她还带走了我们国家的保护神的神像！她说的那些净罪的话都是谎言！我们来到海边时，伊菲革涅亚让我们停下来，她说我们不能离举行净罪仪式的地方太近。她为那两个异乡人解开绑绳，让他们走在她前面。我们听见她嘴里念着神咒，还用奇特的言语进行庄严的祈祷。而我们都躺在沙滩上等着。但是我们突然想到，那两个异乡人已经被松绑，他们很可能将我们手无寸铁的女祭司杀死，然后逃跑。于是我们跳起来，穿过那些遮住我们视线的岩石，却发现女祭司和那两个异乡人一起逃跑了。我们看到他们站在一艘船上，船上有五十名水手。幸运的是，船刚驶到海面上，就有一阵大风将他们的船推向了岸边。因此，我立刻回来向您禀告，如果您派人追捕的话，还来得及。”

国王不耐烦地听完他的话，然后立刻命令所有人民骑马赶到海边，国王走在队伍的最前面。就在这时，有一种让人迷惑的异象拦住了他们。雅典娜出现在半空中，只见她身边围绕着许多光辉灿烂的云雾，声音像雷霆一般响亮，她说：“国王托阿斯，你要去哪里？听一个女神的话，不要再让你的人民追击我所保护的人！让他们平安地离开！阿波罗的神谕表明了命运女神的意愿。正是命运女神让俄瑞斯忒斯来你们这里，把阿尔忒弥斯的神像带到雅典去，因为她希望可以在我所在的城市接受人们的供奉。快停止你的愤怒吧！”

托阿斯国王非常尊敬天神。他伏在地上，在雅典娜的女神像前祈祷道：“哦，雅典娜女神，听到天神的神谕却不服从，甚至想要反对，是一件非常卑鄙的行为。受到你庇护的人可以将神像带到他们想去的任何地方，并把它安放在新的神庙里。我会听从你的命令，放下我的长矛。”然后他转过身，命令他的人民：“都回城里去吧！”

雅典娜的预言都逐一实现了，那个陶里斯的阿尔忒弥斯像被安置在雅典的新神庙里，伊菲革涅亚依然是她的女祭司。俄瑞斯忒斯回到密刻奈，继承了父亲的王位，还娶了墨涅拉俄斯和海伦的独生女赫耳弥俄涅为妻，并且被推举为斯巴达的国王。所以，现在他的领土比他父亲曾经拥有的更加辽阔。俄瑞斯忒斯的姐姐厄勒克特拉嫁给了皮拉得斯，跟他一起坐上了福喀斯的王位。克吕索忒弥斯还没结婚就死了。俄瑞斯忒斯的寿命很长，但是在他九十岁的时候，灾祸再次降临：有条毒蛇咬伤了他的脚踝，他因此中毒身亡。

俄底修斯的传说

忒勒玛科斯及众多求婚人

特洛亚战争结束后，在战场和归途的暴风雨中幸免于难的阿尔戈斯英雄们先后回到了自己的家乡，只有拉厄耳忒斯的儿子——伊塔刻的国王俄底修斯是个例外。他的命运极为奇特。他在海上漂泊了很长时间，最后登上了一个有很多森林的孤岛，这座岛的名字叫俄古癸亚。这里住着一位叫卡吕普索的女仙，她希望他可以做自己的丈夫，就将俄底修斯抓住，锁在了山洞里。但是他心里想的依然是自己那留在家乡的妻子——贤淑的珀涅罗珀。后来，连奥林帕斯山上的众神也开始同情他的遭遇，除了海洋之神波塞冬。波塞冬本就与俄底修斯有仇，但他不敢将他毁灭，只能尽可能地让他在回乡的路上遭受挫折，逼着他四处漂泊。俄底修斯身陷这座荒岛，也是他的安排。

但上界诸神在会上做出了决定，要俄底修斯摆脱卡吕普索女神的桎梏。根据雅典娜的请求，众神使者赫耳墨斯被派往俄古癸亚向这个美丽的仙女宣布宙斯的不可抗拒的命令：让俄底修斯返回他的故乡。雅典娜穿上那双黄金神鞋，这样就能穿山越海，她手执威力强大的长枪，从奥林帕斯山崖飞速冲下，不久就来到位于希腊西海岸的伊塔刻岛的俄底修斯的宫殿。她化身为塔福斯国王——勇敢的门忒斯，手执长枪。

俄底修斯的家里呈现出一幅可悲的景象。伊卡里俄斯的女儿——美丽的珀涅罗珀和她年轻的儿子忒勒玛科斯在这座宫殿里早就不是主人了。在得到特洛亚陷落和其他英雄早已返乡的消息很久之后，有关俄底修斯确切死亡的传闻逐渐散布开来。没过多久，就有上百个来自本岛和四周岛屿的求婚者借口向年轻的寡妇求婚，住到珀涅罗珀家里，挥霍俄底修斯的家产，纵情享乐，无耻之极。这些坏家伙已经在这里待了三年之久了。

当雅典娜化身为门忒斯到来时，她发现这一批求婚人正在宫中恣情嬉戏。俄底修斯的儿子忒勒玛科斯闷闷不乐地坐在他们中间，他在思念伟大的父亲。他别无所求，只希望父亲返回家中，把这群求婚人赶走，重新成为主人。当他看到化身为陌生的国王的女神时，他奔向门口迎了上去，握住她的手，表示欢迎。他俩进入拱形大厅，雅典娜把她的长枪搁置到厅柱旁的枪架上，与俄底修斯的长枪摆放在一起；随后忒勒玛科斯把他的这位客人领到餐桌，让他坐在一张脚凳上，一个女仆端来一金罐净水供陌生人洗手之用；随后送上来面包和肉，一个男仆给金杯斟满美酒。不久那些求婚人也相继进来，享受美味佳肴。他们要求演唱，于是仆人给歌者斐弥俄斯递上一把漂亮的竖琴，在这群胡作非为的求婚人的逼迫下，歌者拨动了琴弦，开始唱起愉快的歌儿。

就在这些人听得入神的时候，忒勒玛科斯把头靠近他的客人，对化身为门忒斯的女神悄声说：“你看到了，这些人正怎样挥霍他人的财富，这是我父亲的家产啊。他的尸骨也许早就腐烂在海滨的大雨之中或者在海浪中到处飘零！他肯定再也不会回来惩治这帮人了！但请你告诉我，高贵的陌生人，你是谁，在何处生活，你的父母在哪？”

“我是门忒斯，安喀阿罗斯的儿子，”雅典娜回答说，“是塔福斯岛的统治者。我乘船来到这里，是为了在忒墨萨用铜来换铁，并趁机拜访你的父亲，遗憾的是他没有回来。但他确实还活着。他飘落在某一个荒岛上，被羁留在那里。是的，我那善于预知未来的思想告诉我，他不久就会返回家中。告诉我，你家里为什么这样一团糟？你是在举行一次宴会还是一次婚礼？”

忒勒玛科斯长叹一声，说道：“啊，亲爱的朋友，我们家过去十分富有，可现在完全变样了。你在这儿看见的这些人都是来向我母亲求婚并挥霍我们的家财的。”

怀着一种愤怒的痛苦，女神回答道：“你必须把这群无赖从王宫中赶出去。听从我的劝告！要他们明天就离开这里。告诉你的母亲，如果她想再婚的话，就回她父亲那里，去那儿去安排婚礼，去准备嫁妆好了。但你本人去装备你那艘最好的船，带上二十个水手，然后上路去寻找你失踪很久的父亲。先去皮罗斯岛，上岸去问那位德高望重的老人涅斯托耳。如果得不到什么消息，就去斯巴达找英雄墨涅拉俄斯，因为他是最后一个回家的希腊人。如果在那儿你打听到你父亲还活着的消息，那就等上一年。如果你得知你父亲已死，那就返回，举行祭礼，为你父亲建立一个墓碑。如果你看到那些求婚人还一直待在你的家里，那就设法杀死他们，不管是使用计谋还是堂堂正正。”说罢女神消逝而去，像一只鸟飞入云际。忒勒玛科斯为这个陌生人的消失深为震惊。他想到这是一个神祇，他在思考他的劝告。

这期间大厅里的演奏还在继续。歌手在吟唱希腊人从特洛亚的可悲的返乡之行，所有的求婚人都在谛听。这时忒勒玛科斯踏入大厅并把他们招拢在一起，说道：“你们这些求婚人，可以继续安心地享乐，但不要这么喧哗！明天我们要举行一次会议，我要坦率地告诉你们，都回自己家去；是该用你们自己的家财去养活你们自己的时候了，不要把别人继承下来的财产挥霍一空！”那些求婚人听了年轻人这番斩钉截铁的话都目瞪口呆。

翌日清晨，忒勒玛科斯及时地从床榻上跃下，穿好衣服，把宝剑扛在肩上。随后他走出自己的房间，吩咐仆人去召集公民大会也邀请求婚人参加。大家到齐时，这位国王的儿子出现了，他手执长枪。雅典娜赋予他高贵和优雅的形体，这使市民对他感到惊羡，甚至长老们都敬畏地为他让座。他坐在他父亲俄底修斯的王座上。这时英雄埃古普提俄斯首先站了起来，他老态龙钟，见多识广。他说道："自从俄底修斯离开以来，我们一直没有举行过会议。谁会突然想起把我们召集到一起？是一个年老的人还是一个年轻的人？有什么迫切的事情逼使他这样做？是他听到一支军队逼近的消息？或者有一项造福国家的建议？他这样做了，那肯定他是一个诚实的人。不管他心里想做什么，愿宙斯保佑他！"

忒勒玛科斯听出了这番话中的吉兆，他非常高兴，于是面向年迈的埃古普提俄斯，回答说："尊贵的老人，是我把你们召来的，因为苦恼和忧愁使我不安。首先我失去了我杰出的父亲，你们的统治者；现在我的家正陷入毁灭，我的所有家财被挥霍一空！我的母亲受到那些不受欢迎的求婚者的骚扰。这些人不接受我提出的建议——去我外祖父伊卡里俄斯那里向他的女儿求婚。他们长年累月，日复一日待在我的家里，杀牛宰羊，大吃豪饮，穷奢极侈。我怎么能去对抗这么多人？你们这些求婚人，你们要知道你们是错的！难道你们在其他人面前，在邻人面前不感到害怕吗？难道最终不为众神的复仇而心惊胆战吗？我的父亲什么时候得罪过你们？我本人什么时候冒犯过你们？可你们加于我的这种毫无道理的痛苦却是如此的揪心！"

忒勒玛科斯一边说一边流泪，他愤怒地将权杖掷到地面。求婚人一声不响坐在四周，没有一个人敢于用激烈的言辞对他的这番话做出回答。只有安提诺俄斯站了起来："你这倔强的毛孩子，"他大声喊道，"你竟敢如此侮辱我们？这一切不是求婚人的过错，错的是你自己的母亲！三年了，很快第四个年头就要过去，可她还一直对我们的愿望加以嘲弄。她对我们所有求婚人都表示好感，可她心里想的却完全是另一个样子。我们看穿了她的诡计。她到自己的房间里开始织布，把求婚人召集在一起说："你们这些年轻人，你们必须等到我为我丈夫的年迈父亲拉厄耳忒斯织好葬服用布，才能知道我的决定，并举行婚礼。这样，在他死去时，才不会有任何一个希腊女人责备我不给一个受尊敬老人的尸体穿上隆重的寿衣！她用这种虔诚的口气赢得了我们的敬重。她确实也是整天地坐在机前织布，可一到夜里点起烛光时，她就把白天织成的重新拆掉。她就这样使我们白白等了三年，她就这样蒙骗了我们这些高贵的希腊儿子。把你的母亲送到她父亲那儿去，但也要求她结婚，不管是同她父亲还是她本人挑选出的新郎，反正都一样。如果她还要长时间地愚弄我们并用她的织布机来蒙骗我们，那我们还要挥霍你的家财。在你的母亲挑选出一个丈夫之前，我们是不会离开你家的。"

忒勒玛科斯对此回答说："安提诺俄斯，我不能强迫我的母亲离开家门。不管我的父亲还活着或者已经死去，她始终是生我、养我的母亲。她的父亲伊卡里俄斯和众神都不会赞同这样的做法。不，如果你们还知道什么是对什么是错的话，那就离开我的家，去找另一个地方饮酒作乐好了，至少你们不要挥霍我的家产。如果你们心安理得地认为可以去耗尽一个人的财富的话，那你们就这样做好了！但我要去大声祈求神祇，宙斯会帮助我向你们索取应得到的赔偿！"

在忒勒玛科斯说这番话的同时，宙斯让他看到了一个征兆。两只巨鹰伸展着巨大的翅膀从山头飞翔而下。开始，它们并排着飞翔，后来又你追我赶；当它们来到会场上空，就恶狠狠地看着下面，还用利爪挠对方的头顶。最后，它们向右方飞去，飞到伊刻塔城的高处。哈利忒耳塞斯善于根据鸟的飞翔预言吉凶，他将这个征兆解释为求婚人的毁灭。他说俄底修斯还没有死，而且就在不远处；他一旦回来，那些求婚人就死定了。求婚人欧律玛科斯讥笑道："愚蠢的老人啊，请你回家跟自己的儿子诉说吉凶去吧！我们不会因为你的预言就感到害怕的。许多鸟都在阳光下翱翔，它们未必都有什么征兆。俄底修斯已经死在异国他乡，这是非常确切的事实啊！"

忒勒玛科斯让人们为他准备一艘快船和二十名水手，因为他打算去皮罗斯和斯巴达寻找他失踪的父亲。最后，会议在一片嘈杂声中结束，会上没有做出任何决定。人们都各自回家继续工作，求婚人则返回俄底修斯宫中大吃大喝。

忒勒玛科斯和涅斯托耳

忒勒玛科斯来到海边洗完手后，就向前一天化身为人形来看他的天神祈祷。雅典娜听到他的祈祷，变身为门托耳来到他面前，她说："忒勒玛科斯，如果你的父亲，智慧的俄底修斯的精神还没有彻底在你身上消失的话，我希望你可以立刻将你的决定付诸行动！我和你父亲是朋友，我会给你准备一艘快船，并与你一同前去！"忒勒玛科斯以为是真的门托耳跟他讲话，就立刻回到宫殿，下决心去寻找他的父亲。他进入父亲的贮藏室，那里有很多黄金和青铜，箱子里放满了华丽的衣袍，四周还有很多散发着芳香的油和装在大坛子里的陈年佳酿。他在这儿见到了警惕的女管理人欧律克勒亚。他关上门对她说："姆妈，快给我装满十二缸好酒，也给我用皮袋装满面粉，然后把它们堆在一起。入夜之前，当母亲回到睡房时，我就来把这一切搬走。十二天之后，或者她发现我不见了，你就告诉她，我已经离去，去找父亲去了！"这个善良的女人啜泣着称赞他并按他吩咐的去做。

这期间雅典娜本人化身为忒勒玛科斯，去为这次远行招募了一些同伴并从一个富有的市民诺蒙那里借来一艘船。随后她蒙蔽了求婚人的心智，使他们酒杯从手中落地，并都昏昏入睡。最后她又化身为门托斯，来到忒勒玛科斯身边鼓励他，不要再拖延行程。不久两人就来到海边，在那儿找到了同伴，把物品搬到船上，登船入海。当海浪冲击龙骨，海风吹动船帆时，他们就向众神祭酒。一整夜船都在顺风中疾驶。

太阳升起时他们已抵达涅斯托耳所在的城市皮罗斯，那儿的市民正在向海神祭献九头黑牛。来自伊塔刻的人们登上陆地，忒勒玛科斯在雅典娜的引领下走向人群的中心，涅斯托耳和他的儿子们就坐在那里。他们正在欢宴作乐，仆人们递上佳肴，送上美酒。当皮罗斯人看到有陌生人前来时，他们立即迎上前来。涅斯托耳的儿子珀西斯特剌托斯欢迎他们，并在他父亲涅斯托耳和他的兄弟特剌绪墨得斯之间为忒勒玛斯科同他的领路人准备了座位。随后给他俩送上最好的肉，在两只金杯里斟上最美的酒，击掌畅饮，并对化装的雅典娜说："请两位为波塞冬进行酒祭，所有的凡人都需要神祇的保佑！"雅典娜拿起酒杯，祈求海神赐福涅斯托耳、他的儿子和所有的皮罗斯人并请求保佑忒勒玛科斯完成他的心愿。随后她洒酒于地并吩咐她年轻的同伴也这样做。

接下来，人们开始大吃大喝。酒足饭饱之后，白发苍苍的涅斯托耳友好地问起陌生人由何处来，想做些什么。忒勒玛科斯回答了这两个问题。当他说到他的父亲俄底修斯时，他叹息地说道："直到现在我们一直想知道他的命运如何，可毫无结果。我们不知道他是在陆上被敌人杀死还是他葬身在大海之中。因此我请求你，若是你清楚的话，那就把他悲惨之死告诉我。不要出于怜悯而对我有所隐瞒，请把一切如实地讲给我听！"

但涅斯托耳对俄底修斯的下落所知甚少，就像询问的忒勒玛科斯一样。他建议他去斯巴达找墨涅拉俄斯。由于风暴的肆虐，墨涅拉俄斯最近才从远方归来。他是在归途上耽搁时间最长的希腊英雄，因此，他也许知道俄底修斯在什么地方。

化身为门托耳的雅典娜同意这个建议并回答说："夜已降临，现在请允许我年轻的朋友在你的宫殿里歇息。我本人去照看我们的船只和安排我的同伴去做必要的准备。随后我也在那边过夜。明天我去考科涅斯去讨还一笔债务。请你同你的儿子备上好马快车把我的朋友忒勒玛科斯送到斯巴达。"

雅典娜话音刚落，马上就变成一只鹰飞向天空。所有人都惊奇地望去。涅斯托耳握住年轻人忒勒玛科斯的手说："我亲爱的孩子，你不要犹豫，不要担心，在你年轻时就已经有神祇保护你了！你这位同伴不会是别的神祇，她是宙斯的女儿雅典娜。在所有的希腊人里，她特别敬重你那勇敢的父亲！"说罢老人向这位女神进行虔诚的祈祷，并许诺明晨向她祭献一头牛；随后他与儿子和女婿一起把客人送到皮罗斯的王宫安歇。忒勒玛科斯的床榻安排在一座大厅里，睡在他旁边的是涅斯托耳的儿子珀西斯特剌托斯。

翌日清晨，人们一大早就备马套车，年轻的客人准备动身前往斯巴达。一个女管家装上面包、酒和其他食品。忒勒玛科斯登车入座。坐在他旁边的是珀西斯特剌托斯，他勒起缰绳，挥动皮鞭。马匹飞驰起来，不久度罗斯城就已被远远抛到身后；他们一整天都在疾驶而行，不让马匹得到休息。

他们进入斐赖城，太阳已经开始落山，道路也开始变得昏暗。高贵的希腊英雄狄俄克勒斯就住在城里。狄俄克勒斯殷勤地接待了这两位少年英雄，把他们安排在自己的宫堡里过夜。他们在第二天清晨继续上路，穿越茂盛的麦田，在晚霞中他们终于抵达山城斯巴达。

忒勒玛科斯在斯巴达

墨涅拉俄斯在他的王宫里与朋友和近邻饮酒作乐。歌手们在抚琴吟唱，杂耍艺人则欢快地跳来跳去。这个国家的统治者在为自己的两个孩子的订婚举行庆典。一个是他与海伦生的可爱女儿赫耳弥俄涅，她将嫁给阿喀琉斯的勇敢儿子涅俄普托勒摩斯；一个是他和一个爱妾生的儿子墨伽彭忒斯，他与一个门第高贵的斯巴达少女订亲。

忒勒玛科斯和珀西斯刺托斯乘坐的马车在喧闹声中停在王宫的门前。首先看到他们的一个士兵立刻向国王禀报了两个陌生人抵达的消息。墨涅拉俄斯让两人入席并让他们坐在他身边。忒勒玛科斯看到宫殿的富丽堂皇惊叹不已，他轻声地对他的朋友说："珀西斯特剌托斯，你看，青铜在塔形大厅四周闪闪发光，黄金、白银、熠熠生辉的象牙！都是无价之宝啊！奥林帕斯山上宙斯的宫殿也没有如此美轮美奂！这种景象令我惊叹！"

忒勒玛科斯的耳语十分轻微，使墨涅拉俄斯只听清最后一句话。"亲爱的孩子们，"他微微一笑说道，"没有一个凡人能与宙斯相比！他的宫殿和他所有的财富是永存的！人世间很少有人能与我相提并论，这却是真的。然而，如果在特洛亚城前线死的人还活着的话，那有这财富的三分之一我就心满意足了。在这些人中间，我尤为悲痛的是俄底修斯，没有一个希腊人像他那样忍受了那么多苦难。我一直不知道他是活着还是已经死去！也许他那年迈的父亲拉厄耳忒斯，他那忠实的妻子珀涅罗珀和他那离开时还是一个婴儿的年轻儿子忒勒玛科斯在为他哀伤悲痛哩。”听到这些话，忒勒玛科斯的眼泪夺眶而出。墨涅拉俄斯很快就认出了这个年轻人是俄底修斯的儿子。

这时女王海伦也从她的房间里走了出来，她美得像一位女神。在侍女们簇拥下她坐了下来，并好奇地向她的丈夫问起这两个陌生人来自何处。“在这个世界上我还从来没有看到一个人，如这儿的这个年轻人，竟和高尚的俄底修斯是这样的相像！”她悄声对她的丈夫说。丈夫回答她：“噢，夫人，我也是这样想的。脚、手、眼神、头、头发，全都一样。当这个年轻人悲恸地流下泪水时，我就想到了俄底修斯！”

忒勒玛科斯的同伴珀西斯特剌托斯听到他们的交谈，他大声说道：“你说得对，墨涅拉俄斯国王，他就是俄底修斯的儿子忒勒玛科斯。我的父亲涅斯托耳把他送到你这儿，他希望从你这里能得到他父亲的消息。”

“众神啊，”墨涅拉俄斯喊叫起来，“我最敬重的英雄的儿子真的是我的客人，若是他返乡时能来我家里盘桓，我一定要向他表示我对他全部的爱！”

他们长时间地谈论俄底修斯，一种深切的悲哀袭上他们的心头。但他们随后考虑到，只是这样一味地哀伤也于事无补，于是他们各自安息去了。次日清晨，墨涅拉俄斯问他的客人这次旅行的目的并打听他朋友俄底修斯伊塔刻家中的情况。当听到那些求婚人的胡作非为时，他义愤填膺地喊道：“这群可怜虫，居然想在伟大英雄的家里作威作福！这就像狮子在绿色山谷中觅食返归，竟在自己洞中看到母鹿生下幼鹿一样，俄底修斯会回来的，并让他们一个个不得好死！听我说，海神普洛托斯在埃及对我谈及他的预言，那时普洛托斯化身为各种形状，但最终被我制住并强迫他说出返乡希腊诸英雄的命运。‘我用神眼看到俄底修斯，’海神说，‘在一座孤岛上抛洒下思乡的泪水。那儿的女仙卡里普索强留住他不放。他没有船只没有水手，无法返回故乡。’现在你什么都知道了，亲爱的年轻人，这就是我所能告诉你关于你父亲的一切。你在我们这儿再待上十一二天，然后我赠给你珍贵的礼品，为你送行。”

对墨涅拉俄斯的盛情挽留，忒勒玛科斯虽然感谢，但他不愿久留。于是墨涅拉俄斯送给他一只十分华丽的银杯，这是赫淮斯托斯的一个杰作，并为告别的朋友准备了一顿用山羊和绵羊烹制的早餐饯行。

求婚人的阴谋

这期间忒勒玛科斯远出寻父的消息被伊塔刻岛上的求婚人知道了。他们感到吃惊并十分愤怒。安提诺俄斯由于愠怒而悻悻地说道：“这个忒勒玛科斯在从事一项伟大的事业。我们从来都不相信，可他却倔强地离开了！但愿在他加害我们之前，宙斯就把他毁掉！为此，朋友们，如果你们给我准备一艘快船和二十名水手的话，我就在伊塔刻和萨墨岛之间的海峡截击他，他的这次觅父之旅就会可悲地完结！”所有人热烈欢呼，表示赞同，并答应为他准备他所需要的一切。随后众求婚人又回到王宫寻欢作乐去了。

但是他们的密谋却由于使者墨冬而败露了。墨冬虽是侍候他们的人，但他早就恨透了这些可恶的求婚人。他虽然在宫廷外边，却站在离他们很近的地方，安提诺俄斯所讲的每一句话他都听得清清楚楚。他跪到王后珀涅罗珀面前，把他所听到的都讲述给他的女主人。王后一听到这个凶信，十分惊恐，眼里充满了泪水。“墨冬，”她啜泣说，“为什么我的儿子也要去远行？难道我们这个家族的名字注定要从世上灭绝吗？”这时年迈的女管家欧律克勒亚走到她跟前说道：“就是你杀死我，我也要对你说实话。这一切我都知道。他路上所需要的都是我为他准备的，但我对他立下誓言，在十二天之后或者在你发现他不在之前，我对他远行的事情绝口不谈。现在我劝你，去沐浴和梳妆打扮，与你的侍女一道去神庙那里，求雅典娜保佑你的儿子。”

珀涅罗珀听从老管家的劝告，在做了庄严的祷告之后，忧心忡忡地睡了。这时雅典娜派她的姊妹伊佛提墨进入珀涅罗珀的梦中，对她进行安慰并保证她儿子一定会回来。“放心吧，”她说，“你的儿子有一个令所有男人都羡慕的女领路人，雅典娜本人就一直在他身边。她会在他对抗那些求婚人时保护他，也是她派我来到你的梦中。”随后伊佛提墨的形象从珀涅罗珀的梦中消失了。她从梦中醒来，充满了喜悦和勇气。她相信梦中所见都是真的。

这期间求婚人把他们的船只装备好了，安提诺俄斯与二十名勇敢的水手登上船，扬帆出海。有一个怪石嶙峋、巉岩陡立的小岛在海峡中间。他们直驶向那里，并潜伏起来。

俄底修斯在风暴中落水

宙斯的使者赫耳墨斯按照众神会议的决定，从云端下降到海上，像一只海鸥一样穿过巨浪，飞快地来到俄古癸亚岛卡吕普索的住处，他在那儿看到披着一头美丽卷发的女仙。熊熊的烈焰从火炉升起，燃烧的檀香木散发出来的芳香弥漫在整个岛屿的上空。卡吕普索在内室唱着嘹亮的歌，正用金色的线团织一件精美的衣料。一片绿色的丛林覆盖在她的洞穴上，有桤木、有白杨、有柏树，色彩斑斓的群鸟在树丛中啁啾，林中还有鹰隼、枭鸟和乌鸦。在崖石的隆起部分，有一片葡萄藤盘绕在上面，从浓密的枝叶间可以看到成熟的葡萄。四个泉眼在附近喷涌，清澈的泉水在四周蜿蜒流动，浇灌着茂密的草地。绿油油的草地上长满了艳丽的鲜花和香草。赫耳墨斯对女仙的美丽住地赞叹不已，随后他进入宽敞的山洞，可他没有在房间里遇到俄底修斯。俄底修斯像往常一样忧郁地坐在海滨，眼里饱含泪水，怀着思念之苦，直视着寂寥的大海。

卡吕普索听完神使的传达——她十分亲切地接待了他——她惊呆了，终于说道："噢，你们这些残忍而嫉妒的诸神啊！难道你们真的不能容忍一个女神挑选一个凡人做她亲爱的丈夫？难道你们气恼我与一个被我从死亡中救出来的男人结为伴侣？那时他抓着破碎的船的龙骨，被抛到我的海岸上，是我救了他。他所有勇敢的朋友都沉入了深渊，他的船被闪电击中；他孤零零一个人抓住碎片飘落到这里。我款待了这个可怜的落难之人，给他饮食，还允诺他永生和永葆青春。既然宙斯的决定不容违抗，那他就重新回到浩瀚无际的大海上去吧。但不要指望我本人把他打发走，因为我的船既没有水手也没有桨！可我会给他忠告，这样他就能非常安全地抵达故乡的海岸了。"

赫耳墨斯对她的回答感到满意，然后返回奥林帕斯山复命。卡吕普索本人奔向海滨，走到俄底修斯跟前说道："可怜的朋友，你不应当在忧愁中浪费你的生命。我放你走。去吧，用坚实的木梁给自己做一个筏子！我为你准备饮料、清水、美酒和食品，给你一身好的服装并从陆上鼓起一股顺风，愿神伴你顺利返回故乡！"

俄底修斯怀疑地望着女神，说："美丽的仙女，你肯定心里想的完全是另外一回事！如果你不对我立下神的誓言，不想给我造成某种伤害的话，那我决不登上一个木筏！"但卡吕普索莞尔一笑，一面用手温柔地抚摸他一面回答说："不要用这类想法来恐吓自己！大地、青天和斯堤克斯河是我的证人，我决不做伤害你的事！"说罢她就离去了，俄底修斯跟在后面。在洞府里她还与他温柔地告别。

不久木筏完工了，五天后俄底修斯在风中扬起船帆。他自己小心地掌着舵柄前进着。他昼夜不眠，坚定地望着天空中的群星，并按照卡吕普索临别时指给他的标志驶去。他就这样在海上航行了十七天。在第十八天时他终于看到了费埃克斯陆上昏暗的群山，这陆地迎向他，像一面盾牌浮在昏暗的海面上。

从埃塞俄比亚返回的波塞冬从索吕弥山上看到了俄底修斯，他并没有参加最近众神举行的会议。他想到可以利用他的不在场为借口去折磨俄底修斯了。“好啊，”他自言自语，“我该给他足够的罪受！”随后他集结起浓云，用三股叉搅动大海，召来飓风相互争斗，使海洋和大地完全被裹在黑暗之中。

群风围着俄底修斯的木筏呼啸，使他的心和双膝颤抖。他开始呼号起来。正当他呻吟的时候，一个巨浪从头上扑了过来，把木筏掀翻。他本人被远远地抛开，舵柄从手中滑落，木筏被击得七零八落，桅杆和帆桁都飞到了咆哮的大海之中。俄底修斯被卷入水里，湿透的衣服更把他拖向深处。终于他又浮出水面，吐出吞入的咸水并向破碎的木筏游去，费了好大的力气才泅到那儿，爬了上去。正当他挣扎的时候，海洋女神琉科忒亚看见了他，她十分同情他的遭遇。她从漩涡中现身，坐到木板上，对他说：“听我的劝告，俄底修斯！脱掉衣服，放弃木筏。快用我的披纱缠住你的胸部，不要管大海多么凶险！”俄底修斯接过披纱，女神消失了。虽然他对这个景象心存狐疑，但他还是听从了她的劝告。波塞冬不断地把狂涛巨浪袭向他，零散的木筏已完全变成碎片。俄底修斯像一个骑士一样坐在一条孤零零的木板上。他脱掉卡吕普索送的已经变得沉重的衣服，穿上披纱，跃进水中。

当波塞冬看到这个勇敢的人竟然跳进海里时，他严肃地摇了摇头，说道：“你就这样在海上漂流，直到宙斯来救你。你得再受更多的痛苦！”说罢海神就离开大海，返回了他的宫殿。俄底修斯在海上挣扎了两天两夜。他终于看到了草木葱茏的海岸，那儿海浪在削壁上发出雷鸣般的声音。还未来得及做出决定，一阵海浪把他直卷向海岸。他紧紧抱住一块岩石，可一个巨浪又重新把他抛回海里。他试图再次试试他的运气，继续游过去。终于他发现一处舒适和低浅的海岸和一处安全的海湾，那儿有一条小小的河流注入大海。

到了陆地，他已经精疲力竭了，他无力地躺在地面上，由于死去活来的挣扎和努力，他已经失去了知觉。苏醒后，他拿起女神琉科忒亚的披纱，感激地把它投入海浪之中。赤身裸体的他感到浑身发冷，晨风刀子般袭来。他决定爬上小丘，躲藏到近处的森林里。他暂时安身在两颗靠得很近、相互缠绕的橄榄树下，树叶非常稠密，根本就透不进风雨和阳光。俄底修斯用树叶铺了一张床，用树叶盖住身体。不一会儿就进入了梦乡，把他所经历的和即将面对的种种艰险统统抛到了脑后。

瑙西卡

在森林中，俄底修斯被疲劳和睡眠征服了。在他沉入梦乡的期间，雅典娜在保护着他。她赶到费埃克斯人那里，他们居住的地方是一个叫作斯刻里厄的小岛，那儿的统治者是聪明的国王阿尔喀诺俄斯。女神进入他的宫殿，并在卧室里找到了国王的年轻女儿瑙西卡，她就像一位女神一般秀美和优雅。她正在睡觉，由两个侍寝的女仆在门口守护。她那高大的内室，光线充沛。雅典娜轻轻靠近少女的卧榻，来到她的床头。化身为少女的一个伴友，进入她的梦中说道："喂，你这懒惰的姑娘，你母亲会怎样责备你？你从不关心你放在衣柜里的那些没有洗涤的漂亮衣服，也许不久你在结婚时就需要它们了。快些，一大早起来，去把它们洗净。我陪你去，帮你忙，这样你可以快点洗完。你不会老是不结婚的，早就有一些高贵的人向国王的美丽女儿求婚了！"

少女从梦中醒来。她匆忙地起床，命令她的奴仆为她备车。随后少女从衣柜里取出那些华丽的衣服，装到车上。母亲为她准备酒、面包和其他用品，当瑙西卡坐到车上时，她又交给她一瓶香膏，供她与侍女们沐浴和涂抹之用。

瑙西卡是一个伶俐的驭手，她亲自握起缰绳，挥动皮鞭，策动骡子向河岸驶去。抵达之后侍女们解开缰绳，放骡子到茂密的草地觅食，并把衣服拿到洗涤的地方。勤奋的侍女们把所有洗好的衣服一件挨一件铺在海岸旁的沙上。随后她们入海沐浴。她们涂上香膏之后，就坐在绿色海岸旁愉快地品尝、享用带来的食品，等待着阳光把她们的衣服晒干。

早餐之后少女们在草地上跳舞和玩球。有一次，国王的女儿把球掷向一个女伴，在现场隐去身形的女神雅典娜使球转了方向，落到河水的深处。于是少女们都尖声地叫了起来，这使睡在附近橄榄树下的俄底修斯醒了过来。他凝神谛听并自言自语："我这是到了什么地方？我落到野蛮的强盗手里了？可我听到的是快乐的少女们的声音，像是山林和河流的仙女的声音！也许这附近就住着有教养的人！"

他从茂盛的树上折下一根树叶浓密的树枝，遮住他赤裸的身体，从树丛中走出来。在这群温柔的少女中间，他像一头凶猛的狮子。他身上沾满了海水中的污秽物，这使他变得奇形怪状。少女们纷纷逃走，都认为看到的是一个海怪。只有瑙西卡停住不动，因为雅典娜赋予了她勇气。他从远处朝她喊道："不管你是一个女神还是一个少女，我祈求能靠近你！如果你是一个女神的话，那我认为你是阿耳忒弥斯，宙斯和勒托的女儿，你的身材、美丽和她一样；如果你是一个凡人的话，那我赞美你的双亲和你的兄弟们！请你慈悲为怀，因为我陷入难以用言语说出的苦难。我从俄古癸亚岛出发，到昨天已经是第二十天了。我遭遇了风暴，在海上漂流。最终我这个落难人被海浪冲到了这个海岸。我不认识这是什么地方，也没有人认识我！请可怜我吧！请给我一件衣物遮身，向我指点你住的城市。愿众神保佑你心想事成，有一个好丈夫，一个温暖家庭，还有安宁和友爱！"

瑙西卡回答说："外乡人，我看你不像是一个坏人或是一个蠢人。既然你求助于我，求助于我的国家，那你就不会缺少衣物也不会缺少一个祈求者所期待的东西。我也愿意指给你我的城市和告诉你我们人民的名字。居住在这儿的是费埃克斯人；我本人是崇高的国王阿尔刻诺俄斯的女儿。"她说完就喊叫她的侍女们，她们迟疑不决地听从了她的召唤。

俄底修斯去河岸的一个隐蔽地方洗澡。她把给他穿的衣袍和衣服放到草丛里。当英雄洗净身体并涂上香膏之后，就穿上国王女儿赠给他的衣服，他穿上十分得体。他的保护人雅典娜作法，使他变得十分英俊十分魁梧：美丽的卷发从额头上飘洒下来，头和双肩显得高贵优雅。他从岸边草丛中出来，神采奕奕，坐在少女的身边。

瑙西卡惊讶地观察这伟岸的男人，她对她的女伴们说："肯定不是所有的神祇都在加害于他。神祇中的一个必定在保护他，并把他带到费埃克斯人的国家来。当我们第一眼看到他时，他显得多么不像个样子，可现在他就是天上的仙人！如果这样一个人住在我们人民中间的话，那他就会是命运为我挑选的丈夫！来吧，姑娘们，用美酒和佳肴来使他恢复力量！”于是俄底修斯又吃又喝，津津有味地饱餐一通，长时间的饥渴得到了满足。

随后她们把洗好晒干的衣服放到车上，套上骡子。瑙西卡坐到车上，但她让这个外乡人与她的侍女们徒步跟随在车后。当他们到达雅典娜圣林时，为避免城里人看到会飞短流长，所以俄底修斯依瑙西卡的意思留了下来。他让国王女儿和侍女们先行，自己稍后再跟上来。可他得先向他的保护者女神雅典娜祈福。雅典娜也听到了他的祈祷，只是她害怕她叔叔波塞冬就在近旁，因而她并没有公开在这个国家现身。

俄底修斯与费埃克斯人

俄底修斯离开雅典娜圣林时，瑙西卡已经到了她父亲的宫殿。他沿着同一条路向城中走去。雅典娜正在帮助他，为了引导俄底修斯去见国王阿尔喀诺俄斯，她化身为一个费埃克斯少女。到了那里，她还给他下述的忠告：“在这儿你首先去见王后，她叫阿瑞忒，是她丈夫的侄女。前国王瑙西托俄斯是波塞冬和珀里玻亚的儿子，珀里玻亚是巨人族的统治者欧律墨冬的女儿。这对夫妇生有两儿子，一个是现在的国王阿尔喀诺俄斯，另一个是瑞克塞诺耳；后者生命短暂，留下一个唯一的女儿，她就是王后阿瑞忒。阿尔喀诺俄斯尊敬她，世上还没有一个女人得到这样的尊敬，人民也同样尊敬她，因为她睿智颖慧，知道如何用她的聪明去化解男人间的纷争。如果你能得到她的欢心，那就一切顺利了。”

化身的女神说罢就离去了。随后俄底修斯进入宫殿，走进国王大厅。费埃克斯的贵族在举行一次宴会，他们正准备向赫尔墨斯神祭酒。被雅典娜用浓雾所笼罩的俄底修斯穿越人群径直走到国王夫妇的面前。

这时随着雅典娜的示意，雾霭立即散去。他匍匐在王后阿瑞忒的面前，抱起她的双膝，祈求地喊道：“啾，阿瑞忒，瑞克塞诺耳的高贵女儿，我跪在你和你夫君面前祈求！愿众神保佑你们健康长寿。你们肯定能帮我，一个漂泊者返回故乡。我已经远离我的故国流浪多年了！”英雄说罢就在烈焰熊熊的火炉旁的灰堆上坐了下来。

所有的费埃克斯人看到这意料不到的场面都惊得发呆了，一声不响。终于客人中最年长且阅历丰富的老英雄厄刻纽斯打破了沉默，他对国王说道：“阿尔喀诺俄斯，真的，在世上任何一个地方，让一个外乡人坐在灰堆上是不合适的。在座的朋友肯定和我都是这样想的并等待你的命令。让这位外乡人靠近我们，坐到一个舒服的椅子上，把他从尘土中扶起来；传令官应该重新调酒，让我们向宙斯、客人权利的保护者也献上一杯佳酿；女仆为新来的客人送上酒食！”

仁慈的国王听到这番话十分欢喜。他本人握住英雄的手，引到自己身边的一把椅子上坐下，这是他宠爱的儿子拉俄达玛斯让出的位置。随之其他的一切也按照厄刻纽斯的忠告做了。俄底修斯在众英雄中间受到尊敬，与他们共同进餐。向宙斯祭献之后，宴会散席。国王邀请所有的客人参加明天的一个更为盛大的酒宴。他没有问及这个外乡人的姓名和家世，但却许诺尽地主之谊，盛情款待并保证送他返归故乡。

客人们都离开了大厅，只剩下国王夫妇和这个外乡人。这时王后在观察俄底修斯穿的做工精美的披风衣裤，她认出了这是她的手工，于是说道：“首先我必须问你，外乡人，你从何处来，你是谁，是谁给你的衣服？你不是说过，你在海上漂流，被风暴冲到这儿来的吗？”俄底修斯如实地做了回答，讲述了他被卡吕普索留在俄古癸亚岛上的险遇和他最后一次悲惨的航行，最后也谈到了他与瑙西卡的相遇。

“呐，我女儿这样做是对的，”阿尔喀诺俄斯微笑地说道，“若是神的意愿使你这样一个男人做我女儿的丈夫那该多好！如果你留在我们这里的话，我愿意给你房屋和财产！可我不想强迫任何一个人留在我这里。明天你可以随意走动。我帮助你。我给你船和水手，这样你就可以动身，随你到何处去。”

俄底修斯听了这个许诺，表示衷心感谢。他告别了国王夫妇，在一张软榻上安息，缓解他所忍受的辛劳和疲惫。

翌日清晨阿尔喀诺俄斯很早就在市集广场上召开一次民众大会。他的客人俄底修斯陪同他前往，他俩并排坐在两块雕刻很美的石头上。市民越来越多，都向广场涌来。所有人都惊奇地望着拉厄耳忒斯的儿子俄底修斯，他的保护者雅典娜使他变得高大魁梧，显出一种超凡脱俗的威严。国王在隆重的讲话中向他的子民介绍了这位外乡人并鼓励他们，为他准备一艘船和五十二名费埃克斯年轻人。同时他邀请民众中在场的领袖去参加宫中的一个宴会，这是为这个外乡人而举办的。

民众会议散后，那些得到命令的年轻人去装备船只，拿来桅杆和船帆，在皮制桨环上挂上船桨，扯起船帆。随后他们进入王宫，这儿的厅院都挤满了邀来的客人，有年老的也有年轻的。宰了十二只羊、八头猪和两头牛来待客，空气中充溢着佳肴的香味。

宴席过后，人们谛听歌者得摩多科斯演唱的歌曲。国王命令为表示对外乡人的尊敬进行一场竞赛。“我们的客人，”他说，“回到家乡也能向他们同胞讲述，我们费埃克斯人在拳击、角斗、跳跃和赛跑上如何胜过所有的凡人！”于是宴会结束了，费埃克斯人听从国王的号召，都奔向市集广场。

在那儿有一群贵族青年站了出来，其中也有国王的三个儿子：拉俄达玛斯、哈利俄斯和克吕托纽斯。首先这三个人在他们前面的一条沙道上赛跑。随着一声信号，他们飞速冲出，在他们身边扬起一片尘土。克吕托纽斯第一个到达终点。随后是角斗，在这项竞赛中年轻的英雄欧律阿罗斯得到了胜利。在随后的跳跃比赛中费埃克斯人安菲阿罗斯成了优胜者。铁饼投掷上厄拉忒柔斯获得冠军。在最后的拳击比赛中，国王的儿子拉俄达玛斯赢得了第一。

现在拉俄达玛斯在人群中站了起来，他说：“朋友们，我们也想知道，这位外乡人是不是懂得我们的比赛。他的身材，大腿和脚看来不会太差，他的双臂有力，他的颈部强壮，他的体格高大。虽然他受到了灾难和痛苦的折磨，可他不该缺少青年人的活力！”

“你说得对，”现在欧律阿罗斯说道，“王子，你去请求他参加比赛！”拉俄达玛斯用友好和客气的言辞向俄底修斯提出了请求。

可俄底修斯回答说：“年轻人，你们向我提出这种要求是为了伤害我吗？忧愁在折磨我，我没有心情去参加比赛！我经历了也忍受了足够的苦难，现在我除了想回到我的家乡，别无所求！”

欧律阿罗斯对于他的回答感到不快，他说：“外乡人，你真的不像一个懂得竞赛的人。你可能是一个很好的船长，同时是一个商人，但你不像是一个英雄。”

俄底修斯听到这话紧皱眉头，他说：“这可不是优美的言辞，我的朋友，看来你是一个很鲁莽的孩子。众神并没有把英俊与优雅和能言善辩与聪颖都赋予同一个人啊。我在竞赛上不是一个新手，当我还信赖我的青春和我的双臂的时候，我同最强大的对手进行过较量。现在战争和风暴使我变得衰弱不堪。可你向我挑战，我也想试一试！”

说罢俄底修斯从座位上站了起来。他握起一个铁饼，这铁饼比费埃克斯青年人习惯用的更大、更厚、更重。他用力一投，铁饼呼啸着从空中飞过，远远落到标线以外的地方。化身为一个费埃克斯人的雅典娜早在青年人掷落铁饼的地方做了标记，她说道：“就是一个瞎子也看得出来，你掷的比所有人都远得多！在这项比赛中肯定没有人能胜过你！”这使俄底修斯感到非常高兴，他轻松地说道：“年轻人，如果你们能的话，那就投投看，超过我好了！你们曾那样严重地侮辱了我。来吧，与我比赛，随你们比赛什么好了，我决不畏缩！我愿意与任何人比赛，只是不与拉俄达玛斯竞争，因为谁愿意与一个款待自己的人比呢？我擅长的是射箭，如果有许多同伴与我一起向敌人射箭的话，那第一个射中目标的一定是我。在投掷长矛上我会像另一个射箭的人那样准、那样远。只是在赛跑上也许有人能胜过我，甚至就在你们中间，因为狂暴的大海已耗去了我许多力量，再加上我在船上整天整天地吃不到食物。”

年轻人听了这番话都一声不吭。只有国王接起话头说道：“噢，外乡人，你已向我们显示出了你的能力，以后不会有人因为你的强大而为难你了。当你返家后与你的妻儿坐在一起时，请也想到我们的刚强健壮。作为拳击手和角力者我们也许并不出色，但在赛跑上我们却胜人一筹，我们也擅长航海。在美食、弹琴和跳舞方面我们也是能手，在我们这里，你可以找到最美的首饰，最舒适的沐浴和最柔软的床榻！动起来，舞蹈家，驾船能手，竞争者，歌唱家！在外乡人面前展示一下，使他回家后能谈论起你们的本事，把得摩多科斯的竖琴也带到这儿来。”

一个侍者立即把得摩多科斯找来。挑选出的九个维持秩序的人平整出一块跳舞用的场地并圈好看台。一个艺人拿着一把竖琴走到中间，那些花季少年开始跳起舞来。俄底修斯本人感到惊奇，他还从没有看到过如此敏捷和优美的舞蹈。同时歌手在唱一支吟咏众神生活的动听歌曲。俄底修斯惊羡地回头对国王说道：“真的，阿尔喀诺俄斯，你能为拥有世上最最出色的舞蹈家而自豪。在这种艺术上没有人能与你们相提并论。”阿尔喀诺俄斯为这样的评论而感到得意。“你们听到了没有，”他对他的子民喊道，“这个外乡人是怎样赞美你们的？他是一个非常通情达理的人，他值得我们给他一些可观的礼物。开始吧！国家的十二位王子和我本人，一共十三人，每人给他一件披风和一套衣服，再加上一磅最好的黄金。我们把这些赠给他，这成为一笔财富。他会怀着一颗快乐的心与我们告别。但欧律阿罗斯应当用友好的言辞求得他的谅解。”所有的费埃克斯人都欢呼表示赞同。

一个侍者去收集这些礼品。欧律阿罗斯拿起他那把银柄宝剑和象牙剑鞘一同递给客人并说道：“长辈人，我们用侮辱的语言冒犯了你，就让它随风而去吧！愿众神保佑你返乡之行一路顺风！祝你健康快乐！”

“愿你也一样，”俄底修斯说，“希望你不会为你的礼品而后悔！”说罢他把这把宝剑悬到肩上。

当侍者把礼品收拢上来并把它们都摆放在国王面前时，太阳已经西沉。这些礼品都装在一个箱子里，运到俄底修斯在王宫里的住处。国王和他的全体随从来这里看他，并又给他另外一些赠品，除此还有一只精美的金杯。为客人准备沐浴，在此期间王后本人把箱子里的全部珍贵礼品指点给他看。“你要仔细盖上盖子，把箱子关好。这样，即使你在返乡途中睡觉，也不会有人把它们偷走！”她这样说道。

俄底修斯小心地盖好盖子，并用一种多重的绳结把箱子捆好。随后他洗了一个热水澡，并准备回到业已入席的贵族那里一同欢宴。这时在大厅的入口处妩媚的瑙西卡站在那里，自从俄底修斯进城以来，她就再没有见过他，现在要在这位高贵客人临行前再一次向他致意。她向高贵的英雄投去长长的羡慕的目光，她温柔地挽留他。但最终她说道："尊贵的客人，祝你幸福！请在你父辈的家园里也想念我，因为我救过你的命啊！"

俄底修斯感动地回答说："高贵的瑙西卡，如果宙斯使我得以返归故里，我将每天为你，我的救命恩人，像为一位神祇一样祈祷！"说罢他重新踏入大厅，在国王身边坐了下来。仆人们还在分割烤肉，从一个大调酒瓶中向杯中斟酒。盲歌手得摩多科斯又被带上来，并坐在大厅中间柱子旁的老位置上。这时俄底修斯示意侍者前来，他从放在他面前的烤肉上切下最好的一块，放到一个盘子里，递给他并说道："侍者，把这块肉送给歌手！尽管我本人是在漂泊途中，可我愿意向他表示我的爱心。歌手理应受到敬重，因为缪斯女神教给他们歌唱并宠爱他们。"盲歌手感激地接受了这份馈赠。

宴后俄底修斯又一次转向得摩多科斯："亲爱的歌手，我称赞你超过任何凡人！"俄底修斯对他说道，"因为阿波罗或是缪斯女神教你唱出如此动听的歌曲！你如此生动和准确地描述了希腊英雄们的命运，就像你亲自看到了和听到了这一切似的！现在请继续为我们唱一唱美丽的木马故事和俄底修斯在这件事上所做的一切吧！"

歌手高兴地听从了。大家都倾听他的歌唱。当俄底修斯听到赞美他的事迹时，他偷偷地流下眼泪，可只有阿尔喀诺俄斯注意到了。因此他让歌手停了下来并对周围的费埃克斯人说道："最好是让竖琴休息一会儿，朋友们，因为，并不是每一个人都喜欢听歌手唱的那些故事。从我们坐下欢宴和听歌手演唱开始，我们悲戚的客人就一直郁郁不欢，我们无法使他快乐起来。主人应当爱护客人，就像爱护自己的兄弟一样。现在，外乡人请忠实地告诉我们，你的双亲是谁，你的故乡在何处？我们费埃克斯人要把你送回故里，我们得知道你的国家和诞生你的城市。"

英雄友好地回答了这番友好的话："高贵的国王，请不要以为我是因为你的歌手而苦恼！不，听到这样的歌唱，我感到非常幸福，他使人听到了神一样的声音，我想再也没有比这更愉快的事了。但你们，亲爱的好客的主人们希望我能解脱痛苦，可我会陷入更深的悲哀之中，因为我该从何处讲起，到何处结束呢？——那先听听我的家世和我的祖国吧！"

和牧猪人的交谈

当天晚上俄底修斯与欧迈俄斯及其他牧人在茅屋里一同进餐。他为了考验欧迈俄斯，看他能留自己在这儿住多久，就在饭后对他说道："我的朋友，明天我要持棍进城求乞，不想再长时间给你们增添麻烦。请给我指点道路，因为我要在神的名义下沿街乞讨，看能否得到少许酒和面包。我也想进入俄底修斯国王的宫殿，并告诉他的妻子珀涅罗珀我所知道关于他的消息。最终我也想向求婚人求一份能给我吃住的工作。我能劈柴、生火、烤肉和斟酒以及从事高贵人要求下贱人做的这一类营生。"

但牧猪人皱起眉头并回答说："客人，你怎么会起了这么一个去毁灭自己的念头？你认为那些狂妄的求婚人会对你伺候他们感兴趣？他们有一大群另外的仆人！那都是穿着华贵衣服的年轻人，长着漂亮的脸蛋，头上抹着香膏。他们布置餐桌，摆上肉、面包和美酒，环立四周，等候吩咐。你还是留在我们这里吧，你既不会给我也不会给我的人增加负担。等着俄底修斯的好心儿子归来，他一定会帮你解困脱难的！"

俄底修斯感激地接受劝告并随即请求牧猪人讲讲他主人双亲的情况，是不是还活着或者已不在人世了。"他的父亲拉厄耳忒斯还活着，"欧迈俄斯回答说，"但他为他不在的儿子而悲恸，他的母亲则因思子心切而一命归阴。对于这善良的老主妇的死我感到十分悲痛，她待我像对待一个儿子一样，把我与她的女儿一道养大成人。她的女儿出嫁后，她像母亲一样帮我打点东西，送我到乡下。现在我失去了许多东西，我靠我这儿的工作，养活我自己。现在的女王珀罗涅珀不能为我做什么了。求婚人一直在包围和监视着她，到她跟前去的没有一个是忠诚的仆人。”他俩几乎是彻夜长谈，很少睡觉，直到黎明的曙光又把他们唤醒。

忒勒玛科斯返家

同一天忒勒玛科斯与他的伙伴在伊塔刻海滨靠岸了。他遵照雅典娜的劝告，吩咐他的同伙朝城市继续划船，并答应他们，在另一天用一顿丰盛的宴席来答谢这次旅行，而自己则上路去牧猪人那里。俄底修斯和牧猪人这时候正在茅屋内用早餐，奴隶们把猪从圈内驱赶出来。正当他们坐在那里快意地享用饭菜时，一阵脚步声从外面传来。狗变得焦躁起来，却没有吠叫。“肯定有朋友或熟人来拜访你，”俄底修斯对牧猪人说，“因为若是生人，狗的行动会是另一副样子，我这是经验！”这话还没有说完，他的可爱的儿子忒勒玛科斯就已站在门前了。牧猪人由于惊喜杯子失手落地，他匆忙迈向少主人，拥抱他，哭泣着吻他的脸、眼睛和双手，仿佛他的少主人死而复生似的。忒勒玛科斯进屋后，他的父亲俄底修斯要为他让座，欧迈俄斯友好地说道：“你坐着吧，陌生人，这个人坐我的位置。”

这期间牧猪人已为他的少主人铺上一个由绿色树叶做成的垫子，上面加上一张羊皮。忒勒玛科斯面向两人坐下，牧猪人端来一锅烤肉，摆上面包篮子，用木碗斟上酒。他们三人共同进餐。这时，忒勒玛科斯向他的仆人问起陌生人，牧猪人简短地讲了讲他从俄底修斯那儿听到的情况。“他是从一艘忒斯普洛托斯船上，”他结束时说道，“逃到我这里的。我把他交给你，随你怎样去处置他好了。”

“你的话令我忐忑不安，”忒勒玛科斯回答说，“家里是这么一个样子，我怎能去保护他？最好你把他留在这儿；我会给他送来衣服、披风和鞋，再加上一把宝剑和足够的食品，这样就不会成为你和你的奴隶的负担。只是我不能同意他去求婚人那里，因为这些人在我家里为所欲为，甚至一个强壮有力的人也不能奈何他们。”

装作一个乞丐的俄底修斯对此感到惊讶，这些求婚人竟然对主人的儿子如此放肆无礼。他询问忒勒玛科斯：“难道是人民仇恨你，或者你与兄弟们不和，或者是你心甘情愿忍受屈辱？如果我也像你这样年轻，如果我是俄底修斯儿子的话，那我宁愿让一个陌生人把我的脑袋砍掉，宁愿死在自己的家里，也不愿目睹这样的恶行！”

忒勒玛科斯回答：“不是的，亲爱的客人，人们不仇恨我，我也没有与我的兄弟为敌，我是家里唯一的孩子。但敌视我的人都是来自伊塔刻周围岛屿和本岛的那些向我母亲求婚的人。她躲避他们，无法对抗他们，不久我的家产就会被挥霍一空。”随后他转向牧猪人说道：“你是好人，替我做件好事，进城去我母亲珀涅罗珀那里，告诉她我在这儿。记住，不要让任何一个求婚人听见。”

俄底修斯向儿子表明身份

女神雅典娜等待着欧迈俄斯离开茅屋的机会。这时出现在门口的她已经化身为一个美丽的少女，除了忒勒玛科斯看不见之外，他的父亲和狗都可以看得清清楚楚。这些狗非但没有吠叫，反而哀鸣着爬到庭院的另一侧。女神示意俄底修斯立即跟她离开茅屋。她站在院墙旁对他说道：“俄底修斯，现在你没必要再在你儿子面前隐瞒自己了。你们该共同进城去杀死那些求婚人。我也非常想去惩罚这群无赖，所以我也会与你们在一起！”女神说着用她的金杖触了触乞丐。于是奇迹发生了：英雄又恢复了青春；他的身躯伟岸；他的面容神采奕奕，双颊丰满，头发稠密；额部已长出黑黝黝的鬈须；他身着披风和衣服，像从前一样。在这一切发生之后，雅典娜消失了。

当俄底修斯再次回到茅屋时，儿子惊奇地望着他，认为是见到了一位神祇。他目光一变说道："陌生人，你看起来跟刚才完全不一样了：你穿上了另外的服装，你的身材变了，你真的是一位神祇！让我们为你献上祭品并请你保佑我们。"

"不，我不是一位神祇，"俄底修斯喊道，"认认我吧，孩子，我是你思念多年的父亲呀！"随着这句话，长年抑制的泪水夺眶而出，他冲向儿子，把他拥在怀里。但忒勒玛科斯依然不敢相信。"不，不，"他喊叫起来，"你不是我父亲俄底修斯，你是一个恶魔，在欺骗我。这只能使我陷入更深的痛苦。一个人怎能用自己的力量变化成这样！"

"亲爱的儿子，不要对你返家的父亲感到惊讶，"俄底修斯说道，"我离开故乡二十年了，现在回来了，是我，不是别人。这是雅典娜女神的一个奇迹，她时而把我变成一个乞丐，时而变成现在的样子。把一个伟人一会儿变得卑贱，一会儿变得高贵，这对神祇来说不费吹灰之力呀。"

俄底修斯坐了下来，现在孩子才敢热泪盈眶地拥抱父亲。长期的悲恸使父子俩百感交集，他们大哭起来，他们的痛苦令人撕心裂肺。后来忒勒玛科斯问父亲是怎样回到故乡来的，俄底修斯向他说了自己的遭遇。随后他说道："我的儿子，按照雅典娜的指示，现在我要同你商量，如何去杀死我们的敌人。把那些求婚人的名字一个一个都告诉我，这样我就知道单凭我们两个人能否对付他们，或者我们得去寻找帮手。"

"根本不行，"忒勒玛科斯回答说，"我们俩没法去对付这么多人。他们不只是一二十个，而是多得多：仅杜利希翁就有五十二个勇敢的年轻人，外带六个仆人；从萨墨岛来了二十四人；从扎京托斯来了二十人；甚至从伊塔刻也来了二十人。同他们在一起的有使者墨冬、一个歌手和两个厨子。因此，若是可能的话，我们得找人帮助。"

"不要忘了，"俄底修斯随即说道，"雅典娜和宙斯是我们的同盟者，一旦王宫里发生战事，他们很快就会援助我们的。亲爱的儿子，我们这么做：你明天早晨回到城里，置身于求婚人中间，仿佛没有发生任何事情。我重新变成一个乞丐，让牧猪人带领我随后前往。在大厅里不管他们如何辱骂我，甚至他们把我打翻在地，拽着脚把我拉到门外，你都必须控制自己，对这一切都加以忍受。你可以用话去安慰他们，如果他们不听你的话，这样他们就算死定了。根据我的眼色，你把挂在大厅里的那些武器和装备都摘下去，藏到宫殿的顶层阁楼里。若是求婚人发现它们不在并问起此事时，你就说，你让人把它搬走了，因为炉火的烟熏会使它们失去光泽。你只留下两把宝剑、两支长矛和两副牛皮盾牌。若是他们敢于抵抗，我们就拿起它们来进行战斗。此外不要让任何人知道俄底修斯已经回来了，连拉厄耳忒斯和牧猪人，甚至连你的母亲都不要告诉。这期间我们要考察一下那些仆人和杂役，看谁对我们还怀有敬畏之心，谁忘记了我们，谁对你不恭。”

“亲爱的父亲，”忒勒玛科斯回答说，“你可以对我完全放心。但我认为这种考察没什么用处。去考察每一个人将会花费很长时间，我可以帮你对宫中那些女仆进行考察，至于宫中的那些男人，我认为，等到我们重新成为主人时，再进行考察也不迟。”俄底修斯觉得儿子说得有理，并对他的深思熟虑感到高兴。

在城内和在王宫

就在这时候，忒勒玛科斯及其伙伴乘坐的从皮罗斯开往伊塔刻的那艘船已经抵达城市的港口。他们派出一个使者去见王后珀涅罗珀，告诉她她的儿子已经返家。与此同时，牧猪人也从乡间把同样的消息带来了，他们在王宫里相遇了。使者当着所有女仆的面，珀涅罗斯珀大声说道：“王后，你的儿子已经回来了。”欧迈俄斯却不是这样，他等到没人在场时秘密地向王后转达了她儿子所说的话，尤其是让她派人到他的祖父拉厄耳忒斯那里。牧猪人说完就又偷偷地返回照看他的猪群去了。

求婚人从不忠的女仆那里知道了使者带来忒勒玛科斯返家的消息。

他们愠怒地聚在一起，坐在宫门前的凳子上。欧律玛科斯说道：“我们没有想到，这个孩子竟能如此顽强地完成了这次绕行。赶快派一艘快船去通知埋伏在海峡的朋友，不要在那里白白地等了，叫他们回来。”可当另一个求婚人安菲诺摩斯转身向海港望去时，他看到，他们的朋友们乘的那艘船业已抵达海港了。

“不需向他们传递消息了，”他叫道，“他们已到了这里。也许是一个神祇告诉他们忒勒玛科斯已经回到了家里，也许是他逃掉了，他们没能追上他。”求婚人站了起来，奔向海岸。随后他们与从船上下来的人一起来到广场，在这个广场上他们只许自己人集会，其他人一律不许人内。安提诺俄斯是负责埋伏的那群人的头头，他站出来说道：“朋友们，他从我们手中溜掉了，这不怨我们！我们每天都派人去海岸高处巡视。我们夜里也从不留在陆地上，而是不断地在海峡巡逻，想捉住忒勒玛科斯并悄悄地把他杀死。一定是有一个神祇帮助了他，因为没有一艘船在我们面前出现过！我们要在城里把他解决掉，因为这个孩子太聪明了，等他慢慢长大就会胜过我们。”

讲完话，求婚人都长时间沉默不语。最终尼索斯的儿子安菲诺摩斯站了起来，他是求婚人中最高贵和最明智的人，他那机智的言辞甚至都引起了王后珀涅罗珀的注意。他在会上发表了他的意见。“朋友们，”他说道，“我不希望我们秘密地杀害忒勒玛科斯！去谋害一个古老王族的最后一个后裔，这有些令人憎恶。最好让我们事前问问众神。若是众神做出同意的表示，那我本人就去杀死他；若是众神反对我们这样做的话，那我劝告你们，放弃这个念头。”

求婚人赞成他的这番话。他们推迟了他们的计划，返回宫殿。王后的秘密拥戴者使者墨冬把在这次会议上听到的都告诉给了她。珀涅罗珀听到争执与女仆们一道匆忙来到大厅中求婚人那里。她连面纱都没来得及披上，她用一种激烈的令人动容的言辞对这个恶毒计划的倡议人说道：“安提诺俄斯，你这个无耻的教唆犯，伊塔刻人错误地尊称你为你的伙伴中最明事达理的人，可你从来就不是这样。你蔑视那些连宙斯都同情的不幸者的声音，竟然胆大到想去杀害我的儿子。”

代替安提诺俄斯答话的是欧律玛科斯，他说：“高贵的珀涅罗珀，你不必为你儿子的性命担心。只要我活着，就不会有人敢去动你的儿子。俄底修斯曾经多次把我抱到他的膝上摇动并往我嘴里放进好吃的东西！因此他的儿子也是所有人中我最喜欢的人。他不必担心会死，至少不会被求婚人杀死。如果神要他死，那任何人也无法逃避！”这个伪善者说话的表情十分和蔼，但他心里想的却不是别的，而是死亡。

珀涅罗珀又回到她的后宫，躺在床上，为她的丈夫恸哭不止，直到她精疲力竭而睡去。

忒勒玛科斯、俄底修斯和欧迈俄斯来到城里

当天晚上，牧猪人回到他的茅屋，俄底修斯和他的儿子忒勒玛科斯正忙着宰一头猪用作晚餐。雅典娜的神杖把俄底修斯变成了一个衣衫褴褛的乞丐，这样他就不会被欧迈俄斯认出来了。“你从伊塔刻带来什么消息了?”忒勒玛科斯问道，“那些求婚人还一直埋伏在那儿等我或者他们已撤了回来?”欧迈俄斯把他看到的两艘船向他做了报告。忒勒玛科斯趁牧猪人没有注意，满意地笑着朝他的父亲示意。他们共同进餐，然后躺下安息。

一清早忒勒玛科斯就动身进城。但此前他对欧迈俄斯说：“老人，我现在得进城去见我的母亲。随后你与这个可怜的外乡人一道前去，使他能沿街乞讨。我不能把整个世界的重负都担起来。我自己的苦恼已经够多的了。”俄底修斯对儿子的掩饰本事打心眼里感到惊喜，于是他也说道：“亲爱的年轻人，我自己不打算再在这儿待下去。一个乞丐在城市会比在乡下活得更好。你走吧，我先在炉边暖暖身子，等天气变得暖和些，你的仆人就可以陪我进城了。”

忒勒玛科斯匆忙赶回城里。他到达宫殿时，天还很早，那些求婚人还没有露面。他把他的长枪倚放在门柱上，跨过石制门槛进入了大厅。

女管家欧律克勒亚正忙着用精美的毛皮铺垫椅子。当她看到少主人时，她饱含欢喜的泪水向他跑去，欢迎他归来。其他女仆也围了过来，吻他的双手，吻他的双肩。这时他的母亲珀涅罗珀从她的房间里走了出来，她妖娆得像女神阿耳忒弥斯，美丽得像爱神阿佛洛狄忒。她哭着把她的儿子揽入怀中，吻他的脸和眼睛。“自从你偷偷地前去皮罗斯打听你亲爱的父亲的消息，”她啜泣地喊道，“我就没指望能再见到你！快告诉我，亲爱的孩子，你带回来什么消息?”

“啊，母亲，”忒勒玛科斯回答说，他不得不极力控制自己的真实情感，“我自己刚刚从死亡中逃脱出来，不要再提起父亲的事情令我苦恼了。你现在去洗浴吧，穿上洁净的衣服，与你的女仆一道祭祀众神，愿他们保佑我们去报仇雪恨。我本人要去市集，把一个外乡人领进家里。他一路上陪伴我，现在正等我去叫他。”珀涅罗珀听从了他的劝告。忒勒玛科斯则奔向市集，他手执长枪，他的那些猛犬跟在后面。雅典娜使他变得雍容华贵，这令所有的市民惊羡不已，就连那些求婚人也立即聚集一起围了上来，对他大加奉承，而心里却怀着鬼胎。

可忒勒玛科斯并没有在他们中间停留多久。他坐到他父亲的老朋友门托耳、安提福斯和哈利忒耳塞斯身边，把一些可以讲的事情讲给他们听。随后他对四处漫游的预言家忒俄克吕摩诺斯——他此时暂住在他的朋友珀剌俄斯处——表示欢迎，并带他入宫。在这儿两人洗了个舒服的晨浴，并与珀涅罗珀在大厅里共进了早餐。这时珀涅罗珀忧郁地对儿子说：“忒勒玛科斯，我最好还是回到内室，在那儿孤独地以泪洗面，像我一向所做的那样，因为你不愿意告诉我你听到的关于你父亲的消息。”

“亲爱的母亲，”忒勒玛科斯回答说，“我愿意把我听到的一切都告诉你，但愿能使你得到宽慰！涅斯托耳老人在皮罗斯热情地接待了我，但关于父亲的事他根本没有什么可告诉我的，但他把我同他的儿子送到斯巴达。我在那儿受到了伟大的英雄墨涅拉俄斯的殷勤款待，也看到了女王海伦，就是为了她，特洛亚人和希腊人遭受了那么多的磨难。在那儿我终于得到一些关于父亲的消息，这是海神普洛透斯在埃及告诉墨涅拉俄斯的。他说，他看见父亲在俄古癸亚岛上陷入困境。仙女卡吕普索强把俄底修斯留在她的洞穴里。他没有船和水手，无法返回家乡。”

预言家忒俄克吕摩诺斯为女王的戚容而感动，他打断了年轻主人的话，说道：“女王，他知道的不是全部。请听我的预言：俄底修斯已经回到了他的家乡，现在某一个地方，或者他秘密地等待时机，要把那些求婚人斩尽杀光。这是真的，征兆已经告诉了我这一切。”

“高贵的客人，愿你的话得到应验，”珀涅罗珀长叹了一声，回答说，“那时我会感谢你的。”

在这三个人谈话期间，求婚人像通常一样在宫前掷铁饼，投长矛。中饭时他们返回宫内进餐。

这会儿牧猪人欧迈俄斯和他的客人已经在前往城市的路上了。装作是乞丐的俄底修斯肩上背了个破口袋。牧猪人递给他一根棍子，把院子交给奴隶们和狗看管。他俩到达城市水井那里，在那儿遇见了牧羊人墨兰透斯的两个奴隶。他们正赶着肥嫩的山羊进城供求婚人食用。他们一看到牧猪人和乞丐就开始大声骂起来。“真的，这叫一个废物领着另一个废物，物以类聚嘛。你这该死的牧猪人，要把这个饿死鬼乞丐领到哪里去？挨家乞讨面包皮去？把他交给我看管围栏吧，打扫羊圈，给羊羔喂草，这样能吃些羊奶酪和肉，长得胖一点呢！可是他什么也没学过，什么也不会，就只会填满他的肚皮。”那个人说着就恶狠狠地在乞丐的屁股上踢了一脚。俄底修斯动也不动地站在那里。可他心里却恨不得用他的棍子砸向他的脑袋，让他再也站不起来；但他控制住自己，忍受了这种辱骂。墨兰透斯大声申斥着，继续走去。他到了求婚人那里，坐在他们中间，恰巧是坐在欧律玛科斯的对面，因为他受到求婚人的信赖，常与他们一起进餐。

现在俄底修斯和牧猪人也来到了宫前。当他久别之后重新看到他的王宫时，他不禁怦然心动，他抓住牧猪人的手说道：“真的，欧迈俄斯，这一定是俄底修斯的家了！怎样的一座宫殿，怎样的一些房间啊！围墙和雉堞修得多么坚实，两扇大门是多么牢固啊！真的，这样的宫殿是坚不可摧的！我也注意到了，好多人正在里面吃喝玩乐，香味扑面而来；歌手的琴声漾出厅外，他在用他的歌儿为他们佐餐！”

他们商量并决定，牧猪人先进去，替外乡人到厅里观察一下情况。正在他俩商量的时候，门旁的一条老看家狗抬起了头，竖起了耳朵。它叫阿耳戈斯。俄底修斯在前去特洛亚之前，还喂养过它。狗通常随同人们去狩猎，可现在它老了受到蔑视，卧在门前的一个粪堆上，身上长满了寄生虫。当它看到俄底修斯时，尽管他化了装，它仍然认出了他。它垂下耳朵，摇晃着尾巴，但由于虚弱无力而无法走到跟前来。俄底修斯注意到了，他偷偷拭掉眼中的泪水。随后，他掩饰住自己的痛苦，对牧猪人说道："躺在粪堆上的那条狗看样子曾是条好狗，时至今日，都能看得出它昔日的风采!"

"当然了，"欧迈俄斯回答说，"我那不幸的主人以前最宠爱这条狗。你真应当在山谷中看到它，最厉害的还是在茂密的丛林中追踪猎物！它的主人走了之后，它就趴在这里，受人蔑视。现在它根本就吃不饱!"

牧猪人说着，转身进了王宫。而这条狗，在二十年后再次见到它的主人时，就垂下头，死了。

化装成乞丐的俄底修斯来到大厅

忒勒玛科斯在大厅里发现了牧猪人，他把他喊到自己身边。欧迈俄斯向四周小心地看了一下，拖了一把给分肉者餐前坐的空椅子。他的主人示意他坐在餐桌旁，侍者立即给他端上来肉和面包。不久化装成乞丐的俄底修斯，拄着棍子踉跄地走了进来，他坐在门内的岑木门槛上。忒勒玛科斯一看到他，就从自己面前的篮子里拿出一个面包和一大块肉递给牧猪人，并说道："我的朋友，你把这些食物给那个外乡人。"俄底修斯满怀感激地收下，做了祷告，把它们放在脚前的口袋上吃了起来。

在整个进餐期间，歌手斐弥俄斯一直用他的歌唱娱乐宾客；现在他沉默下来，人们听到的只是客人们的狂呼乱叫。在这瞬间雅典娜隐去身形，来到俄底修斯跟前并吩咐他向求婚人乞讨面包。虽然她要他们全都死去，但如何死法却要有所不同。俄底修斯听从女神的吩咐，向每一个人乞讨，伸出他的手来，好像他早就是一个老叫花子似的。

有些人流露出怜悯之情，给了他些食物，可禁不住发问，这个人是从哪儿来的。这时牧羊人墨兰透斯告诉他们："此前我见过这个人，是牧猪人把他带来的！"现在安提诺俄斯怒气冲冲地对牧猪人骂了起来："你这个下流胚，告诉我们，为什么把这个人带进城？难道我们这里游手好闲的人还少吗？你还要把这样一个好吃懒做的人带进大厅里来？"

"冷酷的人，"欧迈俄斯泰然地回答说，"我们竞相把预言家、医生、建筑师以及娱乐我们的歌手召入大人物的宫廷。从没有人去请乞丐，他是自己来的，但我们不能因此把他赶出去！只要珀涅罗珀和忒勒玛科斯还住在这里，那对这个人就绝不能这样做。"

但忒勒玛科斯让他不要说话："欧迈俄斯，不要去理睬他，你知道这个人有种侮辱别人的恶劣习惯。而你，安提诺俄斯，我要告诉你：你不是我的监护人，你没有权利要我把这个外乡人从这里赶出去。最好是给他食物，不必吝惜我的家产！当然，你宁愿自己吃独食也不愿与别人分享！"

"你们看，这个倔强孩子是怎样辱骂我，"安提诺俄斯叫了起来，"如果每个求婚人给这个乞丐一份食物的话，那他三个月就用不着去乞讨了！"说罢他就抓起一个脚凳。这时俄底修斯正路过他的身边并且向他乞讨一份食物。他暴怒地喊道："是哪个魔鬼把你这个不要脸的寄生虫带到我们这里来了！离开我的饭桌。"当俄底修斯嘟囔着退回去时，安提诺俄斯把脚凳向他砸去，击中右肩紧贴着颊部的地方。

俄底修斯岿然不动，像一块岩石。他沉默地摇了摇头，心里想着用什么方法报复。随后他返回门槛，把装满食品的口袋放到地上，坐了下来，向求婚人报怨安提诺俄斯对他的伤害。安提诺俄斯却冲到了他的面前："住嘴，吃你的吧，你这个外乡人。否则就抓住你，扯起你的脚和手把你扔到门外去，让你断胳膊少腿！"

珀涅罗珀在自己的内屋透过敞开的窗户听到了大厅里发生的一切。

她也听到了那个乞丐受到的不公平对待，对他产生了怜悯之情。她悄悄地让人把牧猪人叫到身边并吩咐他把那个乞丐带来。“也许，”她补充说，“他知道些我丈夫的消息，甚至还亲自见过他，因为看样子这个人在各地都流浪过。”

“是的，”欧迈俄斯说道，“如果求婚人肯静下来听他讲，他会讲许多的。他已经在我那儿住了三天了，他讲的那些令我着迷，就像一个歌手唱的歌一样。他来自克瑞忒，他说他的父亲与你丈夫的父亲相识。他也知道俄底修斯目前正生活在忒斯普洛托斯人那里，不久就会带大批财富返回家园。”

“快去，”珀涅罗珀激动地说，“把那个外乡人喊来，让他讲给我听！这些傲慢无礼的求婚人！我们正缺少一个像俄底修斯一样的男人。如果他回来，那他和忒勒玛科斯很快就会向这群人复仇的！”

欧迈俄斯把珀涅罗珀的要求传达给乞丐，他却回答：“我非常高兴能把我知道的有关俄底修斯的事情讲给女王听，但我还是很担心这些求婚人的行为。特别是现在，那个向我掷脚凳的恶人伤害了我，可不管是忒勒玛科斯还是别人都没有替我说话。因此珀涅罗珀应该等到日落之后把我让到她的火炉旁坐下。我会把一切讲给她听。”

不管珀涅罗珀对这个外乡人如何好奇，可她理解他提出的理由，她决定耐心等待。

俄底修斯和乞丐伊洛斯

一直聚在一起的求婚人久久不肯散去。这时一个臭名昭著的乞丐从城里进入大厅，他是一个大肚汉，高大的个头，但没有一点力气。家里人都叫他阿耳奈俄斯，可城里的年轻人给他起了个“伊洛斯”的绰号。伊洛斯原是一个使者的名字，而他经常传送些消息，于是就这样叫他。是嫉妒心把他带到这里，因为他听到有了一个对手，他赶过来就是为了把俄底修斯从这里赶走。“老家伙，离门远一点，”他一进去就喊道，“难道你没有看到所有人都在使眼色让我把你扯出去吗？自动走开，别逼我！”俄底修斯阴沉着脸望了他一眼说道：“这个门槛足够大，能够容下我们两个。你看起来跟我一样穷，只是嫉妒我分了你的一份。不要向我挑衅，惹我发火！”这话使伊洛斯更加恼火，他吼了起来：“你饶什么舌，馋鬼！”他说，“你像一个多嘴的老太婆那样唠叨什么？我左右开弓几巴掌，就打碎你的下巴，打烂你的嘴，打掉你的牙齿，让它们像从猪嘴里吐出来一样。你有兴趣与我这样一个年轻力壮的人较量吗？”

求婚人听见两个乞丐争斗都大声笑了起来。安提诺俄斯说道：“朋友们，你们看到那些放在煤火上炙烤的填满血和肥油的山羊肠肚了吗？让我们把它们当作两位高贵的战士的奖品吧。谁是胜利者，谁就拿去，能拿多少就拿多少，并且除了他，将来任何乞丐都不许进入这个大厅！”

所有求婚人都赞同他的这番讲话，这期间俄底修斯装作胆小怕事的样子，像一个被苦难折磨得软弱无力的老人。他事先要求求婚人做出许诺，不要在战斗中偏袒伊洛斯。他们对他做出保证后，他就束起他的衣服，卷起袖子。这时他露出粗壮有力的大腿和胳膊，宽阔雄伟的双肩和强壮的胸脯，因为雅典娜偷偷地把他变得威武刚健。求婚人看得目瞪口呆。伊洛斯开始胆怯了，他的膝盖在发抖。安提诺俄斯等待的这场战斗原本不是这个样子，他变得愠怒起来，说道：“你这个丢人现眼的家伙，你在这个衰弱无力的老人面前竟然浑身发颤，你真不如不来到这个世上！我告诉你，如果你被打败了，那我就用船把你送到厄庇洛斯的国王厄刻托斯那里。他是令所有人都感到可怕的人，他会把你的鼻子和耳朵割下来，把你喂狗！”

俄底修斯想了片刻，应该把这可怜的家伙一下子打死还是轻轻地惩罚他，以免引起求婚人的怀疑。他觉得后一种做法更明智些，因此当伊洛斯用拳击中他的右肩时，他只轻轻地在他耳后打了一下。即使这样，他还是打碎了他的骨头，鲜血从口中喷出。伊洛斯的牙齿抖个不停，踉跄地栽倒在地。在求婚人的哄然大笑和鼓掌声中，俄底修斯把他从门口拖走，倚放在墙上，递给他一根棍子，嘲弄地说道：“你待在这儿，看着狗和猪，别让它们进来！”随后他返回大厅，重新坐在门槛上。

他的胜利激起了求婚人的尊敬。他们都面带微笑走到他跟前，同他握手并说道：“外乡人，愿宙斯和众神保佑你心想事成。你使一个讨厌的家伙安静下来。他该到厄刻托斯国王那里去了！”俄底修斯把这个祝愿当作一个吉兆。安提诺俄斯本人把一大堆山羊肠肚放到他面前。安菲诺摩斯带来两个面包，斟满酒杯，在掌声中向胜利者举杯祝贺，并说道：“为你的幸福，陌生的老人，愿你未来无忧无虑！”

俄底修斯严肃地直视他的眼睛，回答说：“安菲诺摩斯，我看你是一个通达事理的年轻人，是一个德高望重人的孩子。记住我的话！在这个世界上除了人，再没有什么是更虚幻、更变化无常的了。只要众神宠爱他，他就认为未来会一帆风顺。但等到灾难降临，他就没有勇气去承受了。这是我本人的经验之谈，年轻时我倚仗年富力强，在幸福的日子里也做了些我不该做的事情。为此，我提醒每一个人不要狂妄傲慢，作奸犯科。现在求婚人如此肆无忌惮，冒犯别人的妻子，这是不明智的。这个人也许不久就会返回家园。安菲摩诺斯，在你没有遇见他之前，愿一个好心的神祇带你离开这里！”

俄底修斯说着接过酒杯一饮而尽并把杯子递还给年轻人。这个求婚人垂下头沉思，忧心忡忡地走出大厅，仿佛预感到有什么坏事要发生似的。即使如此，他也没有摆脱掉雅典娜给他规定的厄运。

珀涅罗珀来到求婚人面前

现在雅典娜激起珀涅罗珀的热情，出现在求婚人面前，使他们中的每一个人都充满了相思之苦，并在她的丈夫——当然她对俄底修斯的在场还一无所知——和儿子忒勒玛科斯面前，以其高雅的举止显示出端庄和忠贞。

雅典娜先使俄底修斯的妻子安静地睡了一会儿，赋予她一种超凡脱俗的美。她在她脸上涂上阿佛洛狄忒与美惠女神跳完舞时经常用的香膏；她让她变得更加高大、更加丰满；她使她的皮肤像象牙一般闪闪发亮。随后女神又消失了。

当珀涅罗珀的两个女仆走进房间时，她从沉睡中醒来，她擦了擦眼睛并说道："咳，我睡得多么香甜啊。真愿众神让我就这样香甜地死去，使我不必再为我的丈夫忧伤和忍受家中的苦恼！"说罢她就站起来并从内室走到求婚人那里。她静静地站在拱形大厅的门口，面上披着轻纱，妩媚艳丽，绰约多姿。求婚人一看到她，心都怦怦跳个不停，每个人都渴望娶她为妻。女王却转身对她的儿子说道："忒勒玛科斯，我简直不认识你了，真的。你在小时候表现得比现在更通情达理。你怎能让这样的事情在大厅里发生？居然容忍一个在我们家里寻求安宁的可怜外乡人受到如此的侮辱？这让我们在众人面前丢脸啊！"

"好心的母亲，你的激动是对的，"忒勒玛科斯回答说，"我也认识到什么是对的，但是坐在我四周的这些对我怀有敌意的人都在捉弄我，没有一个支持我的人。可这个外乡人与伊洛斯决斗的结果倒完全出乎求婚人所料。他们刚才都耷拉下他们的脑袋，像坐在外边的那个可怜虫一样！"

忒勒玛科斯说这番话时很轻，让求婚人听不见。这时欧律玛科斯被女王的天姿国色弄得神魂颠倒，他大声喊道："伊卡里俄斯的女儿，但愿全希腊的阿开亚人都能见到你！真的，那明天就会有更多的求婚人来到这里，因为你的美貌你的智慧无人能及！"

"啊，欧律玛科斯，"珀涅罗珀回答说，"自从我的丈夫与希腊人去了特洛亚，我的美貌就凋谢了。如果他能回来保护我，那我就会重新焕发出青春；但现在我感到悲哀。当俄底修斯离开这儿的海岸最后一次握住我的手时，他说道：'亲爱的妻子，希腊人不会全部健康地返回家园。特洛亚人勇猛善战，都是出色的长枪投掷手，弓箭射手，战车驭手。我也不知道，我是否能够返回。你好好管理家园，照料双亲。当儿子长大而我不再回来时，你可以结婚，离开这个家。'这是他说的话，而现在都变成真的了。悲哀啊！可怕的婚礼临近了，面对这一天我是怎样的痛苦啊！这些求婚人有着一种与通常的求婚人完全不同的习俗。通常的求婚人如果想娶一个名门贵族的女儿的话，就会自己带来牛羊并给未婚妻送来礼品，而不是毫无补偿地挥霍别人的家产！”

俄底修斯听了这番聪明的话，内心十分高兴。安提诺俄斯代表求婚人做了这样的回答：“高贵的女王，我们中的每一个人都愿向你献上珍贵的礼品，并请求你不要拒绝。但在你从我们中间选中新郎之前，我们不会返回我们的家乡。”所有的求婚人一致赞同他的话。

他打发仆人去取礼品。安提诺俄斯送上的是一身绚丽多彩的衣服，上面钉着十二个金别针和弯得精致的金钩。欧律玛科斯呈上的是一条漂亮的黄金项链。欧律达玛斯赠的是一副镶满宝石的耳环。其余的求婚人都各自献上了一份特殊的礼物。女仆们把这些礼品如数收下，珀涅罗珀与她们重新返回后宫。

俄底修斯再次受到讥笑

求婚人又歌又舞，恣意享乐直至暮色降临。天黑以后，女仆在大厅里点上三盏灯用来照明并搬来些木柴。就在她们生起炉火的时候，俄底修斯走到她们跟前说道：“俄底修斯的女仆，你们最好听我说，你们最好坐到你们可敬的女王身边转动纺锤，梳理毛线。大厅里的炉火让我来照料好了！即使求婚人一直待到明晨，我也不会疲倦的。”

女仆们相视大笑。终于一个年轻漂亮的女仆墨兰托——她由珀涅罗珀抚养长大，视同己出，现在却与求婚人欧律玛科斯生活在一起，成了他可耻的搭档——放肆地骂道：“你这个可怜的乞丐，你是一个真正的傻瓜，你为什么不去灶房或找另一个地方睡觉，这儿的人都比你高贵，你要破坏我们的规矩？你是在说醉话，还是你是一个蠢材？你要注意，会有人站出来，左右开弓，打碎你的脑袋，把你从王宫里扔出去。”

“你这条母狗，”俄底修斯阴沉地回答说，“我要把你说的这些无耻的话告诉忒斯玛科斯，他会把你揍扁的。”女仆们都相信他不是说着玩的，于是都两膝发抖逃出大厅。现在俄底修斯坐在炉火旁扇火，盘算着如何复仇。

这时雅典娜去唆使那些狂妄的求婚人嘲弄俄底修斯。欧律玛科斯对他的同伙说的一番话引得哄堂大笑：“真的，这个人是一个神祇派到这个大厅来的一盏活生生的灯啊。他光秃秃的脑袋不正像一个火把在闪闪发亮?”他对着俄底修斯，说道：“听我说，你这家伙，有没有兴趣给我当奴隶，在我的庄园里给我清除杂草和照看树木？会管你吃喝的。但我看出来了，你宁愿当乞丐用乞讨来填饱你的肚子，也不愿意出力流汗。”

“欧律玛科斯，”俄底修斯用坚定的声音回答说，“我愿现在就是春天，那我们俩就可以在草地上进行一场割草比赛，两个人手执镰刀，一直干到深夜，这样就会显出谁能坚持得最久！狂妄的人，你自以为高大和有力量，这是因为你只同少数人较量过。如果俄底修斯返回家里，你很快就发现，这么大的大厅都不够你逃跑用的了!”

欧律玛科斯勃然大怒。“可怜的家伙，”他吼了起来，“你马上就会为你说的浑话付出代价!”随着这句话他把一个脚凳掷向俄底修斯。但俄底修斯扑倒在安菲诺摩斯膝边，脚凳飞了过去，击中斟酒侍者的右手。于是酒壶滚到地上，叮当作响，侍者本人惊叫了一声倒在地下。

求婚人喧哗起来，骂这个外乡人打扰了他们的乐趣。这时忒勒玛科斯客气而果断地要求客人们去安息。安菲诺摩斯从人群中站起来，说道：“亲爱的朋友们，不要违背你们刚才听到的话。不论是你们还是仆人，将来都不要用话或用行动去伤害这个外乡人。让我们再次斟满酒杯，去祭祀神祇，然后各自回家。但这个外乡人最好留在这里，由忒勒玛科斯加以保护。他在他的灶火旁已经找到了安身之处。”听从安菲诺摩斯的劝告，不久求婚人都离开了大厅。

俄底修斯单独与忒勒玛科斯和珀涅罗珀在一起

只有俄底修斯和他的儿子在大厅里。“快，我们现在必须把武器藏起来!”俄底修斯说，他们把头盔、盾牌和长枪都搬到小屋里。雅典娜举着金灯在他们前面走着，四下里一片光明。“这简直就是一个奇迹，”忒勒玛科斯轻轻地对父亲说，“这是怎么回事，每一根房椽，每一根横梁，每一根柱子都是那么清晰，一切都像火一样地闪耀！真的，一定有一个神祇与我们在一起，一个住在天上的神!”

“小声些，儿子，”俄底修斯回答说，“不要问。这是神祇的习惯。现在你去睡吧，我还要留在这儿，去试探你的母亲和那些女仆。”

忒勒玛科斯离开后，珀涅罗珀从房间走出来，她像阿耳忒弥斯和阿佛洛狄忒一样美丽。她把镶着白银和象牙的椅子移到火炉旁铺上羊皮，坐了下去。随即来了一群女仆，移走桌上的面包和酒杯，拨旺炉火，点起宫灯。这时墨兰托又一次嘲弄起俄底修斯。“外乡人，”她说，“你要整夜留在这儿，在宫殿里四下窥视吗？若不想火棒飞到你的头上，那就马上离开这里找你的伙伴去吧!”

俄底修斯阴沉地看着她，说道：“你为什么对我这样苛刻？因为我衣着褴褛和进行乞讨？难道这不是所有流浪人的共同命运吗？我也曾幸福过，锦衣华服，并且对那些流浪的外乡人，不管其外表如何，都给予周济。我也有过很多的男女仆人。但这一切都被宙斯夺走了。记住，你这个女人，如果女王对你发起火来，你也会落到这种下场。”

珀涅罗珀听了乞丐说的这番话，于是斥责傲慢的女仆：“不知羞耻的女人，我知道你心术不正，晓得你要做什么。你会用你的脑袋付出代价的！难道你没有听我说过，我尊敬这个外乡人，并要在我自己的家里问他关于我丈夫的事情吗？可你还依旧胆敢嘲笑他!”墨兰托吓得脸色煞白。女管家这时给乞丐拿来一把椅子。随后珀涅罗珀开始说话了。

“外乡人，”她说，“首先告诉我你的名字和你的家世。”

“女王，”俄底修斯回答说，“你是一个端庄贤淑的女人，你夫君的名声显赫，你的人民和你的国土享有很好的声望。你什么都可以问，但不要问我的家世和问我的故乡。我忍受了太多太多的痛苦，我不愿再回想这一切。如果我讲述它们时，我必定会绝望地恸哭起来，那时你的女仆们甚至你本人都会责备我。”

珀涅罗珀随即说道：“外乡人，你看到了，自从我亲爱的丈夫离开我之后，我的日子也十分痛苦。你数一数，有那么多向我求婚的人，他们在逼迫我，三年来我一直通过一个计谋来逃避他们，可现在这个计谋我无法继续下去了。”随后她谈到她怎样用织衣来欺骗他们和女仆如何发现了这个骗局。“我无法继续逃避结婚了，”她最后说道，“我的双亲在催促我，我的儿子对挥霍他的财产感到愤怒。你看，我的处境就是这样。你不必向我隐瞒你的身世了，毕竟你不是从橡树里长出来的或是从石头里蹦出来的！”

“如果你要求我这样，”俄底修斯回答说，“那我愿意告诉你。”随后他开始发挥他的想象力，讲述那个关于克瑞忒的故事。他讲的是那样可信，连珀涅罗珀都流出了泪水。对此，俄底修斯从内心深处感到愧疚、同情。即使如此，他的眼睛仍动也不动，像是铁石一般。他竭力忍住眼泪。女王哭了好久。随后她开始说道：“外乡人，现在我得试试你，看你说的是不是真话。你说过，你在你的家里招待过我的丈夫。那你告诉我，他穿的是什么样的衣服，他是什么长相，他的随从是什么样的人。”

“在这么长的离别之后，你这样要求，我感到有些困难，”俄底修斯回答说，“因为这位英雄在我们克瑞忒那里登陆，已经是二十年前的事了。但就我所能记起的，他的衣服是双层的，紫色，长长的羊毛，有一只金的别针。前面绣着一头幼鹿，它在一个猎狗的前爪中挣扎。紫色披风里面是精致的雪白的紧身衣。他有一个跟随他的传令官，叫欧律巴忒斯，驼背，褐色的脸，卷发，他因聪明而受到俄底修斯的敬重。”

女王又开始哭起来，因为这一切都与她的丈夫吻合。俄底修斯用一个新的故事来安慰她，可这故事里也混杂着某些真实的东西。他讲述了他在特里那喀亚岛的登陆和他在费埃克斯地方的逗留。这个乞丐对忒斯普洛托斯国王的所有情况都非常熟悉，他亲眼见到这位国王交给俄底修斯一大批珍宝。俄底修斯肯定会回来的，乞丐这样结束了他的讲述。

但他的话仍不能使珀涅罗珀完全相信。她垂下头说道："我感到他不会回来了。"她吩咐女仆给外乡人洗脚，为他准备舒服的床榻。但俄底修斯拒绝那些可憎的女仆伺候他，并要留在草垫上过夜。"女王，如果你有一个忠实的老女仆的话，"他说，"她像我一样在生活中忍受了这么多的不幸，那就让她为我洗脚吧。"

"好吧，欧律克勒亚，"珀涅罗珀召唤她的老女仆，"你曾经把俄底修斯抚养长大。你就给这个人洗洗脚吧，他的年岁和你的主人一样大。"

"啊，"她朝乞丐瞥了一眼，"也许现在俄底修斯的脚和手也是这个样子，身处不幸中的人总是未老先衰的！"老女人在说这话时哭了起来。当她准备给外乡人洗脚并从近处观察他时，她说道："有许多外乡人拜访过我们，但像你这样在声音上、身材上和脚上如此与俄底修斯相似的人，我还从来没有见过！"

"是啊，见过我们俩的人都这样说。"俄底修斯无动于衷地回答说。随即他坐到炉火旁，给水罐装满水。

当她开始给他洗脚时，俄底修斯小心地躲在阴影里，因为他从年轻时右膝上就有一个大的伤疤，那是他在一次狩猎中被野猪的牙咬伤的。现在他怕被老女仆认出来，就把双脚避开灯光。但他白费心思了，女管家一摸到这个地方，就认出了这个伤疤。由于喜悦和惊讶，她的手一松，俄底修斯的腿就落入脚盆里。铜盆发出响声，水花飞溅出来。她的呼吸急促，她的声音哽咽，她的眼睛充满泪水。终于她抓住他的下颚。"俄底修斯，我的孩子，真的是你，"她叫了起来，"我用我的双手感觉到了。"但俄底修斯用他的右手捂住她的嘴，用左手把她拉到身边并轻声地说："老妈妈，你要毁灭我吗？你讲的是实情，但不要让宫里的任何一个人知道！如果你说出来的话，那等待你的是与那些坏女仆一样的命运。"

"你说的是什么话！"女管家平静地回答说，这时他已放开她了，

"难道你不知道我的心如铁石一样？你只提防宫中的其他女仆好了。我要把那些背叛你的女仆的名字都告诉你。"

"你不需要这样做，"俄底修斯说，"我已经知道她们了，你只要安静就行了！"

他洗好并涂上香膏之后，珀涅罗珀还与他说了一会儿话。"我的意志很不坚定，"她说，"好心的外乡人，我是不是该留下来陪我的儿子，是不是还应该以为我丈夫还活着，或者该与求婚人中最高贵的一个并且献上最宝贵的聘礼的人结为夫妇？当忒勒玛科斯还是一个孩子时，他的年轻不允许我结婚；但孩子已经长大了，他希望我离开这个家，因为不这样他遗承的财产就会被挥霍一空。现在你替我圆一个梦，因为你看起来很聪明。我的家里有二十只鹅，我总是很喜欢看它们如何吞食麦粒。于是我做了一个梦，一头鹰从山那边飞来，咬断了我的这些鹅的脖子。它们都死了，横七竖八地躺在宫里，而那头鹰则飞走了。我开始大声哭泣并继续梦下去。我觉得好像来了一些邻家妇女，在我苦恼的时候来安慰我。那头鹰突然又飞回，落在阳台上并开始用人的声音说起话来：'放心吧，伊卡里俄斯的女儿，'它说，'这是真的，不是梦。求婚人都是鹅；我曾是一头鹰，现在我是俄底修斯。我返回来，是为了杀死所有的求婚人。'这头鹰这样说着，而我醒了。我立即去看我的那些鹅，可它们都安静地在槽边吃食。"

"女王，"伪装成乞丐的俄底修斯回答说，"肯定会是这样，像俄底修斯在梦里对你说的。他会回来的，不会有任何一个求婚人能活命。"

珀涅罗珀却叹了一口气，她说："梦都是些泡沫，我会在明天离开俄底修斯家。我要召集求婚人进行竞赛。我的丈夫会把十二把斧头一个接一个竖立起来，随后他搭弓射箭，一箭就能射穿十二把斧头上的洞孔。他们之中谁能用俄底修斯的弓显示出这样的本事，谁就是我的丈夫。"

"高贵的女王，就这样做吧，"俄底修斯果断地说，"明天就布置这场比赛，因为在那些人拉开俄底修斯的弓和射穿十二把斧头的洞孔之前，他就会回来的。"

宫殿中的夜晚和清晨

女王离开时向外乡人道了声晚安。俄底修斯进入前厅，在那里女管家欧律克勒亚早就为他准备了床榻，在绵羊毛褥子下面放了一张完整的野牛皮。他躺在上面，盖了件披风。俄底修斯在床上辗转反侧，根本无法入睡。使他更愤怒的是，那些站在求婚人一边的可恶女仆在经过他身边时对他的冷嘲热讽。

这期间珀涅罗珀刚入睡不久就醒了，她坐在床上大声恸哭。她边哭边向女神阿耳忒弥斯祈祷："宙斯的神圣女儿呀，"她喊道，"我宁愿你用箭立刻将我射死，或者用一阵狂风把我卷到大洋河遥远的岸边，也不愿对我的丈夫俄底修斯不忠和与一个恶人结为夫妻！即使整个白天哭泣，夜里得到安静，那这种痛苦也是可以忍受的。但一个恶魔甚至在我睡眠中仍用撕心裂肺的幻梦来折磨我！现在我还觉得我的丈夫就站在我的身边，威武雄壮，完全像出征时那样。我的心充满了快乐，因为我敢肯定这是真的呀！"

珀涅罗珀呜咽不已。俄底修斯听到了哭泣者的声音，赶紧离开宫殿，他怕过早与她相认。来到一个露天的地方后，他祈求宙斯赐给他一个吉兆，能顺利实施他的计划。一道巨大的亮光出现在天空中，一声巨大的响雷令大地震颤。

大厅里渐渐喧哗起来。女仆们来来往往生起了炉火。忒勒玛科斯穿上衣服，踏入女仆的房屋，生气地朝女管家喊道："你们给客人送去饭菜和准备床铺了吗？母亲看来心神恍惚，糊里糊涂，她对那些恶劣的求婚人毕恭毕敬，而对一个出色的人却淡然漠视！"

"你这样说我的女主人是不公平的，"欧律克勒亚回答说，"这个外乡人喝了那么长时间，喝了那么多酒。他的饭菜足够，都不再要了。给他准备了一个上好的床榻，可他拒绝了。他对一个差一些的床榻就感到心满意足了。”

忒勒玛科斯由他的狗陪同，奔向市集的会议。女管家命令女仆为新月节准备庆宴。一些人把紫色毛毯铺到华丽的椅子上，另一些人用海绵擦洗桌子，还有一些人去井里汲水和洗涤酒罐、酒杯。求婚人的仆人也来了，他们在前厅劈柴。牧猪人送来几头肥猪，并向他的那位老客人致以亲切的问候。墨兰透斯和他的两个助手赶来了挑选出的山羊，奴隶们把它们捆绑起来。墨兰透斯在路过俄底修斯时嘲弄说：“老要饭的，你还待在这儿，不从门这儿离开？看来在你尝到我的拳头之前，我们是不会分手的!”俄底修斯对他的辱骂没做回答，只是摇了摇头。

现在一个正直的人踏入宫殿，他是牧牛人菲罗提俄斯。他用船给求婚人带来一头牛和几只肥山羊。经过牧猪人身边时，他说道：“欧迈俄斯，那个前不久来到这儿的外乡人是谁？他在身材上太像我们的国王俄底修斯了。灾难也会使一个国王变成一个乞丐的!”随后他走近化装成乞丐的俄底修斯，握住他的手并说道：“陌生的老人，你看起来是如此的不幸，愿你至少在将来会生活得幸福！我一看到你，就感到惊讶，眼泪夺眶而出，因为我就会想到俄底修斯。如果他活着，那他现在也是衣着褴褛，在各地漂泊！还是孩子时，他就让我为他看管牛群。现在倒是六畜兴旺，可我却得送来供别人享受！若不是我还一直希望有一天俄底修斯会回来并把这群无赖赶走的话，我早就因为气恼而离开这个地方了。”

“牧牛人，”俄底修斯回答说，“看来你不是一个坏人。宙斯做证，我向你发誓，俄底修斯今天就会回来。你将亲眼看见，他如何消灭那些求婚人!”

宴　会

求婚人也陆续进入宫殿。在自己的集会上，他们已经商讨好了去谋杀忒勒玛科斯。屠宰并烧烤好的家畜都已经分到每个人的面前。仆人们在酒罐里调制美酒，牧猪人传递酒杯，菲罗提俄斯把篮子里的面包分发下去，墨兰透斯斟酒。宴会开始了。

俄底修斯被忒勒玛科斯特意安排到大厅门槛旁边的一把破椅子上，一张破破烂烂的桌子摆在他的面前。忒勒玛科斯让人给他送上烤肉，斟满他的酒杯并说道："你在这儿安静地享用吧，我不许任何人来打扰你！"安提诺俄斯本人也警告他的朋友们，不要去妨碍这个外乡人，因为他看出来，这个人受到宙斯的保护。雅典娜却促使求婚人嘲笑他。

他们中间有一个很坏的人，叫克忒西波斯，是从萨墨岛来的。"求婚人，你们听着，"他讥笑地说道，"这个外乡人虽然早就得到了他的一份，可如果忒勒玛科斯慢待了一个如此高贵的客人的话，那也是不对的！因此我还要给他一份特殊的礼物。他可以用它来酬谢那位给他洗净身上污垢的女管家！"随即他从食篮里拣出一个牛脚，把它掷向乞丐。俄底修斯忍住怒火躲开，这块骨头砸到了墙上。

现在忒勒玛科斯站起来喊道："克忒西波斯，算你幸运，没有砸到这个外乡人身上。如果真的发生了这样的事，我就用长枪刺穿你的身体。你的父亲为你准备的就不是一个婚礼而是一个葬礼了！我不允许任何人在我的家里再有这种失礼行为。宁可你们杀死我，也不许你们侮辱这个外乡人。我宁愿死去，也不愿目睹这一类恶行！"所有的人听到这严厉的话都一声不吭。最终达玛斯托耳的儿子阿革拉俄斯站了出来说道："忒勒玛科斯说得对！但是他和他的母亲得把话说清楚了。只要还存有俄底修斯回来的希望，那拒绝我们这些求婚人是可以理解的。但现在毫无怀疑，俄底修斯再也不会回来了。忒勒玛科斯，你应当到你母亲那里，要求她从我们求婚人中间挑选一个最高贵而且是聘礼最珍贵的人做她的丈夫。这样你本人将来能完整地享受你父亲的遗产。"

忒勒玛科斯从他的位置上站起来说道："宙斯做证，我也不愿意这样拖下去，我早就对我的母亲说过，从你们这些求婚人中间选择一个。但我决不会强迫她离开这个家。"忒勒玛科斯的这番话引得求婚人放肆地笑，因为雅典娜已使他们的精神变得混乱起来，他们的脸都由于狞笑而变得丑陋不堪。可这种放纵却突然转换为一种深深的伤感，他们的眼睛里都充满了泪水。

预言家忒俄克吕摩洛斯察觉了这一切。“你们这群可怜人，怎么啦?”他说，“你们的脑袋怎么变得糊里糊涂？你们的嘴巴在叫喊着悲哀！我看到所有的墙上都涂抹着鲜血，大厅里和前厅中熙来攘往的都是地狱里的鬼魂，连天空中的太阳都消失了!”但求婚人又重新陷入先前的狂欢之中，开始纵情大笑。终于欧律玛科斯对其他人说道：“这个前不久来到我们中间的外乡预言家是个真正的傻瓜。仆人们，快点，如果他在大厅里除了黑夜别无所见的话，就把他赶到大街上去。”“我不需要你的仆人，欧律玛科斯，”忒俄克吕摩诺斯愤怒地回答道，他站了起来，“我的眼睛，我的耳朵，我的脚都很健康，我的理智也十分正常。我自己走，因为神明已经向我预言了灾难，这灾难就要降临在你们头上，你们中没有任何一个人能逃脱。”说完就匆忙离开宫殿，去他的主人珀剌俄斯那里，并在那里受到了热情的款待。

但求婚人继续着嘲弄忒勒玛科斯。“忒勒玛科斯，”其中一个说道，“在这个世界上除了你没有一个人收留过这样一些恶劣的客人，一个饿怕了的乞丐和一个说预言的傻瓜！真的，你应当带着他俩周游希腊，到市场上供人参观赚钱!”忒勒玛科斯沉默不语，并向父亲投去一瞥，因为他在等待父亲发出动手的信号。

射箭比赛

轮到珀涅罗珀出场了。她手里拿着一把镶有象牙把手的漂亮铜钥匙，在女仆们的陪同下去了远处的一个库房。俄底修斯国王的各式各样的珍贵物品都保存在那里，都是用青铜、黄金和铁制成的。他的弓和装满箭镞的箭袋也都放在那里。这是拉刻代蒙的一个朋友送给他的礼物。珀涅罗珀打开门，拉开。门闩。她进入库房，巡视一下放满衣服和物件的箱子。她也找到了俄底修斯的弓和箭袋，把它们放进一个盒子里。随后她前去大厅，到求婚人那里，后面跟随着两个女仆。她请求婚人保持安静，并开始说道：“好吧，你们这些求婚人，谁能把这张弓轻易拉满并射穿挨个排列的十二把斧头上的洞孔，我就跟他走，做他的妻子。”

随后她命令牧猪人把弓和箭摆在求婚人面前。欧迈俄斯哭着把武器从盒子里取出来，摊放在那些竞争者跟前。牧牛人也哭了起来，这使安提诺俄斯大为恼火。“愚蠢的乡下人，”他申斥说，“难道你们要用你们的眼泪使我们的女王更加难过？用饭堵住你们的嘴巴，或者你们到门外哭去！而我们这些求婚人要进行艰难的比赛，因为拉满这张弓并不容易。我们中间没有一个人像俄底修斯那样有力。我记得很清楚，虽然那时我还是一个小孩子，还几乎不会说话！”

现在忒勒玛科斯站起来说道：“这是怎么啦，宙斯使我失去了理智！我的母亲声言准备离开这个家并跟一个求婚人远走他乡，而我还在微笑。好吧，你们这些求婚人，你们在进行一场竞赛争夺全希腊最美的女人。你们自己知道这一点，无须我来向你们赞美我的母亲。因此毫不迟疑地弯弓射箭吧！可我本人有兴趣在这场竞赛中试试身手；若是我战胜了你们，我的母亲就不会离开这个家！”说着就甩掉紫色披风，从肩上卸下宝剑，在大厅的地面上划出一道沟，把斧头挨个插入地里，然后用脚把周围的土踏实。所有的人都对他的力量和准确性大加赞叹。随后他自己拿起弓来，站在门槛上。他试了三次想把弓拉开，但三次都失败了，他的力量不够。于是他四次张弓，若不是他父亲示意他放弃，这次他肯定可以成功。“神祇，”他喊道，“我若不是一个弱者，那我就是太年轻了，不能抵抗一个对我进行侮辱的人！你们其他人去试吧，你们比我更有力量！”随后他把弓箭放在门旁，重新坐在他的椅子上。

现在安提诺俄斯面带胜利的表情站起来，他说：“朋友们，现在从那里后面开始，由左到右。”第一个站起来的是勒伊得斯。他是他们中间唯一一个对求婚人胡作非为感到不满的人，他恨这一群人。他踏上门槛，试图把弓拉开，但是失败了。“另一个人试吧，”他喊道，他的两只手瘫软地垂下来，“我不行！也许没有一个能行。”说罢他就把弓箭放在门旁。安提诺俄斯责备他说：“你说这话令人不快，勒伊得斯，因为你拉不开，那别人也就不行？墨兰透斯，”他转身对牧羊人说，“点盆火，放在椅子前面，从房里去取一大块猪油。我们要烘一烘这变得干硬的弓，涂上油膏，那就好用多了！”按照他的吩咐做了，但还是无济于事。求婚人一个一个地试图拉开弓，都失败了。最后只剩下两个最勇敢的人了：安提诺俄斯和欧律玛科斯。

俄底修斯向牧人表明身份

牧牛人和牧猪人在走出宫殿时遇到一起，俄底修斯跟在他们后面。当他们离开大门和前厅时，俄底修斯叫住了他们并轻声而信赖地说道：“朋友们，我有话要对你们说。我希望我能信任你们，否则我宁愿沉默。如果俄底修斯现在突然被一个神祇从异地带回故乡的话，你们会怎么样？你们会站在求婚人一边还是站在他这一边？坦率地说，心里怎么想就怎么说。”“啾，奥林帕斯山的宙斯，”牧牛人先喊了起来，“如果我这个愿望得到满足的话，当这位英雄回来时，你就会看到，我的双臂会怎样动作起来。”欧迈俄斯同样也向众神祷告，祈求他们送俄底修斯回家。

俄底修斯确信他们对自己忠诚，于是说道：“好了，你们听着：我本人便是俄底修斯！历经无法形容的磨难，二十年后我返回了故乡。我看到，在所有的仆人之中只有你们俩欢迎我；因为在那些人中间我从没有听到一个人祈求神祇让我返回家园。因此，在我消灭了求婚人之后，我要送给你们每人一个妻子，一块土地，建造房屋，就住在我的近旁。忒勒玛科斯对待你们要像对待亲爱的兄弟一样。但为了不使你们对我说的有所怀疑，你们可认认我这伤口上的疤痕，这是我年轻时狩猎让野猪咬的。”说罢他就揭开他穿的破衣服，露出那个伤疤。

现在两个牧人开始哭了起来，他们拥抱他们的主人，吻他的脸和肩膀。俄底修斯也亲吻他的奴仆，但随后他说道：“亲爱的朋友，不要沉湎于你们过去的悲哀或眼前的欢乐，以免让宫殿里的人看出来。我们要一个接一个地回到大厅。求婚人不会允许我参加拉弓射箭的比赛，因此，欧迈俄斯，你只需拿起弓和箭袋，穿过大厅把它们送给我就行了。与此同时，你把这些女仆都关在内宫里；不管听到大厅里怎样喧哗和呻吟，都不要放她们出来，要她们安静地做自己的工作。而你，菲罗提俄斯，守住宫门，关紧它，并用绳子将它拴牢。”

做了这些指示之后，俄底修斯返回大厅，两个牧人跟在后面。现在欧律玛科斯把弓放在火上不停转动地烧烤，想使弓弦绷紧，但是无济于事。他愠怒地叹气说道：“咳，这太使我苦恼了！我并不是为得不到珀涅罗珀而感到伤心——在伊塔刻或别的地方毕竟还有许许多多的希腊女人——，而是因为与俄底修斯相比我们太软弱无力了。我们的孙辈将会因此而嘲笑我们！”安提诺俄斯却责备他说：“不要这样讲，欧律玛科斯，今天我们欢庆一个大的节日，这根本不适合进行射箭比赛。让我们先放下弓箭，来喝一杯吧。斧头就放在大厅好了，我们明天祭祀阿波罗，再来完成射箭比赛！”

现在俄底修斯面向求婚人说：“你们今天休息吧；希望阿波罗明天也许能保佑你们赢得胜利。请允许我试试这张弓，看看我这可怜的双臂是不是还保有些力气。”

“外乡人，”安提诺俄斯一听到这句话就暴跳起来，“你疯了吗？还是酒喝多了？你一拉起弓来，那灾难就会降到你身上，你再也不会在我们中间找到一个同情你的人了！”

这时珀涅罗珀也介入了争论。“安提诺俄斯，”她温和地说道，“不让外乡人参加这场比赛，那是不对的！你是担心，他胜利了会把我带走做妻子？根本就不存在这种希望，因此你们中的任何人不必把他放在心上！这是不可能的，根本不可能！给他弓！如果他真能把弓拉开的话，那他从我这儿得到的只是披风和紧身衣、长枪和宝剑，还有脚下的一双绊鞋。然后，他就可以走了，随他到哪里去。”

忒斯玛科斯打断了她的话，说道：“母亲，关于弓的事，除我之外没有任何一个希腊人有权做出决定。回到你的内室安心纺织吧，射箭是男人的事。”珀涅罗珀对儿子坚定的口气感到吃惊，但她还是听从了。

于是牧猪人拿来了弓，求婚人愤怒地吼了起来：“你这个疯子，要把弓箭拿到哪里去？你是不是发痒了，要我们把你抛到猪圈旁喂你的狗去？”牧猪人惶恐地把弓放下。忒勒玛科斯却用威胁的声音喊道：“把弓拿来，老人，你只能服从我一个人。否则我要用石头把你打出去，即使我比你年轻！”牧猪人把弓递给乞丐，随后他吩咐女管家把后宫的大门拴上。菲罗提俄斯奔向宫外，很小心地把前厅的大门锁上。

俄底修斯把弓从各个方面都检查了一遍，看一看在这么长的时间里是否被虫子蛀过或者什么地方破损了。在求婚人中间有一个人对近旁的人说道：“看来这个人好像很懂弓！或者他家里也有一张类似的弓，难道他要照这个样子仿造一张？看啊，这张弓在这个流浪汉手中怎样转来转去呀！”

俄底修斯在查验了这张强弓之后，想试一下它的力量，所以很轻松地用右手拉起弓弦，就像琴师拨动琴弦那样。它发出清脆的声音，像燕子啁啾一般。求婚人听了都感到一阵痛楚，面色变得煞白。宙斯却从天空中发出一声响雷，作为一种吉兆。这时俄底修斯勇敢地搭箭弯弓，拉动弓弦，用眼瞄准，箭镞离弦飞出，射穿十二把斧子的洞孔，从第一把直穿过最后一把。随后他说道：“忒勒玛科斯，我这个外乡人在你的宫殿里总算没有给你丢脸！求婚人那么厉害地嘲笑我，可我的力量还依然没有减弱。但现在是请这些希腊人进晚餐的时候了，趁天还没有全黑。随后该是弹琴和歌唱，以及其他助兴的节目。”

他边说边朝他的儿子偷偷地递了眼色。忒勒玛科斯很快背上宝剑，拿起武器，与他的父亲并排站在一起。

复　仇

俄底修斯跳到高高的门槛上并把身上的衣服撕扯掉，手执弓和装满箭镞的箭袋。他把箭镞倒出来，朝着求婚人喊道：“第一轮比赛已经结束，求婚人！现在是第二轮了！这次我给自己选一个目前为止还没有任何一个射手射中过的目标，我想我不会射不中的。”说罢他就把弓对准安提诺俄斯。安提诺俄斯被俄底修斯一箭射中咽喉，箭尖从他的颈部穿过。他的鼻中喷出了一股鲜血，他朝旁边栽倒，连摆满饭菜的桌子都被他的脚撞翻了。

求婚人发现安提诺俄斯倒下都暴跳起来。他们面朝大厅墙壁去搜寻武器，但那上面既看不到长枪也看不到盾牌。他们大声叫骂：“你这该死的外乡人，为什么要射人？你射杀了我们最高贵的同伴。但这是你最后一箭，很快鹰就会把你撕碎。”他们还以为他是误射的，而没有想到这是他们共同的命运。俄底修斯从高处发起雷鸣般的声音喊道：“你们这群狗，你们以为我永远不会从特洛亚回来了！因此你们挥霍我的家产，诱骗我的仆人，在我还活着时就向我的妻子求婚，不怕得罪神祇和人！现你们灭亡的时候到了！”

求婚人一听都吓得面色煞白，战栗不止。每个人都一声不响地向四周环顾，看如何逃命。只有欧律玛科斯镇静下来，他说道：“如果你真的是伊塔刻人俄底修斯的话，那你责备我们是对的，因为在你的宫殿里和在你的国家里我们做了许多不得体的事情。但这所有的过失都已用你的弓箭清算了。因为安提诺俄斯是罪魁祸首，他从没有认真地向你的妻子求婚，而是想成为伊塔刻的国王，并要偷偷地杀害你的儿子。现在他已得到了惩罚。你应当宽恕你的同胞，和解为贵！我们每个人给你二十头牛作为挥霍你的财产的补偿，还有青铜和黄金，随你要多少！”

“不，欧律玛科斯，”俄底修斯脸色阴沉地回答说，“即使你们把你们的全部家财都给我，甚至更多些，我若不把你们全部结果掉、用你们的命来为你们的恶行赎罪，那我是不会罢手的。来吧，随你们怎样，是战斗还是逃跑，但我一个也不会放过！”

求婚人心惊胆裂。欧律玛科斯又一次说话了，但这次是对他的朋友：“亲爱的伙伴们，这个人的双手没人能阻挡住。拔出宝剑，用桌子来抵御他的弓箭。然后我们冲上去，把他逼下门槛，散到城市里去召集我们的朋友。”说罢他就从剑鞘里抽出宝剑，大吼一声冲上前去。但俄底修斯的箭已射穿他的肝脏，宝剑从他的手中滑落；他同桌子一齐栽倒，饭菜和杯盘滚落满地，他的额头触地，躺在那儿死了。

这时安菲诺摩斯手执宝剑冲向俄底修斯，试图打开一条通路。但忒勒玛斯科的长矛刺中他的后背，直透过前胸，他扑倒在地。随后忒勒玛科斯从求婚人中跃出，与他父亲并立在门槛上，他带来了一面盾牌，两只长矛和一顶铁制头盔。随后他出门跑进武器库，为他自己和朋友们找到四面盾牌，八只长矛和四顶带有马毛装饰的头盔。他和两个忠实的牧人都武装起来。他们给俄底修斯带来了第四副装备，四个人并排站在一起。

只要手上还有箭镞，俄底修斯每发必定射杀一个求婚人。射完之后，他把弓倚在门旁，迅速拿起四层厚的盾牌，戴上头盔，握起两只粗壮的长矛。这个大厅还有一个能够进入走廊的侧门，它的出口很窄，只容一个人通过。俄底修斯把这个小口交由欧迈俄斯把守。可欧迈俄斯正在武装自己，那个地点没人看守。求婚人中的阿革拉俄斯发现了这个情况。“怎么样，”他喊道，“我们从侧门逃跑，进入城里去鼓动人民。那这个人不久就完蛋了！”

“那不行，”站在附近的牧羊人墨兰透斯——他是与求婚人站在一起的——说道，“小门和通道太窄了，只容一个人通过，他们只要有一个人守在那里，我们就谁也出不去。最好让我一个人偷偷地溜出去，那我就会给你们弄来足够的武器。”说罢他就溜了出去，返回时带来了十二面盾牌和同样多的头盔和长枪。俄底修斯突然发现他的敌人身披铠甲，手中挥动着长枪。他吃了一惊，并对他的儿子说道：“这一定是一个不忠的女仆或那个坏透了的牧羊人干的。”

意外的是有一个人成了第五个战士，这是化身为门托耳的雅典娜。俄底修斯认出了女神，高兴极了。当求婚人发觉一个新来的敌手时，阿革拉俄斯愤怒地叫了起来：“门托耳，我告诉你，不要受俄底修斯的欺骗来反对我们求婚人，否则我们不仅杀死他们父子，而且也要杀死你和你的全家。”雅典娜听到这话怒火中烧，她怂恿俄底修斯说：“朋友，我觉得你的勇气还不如你十年前在特洛亚城前所表现的那样。那座城市由于你的计谋而陷落，可现在在自己的国家里你在保卫宫殿和财产时，面对求婚人却怎么犹豫起来?”她说这话是为了鼓起他的勇气，但她并不想为他去进行战斗。突然间她飞鸟般地飞走了，像一只燕子一样坐在屋顶的房椽上。

“门托耳又走了，这个吹牛皮的家伙，”阿革拉俄斯朝他的朋友们喊道，“又只剩下四个人了。我们人多势众，进行战斗吧！不要把你们的长枪一下子都投出去，第一批六支；把所有的长枪都瞄准俄底修斯！他若完了，其他人就容易对付得多了!”但雅典娜却使他们的投枪落空：一支击到门柱，一支击中大门，其他的都钉到墙上。

现在俄底修斯朝他的朋友们喊道：“瞄准，投!”四个人都掷出了他们的投枪，全部命中。俄底修斯击中了得摩普托勒摩斯，忒勒玛科斯击中的是欧律阿得斯，牧猪人击中的是厄拉托斯，牧牛人击中的是庇珊得洛斯。剩下的求婚人纷纷逃到大厅的最远角落。但不久他们又走了出来，从尸体上拔出了长枪，又投了九支长枪，但大多数没中目标，只有安菲墨冬的长枪擦伤了忒勒玛科斯的手腕，克忒西波斯的长枪透过盾牌刺破了牧猪人的肩膀。

俄底修斯击中了欧律达玛斯。现在他用长枪刺杀了达玛斯托耳的儿子阿革拉俄斯，忒勒玛科斯的长矛刺穿了勒俄克里托斯的肚子。这期间雅典娜挥动她的神盾，从屋顶下来，追得求婚人胆战心惊，他们在大厅里四下逃窜。俄底修斯和他的朋友们从门槛上跳下来，在大厅里追来逐去，所到之处，头颅断裂，尸骨横陈，血流遍地。

求婚人勒伊俄得斯扑倒在俄底修斯脚下，抱着他的双膝，叫喊道：“饶恕我吧！我从没在你的家中做过坏事，我劝过他们，可他们不听我的！我成了他们的牺牲品，我什么也没做，难道我也犯了死罪?”

“如果你是他们的牺牲品的话，”俄底修斯阴鸷地回答说，“那你至少要为他们祈祷呀!”说着拿起阿革拉俄斯掉在地上的宝剑，当勒伊俄得斯还在不停地求饶时，他就砍掉了他的脑袋，偌大的头颅滚落在尘土之中。

歌手斐弥俄斯站在侧门附近，手中还拿着竖琴。对死的畏惧在逼使他考虑，是穿过小门逃到庭院里去，还是跪下来求俄底修斯饶命。终于他决定选择后一种办法，他把竖琴放到地上，跪倒在俄底修斯脚下。“请你饶了我吧，”他喊道，抱住他的双膝，“如果你杀死歌手的话，那你会后悔的。歌手用他的歌使众神和人得到快乐。我是一个神祇的徒弟，我要像赞颂一个神祇那样来赞颂你！你的儿子可以为我做证，我不是自愿来到这里的，他们逼我来为他们歌唱！”

俄底修斯举起了宝剑，但他迟疑不定。这时忒勒玛科斯跳了过来，他喊道：“住手，父亲，不要伤害他！他是无罪的！侍者墨冬也应当让他活命。我还是孩子时，他就细心照料我，并希望我们幸福平安。”墨冬正裹着一张新牛皮藏在一把椅子下面，他听到忒勒玛科斯为他求情，就钻了出来，跪在他的脚下哀求。这使面色阴沉的俄底修斯笑了起来，说道：“你们俩放心吧，忒勒玛科斯的求情保护了你们。出去吧，告诉人们，善有善报，恶有恶报。”两个人奔出大厅，在前院坐下后，还一直因死亡的恐惧而颤抖。

惩罚女仆

俄底修斯向四周环视，没有看到一个活人。他们就像些被渔夫从网里扔出来的鱼一样，四下里躺在那儿。这时他让儿子喊来女管家。还没等到她走过来，他就朝她喊道：“高兴吧，老妈妈，但不要欢笑！凡人不该为被杀的人欢呼！是众神的惩罚落到这些人的头上，不是我。但现在把宫里那些不忠于我的女人的名字告诉我。”

“宫中有五十个女仆，”欧律克勒亚回答说，“她们中有十二个对你变了心，既不听我那也不服从珀涅罗珀，因为母亲并没有把管理女仆的权力交给儿子。但先让我去唤醒我的正在睡梦中的主人吧，国王，让我先去向她报告喜讯。“先不要去叫醒她，”俄底修斯说道，“先去把那十二个不忠的女仆叫过来。”

欧律克勒亚听从了。不久这些女仆战战兢兢地出现在他面前。这时俄底修斯把他的儿子和两个忠诚的牧人喊到身边并说道：“吩咐这些女人动手把尸首都搬出去，然后让她们用海绵擦洗桌椅，把整个大厅打扫干净。等她们做完就把她们带到厨房和宫墙之间的空地，用剑把她们全都杀死。”

这些女人挤在一起哀求着哭泣着，但俄底修斯赶着她们去搬走尸首，拭洗桌椅，清扫地面，运走门前的垃圾。随后牧人把她们赶出宫殿，领到厨房和宫墙之间，那儿无路可逃，只有等待死亡。那个恶毒的墨兰透斯也得到了惩罚，被带到前庭砍了脑袋。当忒勒玛科斯和牧人把这项工作完成之后，复仇已经结束了，他们返回宫殿俄底修斯那里。

随后欧律克勒亚按照俄底修斯的吩咐去弄炉火和硫磺，来熏烤大厅、房屋和前厅；她在离开之前，给她的主人送来了披风和紧身衣。她说：“我的孩子，我们大家的主人，你不应当穿这身破烂衣衫站在大厅里，你是高贵的英雄，这与你太不相称了。”俄底修斯却把衣服放在一边，吩咐老女人快去做自己的工作。在她熏烤大厅和房间的期间，她也喊来了那些忠心的女仆。她们很快拥在她们尊敬的主人四周，含着欢喜的泪水向他问安，把她们的脸贴在他的手上，并亲吻他。俄底修斯由于喜悦而啜泣不止。

俄底修斯和珀涅罗珀

欧律克勒亚完成熏烤工作后，匆忙地来到后宫准备向她的女主人通报她的丈夫俄底修斯回家的喜讯。她来到珀涅罗珀的内室，对她说道：“亲爱的孩子，快醒来，你期待的事情就在你眼前，用自己的眼睛看看吧：俄底修斯回家了！俄底修斯终于回来了！他杀死了那些无法无天的求婚人！那些人那么厉害地逼迫你，挥霍他的财产，辱骂他的儿子，他们全被他杀光了！”

珀涅罗珀揉了揉睡意惺忪的双眼，说道："老妈妈，你是一个傻瓜！你为什么用你那骗人的消息来打扰我的清梦？自从俄底修斯走了之后，我还从没有睡过这样一个好觉！"

"孩子，你别发火，"女管家说道，"就是那个外乡人，那个乞丐，那个大家都嘲笑的乞丐。你的儿子忒勒玛科斯早就知道了，但在向那些求婚人复仇之前，他要保守秘密。"

女王一听到这话就从床上跳起，抱住老女人，眼泪夺眶而出，她说："老妈妈，如果你说的是真话，如果俄底修斯真的在家里，那告诉我，他怎么能打败那么多的求婚人？"

"我自己既没有看见也没有听见，"欧律克勒亚说道，"因为我们女人都心惊胆战被关在屋子里。但当你儿子把我喊出去时，我看到你的丈夫站在那儿，四周都是尸体。虽然他满身血污，但你见到他时定会欣喜若狂的，孩子。现在尸体都被搬到宫殿大门外很远的地方了。整个房子我都用硫磺熏过了，你可以不必害怕到那儿去了。"

"老人，我还一直不敢相信，"珀涅罗珀说道，"一定是一个神祇，他杀死了那些求婚人。但俄底修斯——不，他在遥远的地方，他不会活着回来了！"

"你这多疑的人，"女管家摇头，她说道，"我再告诉你一个确实的证据。你知道他身上那处被野猪咬伤的疤痕吧。那会儿，当我按照你的吩咐给这个乞丐洗脚时，我就认出了那个伤疤，准备当场就告诉你，但他严厉地制止了我。"

"那让我们到那儿去吧。"珀涅罗珀说道，她由于恐惧和喜悦而颤抖起来。她们俩人一道跨过门槛，进入大厅。珀涅罗珀一言不发坐在俄底修斯对面，炉火在熊熊燃烧。他坐在柱旁，垂下眼睛，等着她说话。但惊愕和怀疑使女王沉默不语。最后是忒勒玛科斯走向母亲并半带微笑半带责备地说道："母亲，你怎能如此无动于衷坐在这儿？到父亲跟前，去问问，去说说！当一个女人的丈夫在历经磨难二十年后返回家园时，他的女人该是怎样一种表情？难道你胸中不是一颗心而是一块石头？"

"啊，亲爱的儿子，"珀涅罗珀回答说，"我不能同他打招呼，我不能问他，我不能直视他的脸！如果真的是他，他真的是我的俄底修斯，他回到了自己的家，那我们会彼此认出来的，因为我们有别人所不知道的秘密。”这时俄底修斯转向他的儿子，面带微笑，说道：“让你母亲试探我好了，她蔑视我，因为我穿着这样一身破衣烂衫。让我们看看吧，我们如何向她证实的。但现在有另外一些急事要做。你知道，若是有谁哪怕只杀了一个同族的人，那他就要逃离家园，即使被杀的人只有少数几个为他复仇的人。可我们杀死了伊塔刻和邻近岛屿的一些高贵的年轻人，他们是国家的栋梁，我们怎么办?”

“父亲，”忒勒玛科斯说，“这你得自己来想办法。毕竟你是世上最最聪明的谋士。”

“那我就告诉你们，”俄底修斯说道，“我认为最聪明的做法吧。你，牧人和屋里所有的人，首要的是洗一个澡，穿上最华美的衣服。歌手手执竖琴，我们大家一起跳舞。路经此地的每一个人都认为，节庆还在继续，那样求婚人被杀害的传言就不会在城里散播开来，短时间内我们就可以到乡下我们的庄园里。那时一个神祇就会告诉我们下一步应该做什么。”

不久宫殿里响起了一片跳舞声和琴声。民众集聚在马路上并彼此交谈：“不必怀疑了！珀涅罗珀又结婚了，宫里在举行婚礼。”直到傍晚人群才散去。

俄底修斯在洗浴和涂上香膏之后又回到大厅，重新坐在他的王座上。“奇怪的女人，”他对着他的妻子说道，“众神给了你一副铁石心肠。没有一个女人会在她丈夫经历二十年的苦难返回家园时竟如此顽固地拒绝相认。欧律克勒亚，我得求你了，给我找个地方安排床铺，因为这个女人有一颗冷酷的心!”

“不可理喻的男人，”珀涅罗珀说道：“不是骄傲，不是轻视，也不是类似的情感，使我对你有所保留。我至今仍记得很清楚你乘船离开伊塔刻时的样子。好吧，欧律克勒亚，给他在卧室外安排一张床铺，把他的床上用品拿出来，铺上毛皮、毛毯。”

珀涅罗珀这是在试探她的丈夫，俄底修斯却愠怒地望了一眼说道：

“这是一句伤人的话，女人。我的床铺没有任何一个凡人能移得动，即使他使出年轻人的全部力量也不行。这是我自己做的，它有一个巨大的秘密。在这个宫殿的中心有一颗茂盛的橄榄树，它长得像一根柱子。于是我就把住房建造在这里，里面就是卧室。当房屋用石头砌好时，我就把橄榄树的树冠砍掉，从根部把树干刨平，使它成为床的一条腿，床与树干是一个整体。然后我用黄金、白银和象牙装饰床架，用坚实的牛皮绳做成床绷。这便是我们的床榻，珀涅罗珀！我不知道，这床还在不在；但有谁想动它，就必须把橄榄树从根部砍断。”

女王听到这个秘密，她的双膝就开始打战。她哭着从座位上站起来，奔向她的丈夫，一边拥抱他，一边亲吻他。随后她说道：“俄底修斯，不要生我的气！我的心太可怜了，经常恐惧不安，我怕有一个狡猾的骗子来蒙蔽我。现在，你说出了除了你和我没有任何一个凡人知道的秘密，我不会再怀疑了，我什么都相信！”俄底修斯听完妻子的话，内心不由得震颤起来，他哭着把他忠贞的妻子拥在胸前。

俄底修斯和拉厄耳忒斯

第二天一大早，俄底修斯就做好了旅行的准备。“亲爱的妻子，”他对珀涅罗珀说道，“直到现在我们已饮够了苦酒，你为我的离开而哭泣，我则由于宙斯和众神而不能返归家园。现在，在我们重新团聚之后，我们的统治，我们的家产又重新得到了保障，你照管宫中还留下的所有财产。因求婚人的挥霍而失去的那一部分，我会从他们最后求婚时所赠送的礼品中取出一部分加以弥补，部分由我从异乡带回来的战利品和赠礼来加以补充。现在我要去我善良而年迈的父亲长期居住的庄园。但我劝告你，要与你的女仆待在后宫里，不要与任何人说话，也不要回答任何人的问题，因为城里已经开始慢慢散布求婚人被杀害的流言了！”

俄底修斯说完就背上宝剑，唤起他的儿子和两个牧人，他们三个人立即按照他的命令同样拿起武器，与俄底修斯一道穿过城市。他们的保护神雅典娜用浓雾遮住他们，这样城市里就没有一个人能认出他们。

没有多久，四个人就到达老人拉厄耳忒斯美丽的、经营得井井有条的农庄。在庭院的中心是住房，四周是些辅助房屋。耕种土地的奴隶们吃住都在这里。这儿还住着一个西西里女人，她在这座孤零零的庄园里细心地照料老人拉厄耳忒斯。当俄底修斯四人站在住房门前时，他对儿子和牧人说道："你们先进去杀一头肥猪用作午餐。我本人要到田里去，善良的父亲一定在那里劳作。我要试试他，看他还能不能认出我来。不用很久，我就与他一道返回。然后我们共同欢宴。"俄底修斯把剑和长矛交给他们，他们随即向屋内走去。

他去田里找他的父亲，终于在一排排美丽的树木中见到他正在种一棵小树。老人看起来像是一个年迈的奴隶，身穿一件粗糙的、脏兮兮的、有多处补丁的上衣；胫骨上缠着一副牛皮绑腿，这是用来防备荆棘的；手上戴着手套；头上戴着一顶羊皮帽子。老人身着这副可怜的装束，老态龙钟，脸上布满了忧愁的痕迹。俄底修斯目睹此景，悲痛地倚在一棵梨树上，伤心地哭了起来。他真想拥抱他的父亲亲吻，立即告诉他，自己是他的儿子，现在回到了父辈的土地，可他害怕这意外的惊喜会对老人造成伤害。于是他决定，先要让他有一个思想上的准备，用温和的责备去加以试探。

这样，正当老人弯下头去松动小树苗四周的土时，他走上前说道："老人，看来你对栽种果树很内行呀。葡萄、橄榄树、无花果树、梨树和苹果树都侍弄得好极了；花卉和蔬菜也都得到了细心的照料。但有一点我觉得不好，恕我坦白说，你自己没有得到很好的照顾，怎能穿这样可憎的衣服呢！你的主人做得不对。你的身材魁梧，有着一副高贵人的仪表。像你这样一个人，应当沐浴，吃得好，享受一个老人应该得到的东西。告诉我，谁是你的主人，你在为谁侍弄这些果树？难道这个地方真的是刚才我遇到的一个人告诉我的伊塔刻？那个人可不是一个有礼貌的人，当我问他，我要在这儿拜访的人是不是还活着时，他根本不回答我。在好长时间之前我在我的家乡里曾留宿一个男人，他来自伊塔刻，并告诉我，他是国王拉厄耳忒斯的一个儿子。我十分热情地招待了这位高贵的朋友。当他离开我时，我送给他一大批贵重的礼物。”

拉厄耳忒斯一听到这个消息就抬起头来，眼泪夺眶而出，他说："好心的外乡人，你当然是来到了你刚才打听的地方。但住在这里的是些骄横无耻的人，你就是用你的全部礼品也无法使他们满足。你要找的那个人不在这儿了。若是你能在伊塔刻看到他还活着，那他一定会用丰富的礼品来回报你的馈赠！但告诉我，你那不幸的朋友，即我的儿子自拜访你到现在有多久了？你是谁？你从哪儿来？你的船停在哪儿？你的伙伴在哪儿？或者你是一个来旅行的，租别人的船在我们海岸登陆的？”

“尊敬的老人，我不向你做任何保留，”俄底修斯回答说，“我叫厄珀里托斯，是阿吕巴斯地区阿斐达斯的儿子。一股风暴把我不由自主地从西卡尼亚吹到你们的海滨，我的船就在城市不远的地方下锚。你的儿子俄底修斯离开我的家乡已有五年之久了。他走时心情快乐，幸运的鸟在陪伴他。我想，我们作为朋友还能经常见面并互赠珍贵的礼物。”

老人两眼一片漆黑，他用双手捧起一把黑土，撒向自己雪白的头上，大声恸哭起来。现在俄底修斯心肝欲裂，他冲向他的父亲，拥抱亲吻，喊道："我就是他呀，父亲，我就是你问的那个人啊！二十年了，我现在回到了故乡。擦干你的泪水，忘记痛苦。因为我已在我们的宫殿杀死所有的求婚人了！”

拉尼耳忒斯惊奇地望着他，终于大声地喊出："如果你真的是俄底修斯，如果你真的是我回家的儿子，那就给我一个确实的证据，让我能够相信。”

“亲爱的父亲，看这儿的这个疤痕，”俄底修斯回答说，“这是野猪咬的伤疤。我要指给你看的第二个证据是那些你从前赠给我的果树。那时我还是一个孩子，陪你到花园里，我们在一排排树中散步，你指给我看各种不同的果树并告诉我它们的名字。你送给我十三棵梨树，七棵苹果树，四十棵无花果幼树和五十棵葡萄树。”

老人不再怀疑了，他大声地喊道："宙斯和众神啊，你们永生，否则求婚人不会受到惩罚！但现在，我的儿子，因为你，一种新的恐惧令我不安啊。伊塔刻和附近岛屿上的一些高贵家族，由于你都失去了他们的儿子；这座城市和周围地区都会起来反对你。”

“亲爱的父亲，不必害怕，”俄底修斯说道，“你现在不必为此担心。跟我回你的房屋，你的孙子忒勒玛科斯，牧猪人和牧牛人在等你，饭菜都已准备好了。”

他们两个人回到屋里的时候，忒勒玛科斯和两个牧人正在忙着切肉斟酒。拉厄耳忒斯在饭前沐浴和涂抹香膏，随后他穿上了多年来一直没穿的华服。就在他穿衣服的时候，女神雅典娜隐身地接近他，使老人变得神采奕奕，仪表堂堂。当他再次出现在他们面前时，他的儿子俄底修斯惊奇地望着他说道：“父亲，肯定有一个神祇使你变得如此高大威严！”

“是的，众神做证，”拉厄耳忒斯说，“如果我昨天在大厅里与你站在一起，并肩战斗的话，肯定有一些求婚人会倒在我的膝下！”

城中叛乱

这期间伊塔刻城中关于求婚人遭到厄运的流言慢慢传开来。现在俄底修斯的宫殿里挤满了从四面八方涌来的死者的亲属，他们在庭院的一处偏僻角落里发现了堆放的大批尸体。他们大声地恸哭，还混杂有威胁的喊叫，将死者搬了出去，在市集广场进行安葬。安提诺俄斯的父亲欧珀忒斯从他们中间站了出来，他是一个威武有力且很有威望的人，儿子的死令他心痛如焚。他含着眼泪对大家说：“朋友们，我在这里向你们控告的那个人已经给伊塔刻和邻近各岛带来不幸和灾害！二十年前他把我们那么多、那么勇敢的人拐骗到他的船上。他丧失了他的船，丧失了他的伙伴。最后他独自一人回来，杀死了我们这么多高贵的年轻人。来呀，趁这个罪犯还没有逃到皮罗斯忒厄利斯之前，赶上他，抓住他！否则我们会蒙羞受辱，愧对我们的后代子孙。如果我们，他们的先人不对谋杀我们的儿子和兄弟的凶手进行惩罚的话，我们何以为人？”

他的话使得汇聚的人群激动起来。这时，歌手斐弥俄斯和使者墨冬从王宫走了出来，踏入市集的人群之中。墨冬发言了，他说："伊塔刻人，听我说。俄底修斯所做的，我可以向你们发誓，没有神的旨意那他是无法做到的。我本人看到了神，他化身为门托耳，一直站在他的身边，他时而赋予俄底修斯力量，时而在大厅里使求婚人陷入昏乱。他们一个个横尸当场，这是神的旨意啊。"人们听到使者的话都感到非常恐怖。这时一个白发老人，玛斯托耳的儿子哈利忒耳塞斯站了出来，他是人群中唯一一个有远见卓识的人。他说道："伊塔刻人，听我说，我要对你们说心里话。发生的这一切，罪过在于你们自己。你们为什么那样的放任自己，你们为什么不听我和门托耳的劝告？当你们的儿子每天都到王宫去挥霍那个不在的人的财产并向他的妻子提出不光彩的要求时——好像他永远不会回来了——，你们为什么不去管教他们？现在宫里发生的一切，都应归罪于你们。如果你们足够聪明的话，那你们就不要去与这个人作对，他只是处置了他的敌人。如果你们一意孤行，那灾难就将降临到你们头上。"这番话立即在人群中激起了混乱和争论。一部分人愤怒和暴躁地站了起来，另一部分则认为这话有理。那些情绪激昂的人支持欧珀忒斯的建议。他们武装起来，汇集在城前的平地上。欧珀忒斯成了这群人的首领，他们动身前去为求婚人复仇。

雅典娜从奥林帕斯山上向下俯视发现这支队伍后，她走到父亲宙斯的面前说道："众神之主，请允许我知道你智慧的决定。你是要通过战争与不和去惩罚伊塔刻人，还是想使双方的争端和平解决呢？"

"女儿，你怎么还要问什么决定呢？"宙斯回答说，"你不是按照我的意志做出了决定并要俄底修斯最终作为一个复仇者返回他的故乡吗？你的意愿已经得到满足了，那就继续按你的意愿去做吧。但如果你要知道我的想法的话，那就是这样：在俄底修斯惩罚了求婚人之后，就订立一个神圣的盟约，他永远是他们的国王。但我们得设法消除死去儿子和兄弟的那些人心中的仇恨，让所有人都充满爱，像从前那样。团结和幸福应当永存。"宙斯的决定使女神极为高兴。她离开奥林帕斯山，降落到伊塔刻岛。